GENESIS

Jonas Schönberger

AF222293

Jonas Schönberger, geboren 1998 in Kempten, veröffentlichte 2019 mit DAS PRAGER TRAUMA seinen ersten Roman. Nach ENGEL ÜBER BERLIN 2021 folgt nun sein drittes Buch.

GENESIS ist hochaktuell, genauestens recherchiert und furchteinflößend realistisch. Der Thriller entstand in enger Zusammenarbeit mit zahlreichen Experten aus den Bereichen Wirtschaft, Politik, Geheimdienst und Militär.

Schönberger ist Gründungsmitglied bei 1iOLabs, einem Tech-Startup das sich für eine faire, sichere und nachhaltige Zukunft in der digitalen Welt einsetzt. Im Januar 2023 sprach Schönberger auf dem Weltwirtschaftsforum in Davos über die Relevanz und Notwendigkeit neuer Technologien für eine digitale Welt, die Wertschöpfung und Datensicherheit auch für die breite Masse ermöglicht.

Ebenfalls erschienen:

Das Prager Trauma

Engel Über Berlin

JONAS SCHÖNBERGER

GENESIS

THRILLER ▪ 1I0

Dies ist ein fiktionales Werk. Alle Namen der Figuren, die Figuren selbst, einige Schauplätze, und Vorfälle entspringen der freien Fantasie des Autors, oder werden fiktionalisiert verwendet. Ähnlichkeiten mit echten Personen sind dabei rein zufällig und vom Autor nicht explizit beabsichtigt.

Bibliografische Information der Deutschen Nationalbibliothek: Die Deutsche Nationalbibliothek verzeichnet diese Publikation in der Deutschen Nationalbibliografie; detaillierte bibliografische Daten sind im Internet über http://dnb.dnb.de abrufbar.

Lektorat: Nicole Amlacher
Korrektorat: Levi Bösker, Tim Janusch, Miriam Schilling
Gestaltung Cover und Buchsatz: Olaf Gilles

Deutsche Erstausgabe

Verlag: BoD · Books on Demand GmbH, In de Tarpen 42, 22848 Norderstedt
Druck: Libri Plureos GmbH, Friedensallee 273, 22763 Hamburg
ISBN: 978-3-7597-5901-6

Vorwort

Frank Zachmann,
Internationaler Wirtschaftsbotschafter der Stadt Frankfurt über „Genesis"

Herzlichen Glückwunsch! Sie halten ein Werk in den Händen, das mehr ist als nur ein Buch.

Es verwebt das Genre eines fesselnden Thrillers mit dem Inhalt eines exzellent recherchierten Aufklärungsreports. Eine Dystopie, die nicht nur ein schonungsloses Bild unserer zentralisierten, technologisch-autokratisch geführten Welt zeichnet, sondern auch einen Weg aufzeigt, einen elementar wichtigen Schritt zurück zu mehr Souveränität, Sicherheit und Selbstbestimmung in der digitalen und analogen Welt zu tun.

Ich bin Frank Zachmann und aufgewachsen in einer weitgehend analogen Zeit ohne Handy und Internet. Seit 25 Jahren aber begleite ich die Entwicklung sogenannter digitaler Hubs wie Rechenzentren und Datenaustauschknoten. Über viele Jahre habe ich vor allem im Namen großer internationaler Unternehmen unzählige Tonnen Beton und Stahl verbaut, unzählige Millionen Euro Investitionen und Budgets verantwortet, unzählige Kunden-, Mitarbeiter- und Investoren-gespräche geführt und dabei oft für das nächste „big business thing" geworben. Oder vereinfacht gesagt, eben der digitalen Welt des Internets eine physikalische Heimat gegeben, sozusagen als Hausmeister des Internets.

Das Hausmeister-Dasein bezieht sich in meinem Fall auf teils milliardenschwere Investitionen; früher meist im Schattendasein einer Gesellschaft, für die Schlagworte wie künstliche Intelligenz, ein digitaler Zwilling oder das Internet der Dinge bestenfalls weit entfernte Zukunftsvisionen waren. Heute hat diese Branche einen Energiebedarf, der vergleichbar ist mit dem der Luftfahrt, erwirtschaftet Gewinne, die vergleichbar sind mit denen der Pharmaindustrie und die weltweit wertvollsten Konzerne sind überwiegend genau die Vertreter der Branche, die es innerhalb weniger Jahrzehnte vom Schattendasein in die Schlagzeilen geschafft hat.

Als Hausmeister ist man meistens nicht in den Schlagzeilen, denn man macht einen Job, den irgendwie keiner machen will, aber die meisten brauchen. Und es gibt meistens nur dann Schlag-zeilen, wenn die Dinge nicht so funktionieren, wie sie sollen. Oder außer Kontrolle geraten.

Welche Schlagzeilen lesen wir über das Internet?

Wie viel Gewinne erwirtschaftet werden oder wodurch diese entstehen?

Wie große Datenmengen bearbeitet werden oder woher diese Daten eigentlich kommen?

Wie künstliche Intelligenz den Konzernen nutzt oder welchen Nutzen der einzelne daraus zieht?

Wie Politik und Wirtschaft sich im Zuge der Digitalisierung verändern oder Digitalisierung den Bürger verändert?

Wie aktuelle Gewinne dazu verwendet werden, die digitale Welt weiter zu gestalten oder was im analogen Leben davon übrig bleibt?

Ich hatte das Glück, viele Menschen zu treffen, die sich mit beiden Seiten beschäftigen. Ich konnte weltweit Experten befragen, vor politischen Entscheidern sprechen, mit Wirtschafts-leadern großer Konzerne diskutieren. Eines habe ich aus all diesen Gesprächen allerdings nicht mitnehmen können: Wie man die Dinge übergreifend zum Besseren ändern kann, sozusagen wie „the next big thing for all" zu gestalten ist.

Dann traf ich auf Markus Kuhnert. Ein erfolgreicher Unternehmer, der mit seiner Software-Firma vielen namhaften Unternehmen Lösungen im Bereich dezentraler Datenverarbeitung und -speiche-rung in Echtzeit anbietet. Eine Technologie, die elementare Vorteile in Bezug auf Datenhandling und -sicherheit bietet. Eine Idee, mit einer dezentralen, offenen Plattform diese Technologie einer breiten Masse zur Verfügung zu stellen. Eine Vision, 1iO als Ecosystem für mehr Freiheit, Souveränität und Selbstbestimmung in der digitalen Welt zu etablieren. Ein Projekt, das mich persönlich motiviert hat, weil es fundamental anders ist: Es stellt den status quo in Frage, stellt den Nutzen für die Nutzer in den Mittelpunkt und gibt uns allen die Möglichkeit, die Antworten auf unbeantwortete Fragen aktiv mitzugestalten.

Im Zuge dieses Projekts bin ich dankbar, mit Menschen wie Markus Kuhnert und Jonas Schön-berger zusammen zu arbeiten. Meinen aufrichtigen Respekt an Markus, sein Unternehmen in den Dienst einer solchen Idee zu stellen und an Jonas, all die vielfältigen Aspekte unseres Projekts in dieses Werk gleichermaßen unterhaltsam wie aufklärend einzubringen und uns allen zur Verfügung zu stellen.

Wir allein sind nicht „the next big thing", aber wir haben etwas damit zu tun! Seien Sie herz-lich eingeladen, in diesem Buch und auch auf 1io.com mehr dazu zu erfahren. Viel Spaß und Inspiration beim Lesen!

Herzlich, Ihr
Frank Zachmann
(Co-Founder 1iO)

Für Markus

Daten und Fakten

2008: Das Russian Business Network (RBN) stört die Erreichbarkeit zahlreicher georgischer IT-Systeme während des Kaukasus-Konflikts massiv.

Januar 2009: Bitcoin wird von Satoshi Nakamoto lanciert und wird zur ersten Kryptowährung der Welt. Bis heute weiß niemand, wer sich hinter dem Pseudonym verbirgt.

2012: Der Filehosting-Dienst Dropbox wird angegriffen – über 68 Millionen Passwörter werden entwendet und im Darknet zum Kauf angeboten.

2014: Die US-Bank J.P. Morgan Chase wird angegriffen – über 80 Millionen Datensätze werden entwendet und im Darknet zum Kauf angeboten.

November 2014: Der amerikanische E-Mail-Dienst Yahoo wird angegriffen – über 500 Millionen Benutzerkonten werden geknackt und sensible Daten wie Telefonnummern, Adressen, Geburtstermine und verschlüsselte Passwörter entwendet.

Februar 2015: Der US-amerikanische Krankenversicherer Anthem Insurance wird angegriffen – über 80 Millionen Kundendaten werden entwendet. Sie enthalten Namen, zugeordnete Adressen, und Sozialversicherungsnummern.

Juli 2016: Russische Hacker greifen die Wählerverzeichnisse in Arizona, USA, an. Persönliche Daten von über 200.000 Wählern werden gestohlen. Diese können auch Rückschlüsse auf die politische Gesinnung geben.

Juni 2018: Microsoft startet zum ersten Mal ein Unterwasser-Rechenzentrum vor der schottischen Küste.

2021: Das deutsche Verkehrsministerium lanciert eine eigene App für den digitalen Führerschein. Kurze Zeit später werden massive Sicherheitslücken in der Architektur ausgemacht.

2023: Die israelische Firma Team Jorge behauptet 33 Wahlkampagnen weltweit digital durch Desinformationsstreuung beeinflusst zu haben. Nach eigenen Angaben seien 27 Kampagnen für die Personen oder Parteien, die Team Jorge engagiert haben sollen, erfolgreich gewesen.

Dramatis personae

SLS Tokio
Liam Owens, 1. Offizier
Kano Nakamoto, Kapitän
Masayoshi, Sicherheitstrupp
Cruz, nautischer Offizier
Mitchell, Funker

Universität LeBlanc, Schweiz
Adam Volt
Junichiro Hisoka
Vadim Orlov
Émelie, Adams Freundin
Prof. Dr. Leif Sixt (Sozioinformatik)

Die Investmentgesellschaften
Christoph Hildebrandt, Vorstandsmitglied DarkStone Deutschland
Fabrizio Visconti, Digital Markets DarkStone Deutschland
Thomas Virchow, Rechtsabteilung DarkStone Deutschland
Ruben Sontheim, HNWI Manager DarkStone Deutschland
Florence King, Cullinan+Arkin London
Malcolm Pierce, Cullinan+Arkin London
Dave Cullinan, Vorstandsvorsitzender Cullinan+Arkin London
Paul Pierce, Vorstandsmitglied Cullinan+Arkin London
Phil Bogart, Bernstein Capital New York City
Artjom Danilow, Vinzent&Prokowjew Moskau

Medien und Politik
Harold Decker, CNN, freier Journalist
Roger O'Donnell, Präsident CNN
Kazane Nishida, CNN Tokio
Joseph Foster, Lobbyist
Dr. Peter Naumann, Bundeskanzler
Hans-Christian Marschall, Bundesinnenminister
Jim Stern, Teleshoppingmoderator
Fumio Kobayashi, Premierminister Japan

Geheimdienste, Behörden und Militär

Harvey Preston, stellv. Direktor, CIA (Washington, D.C.)
Cedric Fergusson, CIA
Daniil Bugajew, GRU
Marco Kalinin, GRU
Admiral David Katz, Oberbefehlshaber US-INDOPACOM
Asuka Massako, PSIA
Taira Saki, Japanische Küstenwache
Hoshino Rio, Japanische Küstenwache
Nagai Hitoshi, Japanische Küstenwache
Rachel Fuller, amerikanische Botschafterin in Tokio
Dieter Leiser, Ressortleiter TA, BND (Abteilung Berlin)
Aminata M'Baye, seine Stellvertreterin (Abteilung Berlin)
Dr. Uwe Moreau, Präsident des BND (Berlin)
Severin Koch, Leiter CERT-Bund
General Koko, birmanische Streitkräfte
Kenjiro Yamamoto, Admiral der Japanische Marine
Shido Murakami, Kommandant bei der Japanischen Marine
Wolfgang Dietrich, Kriminalpolizei Hamm (Westfahlen)
Tamara, Polizei Berlin
Malte, Polizei Berlin
Alexander Vogler, Polizei Berlin

RCSN

Dimitri Orlov/Nabokov
Tschechow
Lara Semjonowa
Schischkin
Gontscharow
Puschkin
Chlebnikow
Solschenizyn

Tolstoi
Vladimir Orlov
Yuri, Vladimirs Freund
Viktorija, Vladimirs Freundin
Rebecca Stirling, Organisation Myanmar
Valeriy Nikolaev/Melnikow
Arbusow
Iwanowitsch

Weitere Personen

Maria Passarelli
Douglas Volt
Diane Volt
Ariana Visconti
Tommaso Visconti

TEIL 1

PROLOG

Wir wissen alles über dich. Und schon bald wissen wir noch viel mehr, denn wir werden deine Gedanken kennen. Deine Ängste. Deine Sorgen. Wir werden den Grund kennen, der Energie in deine Glieder treibt und dich morgens aufstehen lässt. Wir werden dein Weinen hören, dein Lachen und dein Schweigen. Wir werden dich trösten, denn wir wissen längst, dass sich dein Mann oder deine Frau von dir getrennt hat, dass du dein Haustier einschläfern lassen musstest, oder dass sich der Job, von dem du anfangs so begeistert warst, als ernüchternde Frustration entpuppt hat.

Wir haben es vorausgesagt.

Wir werden dir Ablenkung verschaffen, wir werden die Schulter sein, der du dein Leid klagen kannst. Wir werden rund um die Uhr für dich da sein. Wir werden all deine Wünsche erfüllen, denn wir kennen sie, bevor sie dir überhaupt in den Sinn gekommen sind.

Längst sind wir ein Teil von dir.

Du hast uns dein Vertrauen geschenkt. Danke dafür und Grüße an deine beiden Kinder und den ausgewanderten Bruder, mit dem du dich zerstritten hast. Du hast uns in dein Haus eingeladen, du isst mit uns zu Abend, putzt dir mit uns die Zähne, lässt uns am nächtlichen Liebesakt teilhaben. Hab keine Angst. Dein Partner oder deine Partnerin erfährt nur von deiner Affäre, wenn wir es so wollen.

Lauf nur davon, kleiner Mensch. Es gibt kein Entkommen. Wir werden Richter über Leben und Tod sein, die Bestimmer über Gut und Böse, die Kraft, die dich zum Menschen macht.

Wir wissen alles über dich. Und du weißt nichts über uns. Es wird Zeit, das auszunutzen.

EINS

Die Sonne hatte sich soeben hinter dem geradlinigen, ruhig liegenden Horizont des Pazifiks gesenkt. Die letzten Ausläufer ihrer, zu dieser Jahreszeit noch schwachen Strahlen, vermochten der trübseligen Einöde des offenen Meeres zwar ein klein wenig Heiterkeit zu verleihen, wenn auch nur kurzweilig, doch es gab einen offensichtlichen Grund, weshalb Orte wie dieser von Seeleuten *nasse Wüste* genannt wurden.

Offizier Ersten Ranges Liam Owens beachtete das eintönige Schauspiel längst nicht mehr. Er stand an der Heckreling auf der Steuerbordseite des Containerdecks, eingepackt in eine schwarze Offiziersjacke mit dunklem Fellkragen und mehreren Schichten Pullover und Wäsche. Gedankenverloren ließ er die kühle Brise durch sein lockiges Haar streichen. Über die gesamte Länge um das Schiff waren die Balustraden mit Natodraht, einem speziellen Stacheldraht mit scharfen Klingen, noch einmal erhöht. So sollte dafür gesorgt werden, dass niemand unerlaubt das Schiff betrat oder es verließ – eine Maßnahme, die Reedereien vor allem bei Routen durch das Ostchinesische Meer oder vor der Küste Somalias ergriffen, um sich vor Piratenangriffen zu schützen. Im offenen Ödland des Pazifiks hatte man derartige Zwischenfälle kaum zu befürchten – die meisten Fahrzeuge der Piraten waren in marodem Zustand und zu klein und zu gefährlich für den Einsatz auf hoher See. Auf der Tokio hatte man keine Angst vor Piraten. Man sorgte sich um andere Dinge.

Hinter Owens erhob sich die hinterste von insgesamt vierundzwanzig Stellplatzbays, welche Raum für knapp 24.000 bunte Container bieten konnten. Während seines ersten Kommandos auf einem großen Containerschiff hatte sich Owens oft an New York City erinnert gefühlt, seiner Heimatstadt. Die Ladung wurde zu hohen Türmen gestapelt und formte einen ähnlichen Grundriss wie jenen der Metropole mit der weltberühmten Skyline. Die Bays erstreckten sich an die vierhundert Meter über das Hauptdeck der SLS Tokio und der Wind pfiff durch die schmalen, dunklen Gänge zwischen der Fracht.

Die Tokio zählte mit ihren Schwesterschiffen, der SLS *Rostock II* oder der SLS *Yekaterinburg*, zu den größten Schiffen der *Megamax-Klasse* und damit zu den größten Containerschiffen der Welt. Jene jedoch waren in einem anderen Auftrag unterwegs.

Ein stämmiger Wachmann schlenderte vorbei, ein HK416 Sturmgewehr mit Schultergurt vor der Brust. Owens bat ihn um eine Zigarette. Der Mann trug schmuckloses, schweres Gefechtskleid, ohne Abzeichen oder sonstige Erkennungsmarken. Er reichte Owens eine Zigarette und behielt dabei eine Hand am Gewehr.

Owens hasste japanische Zigaretten und ihren würzigen, heftigen Geschmack, der im Rachen brannte, doch seine Marlboros waren ihm schon nach der ersten Woche zur Neige gegangen. Nachschub war nur in Form des unbeliebten, japanischen Tabaks geladen. Besser, als gar nichts, dachte er und sah dem Wachmann hinterher, bis dieser an der Reling nach Backbord Richtung Bug verschwand.

Owens stellte seine Tauglichkeit als Seemann in Frage, während er kräftig an der Zigarette zog. Wie jedes Mal in den ersten Tagen einer Fahrt plagten ihn Übelkeit und leichter Schwindel, sodass Owens die Nächte zumeist über oder an der Kloschüssel verbrachte. Eine nervige Begleiterscheinung eines jeden Kommandos – zwischen den Wochen auf See und jenen an Land vergingen oft lange Zeiträume, die einem das stete Schaukeln, Rütteln und Lärmen entwöhnten. In aller Regel besserten sich die Beschwerden mit jedem Tag, den sie sich von der Küste entfernten und die schrumpfenden Bezugspunkte an Land schließlich ganz aus dem Sichtfeld verschwanden. Diesmal war es anders.

Als Owens vor zehn Minuten den Kommandoraum verlassen hatte, waren bereits eintausend Seemeilen zum Heimathafen in Tokio gutgemacht. Er brauchte frische Luft. Die Vorstellung von ein klein bisschen Erotik, die er sich auszumalen gewagt hatte auf einem Schiff, das fast ausschließlich von Männern bewohnt wurde, hatte sich zuvor im Handumdrehen in Luft aufgelöst: Eine der wenigen Frauen an Bord, Lara Semjonowa, hatte seine Offensive mit einem knappen *du bist süß, aber du bist nicht mein Typ, Laurence, oh sorry, Liam,* entkräftet und seine Hoffnungen auf etwas stimmungshebenden Sex zunichte gemacht. Semjonowa hingegen schien einen Narren an Kapitän Nakamoto gefressen zu haben. Macht macht sexy, dachte Owens und verwarf den Gedankengang sogleich wieder. Als erster Offizier war er praktisch die Nummer zwei an Bord. Reichte das nicht? Oder war er wirklich nicht ihr Typ?

Owens nahm einen kräftigen Zug, blickte nach unten zur Meeresoberfläche und beobachtete die schäumenden Wellen, die die riesige Schraube hinter sich ließ, sah, wie sich die Hebungen sanft glätteten und bald im Nichts der anbrechenden Nacht zur dünnen Linie der Dünung verschmolzen. Doch eben jene Linie wurde soeben durchbrochen. Owens kniff die Augen zusammen. Ein kleiner, schwarzer Punkt schaukelte über das Wasser, kaum zu erkennen, aber Owens schien, als hätte er da draußen in der Ferne ein Licht aufblitzen sehen. Er fuhr sich über das Gesicht, betrachtete skeptisch die halb aufgerauchte Zigarette und warf sie über Bord.

Also doch!

Owens hatte ein Licht gesehen, diesmal war er sich sicher. Licht an Bord eines Schiffes, meinte er, ein kleines, schnelles Schiff. Aus den Vermutungen erhärtete sich rasch Gewissheit. Jetzt erkannte Owens die Umrisse eines schwarzen Schnellboots, das von achtern direkt auf sie zuhielt. Die chinesische Marine nutzt solche Boote, wusste Owens, aber derart weit draußen schien ihm das höchst unwahrscheinlich. Für Hochseeausflüge waren die wendigen Katamarane zumindest für längere Fahrten nicht geeignet – eigentlich dienten sie zur Absicherung küstennaher Stützpunkte und, aufgrund ihrer enormen Geschwindigkeit, zur Auskundschaftung vor taktischen Manövern. Testete man die Tauglichkeit dieser Dinger?

Zögerlich griff Owens nach seinem Funkgerät.

»1WO für Brücke, bitte kommen.«

»Hier Brücke, 1WO, was gibt's?«

»Haben wir einen näheren Kontakt?«

Einen Moment lang herrschte Ruhe, dann knisterte das Gerät und die Brücke meldete sich zurück.

»Das AIS zeigt nichts an, 1WO. Radar ebenfalls negativ. Was ist denn?«

Das AIS täuscht sich, dachte Owens. *Ich sehe das Scheißding doch.*

Das Scheißding wurde von Sekunde zu Sekunde größer. Wenn das tatsächlich ein Militärschiff war, konnte es das *Automatic Identification System*, kurz AIS, sowieso nicht erfassen. Owens wurde blass.

»Immer noch nichts?«, rief er in das Walkie-Talkie, doch es gab nur ein gequältes Rauschen von sich.

»Hier ist der 1WO! Brücke, könnt ihr mich hören? Hallo?!«

Owens rannte den Bug entlang zur Reling backbords, wo kurz zuvor der Wachmann seine Runde gedreht hatte. Er sah dessen Rücken und brüllte wie wild drauf los, doch der Wind und der Maschinenlärm übertönten ihn um ein Vielfaches.

»Was ist denn?« Eine Hand klopfte Owens auf die Schulter. Erschrocken fuhr er herum. Ein anderer Wachmann hatte ihn gehört und war herangeeilt.

»Kommen Sie mit, schnell! Und versuchen Sie die Brücke zu erreichen, da stimmt was nicht.«

Auch das Funkgerät des Wachmanns schien tot zu sein. Dasselbe, unheilvolle Rauschen ächzte in dem kleinen Lautsprecher.

Sie erreichten den Bug. Das fremde Schiff konnte inzwischen kaum mehr als drei Meilen entfernt sein. Der Wachmann werkelte an seinem Funkgerät und versuchte es erneut. Wieder nichts. Was nun geschah, ließ die beiden Männer erstarren. Der Maschinenlärm verklang, die Gischt an der Schraube legte sich.

»Warum halten wir an, zum Teufel?«

»1WO für Brücke, melden! 1WO für Brücke, bitte melden!«

Statt einer Antwort hörte Owens etwas anderes. Es begann leise, doch wurde schnell deutlich lauter und artete in kaum erträglichen Lärm aus. Es kam aus den Decklautsprechern.

Owens schüttelte langsam den Kopf. Ein unbekanntes Boot näherte sich, der Funk war blockiert, die Maschinen waren gestoppt und der Kapitän hatte nichts Besseres zu tun als *I was made for lovin' you* von KISS abzuspielen.

ZWEI

Daniil Bugajew spülte den bitteren Nachgeschmack zu heiß servierten Espressos mit drei großen Schlucken Wasser herunter. Der hagere, bebrillte Mann in Wintermantel, Anzug und Uschanka saß allein an seinem Stammplatz auf der Terrasse des *Bosco Café*. Das zuvor gereichte Lachsfilet mit Kaviarsauce hatte er nicht einmal bis zur Hälfte gegessen, obwohl es zu seinen Leibgerichten zählte. Besonders hier im Bosco, dass zu Russlands berühmtestem Kaufhaus *Gum* am Roten Platz gehörte, machten sie das beste Filet der östlichen Hemisphäre, wie Bugajew fand. Heute hatte er nur ein paar kleine Bissen herunterbekommen und rasch nach dem Kaffee verlangt. Es lag eine eigenartige Stimmung über dem Roten Platz, es war neblig, nass-kalt und ungewöhnlich viel Touristenverkehr für diese Jahreszeit. Nur Behördenfahrzeuge durften den Platz befahren, doch heute waren deutlich weniger als sonst unterwegs.

Im Bosco war für einen Dienstag dafür wiederum recht viel Betrieb, aber sein Platz mit Blick auf das Lenin-Mausoleum gegenüber wurde für ihn um diese Zeit immer freigehalten. Auf dem Tisch stand eine langhalsige schmale Vase, darin eine weiße Rose, deren Anblick Bugajew unter anderen Umständen gefreut hätte. Bei Wetter wie diesem nahmen die anderen Gäste zumeist lieber drinnen Platz. Als Einheimischer störte sich Bugajew jedoch nicht an der Kälte.

Er beobachtete die zahlreichen Passanten, wollte zählen, wie viele Menschen mit Fotoapparaten er gleichzeitig in sein Blickfeld bringen konnte und suchte in der Innentasche seines Mantels nach Zigaretten. Er steckte sich eine an und begann abwesend in der Zeitung zu blättern, die ihm der Kellner mit dem Espresso gebracht hatte. Bugajew war nicht bereit, dass Zeitungslesen aufzugeben, nur weil er sämtliche Nachrichten auch komprimiert und praktischer auf seinem iPad lesen konnte. Er mochte den Duft des Papiers, das Abwaschen seiner Fingerkuppen, die beim Lesen etwas von der Druckerschwärze annahmen und das raschelnde Geräusch beim Zusammenfalten der Zeitung, wenn er sie zurück auf den Tisch legte. Die volle Ladung des digitalen Krams hatte er schon von Berufswegen den ganzen Tag um sich herum zu ertragen, er war der Meinung, sich deshalb umso mehr seine mittägliche, nostalgische Auszeit im Bosco gönnen zu dürfen, das Handy auf Stumm, eine Mahlzeit in Ruhe und Frieden. Er wollte gerade um die Rechnung bitten, als ein Handy läutete.

Bugajew spürte erschrocken rhythmische Vibrationen an seinem Brustkorb, der altmodische Klingelton wurde lauter. Das *andere* Telefon lautlos zu stellen, hatte man ihm verboten. Bis jetzt hatte es nie geläutet.

Bugajew bemerkte, dass sein Atem unbewusst schneller geworden war. Er sammelte sich und fischte im Anzug nach dem Handy, führte es schweigend zum Ohr und hörte zu. Zehn Sekunden später legte er auf und starrte einen Augenblick in die Ferne. Ein düsteres Gefühl der Unbehaglichkeit kroch ihm den Rücken hinauf. Unscharf erkannte er einen schwarzen Wagen, der sich von der berühmten Basilius Kathedrale über die Pflastersteine näherte. Er wusste, dass es sich nicht um ein Behördenfahrzeug handelte.

Verdammt, die sind schnell.

Bugajew erhob sich langsam, steckte einige Scheine unter die Blumenvase auf dem Tisch und verließ die Terrasse. Ein paar Meter von ihm entfernt hielt eine schwarze Mercedes S-Klasse am Randstein. Bugajew holte tief Luft, rückte seine Krawatte zurecht, spickte die halb aufgerauchte Zigarette weg und stieg mit ernster Miene in den Fond. Er hatte kaum die Tür hinter sich geschlossen, da wendete das Auto rasch und verschwand mit ihm in die Richtung, aus der es gekommen war.

Auf dem Weg zum Moskauer Flughafen dachte er an seinen Partner und hoffte, dass auch die Tarnung von Cedric Fergusson nicht aufgeflogen war.

432 Park Avenue, New York City 04:45 Uhr Ortszeit

Das Laufband produzierte ein stetes, surrendes Geräusch. Cedric Fergusson erhöhte die Geschwindigkeit des Geräts, nahm kräftigere Atemzüge in schnelleren Intervallen. Angestrengt versuchte er, sich auf einen der abertausenden Lichtpunkte zu konzentrieren, die sich durch die großen Panoramafenster in sein Sichtfeld drängten. Die meisten kamen von Laternen, die die verwinkelten Wege des Central Parks in blass-gelbliches Licht tauchten. Von hier oben sah es aus, als habe man die Stadt wie einen Körper auf einen Operationstisch gelegt, einen rechteckigen Ausschnitt an seinem Rumpf geöffnet, und könne jetzt in sein Inneres sehen, die Gehwege wie Adern, die Seen und Teiche wie Organe, zusammengehalten vom asymmetrischen Gewebe der Bäume.

Fergusson schob den abstrakten Gedanken beiseite und ließ das Laufband um eine weitere Stufe beschleunigen. Aus gemächlichem Joggen wurde ein anstrengender Sprint. Das Handtuch um seinen Nacken war bereits durchgeschwitzt, die helle Haut seines Gesichts von einem spiegelnden, feuchten Film überzogen.

Während sein Körper die ersten Anzeichen machte, dass sich Kraft und Ausdauer ihrem Ende zuneigten, dachte er sich, dass er viel lieber mit seiner Familie auf dem Land leben würde. Sie könnten eine kleine Farm betreiben, vielleicht sogar mit ein paar Tieren, einem Brunnen und einem Generator autark leben, fernab der Hetze dieser Stadt und der Welt, die sie in den Etagen hoch oben über den gelb getupften Straßen repräsentierte.

Den gesichtslosen Menschen hier den Mittelfinger zeigen. Abhauen. Weg hier. Das wär's.

Er könnte sich den lästigen Papierkram für die Autoversicherungen sparen, er würde nur noch einen seiner sechs Wagen brauchen: den praktischsten, ein Ford Raptor Pickup mit viel Platz im Heck und ordentlich Bums unter der Haube. Nicht so wie jetzt; ein Aston Martin für den Weg ins Büro, ein Bentley für Termine auswärts, ein Koenigsegg zum Angeben bei dämlichen „Geschäftspartnern", die man wochenends an der Rennstrecke traf. Schon gar nicht würde er mehr diesen grässlichen 911er Porsche brauchen, den Fergusson nur benutzen sollte, wenn er auf Partys eingeladen war und er, aus diplomatischen Gründen, scheinheilig einen auf Understatement machen musste.

Als Investmentchef musst du wandelbar sein, hatte ihm einer der Vorstände einmal mit einer albernen Geste und breitem Grinsen im fetten Gesicht erklärt. Er hatte den sinnlosen Schwanzvergleich satt, und das obwohl Fergusson nur vorgab, dieses Spiel mitzuspielen. Bevor er diesen einen Job nicht erledigt hatte, würden Haus und Hof irgendwo im nirgendwo nur ein nebliger Traum bleiben. Immerhin war es nur ein Job und Cedric Fergusson kein echter Investmentbanker.

Aber bereits jetzt stellte er fest, wie sehr er sich seine Tarnung einverleibt hatte. *Deep Cover* wurde das bei der CIA genannt.

Das Fitnessgerät hatte einen Fernseher integriert, Fergusson stellte ihn an.

»... kam es deswegen gestern erneut zu erheblichen Kursschwankungen, doch CEO von Meta, Norman O'Brien, gab sich gelassen. Er sprach sich kooperativ gegenüber der neuen Regierung aus und nannte die aktuell gegen das Unternehmen stattfindenden Ermittlungen eine *reine Routine- und Vorsichtsmaßnahme.* Man werde die Sicherheitslücken schließen und eng mit dem japanischen Cybersecurity-Provider *SukiCore* unter der Leitung von Konzernchef Kazumasa Hisoka zusammenarbeiten, welcher vergangene Woche erfolgreich den Börsengang lancierte. Auf die Frage bezüglich einer möglichen Fusion mit dem Onlinegiganten Amazon erhielt CNN nach wie vor keine Antwort. Bislang handelt es sich noch um unbestätigte, kontrovers diskutierte Gerüchte. Das war live aus Tokio, Harold Decker, CNN.«

Fergusson stoppte das Laufband und sprang schnaufend ab, griff nach seiner Wasserflasche, nahm große Schlucke. Er freute sich auf die kalte Dusche.

Nach der Rasur ging er ins Ankleidezimmer, suchte sich einen dunklen Zegna-Anzug heraus und zog sich an. Sein Blick fiel auf den silbernen Rimowa-Koffer, der, seit Wochen gepackt, ein einsames Dasein in der Ecke des Raumes fristete. Seine bloße Existenz kam Fergusson wie ein Damoklesschwert vor. Aus der Küche drang das Klingeln eines Handys. Sein eigenes lag noch im Schlafzimmer neben dem Bild seiner Frau. Er erschrak ob des altmodischen, schrillen Klingeltons und blieb für ein paar Sekunden wie erstarrt im Ankleidezimmer stehen.

Fergusson fuhr sich auf dem Weg zur Küche über das Gesicht, versuchte sich zu entspannen, doch seine Muskeln krampften wie bei einem unmittelbar bevorstehenden Kampf. Das Aftershave brannte auf der Haut an seinem Hals. Es fühlte sich an, als bekäme er kaum Luft.

Er zog das Handy vom Ladekabel, und hob ab.

Während der Anrufer sprach, schwieg Fergusson, seine Augen flitzten wild und ziellos durch das Apartment. Sekunden später war die Verbindung beendet worden, zügig ging er zurück ins Ankleidezimmer, warf sich Wollmantel und Schal über den Arm und griff nach dem Koffer in der Ecke.

Um zehn nach fünf betrat Cedric Fergusson die Lobby.

»Morgen Mr. S!«, rief ihm der Wachmann, der seinen echten Namen nicht kannte, hinter dem langen Empfangstresen zu. Fergusson überhörte die Begrüßung, trat durch die Drehtür ins Freie und sog die eiskalte Luft der scheidenden Nacht in seine Lungen. Fergusson fühlte sich winzig und bedeutungslos, austauschbar, wie die Marionette eines übermächtigen Strippenziehers. Streng genommen konnte er sein Dasein in diesem Moment auch lediglich auf jene Analogie beschränken. Eine schwarze Mercedes S-Klasse drängte sich an einem Taxi vorbei und kam am Gehsteigrand vor Fergusson zum Stehen. Der Kofferraum öffnete sich automatisch, Fergusson verstaute Gepäck und Mantel. Er verschwendete einen letzten, bitteren Blick die Fassade des Park Avenue Buildings hoch, glaubte vergessen zu haben, das Licht abzuschalten.

Spielt jetzt auch keine Rolle mehr.

Sie ist wunderschön, dachte Malcolm Pierce. Das offene, dunkelbraune Haar umspielte film-reif ihr makelloses, weibliches Gesicht mit der spitzen Kleopatra-Nase, die ihm besonders gefiel, schlängelte sich leicht gelockt am zarten Hals entlang, um dort bald die schmalen Schultern zu berühren. Unter der strengen weißen Bluse konnte er dezent die Rundungen ihrer festen Brüste erkennen und die dunkelblaue Jacke ihres Dior-Kostüms betonte die schlanke Figur. Die Wahl ihres Dufts betörte ihn, etwas kräftig für tagsüber, aber genauso charismatisch wie der dunkelrote Lippenstift, von dem etwas am Rand ihrer Cappuccinotasse haften blieb. Insgeheim schämte er sich, an diesem Morgen nicht seinen besten Anzug gewählt zu haben, aber vielleicht bestand die Chance, dass Florence nicht zu jenen Frauen gehörte, die ihren Partner danach auswählten, was Garderobe, Garage und Gehalt so hergaben, wie die letzten, mit denen er das vergangene Jahr über angebandelt hatte. Pierce hatte nicht sonderlich viel Glück bei Frauen. Florence King war Investmentbankerin, wie er, sie verfügte, ihrem Outfit und dem Bentley-Autoschlüssel auf dem Tisch nach zu urteilen, wohl selbst über einigermaßen viel Geld. Natürlich verfügte sie über viel Geld. Möglicherweise meinte sie es tatsächlich ernst mit ihm.

Er entschied, keine vorschnellen Schlüsse aus ihrem bezaubernden Lächeln zu ziehen. Pierce hatte selbst erfahren müssen, dass es den meisten in der Branche am Ende nur um Macht und Bereicherung ging. Loyalität gab es höchstens als leere Worthülse, ausgetauscht bei einem festen Händedruck und tiefem Blickkontakt – bewahrheiten wollte sie sich jedoch so gut wie nie, erst recht nicht, wenn es darauf ankam. Die erste Regel, die auch Pierce lernen musste, vermittelte ihm sein Vater, der einer von sieben Vorstandsmitgliedern war: *Du bist auf dich allein gestellt.* Aus-reichend Vitamin B war freilich von Vorteil, Können alleine brachte kaum einen sonderlich weit. Frauen konnten sich ihr Aussehen in der männerdominierten Welt zu Nutze machen. Für Pierce war dies eine allgemeingültige Wahrheit. Respekt und Anerkennung verschaffte man sich letztlich aber immer über die dicken und dicksten Deals.

Vielleicht sollte ich mal eine aus der Unterschicht anbaggern.

Der spontane Gedanke ekelte ihn so schnell, wie er gekommen war.

Pierces privates Handy vibrierte. Das andere steckte in seinem Mantel. Er entschuldigte sich und las rasch die Textnachricht auf dem Display. Was er heute Abend essen wolle, so die liebevolle Nachfrage seiner Frau, die unter diesen Umständen wie ein Vorwurf klang. Er sperrte den Bild-schirm, steckte das Telefon weg und schob den kurzen Anflug schlechten Gewissens beiseite.

Ein flüchtiger Blick hinunter zu Florences Dekolleté reichte und alles war vergessen.

»Wollen wir ein Stück spazieren gehen?«, schlug Florence vor.

Pierce sah auf seine Armbanduhr. »Hast du kein Meeting heute? Ich dachte ihr bastelt noch an dem Katastrophenbond herum?«

»Den CAT habe ich an Sadhana und ihr Team abgegeben. Wir haben einen Kunden an Land gezogen, der meine volle Aufmerksamkeit benötigt.«

»So, so. Also, wenn du Zeit für einen Spaziergang hast, gerne.«

Pierce lächelte, stand auf und hielt Florence ihren Mantel hin. Als sie ihn anzog, sog er den Duft, der von ihrem Hals aufstieg, tief ein. Er würde seiner Frau später texten, dass er spontan auf Geschäftsreise musste. Die beste aller Ausreden. Funktionierte immer.

Sie gingen an den Bürogebäuden entlang, ließen St. Pauls links liegen und setzten sich auf eine Bank im Garten, der um den östlichen Teil des Kirchenschiffs bis zur Hauptstraße angelegt war.

»Ich habe heute Abend einen Tisch im La Chapelle«, sagte Pierce stolz. »Ich würde mich freuen, wenn du mich begleitest.«

»Sicher nicht!«, versetzte Florence lachend. »Hab' schlechte Erfahrung mit der französischen Küche. Lass uns irgendwo hin, wo man erkennt, was man sich zwischen die Kiemen schiebt.«

»Ach so? Gut, man kann ja nie wissen. Ich dachte nur. Die haben ausgezeichneten Wein dort und der Service ist – «

»Ach, daher weht der Wind!«, sagte sie mit schelmischem Grinsen. »Hör mal, wenn du mich betrunken machen willst, dann gehen wir ins Irish Pub, oder so. Ich bezahle keine zwölfhundert Pfund für eine Flasche Chateau-Schieß-Mich-Tod, die genauso schmeckt wie die Plörre von der Tanke.«

Pierce schwieg. *Die redet wie eine aus der Unterschicht.*

»Sorry ... War das zu direkt?«

Florence stieß ihm mit dem Ellbogen sanft in die Seite. »Ich geh' gern mit dir aus. Aber ob das Rendezvous unter einem Michelin-Sternenhimmel stattfindet oder nicht, hat keinen Einfluss darauf, ob du mir gefällst.«

Pierce probierte ein gekünsteltes Lachen, versuchte, seine Unsicherheit zu verbergen. »Wow, also damit habe ich nicht gerechnet ... Du hast Recht. Also dann suchst du aus, wo wir heute Abend hingehen.«

»Ich lass' mir was einfallen«, gab Florence zurück. »Sag mal ...«, sie zögerte, »... wie ist eigentlich das Verhältnis zu deinem Vater? Ich sehe euch fast nie gemeinsam.«

»Mein Vater ist im Vorstand. Das heißt er ist mit seiner Arbeit verheiratet. Außerdem ist das Wort *Vater* ein sehr dehnbarer Begriff.«

»Naja, das macht Sinn. Ich dachte nur, dass – «

Weiter kam Florence nicht. Aus ihrer Handtasche drang ein penetranter, altmodischer Klingelton.

»Geh ruhig ran«, sagte Pierce, wieder etwas gelassener.

Als sie abhob und das Handy zum Ohr führte, verfinsterte sich ihre Miene. Ein paar Augenblicke blieb sie regungslos sitzen, dann steckte sie das Telefon weg und knöpfte ihren Mantel zu.

»Was ist denn?«, fragte Pierce und griff nach ihrem Arm. »Alles in Ordnung? Du bist ganz blass!«

»Ich muss los.« Ohne ihn anzusehen, schob sie seine Hand von ihrem Arm und steuerte auf die Hauptstraße zu. Pierce blieb verwirrt stehen, wusste nicht, ob er hinterhergehen sollte. Was war denn in sie gefahren?

»Florence!«, rief er.

An der Ampel eines Fußgängerüberwegs blieb sie stehen, als eine schwarze Mercedes S-Klasse keine zwei Schritte vor ihr hielt. Sie stieg ein, ohne noch einmal in seine Richtung zu blicken.

Pierce konnte nur zusehen, wie sich der Wagen in Bewegung setzte und die Straße hinunter schließlich aus seinem Sichtfeld verschwand.

»Was soll das heißen, der Deal ist vom Tisch?«

Christoph Hildebrandt wischte sich mit seinem Einstecktuch über die rötlich angelaufene Stirn. Er gab sein Bestes, so ruhig wie möglich zu klingen. »Gab es ein Problem?«, fragte er und legte den Telefonhörer von der einen in die andere Hand.

»Ihr Mann ist nicht auffindbar«, sagte der Anrufer. Hildebrandt versuchte, den mitschwingenden Akzent in der tiefen Stimme zuzuordnen. Russisch, ziemlich sicher. Alle, die außer ihm und seinem Team in dieses Geschäft verwickelt waren, schienen Russen zu sein.

»Weit kann Visconti doch nicht sein«, gab Hildebrandt zu bedenken.

»Das wissen wir nicht. Er hat das Handy ausgeschaltet und sein privates Telefon liegt in seiner Wohnung, ebenfalls ausgeschaltet.«

»Woher wollen Sie dann wissen, dass es in seiner Wohnung ist?«

»Weil wir dort waren. Wir haben auch keine Aktivitäten seiner Kreditkarten feststellen können. Er war allerdings gestern zwischen 23:41 Uhr und Mitternacht an mehreren Geldautomaten und hat sich 10.000€ gezogen, das Tageslimit. Der Deal ist vom Tisch, Herr Hildebrandt.«

Hildebrandt schluckte. Angestrengt suchte er in seinem Repertoire diplomatischer Formulierungen nach einer Antwort, die den Mann irgendwie bei Laune zu halten vermochte.

»Lassen Sie uns lösungsorientiert denken. Ich könnte einen anderen Vertreter bereitstellen.«

Kurz schien die Leitung wie tot. Dann räusperte sich der Mann.

»Ist Ihnen klar, was dieser Stunt für unsere gesamte Unternehmung bedeutet?«

Hildebrandt wusste nicht recht, was er sagen sollte.

»Wir wissen doch gar nicht, was er vorhat. Vielleicht ist sein Vater krank geworden, und – «

»Beleidigen Sie uns nicht. Viscontis Vater ist vor dreizehn Jahren gestorben.«

Hildebrandts Atem ging schwer. Er durfte jetzt nicht einknicken. Ihm war sehr wohl bewusst, was das vermeintliche Untertauchen Viscontis für ein Chaos verursachen würde. Und auch, was Visconti selbst blühte, wenn diese Leute ihn fanden. Er besaß Informationen, die er nicht haben durfte. Bedrückt musste sich Hildebrandt eingestehen, dass es nur darum ging, *wann* und nicht, *ob* sie ihn fanden.

»So kommen wir nicht weiter«, sagte Hildebrandt gedrungen. »Es steht doch sicherlich im Interesse unserer beiden Parteien, die Abmachungen einzuhalten, nicht wahr?«

»Unsere *Partei* hält den Teil der Abmachung ein. Für Visconti sind Sie verantwortlich.«

Hildebrandt musste dringend den Kopf aus der Schlinge ziehen.

»Also gut. Meine Aufgabe war, einen Mann zu delegieren, der in unserem Interesse mitbietet. Visconti ist doch nur eine austauschbare Figur. So, wie ich Sie und Ihre Organisation einschätze und kennengelernt habe, dürfte es ein Leichtes für Sie sein, den Mann zu finden. Ich habe noch einen Mitarbeiter in der Pipeline. Effizient, stellt keine Fragen. Ich vertraue ihm.«

Wieder wurde es still. Hildebrandt betete. Wenn die Sache jetzt schief ging, war er geliefert. Alle waren geliefert. Die Wetten waren bereits platziert. Sollten sie Visconti doch abknallen, diesen dämlichen Deserteur. Wer vor einer Goldgrube steht und sich nicht die Taschen vollstopft, ist selbst schuld, dachte Hildebrandt.

»Aufgrund der angenehmen bisherigen Zusammenarbeit ist unsere Organisation bereit, Ihnen noch eine Chance zu geben. Wir werden uns um Visconti kümmern. In dreißig Minuten steht ein Wagen für Ihren Mann bereit. Sorgen Sie dafür, dass er gebrieft wird und den Vertrag unterschreibt. Es erübrigt sich zu erwähnen, dass dieses Gespräch hier nie stattgefunden hat.«

Ohne ein weiteres Wort wurde die Verbindung unterbrochen. Erschöpft sank Hildebrandt in seinen Sessel. Er hatte gerade sein Todesurteil verhindert.

Sie sind für Visconti verantwortlich.

Falls sie den Bastard nicht finden, dachte Hildebrandt, ist meine Hinrichtung nur verschoben.

Er holte tief Luft, griff zu seiner Computermaus auf dem Schreibtisch und navigierte durch ein verschlüsseltes Dateisystem, bis er den besagten *Vertrag* gefunden hatte. Hildebrandt wusste, dass es sich nur um ein wertloses Stück Text handelte, eine reine Formalie, die den Eindruck zu vermitteln hatte, bei diesem Deal ginge alles mit rechten Dingen zu. Der Vertrag war ein Ablenkungsmanöver. Visconti hatte den Braten wohl gerochen und kalte Füße bekommen. Hildebrandts Ersatzmann jedoch, der war nicht vom Format Viscontis. Ruben Sontheim würde keinen Verdacht schöpfen, der karrieregeile Pisser, dachte Hildebrandt zufrieden und beruhigte sich etwas.

Das Spiel war noch nicht aus.

DREI

Insbesondere große Schiffe sind dann am verwundbarsten, wenn sie bei der Ein- und Ausfahrt in Häfen manövrieren, interne und externe Kommunikationssysteme versagen, oder sie keine Fahrt machen. Zwei dieser Fälle schienen nun das Schicksal der SLS Tokio zu besiegeln. Beide Maschinen hatten gestoppt, die Funksysteme waren gestört oder vollständig blockiert. Der dunkelgrau lackierte Katamaran von der Größe eines kleineren Militärschiffs, den der 1WO Liam Owens vom Puppdeck aus entdeckt hatte, war inzwischen kaum noch 2000 Yards entfernt – das entsprach fast exakt einer nautischen Meile. Eine beinahe winzige Distanz auf hoher See. An Bord vermochte keiner die Lage ansatzweise einzuschätzen.

Im Falle eines Piratenangriffs gibt es vom IMB, dem *International Maritime Bureau*, herausgegebene Notfallprotokolle, die sich je nach Seegebiet mehr oder weniger unterscheiden. Jedes von ihnen beginnt allerdings mit der Empfehlung, sofort das SSAS, das *Ship Security Alert System* zu aktivieren, welches ein Alarmsignal abgibt und die Crew dadurch anweist, verzögernde, respektive verteidigende Maßnahmen zu ergreifen. Die gesamte Beleuchtung des Wetterdecks und die Suchleuchten werden eingeschaltet, um den Angreifern zu signalisieren, dass sie gesichtet wurden. Mit Leuchtstoffgeschossen dürfen in ziviler und kommerzieller Schifffahrt Warnsalven abgegeben werden. Ansonsten gilt die Regel *do not fire until fired upon* – nicht schießen, solange der vermeintliche Angreifer nicht schießt.

Der Kapitän gibt ferner den Befehl *beide Maschinen äußerste Fahrt voraus*, sofern die Umgebung eine erhöhte Geschwindigkeit zulässt. Enge Absprachen mit dem Ausguck und den Offizieren an den Navigationssystemen sind dafür kritisch.

Offene Luken und Türen, insbesondere jene zwischen Decks und Brücke werden verschlossen oder verschweißt. Die Crew bereitet zeitgleich den Lockdown in der Zitadelle vor, einem von innen verschließbaren, gepanzerten Saferoom, wenn feindliches Entern unvermeidbar ist. Von dort aus kann die Besatzung per Satellitenverbindung weiterhin mit der Außenwelt kommunizieren, bei modernen Schiffen sogar navigieren und auf die Maschinensysteme zugreifen. Wasser und sonstige Verpflegung gewährleisten auch einen längeren Aufenthalt, ohne die Tür öffnen zu müssen. In den Weiten der internationalen Gewässer ist Rettung oft Stunden, oder gar Tage entfernt.

Zudem werden nach Aktivierung des SSAS umgehend die nächste Küstenwache und in der Nähe befindliche Schiffe über die Situation mit Kerndaten wie Schiffskennung, Rufzeichen, Flagge, Fracht, Geschwindigkeit und Position informiert. Jedoch hatte ein solcher Alarm an Bord der SLS Tokio nicht stattgefunden.

Erster Wachhabender Offizier Liam Owens hetzte schnaufend die Treppe vom Wetterdeck zur Brücke Richtung Kontrollraum hinauf. Bewaffnete Wachmänner, Maschinisten und Matrosen drängten sich auf den schmalen Treppen, das Treiben war chaotisch und wirkte auf Owens unkoordiniert. Bei einem bewaffneten Angriff kann das Zusammenbrechen der Befehlskette durch mangelnde oder ausbleibende Kommunikation über Leben und Tod entscheiden.

Selbst Owens war sich nicht darüber im Klaren, was die ganze Situation zu bedeuten hatte. Es waren keine Schüsse gefallen, er wusste nicht, ob der Katamaran gefunkt hatte, oder alles nur der schlechte Scherz einer Übung war. Er schüttelte den Kopf. Im Falle einer Übung waren er und seine Vertretung immer eingeweiht. Sein Instinkt sagte ihm, dass etwas gewaltig falsch lief.

»Unbekanntes Boot auf null Sechshundert!«, brüllte er und nahm zwei Stufen auf einmal.

»Gehen Sie auf das Containerdeck und sichern Sie die Bordwände!« Sein Befehl wurde fast vollständig von I was made for lovin' you übertönt, dass noch immer in Dauerschleife über die Lautsprecher schallerte. Er konnte nur hoffen, dass ihn jemand verstand.

Außer Atem erreichte Owens die Brücke.

»Captain! Ein unbekanntes Boot auf null Sechshundert! Wir müssen hier schnellstmöglich weg, warum stoppen Sie die Maschinen?!«

Kapitän Kano Nakamoto stand inmitten anderer Offiziere und Techniker an einem großen, länglichen Arbeitstisch im Zentrum des Raumes. Owens musste näher an die geschäftige Gruppe herantreten und sein Anliegen wiederholen; auch im Kontrollraum blieb die Besatzung der Tokio nicht vom blechernen Lärm der Rockhymne verschont.

»Wir können den Maschinenraum nicht ansteuern, Owens. Das SSAS lässt sich nicht aktivieren. Wir sind blind, das Radar und das AIS zeigen ein Testbild«, sagte Nakamoto. Er klang resigniert und dicke Schweißperlen rannen das breite Gesicht hinab.

»Was?! Wir müssen sofort das Programm neu starten, wo ist der – «

Der Kapitän unterbrach ihn forsch: »Halten Sie den Mund, Owens! Das haben wir schon zweimal versucht, es bringt nichts. Wir müssen uns beruhigen und klar denken.«

»Jawohl, Captain. Mit Verlaub, dann steuern Sie die Maschinen eben manuell an! Sir, das Ding da draußen sieht ziemlich unfreundlich aus, wir müssen uns absichern!«

»Owens, es reicht! Da unten ist es stockdunkel, die haben keinen Strom. Wir sitzen hier erstmal fest. Ich hab' das Boot vorhin selbst durchs Fernglas gesehen. Männer – «, rief der Kapitän und sah ernst in die Runde, doch weiter kam er nicht.

»Captain, Feuer in der Zitadelle!«, brüllte ein Techniker, der an einem Terminal weiter hinten in der Brücke saß.

»Was geht hier vor, zum Teufel?! Bootsmann, treiben Sie einen Löschtrupp auf und bringen Sie mir die Schadensberichte!« Nakamoto schlug sich in Zeitlupe mit der Faust gegen den Kopf, als versuche er, einen in seinen Hirnwindungen verkanteten Plan zu befreien.

»Meinen Sie, das hat was mit dem Boot zu tun? Sind die dafür verantwortlich? Warum können wir nicht auf die Systeme zugreifen?«, fragte Cruz, der nautische Offiziersassistent. Owens fand die Frage wenig hilfreich. Für ihn war der Zusammenhang zwischen den merkwürdigen Ereignissen und dem unbekannten Boot so klar, wie das Wasser an der Küste der Malediven.

»Anders kann ich mir diesen Zirkus nicht erklären«, meinte Nakamoto und schüttelte ratlos den Kopf. »Wir müssen als erstes für klare Kommunikation sorgen. Masayoshi, Sie versuchen, Ihre Leute zusammen zu trommeln. Wenn die da draußen versuchen, an Bord zu kommen, werden wir uns verteidigen, verstanden? Hören Sie zu, Owens. Sie gehen runter in den Maschinenraum und sehen sich die Lage an. Fragen Sie den LI, ob mit den Motoren alles in Ordnung ist. In zehn Minuten erwarte ich Ihren Bericht. Masayoshi, geben Sie dem 1WO eine Waffe.«

Masayoshi sah Nakamoto fragend an. »Das kann ich nicht, Captain. Die Crew darf nur auf Befehl der Zentrale eine Waffe tragen.«

»Geben Sie dem 1WO eine Waffe, und zwar sofort!«

Masayoshi rührte sich nicht vom Fleck, die Anspannung war auch ihm deutlich anzusehen.

»Machen Sie schon, Mensch! Ich übernehme die Verantwortung!«, rief Nakamoto forsch, ohne seinen Blick von Masayoshi zu wenden.

Masayoshi trug neben seinem Sturmgewehr vor der Brust eine Glock im Gürtelhalfter. Zögerlich reichte er sie Owens und die Männer verließen den Kontrollraum.

Mitten im Refrain hörte die Musik auf zu spielen.

»Captain, ich habe eine Verbindung zur Zentrale, kommen Sie schnell!«, rief der Funker.

»Was ist mit den anderen Leitungen? Können Sie Alarm geben?«, fragte der Kapitän, während er zum Funkpult eilte.

»Nein, Sir. INTERCOM ist weiterhin noch blockiert. Aber ich habe den Frontman auf Kanal Vier, Sie können sprechen.«

»Geben Sie her!« Nakamoto griff nach dem Hörer und fuhr auf Japanisch fort. »Hallo? Hier ist Kapitän Kano Nakamoto. Wir können nicht auf unsere Systeme zugreifen und haben einen unbekannten Kontakt direkt am Arsch. Ich muss sofort mit Direktor Hisoka sprechen!«

Nakamoto hörte leises Rauschen, dann die ruhige Stimme des Frontman: »Wir werden versuchen, die Systeme von hier aus zu rebooten. Sorgen Sie dafür, dass niemand das Schiff betritt.«

»Ich will sofort mit Hisoka sprechen, holen Sie ihn, verdammt noch mal, wir werden angegriffen!«

Das weiße Hemd des Kapitäns war vom Schweiß durchsichtig geworden.

»Der Direktor hat gerade eine Besprechung mit seinem Sohn. Er will nicht gestört werden. Sie kennen das Notfallprotokoll, Kapitän.«

»Für diese Scheiße gibt es kein Protokoll! Geben Sie mir Hisoka, Sie haben nicht das Recht irgendetwas zu entscheiden!«

Nakamoto hatte erreicht, was er wollte.

»In Ordnung, Sir. Warten Sie bitte. Ich versuche Sie durchzustellen.«

Während sein Schiff im Chaos versank, war Nakamoto gezwungen, der japanischen Plastikfahrstuhlmusik der Warteschleife zu lauschen. Das war alles nicht zu glauben!

»Kapitän? Der Direktor hebt nicht ab.«

»Dann nehmen Sie ihre Beine in die Hand und bringen Sie ihm das Telefon, Mann! Ich muss Hisoka unterrichten!«

Der Frontman murmelte ein *Also Gut* und Nakamoto hörte seine Schritte durch das Telefon, hörte, wie der Frontman an einer Tür klopfte und Hisokas Namen rief.

Dann, mit einem Mal, war die Leitung tot.

»Verdammter Mist!«, fluchte Nakamoto und sah sich hilfesuchend im Kommandoraum um.

»Heilige Maria!«, zischte einer der Männer hinter den Kontrollpanelen. »Captain! Wassereinbruch, Backbord querab!«

Nakamoto brachte kein Wort heraus, seine Stimmbänder waren gelähmt. Durch das Gebrüll und den Lärm auf der Brücke drängte sich ein ziemlich leiser, aber grauenvoller Gedanke in den Kopf des Kapitäns.

Das war's dann wohl.

VIER

»Suka blyat, eto bylo bystro! *Das ging schneller als gedacht!*«

Der blasse, glatzköpfige Mann war von seinem Stuhl aufgesprungen und starrte grinsend auf den Computerbildschirm vor ihm. Dieser war, neben ein paar Bauleuchten, die einzige Lichtquelle in dem backsteinwandigen Raum tief unter der Erde. Zigarettendunst stieg aus den Aschenbechern auf die Schreibtischen auf und zog sich in langen, dichten Schwaden unterhalb der Decke entlang. Einige seiner Kollegen, die meisten männlich, sahen neugierig von ihren Computern auf.

»Was ist denn, Tschechow?«, fragte einer von ihnen.

Auf dem Monitor las Tschechow die neueste Polizeimeldung noch einmal, diesmal laut:

An Wagen 31, 12, 14: 10:51 Uhr Richard-Wagner-Straße Richtung Hamm-Zentrum, Ecke Bergengruenstraße: Unfall mit zwei PKW, 3 Schwerverletzte, RTW auf Anfahrt; Fahrerflucht (zu Fuß) des Wagenführers amtl. KZ: F-FV-23 // 31,12,14: Sonder- und Wegerechte erteilt.

So ein Amateur, dachte er.

Tschechow griff zum Telefon. Er hatte Fabrizio Visconti vorsichtiger eingeschätzt.

FÜNF

Eine der Türen an Wagen 12 klemmte. Schon wieder. Das hatte ihnen bereits in Wuppertal zwanzig Minuten Verspätung eingehandelt. Wenn die Techniker sich nicht beeilten, würden sie mit über einer Stunde Fahrplanabweichung in Berlin ankommen. Immerhin gab die ungewollte Verzögerung Maria Passarelli die Möglichkeit, etwas frische Luft auf dem Bahnsteig zu schnappen. Sie zupfte, eine Zigarette im Mundwinkel, ihr Kostüm zurecht und band dem Halstuch eine frische Schleife. Ihr Kopf dröhnte – die Klimaanlage war ebenso defekt wie die vermaledeite Tür – und die großgewachsene, schlanke Mitzwanzigerin fühlte sich unwohl in den hochhackigen glänzend-schwarzen Pumps, die sie sich gestern in Köln gekauft hatte. Schmerzhaft wurde Maria klar, warum die meisten ihrer Kolleginnen die flachen Schuhe bevorzugten, die von der Bahn gestellt wurden. Streng genommen durfte sie gar keine Hacken während der Arbeit tragen. So wirklich kontrolliert wurde das aber auch nicht, und so hatte sie Gelegenheit, die neuen Schuhe gleich einzulaufen. Sie tröstete sich; *Se le tue scarpe nuove non fanno male, allora non sono di qualità. Wenn deine neuen Schuhe nicht wehtun, sind sie von schlechter Qualität.* Der Spruch stammte von ihrer Großmutter, die selbst bis in ihre späten Achtziger hohe Absätze getragen hatte. Außerdem fand Maria, dass die Schuhe dem spießigen Dienstoutfit der Deutschen Bahn wenigstens etwas mehr Stil verliehen.

Sie freute sich auf Berlin. Diese Fahrt noch, dann war Urlaub angesagt. Ein paar Tage Ausspannen, vielleicht würde sie sich zwei, drei Stunden Wellness gönnen, aber nicht bevor sie sich das Brandenburger Tor angesehen hatte, ein bisschen Touri-Kram musste sein, wenn sie schon mal da war. Der Gedanke an die Großstadt stimmte sie fröhlich. Es war ihre dritte Woche beim Fernverkehr.

Sie ließ die Zigarette auf den Boden fallen und drückte sie mit dem Schuh aus. Im nächsten Moment ärgerte sie sich über die fahrlässige Gewohnheit, hob das Bein nach hinten an und wischte mit einem Taschentuch die Asche von der Sohle.

Maria blickte zu den Technikern weiter hinten am überdachten Teil des Gleises. Soweit sie es von hier erkennen konnte, waren die Reparaturen noch immer nicht erledigt. Genervt sah sie auf ihre Armbanduhr, als ihr plötzlich jemand von hinten an die Schulter griff.

»Ent – «, ein Husten, ein schnelles Räuspern, »... Entschuldigung! Ist ... ähem ... ist das der Zug nach Berlin?«, brachte der Mann noch raus, bevor er sich auf seine Knie stützte und nach Luft rang.

Maria Passarelli erschrak fürchterlich und wich einen Schritt zur Seite.

»Che cazzo, madonna mia!«, fluchte sie, doch erlangte schnell ihre Fassung zurück, als sie den großgewachsenen Anzugträger, der völlig außer Atem vornübergebeugt neben ihr stand, genauer betrachtete. Der Arme hat Glück, dachte sie. Hat bestimmt geglaubt, er hat den Zug längst verpasst.

»Entschuldigen Sie, Signore. Sie haben mich total erschreckt!«

»Das dachte ich mir, parlo anche italiano, signora«, gab der Mann zurück und richtete sich langsam, schwer atmend, auf.

Er trug das stahlgraue Haar streng über den Schädel geölt, ein paar Strähnen hatten sich gelöst und hingen orientierungslos über die Stirn.

»È questo il treno per Berlino?«, wiederholte er.

»Ja, wir haben fast eine halbe Stunde Verspätung. Steigen Sie ein«, erklärte Maria. Der Typ hatte was von George Clooney, sicher nicht so alt, aber die reifen und markanten Züge seines freundlichen Gesichts gefielen ihr. Außerdem zeichnete sich unter seinem Hemd deutlich ein trainierter Oberkörper ab.

»Grazie mille«, sagte der Mann und bemerkte, wie Maria ihn musterte. Er lächelte schwach, ziemlich geistesabwesend, wie ihr vorkam, und stieg in den Waggon, in welchem sich das Bordrestaurant befand.

Die Techniker schienen ihre Arbeit endlich beendet zu haben.

Mal sehen, ob ich seine Aufmerksamkeit mit einem Espresso wiederherstellen kann.

Maria Passarelli rückte ihr Halstuch zurecht, stieg ebenfalls ein und merkte noch, wie sich surrend die Tür hinter ihr schloss und sich der ICE langsam in Bewegung setzte.

SECHS

A5 Richtung Darmstadt
kurz hinter Frankfurt-Schwanheim, Deutschland   11:30 Uhr Ortszeit

Ruben Sontheim überflog die Zeilen auf dem Papier in seiner Hand ein zweites Mal. *... deshalb allerhöchste Vertraulichkeit, Diskretion! ... internationale Konflikte ... vorübergehend zu Zahlungen bevollmächtigt ... Maximales Volumen von 50 Milliarden USD ... sofortiges Reporting ... Kontaktverbot zu anderen Bietern ...* Sontheim saß im Fond einer schwarzen Mercedes S-Klasse und spürte ein übermannendes, warmes Gefühl von Macht und Wichtigkeit in seine Glieder fahren. Es sind diese Deals, die dich unsterblich machen, dachte er. Er schloss die Augen, sah einen weißen Strand vor sich, spürte den feinkörnigen Sand durch seine Finger rieseln. Neben sich eine dunkelhäutige, exotische Schönheit, die ihn mit Mangostückchen fütterte, ihm dabei sanft über die Brust strich, ihre Hand langsam unter den Bund seiner Badehose verschwinden lassend ... vielleicht war noch ein zweites Mädchen dabei, bezahlen könnte er ihr junges, straffes Fleisch allemal, und beide würden ihm jeden Wunsch von den Augen ablesen.

Sontheim dankte Gott, dass das Schicksal ihn an Fabrizio Viscontis Platz befördert hatte und fragte sich gleichzeitig, wie dieser Idiot sich eine solche Chance entgehen lassen konnte. Hildebrandt hatte auf Sontheims diesbezügliche Nachfrage nichts durchsickern lassen, sondern nur beiläufig angemerkt, Visconti sei aus privaten Gründen kurzfristig unpässlich geworden. Sontheim war froh, dass er sich nie gebunden hatte und private Fragen nicht zu jenen gehörten, die ihn beschäftigten. Weshalb jemand freiwillig die Bürde dieses unwirtschaftlichen, emotionalen Konstrukts einer Familie auf sich nahm, hatte sich ihm nie erschlossen. Sontheim war nach dem Studium einmal in die Assistentin eines Vorstands verliebt gewesen und für ein paar Monate hatte er geglaubt, das sogenannte Glück der Liebenden jetzt auch zu verstehen – aber die athletische Brünette mit Vorliebe für Dior-Kostüme war einem attraktiven Angebot nach London gefolgt und hatte ihn, mit einem daher gemurmelten *so ist das Leben*, im Restaurant *Lohninger* in Frankfurt sitzen gelassen. Der Abend hatte ihn fast eintausend Euro gekostet. Traurig hatte er sich ein Taxi auf die Kaiserstraße genommen, irgendeine brünette Rumänin beim Verkehr vor Wut halb totgeschlagen, dem Besitzer des Etablissements hernach so lange Scheine in die Hand gedrückt, bis dieser grunzend genickt hatte und sich beim Heimweg im Morgengrauen schließlich geschworen: Sontheim, so einen Fehler machst du nicht noch einmal. Sollen sich andere verlieben und sich für mittelmäßigen Sex den Arsch aufreißen.

»Wir sind da«, sagte der Fahrer knapp und riss Sontheim aus seinen Gedanken.

»Wie bitte?«

»Wir sind da, Herr Sontheim.«

Sontheim sah aus dem Fenster. Meilenweit nichts als eine karge Betonfläche, in der Ferne ein paar Containerbauten. Er war gedanklich so abgedriftet, dass er ein paar Momente brauchte, um seine Umgebung als die des Frankfurter Flughafens wahrzunehmen. Als nächstes erkannte Sontheim, dass sie sich auf dem vom Hauptgebäude etwas abseitigen Bereich des Privatterminals befanden.

»Keine Sicherheitskontrolle?«

Der Fahrer schüttelte den Kopf.

Schwungvoll stieg Sontheim aus und genoss den kühlen Wind. Ein paar Schritte entfernt stand ein glänzender, schwarz lackierter Bombardier Global 5500 Privatjet. Im Managermagazin hatte Sontheim gelesen, dass die Global-Familie zu den Jets mit der größten Reichweite überhaupt gehörten.

Du hast es geschafft, dachte er, zwang sich aber im selben Moment, nicht übermütig zu werden. Seinen Auftrag hatte er noch lange nicht erledigt. Er bemühte sich, dem Fahrer gegenüber ein unbeeindrucktes Gesicht zu wahren. Dieser reichte ihm sein Gepäck und deutete mit einer nüchternen Handbewegung auf den Jet, stieg schließlich wortlos wieder in den Mercedes und fuhr davon.

An Bord senkte sich Sontheims Kinnlade dann doch kurz gen Boden. Wenn er geglaubt hatte zu wissen, was Luxus sei, war er soeben eines Besseren belehrt worden. Die Kabine roch nach frischem Leder, aber nicht etwa wie jenes, dass man in einem mittelmäßigen Neuwagen von BMW oder Audi verwendet, nein. Dies hier hatte mindestens Ferrari-Qualität. Die Sessel waren in gedeckten Erdtönen gehalten, Sontheim sah viel Chrom, etwas Gold – nur elegant akzentuiert, zu viel Gold wirkt billig – und selbst das kleinste Kissen schien mit den vorzüglichsten Stoffen namhafter Webereien bezogen zu sein. Am Ende des Ganges stand ein junger Mann und bediente eine Kaffeemaschine. Leder, Espresso und ein angenehmer Raumduft – Sontheim tippte auf Hermès und war sich sicher, dass so das Luftgemisch auf dem Gipfel seiner Karriere riechen müsse.

Der Steward eilte mit Silbertablett und Porzellanservice heran und bot Sontheim einen Sessel an, bevor er servierte.

»Ich kümmere mich um Ihr Gepäck, Monsieur«, sagte er und schob den Rollkoffer in den hinteren Teil des Flugzeugs.

Ein Franzose also, schlussfolgerte Sontheim, nicht so wie der Fahrer, der schien Russe zu sein. Es muss rentabler sein, so einen Jet samt Personal zu chartern, statt ihn sich zu kaufen, dachte er, sonst wäre der Steward wohl ebenfalls ein Russe. Auch das war nur eine Mutmaßung. Ihm fiel auf, mit wie wenig Details man ihn betraut hatte.

Bevor Sontheim eingestiegen war, hatte er sich die Dokumente, die er von Hildebrandt in die Hand gedrückt bekommen hatte, in die Innentasche seines Anzugs gesteckt. Er kramte sie hervor und suchte nach genaueren Informationen über den mysteriösen Verkäufer. Außer, dass es sich wohl um eine russische Organisation handelte – das hatte ihm Christoph Hildebrandt bereits erklärt – war nichts weiter bekannt. Denkbar war ebenfalls, dass man ihm bewusst gewisse Details vorenthielt. Der Vorstand wird schon wissen, worauf man sich da einlässt, sinnierte Sontheim. Außerdem werde ich es früh genug selbst erfahren.

Er spürte einen leichten Ruck, sah, wie der Steward in der Nähe des Cockpits auf einem Klappsitz platznahm und sich anschnallte.

Während der Jet langsam in Richtung Startbahn rollte, noch einmal kurz zum Halten kam, dann beschleunigte und schließlich abhob, schloss Sontheim die Augen und überließ sich wieder seinen Gedanken, bis sein Körper irgendwann erschlaffte und er in einen tiefen Schlaf fiel.

SIEBEN

Kapitän Kano Nakamotos von Erfolg und Ruhm geprägte Karriere ließ sich bis in die frühen Achtziger Jahre zurückverfolgen, doch mit der See fühlte er sich schon als kleiner Junge verbunden. Nicht zuletzt deshalb, weil die ganze Familie immer etwas mit dem Meer zu tun gehabt hatte. Nakamotos Mutter hatte als Verkäuferin auf einem Fischmarkt gearbeitet und machte das beste Unagi, dass er jemals gegessen hatte. Er hatte ihr oft zugesehen, wie sie den Aal ausnahm, den Reis kochte und sich wunderbar gefühlt, wenn sie ihm über den dunklen Schopf strich, bevor sie ihm den Teller hinstellte. Ein Unagi-Tag war immer ein guter Tag gewesen. Andere Menschen hätten es als unangenehm empfunden – der leicht fischige Geruch der sich nicht von den Händen seiner Mutter waschen lassen wollte, bedeutete für Nakamoto hingegen das Gefühl bedingungsloser Geborgenheit.

Seinen Vater hatte Nakamoto nicht besonders häufig gesehen, der Hafen von Yokohama lag knapp dreieinhalb Stunden von seinem Heimatdorf Nakagawa entfernt. Am Hafen hatte der Vater eine Stelle als Lademeister ergattern können und sich eine winzige Arbeiterwohnung, kaum 10 Quadratmeter groß, auf dem umliegenden Gelände geleistet. Der Job brachte genug Geld, um die kleine Familie mit Lebensmitteln, einem recht ansehnlichen Häuschen auf dem Land und den Sohn mit guter Bildung zu versorgen. Der Preis dafür war, dass Nakamoto seinen Vater nur jedes Wochenende und manchmal nur jedes zweite zu Gesicht bekommen hatte. Einmal hatte ihn der Vater mit an den Hafen genommen und ihm die Schiffe gezeigt. Nakamoto war mächtig stolz gewesen, wer hier arbeitete, musste ein wichtiger Mensch sein.

So war schnell der Wunsch gereift, selbst einen Beruf in der Seefahrt auszuüben. Nakamoto wollte Kapitän werden – nach seiner Militärzeit studierte er, wurde Unteroffizier, Funker und nautischer Offizier, bis er schließlich sein erstes Kommando auf einem kleineren Schiff, das zwischen Yokohama und Tokio verkehrte, erteilt bekam.

Mit den Jahren wurde die Karriereleiter steiler, die Schiffe wurden größer.

Jetzt sah Kapitän Kano Nakamoto die Früchte der Mühen seines Lebens in Flammen aufgehen.

Auf den Decks der Tokio war das blanke Chaos ausgebrochen. Ein Schiff dieser Größe ohne funktionierenden Bordfunk unter Kontrolle und Kommando zu halten, war eine utopische Aufgabe. Nakamoto sah sich dem *worst case* gegenüber und stellte fest, dass es noch schlimmer war, als man es sich in theoretischen Szenarien hätte ausmalen können.

Er war mit dem Funker und zwei Technikern auf der Brücke zurückgeblieben. Owens, sein erster Offizier, Masayoshi, der Leiter des Securityteams und die anderen Dienstgrade waren ausgeschwärmt und versuchten, ihren Männern die Befehle mitzuteilen.

Dabei weiß ich nicht, was ich noch befehlen soll, dachte Nakamoto. Die letzte Meldung ließ Wassereinbruch verlauten, Backbord querab. Den Direktor hatte der Kapitän nicht unterrichten können, die kurzfristig wieder hergestellte Leitung war nach nur wenigen Augenblicken erneut blockiert gewesen.

Nakamoto zog eine düstere Bilanz: Wassereinbruch, Feueralarm in der Zitadelle, kein Funk, dafür KISS, kein Radar, kein AIS, ein unbekanntes Boot mit ebenso unbekannten Absichten direkt am Heck.

Bei unserer Ladung können die Absichten gar nicht gut sein.

Eine Reihe von Fragen schossen dem Kapitän durch den Kopf.

Was wollen die da draußen?

Wie zum Teufel haben die unsere Systeme derart lahmgelegt?

Wie kriege ich meine Männer dazu, Ruhe zu bewahren?

Was passiert, wenn die es aufs Deck schaffen?

Werde ich jemals wieder Unagi essen?

Besonders der letzte Gedanke stimmte Nakamoto unendlich traurig.

Ich hätte dieses Kommando niemals annehmen dürfen. Ich hätte wissen müssen, dass da etwas faul ist.

Owens' kurzes Gespräch mit dem verzweifelten leitenden Ingenieur im Maschinenraum hatte nichts Gutes verheißen. Zunächst ließen sich die Motoren nicht manuell ansteuern, dann war der Strom komplett ausgefallen.

»Wie ist die Lage im Reaktor?«, fragte Owens und ließ seine Taschenlampe in Richtung der schweren Metalltür zum Reaktorraum aufleuchten. Für die besondere Aufgabe der SLS Tokio wurde eine Menge Strom benötigt, der aus einem ehemaligen U-Boot-Reaktor gespeist wurde. Davon wusste weder die Werft, die das Schiff vor einigen Jahren gebaut hatte, noch die Japanische Küstenwache, oder sonst wer außerhalb dieser Operation, für den es von definitiver Relevanz gewesen wäre.

»Der Reaktor arbeitet, wie er soll«, meinte der LI und kratzte sich am Kopf. »Ich meine, dem Himmel sei Dank ist da alles im grünen Bereich, Gott steh' uns bei, wenn nicht ... aber es ist seltsam. Der Reaktor produziert Überschuss, nur kommt davon nichts an, verstehen Sie? Das *muss* ein Verteilerproblem sein. Läuft aber alles elektronisch und die Software funktioniert nicht richtig – bis wir das ohne Computer in den Griff bekommen haben, ist der Kutter hier verrostet und liegt auf Grund.« Der LI lachte bitter.

Owens war nicht zu Scherzen aufgelegt. Er hätte schreien können, fluchen, irgendjemanden ohrfeigen, doch er erinnerte sich an seine Ausbildung: Wer sich in einer Krise der Panik hingab, machte alles nur noch schlimmer. Da war man bei der Marine pragmatisch. Im Krieg wurden die armen Schweine erschossen, die durchdrehten und ihre Befehle nicht mehr ausführen konnten – sie wurden zur Gefahr, zum nicht einschätzbaren Risiko.

Dabei war das hier weder Krieg, noch hatte jemand die Nerven verloren, zumindest nicht, dass Owens wusste, und trotzdem war ihm eines klar:

Wenn unsere Ladung in die falschen Hände gerät, hat der Anfang vom Ende bereits begonnen.

»Können Sie den Überschuss irgendwie überbrücken?«, fragte Owens, sich zu einer entspannten Atmung zwingend. Die stickige Luft im Bauch der Tokio trieb ihm den Schweiß aus allen Poren. Es stank bestialisch nach einer Mischung aus Öl, Diesel und Gummi.

»Das wäre prinzipiell möglich, aber dann erzeugen wir keine Fahrt, sondern geschmolzenes Gummi und flüssiges Metall.«

»Reden Sie Klartext, LI!«

»Die Kabel sind zu dünn. Die Spannung ist viel zu hoch.«

»Können Sie die Spannung reduzieren?«

»Nicht ohne die Software. Meine Männer versuchen gerade, irgendwie die Diesel zum Laufen zu bringen.«

»Was ist mit den Notstromaggregaten?«

»Ich trau es mich kaum zu sagen ... nun, ähm, wir können die Aggregate nicht manuell ansteuern, weil die an der Software hängen ... und die Software ist – «

»Ich hab's schon kapiert«, bellte Owens. »Warum muss nur alles auf dieser Drecksschüssel digital gesteuert werden!?«

Einen Moment lang sagte keiner der Männer ein Wort. Owens überdachte seine nächsten Schritte. Die Neuigkeiten würden dem Kapitän ganz und gar nicht gefallen. Außerdem konnte in den vergangenen zehn Minuten auf dem Wetterdeck weiß Gott was passiert sein.

♦

Wie durch ein Wunder hatte es Masayoshi auf dem Containerdeck geschafft, seine Männer zusammenzutrommeln. Er wusste um die Fähigkeiten eines jeden einzelnen seiner Crew; er hatte sie persönlich rekrutiert und einen Teil von ihnen selbst ausgebildet. Ohne Funk sammelt man sich an vorher ausgemachten Treffpunkten, so hatte er es ihnen beigebracht. Er würde schon für die Sicherheit des Schiffes sorgen, und diesen Touristen in dem Katamaran zeigen, dass sie hier unerwünscht waren.

Der Befehl des Kapitäns schmeckte Masayoshi nicht.

Wenn *die versuchen an Bord zu kommen,* dann *schießen Sie.*

Ziemlich unglücklich formuliert. Wieso erst schießen, wenn der Eindringling ins Haus fällt? Warum ihn nicht gleich im Vorgarten umlegen und das Problem aus der Welt räumen?

Im Gegensatz zu Nakamoto musste sich Masayoshi nicht mit solch unpräzisen Dingen wie Diplomatie beschäftigen. Masayoshi sah ein feindliches Ziel und schoss darauf. Auf jenem simplen Konzept basierten seine ganze Ausbildung, Laufbahn und Karriere. Und genau ein solches Ziel saß ihnen jetzt am Heck. Wir sind in der besseren Position, dachte Masayoshi, fragt sich nur wie lange noch. Blitzschnell spielte er im Kopf verschiedene Szenarien durch, während seine Männer, die einen Halbkreis um ihn gebildet hatten, auf die Befehle warteten.

Dann traf Masayoshi eine Entscheidung.

ACHT

Das Bordrestaurant war bis auf den letzten Platz gefüllt, dazu kamen Passagiere aus den anderen Abteilen, die für Mikrowellen-Currywurst und Filterkaffee Schlange standen und sich durch die enge Kabine drängten. Ein paar Fußballfans mit Hannover 96-Schals grölten ein Lied, dessen Melodie und Rhythmus vom ungebremst fließenden Alkohol dermaßen entstellt wurde, dass eigentlich nur gebrüllte Vokale und bassiges Grunzen zu hören war. Maria Passarelli hatte alle Hände voll zu tun. Der Italiener hatte in der Nähe der Theke auf einer Bank mit Tisch Platz genommen und seinen Laptop vor sich aufgeklappt. Zwei andere Anzugträger hatten sich zu ihm gesetzt, der Clooney-Verschnitt schien sie gar nicht bemerkt zu haben, so vertieft starrte er auf seinen Bildschirm.

Maria ertappte sich dabei, wie sie zum wiederholten Male zu ihm herübersah und fragte sich, woran er wohl arbeitete. Ein Schriftsteller, gepackt und gefesselt von seiner eigenen Idee? Nein, dafür sah er zu sehr nach Establishment aus, der perfekt geschnittene Anzug musste viel Geld gekostet haben, die Schuhe hatte Maria als Santonis erkannt und ein Autor würde bestimmt nicht derart auf seine Hautpflege achten. Als Manager wollte Maria ihn sich noch weniger ausmalen – die kamen nie aus ihrem strategischen Prozessoptimierungsdenken raus.

Sie entschied vorerst, sich ihn als Architekten vorzustellen, der sich gerade von Le Corbusier oder Zaha Hadid inspirieren ließ. Wobei Maria das Gefühl hatte, dass die Inspiration eher von Corbusier kommen könnte, vielleicht mit einigen, modernen Elementen Hadid'scher Handschrift: viel Sichtbeton, Glas und die ein oder andere futuristische Form im Innenraum.

Das Gedankenspiel gefiel ihr nicht schlecht und während sie die Spülmaschine mit Tassen, Tellern und Besteck füllte, überlegte Maria, wie sie den konzentrierten Italiener am besten ansprechen könnte.

In Hannover verließen die Fußballfans, die zwei Anzugträger und einige andere Fahrgäste den Zug, im Speisewagen kehrte etwas Ruhe ein. Maria ließ einen Espresso aus der Maschine, dann holte sie einen Kugelschreiber hervor und schrieb ihre Handynummer auf eine Serviette. Sollte sie mit oder ohne Schokoladentäfelchen servieren? Gar nicht so viel nachdenken, das sollte ich, dachte Maria. Corbusier war Purist, der Italiener war ihrer Einschätzung zufolge Architekt und hatte aller Wahrscheinlichkeit nach wenig für Vollmilchschokolade übrig.

Dieser Mann braucht mindestens achtzig Prozent Kakaogehalt.
Sie ließ die Süßigkeit weg, rückte noch einmal das Halstuch zurecht und ging, das Tablett in der Linken, zu seinem Platz.

»Prego, Signore«, sagte Maria und stellte die Tasse neben seinen Laptop. Dabei achtete sie penibel darauf, dass der beschriebene Teil der Serviette in seiner Blickrichtung unter dem Gedeck hervorspitzelte. Unter dem Ärmel seines Jacketts stand die Hemdmanschette ein Stück hervor, die Initialen *FV* waren darauf gestickt. Stilecht, fand sie.

Der Italiener reagierte nicht.

»Sie scheinen sehr konzentriert zu sein, ich wollte Sie nicht stören. Der Kaffee geht auf mich.«

Na, das lief ja großartig.

Maria wandte sich ab.

»Signora!«, rief der Mann, Maria blieb stehen, verkniff sich ein Lächeln und machte kehrt.

»Holen wir die Verspätung bis Berlin wieder auf?«

Das war keiner der zahlreichen Sätze, auf die Maria gehofft hatte, aber immerhin starrte er nicht mehr auf seinen Bildschirm. Jetzt starrte er ihr fast ebenso apathisch ins Gesicht, beinah durch sie hindurch.

»Das kann ich leider nicht versprechen, ich bin mir sicher, unser Lokführer tut, was er kann. Der Zugchef wird Sie bald über die nächsten Anschlüsse informieren«, meinte Maria.

Der Italiener wippte mit dem Fuß. Seine Körpersprache ließ ihn ziemlich nervös wirken und Maria wusste das Funkeln in seinen Augen nicht recht zu deuten. Für sie schien er sich jedenfalls nicht sonderlich zu interessieren, es sah eher aus als hätte er ... Angst.

»Haben Sie einen wichtigen Termin in Berlin?«

»Mein Leben hängt sozusagen davon ab«, gab F.V. trocken zurück.

Er hat einen Witz gemacht. Das ist der Moment, wo du ihm dein schönstes Lächeln zeigen solltest.

Doch die Situation hatte keinen heiteren Charakter.

»Ich ... wünsche Ihnen viel Erfolg«, erwiderte Maria schließlich. *Er trägt zwar keinen Ehering, aber offensichtlich passe ich nicht in sein Beuteschema. Oder er ist gar nicht auf der Jagd.*

Dann, doch! Der Italiener verzog die Lippen zu einem dünnen Lächeln, für Maria reichte es, das kurze Gespräch positiver in Erinnerung zu behalten, als sie es vermutlich sonst getan hätte.

»Grazie per il caffè, Signora.«

»Prego.«

Als Maria zurück zur Theke ging, ließ sie dezent ihre vollen Hüften schwingen. Noch hatte sie die Hoffnung nicht aufgegeben. Der Kerl war scharf und sie unter keinen Umständen dazu bereit, ihren Urlaub ganz alleine zu genießen. Bei Männern, die zu schnell anbeißen, musste man ohnehin vorsichtig sein. Irgendetwas beschäftigte den attraktiven Vielleicht-Architekten.

Die Landschaft raste an den Fenstern vorbei, kahle Bäume vor tristen Feldern wechselten sich mit kahlen Bäumen vor überfüllten Autobahnen ab. Der Italiener hatte sich wieder in den Inhalt seines Bildschirms vertieft. Maria sah noch ein paar Mal zu ihm herüber, doch er war wie erstarrt, bewegte sich nur, um hin und wieder etwas einzutippen.

Er hat meine Nummer. Vielleicht ruft er an, wenn dieser wichtige Termin gelaufen ist.

NEUN

Polizeioberkommissar Wolfgang Dietrich fand Schaulustige an einem Unfallort zum Kotzen. Besonders weil meistens einer unter ihnen war, der die Presse verständigte oder selbst bei irgendeinem Provinzblatt arbeitete – bereit, die sensationsgeile Leserschaft mit den allerfrischesten Schock-Nachrichten zu versorgen. In der Richard-Wagner-Straße waren die Passanten stehen geblieben, immer mehr gesellten sich dazu. Dietrichs Kollegen hatten Mühe, sie weiter zu lotsen.

Die Straße war auf beiden Spuren weiträumig abgesperrt worden, innerhalb des rot-weißen Bandes versuchten Feuerwehrleute die Türen eines völlig zerknautschten, silbernen VW Golf aufzuschneiden. Die Sanitäter konnten vorerst nur zusehen und abwarten.

Auch für Wolfgang Dietrich gab es im Moment nichts zu tun, außer die Feuerwehr ihre Arbeit machen zu lassen und zu beten, dass die kleine Familie in dem Golf schnellstmöglich befreit würde. Die Karosserie des Wagens sah aus, als hätte man eine Abrissbirne mit voller Wucht in die Fahrerseite schmettern lassen.

Dietrich stand außerhalb der Absperrung, zog den Reißverschluss seiner Lederjacke hoch und rauchte eine Zigarette. Im Kopf versuchte er den Unfallhergang für seinen Bericht zu rekonstruieren:

Die Richard-Wagner-Straße kreuzt auf ihrem geschwungenen Weg ins Stadtzentrum mehrere Seitenstraßen, unter anderem die Bergengruenstraße, die in ein Wohngebiet führt. Zwischen 10:30 Uhr und 10:50 Uhr (genauen Zeitpunkt feststellen!) wollte der Lenker des Golfs (aus der Bergengruenstraße kommend), nach rechts auf die R.W.-Straße abbiegen. Bei meiner Ankunft am Unfallort war der Blinker noch eingeschaltet. In Richtung Zentrum kam eine schwarze Mercedes G-Klasse mit hoher Geschwindigkeit angefahren, konnte offenbar nicht mehr bremsen und rammte den Golf, der mit voller Wucht an das Eck des Hauses R.W.-Straße Nummer 25 geschleudert wurde.

Dietrich nahm einen tiefen Zug seiner Zigarette und schüttelte langsam den Kopf. Er sah zu dem Mercedes-SUV und wurde wütend. Bis auf einen platten Reifen und etwas ausgelaufener Kühlflüssigkeit hatte die Proletenschleuder nichts abgekommen, während diese armen Menschen im Golf um ihr Leben kämpften ... wenn sie noch am Leben waren.

Wenn ich diesen Mistkerl in die Finger kriege, dachte Dietrich. Für was mochten die Initialen auf dem Kennzeichen des Mercedes stehen? FV ... Florian Veit? Fabian Vogler? Nein, sie standen für *Fabrizio Visconti*, fiel Dietrich wieder ein. Nachdem die Feuerwehr und die Notärzte eingetroffen waren, hatte er sich darum als erstes gekümmert. Der Besitzer des Mercedes stammte wohl aus Frankfurt am Main, auf denselben Namen waren noch vier weitere Fahrzeuge angemeldet. Jedes einzelne davon kostete laut Listenpreis mehr als einhunderttausend Euro.

Er zog sein Handy aus der Hosentasche und googelte den Namen. Das erste Ergebnis war eine Anzeige von DarkStone Asset Management, Dietrich meinte sich zu erinnern, dass es sich bei dem Unternehmen um eine Investmentgesellschaft handelte. Der Auszug aus dem dazugehörigen Wikipedia-Artikel wurde gleich darunter angezeigt, Dietrich überflog den kurzen Text. Offenbar betreute das amerikanische Unternehmen mit 9,5 Billionen US-Dollar die größte Vermögensmasse der Welt.

Er tippte auf das Suchergebnis und wurde zur Website weitergeleitet. Zu sehen war das Bild eines Mannes, vielleicht ungefähr in seinem Alter, um die fünfzig, graue Haare, glänzend nach hinten geölt. Die dünnen Lippen zeichneten ein nichtssagendes Lächeln.

Fabrizio Visconti, Defi und Digital Markets

Dietrich kratzte sich am Kopf. Er kannte diese Frankfurter Schnösel mit ihren dicken Autos und dem nervigen Denglisch. Warum konnten die sich nicht normal ausdrücken? Assets, Hedgefonds, DeFi, Venture Capital, Unicorns, bla, bla bla ... *die wollen doch gar nicht, dass Unsereins versteht, worüber geredet wird. Ist wohl besser, wenn man den Ottonormalverbraucher schon während des Gesprächs abhängt.*

Dietrich hatte kaum Hoffnung, dass Visconti einer gerechten Strafe zugeführt würde, sollten sie ihn finden. *Solche Typen nehmen sich irgendeinen Hochglanz-Staranwalt, der in seinem Plädoyer in den Gesetzen rumstochert wie ein Chirurg, um sie dann völlig neu anzuordnen und auszulegen.*

Der Richter würde allenfalls eine fette Geldstrafe verhängen, die Visconti dann aus der Portokasse zahlt. Die G-Klasse kostete allein bereits eine Summe jenseits der zweihunderttausend Euro.

Aber die Familie in dem Golf, dachte Dietrich, die müssen ihr Leben lang mit dem Trauma kämpfen. Er hoffte, dass die Feuerwehr sie bald befreien konnte, immerhin sah es so aus, als ließen sich endlich Teile der Karosserie entfernen. Wenn er doch nur irgendetwas anderes tun könnte, als blöd rumzustehen!

Dietrich spickte die Zigarette auf den Asphalt und ließ seinen Blick über die Szene gleiten. Etwas hinter dem Absperrband auf der anderen Straßenseite erregte seine Aufmerksamkeit. Durch das Knäuel der Schaulustigen hatten sich zwei glatzköpfige Männer bis zur Absperrung vorgedrängt. Sie trugen beide das gleiche Outfit: schwarzer Mantel, schwarze Lederhandschuhe, schwarzes Hemd und schmal geschnittener Anzug. Der eine zückte sein Handy und machte ein Foto, man sah den Blitz aufleuchten.

Dietrichs Kiefer mahlten wütend. *Genug ist genug!* Er marschierte auf die Männer zu und baute sich vor ihnen auf.

»Was glaubt ihr, wer ihr seid? Es reicht schon, dass ihr hier blöd rumsteht und glotzt! Na, ihr seid geil auf ein bisschen Blut, oder?! Wollt ihr Glatzen euren Freunden zeigen was ihr heute Großartiges erlebt habt? Ihr habt sie doch nicht mehr alle!«

Dietrichs Gesicht war rot angelaufen. Schnaubend wartete er auf eine Rechtfertigung, obwohl er eigentlich gar keine hören wollte. Einer der Männer hob entschuldigend die Hände.

»Der Wagen gehört einem Kollegen von uns«, sagte der andere mit leichtem, russischen Akzent und deutete auf den Mercedes.

»Na ganz toll! Euer sogenannter Kollege hat sich aus dem Staub gemacht, während diese Familie da um ihr Leben kämpft! Ich hätte gern den Chef von eurem Saftladen gesprochen. Wo ist Visconti?! Schaut mich nicht so entgeistert an! Ich muss wissen, wo er steckt! Da sitzt ein kleines Mädchen im Auto und verblutet!«, brüllte Dietrich und sah zu den Überresten des Golfs. Die Feuerwehrleute hatten das Seitenteil entfernen können und hievten ein blutüberströmtes Kind aus dem Fond. Die Sanitäter eilten mit einer Trage heran.

Dietrich biss sich auf die Unterlippe, er konnte seine Augen nicht abwenden. Er spürte einen Stich unter der Brust, ihm wurde schlecht.

»Ihr habt doch bestimmt die Handynummer von eurem Kollegen, ich will sie sofort - «, sagte Dietrich, während er sich umdrehte, doch er blickte nur in die schockierten Gesichter einiger Passanten.

Die zwei Männer waren verschwunden.

ZEHN

Ich hasse diese Fliegerei, dachte Florence King und nestelte in ihrer Handtasche, auf der Suche nach einer Vomex, einer Ibuprofen, oder einem Schnaps. Hauptsache, diese Übelkeit würde verschwinden. Die freundliche Stewardesse hatte ihr einen Espresso mit Zitrone serviert, aber das flaue Gefühl, das Florence in der Magenregion empfand, war dadurch nur minimal abgeschwächt worden. In der Tasche fand sie nur ein loses Kaugummi. Sie schob es sich in den Mund und schloss die Augen, stellte aber fest, dass ihr davon nur schwindelig wurde. Also ließ sie ihren Blick durch die luxuriös ausgestattete Kabine gleiten. Was so ein Privatjet wohl kosten mochte? Sie wusste, dass der CEO der Investmentgesellschaft, für die sie arbeitete, ein Sportflugzeug besaß und über einen Kollegen hatte sie erfahren, dass nicht das Flugzeug als Solches der Posten war, der am meisten Geld verschlang – sondern Wartung, Kerosin und Stellplatzgebühren.

Selbst wenn ich unendlich viel Cash hätte, dachte Florence, würde ich mir nicht so ein Ding leisten. Dass sie jetzt in einer engen Röhre mit Flügeln saß, war schon schlimm genug. Sie wäre lieber Commercial geflogen, mit anderen Passagieren um sich herum – schlafende, lesende, sich unterhaltende Menschen, all das beruhigte Florence auf Flügen etwas. Aber die Stewardesse hier – offenbar eine Französin – hockte stumm auf einem Klappsitz neben der Tür zum Cockpit, sprach nur, wenn Florence sie ansprach und starrte sonst stur auf ihre Schuhe.

Florence musste sich irgendwie ablenken.

»Entschuldigen Sie«, rief sie.

Die Stewardesse hob den Kopf, schnallte sich ab und kam herangeeilt. Sie schenkte Florence ein schweigsames, nichtssagendes Lächeln.<<

»Könnten Sie sich möglicherweise einen Moment zu mir setzen und mir Gesellschaft leisten? Fliegen ist nicht unbedingt meine Lieblingsbeschäftigung.«

»Ich bedaure, Madame. Das geht leider nicht. Möchten Sie noch einen Kaffee? Einen Gin Tonic vielleicht?«

»Nur einen Augenblick ... Verraten Sie mir Ihren Namen?«

»Das ist sehr freundlich, Madame, aber ich muss ablehnen. Ich könnte ihnen ein paar Häppchen zubereiten, das beruhigt den Magen.«

Die Stewardesse klang, als lese sie einen vorgefertigten Text von einem Teleprompter ab.

»Ich möchte nichts«, sagte Florence bestimmt und versuchte es noch einmal: »Ich hätte mich nur ganz gern einen Augenblick mit Ihnen unterhalten. Ist doch keiner da außer uns und dem Piloten. Und der muss schließlich das Flugzeug steuern, oder? Ich werde Sie schon nicht verraten. Nun setzen Sie sich doch bitte.«

Etwas nervös zupfte die Französin an ihrer Weste. Sie sah sich um, dann, zögerlich, setzte sie sich auf den Sessel, Florence gegenüber. Es war offensichtlich, dass sie sich unwohl fühlte und Florence fragte sich, woran das liegen mochte. Hatte man ihr tatsächlich verboten jedwede Konversation mit ihr zu führen, die nichts mit Häppchen und Kaffee zu tun hatten?

Sie überlegte, wie sie ein Gespräch beginnen könnte.

»Arbeiten Sie schon lange in der Luftfahrt?«

Die großgewachsene Frau knetete an ihren Fingerknöcheln herum und zog die Falten ihres Rocks glatt.

»Ein paar Jahre schon.«

»Und wie kommt man zu Privatflügen? Muss man eine spezielle Ausbildung machen?«

»Nun ja, die meisten sind davor Commercial geflogen. Ich habe direkt bei der Chartergesellschaft angefangen.«

»Und die Ausbildung? Wie unterscheidet die sich?«, fragte Florence. *Muss ich der denn wirklich jedes Wort aus der Nase ziehen?*

»Nein, eigentlich ist es die gleiche wie für den kommerziellen Betrieb. Es kommt aber noch eine Lerneinheit zum Thema Service und eine weiterführende medizinische Ausbildung für Notfälle dazu.«

Florence täuschte ein interessiertes Nicken vor. Die junge Frau schien nichts lieber zu wollen, als wieder aufzustehen oder an der Kaffeemaschine zu werkeln.

»Wollen Sie mir vielleicht doch Ihren Namen verraten? Dann lasse ich sie auch schon wieder in Ruhe, keine Sorge.«

Erneut sah sich die Französin um, als wollte sie sich vergewissern, dass niemand zuhörte.

»Ich heiße – «, setzte sie an, doch plötzlich gab es ein Krachen und sie wurde von einer tiefen Männerstimme mit russischem Akzent unterbrochen.

»Das reicht! Gehen Sie zurück auf Ihren Platz.«

Florence zuckte zusammen und fuhr erschrocken herum. Im hinteren Teil des Jets stand ein blasser, breitschultriger Mann im Türrahmen. Florence hatte ihn für den Durchgang zum WC gehalten, doch nun erspähte sie zwei weitere Sessel hinter dem Mann. Offenbar handelte es sich um einen separaten Bereich. Ihr war nicht aufgefallen, dass der Kabinenabschnitt im Verhältnis zur Größe des Flugzeugs eigentlich zu kurz war, um den gesamten Innenraum auszufüllen. Sofort bereute sie, die Stewardess so gedrängt zu haben.

Die Französin war aufgesprungen und augenblicklich zu ihrem Klappstuhl am Cockpit zurückgegangen. Als sie saß und sich angeschnallt hatte, öffnete der Mann einen Seitenschrank und holte eine Flasche mit klarer Flüssigkeit darin hervor. Florence konnte die Aufschrift unter seinen großen Pranken nicht erkennen. Er schnappte sich ein Glas und ging den Gang entlang auf Florence zu. Die Übelkeit versetzte ihr einen dumpfen Hieb in die Magengrube. Sie glaubte, bei jedem seiner Schritte eine Erschütterung zu spüren. Der Mann knallte das Glas vor Florence auf den Tisch, öffnete den Schraubverschluss der Flasche und goss ordentlich ein. Wodka.

»Hier«, sagte er tonlos. »Gut für Magen.«

Seine schwarzen Augen fixierten Florence. Er schien keinen Vorschlag gemacht zu haben. Sie bemühte sich, nicht zu zittern, als sie das Glas ansetzte und in zwei kräftigen Schlucken austrank. Sie spürte, wie der Alkohol in der Speiseröhre brannte.

Der Mann zog mechanisch die Mundwinkel hoch, Florence war sich nicht sicher, ob das ein Lächeln darstellen sollte.

»Sagen wenigstens Sie mir ihren Namen?«, fragte Florence und hätte sich im selben Moment ohrfeigen können. *Wer weiß wie schnell die Stimmung dieses Hünen kippen kann.*

Das Lächeln verschwand so schnell, wie es gekommen war.

»Tolstoi.«

»Aha, wie der Schriftsteller! Kennen Sie Krieg und Frieden?«

Halt doch den Mund du dummes Stück!

»Ja. Jetzt nix mehr sprechen mit Frau! Sonst Krieg, kein Frieden.«

Das war deutlich genug. Florence wagte es nicht, noch einen Piep von sich zu geben. Der Mann stellte die Flasche neben das leere Glas und verschwand daraufhin wortlos in seiner Kammer. Polternd fiel die Tür zu.

Florence sah zu der Französin, die den Kopf hängen ließ und auf den Boden stierte.

Wo bin ich da nur reingeraten, dachte Florence und wünschte sich nichts sehnlicher als festen Boden unter den Füßen.

In Gedanken versunken goss sie sich schließlich ein zweites Glas ein.

ELF

Kapitän Kano Nakamoto hockte an einem der Steuerpulte und hatte den Kopf in seinen Händen vergraben. Ihm gingen langsam die Ideen aus. Owens hätte längst zurück sein sollen um ihn über die Lage im Maschinenraum zu informieren. Von den anderen Offizieren fehlte ebenfalls jede Spur. Alles was zählte, war so schnell wie möglich wieder Fahrt aufzunehmen und von hier zu verschwinden.

Das dauert alles viel zu lang!

»Wie kommen Sie voran, Mitchell?«, fragte der Kapitän, als er zum Funker hinüberging. Dieser war über ein Platinenmodul gebeugt und versuchte, haarfeine Drähte mit zitternden Händen zusammenzulöten. Mitchell pustete sich eine Strähne aus dem Gesicht und antwortete, ohne von seiner Arbeit abzulassen.

»Naja, ich bin fast so weit. Ob es funktioniert, werden wir wohl gleich erfahren. Das hängt aber davon ab, ob nur die Geräte, oder die kompletten Frequenzen gestört worden sind.«

»Was vermuten Sie, Mitchell?«

Der Funker kratzte sich über das stoppelige Kinn. »Nachdem wir vorhin kurz zur Zentrale durchgekommen sind, deutet alles eher auf das erste Szenario hin. Manipulierte Geräte. Ein Störsender legt eine Art unsichtbare Glocke über jeden Sender, sodass nur Rauschen beim Empfänger entsteht. *Wenn* wir Glück haben, kann ich mit diesem Gerät auf Ultrakurzwelle einen Notruf absetzen.«

»Das heißt, unsere einzige Chance ist dieses ... Radio?«

»Sieht so aus. Vorausgesetzt, ich täusche mich nicht.«

Nakamoto entschied, Mitchell in Ruhe weiterarbeiten zu lassen. Krampfhaft klammerte er sich an den kleinen Funken Hoffnung, den er in das Können seines Funkers setzte.

Ziellos schlenderte der Kapitän durch den Kontrollraum und sah zum Fenster hinaus. Er hoffte, dass es sich bei dem unbekannten Schiff nicht um ein Militärboot handelte. *Vielleicht hat jemand gesungen?* Wenn die falschen Leute Wind davon bekommen hatten, was auf der Tokio wirklich vorging, hätten sämtliche Regierungen gut daran getan, so schnell wie möglich ein Aufklärungsschiff zu entsenden und die gesamte Crew festzunehmen.

Die Lage ist verzwickt, stellte Nakamoto zerknirscht fest. Nicht nur weil sämtliche Systeme verrückt spielten, auch aus diplomatischer Sicht war die Situation höchst prekär. *Wenn Masayoshi da unten die Nerven verliert und sich herausstellt, dass wir soeben das Militär unter Beschuss genommen haben, dann Gnade uns Gott.* Der Skandal, der losgetreten würde, wenn man herausfand, was die Tokio transportierte, wäre dann das kleinste Problem.

◆

Der Knall, der von der Explosion erzeugt wurde, fuhr allen auf Deck durch Mark und Bein. Dann erloschen sämtliche Deckbeleuchtungen. Die Sonne war inzwischen verschwunden, der Mond hinter einer dicken Wolkenschicht nur zu erahnen. Bis auf das flackernde Licht der Taschenlampen, die von der Crew ziellos über das Containerdeck geschwenkt wurden, war es stockfinster.

»Ruhig bleiben, Männer!«, rief Masayoshi und sah sich geduckt um. »Ist jemand verletzt?«
Seine Männer verneinten einer nach dem anderen. Die Truppe hatte sich auf das Puppdeck begeben, die große Freifläche am Heck. Masayoshi hatte kurz zuvor befohlen mit vereinter Feuerkraft so lange auf den Katamaran zu schießen, bis dieser entweder abdrehte oder in Flammen aufging. Beide Szenarien wären für ihn akzeptabel gewesen. Für ihn hatte die Sicherheit der Tokio oberste Priorität und die Anweisung seines Auftraggebers war unmissverständlich: *Unsere Ladung ist Geheimsache. Sie und ihre Leute schützen die Server, zur Not mit ihrem eigenen Leben.*

Als die Männer über die Reling gespäht hatten, war das Schiff nicht mehr zu sehen gewesen und bevor sie Steuer- und Backbord hätten absuchen können, war etwas mittschiffs explodiert. Schwaches, gelbliches Licht drang jetzt von Backbord zu ihnen.

Flammen, schoss es Masayoshi durch den Kopf. *Da haben sich diese Bastarde also verschanzt. Vielleicht sind sie gegen die Außenwände gekracht. Etwas ist explodiert.*

»Alle Mann Backbord querab, Sie haben Feuererlaubnis! Na, wird's bald!«

◆

Auch in den Treppenaufgängen vom Maschinenraum zu den Decks war das Licht ausgefallen. *Was war das für ein Knall?*

So schnell er konnte, tastete sich Owens vorsichtig am Handlauf die enge Steige hinauf. Auf einer Zwischenetage stieß er mit Cruz zusammen.

»Owens, sind Sie das?« Die Stimme des nautischen Offiziersassistenten war zittrig und nervös. »Was geht hier vor sich?!«

»Beruhigen Sie sich, Cruz!«, rief Owens und bekam ihn an den Schultern zu fassen. »Haben Sie etwas herausgefunden?«

»Es ... es gibt keinen Wassereinbruch!«, stammelte Cruz. »Das war falscher Alarm. Da unten ist alles in Ordnung, bis auf den Stromausfall.«

»Doch kein Wassereinbruch? Sie sagen, die Software hat uns einen Streich gespielt? Was ist mit den Servern?«, fragte Owens ruhig.

»Das ist das Seltsame ... sie scheinen zu funktionieren.«

»Die Server funktionieren?!«, rief Owens ungläubig und spürte sein Gesicht heiß anlaufen. »Wo ist Lara Semjonowa?«

»Sie ist hinter der Sicherheitsschleuse eingesperrt, die Türen lassen sich ohne Strom nicht - «

»Dieses Miststück! Ich wusste, dass die kleine Bitch ein falsches Spiel spielt!«, fluchte Owens, ließ von Cruz ab und wollte so schnell wie möglich das andere Treppenhaus zum Serverraum erreichen.

Es fiel ein Schuss. Der Knall klang dumpf und musste auf dem Containerdeck abgegeben worden sein. Dann noch einer. Und noch einer. Immer mehr, bis das Geräusch zu scheppernden Lärm von Maschinenpistolen verkam.

◆

Lara Semjonowa saß, die Arme vor der Brust verschränkt, vor einem Bildschirm in der Serverhalle. Lächelnd wiegte sie sanft den Kopf vor und zurück und lauschte dem Schusswechsel, dessen rhythmisches Geräusch gedämpft zu ihr herunterdrang. Sie sah auf ihre Armbanduhr. Mit jeder staccatoartigen Bewegung des Sekundenzeigers schritt die Operation präzise voran; gnadenlos und ohne jegliche Verzögerung. Ein Analyst hämmerte an die Glastür zu dem hermetisch abgeriegelten Bereich, in dem sie sich befand. Das würde in etwa 120 Sekunden vorbei sein.

Erfinde ein System, das nicht gehackt oder manipuliert werden kann, dachte Semjonowa. Regel Nummer eins: Sieh zu, dass keine Männer am Werk sind, die schon sabbern, wenn deine Bluse etwas tiefer ausgeschnitten ist.

ZWÖLF

St. Petersburg, Russland **13:50 Uhr Ortszeit**

Aus Google-Suchanfragen lassen sich vielerlei Rückschlüsse auf eine Person und deren Aktivitäten ziehen. Dass Visconti derart unvorsichtig gewesen war, überraschte Tschechow ein wenig. Zwar hatte er nicht damit gerechnet, dass Visconti wie er und sein Team alle Spuren sorgfältig verwischte, oder erst gar keine hinterließ. Sich aber in ein öffentliches WLAN-Netz einzuwählen und munter im Internet zu surfen? Etwas mehr Behutsamkeit hatte er dem Investmentbanker schon zugetraut.

Offenbar saß der Italiener in einem Zug nach Berlin. Und wo er aussteigen würde, erfuhr Tschechow aus seiner letzten Suchanfrage:

Ritz-Carlton, Berlin, Potsdamer Platz (ROUTE)

Der Rest war wirklich ein Kinderspiel. Auf seinem Schreibtisch lag ein Satellitentelefon. Tschechow griff danach und tippte eine Nummer ein. Nach zweimaligem Ertönen des Freizeichens hob jemand ab.

»Hier Tschechow. Geben Sie mir Nabokov, es gibt Neuigkeiten.«

DREIZEHN

Das verzweifelte Fäusteschwingen, Treten und Hilfe-Schreien des Analysten war pünktlich verstummt. An der Glasscheibe waren ein großer Blutfleck und verspritzte Gehirnmasse kleben geblieben, von wo aus sich eine schmierige dunkelrote Spur in Richtung Boden zog. Dort lag der zusammengesackte Körper des Analysten.

Von Lara Semjonowas erhöhter Position am bugseitigen Ende der Serverhalle konnte man den ganzen Raum überblicken. Vierhundert Serverracks, zweihundert auf jeder Seite, bildeten ein etwa drei Meter hohes Magazin, das sich in Richtung Heck erstreckte. Überall blinkten kleine grüne, rote und blaue Lämpchen, dazu kamen kalt-weiß leuchtende LED-Streifen, die den Gang am Boden säumten. Wenn man nicht zur Decke sah, an der sich ein endloses Labyrinth aus Rohren und Kabeln erstreckte, konnte man glatt vergessen, dass man sich im Bauch eines Schiffes befand. Das Kühlsystem gab ein monotones Gurgeln von sich und mischte sich unter das Geräusch der schaufelnden Ventilatoren, jedes Rechenmodul besaß zwei davon. Durch dicke Metallrohre wurde kaltes Meerwasser von der einen Seite in die Anlage gespeist und erhitzt auf der anderen Seite durch ebenso große Rohre wieder ins Meer abgeleitet.

Semjonowa konnte es nicht abstreiten: Jedes Mal, wenn sie von einem der Kontrollterminals in die Halle blickte, überkam sie ein Gefühl von Ehrfurcht.

Sie tippte etwas in die Tastatur vor sich ein.

In ein paar Minuten kontrolliere ich die mächtigste Waffe der Welt, dachte Semjonowa und lächelte zufrieden. Schon bald wird nichts mehr auf der Erde so sein, wie es einmal war.

◆

Liam Owens presste seine Hand auf Mund und Nase. Er durfte auf keinen Fall auch nur das kleinste Geräusch von sich geben, oder er war ein toter Mann. Keine zehn Meter von ihm entfernt lagen die Leichen von Masayoshi und seiner Crew über den Boden verstreut. Eine dunkelrote Lache breitete sich auf der grauen Fläche aus. Die Angreifer konnte Owens von seiner Warte zwischen zwei Containertürmen nicht entdecken, doch er hörte Schritte. Sie mussten noch ganz in der Nähe sein, mindestens zwei Personen. Wobei Owens sich sicher war, dass weitaus mehr Eindringlinge auf das Schiff gekommen sein mussten. So leicht wurde man mit Masayoshis Männern nicht fertig. Sie mussten in einen Hinterhalt geraten sein.

Fieberhaft suchte Owens nach einem Ausweg. Er musste unbedingt verhindern, dass diese Leute, wer immer sie auch waren, das Schiff unter ihre Kontrolle brachten.

Er dachte darüber nach, was Cruz vor ein paar Minuten zu ihm gesagt hatte. *Es gibt keinen Wassereinbruch.* Vielleicht war in der Zitadelle auch kein Feuer ausgebrochen. Wenn er es bis dort hinschaffte, hatte er mit einer gehörigen Portion Glück eine kleine Chance. Andererseits ... Die Angreifer hatten sämtliche Systeme bereits von ihrem Boot aus lahmgelegt. Die Wahrscheinlichkeit, dass die Geräte im Saferoom ebenfalls von der Blockade betroffen waren, ging gegen einhundert Prozent.

Owens hatte keine Wahl. Die Schritte entfernten sich. Entschlossen verließ er den Schutz seines Verstecks.

♦

Kapitän Kano Nakamoto kniete auf dem Boden und sprach ein stilles Gebet. Der Funker Mitchell tat sein Bestes, die Zugänge zum Kontrollraum zu verriegeln. Nakamoto betete für seine Besatzung, für Masayoshi und für sich selbst, schließlich für seine Mutter und seinen Vater. Am Ende waren sie alle Seeleute, auf die eine oder die andere Art. Lediglich Direktor Hisoka verfluchte er. Dieser größenwahnsinnige Mann hatte keine Vergebung verdient, nur den direkten Fall in die Untiefen einer grausamen und ewigen Hölle.

Nakamoto dachte an den Tag, an dem ihn sein Vater das erste Mal mit an den Hafen von Yokohama genommen hatte. Er versuchte sich an das Gefühl zu erinnern, das sich beim Anblick der riesigen Schiffe in ihm breit gemacht hatte.

Faszination und Ehrfurcht bildeten das Fundament einer lebenslangen Verbundenheit zwischen Nakamoto, den Schiffen und dem Meer. Dass nun ausgerechnet sein Schiff zum Symbol des Untergangs der freien Welt werden würde, trieb ihm eine Träne aus den trüben Augen. Das Schlimmste: wenn er ehrlich zu sich war, war Nakamoto für die bevorstehende Katastrophe ebenso verantwortlich, wie der Direktor. Er hätte das Kommando genauso gut ablehnen können.

In Gedanken sah Nakamoto das Ebenbild eines jungen Mannes. Sein Gesicht war erhellt von einem hoffnungsvollen Strahlen. Ein Mensch, der sein ganzes Leben noch vor sich hat. Aber der Himmel über dem Jungen färbte sich schwarz, fette Gewitterwolken zogen heran und raubten der Sonne jegliche Kraft, ihre Strahlen bis auf den Boden zu treiben. Ringsum wurde es dunkel, Häuserfassaden bröckelten und stürzten ein, nur ihre Betonskelette blieben stehen. Jetzt konnte man all ihre Bewohner sehen. Familien mit Kindern, Männer und Frauen, an Esstischen, vor dem Fernseher, beim Liebesspiel im Bett – die Geborgenheit ihres Lebens war wie vom Feuer zerfressen und schließlich zu staubiger Asche verkommen.

Der Junge stand inmitten einer Straße, nackt und schutzlos. Ängstlich zitternd hielt er die Hände schützend vor seine Blöße und fragte sich, ob er nicht besser sein Gesicht bedecken sollte. Seine Haut warf Blasen, schälte sich und fiel von ihm ab, wie welkes Laub von einem toten Baum. Zurück blieben nur seine Knochen, die von Sekunde zu Sekunde transparenter wurden, als verwandelten sie sich in zerbrechliches Glas.

Der Schädel des Jünglings, nunmehr ein Totenkopf, fiel in den Nacken und spreizte die Kiefer, im Willen zu Schreien. Kein Ton löste sich, kein gequälter Laut - dem Schmerz einen Klang zu geben, blieb ihm nicht vergönnt. Stattdessen zerbarst erst der Kopf zu gläsernem Staub und schließlich der Rest dessen, was von dem jungen Mann übriggeblieben war.

Kano Nakamoto wurde aus seinem schrecklichen Tagtraum gerissen. Jemand versuchte, die Tür zur Brücke zu öffnen. Nakamoto bemerkte, wie das metallische Rütteln Panik in Mitchells Körper trieb, während er verzweifelt nach einem Versteck suchte.

»Es hat keinen Zweck«, sagte der Kapitän so leise, dass Mitchell ihn kaum hören konnte. Er wusste, dass ihr Ende bevorstand. Nakamoto konnte es spüren. Mitleidig sah er zum Funker. Der Kerl war keine dreißig Jahre alt.

Mitchell hastete an der Zugangstür vorbei um sich hinter einem Schaltpult zu verstecken, doch so weit kam er nicht. Ein ohrenbetäubender Knall ertönte, Funken sprühten, schwarzer Rauch quoll in den Kontrollraum. Mitchell wurde vom Druck der explodierenden Tür quer durch die Brücke geschleudert.

Nakamoto hoffte, dass Mitchell schnell und ohne Schmerzen gestorben war. Er erblickte den zerfetzten Körper des Funkers, der Kopf voran, an einem der Pulte aufgeschlagen war. Das linke Bein zuckte unkontrolliert.

Der Kapitän stand auf, rückte seine Krawatte zurecht und atmete tief ein. Drei Männer in schwerem Gefechtskleid und mit schwarzen Gasmasken betraten die Brücke.

Die Gewehre im Anschlag, zielten sie auf Nakamoto. Drei rote Punkte tanzten auf seinem durchgeschwitzten Hemd. Zwei auf Höhe des Magens, einer direkt über seinem Herzen.

Nakamoto schloss die Augen, als ein vierter Mann durch die Dunstschwaden hinzustieß. Er trug eine schwarze Lederjacke, hohe Militärstiefel und schwarze Handschuhe.

»Danke, dass Sie uns empfangen, Kapitän.«

Die Stimme des Mannes klang sanft und beinahe freundlich. Trotzdem erfüllte sie Nakamoto mit blanker Angst. Er verstand nicht, was die Scharade des Unbekannten bedeuten sollte, und wollte es auch nicht mehr verstehen.

Er sehnte ein schnelles, schmerzloses Ende herbei. Nakamoto antwortete nicht.

»Ich werde keine großen Reden schwingen, Captain. Ich möchte Ihnen unseren tief empfunden Dank aussprechen, bevor wir uns von Ihnen verabschieden. Ohne Sie, Mr. Nakamoto, wäre unser gesamtes Vorhaben gar nicht erst möglich gewesen. Man wird Sie in unseren Reihen in guter Erinnerung behalten. Machen Sie's gut.«

Der Mann gab seinen Leuten ein Zeichen, diese drückten ab. Synchron trafen drei Kugeln Nakamotos Körper.

Seinen letzten Gedanken widmete der Kapitän einer Frau und verfluchte sie.

Fahr zur Hölle, Lara Semjonowa.

VIERZEHN

Der Intercity-Express N° 857 hat seine Endhaltestelle am Berliner Ostbahnhof, doch für Maria Passarelli endete der Dienst heute bereits am Hauptbahnhof. Sie hatten die Verspätung tatsächlich noch aufgeholt. Nun stand Maria im vorderen Bereich des Bahnsteigs an Gleis elf und zündete sich verbotenerweise eine Zigarette an. *Nach meinem Urlaub höre ich auf mit der Scheiße*, schwor sie sich und hoffte, dass der attraktive Italiener und Vielleicht-Architekt ihre Handynummer entdeckt hatte. Er hatte es ziemlich eilig gehabt – noch bevor sie in den Bahnhof eingefahren waren, hatte er sich an die Tür gestellt und war schließlich als Erster auf den Bahnsteig getreten. Maria hatte ihn noch durchs Fenster in der Menschenmasse der Reisenden verschwinden sehen.

Sie zog kräftig an ihrer Zigarette und löste das Halstuch. Der ICE setzte sich bereits wieder in Bewegung. Maria kramte in ihrer Handtasche, um sicher zu gehen, dass sich die Schlüssel darin befanden. Sie war gespannt auf die Wohnung ihrer Tante, die für zwei Wochen Urlaub auf Sardinien machte und den Ersatzschlüssel ihrer Nichte überlassen hatte.

Maria fragte sich, in welchem Hotel der Italiener unterkommen würde. Sicherlich irgend-etwas exklusives. Das Adlon vielleicht? Maria kannte jene Nobelhotels nur aus Zeitschriften und dem Fernsehen. Sie fand den Gedanken an eine romantische Nacht in einer schicken Suite sehr belebend.

Jetzt würde sie aber erst einmal nach Friedrichshain in die Wohnung ihrer Tante fahren. Sie freute sich auf eine heiße Dusche und eine Tasse Kaffee.

Fabrizio Visconti wurde das Gefühl nicht los, dass man ihn beobachtete, als er das gläserne Gebäude des Hauptbahnhofs verließ und die Hand für ein Taxi hob. Nervös sah er sich um. Das Treiben schien so stinknormal, wie an jedem anderen Hauptbahnhof der Welt auch. Vor dem Gebäude quetschte ein unbeachteter Ziehharmonikaspieler die Titelmelodie von *Der Pate* aus seinem Instrument, Geschäftsreisende mischten sich unter Familien mit Kindern, Obdachlose und Straßenverkäufer. Die Sonne schien, hatte aber noch wenig Kraft. Die Luft war klirrend kalt. Visconti mahnte sich zur Ruhe. Vorsorglich hatte er seine Handys in der Wohnung in Frankfurt gelassen. Keiner konnte wissen, dass er hier war. Keiner konnte wissen, was er vorhatte.

Visconti ließ sich vom Taxifahrer mit seinem Gepäck helfen und nahm im Fond Platz. Im Radio wurde *I was made for lovin' you* von KISS gespielt.

»Wo soll's denn hingehen?«, erkundigte sich der Fahrer.

»Das Ritz am Potsdamer Platz, bitte«, gab Visconti zurück und beobachtete die Szene auf dem Bahnhofsvorplatz durch das Fenster. Hatte ihn dieser Zeitungsverkäufer da eben schief an-gesehen? *Entspann' dich. Du hast zu viele Filme gesehen.*

Die kurze Fahrt über versuchte er auf andere Gedanken zu kommen und seine nächsten Schritte zu überdenken.

Ich habe fast alle Informationen zusammen, die ich brauche. Und dann muss ich sie dem richtigen Mann in die Hand drücken.

Die Sehenswürdigkeiten, die vor seinem Fenster vorbeizogen, die Menschen auf den Gehsteigen, den Verkehr, sämtlichen Trubel – Visconti nahm nichts davon richtig wahr.

Am Eingang des Ritz-Carlton öffnete ein Doorman die Autotür. Beim Aussteigen sah er sich erneut um, stellte aber fest, dass sich keiner für ihn oder seine Ankunft zu interessieren schien. Der Bedienstete verstaute das Gepäck auf einem Wagen und ging vor. Visconti bezahlte den Fahrer, blickte noch einmal über beide Schultern und betrat schließlich die Lobby.

»Guten Tag Monsieur, hatten Sie eine angenehme Anreise?«, fragte der Rezeptionist freundlich. Visconti nickte abwesend. »Ich habe nicht reserviert, aber ich habe im Internet gesehen, dass noch Zimmer frei sind.«

Der Rezeptionist, auf dessen Namensschild »S. Tobega« stand, tippte, freundliche Phrasen murmelnd, etwas in seinen Computer ein.

»Ganz recht Monsieur. Ich kann Ihnen die Ritz-Carlton-Suite anbieten. Ansonsten sind wir bedauerlicherweise komplett ausgebucht.«

Visconti zuckte die Schultern.

»Ich kann Ihnen die *Suite* gerne zeigen lassen, wenn Sie wünschen. Es gibt zwei Schlafzimmer und eine atemberaubende Sicht auf den Potsdamer Platz, zu Ihrer ganz persönlichen Verfügung, mein Herr. Außerdem haben Sie direkten Zugang zu unserer exklusiven Club-Lounge.«

Visconti interessierte das alles nicht. Er wollte so schnell wie möglich aus der Lobby verschwinden und sich an die Arbeit machen.

»Ich nehme das Zimmer, das noch frei ist, aber ich habe es etwas eilig.«

»Sehr wohl, Monsieur, eine exzellente Wahl. Ich benötige nur noch Ihren Namen, einen Personalausweis und eine Kreditkarte zur Zahlungsverifizierung. Pro Nacht berechnen wir 15.020 Euro. Wie lange wünschen Sie in Berlin zu bleiben? Die Suite ist bis Ende des Monats frei. Wenn Sie nun so freundlich wären und dieses Dokument ausfüllen möchten. Bitte unterzeichnen Sie hier und hier. Ich lasse in der Zwischenzeit ihr Gepäck auf die Suite bringen.«

Tobega schob ihm einen Zettel über den Tresen zu. Ein Doorman stand bereit und wollte Visconti das Handgepäck abnehmen.

»Das mache ich selbst!«, rief er, lauter als beabsichtigt. Er wollte sich endlich in Sicherheit wähnen. »Ich möchte bar bezahlen, habe aber nur 10.000 dabei. Wie haben Sie's hier geregelt? Bezahlung bei Abreise, oder?«

Tobega nahm Viscontis Ausweis in Augenschein und verglich ihn mit den Angaben auf dem Dokument. Er hob die Brauen.

»Sie reisen inkognito, Monsieur Visconti?«

»Ja, wieso? Ist das ein Problem?«

»Nicht doch, aber gerade waren zwei Ihrer Kollegen hier, die sich nach Ihnen erkundigt haben. Sie sitzen in der Lounge. Und, ja, Sie können bequem bei Ihrer Abreise zahlen, Monsieur.« Beiläufig nahm Tobega das Dokument an sich. »Soll ich Sie hinbringen, Monsieur?«

Ein eiskalter Schauer jagte Visconti den Rücken herunter. Welche Kollegen? Woher wussten diese Leute, dass er hier einchecken würde?

Visconti antwortete nicht.

»Alles in Ordnung Monsieur? Möchten Sie ein Glas Wasser?«

Visconti spähte in die Lounge hinter der Rezeption und sah die Rücken zweier glatzköpfiger Männer im Anzug, die gerade von einem Kellner bedient wurden. Seine linke Hand umschloss die Henkel der Laptoptasche fester. Was jetzt?

Tobega beäugte ihn skeptisch, hob die Hand und rief laut einen Doorman herbei.

Einer der Männer drehte den Kopf und blickte Visconti aus kalten Augen direkt ins Gesicht. Er stieß den anderen an die Schulter, dieser drehte sich ebenfalls um. Sie erhoben sich.

Visconti brach der Schweiß aus.

Blitzschnell drehte er sich um, und rannte in Richtung Ausgang. Er konnte nicht sehen ob die Männer ihm folgten, aber er hörte schnelle Schritte auf dem Fliesenboden.

»Monsieur!«, rief Tobega und wedelte mit seinen Armen entsetzt in der Luft herum. »Ihr Personalausweis! Ihr Gepäck!«

Der Rezeptionist fügte noch etwas hinzu, das Visconti nicht mehr verstand, als er zur Tür hinaus ins Freie stürzte.

FÜNFZEHN

The Kempinski Hotel
Naypyidaw, Myanmar

Er genoss die Wärme auf seiner Haut und nuckelte genüsslich an einer Cohiba Robusto, seiner Lieblingszigarre. Das ölige Umblatt der Format Torpedo schmeckte leicht nach Vanille. Eigentlich wollte er sie sich für später aufheben, aber der Teilerfolg, den man ihm soeben gemeldet hatte, verdiente es, gebührend gefeiert zu werden.

Es gab keine Überlebenden.

Er ließ sich tiefer in den weißen Korbstuhl sinken und seinen Blick über die umliegende Landschaft gleiten. Künstlich angelegte Teiche, Phönixpalmen, ein paar Laubbäume sorgten für Abwechslung. In der Ferne die flimmernde Silhouette dieser unwirklichen Stadt in der Abendsonne. Ein leichter Wind strich über das hohe trockene Gras, die Halme wogen sanft und ruhig. Er lauschte. Bis auf das leise Plätschern des Pools und entferntem Vogelgezwitscher war es still. Unwillkürlich fragte er sich, ob er hier seinen Ruhestand verbringen sollte, wenn alles gelaufen war. Dieser Ort war dem Wort *Ruhe*stand allemal angemessen. Kein Lärm, kaum Autos, kaum Menschen - es war friedlich. Und es war warm, fast das ganze Jahr über. Nicht so wie zu Hause, in St. Petersburg.

Er hatte seine Gründe gehabt, für den finalen Akt seines Vorhabens diesen Ort zu wählen.

Hinter sich vernahm er Schritte. Er drehte sich nicht um.

Der Mann ist pünktlich, gefällt mir, dachte er. Andererseits geriet man in Naypyidaw auch nie in einen Stau oder ähnliches.

»Guten Abend, Nabokov«, sagte der Besucher und schüttelte ihm die Hand. »Wie ich höre, ist alles nach Plan verlaufen?«

Jim Stern, der den Sitzenden als ›Nabokov‹ angesprochen hatte, nahm ebenfalls Platz. Er hatte den Kopf hinter dieser Organisation anders in Erinnerung. Spektakulärer. Aber Nabokov sah recht gewöhnlich aus. Manche Dinge hat man etwas ausgeschmückter in Erinnerung, dachte er.

Unter dem kurzärmeligen Leinenhemd Nabokovs zeichnete sich deutlich ein spitzer Bauch ab, obwohl der Stoff großzügig geschnitten war. Stern bemerkte selbst im Sitzen die enorme Körpergröße Nabokovs, die bestimmt an die zwei Meter reichte. Das Haar trug er nach wie vor in militärischer Kürze, es war grau und dünn, darunter konnte man die von der Sonne gerötete Kopfhaut deutlich erkennen. Dem Gesicht nach zu urteilen, schätzte Stern Nabokov auf Ende Fünfzig. Er wirkte derart ruhig und entspannt, als empfange er nur einen alten Freund. Doch dergleichen war Stern nicht.

Nabokov blies, die Augen geschlossen, kleine Rauchringe in die Luft. Dann schob er sich in eine aufrechtere Position und lehnte sich zu Stern, der nicht verleugnen konnte, dass die dunklen, durchdringenden Augen ein unwohles Gefühl in ihm auslösten.

»Alles lief bisher nach Plan«, sagte Nabokov leise, während sich sein Mund zu einem schmalen Lächeln verzog, »Sie sind der Nächste, der sich zu beweisen hat. Bereit?«

Stern wusste von ihrer ersten Begegnung, dass Nabokov Russe war, doch sein Englisch war beinahe akzentfrei und hatte eher den leicht gehobenen Klang und die Betonung, wie die eines Abgängers von Harvard oder Yale.

»Das bin ich«, gab Stern selbstsicher zurück, wenngleich er sich nicht wirklich so fühlte. »Ich bin stolz, dass ich ein Teil Ihres Vorhabens sein darf.«

»So?« Nabokov hob die Brauen. Ein herausforderndes Funkeln lag in seinen Augen. »Haben Sie gar keine Angst vor den Konsequenzen, die unser Projekt mit sich bringt?«

Mit dieser Frage hatte Stern gerechnet. Jetzt galt es zu punkten.

»Konsequenzen? Ich würde dieses Wort durch *Chancen* ersetzen. Die kommenden Stunden und Tage haben das Potential, der Welt völlig neue *Chancen* zu eröffnen. Wir können die Karten neu mischen.«

Stern spürte, dass die Aussage Nabokov zufrieden stimmte. Erleichtert ließ er seine Schultern sinken und bemerkte, wie ein beträchtlicher Teil der Anspannung seine Haltung verließ.

»Ganz recht«, meinte Nabokov, griff nach der Zigarrenschachtel und bot sie Stern an, der sich daraus bediente.

»Das ist eine Cohiba Robusto«, erklärte Nabokov. »Ich rauche sie nur zu besonderen Anlässen. Genießen Sie jeden Zug, Mr. Stern.«

Stern nickte dankend. »Das werde ich. Ich werde Sie nicht enttäuschen.«

SECHSZEHN

St. Petersburg, Russland   17:00 Uhr Ortszeit

»Wer seid ihr, Dick und Doof?!«, rief Tschechow aufgebracht und so laut, dass seine Kollegen neugierig von ihren Bildschirmen aufsahen. »Also nochmal: Visconti spaziert euch direkt in die Arme, nichts ahnend, genau in dem Moment werdet ihr von einem Kellner abgelenkt und dann funktionieren eure Beine nicht besser als die eines Rollstuhlfahrers, oder was?!«

Am anderen Ende der Leitung war es einen Moment lang still, dann antwortete die zerknirschte Stimme eines Mannes.

»Er hat es gerade noch in eine S-Bahn geschafft ... Der Zug ist uns vor der Nase davongefahren.«

Tschechows Wangen glühten vor Wut. Was die beiden Idioten verbockten, hatte er wiederum vor Nabokov zu verantworten. Der würde über die Entwicklungen ganz und gar nicht glücklich sein, schon gar nicht jetzt, wenn es in die allesentscheidende Phase ihres Projekts ging. Tschechow fragte sich, was so schwer daran sein konnte, einen blöden Investmentbanker zu schnappen.

Er wendete sich an den Mann am Telefon.

»Ich sage euch, was jetzt passiert. Wir versuchen, ihn von hier aus wieder ins Visier zu kriegen. Früher oder später wird er einen Fehler machen und wir werden die ersten sein, die es bemerken. Ich akzeptiere keine weiteren Dummheiten von euch beiden. *BEND SINISTER* läuft in 48 Stunden an. Bis dahin will ich den Typen tot wissen. Visconti weiß jetzt, dass wir in Berlin nach ihm suchen. Wenn er schlau ist, sitzt er längst wieder in einem Zug oder einem Taxi und verschwindet. Er wird vorsichtiger sein. Seid ihr es gefälligst auch!«

Mit diesen Worten beendete Tschechow die Verbindung. Er nahm sich eine Zigarette und versuchte zu entspannen. Das Gespräch, das ihm bevorstand, bereitete ihm Bauchschmerzen. Er wusste nicht, ob er Nabokov die Wahrheit sagen sollte. Andererseits – wenn Visconti in der Zwischenzeit irgendeine Dummheit beging, die *BEND SINISTER* gefährdete, kostete das seinen Kopf. Im wörtlichsten aller Sinne. Was suchte der Italiener in Berlin? Er hatte weder Verwandte noch Freunde dort. Zumindest ließen die Aufzeichnungen der letzten fünf Jahre keine Rückschlüsse darauf zu. Aber offensichtlich hatte Visconti einen Plan. Sie mussten ihn finden, und zwar schnell.

Nabokov anzulügen ist Selbstmord. Ich werde ihm die Wahrheit sagen.

Damit griff Tschechow zum Telefon und wählte Nabokovs Nummer.

SIEBZEHN

Nordöstlicher Pazifik, SLS Tokio 21:00 Uhr Ortszeit

»Puschkin, ich muss dich einen Augenblick sprechen«, sagte Solschenizyn zu seinem Vorgesetzten. Dieser stand in der Mitte des Kommandoraumes über den Kartentisch gebeugt. Ein paar Männer trugen die Leichen des Kapitäns und des Funkers hinaus. Puschkin machte eine abweisende Handbewegung. »Jetzt nicht!«

»Es ist wichtig«, bat Solschenizyn eindringlich und rückte etwas näher. Genervt sah Puschkin auf und fixierte sein Gegenüber. »Was ist denn?«

Solschenizyn öffnete den Reißverschluss seiner Jacke und holte ein kleines Tablet hervor. »Das ist die Liste der Besatzung, inklusive des Sicherheitstrupps und der IT-Spezialisten.«

»Ja, und?« Puschkin war bereits wieder im Begriff, sich des Routenplanes auf dem Tisch anzunehmen.

»Einer fehlt. Hier.« Solschenizyn deutete auf einen Namen in der Aufzählung. »Liam Owens, der Erste Offizier. Wir können ihn nicht finden.«

Auch wenn Puschkin augenscheinlich besonnen reagierte, merkte Solschenizyn, dass seiner nunmehr ungeteilten Aufmerksamkeit eine gewisse Nervosität oder zumindest Unruhe beiwohnte.

»Weit kann er kaum sein«, gab Puschkin zu bedenken und zog die Stirn kraus. »Ziemlich unwahrscheinlich, dass er ins Meer gesprungen ist, das wäre Selbstmord. Hätte er es in ein Rettungsboot geschafft, wüssten wir davon. Der versteckt sich irgendwo und hat Angst um sein Leben. Danke dass du mich informiert hast. Die Männer sollen das Schiff nochmal durchsuchen. In einer halben Stunde erwarte ich dein Update.«

◆

Enter Authorization Code

Lara Semjonowa gab ihre Zugangsdaten ein, die Maske auf dem Bildschirm verschwand. Ein neues Fenster öffnete sich und zeigte eine tabellarische Darstellung der Server an. Sie waren von eins bis vierhundert nummeriert, grüne Punkte in der jeweiligen Zeile zeigten ihren Status:

Online.

Nicht mehr lang, dachte Semjonowa und begann, einen Code in ein zweites Fenster zu tippen. Sie hieb in die Enter-Taste. Die grünen Punkte sprangen auf Rot.

Offline. Warning: upload stream interrupted.

Semjonowa schrieb einige weitere Zeilen, bestätigte schließlich und die Warnung verschwand. Erneut wechselte die Farbe der Punkte, diesmal von Rot auf Grün. Der Status jedoch änderte sich nicht.

Offline.

Semjonowa drehte sich mit dem Stuhl zu den Männern und Frauen, die hinter ihr standen und sie beobachtet hatten.

»Ich habe die Statusmeldungen überschrieben. Uns bleiben jetzt fünfzehn Stunden bis zur nächsten Synchronisation und weitere zehn bis zum nächsten Backup. Bis dahin müssen die Pakete segmentiert und ihre Codes ersetzt werden, dann beginnen wir mit der Übertragung. Melden Sie sich mit den Zugangsdaten an den Terminals an. Wir versorgen Sie an Ihren Plätzen mit Snacks und Getränken. Wer seinen Arbeitsplatz verlässt, um auf die Toilette zu gehen, meldet sich bei der Aufsicht. Niemand von Ihnen bewegt sich allein auch nur einen einzigen Meter. Ist das klar?«

Semjonowa blickte ernst in zustimmende Gesichter. Sie war stolz, eine derart wichtige Rolle zugeteilt bekommen zu haben. Die Männer und Frauen verteilten sich. Einer der bewaffneten Aufseher näherte sich Semjonowa und drückte ihr ein schweres, flaches Objekt in die Hand, von der Größe eines Smartphones. Sie hatte es noch nie zuvor gesehen, wusste aber genau, welche Bestimmung dem silbernen Ding zukam.

Dieses unscheinbare Teil läutet also ein neues Zeitalter ein, dachte Semjonowa beeindruckt.

◆

Die Zitadelle schien verlassen und völlig intakt. Hier war nie ein Feuer ausgebrochen. Owens begriff, wie perfide der Angriff durchgeführt worden war, konnte sich aber keinen Reim darauf machen, wie es diesen Leuten hatte gelingen können, in die Systeme einzubrechen. Noch einen Moment verharrte er in seiner unbequemen Position, eingezwängt in dem Spalt unter den letzten Stufen eines Treppenhauses im Schiffsbauch. Seit ein paar Minuten hörte er keine Menschen mehr in der Nähe. Beim Ortswechsel war es knapp gewesen: Owens hatte einige schnelle Schritte über das Containerdeck sprinten müssen, um in den Bereich um die Zitadelle zu gelangen. Dabei hatte er einen Plastikhelm übersehen und war darüber gestolpert - ein paar unschöne und laute Töne waren die Folge gewesen. Er hatte den Mann nicht sehen können, der daraufhin der Ursache des Lärms nachgehen wollte; seitdem lag Owens bewegungslos in seinem engen, feuchten Versteck. Er traute sich nicht, das Funkgerät einzuschalten und hoffte, dass Masayoshi und seine Crew die einzigen blieben, die den Angreifern zum Opfer gefallen waren. Jedoch wurde aus der Vermutung, dass dem nicht so war, inzwischen traurige Gewissheit. Im Dämmerlicht vor ein paar Minuten war Cruz das letzte bekannte Gesicht gewesen, das er gesehen hatte. Owens biss die Zähne zusammen. Hoffentlich hielt die Barrikade zur Brücke stand, hoffentlich waren Cruz und die anderen noch am Leben. Den Gedanken sprach er gleich eines Mantras stumm im Kopf vor sich hin.

Er wusste, dass er die schwere Eisentür zum Saferoom nicht würde schließen dürfen, wenn er diesen Raum jemals wieder verlassen wollte. Es würde nicht unbemerkt bleiben, dass die Verriegelung der Tür bedient wurde. Ferner blieb die Option, die Schaltkreise des Schlosses zu zerstören, sodass die Angreifer den Zugang nicht mehr öffnen könnten - auch nicht, wenn sie die Software manipulierten.

Owens verwarf diese Möglichkeit - das wäre gleichbedeutend mit einem Selbstbegräbnis. Es schien ihm, als käme nur ein einziger Plan infrage:

Treppenhaus (ducken, leise) – Saferoom (extrem leise) – Notruf (aber welcher? Mayday, Seenot? Was erzeugt am meisten Aufmerksamkeit?) – Treppenhaus (schnell, leise) – Versteck finden (wo?) – Warten (wie lange?)

Die vielen Variablen dessen, was schief gehen konnte, ließen den Kloß in Owens Hals weiter anwachsen. Schließlich blieben noch immer die Server, die es abzuschalten oder zu zerstören galt, um die eigentliche Katastrophe abzuwehren – wenn es nicht längst zu spät dafür war.

Wenn ich am Leben bleiben will, dann ...

Im Kopf strich Owens das *Wenn* aus dem Satz.

Ich will am Leben bleiben, also muss ich ...

Je länger Owens über die Umstände nachdachte, desto machtloser fühlte er sich. Wie sollte er diese Leute bloß alleine aufhalten? Doch plötzlich wichen die Selbstzweifel dem Tatendrang. Er musste es versuchen. Er war es seiner Crew schuldig.

ACHTZEHN

Kottbusser Tor
Berlin, Deutschland

Visconti erkannte mit einem Blick auf die Bahnsteiguhr, dass er inzwischen fast drei Stunden umhergeirrt war. Von der S-Bahn in die U-Bahn, ein kurzes Stück zu Fuß am Alexanderplatz, dann mit der S-Bahn bis Ostkreuz, mit dem Bus nach Neukölln, von dort wieder mit der U-Bahn nach Hermannplatz, umsteigen, sich umsehen.

Kottbusser Tor

Visconti hatte die Orientierung verloren und war sich nicht sicher, ob er sich südlich, westlich, nördlich oder östlich des Zentrums befand. Er war zwar nicht das erste Mal in Berlin, aber die meisten seiner Termine spielten sich im Regierungsviertel und den umliegenden Nobelrestaurants und Hotels ab. Er musste eine Unterkunft finden, das hatte jetzt Priorität. Wie hatten die ihn nur so schnell aufspüren können?

Schließlich kam die Erkenntnis siedend heiß über ihn. Sein Laptop! Er hatte nicht daran gedacht, bei seinen Recherchen die IP-Adresse zu verschleiern. Kein Wunder, dass diese Typen genau wussten, wo er ...

Mierda! Das WLAN war noch aktiviert. Visconti betete, dass sich das Macbook nicht mit dem öffentlichen Netz der Berliner Verkehrsgesellschaft verbunden hatte, während er das Gerät hastig aus seiner Tasche kramte. Er setzte sich auf eine Bank am Bahnsteig, sah nervös nach rechts und links. Visconti öffnete den Internetbrowser, sofort erschien das Google-Logo. *Verdammter Mist!* Aus der Hosentasche fischte er einen USB-Stick, steckte ihn an und zog einen als *DS_LEAK* benannten Ordner zum Icon des Speichermediums auf dem Desktop.

Bitte Warten. Daten Werden Kopiert – Noch 24 Sekunden.

»Gib uns das Macbook, Opa«

Erschrocken löste Visconti seine Augen vom Bildschirm. Eine Gruppe Jugendlicher in Jogging-hosen, Sneakers und Gucci-Umhängetaschen über den Schultern hatte sich breitbeinig vor ihm aufgebaut. Der Kerl in der Mitte, dessen dunkle Locken unter seiner knallbunten Cap hervor-quollen, wiederholte die Aufforderung, diesmal lauter. Ein anderer knetete seine Fingerknöchel, ein dritter fuhr mit der Hand in die Hosentasche und schien darin etwas zu umschließen.

Visconti überlegte. Ihm kam eine Idee. »Gebt mir noch eine Sekunde, Kinder.«

»Was für Kinder, du Spast?!« Die Jugendlichen grölten und schlossen den Halbkreis enger.

Bitte warten. Daten Werden Kopiert – Noch 10 Sekunden.

»Ich schenke euch das Teil«, sagte Visconti ruhig und lächelte die Bande an.

»Gib jetzt endlich!« Der Typ mit dem Cap ballte seine Hände zu Fäusten, der andere zog ein Klappmesser hervor.

Übertragung abgeschlossen.

Das Dialogfenster verschwand. Unauffällig zog Visconti den USB-Stick ab, stand auf und überreichte den Laptop. Eine U-Bahn fuhr ein. »Viel Spaß damit«, fügte er noch hinzu und ließ die ungläubige Gruppe stehen. »Zug nach Wittenau. Zurückbleiben, bitte«, ertönte es über den Bahnsteig.

Der Zug setzte sich in Bewegung und er sah den Jugendlichen hinterher, die den Bahnsteig verließen und sich triumphierend auf die Schultern klopften. Damit habe ich mir etwas Zeit verschafft, dachte Visconti. Trotzdem brauche ich eine Unterkunft. Und einen neuen Rechner.

Saturn, Alexanderplatz

Der hat's aber eilig, dachte Cheyenne Siblewski, als sie den Schrank mit den Apple-Geräten aufschloss. Der Mann sah ihr ungeduldig über die Schulter, während sie das passende Model suchte und ihm schließlich den Karton reichte.

»Möchten sie unsere zusätzliche Garantieleistung dazu buchen? Bei teuren Geräten empfehlen wir das.«

»Nein, dafür habe ich keine Zeit. Ich brauche noch eine externe Festplatte, können Sie mir eine bringen? Ein Terrabyte, egal welche Marke.«

Na, für den spielt Geld wohl überhaupt keine Rolle, sinnierte Cheyenne und stellte sich vor, wie es sich anfühlen würde, in einen x-beliebigen Laden zu spazieren und sich zu kaufen, was man wollte. Mit ihrem Gehalt konnte sie sich gerade so das WG-Zimmer in Mitte und das Studium finanzieren. Auch sie brauchte dringend ein neues Laptop.

Kurze Zeit später war Cheyenne zurück und hielt ihm die Festplatte hin. »Ist die Letzte. Hat aber zwei Terabyte und kostet hundertfünfzig Euro. Wollen Sie die trotzdem?«

»Ja, geben Sie her. Wo geht es zur Kasse?«

»Sie können bei mir bezahlen«, erklärte Cheyenne und zog ein modifiziertes Smartphone aus der Hosentasche. »EC oder Kredit? Wenn Sie wollen, können Sie auch unsere tolle 0 % Finanzierung nutzen. Haben Sie eine Kundenkarte?«

»Nein, nein, nichts davon! Bar.«

Sie sah den eigenartigen Anzugträger irritiert an. »Bar?«

»Ja, doch!«

»Dann müssen wir doch zur Kasse vor, folgen Sie mir.«

Warum schwitzte er so?

Cheyennes Augen weiteten sich, als der Mann ein großes Bündel Scheine aus seiner Tasche zog und hastig dreitausendfünfhundert Euro abzählte. Sie öffnete die Geldschublade. »Ich muss Wechselgeld holen, das dauert einen Moment, tut mir leid.«

»Nein, warten Sie!«, rief der Mann so laut, dass Cheyenne erschrak. »Behalten Sie den Rest«, sagte er etwas leiser und stopfte die Geräte in seine Tasche.

»Aber das sind fast tausend Euro zu viel! Unsere Rabattaktion läuft noch, deswegen kostet es weniger und – «

Doch der Mann war schon auf dem Weg zum Ausgang. Verwirrt betrachtete Cheyenne das Geld auf dem Tresen. Dann zog sich ein breites Grinsen über ihre geröteten Wangen.

Kottbusser Tor

»Yemek hazir!«

»Ich komm gleich zum Essen, Anne!«, rief Musa Çelik aus dem Zimmer, das er sich mit seinem kleinen Bruder teilte. »Jetzt können wir zusammen Netflix schauen, Amir Habibi«, sagte Musa und küsste Amir auf den Wuschelkopf. »Alles Gute zum Geburtstag, Bruder.« Er reichte ihm ein dunkelgraues Macbook. Die Augen des Zehnjährigen leuchteten. Überschwänglich umarmte er seinen Bruder und bedankte sich abermals. »Ich habe es schon mit dem WLAN verbunden.«

»Yemek soguyor!«

»Ja, Anne, wir kommen schon.« Musa kniete sich zu Amir und sprach leise auf ihn ein. »Nichts Mama verraten. Komm, wir probieren es nach dem Essen aus.«

Im kleinen Wohnzimmer saß der Vater bereits am Esstisch und wischte lustlos über sein Handy. Der mürrische Gesichtsausdruck ließ auf schlechte Laune schließen. Nichts neues in jüngster Vergangenheit. »Wenn eure Mutter euch ruft, dann kommt ihr, klar!«, brummte er beiläufig. Im Hintergrund säuselte das Geräusch des Fernsehers. Musa und Amir setzten sich dazu, die Mutter stellte einen Topf in die Mitte.

»Heute ohne Fleisch«, seufzte sie.

»Wann gehst du wieder arbeiten, Baba?«, fragte Amir vorsichtig. Der Vater donnerte seine Faust auf die Tischplatte. »Schluss damit, ihr macht euer Mutter nur Sorgen. Nächste Woche suche ich mir was Neues. Esst endlich!«

Stille. Die Mutter biss sich auf die Unterlippe und sah ihre Kinder mahnend an. Schweigend aßen sie.

»Ich habe eine Zwei in Mathe«, sagte Amir irgendwann. Der Vater nickte anerkennend, ohne vom Handy aufzusehen, die Mutter strich ihm über die Hand. »Das ist toll«, meinte sie leise. »Morgen gehen wir los und kaufen dir ein Paar neue Schuhe zum Geburtstag. Na, was meinst du?«

Der Vater warf ihr einen fragenden Blick zu.

»Ich hab' ein bisschen Geld auf die Seite gelegt«, erklärte sie kleinlaut. Er fragte nicht weiter, war aber sichtlich genervt über den Umstand, dass er deshalb auf das Fleisch in seiner Suppe verzichten musste.

Der Vater stellte den Fernseher lauter. Bilder eines Autounfalls, eine G-Klasse, ein Golf, wurden von der Sprecherin mit Worten wie ›tragisch‹, und ›grausam‹ kommentiert. Offenbar war ein kleines Mädchen die einzige Überlebende.

»Stell das ab«, bat die Mutter. »Das ist ja furchtbar.«

Adalbertstraße 96, Kottbusser Tor

»Bist du sicher?«, fragte Gontscharow seinen Partner Schischkin flüsternd auf Russisch.

»Da, schau«, gab dieser zurück und zeigte auf das Display seines Handys. Ein kleiner, roter Punkt blinkte auf einer Karte. »Das geht auf fünf Meter genau. Muss hier sein.«

»Meinst du, er hat Freunde hier? Also, *hier*? Sieht nicht gerade nach seiner Preisklasse aus, oder?«

»Woher soll ich das wissen?«, zischte Schischkin, während er einen Schalldämpfer an den Lauf seiner Walther schraubte. Gontscharow zuckte die Schultern und bereitete ebenfalls seine Handfeuerwaffe vor.

Die zwei Männer standen in einem dunklen, schmalen Korridor im fünften Stock eines Wohnhauses. Es roch nach altem Bratfett, Knoblauch und Waschmittel. Der dünne Teppichboden unter ihren Schuhen war abgewetzt und fleckig. Beide lehnten je rechts und links einer Wohnungstür, Schischkin prüfte noch einmal die Location des blinkenden Punktes.

»Ja«, bestätigte er. »Das Signal kommt eindeutig aus der Wohnung da.«

Gontscharow nickte stumm und kontrollierte das geladene Magazin. Dann legte er an, zielte und schoss präzise auf das Türschloss. Die Pistolen vor sich ausgestreckt stürmten sie Flur und das Wohnzimmer.

Eine vierköpfige Familie saß beim Abendessen und war schreiend aufgesprungen, schützend hatte sich ein Mann, offenbar der Vater, vor ihnen aufgebaut.

»Was wollen Sie?!«, stammelte er in gebrochenem Deutsch. Allen stand die Panik ins Gesicht geschrieben. Verwirrt verharrte Schischkin in der Bewegung, ließ die Waffe jedoch nicht sinken.

»Das Macbook«, sagte er ruhig, »wo ist es?«

»Wir haben keinen Computer!«, rief der Vater.

Gontscharow beobachtete jedes der Gesichter genau. Er war sich sicher, mehr als nur Angst im Ausdruck des ältesten Kindes entdeckt zu haben. Entschlossen ging er auf den Jugendlichen zu, spickte ihm mit dem Lauf seiner Waffe die Cap vom Kopf und zog ihn an den Haaren in die Mitte des Raumes.

»Wie heißt du, Kleiner?«, fauchte Gontscharow, ohne von dem ängstlichen Jungen abzulassen.

»Mu ... M ... Musa! Bitte machen Sie uns nichts!«

Schischkin war in den Nebenraum verschwunden und kam mit dem Macbook zurück.

»Musa!«, brüllte der Vater. »Wo hast du das her?!« Seine Stimme klang fragend, wütend und entsetzt zugleich.

»Genau, Musa«, schaltete sich Schischkin ein und hielt dem Jungen das Laptop unter die Nase, »wo hast du das her?«

Musa begann zu weinen und schlug die Hände vors Gesicht. »Ein Mann hat es mir geschenkt, in der U-Bahn!«

»Das ist aber großzügig von ihm«, sagte Gontscharow nickend und ließ von Musa ab. Dann holte er aus und verpasste ihm mit der flachen Hand eine Ohrfeige, dass es Musa der Länge nach auf den Boden warf. Die Mutter gab einen gequälten Laut von sich und wollte zu ihrem Sohn eilen, doch Schischkin hielt seine Waffe auf sie gerichtet. Auf dem Wohnzimmerteppich krümmte sich Musa vor Schmerzen und hielt sich die Wange.

»Hast du nicht gelernt, dass man keine Geschenke von Fremden annimmt?«, bellte Gontscharow und beugte sich breitbeinig über den Jungen. Sein Bruder klammerte schluchzend an der Hüfte der Mutter.

Gontscharow stellte seinen Fuß auf Musas lockigen Kopf und verlagerte leicht sein Gewicht. Musa zappelte schreiend.

»Sei still, mein Freund. Ich will wissen, was der Mann zu dir gesagt hat und was du mit dem Macbook vorhattest.«

»Gar nichts! Ich wollte es meinem Bruder zum Geburtstag geben, sonst nichts! Der Typ hat gesagt er schenkt es mir! Meine Freunde und ich haben ihn ein bisschen geärgert, der wollte keinen Stress!«

»Happy Birthday«, flüsterte Schischkin dem Kleinen gespielt freundlich entgegen.

Gontscharow gab etwas nach, Musa löste sich und robbte zu seiner Familie, die sich noch enger zusammenrottete.

»Du solltest dir neue Freunde suchen«, sagte Schischkin in belehrendem Tonfall. »Wo ist der Mann hin?«

»Keine Ahnung«, erwiderte Musa leise, »der ist in 'ne U-Bahn rein.«

»In welche? Wo?«

»U8 glaub' ich, nach Wittenau. Hier unten am Kottbusser Tor. Aber ich weiß wirklich nicht, wo er hinwollte!«, beteuerte Musa.

Einen Moment lang herrschte Stille.

»Ihr werdet jetzt weiteressen«, befahl Gontscharow kaltschnäuzig, »und so tun, als wären wir nie dagewesen. Verstanden?«

Die Familie nickte hastig.

Gontscharow wendete sich an den Vater. »Du willst deinen Sohn sicher behalten, oder? Dann ist es besser, wenn keiner von euch die Polizei ruft. Euer Musa hier ist nämlich ein dreckiger, kleiner Dieb. Die suchen bestimmt schon nach ihm.«

Mit diesen Worten verließen Schischkin und Gontscharow die kleine Wohnung und verschwanden durch das Treppenhaus. Kurz drauf saßen sie in einer U-Bahn Richtung Wittenau.

NEUNZEHN

The Kempinski Hotel
Naypyidaw, Myanmar

Gereizt beendete Nabokov die Verbindung und legte das Satellitentelefon beiseite. Das war bereits das zweite Mal, dass Tschechow ihn mit der Unfähigkeit seiner Leute belästigte. Streng genommen waren sie alle Nabokovs Leute, aber bei der Größe seiner Organisation war er gezwungen, Aufgabenbereiche zu segmentieren und Aufträge zu delegieren, die an niederen Stellen der Hierarchiekette wiederum weitergeleitet, verteilt und letztendlich durchgeführt wurden. Dennoch, dieser zwei Idioten würde er sich schleunigst entledigen, sobald sie endlich den Italiener vom Spielfeld geräumt hatten. Auch wenn dieser nicht sonderlich viel ausrichten konnte – ungewollte Aufmerksamkeit war in Nabokovs Geschäft nie von Vorteil.

Jim Stern hatte sich bereits vor ein paar Minuten auf seine Suite verabschiedet. Nabokov drückte energisch den letzten Rest der Zigarre im Ascher aus. Etwas von dem gräulich-weißen Pulver blieb an seinen Fingerkuppen kleben. Über die Holzterrasse drangen Schritte zu ihm. Ein Mann asiatischen Phänotyps ging auf ihn zu.

»General Koko! Gut, dich zu sehen.«, rief Nabokov und erhob sich. Er umarmte den hochdekorierten, uniformierten alten Mann Anfang Siebzig herzlich, klopfte ihm ein paar Mal auf den Rücken. Der General tat es ihm gleich, nahm nach der Begrüßung die goldumrandete Brille ab und putzte sie mit einem Taschentuch.

»Dimitri! Du hast zugenommen, alter Freund.« Koko lachte schallend.

»Du aber auch, General. Na, hast du dir den Orden nach dem letzten Putsch selbst verliehen?«, feixte Nabokov und deutete auf eine goldene Medaille, die knapp unter Brusthöhe an einem dunkelblauen Band baumelte.

»Dimitri, ich bitte dich! Das war kein Putsch. Diese sogenannte Freiheitsikone, die sich unsere Regierungschefin schimpfte, hat mit ihrer scheinheiligen Demokratiepartei das Wahlergebnis gefälscht. Als das Militär von Myanmar haben wir unserem Volk zu dienen, deshalb mussten wir eingreifen. Die Auszeichnung ist für Tapferkeit und Willenskraft«, erklärte Koko, nicht, ohne seiner Stimme einen sublimen Anklang von Stolz zu verleihen.

»Aha, und was wollen Sie, o tapferer General Koko?«, sagte Nabokov und deutete auf die Korbsessel. Die Männer setzten sich. Der General steckte sich eine Zigarette an.

»Endlich Stabilität für mein Land, das will ich!«

»Und die gibt es nicht?«

General Koko blickte Nabokov verwundert an. »Dimitri! Ich dachte du bist ein gut informierter Mann.«

»Das bin ich sehr wohl.« Nabokov spielte den Empörten. »Mich beschäftigen derzeit andere Dinge. *BEND SINISTER* hat mich das ganze letzte Jahr beschäftigt und tut es noch heute, wie du weißt.«

»Und *du* Dimitri, weißt hoffentlich wie dankbar dir meine Männer und ich sind. Du hast uns einen großen Dienst erwiesen.«

Nabokov winkte ab. »Ich habe das Internet abgeschaltet, nichts weiter.«

»Und damit dafür gesorgt, dass die Rebellen keine Informationen mehr bekommen haben. Kein Geld mehr abheben konnten et cetera. Die Menschen mussten glauben, was sie hörten. Ein bisschen Chaos ist ganz gut für einen Regierungswechsel, weißt du.«

»Das kann ich mir denken«, antwortete Nabokov, »aber wieso sprichst du von fehlender Stabilität in Myanmar?«

»Keine fehlende Stabilität, Dimitri, noch nicht *vollständige* Stabilität. Politisch wie ethnisch.«

»Ethnisch?« Jetzt war es Nabokov, der fragend die Stirn krauszog.

»Dieses Land ist der reinste Schmelztiegel. Hier leben über einhundertfünfunddreißig verschiedene Ethnien, wenn man diese verfluchten Rohingya-Kreaturen nicht mitzählt.«

»Die Muslime?«

»Ebendiese. Vermehren sich wie Ratten und bedrohen unsere Freiheit mit ihrem gefährlichen Gedankengut. Die nennen das Religion. Das ich nicht lache!«

»Soweit ich weiß, ist das doch nur eine Minderheit, oder?«

»Eine Minderheit von knapp einer Million, mein Freund!«, rief General Koko, senkte seine Stimme jedoch sofort wieder. »Nein, Dimitri, die Minderheit sind wir, die Tatmadaw, das Militär. Da ist Vorsicht geboten. Strategie. Planung. Die lassen sich nicht einfach beseitigen. Man muss sie systematisch ausrotten.«

»Meines Wissens tut ihr das längst«, gab Dimitri zu bedenken.

»Zwanzig Operationen hat das Militär bereits gegen die Rohingya durchgeführt. *Zwanzig!* Bei einer davon habe ich selbst gekämpft. Sie hieß *Operation Clean and Beautiful Nation*, das war in den Neunzigern. Aber diese Terroristen leisten immer noch Widerstand, es ist unvorstellbar.«

»Na, ihr scheint denen das Leben ja nicht gerade leicht zu machen. Warum flüchten die nicht einfach in irgendein islamisches Land?«

»Das sind keine Menschen«, sagte Koko so beiläufig, als spräche er über das Wetter. »Die Rohingya haben per Gesetz seit den Achtzigerjahren keinen Anspruch auf eine Staatsbürgerschaft. Wir wollten sie *damit* zur Flucht drängen, nach Bangladesch oder sonst wo hin. Offenbar hat das nicht funktioniert. Naja, ich will dich nicht mit Politik langweilen.«

»General, ich bitte dich. Politik ist mein Geschäft.« Nabokov zündete sich ebenfalls eine Zigarette an.

»So? Ich dachte dein Metier spielt sich in den dunklen Ecken des Internets ab.«

»Koko, du hast doch selbst gesehen, wie leicht es das Internet uns gemacht hat, Einfluss auf die verschiedensten Dinge zu nehmen. Das ist nichts anderes als Politik. Ein Hin- und Herschieben von Machtstrukturen, ein bisschen Erpressung hier und da, Identitätsklau, Russisch-Roulette, du verstehst. Ich habe verstanden, die Vorzüge des Digitalen mit den klassischen Businessmodellen aus der analogen Welt zu verknüpfen. Nehmen wir das Thema Drogenhandel. Immer mehr Menschen bestellen sich ihren Shit über Marktplätze im Darknet und bezahlen in Krypto; Bitcoin, Ethereum und so weiter.«

Der General nickte interessiert.

»Was nützt mir aber die schönste Website, wenn ich die Bestellungen nicht stemmen kann, weil ich kein passendes Versandsystem habe? Ich brauche Mittelsmänner in der echten Welt. Ein anderes Beispiel, wenn ich dich nicht langweile?«

»Bitte, nur zu«, sagte Koko lächelnd.

»Ein Wort: Lobbyismus.«

Der General zog die Stirn in Falten. »Das musst du mir genauer erklären, mein Freund ...«

»Auch moderner Lobbyismus funktioniert am besten über persönlichen Kontakt. Indem man Vertrauen aufbaut. Sich bei der Zielperson präsent macht. Heutzutage haben wir jedoch zusätzlich die Möglichkeit, unser Gegenüber noch viel besser kennenzulernen. Mithilfe der Datenspur, die es mit seinem Handy, seinem Laptop, seinem SmartHome, seinem Auto oder seinen Social-Media-Accounts hinterlässt.«

»Ich war immer der Meinung, ihr bewegt euch vor allen Dingen im Darknet?«

»Das tun wir weitestgehend. Fast jedes unserer Geschäftsmodelle *beginnt* dort, wenn du es so formulieren möchtest. Früher oder später gibt es allerdings immer einen Touchpoint mit der realen Welt.«

»Also hast du mir die Kleine auf meinem Zimmer auch übers Internet besorgt?«

»Ein kleines Gastgeschenk«, sagte Nabokov zwinkernd und sog genüsslich den Rauch in seine Lungen.

Ein Kellner eilte über die Terrasse und servierte den Männern Drinks.

Nabokov prostete dem General zu und nahm einen großen Schluck, dann setzte er das Gespräch fort: »Ich möchte dir Danken. Dir und deinen Streitkräften. Diese Stadt spielt eine entscheidende Rolle in unserem Vorhaben. Ich weiß eure Diskretion und Entschlossenheit sehr zu schätzen, General.«

»Eine Hand wäscht die andere, so war es doch schon immer, nicht wahr? *BEND SINISTER* wird unsere Vormachtstellung in Myanmar endlich absichern. Fast siebzig Prozent der Bürger hier nutzen Facebook von Meta. Mit ihren Daten können wir die Unruhestifter unter ihnen rechtzeitig aus dem Verkehr ziehen und das Wohl unseres Volkes garantieren. Du warst immer sehr großzügig, Dimitri. Das ehrt dich. Übrigens, das Weib ist eine Schönheit. Ich habe mir eben schon einen Vorgeschmack geholt.« Der General lachte. »Wo kommt sie her? Aus der Karibik?«

»Ecuador.«

»Du hast einen feinen Geschmack. Ich würde nun zum Hauptgang schreiten, wenn's recht ist. Du entschuldigst mich.«

Der General erhob sich, Nabokov ebenfalls. Sie schüttelten sich die Hand, dann wurde Nabokov ernst: »Ich kann mich darauf verlassen, dass euerseits alles läuft?«

»Selbstverständlich. Die Flughafenpolizei ist schon über die Ankunft der Jets informiert. Man wird sie durchwinken. Ich habe mich persönlich darum gekümmert.«

»Die Umstände waren hoffentlich nicht allzu groß?«

»Wo denkst du hin, Dimitri. Die Polizei gehört in Myanmar zu den militärischen Streitkräften.«

Darüber war Nabokov im Bilde. Die Nachfrage war reine Höflichkeit.

Sie nickten sich zu, dann verließ der General die Terrasse und verschwand in der Lobby.

Mit solchen Männern in der Regierung wird es nie Stabilität in Myanmar geben, dachte Nabokov. General Koko nannte ihn doch tatsächlich einen *alten Freund*. Dabei waren er und sein korruptes Militär nur eines von vielen Zahnrädern im Getriebe seines Plans. Andererseits war der General einer der wenigen Menschen, die seinen echten Namen kannten: Dimitri Orlov. Die Mitarbeiter seiner Organisation, Gerüchte im Internet, eifrige Cyber-Journalisten, die versuchten sein Network zu durchdringen – sie alle sprachen nur von seinem Pseudonym: Nabokov.

Orlov blinzelte in die warme Abendsonne. Unwillkürlich fragte er sich, wie das Wetter bei Pushkin wohl war, mitten im Pazifik vor der Küste Japans.

ZWANZIG

Hotel Ritz-Carlton, Potsdamer Platz
Berlin, Deutschland   23:00 Uhr Ortszeit

Polizeioberkommissar Wolfgang Dietrich verfluchte seinen Dienstwagen. Kurz vor Berlin hatte ihm das integrierte Navigationsgerät des schwarzen Tesla Model 3 sämtliche Aussagen verweigert. Aus irgendeinem Grund war der große Touchscreen eingefroren, nichts ging mehr. Dietrich war gezwungen, eine Radiosendung zu hören, die *Best of Bayrisch Blasmusik* hieß, durchsetzt vom brabbelnden Nonsens der Stimme aus dem Navi, die ab und zu Sätze ausspuckte wie ›Turn right für Highstraße bitte wenden‹ oder ›Achtung Straße, in two hundred meters Stau‹. Außerdem heizte die Klimaanlage den Innenraum auf angenehme 29,5° Celsius.

Es waren jene seltenen Momente, die Dietrich am vielbeworbenen Gewinn des digitalen Fortschritts zweifeln ließen. Er gehörte zwar nicht zu der Gruppe Menschen, die die technischen Innovationen grundsätzlich ablehnten, dennoch fand Dietrich einige Neuerungen ziemlich fragwürdig. Warum hielt man es für eine gute Idee, sämtliche mechanische Steuerknöpfe aus einem Auto zu verbannen und alles über ein großes Display zu regeln? Dietrich fand es schon bedenklich genug, dass moderne Autos kaum noch Geräusche produzierten. Er hatte den Tesla vergangenes Jahr von einem Kollegen übernommen und bei der ersten Probefahrt zehn Minuten nach einem Knopf gesucht um den Motor, beziehungsweise die Akkumulatoren zu starten, bis er irgendwann durch ein Youtube-Video herausfand, dass das Auto längst fahrbereit war. Sobald man die stylische Schlüsselkarte auf die Mittelkonsole legte, konnte man losfahren, still und heimlich. Dann die Sache mit den Türen. Es gab nicht einmal mehr einen stinknormalen Griff! Nein, es musste zwingend ein kleines Knöpfchen sein, das Dietrich für den elektrischen Fensterheber gehalten hatte.

Jetzt war nicht die Zeit, sich darüber aufzuregen. Dietrich hatte endlich den Potsdamer Platz und nach einem illegalen U-Turn schließlich den mit Sandstein verkleideten Bau des Ritz-Carlton gefunden. Der Anruf hatte ihn vor ein paar Stunden erreicht, kurz nach halb sieben, und Dietrich kam es vor, als stünde das Glück heute auf seiner Seite.

Fabrizio Visconti, der fahrerflüchtige Investmentbanker aus Frankfurt, hatte sich offenbar nach Berlin verkrümelt und in einem Luxushotel seinen Personalausweis liegen gelassen, so die Info. Eigentlich hätte sich Dietrich ab diesem Zeitpunkt getrost in den Feierabend verabschieden und den Kollegen in Berlin die Abwicklung überlassen können - aber das schreckliche Schicksal der kleinen Familie im Hamm ließ ihn nicht ruhen. Wolfgang Dietrich wollte sich der Angelegenheit persönlich annehmen und hatte darum gebeten, ihn aktiv in die laufenden Ermittlungen mit einzubeziehen - höhere Instanzen hatten dafür grünes Licht gegeben. Mit seinen guten Kontakten zur Staatsanwaltschaft könnten er und sein Team mit Visconti vielleicht endlich einen Präzedenzfall schaffen. Dietrich wollte den Italiener hinter Gittern: fahrlässige Tötung, Höchststrafe, fünf Jahre ohne Bewährung. Wer weiß, möglicherweise fand man unterwegs noch mehr über den Typen heraus ... Verstöße gegen das BtMG oder dergleichen ... Dietrich wusste um die vielen Klischees, die Kino und Literatur um die Finanzwelt gesponnen hatten. Viscontis Job verlangte dauerhafte Höchstleistung von ihm - denkbar, dass er Mittelchen und Wege abseits der

Legalität in Anspruch nahm, um sich fit zu halten. Je mehr sie über ihn wussten, desto größer war die Chance, Visconti vor Gericht bluten zu lassen.

Während Dietrich einem Doorman die Schlüsselkarte seines Wagens überreichte und das Hotel betrat, fiel ihm auf, wie absurd seine Gedanken waren. Visconti hatte keine Vorstrafen, nicht einmal Punkte in Flensburg. Der grauhaarige Bankier war aus polizeilicher Sicht ein unbeschriebenes Blatt, ein Niemand mit viel Geld, viel Geld kaufte gute Anwälte, gute Anwälte plädierten gescheit, gute Plädoyers stimmten die Damen und Herren Vorsitzende milde, zweihundertfünfzigtausend Euro maximum, mehr war nicht drin. Immer wieder fiel Dietrich auf, wie frustriert ihn sein Job das ein ums andere Mal machte. Er fragte sich, ob es eine gute Idee gewesen war, nach Berlin zu kommen. Was sollte er den Kollegen vor Ort erklären? Würden die mir nichts dir nichts, mit ihm zusammenarbeiten? Wozu das Ganze? Dietrichs Chancen standen schlecht, an Fabrizio Visconti auch nur das geringste Exempel zu statuieren.

Missmutig betrat er die Lobby. Hier und da unterhielten sich ein paar Gäste in den Sessel- und Sofalandschaften, es wurde Champagner gereicht, leise Jazzmusik untermalte die Dekadenz. Dietrich fluchte leise, als ihm einfiel, dass er sich nicht um eine Übernachtungsgelegenheit bemüht hatte. Hier würde er jedenfalls nicht bleiben, das LKA war nicht spendabel genug, ihm ein Zimmer in diesem Luxusschuppen zu finanzieren.

An der Rezeption wurde Dietrich von einem schmalen Mann gemustert. Offenbar war er in seiner Lederjacke, der ausgewaschenen Jeans und dem lockeren Pullover, der vielleicht einmal schwarz gewesen sein mochte, nicht dem Durchschnittsklientel des Hauses entsprechend gekleidet.

»Willkommen. Das ist das Ritz-Carlton. Kann ich Ihnen behilflich sein?« Der Mann sprach in einem Tonfall, als adressiere er ein fünfjähriges Kind. Dietrich zückte seinen Dienstausweis.

»Dietrich, Landeskriminalamt. Ich bin wegen Fabrizio Visconti hier, sind Sie informiert?«

»Ah, der Herr Kommissar. Wenn Sie mir bitte folgen möchten?«, bat der Rezeptionist und kam hinter dem Empfangspult hervor. Zügig ging er voraus, sah über die Schulter zu Dietrich und sagte leise: »Im Interesse unserer Gäste ist es uns ein Anliegen, ihre Fragen nicht in der Lobby zu beantworten, Sie verstehen.«

Dietrich brummte zustimmend, fand das pikierte Gehabe des jungen Mannes jedoch albern.

»Hier Monsieur«, sagte der Rezeptionist und deutete auf eine Tür, »einer unserer Besprechungs- räume, der Kollege von der Tagschicht wartet bereits auf Sie.«

Noch nie hatte ihn jemand ›Monsieur‹ genannt. Warum auch, sie waren ja schließlich nicht in Frankreich.

Neben einem Mann, der sich als Severin Tobega vorstellte und das gleiche Outfit wie der Rezeptionist von eben trug, waren auch zwei Streifenpolizisten anwesend, der eine sehr berline- risch, »Ick bin Malte, dit is meene Kollegin Tamara«, die andere sehr blond, so blond, dass man ihre Haarfarbe bald als *weiß mit Gelbstich* bezeichnen konnte.

»Der Herr hier hat einen Perso gefunden«, erklärte Tamara.

Die Gruppe nahm Platz.

»Das ist nicht ganz richtig«, ergriff Tobega das Wort, »ich habe ihn nicht gefunden. Ein … sagen wir mal … *Beinahe-Gast* hat ihn liegen gelassen und ist aus der Lobby gerannt.«

»Er ist aus der Lobby *gerannt*?«, fragte Dietrich irritiert. »Und was soll ein *Beinahe-Gast* sein? Warum erfahre ich das erst jetzt?«

Reiß dich zusammen, befahl sich Dietrich im Stillen. Er wollte nicht direkt unprofessionell rüberkommen, musste sich aber eingestehen, dass der ganze Fall ihm emotional näher ging, als es guter Polizeiarbeit zuträglich gewesen wäre. *Wärst du doch besser zu Hause geblieben, alter Dickschädel.*

»Wir wussten ja gar nicht, dass Sie kommen«, verteidigte sich Tamara, »es ist ja nicht gerade üblich, dass ...«

»Dass was?«, unterbrach Dietrich.

»Naja, dass man uns wegen eines Personalausweises Unterstützung vom LKA schickt.«

Na bravo, dachte Dietrich. Nicht einmal die polizeiinterne Kommunikation funktioniert richtig. »Dann will ich Sie mal aufklären«, begann Dietrich, »der Mann, dem dieser Ausweis gehört, hat heute Vormittag drei Menschen getötet.«

»Wat hat der?«, rief Malte.

»Vermutlich nicht vorsätzlich. Autounfall in Hamm, Visconti, Fabrizio Visconti. Investmentbanker aus Frankfurt am Main. Ist daraufhin geflüchtet.«

»Seit wann kümmert sich die Kripo um Verkehrsunfälle?«

Dietrich atmete laut aus. »Ich war in der Nähe, als es passiert ist. Drei von vier Insassen sind inzwischen tot. Fahrlässige Tötung, Kriminalpolizei, so einfach ist das, soll jetzt aber bitte schön nicht unser Thema sein, Herrschaften, ja? Wir benötigen mehr Informationen zu dem Kerl.«

Tobega rutschte nervös auf seinem Stuhl herum. »Ich unterbreche Ihr Gespräch nur ungern, aber da ist noch etwas, dass Sie wissen sollten.«

Er griff in die Innentasche seines Jacketts.

»Zwei Kollegen von Monsieur Visconti haben bereits vor seiner Ankunft in der Lobby auf ihn gewartet. Ich habe hier ein Bild von der Überwachungskamera. Die sind ebenfalls hinterhergerannt. Sie schienen dringend mit Monsieur Visconti sprechen zu wollen.«

Dietrich erkannte die zwei glatzköpfigen Anzugträger trotz der schlechten Bildqualität sofort. Ihn beschlich das leise Gefühl, dass sich hinter der ganzen Sache mehr verbarg als nur der Autounfall. Dietrich wusste nicht, ob er sich darüber freuen sollte. Steckte mehr dahinter, waren die Chancen vielleicht größer, den Banker hinter Schloss und Riegel zu bringen. Andererseits begann Dietrichs erster Eindruck Viscontis mit dem Bild der zwei Glatzen aus der Lobby zu bröckeln. Würde einer, der so fest im Sattel sitzt, wirklich einfach Fahrerflucht begehen ...

... wenn er nicht musste?

»Herr Tobega«, sagte Dietrich und hielt ihm das Bild hin, »hatten diese Männer zufällig einen russischen Akzent?«

Tobega überlegte einen Moment. »Ich habe nur ein paar Worte mit den Herren gewechselt. Unser Haus begrüßt ein internationales Publikum, da fällt das nicht weiter auf. Aber wenn Sie mich so fragen ... Ja, das könnten Russen gewesen sein.«

Dietrich schlug mit der Faust auf den Tisch. Tamara, Tobega und Malte zuckten zusammen. »Wusste ich's doch!«

»Wat is denn los?«

»Das erkläre ich Ihnen später. Fahren Sie bitte mit mir aufs Dezernat, ich muss an einen Computer.«

Tamara und Malte tauschten ratlose Blicke.

»Muss ich sonst noch etwas wissen, Herr Tobega?«

»Wie meinen Sie das?«

»Hat sich Visconti *anders* verhalten als die übrigen Gäste? War er verletzt, ist Ihnen etwas aufgefallen?«

»Ich glaube nicht, dass er verletzt war. Er wirkte recht normal auf mich, wenn man das so sagen kann, ein bisschen nervös höchstens. Wollte schnellstmöglich auf sein Zimmer. Und er wünschte bar zu zahlen, falls Ihnen das etwas nützt.«

Visconti kam Dietrich nicht vor wie ein Mann, der seine Hotelrechnungen cash begleichen würde. Es sei denn ... Kreditkarten hinterlassen Spuren, möglicherweise wollte Visconti unter dem Radar bleiben. Aber weshalb? Wegen des Unfalls? Für Dietrich ergab das wenig Sinn. Er hatte das dumpfe Gefühl, Visconti sei schon vor dem Unfall auf der Flucht gewesen. Welche Rolle spielten die zwei Russen?

Sie verabschiedeten sich von Tobega und strebten in Richtung Ausgang.

»Wolfgang Dietrich, ich habe mich persönlich noch gar nicht vorgestellt. Entschuldigung. Die Nerven liegen etwas blank seit heute Morgen. Schrecklich, was da passiert ist.«

Er reichte ihnen die Hand. Tamara und Malte nickten.

»Wissen Sie denn, ob dieser Visconti das Auto überhaupt selbst gefahren ist?«, fragte Tamara.

Dietrich musste sich eingestehen, dass er darauf nicht antworten konnte. Eigentlich wusste er viel zu wenig für den Trubel, den er veranstaltete. Und trotzdem sagte ihm sein Bauchgefühl nicht nur, dass Visconti selbst gefahren war. Inzwischen war Dietrich sich sicher, dass der Investmentbanker auch anderweitig Dreck am Stecken haben musste. So einer, wie der haut nicht einfach ab, wenn er nicht muss.

Wovor läufst du davon, Fabrizio?

EINUNDZWANZIG

Nordöstlicher Pazifik, SLS Tokio   21:30 Uhr Ortszeit

Keines der Systeme in der Zitadelle hatte auf Owens Eingaben reagiert. Er hatte versucht, das Steuermenü für die Bedienung der Alarmsignale zu öffnen, doch es war, als wehre sich die Software gegen sein Eindringen. INTERCOM und andere externe Kommunikationsgeräte waren zwar augenscheinlich in Betrieb, doch Owens erkannte rasch, dass sie lediglich im System als aktiv angezeigt wurden, in Wahrheit jedoch ausgeschaltet und blockiert waren.

Perfide, dachte er. Den Behörden wurde so vorgegaukelt, dass alles in bester Ordnung sei, denn die Tokio übertrug weiterhin brav alle wichtigen Daten. Owens konnte keinen Alarm schlagen. Fieberhaft überlegte er, wie er auf sich aufmerksam machen könnte.

Nach einigen Versuchen gelang es ihm schließlich, die Liste der Signalverläufe des Trackers aufzurufen. In kurzen Intervallen meldet jedes mit AIS ausgerüstete Schiff Position, Geschwindigkeit und weitere Kerndaten. Ähnlich wie im Verlauf eines Internetbrowsers werden alle besuchten Seiten – im Fall der Tokio alle gesendeten Signale – dort gespeichert. AIS-Daten können, anders als bei einem Browser, nicht einfach gelöscht werden.

Vor einigen Minuten hatte die Tokio ein Öltanker in etwa 25 Seemeilen Entfernung passiert, entnahm Owens der Tabelle der jüngsten Kontakte. Zur Berechnung und Vorbeugung einer etwaigen Kollision konnte man das AIS mit Zahlen füttern, um sich einen angepassten Kurs anzeigen zu lassen. Das Gerät errechnet dabei den CPA, den *Closest Point of Approach* zu einem anderen Schiff, also die Entfernung, sowie die TCPA, die *Time to Closest Point of Approach*, die Zeit bis zum Aufeinandertreffen.

Owens klickte auf das Rufzeichen des Tankers.

Call Sign: EZKVV78
Name: Trudy
CPA: 25.2 Nautical Miles
TCPA: 120 Minutes, 47 Seconds

Wenn er es schaffte, die CPA-Parameter zu verändern, würde das AIS vielleicht einen Kollisionsalarm senden und andere Schiffe oder die Küstenwache informieren.

Owens tippte hastig einige Zeilen, wartete die Aktualisierung ab, versuchte es noch einmal. Für einen Moment blieb der Bildschirm schwarz, dann öffnete sich die Grafik erneut, diesmal rot umrahmt.

Call Sign: EZKVV78
Name: Trudy
CPA: 0.0 Nautical Miles
TCPA: 0 Minutes 0 Seconds

WARNING! COLLISION!

WARNING! CHANGE COURSE IMMEDIATELY!
WARNING! COLLISION!

Im Treppenhaus zur Zitadelle vernahm Owens plötzlich Schritte. Sofort hielt er inne. Jemand kam die Stufen herab! Owens biss sich auf die Lippe und suchte nach einer Fluchtmöglichkeit, doch der einzige Weg aus dem Saferoom führte durchs Treppenhaus.

So leise wie irgend möglich verließ Owens das Terminal und presste sich an die Wand neben der Eingangstür, er hoffte, dass er gerade so in den toten Winkel passte und man ihn von der Treppe aus nicht sehen konnte.

Die Schritte kamen näher. Auch der ungebetene Gast schien keine Aufmerksamkeit auf sich ziehen zu wollen. Er bewegte sich leise, aber zügig. Angestrengt suchte Owens die Zitadelle nach einem Gegenstand ab, der geeignet war, um sich damit zu verteidigen. Im Rücken spürte er das kalte Metall des Feuerlöschers.

Der Unbekannte hatte das Ende der Stufen erreicht. Jetzt waren es noch fünf Schritte bis zur Zitadelle.

Noch vier ...

Noch drei ...

... zwei ...

... noch einer.

◆

Die Männer und Frauen in der Serverhalle arbeiteten indes auf Hochtouren, Tastaturen klapperten, das Meerwasser rauschte durch die Kühlung, keiner sprach ein Wort. Zufrieden ließ Lara Semjonowa ihren Blick über die Szene gleiten. Das kleine, silberne Gerät hatte gehalten, was es versprach. Die Firewalls hatten keine Probleme bereitet, denn sie mussten nicht einmal mehr umgangen werden. Es war derart einfach gewesen, dass Semjonowa ein kleiner Lacher rausgerutscht war. Im selben Moment hatte sie sich gefragt, wie die Nutzer der Server derart fahrlässig gewesen sein konnten.

Die sind schon jetzt erledigt, dachte Semjonowa.

Ihr Funkgerät meldete sich piepsend.

»Puschkin für Semjonowa, bitte melden.«

»Hier Semjonow. Was gibt's?«

»Wann können wir mit dem Upload beginnen?«

»Augenblick.«

Semjonowa rollte mit dem Stuhl an ihr Terminal und studierte eine Tabelle.

»In etwa 8 Stunden sind die Pakete fertig. Dann können wir die Satellitenübertragung beginnen.«

»In Ordnung. Ich stelle Ihnen noch drei Männer zur Seite, zu Ihrer Sicherheit.«

»Wieso denn das? Hier unten ist alles unter Kontrolle.«

»Wir haben einen blinden Passagier. Bestätigen Sie.«

Sie zögerte einen Moment. Wer mochte das sein? Schließlich bestätigte sie schulterzuckend und wandte sich wieder den Monitoren zu.

♦

Solschenizyn und Iwanowitsch standen auf dem Containerdeck und warteten auf Chlebnikow. Puschkin hatte angeordnet, die Serverhalle zusätzlich abzusichern. Iwanowitsch schob die schwarze Gasmaske auf die Stirn und zündete sich eine Zigarette an. Den linken Arm stütze er auf seinem Sturmgewehr ab. Solschenizyn betrachtete Iwanowitsch skeptisch. Puschkin sah es nicht gern, wenn seine Männer im Einsatz rauchten, andererseits konnten sie im Moment nichts anderes tun, als abzuwarten. Wo blieb Chlebnikow nur?

Dann, endlich, mit Gasmaske im Gesicht und Gewehr vor der Brust, stieß Chlebnikow zu ihnen. Iwanowitsch spickte die Zigarette weg und setzte die Gasmaske wieder auf.

»Was Neues? Wo ist der Offizier?«, fragte er.

Chlebnikow schüttelte schweigend den Kopf.

»Dann wollen wir mal«, sagte Solschenizyn.

Die Männer verließen das Containerdeck und begaben sich in den Serverraum.

Eine Gruppe Aufseher im gleichen Dress, schwarzes Gefechtskleid und Maske, empfing das Trio. Man brachte sie durch die Sicherheitsschleuse in den abgeriegelten Bereich, in dem die Server standen. Ein paar Mitarbeiter Semjonowas sahen unsicher von ihren Bildschirmen auf, als die bewaffneten Männer schnellen Schrittes durch den Mittelgang zum Hauptterminal pflügten.

»Ah, meine Bodyguards!«, rief Semjonowa ihnen entgegen. »Wie Sie sehen, ist hier alles ruhig. Aber wir wollen Sie natürlich nicht ausschließen, meine Herren.«

Als die Gruppe sich an ihrem Terminal einfand, sagte Semjonowa deutlich leiser: »Ich habe etwas von einem blinden Passagier gehört. Wer ist es?«

»Liam Owens, der Erste Offizier«, antwortete Solschenizyn.

»Wie bitte? Owens?«

»Sie kennen ihn?«

»Flüchtig. Hat ein paar Mal versucht, mit mir zu flirten.« Sie fuhr sich durch das schulterlange, braune Haar. »Ich hab' ihn sauber abblitzen lassen. Allerdings ein guter Mann. Weiß ziemlich gut über die Technik an Bord Bescheid und kennt praktisch jeden Winkel auf dieser Schüssel.«

»Wir tun alles, um Ihn zu finden, aber die Sicherheit der Server hat oberste Priorität, nicht wahr, Chlebnikow?«

Weder Iwanowitsch noch Solschenizyn oder Semjonowa hatten während des Gesprächs bemerkt, dass sich Chlebnikow von ihnen entfernt hatte.

Semjonowa entdeckte ihn im Mittelgang zwischen den Serverracks. Er hielt den rechten Arm ausgestreckt in die Höhe. Seine Hand umschloss einen dunklen Gegenstand. Semjonow sah genauer hin - sofort stockte ihr der Atem.

Zwischen Chlebnikows Fingern blitzte das dunkelgrün lackierte Metall einer Handgranate hervor.

ZWEIUNDZWANZIG

Leitstelle der Kaijo Hoan-cho, Japanische Küstenwache
Tokioter Hafen, Japan   21:40 Uhr Ortszeit

Taira Saki betrachtete sich im Spiegel der Damentoilette und spritzte sich kaltes Wasser ins Gesicht. Die zweite Woche Nachtschicht in Folge machte ihr gehörig zu schaffen. Die zweiunddreißigjährige Japanerin fühlte sich völlig übermüdet, ihr Kopf dröhnte von der kalten Luft aus der Klimaanlage im Büro. Sie schluckte ein Aspirin, hoffte auf eine ruhige Nacht und verließ den Raum.

An ihrem Arbeitsplatz angekommen, deaktivierte sie als erstes die Rufumleitung. In den Leitstellen der japanischen Küstenwache musste die dauerhafte Erreichbarkeit garantiert sein. Das galt insbesondere für die Zentrale am Tokioter Hafen, die den größten Knotenpunkt für die Schifffahrtsüberwachung im Pazifik und die Küstengebiete Japans darstellte. In Sakis Arbeitsbereich fiel die Überwachung kommerzieller Frachtschiffe der Klasse XL und größer.

Sie rieb sich die Augen und sog zischend Luft durch ihre Zähne. Sie musste sich einen Nerv im Schultergelenk eingeklemmt haben. Langsam zog sie ihr rechtes Schulterblatt nach hinten um die Verspannung zu lockern.

Auf einem der sechs Bildschirme vor ihr blinkte ein roter Punkt. Das Fenster zeigte eine Karte Japans und des angrenzenden Pazifiks und gehörte zu einem Ship-Tracking-Programm, welches mittels der Daten aus den AIS-Systemen ein Echtzeitbild des Wasserverkehrs abbildete. Jeder Punkt stellte ein Schiff dar, einer davon war größer als die anderen und blinkte.

Saki klickte ihn an. Eine Infografik öffnete sich.

SLS Tokio
Geschwindigkeit: 17.6 Knoten
Kurs: 59,1°
Art: Container
Status Quo: Underway using Engine
Destination: DEHAM (Hamburg, Germany)

Sieht alles in Ordnung aus, dachte Saki. Warum blinkt es dann? Ein Systemfehler?

Saki sah sich um. Im Hauptraum der Leitstelle am Hafen von Tokio herrschte geschäftiges Treiben. Ihre Kolleginnen und Kollegen telefonierten oder starrten konzentriert auf ihre Bildschirme.

Saki durchsuchte die anderen Systeme nach Alarmmitteilungen und sonstigen Alerts, die mit der Tokio in Verbindung standen, doch sie wurde nicht fündig. Im Falle eines *Mayday* hätten aus Sicherheitsgründen auch ihre Kollegen die Meldung erhalten. Sie schloss die Infografik. Der Punkt blinkte weiterhin.

Ratlos griff sie zum Telefon. Nach zweimaligem Klingeln meldete sich eine Männerstimme.

»Hier ist Taira Saki aus der Leitstelle. Könnt ihr mir bitte jemand von der IT schicken? Ich glaube, ich habe hier einen Systemfehler.«

◆

Zehn Minuten später eilte Hoshino Ryo den Korridor entlang, an dessen Ende sich die Leitstelle hinter einer Doppeltür aus Glas befand.

Ein blinkender Punkt auf dem AIS-Tracker.

Das war neu, auch für den erfahrenen Ryo. Noch nie hatte ein Punkt auf dem Tracker zu blinken begonnen. In der Theorie würde das bedeuten, dass man auf der SLS Tokio das AIS deaktiviert hätte, aber das war erstens verboten und zweitens technisch viel zu aufwendig. Saki hatte erklärt, dass die Tokio ein Containerschiff sei. Die Crew auf so einem Frachter hat eigentlich kein derartiges Knowhow, dachte Ryo. Einen Ausfall des AIS hielt er für unwahrscheinlich.

Er betrat die Leitstelle, fand Sakis Platz und setzte sich auf ihren Stuhl.

»Wann hat das angefangen?«, erkundigte sich Ryo bei Saki, die neben ihm stand und sich die Schulter rieb.

Beiläufig begann er, sich durch die Login-Maske und die erweiterten Funktionen für Systemadministratoren zu klicken.

»Vor etwa einer Viertelstunde, glaub ich«, meinte Saki, »maximal vor zwanzig ... Ich war auf der Toilette, als ich zurückkam hat die Tokio geblinkt.«

»Verstehe«, sagte Ryo und überflog den Inhalt einer Liste. »Also an unserem System kann es nicht liegen. Funktioniert einwandfrei. Ich schau mal in der Signalhistorie der Tokio nach.«

Ryo schloss die Fenster und klickte auf den blinkenden Punkt im Tracker. Schnell hackte er etwas in die Tastatur und eine neue Liste öffnete sich. Er scrollte durch die endlosen Zeilen, bis er plötzlich innehielt.

Hoshino Ryo wurde blass.

»Saki, holen Sie sofort den Schichtleiter! Und dann rufen Sie beim Katastrophenschutz an!«

DREIUNDZWANZIG

Liam Owens zitterte am ganzen Körper. Das letzte Mal hatte er während seiner Zeit beim Militär eine Granate in den Händen gehalten. Zu Übungszwecken. Noch nie hatte er selbst eine detonieren lassen oder gar damit andere Menschen bedroht. Unter der Gasmaske war die Luft stickig und warm.

»Chlebnikow!«, brüllte Solschenizyn, »was soll die Scheiße?!«

Owens hatte Mühe, aufrecht zu stehen. Der Kampf in der Zitadelle forderte seinen Tribut. Der Unbekannte, den sie als ›Chlebnikow‹ ansprachen, hatte sich aggressiv zu wehren versucht. Owens hatte mit viel Glück die Oberhand behalten können; das Überraschungsmoment war auf seiner Seite gestanden, der Schlag mit dem Feuerlöscher auf den Schädel allerdings weder präzise noch kräftig genug gewesen. Immerhin war Chlebnikow zu Fall gebracht, letztendlich hatte Owens ihn im Würgegriff erledigt – und dabei mehrere Ellenbogenhiebe in den Brustkorb einstecken müssen. Ebendiese Stellen jagten nun ein feuriges Pochen von den Rippen ausgehend durch seinen ganzen Körper.

Mit der freien Hand schob sich Owens die Gasmaske vom Gesicht und ließ sie auf den Boden fallen.

»Die Granate ist entsichert!«, rief er und drehte sich langsam um die eigene Achse. »Wenn jemand schießt, werden die Server zerstört!«

Owens umschloss den kalten Metallkörper noch fester. Die Granate drohte aus seiner kalt-schweißigen Hand zu rutschen. Während sich Solschenizyn und Iwanowitsch mit Semjonowa unterhalten hatten, war Owens in die Mitte des Ganges zwischen die Magazine geschlichen und hatte den Splint der russischen F-1 Splittergranate gelöst. Sobald er diese losließ, würde sich der Schlaghebel lösen und nach vier Sekunden alles im Radius von fünfzig Metern mit scharfkantigen Metallteilen durchsetzen.

Die Drohung erzielte die gewünschte Wirkung. Keiner der Männer und Frauen arbeiteten mehr, Semjonowa, Solschenizyn und Iwanowitsch waren wie erstarrt. Verwirrung stand allen ins Gesicht geschrieben, ein kurzer Moment wohltuender Genugtuung für Owens. Die Gewehrläufe der anderen Aufseher waren allesamt auf ihn gerichtet, doch keiner wagte, einen Schuss abzugeben.

»Wo ist Chlebnikow?«, fragte Solschenizyn schließlich ruhig.

»Der braucht dringend einen Arzt. Erst will ich wissen, was hier gespielt wird, dann verrate ich euch, wo er ist.«

Owens hatte dafür gesorgt, dass jede Hilfe für Chlebnikow zu spät kommen würde, doch das konnten diese Leute nicht wissen. Vielleicht half das als zusätzliches Druckmittel.

»Semjonowa, sag's mir, du Miststück! Was geht hier vor sich?«

»Bist du sauer, weil ich dich nicht rangelassen hab, hm? Ich sag dir was, Liam. Wirf das Ding ins Meer und du kriegst einen Kuss.«

Semjonowas Überheblichkeit ließ Owens vor Wut sämtliche Muskeln anspannen.

Auch Solschenizyn schien Semjonowas Aussage nicht zu gefallen. Er machte eine abweisende Handbewegung und ergriff selbst das Wort: »Mr. Owens, ich bin mir sicher, Sie wissen längst, was wir vorhaben. Wir sind hier auch nicht in einem Hollywoodfilm und können auf heldenhafte Reden verzichten.« Er bedachte Semjonowa mit einem strengen Blick. Dann setzte Solschenizyn seufzend fort, als sei er müde: »Ich muss Ihnen bedauerlicherweise mitteilen, dass Ihr Kunststück mit der Granate uns nicht aufhalten wird.«

»Wenn die Server zerstört sind, ist euer Vorhaben im Arsch! Darum geht es doch, oder? Um die Daten, nicht wahr? Was habt ihr mit ihnen vor?«

»Wir?« Solschenizyn machte eine abwehrende Geste. »Gar nichts. Wir, Mr. Owens, sind nur die Mittelsmänner. Und Frauen natürlich.«

Iwanowitsch lachte dümmlich.

»Ihr könnt nicht auf die Server zugreifen. Nur die Betreiber kennen die Zugangscodes! Ihr verschwendet eure Zeit, merkt ihr das nicht?«, brüllte Owens.

»So beruhigen Sie sich doch, Mr. Owens. Ich verstehe Ihre Verzweiflung sehr gut. Sie wollen ein tapferer Offizier sein und Ihre Pflicht tun. Wir tun aber nun mal das gleiche. Deshalb seien Sie bitte nicht so kurzsichtig und unterschätzen Sie nicht unsere Fähigkeiten. Sie wissen doch genauso gut wie wir: Kein System ist sicher.«

Solschenizyn legte überspitzt genervt den Kopf in den Nacken. »Bla, bla, bla. Es ist wirklich unfassbar, dass ich dieses Gespräch mit Ihnen führen muss. Ist doch eine alte Leier. Warum sind Sie so naiv, Mr. Owens?«

Owens fiel darauf keine passende Antwort ein. Er fühlte sich klein, machtlos und zum Narren gehalten. Solschenizyn hatte Recht: es gab kein sicheres System, immer gab es wenigstens eine einzige Schwachstelle, so winzig sie auch sein mochte. Aber wer oder was war die Schwachstelle in diesem System? Semjonowa? Der Kapitän? Direktor Hisoka? Die Betreiber selbst? Owens war sich unsicher, ob er jemals eine Erklärung dafür bekommen würde.

Es ging weder vorwärts noch zurück. Es sei denn ...

In einer ruckartigen Bewegung brachte Owens das Sturmgewehr vor seiner Brust in Anschlag. Er zielte direkt auf den Hinterkopf einer der Mitarbeiter an einem Terminal, kaum fünf Meter von ihm selbst entfernt. Langsam näherte er sich, bis er das kalte Metall in den Nacken des Mannes presste. Die Aufseher zuckten, doch Solschenizyns Arm schnellte in die Höhe und bedeutete seinen Männern, Ruhe zu bewahren.

»Vielleicht bin ich naiv. Aber was ist mit ihm hier? Ist er entbehrlich? Wenn euch die Wirkung der Granate egal wäre, hättet ihr längst geschossen! Ihr habt Angst, genauso wie der hier! Ich halte eine AK-47 auf ihn gerichtet und habe noch keine Munition abgefeuert. Mir stehen dreißig Patronen zur Verfügung. Entweder Ihr deaktiviert sofort die Server, oder ich gehe reihum und mache kurzen Prozess mit euren Leuten! Erschießt mich doch! Dann könnt ihr euer eigenes Blut vom Boden wischen!«

◆

Im Kommandoraum versuchten zwei Techniker, das AIS zu deaktivieren, das seit 15 Minuten ununterbrochen Kollisionsalarm schlug. Es musste sich um einen im Hintergrund ausgelösten Prozess handeln, denn die Bildschirme zeigten den vermeintlichen Kontakt nicht an.

Puschkin hatte sofort die Fahrt drosseln lassen, aber keiner der Männer vom Ausguck meldete einen Kontakt in Sicht. Er hoffte, dass das AIS den Alarm nicht an umliegende Schiffe oder gar die Küstenwache weitergeleitet hatte, sicher war er sich jedoch nicht. Er vermutete, dass Owens dahintersteckte und sich ihrer eigenen Strategie bedient hatte: die Anzeigen manipulieren, im Hintergrund die Daten verändern, ohne dass jemand etwas merkt.

Wütend griff er zum Funkgerät.

»Solschenizyn für Puschkin, bitte kommen!«

Am anderen Ende nur Rauschen.

»Solschenizyn! Sofort melden!«

Puschkin fuhr sich über das Gesicht und den stoppeligen Dreitagebart. Alles hatte so reibungslos begonnen. Dieser Owens war ein ernsthaftes Problem – kein Zweifel, dass alles mit ihm zusammenhing. Wenn ich dich in die Finger kriege, dachte Puschkin und malte sich wütend aus, wie er Owens jeden Finger einzeln brach.

Er versuchte es auf einem anderen Kanal.

»Arbusow für Puschkin, bitte kommen!«

Prompt kam die Rückmeldung.

»Hier Arbusow für Puschkin, ich höre.«

»Wo bist du gerade?«

»Auf Station Containerdeck, Bay Eins bis Vier. Hier ist alles ruhig.«

»Hör zu, Arbusow. Ich will, dass du nach Solschenizyn und Iwanowitsch siehst. Sie müssen in der Serverhalle sein.«

»Wird erledigt. Bin unterwegs. Over.«

»Arbusow, noch etwas. Der Offizier ist vermutlich noch irgendwo unterwegs, vielleicht bewaffnet. Sei umsichtig! Over.«

Puschkin versuchte es auch auf den Kanälen der anderen Aufseher, die in der Serverhalle auf Position waren, doch auch von Ihnen erhielt er kein Feedback.

Unvermittelt klingelte das Satellitentelefon auf der Brücke. Puschkin zuckte zusammen.

»Absolute Ruhe!«, befahl er lautstark.

Sämtliches Gemurmel verstummte. Langsam näherte er sich dem Telefon, als sei es ein gefährliches, unbekanntes Objekt.

Er betätigte den Knopf für die Freisprecheinrichtung, die Leitung wurde freigegeben.

»SLS Tokio? Hier spricht die japanische Küstenwache! Was ist bei Ihnen los?!«

VIERUNDZWANZIG

S&U-Bahnhof Friedrichstraße
Berlin, Deutschland   23:30 Uhr Ortszeit

Fabrizio Visconti konnte sich nicht erinnern, wann er das letzte Mal einen Cheeseburger bei McDonald's gegessen hatte. Vor der Glasfront des Fast-Food-Restaurants auf der Friedrichstraße unterhalb des Bahnhofs waren nur noch wenige Menschen unterwegs, ein paar singende Jugendliche, Obdachlose, die sich ihr Nachtlager vorbereiteten, vereinzelte Touristen. Auch die verdünnte Cola machte das trockene Etwas aus Brot, Fleisch und Gummikäse nicht schmackhafter, aber Visconti war hungrig und musste sich aufwärmen. Den Mantel hatte er bei der Flucht aus dem Ritz samt seines Koffer zurückgelassen. Er wusste nicht, wo er noch sicher war. In ein Hotel traute er sich seit dem Vorfall vor ein paar Stunden nicht, außerdem hatte er keinen Personalausweis mehr. Visconti sah einem Penner hinterher, der einen Einkaufswagen mit seinen Habseligkeiten vor sich herschob. Sein ganzes Leben liegt in diesem Einkaufswagen, dachte er. Zwei Schlafsäcke, ein paar löchrige Decken, Visconti entdeckte auch ein zerfleddertes Taschenbuch und einen fleckigen Teddybären, dessen einst weiches, hellbraunes Fell, zu dicken Dreadlocks verfilzt war. Der Penner setzte sich vor eine der Scheiben des McDonald's, breitete ein Stück Pappe aus, wickelte sich in die Decken und begann in dem Buch zu lesen.

Visconti stellte sich vor, was dem Mann wohl durch den Kopf ging. Wie war er in diese jämmerliche Situation geraten? Er hatte Obdachlose immer für arbeitsverweigernde Alkoholiker gehalten, Junkies, Nichtsnutze, die doch jederzeit aus ihrer Misere ausbrechen könnten, dies aber offensichtlich nicht wollten. Doch Visconti hatte nie einen von ihnen lesen gesehen. Er wollte wissen, was es für ein Buch war, dass der Mann in den Händen hielt. Unter anderen Umständen hätte sich Visconti nicht weiter dafür interessiert, jetzt spürte er den Drang, den Mann anzusprechen.

Visconti ließ das Tablett stehen, ging zum Tresen und bestellte noch ein großes Menü, ließ es sich einpacken, zahlte bar und verließ die Filiale. Auf der Straße fuhr ihm der eisige Wind unter das Hemd, nagte wie mit tausend winzigen Zähnen an seiner Haut. Er zögerte, sah zu dem Penner, der friedlich las und sich nicht an der Kälte zu stören schien.

Visconti ging auf ihn zu.

»Hallo«, sagte Visconti vorsichtig, »mein Name ist Fabrizio.«

Der Mann hob langsam den Kopf. Visconti blickte in glasige, freundliche Augen in einem zerfurchten, ungewaschenen Gesicht. Kinn und Hals waren von einem bräunlichen Rauschebart bedeckt.

»N'abend«, gab der Mann erstaunt zurück. »Gernot.«

»Hast du Hunger? Ich hab' noch was übrig.«

»Immer her damit, sonst wird das noch schlecht!« Gernot lachte, doch es war kein spöttisches, kein abfälliges Lachen. Visconti hatte selten ein unbeschwerteres, leichteres Lachen aus derart vollem Herzen gehört. Es war fast wie das eines Kindes.

Unsicher lächelte Visconti ebenfalls. »Darf ich mich zu dir setzen?«

»Nanu! Na, man soll ja niemand für sein Äußeres verurteilen, nicht! Klar, setz dich.«

Gernot rutschte auf seiner Pappe ein Stück zur Seite und beobachtete Fabrizio, der behutsam Platz nahm.

»Hier hast du 'ne Decke, wenn du willst«, sagte Gernot und hielt ihm ein graues Knäuel hin. Es roch streng.

»Danke«, sagte Fabrizio und schlug den Stoff über seine Beine. Die Kälte siegte über den Ekel. Fröhlich wickelte Gernot einen Burger aus dem Papier.

»Feiner Zwirn, den du da trägst«, meinte er kauend. »Zegna, oder?«

Fabrizio sah ihn erstaunt an. »Keine Ahnung, warte.« Irritiert öffnete er den Knopf seines Sakkos und sah nach dem Label im Innenfutter. »Ja. Zegna.«

»Sieht man am Knopfloch. Sehr markant. Sehr schick gemacht. Scheinst ja gar nicht zu wissen, was du da trägst. Zegna hab' ich selbst lange getragen. Aber irgendwann bin ich zu fett geworden und Boglioli hat mir besser gepasst.«

»Was? Aber ...« Er stockte. »Ich will dir nicht zu nahetreten, aber ...«

»Nu, mal raus mit der Sprache, mein Freund. Wir sind hier unter uns, weißt du. Frag ruhig, ich kann mir schon denken, was du wissen willst.«

»Wie kommt es, dass du hier sitzt und ... naja ... hast du kein zu Hause?«

»Klar hab ich eins. Die Straße kann auch ein zu Hause sein, nicht? Klingt komisch, ist aber so. Hat der Peter Lustig immer gesagt, der von Löwenzahn. Hat mein Neffe gern geguckt.«

»Die Straße? Das sehe ich eigentlich anders ... Hier ist es kalt. Und gefährlich.«

»Gefährlich?« Gernot trank genüsslich einen Schluck Cola. »Sieh' dich mal um, Fabrizio. Alle fünf Minuten fährt die Gendarmerie hier durch, hier passiert gar nichts.«

»Darf man das überhaupt? Hier übernachten?«

»Wird geduldet. Meistens jedenfalls. Außerdem: wohin mit uns? Vorgestern war die dänische Königin auf Staatsbesuch, der Herr Bundespräsident hat ihr *sein* Berlin gezeigt. Kurz bevor die Kolonne hier durchgekommen ist, mussten wir uns in den Bahnhof verkrümeln, samt unserer Sachen. Aber sonst ... sowas kommt dann doch eher selten vor.«

»Es gibt doch Wärmestuben, oder nicht? Obdachlosenheime, wo man kostenlos schlafen und sich waschen kann?«

Gernot verzog den Mund, biss in seinen Burger. »Die gibt es zwar«, erklärte er, »aber da wird man bloß ausgeraubt. Oder vergewaltigt. Wenn nicht untereinander, dann vom Personal was da ehrenamtlich arbeitet, ich mache keine Witze, mein Freund. Das weiß auch die Polizei. Und die haben Wichtigeres zu tun, als sich um Anzeigen von unseresgleichen zu kümmern, nicht? Also lässt man uns halt hier liegen. Die Behörden sind schon seltsam, nicht?«

Fabrizio traute seinen Ohren nicht. Der Konzern für den er arbeitete und er selbst als Privatperson unterstützten in Frankfurt mehrere Wärmestuben und Heime, aus Imagegründen freilich, aber sie taten es dennoch. Die Betreiber hatten diese Stätten vor den Geldgebern immer in den Himmel gelobt, und welch großer Beitrag für den Sozialstaat ihre Gaben doch seien, derlei Floskeln. Er fühlte sich hintergangen.

»Warum gehst du nicht arbeiten?«, wollte Fabrizio wissen, doch merkte sofort, wie grob er die Frage formuliert hatte.

»Sieh mich an. Jemand der so aussieht wie ich, muss ein Alkoholiker, Junkie, oder Schlimmeres sein, nicht? Am besten alles gleichzeitig, passt ja schließlich ins Bild, dass die Gesellschaft von uns hat. Ich werde in meinem Leben keine Arbeit mehr bekommen und wenn ich ganz ehrlich bin, will ich das auch nicht mehr. Im Grunde genommen bin ich also wirklich ein Arbeitsverweigerer. Hab' aber meine Gründe. Ich bin jetzt ein freier Mensch, wenn du meine Situation euphemistisch beschreiben willst. Und ich bin glücklich, das bin ich, jawohl! Ich kenne beide Seiten des Lebens, die Straße und das Büro.«

»Aber entschuldige mal, das Leben ist doch viel mehr als das!«

»Findest du wirklich, Fabrizio? Dein Anzug kostet 3000 Euro, plus minus. Du wirkst nicht wie einer, den die Mode sonderlich interessiert. Der Anzug ist deine Uniform, sei ehrlich zu dir selbst, mein Freund. Und es kann auch nur das teure Modell sein, denn sonst bröckelt ja dein Image in deiner Firma, bei deinen Kollegen und deinen Kunden. Du trägst diesen Anzug wie jemand, der damit etwas beweisen muss. ›Vertrauen Sie mir, ich bin Fabrizio und trage Zegna, riechen Sie mal an mir, mein Parfum duftet nach Geld, deshalb dürfen Sie mir guten Gewissens *ihr* Geld überlassen, Sie sehen an meinem Anzug, dass ich erfolgreich bin, Sie sehen an meiner Uhr, dass ich nach dem Takt arbeite, den uns der Markt diktiert.‹ Du sitzt in einem Käfig, Fabrizio, man zieht mit tausend Armen nach dir. So ist das eben. Es gibt die Straße und es gibt das Büro. Mein Leben existiert nicht ohne die Straße und dein Leben existiert nicht ohne das Büro. Das ist hart, aber die Wahrheit, nicht? Die haben übrigens das Gürkchen auf dem Burger vergessen, sowas aber auch, Halunken!«

Fabrizio schwieg. Jedes einzelne Wort aus Gernots Mund traf ihn wie Nadelstiche am ganzen Körper. Ihm wurde bewusst, dass sein Leben auf der emotionslosen und kalten Wechselwirkung zwischen Karriere und der Illusion von Freiheit aufgebaut war. Der eine Erfolg bedingte den nächsten, wie die ewige Suche nach einem Schatz, den es nicht gibt, nach einem größeren Sinn, der gar nicht existierte. Gleichzeitig wurde ihm klar, dass er jenen Sinn schon seit längerem hinterfragte, den Gedanken daran aus Gründen seines sogenannten Geschäftssinns aber jedes Mal verwarf. Er hatte effizient zu sein. Die Arbeit verlangte von ihm zu funktionieren. Fabrizio Visconti verlangte von sich selbst, zu funktionieren.

»Du siehst traurig aus«, sagte Gernot beiläufig und schob sich ein Chicken Nugget zwischen die Zähne. »War ich zu direkt? Dachte ein Businessman wie du steckt das locker weg.«

Fabrizio schüttelte langsam den Kopf.

»Nein, nein ... alles, was du sagst, stimmt. Wie kommt es, dass du dich für die Straße entschieden hast?«

Gernot unterbrach das Festmahl, seine Miene verfinsterte sich.

»Meine Frau ist vor zehn Jahren an Krebs gestorben. Sie war ein Engel, das schönste Mädchen, das ich je kannte. Und sie hat sich für mich entschieden, nicht für mein Geld. Ich hatte auch einmal viel davon, weißt du. Sie hieß Elena, aber alle nannten sie Elli. Elli hat etwas in mir gesehen, was sie ganz toll fand. Sie hat gesagt, ich hab' ein gutes Herz und so. Ich wollte uns das schönste Leben ermöglichen, das wir uns vorstellen konnten. Dabei habe ich die ganze Zeit im Irrtum gelebt. Unser Leben war schon so schön und ich habe geglaubt ein neues Haus, ein größerer Garten, teurere Kleidung im Schrank, eine Küche mit Marmorarbeitsplatte oder ein Grundstück auf Santorini würden es noch besser machen. Also habe ich gearbeitet. Tag und Nacht an meiner Karrierestrategie gefeilt, ich bin über Leichen gegangen, habe Kollegen und Freunde hinters Licht geführt, mich an die Spitze gelogen. Meine Waffen waren die Anzüge, meine Streitkräfte die Bilanzen, mein Ziel immer das Büro im Stockwerk drüber. Im ständigen Glauben von mehr ist mehr, es reicht noch nicht, es geht noch besser. Und dann ist Elli krank geworden, ein ganz aggressiver Krebs in den Knochen. Sie hat sich praktisch aufgelöst. Ich bin in dem Glauben aufgewachsen, dass man mit Geld alles schaffen kann, Hauptsache man hat genug davon.« Gernot schniefte. »Naja Pustekuchen, nicht? Kein Arzt der Welt kann Krebs heilen und wenn du ihm noch so viel Kohle bietest. Aber ich habe weitergearbeitet, in der Hoffnung, dass es etwas nützt. Aber mit Geld heilt man keine Krankheit, Fabrizio, das macht man mit Liebe. Auch bei was Unheilbarem. Ehe ich mich versah, ist die Elli gestorben. Ohne, dass ich ihre Hand halten konnte am Sterbebett, ohne ihr auf Wiedersehen sagen zu können, meiner Elli. Sie war einfach weg, verstehst du? Und ich stand vor dem Scherbenhaufen meines Lebens. Das ist alles wie ein kleines Kartenhaus in sich zusammengefallen. So, Elli tot, ich mit den Nerven am Ende, fang das Trinken an, kann nicht aufhören. Richtig scheiße wurde es dann ein Jahr später, als sie mich rausgeschmissen haben aus dem Saftladen, weil ich in einen Blumenkübel vor dem Vorstandsbüro gepisst hab'. Dann ist mir plötzlich was klar geworden und dafür hab' ich mich selbst gehasst. Ich hab' nicht für die Elli gearbeitet und auch nicht für das, wovon ich glaubte, es sei ein besseres Leben. Ich hab's für mich getan, einzig und allein für mich, mich, mich. Ich konnte gar nicht aufhören. Ich war süchtig nach Anerkennung und süchtig nach den sich stapelnden Nullen nach der Eins auf den Kontoauszügen, klar? Es ging nur um mich. Ich weiß gar nicht, ob ich die Elli jemals richtig kennengelernt hab. Ich erinnere mich an ihre Augen. Die werde ich auch niemals vergessen, die waren wunderschön. Aber alles andere ... wie so ein Traum nach dem Aufwachen, den kannst du gar nicht mehr richtig greifen, weil er schon fast komplett verblasst ist. Hab' mein altes Leben im Selbsthass zerstört. Ich hab' mich anfangs auch nicht für das Leben entschieden, dass ich jetzt führe. Vielmehr hat sich die Straße für mich entschieden, verstehst du? Ich hab' einfach aufgehört, all das zu tun, was mein altes Leben ausgemacht hat. Jetzt bin ich hier und kann lesen, lang pennen, mir ist scheißegal was morgen ist. Ich hab' meinen Frieden damit gemacht.«

Eine Straßenbahn fuhr vorbei, vor Fabrizios Augen verschwamm die Welt. Zum ersten Mal seit langer, langer Zeit weinte er.

Gernot zog die Nase hoch.

Die Männer schwiegen. Der eine dachte an seine Frau, der andere daran, wie inhaltslos sein Leben war.

»Danke, dass du mir das erzählt hast«, sagte Fabrizio irgendwann.

»Dafür nicht.«

»Ich arbeite für diese Investmentgesellschaft in Frankfurt. Davor war ich bei der Commerzbank.«

»Ha! So ein hässlicher Turm, den die da hingestellt haben. Ich nenne ihn *Phallus Commercialis*. Worauf willst du hinaus, mein Freund?«

Auch Fabrizio musste lachen.

»Jedenfalls habe ich früher noch etwas außerhalb gewohnt und bin mit dem Zug nach Frankfurt. Vom Bahnhof aus muss man durch die Kaiserstraße, das ist der schnellste Weg zum Tower. Da liegen die Obdachlosen teilweise noch mit der Nadel im Arm einfach so herum. Du versuchst nicht hinzusehen, Nase hoch, Blick geradeaus. Aber das gelingt nie. Du schaust dir das Leid am Boden an und denkst dir: Mensch bin ich froh, dass ich vierzig Etagen über denen da arbeite. Das hat mich nie weiter gejuckt. Auf einmal wird mir bewusst, dass nicht diese Leute die asozialen Elemente sind. Das sind wir, wir die sich Plastiküberzüge über die Schuhe streifen, damit die feine Sohle nicht kaputt geht, wenn wir durch die Kaiser müssen. Und wenn uns einer ansprach, sagten wir immer *geh arbeiten*. Ganz Frankfurt ist eine einzige Scheinwelt! Diese einschüchternden Türme sind nur dazu da, dass andere wo runtergucken können. Man müsste gar nicht in die Höhe bauen! Man baut eine ganze Altstadt nach historischem Vorbild für zig Millionen wieder auf und lässt Nobelboutiquen und Gourmetrestaurants einziehen. Man sieht sich die Paulskirche an, der Ort an dem Deutschland entstanden ist, geht mit dem Blick nach oben und sieht, was aus Deutschland geworden ist. Leck mich am Arsch!«

»Du klingst wie ein Revoluzzer, Fabrizio!«, rief Gernot und lachte lauthals. »Derart systemkritische Plädoyers hätte ich dir gar nicht zugetraut. Nicht schlecht, Herr Specht. Meine Rede.«

»Tut gut, das Offensichtliche einmal auszusprechen.«

»Ich weiß. Ich will dir aber auch was sagen. Dir wird leider keiner zuhören. Noch sitzt dieses System ziemlich fest im Sattel.«

Fabrizio griff nach seiner Laptoptasche.

Nicht mehr lange, dachte er. Es wird Zeit zu gehen. Aber wohin nur? Visconti erhob sich, sah zu Gernot herab. »Eine Frage noch, dann lasse ich dich in Frieden, Gernot. Was liest du da?«

Ein Strahlen glitt über Gernots Gesicht. »Eine sensationelle Geschichte! Solltest du auch mal lesen. Es heißt *Gregs Tagebuch: Von Idioten umzingelt*. Ist so ein Comic-Roman von Jeff Kinney.«

Visconti war enttäuscht. Er hatte sich etwas literarisches ausgemalt. Den Krull von Thomas Mann vielleicht, oder wenigstens die Memoiren eines Irren von Flaubert. Anderseits passte es doch ins Bild. Gernot doesn't give a flying fuck, dachte er und ein Lächeln huschte über seine Lippen.

»Ich danke dir. Alles Gute, es hat mich gefreut, Gernot!«

»Trag deinen Anzug nicht zu lange. Bist n' Guter.«

Visconti ging ein paar Schritte die Straße entlang, eine Polizeistreife passierte ihn, auf der anderen Seite sangen Jugendliche. Seine Nase lief, er suchte die Taschen nach einem Tuch ab, fand eines in der linken.

Visconti schnäuzte kräftig, hielt inne.

In den Händen hielt er eine Serviette mit dem Logo der Deutschen Bahn. Darauf eine Telefonnummer und ein Name:

Maria.

FÜNFUNDZWANZIG

Polizeidirektion 5 am Checkpoint Charlie
Friedrichstraße, Berlin, Deutschland 23:30 Uhr Ortszeit

Hinter den dicken Mauern des grau-braunen Gebäudes der Polizeidirektion 5 Friedrichstraße betraten Kommissar Dietrich, Tamara und Malte das etwa zwanzig Quadratmeter große Dienstbüro. Die Einrichtung war bis auf einen großen Ficus vor dem vergitterten Fenster praktisch gehalten: Zwei Schreibtische, darauf je ein Computerbildschirm, ein Korkbrett an der Wand mit einem Kalender von 2018, zwei Holzstühle, ein Schrank. Nebst einer halbvollen Kaffeetasse das gerahmte Bild einer jungen Frau und eines kleinen Jungen.

»Dit is meen Tom«, verkündete Malte stolz, während er seine Jacke über einen der Stühle legte.

»Hast du Kinder?«, fragte Tamara, und machte sich am Computer zu schaffen.

»Nein«, gab Dietrich knapp zurück. »Hat sich bei uns nie ergeben.«

»Verheiratet?«

»Geschieden.«

»Dit bin ick ooch.«, sagte Malte und nahm einen Schluck kalten Kaffee. »Bah, wat een Scheiß! Ick mach uns eben n' Neuen. Milch, Zucker?«

Dietrich nickte, Tamara ebenfalls.

»Was sind das für Typen auf dem Foto?«, erkundigte sie sich, während ihr Dietrich das Papier reichte, dass ihm der Rezeptionist im Hotel gegeben hatte. Sie legte es in den Scanner.

»Das finden wir hoffentlich gleich heraus.«

Dietrich erzählte, was in Hamm passiert war, von den vermeintlichen Russen, die am Unfallort und im Ritz-Carlton behauptet hatten, Visconti sei ein Kollege von ihnen.

»Wo arbeitet Visconti denn? Hast du da mal angerufen?«

Nebenher startete Tamara das Programm zur Gesichtserkennung. Die Software beschwerte sich über die niedrige Bildqualität, doch mit ein paar Klicks hatte Tamara das Foto etwas schärfer zeichnen können.

»Bei einer Investmentgesellschaft, DarkStone. Ist da zuständig für, ähm …«

Dietrich kramte sein Handy hervor und rief erneut die Firmenwebsite auf.

»… für DeFi, was auch immer das ist, und Digital Markets. Scheinbar ist er ein ziemlich hohes Tier. Schiebt Milliarden hin und her.«

»DeFi bedeutet Decentralized Finance. Hast du schon mal von Bitcoin gehört? Das sind Ende-zu-Ende Finanzdienstleistungen, die in einem großen Transaktionsnetzwerk abgewickelt werden.«

Dietrich hob die Brauen. Von Bitcoin hatte er bereits aus den Medien einiges mitbekommen, das meiste davon aber nicht verstanden. Auch hier war es scheinbar der Standard, mit seltsamen Fachbegriffen um sich zu werfen, als gäbe es kein Morgen.

»Und warum dann dezentral?«

»Weil es in solchen Netzwerken keine zentrale Instanz wie zum Beispiel Banken gibt.«

»Und wer kontrolliert das Ganze?«

»Keiner.«

»Wie, keiner? Wer garantiert mir dann, dass mein Geld überhaupt ankommt?«

»Regelt die Blockchain. Technologisch. Ist im Prinzip sowas wie ein Kassenbuch, aber jeder Netzwerkteilnehmer hat eines. Und wenn Coins hin und her geschickt werden, überprüft die Blockchain automatisch, ob alle Kassenbücher nach dem Transfer übereinstimmen. So kann keiner bescheißen.«

Dietrich musste sich eingestehen, dass er nicht alles verstanden hatte, was Tamara ihm erklärte.

»Warum weißt du so gut über dieses Zeug Bescheid?«, hakte er nach.

»Ich mach' nebenher ein bisschen Trading, da lernt man so Zeug, oberflächlich zumindest. Aber wenn man mit Krypto Gewinne machen will, sollte man sich schon etwas auskennen. Ist halt mit etwas mehr Risiko verbunden als beim DAX.«

»Verstehe. Ich muss zugeben, dass ich mich kaum mit der Materie auseinandergesetzt habe.«

»Macht doch nix! Ich kapier auch nicht immer alles und jeden Tag gibt's irgendwelche Neuigkeiten. Da muss man auf Zack sein. Geht außerdem den meisten in deinem Alter so. Ohje, sorry. Das war gemein.«

Dietrich lächelte milde. »Schon gut. Du hast ja recht. Das ist technologisch so komplex, wenn du dich nicht von Berufswegen damit beschäftigst, oder damit aufgewachsen bist, hast du schier keine Chance, den Überblick zu behalten. Der Sohn von Malte wird es da um einiges leichter haben, denke ich.«

Tamara nickte. Der Computer machte ein Geräusch.

»Oh, schau mal. Wir haben ein Match!«

Malte kam mit drei Tassen auf einem Tablett gerade rechtzeitig in den Raum, um den letzten Satz von Tamara noch gehört zu haben.

»Jetze bin ick aber mal jespannt. Wen hamm' wa denn da?«

Dietrich beugte sich zum Monitor. Er kniff die Augen zusammen.

Großer Gott.

Visconti steckt gehörig in der Scheiße, dachte er.

SECHSUNDZWANZIG

Büro der Kaijo Hoan-cho, Japanische Küstenwache
Tokioter Hafen, Japan 22:30 Uhr Ortszeit

»Wem gehört dieses Schiff?«, fragte Schichtleiter Nagai Hitoshi, während Taira Saki versuchte, alle zwanzig Sekunden einen Lagebericht der SLS Tokio abzufragen. Bislang hatten sie keine Antwort erhalten.

»Vielleicht ist die Leitung gestört und sie hören uns nicht«, überlegte Saki, an Hoshino Ryo, den IT-Beauftragten der Küstenwache gewandt.

»Das kann eigentlich nicht sein«, meinte Ryo, »die Verbindung ist definitiv durchgestellt worden. Dafür muss ich den Hörer von der Gabel nehmen, oder wenigstens den entsprechenden Knopf drücken. Das tue ich ja wohl nur, wenn's klingelt. Die hören uns. Kein Zweifel.«

Ein anderer Mitarbeiter kam herangeilt und überreichte Schichtleiter Hitoshi ein Blatt Papier.

»Die Tokio gehört zu SukiLog«, stellte er fest. »Sie hat hauptsächlich Computerteile geladen.«

»SukiLog ...«, dachte Ryo laut. »Die gehören doch zu SukiCore, oder?«

»Der Softwarehersteller?«

»Genau. Soweit ich weiß, bilden die eine Unternehmensgruppe.«

Saki erbat erneut den Status der Tokio, wieder erhielt sie keine Antwort.

»Das hilft uns auch nicht weiter«, sagte Hitoshi konsterniert. »Wenn Sie mich fragen – da stimmt was nicht. Saki, suchen Sie mir ein Schiff in der Nähe der Tokio. Die sollen hinfahren und nach dem Rechten sehen.«

Das Satellitentelefon gab ein Knistern von sich.

»Hier spricht Kapitän Nakamoto«, drang eine tiefe Stimme aus dem Lautsprecher.

Sakis Gesicht hellte sich auf. Bestimmt gab es eine einfache Erklärung.

Schichtleiter Hitoshi ergriff das Wort: »Hier ist die japanische Küstenwache. Was ist da bei Ihnen los? Wir haben einen Kollisionsalarm von Ihrem AIS erhalten.«

Es dauerte einen Moment, bis sich die Stimme zurückmeldete.

»Wir haben zur Übung eine Simulation laufen lassen. Das AIS hat offenbar geglaubt, es handle sich um den tatsächlichen TCPA. Entschuldigen Sie die Unannehmlichkeiten.«

»Eine Simulation löst keinen Alarm aus, Kapitän!«, meinte Hitoshi skeptisch. Taira Saki nickte zustimmend. »War das eine angemeldete Übung? Uns liegt in dieser Sache nichts vor!«

»Das weiß ich selbst. Ich kann mir auch nicht erklären, wie das passiert ist, vielleicht spielt uns die Software einen Streich. Wir haben alles unter Kontrolle. Die Übung wurde vor vier Wochen beim zuständigen Büro angemeldet.«

»Es wäre nicht das erste Mal, dass ein AIS spinnt«, mischte sich Ryo flüsternd ein.

Hitoshi nickte. »In Ordnung, Kapitän. Gute Fahrt und gute Nacht.«

Die Verbindung wurde unterbrochen. Saki seufzte. Gott sei Dank nur ein AIS-Fehler. Sie spürte, wie die Anspannung langsam wieder von ihr abfiel und die Müdigkeit wieder die Oberhand gewann. Saki sehnte sich nach Ihrem Bett.

Plötzlich öffneten sich die Türen zur Leitstelle, ein halbes Dutzend Männer und Frauen strömten in den Raum.

»Wo ist der Schichtleiter?«, rief eine etwa eins sechzig kleine, klobige Frau in schwarzem Hosenanzug. Ihr drahtiges, schwarzes Haar trug sie als Pagenkopf, auf der Nase saß eine große Hornbrille, die fast die komplette obere Gesichtshälfte bedeckte.

Irritiert hob Nagai Hitoshi die Hand, der noch immer mit Ryo an Sakis Schreibtisch stand.

»Das bin ich. Was ist hier los?«

»Arbeiten Sie weiter!«, rief die Frau im Befehlston durch den Raum, als sie merkte, dass die anderen Mitarbeiter neugierig von den Bildschirmen aufsahen.

Sie ging auf Hitoshi zu und hielt ihm einen Ausweis hin.

»Asuka Massako, PSIA«

Der Japanische Geheimdienst, fuhr es Saki durch den Kopf. Was wollen die denn hier?

Bevor Hitoshi sich äußern konnte, polterte Massako weiter: »Ich brauche Informationen über die SLS Tokio! Wer kümmert sich um Frachtschiffe der Megamax-Klasse?«

Vorsichtig meldete sich Saki. »Das bin ich.«

»Warten Sie mal!«, fuhr Hitoshi dazwischen und fing sich umgehend einen vernichtenden Blick von Massako ein. Ihre ganze Erscheinung wirkte, als fließe Starkstrom durch ihre Glieder. Ihre Haltung war aufrecht, militärisch. Wenn die ein LKW überfährt, erleidet das Fahrzeug einen Totalschaden, dachte Hiroshi.

»Was ist denn überhaupt passiert?«

Massako ging einen Schritt auf den Schichtleiter zu. Obwohl der sie um mindestens zwanzig Zentimeter überragte, konnte man ihm sprichwörtlich beim Schrumpfen zusehen, als sie das Wort an ihn richtete.

»Ihre Aufgabe als Schichtleiter ist es, sämtliche Zwischenfälle, die die Sicherheit auf See gefährden, sofort zu melden. Korrigieren Sie mich, wenn das nicht stimmt.«

»Sprechen Sie von der SLS Tokio? Ma'am, das war falscher Alarm ...«, verteidigte sich Hitoshi kleinlaut.

»Die feindliche Übernahme eines Schiffs unter japanischer Flagge ist kein falscher Alarm, Schichtleiter!«

Saki beobachtete, wie sämtliche Farbe Hitoshis Gesicht verließ.

»Wie bitte, was?!«, war alles, was Hitoshi stammelnd hervorbrachte.

Massakos Kiefer mahlten. »Es hat einen Angriff auf die Tokio gegeben, vor etwa vier Stunden.«

SIEBENUNDZWANZIG

Nordöstlicher Pazifik, SLS Tokio

Owens hatte noch keinen Schuss abgegeben. Der kleine Mann, der zitternd vor ihm saß und die Hände in die Luft gestreckt hielt, tat ihm leid. Er wollte keinen wehrlosen, unschuldigen Menschen töten. Owens' Gedanken sprangen hin und her wie der Ball bei einem Tischtennismatch. Auch dieser Mann war offenbar Teil des Plans, der sich seit ein paar Stunden auf der Tokio entfaltete – war er also doch nicht unschuldig? Oder hatte man ihm keine andere Wahl gelassen? Würde sein Opfer etwas ändern? Zumindest könnte Owens dadurch beweisen, dass er es ernst meinte. Wie viele Männer und Frauen müsste er töten, bis die Angreifer nachgaben? Sollte er die Waffe nicht besser auf Semjonowa richten? Nein, er war zu weit von ihr entfernt. Das Ziel zu verfehlen war keine Option.

»Was jetzt Mr. Owens?«, fauchte Solschenizyn.

Einfach abwarten? Der Zielhafen der Tokio war Hamburg, bis dahin brauchten sie noch mindestens eine Woche, wenn das Wetter mitspielte. Das setzte voraus, dass sich die Tokio noch auf Kurs befand. Unwahrscheinlich. Oder? Es gab zu viele Variablen in Owens' Kopf.

»Ich zähle bis drei!«, rief Owens, fühlte sich, wie fremdgesteuert. »Wenn ihr bis dahin nicht die Server abschaltet, erschieße ich ihn!«

Er presste den Lauf des Sturmgewehrs fester in den Nacken des verängstigten Mannes. Iwanowitsch und Solschenizyn wechselten Blicke.

Scheiße, dachte Owens. Die lassen es drauf ankommen.

Er begann zu zählen.

»Eins ...«

Keine Reaktion, weder von Semjonowa noch von irgendwem sonst im Raum.

»... Zwei ...«

Ein Aufseher näherte sich langsam von links, Owens sah es unscharf im Augenwinkel. »Vergesst nicht, dass ich eine Granate in der Hand halte! Wenn ihr schießt, reiße ich euch mit!«

Solschenizyn befahl dem Aufseher etwas auf Russisch, zumindest klang es für Owens wie ein Befehl. Ansonsten verstand er nur einen Namen: Melnikow. Augenblicklich blieb Melnikow stehen, senkte sein Sturmgewehr jedoch nicht.

»Ihr sollt die Server abstellen!«, schrie Owens. Hätte er bis zehn zählen sollen? Jetzt blieb ihm keine Zeit mehr.

Solschenizyns Miene war wie versteinert, ein herausfordernder Blick war in die kantigen Züge gemeißelt.

»DREI!«

◆

Valeriy Nikolaev blutete. Seine Oberlippe war aufgeplatzt, der salzige Schweiß, der ihm vom Gesicht tropfte, brannte in der Wunde. Sein Gegner hatte ihn an der Schulter erwischt, Nikolaev war zu Boden gestürzt. Dann der Schlag frontal ins Gesicht. Der andere warf sich mit seinem gesamten Gewicht auf Nikolaevs Brustkorb, sodass sämtliche Luft aus seinen gequetschten

Lungenflügeln wich. Mit letzter Kraft spannte Nikolaev die harte Beinmuskulatur an und umklammerte den Rumpf des Gegners wie mit einer Zange. Sukzessive erhöhte er den Druck, gab alles, was seine brennenden Glieder noch hergaben, bis der andere endlich von ihm abließ. Nikolaev trat mit voller Wucht in dessen Bauch, der Gegner taumelte ins andere Eck des Rings. Nikolaev schnappte nach Luft, rappelte sich blitzschnell auf und sprintete auf sein Gegenüber zu, der den finalen Schlag nicht abwehren konnte. Nikolaevs Kinnhaken gab ihm den Rest, der Gegner sackte in sich zusammen.

Die Glocke beendete den Kampf.

Der quadratische Kellerraum ohne Fenster, in dessen Mitte der leicht erhöhte Boxring aufgebaut war, wurde nur von einer einzigen Glühbirne gelblich beleuchtet.

Nikolaev wurde von einem heftigen Schwindel gepackt, er musste sich an den Begrenzungsseilen des Rings abstützen.

Aus dem Dunkel einer Ecke drang langsames Klatschen.

Er ist hier.

Eine Gestalt trat ins Licht, fast zwei Meter groß, ein Mann in dunklem Anzug, eine Zigarette im Mundwinkel, sein markantes Gesicht in bläuliche Rauchschwaden gehüllt.

Nikolaev musste die Augen zusammenkneifen, um seinen Blick scharf zu stellen. Er zwang sich, seinen geschundenen Körper aufzurichten, den Kopf gerade zu halten.

»Gut. Ich bin beeindruckt Valeriy«, sagte der Mann mit tiefer Stimme auf Russisch und hörte auf zu applaudieren.

»Du hast Mut bewiesen. Tapferkeit. Durchhaltevermögen. Das war einer meiner stärksten Männer. Wie fühlst du dich?«

Nikolaev schluckte.

»Sehr gut.«

»Du bist von zu Hause abgehauen, Valeriy. Warum?«

»Ich will mein Leben selbst bestimmen. Ich habe andere Möglichkeiten in Sankt Petersburg.«

»Du bist ein guter Kämpfer, Valeriy. Aber du musst an deiner Taktik feilen. Boxen ist ein strategischer Sport. Erkenne die Schwächen deines Gegners. Nutze sie aus. Sei unberechenbar. Erst dann bist du unbesiegbar.«

Nikolaev nickte. *Er ist genauso, wie alle gesagt haben.*

»Hier in Sankt Petersburg bist du ein Niemand. Du hast keine Bekannten hier, keine Freunde, du weißt nicht, wie du morgen an etwas Essbares kommen sollst.«

»Ich weiß, wie – «

»Sei still«, unterbrach ihn der Mann. »Du hast keinerlei Perspektive, du stehst noch weiter unten als bei deinen Eltern zu Hause. Ich kann dir helfen, das zu ändern. Ich kann das Beste aus dir herausholen und noch viel mehr als das.«

»Was muss ich dafür tun?«, fragte Nikolaev vorsichtig.

»Mir deine Loyalität schwören. Mir sie beweisen. Ich kann dich zu einem reichen Mann machen. Arbeite für mich und habe Vertrauen.«

Für einen Moment war nur das monotone Surren der Lüftungsanlage zu hören.

»Weißt du wer ich bin?«

Nikolaev nickte.

»Sag es.«

»Sie sind Nabokov, oder?«

»Das entscheidest allein du, Valeriy. Wenn du mir den Rücken kehrst und diesen Raum verlässt, bin ich nur ein Schatten, an den du dich schon morgen nicht mehr erinnern wirst. Solltest du dich entscheiden zu bleiben, werde ich Nabokov sein.«

Valeriys Puls schoss in die Höhe. Er war Nabokov nie zuvor begegnet. Im Untergrund und der Szene galt er als Legende. Die allerwenigsten wussten um seine wirkliche Identität und noch weniger hatten ihn tatsächlich jemals zu Gesicht bekommen. Es mochte daran liegen, dass Nabokov nachgesagt wurde, er hinterlasse nie eine Spur - eine Konstante, die sich durch alle Abwandlungen und Versionen jener Legende zog. Eine Legende - und das erkannte Valeriy jetzt, von der er nur gehört hatte, weil Nabokov es so bestimmt hatte.

Valeriy hob das Brustbein, atmete zwischen die schmerzenden Rippen und sah Nabokov in die Augen.

»Ich bleibe.«

»Gut. Du wirst auf den Namen Melnikow hören. Verabschiede dich von deiner Vergangenheit und richte den Blick in die Zukunft. Ich werde für dich sorgen.«

Das war inzwischen über zwanzig Jahre her. Melnikow verdankte Nabokov alles, denn dieser hatte sein Versprechen gehalten. Melnikow bekam eine Wohnung, Geld, genug zu Essen und zu Trinken, das beste Training, er lernte den Dienst an der Waffe. Nabokov schenkte Melnikow endlich einen Sinn im Leben, er fühlte sich wichtig und wertvoll, als Teil einer großen Sache.

Melnikow würde alles für Nabokov tun.

Er lenkte seine Gedanken wieder in die Gegenwart.

»Zwei!«, rief der Offizier.

Wie war dieser Mann ihnen durch die Lappen gegangen? Wieso trug er Chlebnikows Uniform? War Chlebnikow noch am Leben?

»Ihr sollt die Server abstellen!«, schrie der Offizier.

Melnikow sah zu dem verängstigten Mann, der die Hände in die Höhe gestreckt hatte und zitterte.

Er ging einen Schritt auf den Offizier zu.

»Bleib sofort stehen, Melnikow, du Idiot!«, fuhr ihn Solschenizyn auf Russisch an.

Melnikow erstarrte in der Bewegung.

Dieser Möchtegernheld von Offizier gefährdet Nabokovs gesamten Plan, dachte Melnikow. Ich muss ihn aufhalten.

»DREI!«, brüllte der Offizier.

Melnikow wusste genau, wie man einem ausgewachsenen Mann am schnellsten das Licht ausknipst. Zwei Schüsse in den Kopf würden aus dieser Distanz reichen. Dann blieb noch die Granate. Der Offizier hielt sie auf Bauchhöhe vor seinem Körper.

Melnikow erkannte, dass der Winkel, aus dem er schießen konnte, ungünstig war. Der Offizier würde nach hinten kippen.

Ich habe viereinhalb Sekunden, dachte Melnikow und holte tief Luft.

Er spürte sein Herz pulsieren, wartete den Moment zwischen den Schlägen ab, vergewisserte sich seines Ziels.

Melnikow schoss.

Bereits nach der ersten Patrone, die den Offizier traf, öffnete sich dessen Hand. Der Schlagbolzen der Granate wurde von der Sprungfeder davongeschleudert, die Zündung war irreversibel aktiviert.

Die zweite Patrone riss das Loch im Schädel des Offiziers weiter auf, sein Blut spritzte nach allen Seiten.

Wie in Zeitlupe registrierte Melnikow dumpf, wie Solschenizyn etwas schrie. Oder war es Iwanowitsch? Melnikow war vollkommen auf das kleine, metallene Ei auf dem Boden fokussiert. Zwischen seiner Stiefelspitze und der Granate lagen vielleicht fünf Meter.

In zwei großen Sätzen mobilisierte Melnikow sein Gewicht, erinnerte sich daran, was sein Gegner damals im Ring mit ihm gemacht hatte.

Mit dem rechten Knie holte er Schwung und warf sich schließlich auf den Boden.

Melnikow spürte die Granate in seinen Bauch drücken.

Auf einmal wurde es schlagartig hell. Die Serverhalle um ihn verschwand und Melnikow hörte eine leise Stimme zu ihm sprechen.

»Valeriy ... Valeriy ...«, flüsterte sie.

Melnikow versank im Nichts, das Licht um ihn wurde schwächer.

Um seinen fallenden Körper baute sich Stück für Stück ein Boxring auf. In der Ecke lag ein junger Mann, höchstens Anfang zwanzig. Seine Lippe war aufgeplatzt, er blutete.

Melnikow sah an sich herab. An seinen weißen Boxhandschuhen klebte das Blut des Jungen. Melnikow sah genauer hin.

»Du hast mich umgebracht, Valeriy ...«, röchelte der Junge.

Und schließlich erkannte Melnikow sich selbst, sterbend in der Ecke liegen.

Entfernt hörte er jemanden klatschen.

Dann wurde es still und die endgültige Dunkelheit umschloss seinen Körper.

ACHTUNDZWANZIG

Gryphiusstraße
Berlin-Friedrichshain, Deutschland 00:00 Uhr Ortszeit

Bei Moresi im Hinterhaus klingeln, hatte Maria Passarelli ihm am Telefon erklärt. Nachdem Visconti ewig nach einem öffentlichen Telefon gesucht hatte, wusste er nun, dass Maria während ihres Urlaubs in der Wohnung ihrer Tante in Friedrichshain untergebracht war.

Jetzt stand Visconti vor dem vierstöckigen, matschbraunen Siebziger-Jahre-Bau und versuchte das richtige Klingelschild zu finden. Die Namen waren unter Graffiti und Stickern mit links-radikalen Parolen kaum zu entziffern.

Als er den richtigen Knopf schließlich entdeckte und den Hausgang zum Innenhof entlang ging, fiel ihm auf, wie verlottert er aussah. Sein Jackett und das Hemd waren verknittert, die am Morgen mit viel Öl gebändigten, grauen Haare hingen ihm in Strähnen ins Gesicht. Viscontis Hose roch etwas streng.

Was sollte er Maria erzählen?

Am Telefon hatte er kurz angebunden gelogen, dass er kein Hotelzimmer gefunden hatte und ihm Jacke und Koffer gestohlen worden seien, samt Personalausweis und Kreditkarten. Daraufhin hatte Maria ihn, ohne zu zögern, eingeladen. Sie kannten sich doch gar nicht.

Scheint eine mutige Frau zu sein, dachte Visconti.

Nach zwei Versuchen fand er die richtige von drei Türen im Innenhof, die zu den Treppen-häusern des Wohnblocks führten.

Im ersten Stock stand Maria bereits im Rahmen.

Visconti blieb einen Moment lang stehen. Maria sah umwerfend aus. Das war ihm im Zug nicht aufgefallen. Sie trug eine weiße Bluse, die ihre sonnengebräunte Haut und die weiß lackierten Fingernägel betonte. Es mochte am Licht liegen, doch ihre vollen Lippen schimmerten, als hätte sie einen dezenten Lippenstift aufgetragen. Die langen Beine wurden von einer weit geschnittenen Stoffhose komplementiert.

»Ciao Bello«, sagte sie kokett und lachte.

Sie begrüßten sich, Küsschen links, Küsschen rechts, Visconti spürte ihre warmen Wangen.

»Ich muss bestimmt gruselig aussehen«, entschuldigte er sich schlechten Gewissens, als er ihr Parfum roch.

»Harten Tag gehabt?«

»Allerdings. Tut mir leid, dass ich Sie so spät störe. Es ist mir ein bisschen unangenehm, aber ... darf ich bei Ihnen kurz duschen?«

»Sì, claro. Aber hör bitte sofort auf, mich zu Siezen. Ich bin achtundzwanzig. Und ich muss dich vorwarnen. Die Wohnung entspricht vielleicht nicht ganz deinem Standard. Alles ein biss-chen schief und kaputt. DDR-Nostalgie zum Anfassen.«

»Wo ist das Bad?«, erkundigte sich Visconti.

»Ach, du meinst die Abstellkammer?«

»Abstellkammer?«

»Komm mit«, sagte Maria und führte ihn in die Küche. Ihr Lächeln war bezaubernd.

»Wie man unschwer erkennen kann, ist das hier die Küche. Und da hinten ist die Dusche.«
Sie deutete an das hofseitige Ende des länglichen Raumes, an dessen linker Wandseite sich eine schmale Tür befand. Visconti öffnete sie und stand direkt vor einer Duschkabine, die die komplette *Kammer* von eineinhalb Quadratmetern Größe ausfüllte.

»Du kannst dich entweder direkt in der Dusche abtrocknen oder du zeigst den Nachbarn vor dem Küchenfenster, was du so zu bieten hast. Hier hast du ein Handtuch. Ich warte im Wohnzimmer.«

Noch nie hatte Visconti ein derart schwachsinniges Raumkonzept gesehen. Egal, tut's ja trotzdem, dachte er. Visconti sehnte sich nach einer heißen Dusche.

Vergeblich suchte er nach einem Lichtschalter, also duschte er im Dunkeln. Er genoss die Wärme, wusch sich mit ein paar Tropfen des Duschgels, dass auf einer Ablage stand. Es roch blumig.

Visconti störte sich nicht daran. Endlich konnte er, wenn auch nur kurz, ein wenig abschalten. Hier fühlte er sich sicherer. Irgendwo suchten die zwei Typen nach ihm, die sicherlich ihre Informationen von eben der Organisation erhielten, die Visconti ans Messer zu liefern gedachte. Sein Unterfangen kam ihm völlig absurd vor. Er bezweifelte, ob die Dokumente auf seiner Festplatte überhaupt etwas nachhaltig verändern würden, selbst wenn er es schaffte, sie den richtigen Leuten zuzuspielen.

Den Versuch nicht zu wagen, kam nicht in Frage.

◆

Die Dielen im Wohnzimmer hatten sich über die Jahre durch die Temperaturschwankungen wegen der schlecht isolierten Fenster gewölbt, gebogen und verzogen. Deshalb wackelten die Möbel etwas; ein Dreiersofa, ein Sessel und zwei Schränke. Maria fand es dennoch gemütlich, die Wohnung hatte ihren ganz eigenen Charme. Sie hörte das Rauschen der Dusche nebenan und wie es nach ein paar Minuten schließlich verstummte.

Bin ich etwas zu voreilig gewesen?, fragte sie sich. Ihre Tante würde sicherlich eine stundenlange Standpauke halten, wenn sie erfuhr, dass Maria einen fremden Mann eingeladen hatte.

Und es stimmte. Sie kannte gerade einmal Fabrizios Namen, das war alles.

Welchen Beruf er ausübte, wusste sie nach wie vor nicht.

Er hatte ziemlich fertig ausgesehen, als er vor ihrer Tür im Treppenhaus stand. Seine Nervosität im Zug hatte sie auf den vermeintlich bevorstehenden Termin geschoben. Dabei konnte er sonst wo gewesen sein. Sie entschied, Fabrizio eine Zigarette lang Zeit zu geben, sich zu erklären. Wenn sie sich dann immer noch unsicher fühlte, könnte sie ihn wegschicken.

Was, wenn er dann nicht geht? Vielleicht hättest du dir das vorher überlegen sollen!

Vielleicht würde es sie beruhigen, wenn sie ihn googelte. Das war ihr noch nicht in den Sinn gekommen.

Sie zog ihr Handy aus der Hosentasche. Wie war noch gleich sein Nachname? Er hatte ihn vorher am Telefon erwähnt. Visconti, klar!

Das erste Suchergebnis war eine Anzeige einer Investmentgesellschaft. Auf deren Homepage fand sie ein Bild von ihm.

Ein Banker also, dachte sie. Irgendwie hat er mir als Architekt in meinen Gedanken besser gefallen. Aber auf dem Bild hat man ihn auch nicht wirklich gut getroffen. Sie swipte zurück zu den Suchergebnissen. Gleich als zweites fand sie eine Anzeige der Polizei. Skeptisch klickte Maria sie an.

Fahrlässige Tötung in Hamm (NRW)
Gesucht: Fabrizio Visconti
ca. 1,85m, athletischer Körperbau, ca. 45-50 Jahre
Sachdienliche Hinweise an die Polizeidienststelle
in Hamm oder die Örtlichen Behörden.

Darunter ein Bild von Fabrizio, das gleiche wie auf der DarkStone Website.

»Che cazzo!«, entfuhr es Maria leise.

»Was ist denn los?«

Maria zuckte zusammen und wich instinktiv zurück. Visconti stand in der Tür, barfuß, das Hemd halb zugeknöpft, die eisgrauen Haare noch nass.

»Scheiße, wer bist du?!«, schrie sie. »Sag mir sofort, was du hier willst, oder ich rufe die Polizei!«

NEUNUNDZWANZIG

The Kempinski Hotel

»Bis die ankommen, haben wir die Daten längst abgesaugt. Entspann dich, Pushkin. Es verläuft alles nach Plan.«

»Aber Chlebnikow und Melnikow ...«

»Melnikow hat genau den Einsatz gezeigt, den ich von euch allen erwarte. Chlebnikow war im entscheidenden Moment zu schwach. Werft ihn ins Wasser.«

Pushkin schluckte. »Jawohl, Nabokov. Semjonowa hat ihre Leute angewiesen, schneller zu arbeiten. In etwa 12 Stunden können wir mit dem Datentransfer beginnen.«

»Das sollte reichen, bevor der japanische Geheimdienst irgendetwas ausrichten kann.«

»Und wenn die mit den Betreibern sprechen?«

»Der Geheimdienst? Na und? Alle Streams zu den Betreibern sind unterbrochen. Sollen sie doch merken, wie wir ihnen ihre Daten unter dem Arsch wegstehlen. Die Betreiber werden gut daran tun, die Sache zu vertuschen, so gut es geht.«

»In Ordnung, Nabokov. Ich melde mich, wenn es Neuigkeiten gibt.«

Dimitri Orlov beendete die Verbindung und legte das Satellitentelefon beiseite. Er hatte damit gerechnet, dass früher oder später die Geheimdienste Wind von der Sache bekamen. Das Zeitfenster ihres Handlungsspielraums war jedoch schon seit langem geschlossen.

Es wurde kühler auf der Terrasse.

Orlov entschied, in seine Suite zu gehen. Jeden Moment würde Sontheim landen, nach ihm alle paar Minuten die restlichen vierundzwanzig Broker.

Der morgige Tag wird ein weiterer Meilenstein, dachte Orlov zufrieden.

Yaza Htarni Road, Naypyidaw, Myanmar

Etwas stimmte nicht. Ruben Sontheim konnte sich für keinen der zahlreichen Gründe entscheiden, die dieses Gefühl in ihm hervorriefen. Er hatte Flughäfen immer für belebte Orte gehalten. Der Granitboden, auf dem er ging und den Koffer hinter sich herzog wirkte, als sei er erst gestern verlegt worden. Zwar fertigte man ihn im abgetrennten Bereich für Privatflüge ab, doch auch vor dem Flughafengebäude waren kaum Menschen oder Autos in Sicht. Während sich in Frankfurt Taxi an Taxi reihte – als Teil des scheinbar chaotischen Verkehrsstroms der Verreisenden und der Heimkehrer – hier entdeckte Sontheim gerade einmal vier Autos, die schwarze Limousine, in der er jetzt saß, mitgezählt.

Ein Blick aus dem Fenster offenbarte Sontheim zunächst nichts als gähnende Leere. Ein paar vereinzelte Palmen hier und da, schwüle Luft, Asphalt. Auf dem zweiundzwanzigspurigen Highway, über den sie rasten, das gleiche Bild. Kein Auto weit und breit.

Hier könnte ein Flugzeug landen, dachte Sontheim.

Dann, nach einiger Zeit, die Sontheim wie eine Ewigkeit vorkam, die ersten Anzeichen beginnender Urbanität.

Seit dem 6. November 2005 ist Naypyidaw die Hauptstadt Myanmars im Südosten Asiens. Es handelt sich um eine Planstadt, die überwiegend auf ungenutzten Gras- und Reisfeldern in einer Rekordzeit von wenigen Jahren erbaut wurde. Rein flächenmäßig ist Naypyidaw, wörtlich übersetzt *Sitz der Könige,* neunmal so groß wie Berlin. Unter strengster Geheimhaltung entstand hier der Ort, der Yangon, in gut dreihundert Kilometer Entfernung, als birmanische Hauptstadt ablöste.

Einer Präsentation von zeitgenössischem Absolutismus gleichkommend, ließ sich das Militärregime einen Palast errichten, umringt von dreißig anderen Gebäuden, die die Ministerien beherbergen. Eine Stadt in der Stadt, die sich vom reihum gespannten Zaun nur erahnen lässt. Ein untertunnelter Komplex, von dem aus man leicht den überbreiten Highway erreichen kann – für den Fall eines nicht niederzuringenden Aufstandes kann die politische Elite direkt auf der Autobahn in ein Flugzeug steigen und davonfliegen.

Ähnlich anderer Planstädte wurde Naypyidaw in Zonen unterteilt, welchen verschiedene Zwecke zugeordnet sind. Hotels, Regierungsgebäude und Botschaften, Freizeitanlagen mit Golfplätzen, künstlichen Seen und einem Zoo, ein geschlossener, militärischer Sektor und schließlich die Wohngebiete, die allerdings kaum bewohnt sind.

In der internationalen Presse, auf YouTube und sonstigen sozialen Medien ist der Sitz der Könige längst zur Geistermetropole avanciert. Offizielle Quellen sprechen von einer Einwohnerzahl von etwa einer Million, der letzte Zensus ergab aber nur knapp über 300.000.

Jene Menschen, die tatsächlich in Naypyidaw leben, sind entweder bei der Regierung angestellt, oder damit beschäftigt, die gigantische Kulisse der Stadt in Stand zu halten. Sie sind, je nach Dienstgrad, unterschiedlichen Wohnvierteln zugeteilt. Das brachliegende Niemandsland zwischen den Komplexen soll sicherstellen, dass man stets nur seinesgleichen trifft, aus Angst der Regierung vor potenziell revolutionärer Energie, die sich sonst entwickeln könnte.

Bis 2011 unterlag das verarmte Land einer Militärdiktatur, die brutal versuchte, ethnische Minderheiten zur Flucht zu treiben oder sie in blutigen Schlachten auszurotten. Besonders die Rohingya, eine muslimische Minderheit, wurde von den Operationen schwer getroffen und über die Jahre radikal ausgedünnt.

Die Bevölkerung setzte bei den ersten demokratischen Wahlen viel Hoffnung in die Friedensnobelpreisträgerin Aung San Suu Kyi, die aufgrund ihres Engagements gegen die Verfolgung ethnischer Minderheiten bereits mehrmals im Gefängnis saß oder unter Hausarrest stand.

Doch die anfängliche Freude über ihren Einzug ins Parlament war nur von kurzer Dauer. Per Gesetz sperrt das Militär immer fünfundzwanzig Prozent der Sitze in der Regierung, was sie – trotz ihrer Position in der Opposition – weiterhin die wichtigsten administrativen Ämter innehalten lässt.

Auch dies sollte mit dem Umzug nach Naypyidaw gesichert werden: Die Macht des Militärs, isoliert in der Mitte des Landes, weit weg vom Volk, welches sie dort nicht stürzen kann. Denn über die breiten Highways und sonstigen Zufahrtsstraßen sieht man jeden feindlichen Aufmarsch schon von weitem.

So brachten am 6. November 2005 elf Bataillone mit den Mitarbeitern der Ministerien und über eintausend Militärtransportern den Umzug des Regierungssitzes über die Bühne. All jene in der Administration, die sich weigerten, ihre Familie in Yangon zurückzulassen und nach Naypyidaw zu ziehen, wurden ins Gefängnis gebracht.

Im Februar 2021 putschten die Tatmadaw schließlich und rissen die Macht wieder vollständig an sich, da sie Suu Kyi, die mit überwältigender Mehrheit wiedergewählt worden war, nicht länger als Staatspräsidentin anerkennen wollten und fürchteten, die sich einschleichende Demokratisierung des Landes würde das Militär Stück für Stück aus der Regierung hebeln.

Während des Putsches wurde das Internet abgeschaltet und die Bevölkerung damit kommunikativ von der Außenwelt abgeschnitten.

Das korrupte System herrscht nun aus strategisch sinnvollerer Lage - in Naypyidaw. Einer Stadt, die den Wunsch der Bevölkerung nach Demokratie unter ihren eigenen Denkmälern und Fassaden begräbt, denn ein etwaiger Aufstand wurde bereits am Reißbrett bei der Planung erschwert. Die Stadt hat kein Zentrum und bietet keine Angriffsflächen.

Sie wirkt so verlassen wie nach einer unsichtbaren Umweltkatastrophe oder das Set eines Films, dessen Dreh noch nicht begonnen hat.

Ruben Sontheim machte es für die Dauer der Fahrt zu einem Spiel, nach Menschen Ausschau zu halten. Nach einem überdimensional großen Kreisverkehr fuhren sie eine etwas weniger breite Straße entlang, einen Hügel hinauf.

»Das hier Hotelviertel«, erklärte der Fahrer in schlechtem Englisch.

»Wo werde ich untergebracht?«, fragte Sontheim, fühlte sich von den Eindrücken der leblosen Stadt wie betäubt.

»Kempinski.«

Hier soll es ein Kempinski geben?

Und tatsächlich, keine fünf Minuten später hielt der Fahrer vor dem Eingang eines Gebäudes, das den Golf- und Erholungsresorts der Kette anderswo auf der Welt zumindest äußerlich in nichts nachstand.

Ein Doorman kümmerte sich um Sontheims Gepäck und drückte ihm einen Schlüssel in die Hand.

»Room Three, Two, Four«, sagte dieser freundlich. »Third floor to the right, Sir.«

Sontheim spürte die Unruhe in sich wachsen. Bis auf ein paar vereinzelte Mitarbeiter des Hotels befand sich kein Mensch in der Lobby.

Auf der anderen Seite der Empfangshalle öffneten sich die Aufzugtüren. Eine attraktive Blondine in Hosenanzug und Heels, ein Klemmbrett unter dem Arm, in der linken Hand einen Kugelschreiber, ging auf Sontheim zu.

»Mr. Sontheim, richtig?« Das Englisch der Dame klang fließend und war ohne jeglichen Akzent, Sontheim hielt sie für eine Amerikanerin. »Hatten Sie einen angenehmen Flug? Mein Name ist Rebecca Stirling, ich darf Sie mit den Regeln des Verkäufers bekanntmachen.«

Noch mehr Regeln? Das Briefing, das Sontheim von Hildebrandt erhalten hatte, schien ihm schon ziemlich explizit. Hoffentlich ließ man ihn wenigstens einen Drink an der Bar nehmen. Nach dem langen Flug könnte er einen gebrauchen.

»Für die Dauer Ihres Aufenthalts ist es Ihnen nicht erlaubt, Ihr Zimmer zu verlassen.«

Sontheim verzog das Gesicht, wollte die Blondine fragen, was das bitte für eine bescheuerte Regel sei, doch er hielt sich zurück. Die Fahrt vom Flughafen und die dröhnende Leere der Umgebung hatte unterschwellig an seinem Selbstbewusstsein genagt.

»Das Kempinski in Naypyidaw bietet die gleichen Qualitätsstandards, die Sie aus den Hotels in Kontinentaleuropa kennen. Es wird Ihnen an nichts fehlen. Auf Ihrem Zimmer befindet sich ein Telefon. Der Room Service steht Ihnen vierundzwanzig Stunden am Tag zur Verfügung.«

Diese Stirling wirkt wie eine schlechte Schauspielerin, die ihren Text für ein Casting runterbetet, dachte Sontheim genervt.

»Ferner ist Ihnen der Zugang zum Internet nicht gestattet, aber das wird Sie nicht weiter wundern, nehme ich an. Sie kennen ja schließlich den Vertrag und die vereinbarten Geheimhaltungsklauseln, nicht wahr?«

Sontheim nickte beiläufig. Mit einem Mal fühlte er sich so einsam, wie niemals in seinem Leben zuvor.

»Bitte beachten Sie, dass wenn Sie Ihr Zimmer doch verlassen sollten, Paragraf 14 des Vertrages greift. Sie werden damit sofort von der Auktion ausgeschlossen. Die Veranstaltung findet morgen an einem anderen Ort statt, man wird Sie mit dem Auto dorthin bringen. Für die Abfahrt gibt es ein klar definiertes Zeitfenster, an welches Sie sich bitte halten möchten, ansonsten – «

»Greift Paragraf 14, ja, das kann ich mir denken.«

»Schön, dass wir uns einig sind. Ich wünsche Ihnen eine angenehme Nacht, Mr. Sontheim. Zu den Fahrstühlen geht es dort hinten.«

Sie wies ihm die Richtung. Wortlos ließ sie Sontheim stehen. Die ganze Situation hatte einen seltsamen Beigeschmack. Sontheim kannte den Vertrag. Er hatte ihn selbst unterschrieben und im Flieger eine Kopie desselben noch einmal durchgelesen. Dennoch fühlte er sich nach den Erläuterungen Stirlings, als schicke man ihn in Quarantäne.

Kurz bevor sich die Aufzugtüren vor ihm schlossen, drehte sich Sontheim noch einmal in Richtung Lobby. Eine Frau mit Koffer und Handgepäck wurde von Stirling angesprochen, erhielt vermutlich das gleiche Briefing wie er selbst.

Sontheim kniff die Augen zusammen und versuchte das Gesicht des Neuankömmlings genauer zu erkennen. Ein Schauer jagte seinen Rücken hinab.

Surrend schlossen sich die Türen.

War das nicht gerade ...? Nein, das konnte im Leben nicht sein, die hätte man doch nie eingeladen!

Sah er bereits Gespenster? Oder war das in der Empfangshalle gerade wirklich Florence King?

DREISSIG

Relais & Château Restaurant Lafleur
Frankfurt am Main, Deutschland   00:30 Uhr Ortszeit

Mit dieser Flasche würde er den störrischen Staatssekretär hoffentlich endlich knacken. Bislang versuchte der schmale Mann mit Nickelbrille noch das faltige Gesicht der Unbestechlichkeit zu wahren.

»Abwarten, Harald. So etwas hat dein Gaumen noch nicht erlebt. Dieser Wein wird dich umhauen. Die Trauben erhalten eine einzigartige Behandlung, von diesem Jahrgang gibt es weltweit gerade einmal sechshundert Flaschen. Die Connaisseurs bezeichnen ihn als die Supernova unter den Pinot-Noirs«, fachsimpelte Christoph Hildebrandt großspurig und lockerte seine Krawatte.

Staatssekretär Harald Dreyer putzte unbeeindruckt seine Brille. »Das klingt spannend, Christoph«, kommentierte er trocken.

Dieser Banause, ärgerte sich Hildebrandt. Die Plörre kostet mich zwölfeinhalbtausend Euro und er findet es ›spannend‹. Vielleicht war Dreyers Schwäche doch kein edler Tropfen, sondern junge Escorts und Blowjobs auf der Rückbank der Dienstlimousine.

Auf der Kaiserstraße wären wir wahrscheinlich billiger davongekommen.

Oder der feine Herr Staatssekretär hatte generell den Vorzügen der Lobby entsagt und hielt diesen Abend für einen Plausch unter alten ›Freunden‹.

Ein weiß behandschuhter Ober brachte die Flasche und trug sie mit ausgestreckten Armen vor sich her, als hielte er radioaktives Gefahrengut in den Händen.

Im Lafleur im Frankfurter Palmengarten kehrte langsam Ruhe ein, doch die wenigen Gäste, die vom Abend noch übriggeblieben waren, sahen dem Kellner hinterher, wie er mit der Flasche langsam über das dunkle Fischgratparkett schritt. Die meisten erkannten das Label auf der Flasche und begannen ehrfürchtig zu tuscheln. Auch der Hausherr hatte sich zu Hildebrandts Tisch begeben.

»Also meine Herren, ich muss schon sagen. Sie beweisen exzellenten Geschmack. Dies hier ist, mit besten Empfehlungen, ein 2015er Romanée Conti. Ich bezeichne ihn gern als die Supernova unter den Pinot-Noirs. Das Weingut, von dem er stammt, ist nur 1,8 Hektar groß. Aber der Genuss, Gentlemen, ist größer als das Universum selbst.«

Fast sah es so aus, als drängten sich Tränen der Freude in die Augen des Chefs.

Du liebe Zeit, dachte Hildebrandt. Man kann's auch übertreiben.

Das Öffnen der Flasche wurde zelebriert wie ein sakrales Ritual. Hildebrandt überließ Dreyer den Probeschluck. Dieser schwenkte sein Weinglas, als wüsste er, was er tat und nahm einen schlürfenden Schluck. Erleichtert sah Hildebrandt, wie sich ein Strahlen in Dreyers Gesicht ausbreitete.

»Das ist …«, meinte Dreyer, in die Luft starrend nach den richtigen Worten suchend, »… wie die süße Erinnerung an eine längst vergessene Zeit, wie der sanfte, leidenschaftliche Kuss einer Geliebten. Das ist wie der zart-bittere Abschiedsschmerz beim letzten Adieu.«

Halts Maul, schoss es Hildebrandt durch den Kopf. Lass uns endlich zur Sache kommen.

Die Sache war in erster Linie der Versuch, den Staatssekretär zu einem Deal zu bewegen. Hildebrandt hatte das *Lafleur* als den passenden Ort dafür auserkoren. Weit über die Grenzen Frankfurts für seine Küche bekannt, sollten die Künste des Chef de la Cuisine Harald Dreyer weichkochen. Moderne Lobbyarbeit erfordert inzwischen mehr, als Luxusurlaube zu verschenken. Heute muss man sich mit der *Person of Interest* auch noch kulturell auf einer Wellenlänge befinden. Hildebrandt seufzte.

Früher war das alles einfacher.

Sein Handy vibrierte. Ohne es aus der Hosentasche zu ziehen, drückte er den Anrufer weg.

»Es ist sehr interessant, was du mir erzählt hast, Christoph«, meinte Dreyer und nahm, unverschämt laut gurgelnd, einen weiteren Schluck.

Trink nur, du Politbratze.

»Allerdings. Wir haben das Potential errechnet. Die Gesamtheit des Datenpakets würde die komplette Bundesrepublik umfassen.«

»So wie ich das verstanden habe, sind aber nicht alle Wahlberechtigten mit inbegriffen, oder?«

»Die Statistiken sagen voraus, dass 85 % der Wahlberechtigten online adressiert werden können, problemlos. Harald! Fünf-und-achtzig Pro-zent!«

Dreyer bearbeitete den Wein in seinem Mund wie ein Kaugummi, bevor er schluckte.

»Das ist in der Tat beachtlich. Und das geht so einfach?«

»Leider ja. Was heißt leider. Das ist die Chance, dieses Land wieder auf Kurs zu bringen.«

Dreyer lachte. »Ach, Christoph ... Wieso bist du eigentlich nie in die Politik gegangen?«

»Jetzt hör' aber auf, Harri. Das ist nichts für mich. Debattieren ... Diskutieren ... Abstimmen. Das dauert mir alles viel zu lang. Dieses Land hat Männer wie dich an der Spitze verdient, die verstehen, wonach das Volk schreit. Die Visionen haben und alles dafür tun, sie umzusetzen. Du bist ein Visionär, Harri. Ich bin nur ein einfacher Geschäftsmann.«

Sie stießen an.

»Also wirklich, Christoph. An dir ist ein großer Redner verloren gegangen!«

Erneut vibrierte das Handy in Hildebrandts Hosentasche. Neuigkeiten bezüglich Visconti? Mit dem Staatssekretär war er hoffentlich über den Berg, Hildebrandt hatte das Funkeln in seinen Augen deutlich gesehen, als er ihn einen Visionär genannt hatte. Dieser Dünnbrettbohrer war ohnehin mit seinem Romanée Conti beschäftigt.

»Du entschuldigst mich kurz, Harri. Ich muss da rangehen. Ist bestimmt meine Frau. Oder meine Affäre. Haha! Ich bin gleich zurück.«

Der Staatssekretär lachte ein schallendes *Ich-weiß-genau-was-du-meinst-ich-habe-nämlich-auch-eine-Affäre-und-mache-manchmal-Witze-darüber* Lachen und widmete sich wieder seinem Glas Wein.

Hildebrandt verließ den Raum und ging auf die Terrasse. Englischer Rasen breitete sich davor aus, in der Mitte des quadratischen Gartens plätscherte ein Springbrunnen vor sich hin.

Er suchte die Nummer des letzten Anrufers heraus. Nach dem ersten Freizeichen hob jemand ab.

»Mit wem spreche ich?«

»Guten Abend, Herr Hildebrandt. Bitte entschuldigen Sie die späte Störung. Wolfgang Dietrich am Apparat, Landeskriminalamt. Würden Sie mir wohl kurz ein paar Fragen beantworten?«

Hildebrandt wurde augenblicklich übel. Der Romanée Conti kroch säuerlich die Speiseröhre hinauf.

»Sicher«, sagte er misstrauisch. »Worum geht es denn?«

Der Kommissar ließ sich Zeit. »Es geht um einen Mitarbeiter von Ihnen. Fabrizio Visconti.«

EINUNDDREISSIG

Polizeidirektion 5 am Checkpoint Charlie
Friedrichstraße, Berlin, Deutschland   01:00 Uhr Ortszeit

»Ich will gleich zur Sache kommen, Herr Hildebrandt. Fabrizio Visconti hat vergangenen Vormittag drei Menschen getötet«, erklärte Polizeioberkommissar Wolfgang Dietrich ruhig. Er hätte lieber persönlich mit Hildebrandt gesprochen und seine Reaktion darauf beobachtet.

»Visconti hat was, bitte?«, fragte Hildebrandt erschrocken.

»Ja, Sie haben richtig gehört. Er hat vermutlich nicht vorsätzlich gehandelt. Ein Autounfall in Hamm. Ich sag's mal ganz profan; das kann passieren. Und so wie ich Ihren DeFi-Chef einschätze, ist ein guter Anwalt für ihn nur einen Anruf entfernt. Aber Herr Visconti ist vom Unfallort geflüchtet.«

»Das ist eigenartig«, überlegte Hildebrandt laut. »Ich kenne Visconti als sehr korrekten und überlegten Menschen. Haben Sie eine Ahnung, wo er sich aufhält?«

»Das wollte ich Sie fragen, Herr Hildebrandt, deswegen rufe ich an. Wir wissen nur, dass er gestern Abend versucht hat, ins Ritz-Carlton in Berlin einzuchecken.«

»Und da ist er jetzt nicht mehr? Was will er in Berlin?«

»Noch eine Frage, bei der Sie mir vielleicht weiterhelfen können. Visconti hat das Hotel nach ein paar Minuten fluchtartig verlassen.«

»Fluchtartig? Wie meinen Sie das?«

»Wir suchen noch nach einer Erklärung dafür.«

Dietrich wusste so gut wie nichts über Christoph Hildebrandt und dessen Methoden. Er konnte nicht ausschließen, dass die Russen seinetwegen hinter Visconti her waren. Dietrichs Gedanken kreisten. Er entschied, dieses Detail bewusst wegzulassen.

»Als er das Hotel verließ, hat Visconti seinen Personalausweis liegen gelassen, ebenso Koffer und Mantel. Er hatte Kleidung für mehrere Tage bei sich. Nach Aussage der Angestellten dort hatte er es plötzlich sehr eilig. Wissen Sie, ob er einen Geschäftstermin in Berlin wahrnehmen wollte?«

»Warten Sie einen Augenblick, ich sehe in seinem Onlinekalender nach.«

Bislang wirkte Hildebrandt recht kooperativ, etwas nervös vielleicht, aber wer weiß, bei was Dietrich ihn unterbrochen hatte.

»Hier steht nichts. Tut mir leid, Herr Petrich.«

»Dietrich.«

»Natürlich, Verzeihung.«

»Sind denn überhaupt keine Termine in seinem Kalender verzeichnet? Hat Visconti Urlaub?«

»Nein, hat er nicht. Vielleicht hat er die Einträge gelöscht.«

»Warum sollte er das tun?«

»Das weiß ich nicht. Ich glaube, ich bin keine große Hilfe für Sie, Herr Kommissar.«

»Hat Visconti vielleicht einen Assistenten, oder ein Sekretariat? Jemand, der wissen könnte, wo er steckt?«

»Ja, sicher. Ich vermute allerdings, dass Sie da vor morgen Vormittag niemand erreichen werden.«

Dietrich überlegte. Vom direkten Vorgesetzten Viscontis hatte er sich mehr Informationen erhofft. Möglicherweise war das aber alles Kalkül seitens Hildebrandt - denkbar, wenn man Viscontis fluchtartiges Verhalten mit Problemen in der Firma in Verbindung bringen konnte. Den Unwissenden zu spielen, die Aufmerksamkeit von sich zu lenken, wäre eine Strategie, die Dietrich Hildebrandt durchaus zutraute. Allerdings - die internen Probleme müssten schon enorm gravierend sein, um davonzulaufen. Dietrich besann sich darauf, dass Hildebrandt wirklich nichts mit der Sache zu tun haben musste - diese Möglichkeit bestand, obwohl er sie für unwahrscheinlich hielt. Er war mit seiner Befragung noch nicht am Ende.

»Hat sich Visconti in den vergangenen Tagen anders verhalten als sonst? Gab es interne Schwierigkeiten?«

»Interne Schwierigkeiten sind doch kein Grund davonzulaufen, oder sind Sie da anderer Meinung? Abgesehen davon ist alles in bester Ordnung, das kann ich reinen Gewissens behaupten. Visconti war ganz normal bei der Arbeit, so wie immer.«

»Nicht so voreilig, Herr Hildebrandt. Sie haben Ihre Position auch internen Schwierigkeiten zu verdanken, richtig?«

Dietrich glaubte, einen wunden Punkt getroffen zu haben.

»Sie meinen die Bilanzfälschungsaffäre während der Finanzkrise, nehme ich an. Tja, was soll ich sagen. Die Umstände haben mir natürlich dabei geholfen, in den Vorstand gewählt zu werden. Aber was hat das hiermit zu tun?«

»Die Bilanzfälschungen wären nie öffentlich geworden, wenn einer Ihrer Mitarbeiter nicht die Dokumente geleakt hätte. Ebendieser hat genauso wie Visconti versucht, unterzutauchen. Interne Schwierigkeiten können also sehr wohl der Grund für ein derartiges Verhalten sein.«

»Und was wollen Sie jetzt von mir hören?«

»Na bestenfalls die Wahrheit, Herr Hildebrandt.«

»Sekunde«, sagte Hildebrandt und schien sich eine Zigarette anzuzünden, »bin ich jetzt etwa ein Verdächtiger?«

Dietrich merkte, wie Hildebrandts anfängliche Höflichkeit zu bröckeln begann. Er vermutete, auf der richtigen Spur zu sein.

»Warum fragen Sie?«, erkundigte sich Dietrich und lehnte sich im Stuhl zurück. »Fühlen Sie sich wie ein Verdächtiger?«

»Eben nicht. Aber dieses Gespräch wirkt wie ein Verhör auf mich!«

»Weshalb? Ich habe Ihnen nur ein paar Fragen gestellt, Herr Hildebrandt. Ich wiederhole es nur ungern, aber wegen eines Ihrer Mitarbeiter hat ein kleines Mädchen heute morgen seine Familie verloren!«

Das saß. Am anderen Ende der Leitung blieb es still. Vielleicht hatte Hildebrandt doch so etwas wie ein Gewissen, das über seinem Verlangen nach Profitmaximierung und persönlicher Bereicherung stand.

»Es tut mir leid, das zu hören. Ich werde veranlassen, dass meine Firma die Hinterbliebene angemessen entschädigt.«

Es war nicht zu glauben. Dieser Finanzhai glaubte doch tatsächlich mit einer solchen Aktion noch das Image seiner verschissenen Investmentarmee aufzupolieren. Innerlich kochte Dietrich, doch er musste Ruhe bewahren, bevor er die Oberhand verlor.

»Eine noble Geste. Allerdings glaube ich kaum, dass ein siebenjähriges Mädchen etwas mit ihrem Geld anfangen kann. Die will ihren Papa und ihre Mama zurück. Haben Sie Kinder?«

»Nein, habe ich nicht. Und so schrecklich das Schicksal der Kleinen auch sein mag, Herr Dietrich, ich habe nichts damit zu tun, genauso wenig wie irgendwelchen internen Fantasie-Schwierigkeiten in meiner Firma.«

»Das hat auch keiner behauptet. Für mich zählt nur, dass wir Visconti finden und ihn dafür zur Rechenschaft ziehen. Mir ist Ihr Unternehmen völlig egal, verstehen Sie? Aber dieses Land unterliegt nun einmal den Gesetzen, die unser respektvolles Zusammenleben sichern sollen. Ich bin derjenige, der die Leute einfängt, die diese Gesetze brechen. Und wenn sich herausstellt, dass Visconti Angst davor hatte, dass ihn jemand zum Schweigen bringen könnte und deshalb geflüchtet ist, dann geht der Unfall auch auf Ihr Konto!«

Mist, dachte Dietrich, das war einer zu viel. Spätestens jetzt wirke ich so, als ginge mir die Sache persönlich nahe.

»Also nochmal«, begann Hildebrandt, jetzt bedeutend leiser, »ja, was passiert ist, hätte nicht passieren dürfen. Ja, es ist schrecklich, *sehr* schrecklich. Ja, keine Summe der Welt biegt das wieder grade, auch das weiß ich, glauben Sie mir. Trotzdem ist es eine Unverschämtheit, mir die Schuld an der Sache zu geben, oder eine Teilschuld. Ich kann Ihnen nämlich auf die Sekunde belegen, wo ich gestern war, und zwar sicher nicht am Unfallort, dafür gibt es Zeugen. Mich kann gar keine Schuld treffen. Und was auch immer in Viscontis Kopf vorgehen mag, dass er etwas derartiges tut - wenn ich es wüsste, würde ich es Ihnen sagen, hier und jetzt. Aber ich weiß offenbar genauso wenig, wie Sie.«

Der Kommissar suchte nach den richtigen Worten. Leider hatte Hildebrandt recht. Dietrich hatte weder Beweise noch Indizien, ja nicht einmal einen tatsächlichen Grund anzunehmen, Hildebrandt sei, wenn auch nur auf Umwegen, in die Sache verstrickt.

»Es war mir ein Anliegen, Ihnen den Ernst der Lage zu schildern, Herr Hildebrandt. Das war kein Angriff gegen Sie persönlich. Falls das so rübergekommen ist, entschuldige ich mich hiermit in aller Form dafür. Ich bin sicher, sie machen Ihren Job ehrlich und gewissenhaft. Halten Sie sich bitte bei Rückfragen zur Verfügung.«

»Schon gut«, unterbrach Hildebrandt und gab den Diplomaten, was Dietrich noch wütender machte. »Sie gehen Ihrer Pflicht anscheinend genauso leidenschaftlich nach wie ich. Also gut. Wenn ich etwas erfahre, melde ich mich sofort bei Ihnen. In Ordnung? Mehr kann ich im Augenblick leider nicht für Sie tun.«

Dietrich seufzte. *Arschloch.*

»Dann verbleiben wir so. Danke für Ihre Zeit. Gute Nacht.«

Missmutig schmiss Dietrich den Hörer auf die Gabel und ließ sich noch tiefer in den Bürostuhl sinken. Er wurde das Gefühl nicht los, dass Christoph Hildebrandt ganz genau wusste, warum Visconti auf der Flucht war.

ZWEIUNDDREISSIG

Gryphiusstraße
Berlin-Friedrichshain, Deutschland

Was Fabrizio Visconti ihr erzählt hatte, klang ebenso absurd wie glaubwürdig. Maria Passarelli zündete sich eine Zigarette an.

»Lass uns einen Moment an die frische Luft«, schlug sie vor.

Auf dem winzigen Balkon zum Innenhof war gerade genug Platz für zwei Klappstühle.

»Wir müssen leise sein«, flüstere sie, »hier ist es ziemlich hellhörig.«

Fabrizio nickte verständnisvoll.

Maria wusste nicht recht, was sie nach seiner Geschichte von ihm halten sollte. Sollte sie ihm glauben? Er könnte sonst was erzählen, damit sie die Polizei nicht rief. Aber die Sache mit den Russen ... Unmengen an Daten, die verloren gehen würden ... Eine übermächtige Schatten-organisation ... hätte er sich das alles in so kurzer Zeit ausdenken können? Sie fühlte sich nicht wohl. Zwar hatte Maria nun, da sie die ganze Geschichte kannte, wahr oder gelogen, keine Angst mehr vor Fabrizio, eher hatte sie Mitleid mit ihm. Trotzdem war sie sich nicht sicher, ob sie ihn besser wegschicken sollte. Maria wollte nicht in die Sache hineingezogen werden. Ein paar Sekunden später ertappte sie sich jedoch dabei, darüber nachzudenken, ob sie ihm irgendwie helfen könnte.

»Danke, dass du mir zugehört hast, Maria. Du hast tausend Gründe und jedes Recht mich rauszuwerfen. Danke, dass du's nicht getan hast«, sagte Fabrizio sanft.

»Hm. Eine Sache habe ich noch nicht verstanden. Wieso hast du nicht schon längst beim BND angerufen?«

»Ich kann nicht einfach beim Bundesnachrichtendienst anrufen und denen am Telefon erklären, was los ist. Außerdem habe ich noch nicht alle Daten zusammengeschrieben.«

Irgendwo öffnete jemand ein Fenster zum Innenhof, dann war es wieder still.

»Und wie willst du es stattdessen machen?«, flüsterte Maria und zog an ihrer Zigarette.

»Wenn du mich lässt, kann ich hier bis morgen früh alles in einem Dokument zusammen-führen. Das hoffe ich zumindest. Sobald ich das erledigt habe, gehe ich persönlich zum BND.«

»Kann man da einfach so reinspazieren?«, fragte Maria skeptisch.

»Nein. Aber ich kenne jemanden, der dort arbeitet. Wir sind gemeinsam zur Schule gegangen, in Frankfurt.«

»Was, wenn dieser jemand ausgerechnet morgen frei hat?«

»Mir bleibt nichts anderes übrig, als es zu versuchen. Wenn er nicht da ist, lasse ich ihm die Festplatte hinterlegen. Und dann stelle ich mich der Polizei.«

Maria sah ihn misstrauisch an. »Lass uns besser wieder nach drinnen gehen, nicht, dass doch noch einer der Nachbarn zuhört ...«

Fabrizio schloss die Balkontür hinter sich und setzte sich aufs Sofa. Maria nahm im Sessel gegenüber Platz und fuhr sich durch die braunen Haare.

»Was macht Fabrizio Visconti eigentlich, wenn er nicht arbeitet oder vor bösen Russen davonläuft?«

Er lächelte, zuckte die Schultern, schüttelte den Kopf. »Keine Ahnung. Kino vielleicht. Oder ich gehe Golfen. Wobei. Das mache ich auch nur mit Geschäftspartnern oder Kunden. Ich würde gern mal wieder ein Buch lesen.«

»Alexa? Mach entspannende Musik an!«, rief Maria in den Raum. »Sorry, Fabrizio«, entschuldigte sie sich sofort, »es ist hier so still. Stört dich ein bisschen Musik?«

»Okay. Hier ist eine entspannende Spotify-Playlist«, verkündete eine freundliche Stimme aus dem Amazon-Lautsprecher in einer Ecke des Wohnzimmers. Ein paar Sekunden später begann ein ruhiges Lied.

»Tut mir leid«, sagte Maria, »ich wollte dich nicht unterbrechen. Wo waren wir jetzt ... Ach so, klar. Was liest du denn gerne?«

»Jemand hat mir kürzlich *Greg's Tagebuch* empfohlen. Sagt dir das was?«

»Hm, ich hätte eher gedacht du wärst so ein typischer Krimi- oder Thriller-Leser. Dan Brown, Tom Clancy oder so. Ich kenne das Buch. Meine siebenjährige Schwester findet es ganz toll.«

»Und was wäre dann dein Fall, Maria?«

»Wenn ich dir das sage, hältst du mich für eine pubertierende Teenagerin!«

»Na, rück schon raus mit der Sprache, so schlimm kann es gar nicht sein.«

»Ich stehe total auf diesen ganzen Young Adult und Romance-Quatsch. Die Männer sind meistens komplette Arschlöcher und dermaßen überzeichnet sexy, dass es zum Fremdschämen ist. Liest sich aber leider immer wieder verdammt unterhaltsam.«

»Möchtest du einen Young Adult Podcast hören?«, mischte sich der Alexa-Lautsprecher ein. Maria schnaubte.

»NEIN!«, rief sie deutlich. »Die Dinger sind schon ziemlich praktisch, aber manchmal können sie einem auch echt auf den Keks gehen mit ihrer Spracherkennung.«

Fabrizio nickte abwesend, er schien über irgendetwas nachzudenken. »Ist es in Ordnung für dich, wenn ich noch ein paar Stunden bleibe?«, fragte er vorsichtig. »Nur, bis ich alle Daten zusammengeklaubt habe. Ich revanchiere mich selbstverständlich auch dafür.«

»Komm bloß nicht auf die Idee mir Geld zu geben. Ich will nichts.«

Maria kaute an ihrer Unterlippe. Was sollte schon groß passieren? Es ging nur um ein paar Stunden.

»Du kannst bleiben. Aber nimm es mir nicht übel, wenn ich irgendwann einschlafe. Das war ein langer Tag für mich.«

»Schon in Ordnung. Ich hab sowieso genug zu tun. Ich wünschte wir hätten uns unter anderen Umständen kennen gelernt.«

»Ist das so? Warum denn?«

»Was soll ich sagen ... Du scheinst eine tolle Frau zu sein. Gebildet. Schön.«

»Flirtest du gerade mit mir?«, fragte Maria gespielt empört. Genüsslich zündete sie sich eine weitere Zigarette an.

»Ich weiß nicht. Vielleicht.«

»Andere Umstände können sich ja noch ergeben. Vielleicht«, gab sie zurück.

Was tust du denn da!?, schallt Maria sich im Kopf. Vergiss nicht, wer da vor dir sitzt! Doch sie konnte es nicht leugnen. Fabrizio hatte eine starke Anziehungskraft auf sie. Er war interessant, spannend, bemitleidenswert, attraktiv und gefährlich zu gleich. Männer mit Ecken und Kanten passten nicht ohne Grund in ihr Beuteschema und waren auch der Grund, weshalb sie ständig Single war.

Mal sehen, was die Nacht noch bringt. Auch dieser Workaholic braucht irgendwann eine Pause.

Viscontis Attraktivität hin oder her – ein Rest an Sorge blieb, ob dieses Abenteuer nicht eine Nummer zu groß für sie war.

DREIUNDDREISSIG

Gute Frage, dachte Tschechow. Was tut Fabrizio Visconti eigentlich, wenn er nicht vor bösen Russen davonläuft?

Er klickte erneut auf den Play-Button, die Tonaufnahme lief zum dritten Mal ab.

Das Weib hat eine schöne Stimme.

Tschechow fragte sich, wie diese Maria wohl aussehen mochte. C-Körbchen? Brünett, blond oder gar ein Rotschopf? Auf jeden Fall musste sie irgendwas an Visconti gefunden haben, dass ihr gefiel.

Oder diese Frau liebt einfach die Gefahr.

Kann sie haben.

Tschechow schmunzelte. Die Menschen sollten anfangen, ihren Gott *Internet* zu nennen. So allmächtig wie dieses Instrument war, hätten sie jeden Grund dazu.

Er griff zum Telefon.

»Schischkin, ich habe was für euch. Aber versaut es diesmal nicht, verstanden!«

VIERUNDDREISSIG

Leitstelle der Kaijo Hoan-cho, Japanische Küstenwache
Tokioter Hafen, Japan

04:00 Uhr Ortszeit

Asuka Massako hatte fünfzehn Jahre lang dem japanischen Militär gedient, bevor man ihr den Job bei der Public Security Intelligence Agency, kurz PSIA anbot. Während einer Übung hatte ihr ein Geschoss die linke Kniescheibe zerfetzt. Die Wunde entzündete sich und schließlich entschieden die Ärzte, das Bein zu amputieren. Seitdem hinkte Massako. Nach einem halben Jahr Physiotherapie, Krankengymnastik und dem Anpassen der Prothese stand sie endlich wieder auf den Beinen, doch für den Einsatz beim Militär war sie durch das Handicap im Feld untauglich geworden. Lange nach den zahlreichen Operationen hatte sie schwer mit ihrer Psyche zu kämpfen, denn sie hatte sich eine Karriere aufgebaut, deren fundamentale Grundlage es war, ihrem Land zu dienen. Während der ersten Jahre beim japanischen Geheimdienst erlangte Massako Stück für Stück ihr Selbstvertrauen zurück. Es war ein Neuanfang für sie. Massako behauptete sich in der von Männern dominierten Branche, war zunächst nur für Büroarbeiten eingesetzt worden. Ihr verbissener Ehrgeiz jedoch brachte sie über die Jahre langsam wieder an die Spitze. Inzwischen war die Zweiundfünfzigjährige die gefürchtete, stellvertretende Direktorin des Geheimdienstes, die ihre Leute mit harter, aber fairer und rechtschaffender Hand führte. Wegen der Zeit beim Militär hatte man ihr den Spitznamen ›Panzer‹ gegeben – eine Tatsache die Massako ebenso wenig interessierte, wie die skeptischen Blicke, die ihr aufgrund ihrer Körpergröße entgegengebracht wurden.

Massako saß allein im verglasten Konferenzraum der Leitstelle und stocherte in einer Schüssel Ramen herum, die ihr ein Kollege gebracht hatte.

Sie hasste es, wenn man sie warten ließ.

Der Fernseher lief. Mit der Fernbedienung erhöhte sie die Lautstärke. »... während SukiCore weiterhin zu den Umständen des tragischen Ablebens seines CEOs schweigt. Noch ist unklar, wie die Börsen in ein paar Stunden reagieren werden. Der Pressesprecher von Meta sprach auf Twitter den Hinterbliebenen und den Mitarbeitern von SukiCore sein tief empfundenes Beileid aus. Auf Nachfrage CNNs bei Meta und anderen Plattformbetreibern, wie sich die weitere Zusammenarbeit mit dem japanischen Softwarehersteller gestalten wird, erhielten wir bislang keine Antwort. Ein Pressesprecher SukiCores versicherte eine ›reibungslose Übergabe aller exekutiver Zuständigkeiten‹, einen passenden Nachfolger Hisokas wollte er namentlich nicht nennen. Kazumasa Hisoka, dessen einzige Frau vor mehr als zwanzig Jahren starb, hinterlässt einen Sohn.«

Tief empfundenes Beileid. Pah!

Massako schnaubte genervt. Wo zum Teufel blieb nur der Admiral?

Dann endlich, wurde die Tür zum Konferenzraum geöffnet.

»Ich verlange nach einer Erklärung!«, echauffierte sich ein asiatischer Mann Anfang sechzig. Den grauhaarigen, hageren Uniformierten kannte Massako als Admiralstabschef Kenjiro Yamamoto, den ranghöchsten Mann der JMSDF, der japanischen Marine.

Massako erhob sich und deutete eine Verbeugung an, der Admiral winkte genervt ab.

»Es ist besser, wenn wir die Sachlage persönlich besprechen. Nehmen Sie Platz, Admiral.«

»Wozu der Aufruhr? Was geht hier vor sich?«

»Vor einigen Stunden wurde ein japanisches Containerschiff angegriffen. Wir wissen noch nicht, von wem, wir vermuten allerdings eine russische Hardliner-Gruppe hinter der Attacke.«

»Und deswegen bestellen Sie mich her? Sie haben von einer internationalen Bedrohung gesprochen, nicht von irgendeinem Containerschiff!«

»Ja, Admiral. Das hat zwei Gründe. Erstens kann es sich bei den Angreifern nicht um gewöhnliche Piraten handeln.«

»Warum nicht?«, warf Yamamoto ein. »Das passiert doch ständig.«

»Aber nicht auf hoher See und nicht so gezielt. Admiral, ich war selbst fünfzehn Jahre lang für dieses Land im Einsatz. Ich kann zwischen Belanglosigkeiten und akuter Gefahr unterscheiden!«

»Ich kenne Ihren Lebenslauf, Massako. Erklären Sie mir bitte, inwiefern dieser Angriff eine Bedrohung für unser Land darstellt!«

Massako seufzte. »Die Ladung ist das Problem, Admiral.«

»Die Ladung? Wollen die Russen in Zukunft lieber Toyota fahren? Oder sind ihnen die Computerteile ausgegangen?«

»Nein, Admiral. Mit Verlaub, Sie kennen offenbar nur die offizielle Liste.«

»Ich habe sie auf dem Weg hierher gelesen. Was meinen Sie mit *offiziell*? Gibt es noch eine andere?«

Massako nickte und schob dem Admiral ein iPad herüber, auf dessen Display eine Tabelle zu sehen war.

Während Yamamoto diese in Augenschein nahm, fuhr Massako mit Ihrer Erläuterung fort.

»Die SLS Tokio ist kein gewöhnliches Containerschiff. Sie ist ein schwimmendes Rechenzentrum. Es gehört zu SukiLog und die wiederum gehören zur japanischen Unternehmensgruppe SukiCore, eine der größten Konzerngruppen in ganz Asien. Ursprünglich war SukiCore ›nur‹ ein Softwarehersteller, spezialisiert auf Filesharing, Vergleichsalgorithmen und Cybersecurity. Inzwischen ist das Portfolio um gigantische Logistiknetzwerke und Serverfarmen gewachsen.«

Yamamoto sah irritiert auf. »Langsam, bitte. Vergleichsalgorithmen? Was ist das?«

»Ganz einfach gesagt ein automatisiertes Programm, das große Datenmengen nach Mustern durchforstet und diese mit anderen Daten abgleicht. Ich erspare Ihnen die technischen Details.«

»Ich gehe stark davon aus, dass entsprechende Sicherheitsvorkehrungen getroffen wurden, oder etwa nicht? Man legt doch nicht einfach ein paar tausend Terrabyte ungeschützt auf diesen Servern ab!«

»SukiCore verwendet die hauseigene Software, die ein Eindringen in die Server praktisch unmöglich macht.«

»Das müssen die Angreifer doch wissen«, meinte der Admiral. »Was wollen die auf der Tokio, wenn sie eh nicht an die Daten rankommen?«

»Nach dem jetzigen Stand müssen wir inzwischen davon ausgehen, dass die Angreifer die Sicherheitsvorkehrungen problemlos überwunden haben.«

»Wie, bitte?!« Der Kopf des Admirals lief rot an.

Endlich hat er den Ernst der Lage verstanden, dachte Massako. »Ich denke, das Folgende ist Ihnen bewusst, aber ich möchte es noch einmal in aller Deutlichkeit sagen: Wenn die Daten auf der Tokio in die falschen Hände geraten – «

»Dann stehen wir vor einer weltweiten Katastrophe«, vollendete Yamamoto den Satz.

Massako nahm das iPad wieder an sich. »Das hier ist ein aktuelles Satellitenbild der Tokio, etwa eine Stunde alt.«

»Man erkennt ja gar nichts.«

»Die haben sämtliche Beleuchtungen abgeschaltet.«

»Kennen Sie die Position dieses Schiffs?«

»Mithilfe des Satelliten auf fünfzig Seemeilen genau. Deswegen habe ich Sie herbestellt, Admiral.«

Yamamoto nickte Massako zu. »Ich werde den Premierminister anrufen«, sagte er tonlos und erhob sich.

FÜNFUNDDREISSIG

Nordöstlicher Pazifik, SLS Tokio 04:00 Uhr Ortszeit

Die Server hatten bis auf ein paar Blutspritzer nichts von der Explosion abbekommen. Noch immer waren einige Aufseher damit beschäftigt, die Überreste Melnikows einzusammeln und den Boden zu säubern. Liam Owens hatten sie ins Meer geworfen.

Pushkin sah vom Brückenfenster ins Dunkel der Nacht. Bald würde der Sonnenaufgang beginnen.

Der letzte, den ich je sehen werde.

Er hatte bis auf die Leitung zu Nabokov sämtliche Kommunikation zum Festland unterbrechen lassen, als Pushkin erfuhr, dass der Geheimdienst inzwischen alarmiert war.

Die PSIA hatte sich früher eingeschaltet, als erwartet.

Dann dauert es auch nicht mehr lang bis uns das Militär auf die Pelle rückt, dachte Pushkin. Aber bis dahin wird es zu spät sein.

Das Funkgerät gab einen Pfeifton von sich.

»Semjonowa für Pushkin, bitte kommen.«

Pushkin löste seinen Blick von der schwarzen Meeresoberfläche. »Pushkin hört.«

»Die Segmentierung ist so gut wie fertig. Die Pakte sind jeden Moment bereit zum Upload.«

»Gute Arbeit.«

Pushkin lächelte. Der Upload würde knappe 5 Stunden dauern. Zu wenig Zeit für einen Versuch des Geheimdienstes, sie noch zu stoppen, selbst, wenn das Militär sich einschaltete.

SECHSUNDDREISSIG

Sōri daijin kantei, Amtssitz des Premierministers
Nagatachō, Tokio, Japan   04:30 Uhr Ortszeit

Asuka Massako saß im zweiten Wagen einer Kolonne aus insgesamt vier schwarzen SUVs, die mit Blaulicht vom Hafen aus durch das nächtliche Tokio in den Stadtteil Nagatachō rasten. Sie gehörten zum Fuhrpark der PSIA und transportierten die Topanalysten des Geheimdienstes, Admiral Kenjiro Yamamoto von der Marine und Massako selbst.

Es blieb keine Zeit, einen Moment durchzuatmen. Massako musste ihre Strategie überdenken. Der Premierminister war ein schwieriger Charakter. Sie war nervös – nicht, weil sie an sich zweifelte oder gar aus Ehrfurcht vor dem Premier. Obwohl sie den Regierungschef nur ein paar wenige Male getroffen hatte, wusste sie um seine Art, Entscheidungen zu treffen. Schnell, eigennützig, impulsiv. Für ihre Präsentation blieben maximal fünf Minuten, bevor er sie unterbrechen würde und sich an seine Berater wandte. Es galt also, nicht nur den Minister von dem Plan zu überzeugen, den sie mit Admiral Yamamoto kurzfristig zusammengeschustert hatte, sondern auch die Referenten des Premiers auf ihre Seite zu ziehen.

An der Südwestecke eines modernen Gebäudekomplexes aus Glas und Beton bog der Konvoi scharf nach rechts und steuerte auf den Diensteingang der Kantei zu. Einige Wachmänner kontrollierten die Dienstausweise, schließlich durften sie passieren und fuhren in die Tiefgarage des Amtssitzes.

Das Lagezentrum der Residenz befindet sich in einem erdbebensicheren Kellerraum, mehrere Meter unter der Erde. Auf dem Weg dorthin wurden zwei weitere Male die Dienstausweise der Gruppe überprüft, erst dann ließ man sie die fünfzig Zentimeter breite Schwelle zum Besprechungsraum übertreten.

Das kaltweiße Licht war gedimmt und brach sich bläulich in der gläsernen Tischplatte einer langen Tafel, an der bereits einige Menschen versammelt waren. Insgesamt befanden sich ein gutes Dutzend Männer und Frauen im Raum. Mitarbeiter der Abteilungen Informationstechnologie und Krisenmanagement waren anwesend. Massako erkannte auch den Verteidigungsminister und die wie üblich wortkargen Berater des Premiers, abseits, beobachtend, bebrillt und krawattiert. Admiral Yamamoto unterhielt sich flüsternd mit einem anderen Militär. Vor den holzvertäfelten Wänden, die das Lagezentrum auskleideten, hingen sechs große Flachbildschirme, die das *Go-Sichi no Kiri*, das Wappen des Premierministers und seines Kabinetts, zeigten. Einer der Referenten musterte Massako skeptisch, als sie Platz nahm und ihr Laptop aufklappte.

Es ist kalt hier unten, stellte Massako fest.

»Erheben Sie sich!«, schallte es durch den Raum.

Premierminister Fumio Kobayashi, ein durchschnittlich großer Mann mit klassischer Fasson-schnitt Frisur, randloser Brille und Anzug betrat, flankiert vom Chefsekretär des Parlaments und dessen Assistenten, das Lagezentrum.

Stumm begab er sich ans Kopfende der Tafel, setzte sich und nickte nach ein paar Sekunden. Die Tür wurde geschlossen, die Übrigen im Raum nahmen ebenfalls Platz.

Der Chefsekretär gab Massako ein Zeichen.

Sie räusperte sich und stand auf.

»Euer Exzellenz, ich danke Ihnen, dass Sie so kurzfristig Ihren wertvollen Schlaf für uns opfern. Bitte betrachten Sie folgendes Bild.«

Massako hatte ihr Laptop mit dem internen Netzwerk verbunden. Das Emblem des Kabinetts verschwand von den Flachbildschirmen, stattdessen zeigten sie nun eine Fotografie der SLS Tokio in einem Hafenbett.

»Dies ist die SLS Tokio, ein Schiff der SukiLog, ein Unternehmen der SukiCore-Gruppe. Es ist eines der größten Containerschiffe weltweit. Vor etwa neun Stunden hat eine Spezialeinheit das Schiff angegriffen und die Kontrolle an Bord übernommen. Wir wissen weder, wer dahintersteckt, noch, ob es Überlebende gibt. Es besteht keine Kommunikation mehr zu diesem Schiff. Wir vermuten eine russische Hardliner-Gruppierung hinter der Attacke, möglicherweise mit Verbindungen zum RCSN. Die Abkürzung steht für das Russian Cyber Syndicate Network, dahinter verbirgt sich ein international agierendes Netzwerk aus Hackern, Privatmilizen und Briefkastenfirmen. Das Hauptgeschäft sind gezielte Cyberangriffe auf staatliche Institutionen oder Unternehmen. Dazu kommen illegale Pornographie, Drogen- und Menschenhandel sowie die gezielte Unterwanderung und Manipulation diplomatischer Strukturen, besonders in Ländern, die mit Korruption zu kämpfen haben. Denken Sie an den Militärputsch in Myanmar Anfang 2021, bei dem das Internet abgeschaltet wurde. Nach derzeitigem Kenntnisstand der PSIA ist eine Zusammenarbeit der Tatmadaw und dem RCSN mehr als wahrscheinlich. Das RCSN kommt außerdem aufgrund der Ladung der Tokio für den Angriff in Frage. Laut offiziellen Angaben werden auf der Tokio Autos, Computerteile, sowie einige Lebensmittel transportiert. Uns liegt allerdings eine Aufstellung der tatsächlichen Fracht vor.«

Massako rief die Tabelle auf, die sie Yamamoto bei der Küstenwache gezeigt hatte.

Einige der Anwesenden wechselten fragende Blicke.

»Euer Exzellenz, es handelt sich bei der SLS Tokio nicht um ein gewöhnliches Containerschiff. Auf ihr befindet sich ein hochleistungsfähiges Rechenzentrum, in dem große Datenmengen nach Mustern untersucht und segmentiert werden können.«

Massako erkannte, dass der Groschen bei den meisten noch immer nicht gefallen war.

Der Premierminister zog die Stirn kraus.

»Um verstehen zu können, weshalb die Situation sich zu einer internationalen Bedrohung entwickelt, muss ich Sie über die Daten als Solche aufklären.«

Massako holte tief Luft, trank einen Schluck Wasser.

»Euer Exzellenz, die Daten auf den Servern stammen von den fünf wichtigsten Tech-Konzernen der Welt. Meta, Apple, Amazon, Microsoft und Google. Vergessen Sie dabei bitte nicht, dass zu Meta auch WhatsApp, Instagram und über fünfzig andere Unternehmen gehören, gleichermaßen gilt das für alle anderen in diesem Reigen. Unter den Dachkonzernen vereinen sich mehrere hundert weitere Unternehmen. Auf den Servern liegen die Codes von über 5 Milliarden Benutzerkonten. Damit haben Sie Zugang zu sämtlichen privaten wie öffentlichen Informationen von knapp über sechzig Prozent der Erdbevölkerung. Dazu gehören Bewegungsprofile, Gesundheitsdaten, Adressen, Telefonnummern, Internetaktivitäten. Aus der Analyse des Letzteren ergeben sich Aufschlüsse zur politischen Gesinnung, Familienstand, Werdegang, finanzielle Situation – die Aufzählung will nicht enden. Mit diesem Wissen in den falschen Händen können ganze Nationen gläsern gemacht werden, ganz zu schweigen von der individuellen Gefahr für die Zivilbevölkerung, die auf Sekunde und Zentimeter genau geortet werden kann.«

Jetzt hatte Massako die ungeteilte Aufmerksamkeit auf sich gezogen. Plötzlich betraf der Angriff auf die SLS Tokio jeden einzelnen im Raum.

»Wir kennen weder das Motiv noch den Plan der Angreifer und können auch nicht mit Gewissheit das RCSN dafür verantwortlich machen.«

»Wenn Sie erlauben, Euer Exzellenz«, mischte sich Admiral Yamamoto ein und erhob sich. Der Premierminister nickte.

»Wir müssen davon ausgehen, dass auch Daten der Regierungsmitglieder und von Ihnen selbst betroffen sind. Es ist meine Verpflichtung dieses Land zu schützen, doch mit dem Vorsprung, den Terroristen mit diesen Daten hätten, wird diese Aufgabe schier unmöglich gemacht. Ich habe bereits ein Aufklärungsschiff zur Tokio entsandt, um die Lage vor Ort besser beurteilen zu können. In etwa einhundertfünfzig Seemeilen Entfernung fährt die Sakura ein Manöver. Sie gehört zu unserer Zerstörerflotte und kann sofort zur Intervention gerufen werden. Zum Wohle Japans müssen wir sofort eingreifen, Euer Exzellenz, bevor es zu spät ist!«

Der Premierminister verschwendete keine Zeit, sich mit seinen Beratern abzustimmen. Er war blass. Schließlich gab er der angespannten Stille im Lagezentrum einen Klang.

»Ich gebe Ihrem Vorschlag statt, Admiral. Schicken Sie die Sakura hin. Beenden Sie diesen Wahnsinn.«

SIEBENUNDDREISSIG

Gryphiusstraße

Maria Passarelli fragte sich, wie sie sich in Fabrizios Situation verhalten hätte. Schlafen könnte sie wohl genauso wenig, und obwohl ihr die Müdigkeit inzwischen bleischwer auf den Augenlidern lag, rasten die Gedanken in ihrem Kopf. Seit eineinhalb Stunden hatten sie kein Wort mehr gewechselt, also ging sie irgendwann in die Küche und bereitete zwei Espressi zu.

Maria trank ihren auf dem Balkon, um den konzentrierten Fabrizio nicht zu stören. Sie spürte, wie die kalte Nachtluft ihren Kopf etwas klarte. Die Auszeit in Berlin hatte sie sich anders vorgestellt.

In den Fenstern zum Innenhof brannte nirgends Licht, nur der hochstehende Vollmond hielt das Schattenspiel der alten Linde im Hof noch am Leben. Maria nahm einen Schluck Kaffee und steckte sich eine Zigarette an. Unwillkürlich musste sie an ihren Vater denken.

Alessandro Passarelli war seiner Zeit Schneider bei Marinella in Neapel gewesen, einem kleinen Herrenausstatter, der vor allem für seine Seidenkrawatten berühmt war. Zeit ihres Lebens kannte Maria den Vater nur als adrett gekleideten, etwas fülligen Mann, der seine gebräunte Haut mit den cremigen Farben seiner Leinenanzüge akzentuierte. Eben jener Stoff hatte sich eines heißen Sommertages dunkelrot gefärbt, an drei Stellen auf Alessandros Brust, inmitten der Piazza del Plebiscito, wo sie ihm aufgelauert hatten. Die Camorra hatte noch eine Rechnung mit ihrem Vater offen gehabt.

Seitdem hatte Maria keinen Fuß mehr nach Italien gesetzt. Mit ihrer Mutter war sie nach Deutschland geflüchtet, sie schafften es bis zur Verwandtschaft nach Köln. Dort hatten sie ein neues Leben begonnen.

Maria kannte die Angst, die Fabrizio im Nacken saß. Das unwohle Gefühl, das einem in die Glieder kroch, bevor man um eine Ecke ging. Die Ungewissheit, was sich dahinter befand, die Sorge, dass die Schuld noch nicht beglichen war und die Stimme im Ohr, die gleich eines Tinnitus nicht müde wurde, jedes vermeintliche Sicherheitsgefühl als trügerisch zu denunzieren und die eigenen Entscheidungen ständig zu hinterfragen.

Als Maria die Zigarette im Aschenbecher ausdrückte, hörte sie ein Geräusch. Schritte im Hausgang, die sich langsam und vorsichtig näherten. Ihr Gehör täuschte sich nicht in der Annahme, dass mehrere Personen unterwegs waren. Eine der Türen zum Innenhof wurde behutsam geöffnet, doch die rostigen Scharniere gaben ein verräterisches Quietschen von sich.

Instinktiv ging sie in die Hocke und spähte über die Balustrade des Balkons. Sie entdeckte zwei glatzköpfige Männer in schwarzen Mänteln, mit Handschuhen und blassen, ausdruckslosen Gesichtern. Sie sahen sich um. Das waren bestimmt keine Nachbarn. Zischend wechselten die beiden ein paar Worte im Flüsterton, die Maria nicht verstand.

Auf den Knien rutschend versuchte sie sich umzudrehen, um Fabrizio ein Zeichen zu geben. Die Balkontür würde sie nicht öffnen können, das wäre zu laut. Das hell erleuchtete Fenster zur Wohnung erzeugte schon genug gefährliche Aufmerksamkeit. Sie sah Fabrizio, wie er im Wohnzimmer über das Macbook gebeugt saß und seine Finger über die Tastatur flogen.

Sieh her, verdammt!

Die Männer setzten sich wieder in Bewegung und schienen auf eines der Treppenhäuser zuzusteuern. Auch die nächste Tür auf ihrem Weg knarzte laut. Maria nutzte die Gelegenheit und robbte auf Knien ins Wohnzimmer. Sie legte einen Finger auf die Lippen, als Fabrizio sie irritiert betrachtete, der Anflug eines Grinsens auf seinem Gesicht.

Maria eilte in die Küche und holte zwei Messer. Fabrizio ging ihr hinterher.

»Was ist denn?«, rief er laut und wollte schon weiter plappern, doch Maria unterbrach ihn.

»Sch! Sei bloß still! Ich glaube, sie sind hier!«, flüsterte sie.

Aus dem Treppenhaus drangen Schritte, die Stufe für Stufe erklommen und immer näherkamen. Sie drückte Fabrizio ein Messer in die Hand.

»Hol das Macbook und die Tasche!«, befahl er. »Mach das Licht aus!«

Auf Zehenspitzen schlich Maria ins Wohnzimmer und holte die Sachen.

Das Geräusch zersplitternden Holzes fuhr ihr durch Mark und Bein, es gab einen weiteren Knall, die Wohnungstür wurde aufgestoßen. Sie wich zurück ins Zimmer und presste die Laptoptasche an ihre Brust. Etwas Metallenes schlug auf dem Boden auf, dann folgte ein Schrei, bei dem sie sich nicht sicher war, ob er zu Fabrizios Stimme gehörte. Ein dumpfes Geräusch folgte, der Boden vibrierte. Verzweifelt sah sich Maria um, das Messer mit der Rechten fest umklammert. Zitternd lugte sie um die Ecke in den Flur. Im Dunkeln erkannte sie nur schemenhaft das Knäuel aus drei Männern, ein paar Meter von ihr entfernt.

Fabrizio versetzte dem größeren Glatzkopf einen Tritt in den Rumpf, dieser taumelte haltlos Maria entgegen.

Jetzt oder nie!

Sie erwischte den Hünen an der Seite, doch als sich das Messer in sein Fleisch bohrte, rutschte sie ab und schnitt sich tief in die Handfläche. Der Mann fluchte und fiel schreiend auf die verletzte Seite, im spitzen Winkel auf die Klinge. Der Griff des Messers verkantete sich zwischen Türschwelle und Diele, der Schwung des Sturzes versenkte jeden Zentimeter des scharfen Metalls im Rumpf des Glatzkopfes.

Fassungslos blieb Maria einen Augenblick wie erstarrt stehen und sah dem Mann direkt ins schmerzverzerrte Gesicht. Mit einem Blick zu Fabrizio und dem anderen Typen löste sie sich. Auf halber Strecke zwischen den kämpfenden Männern und ihr entdeckte Maria im Zwielicht die Umrisse einer Pistole.

Ihr schien, nicht sie selbst gab ihrem Körper den Befehl, sich nach vorne zu bewegen. Wie von einer unsichtbaren Kraft gesteuert eilte sie gebückt zu der Waffe und hob sie auf. Noch nie hatte sie ein solches Ding in den Händen gehalten, geschweige denn, es auf jemanden gerichtet. Sie hatte kein klares Ziel vor Augen, viel zu schnell krachten Fabrizio und der Mann von der einen an die andere Wand.

Fabrizio bekam den Hemdkragen des anderen zu fassen und zog ihn daran rückwärts zu sich. In einer blitzartigen Bewegung löste er den Griff und fuhr dem Angreifer mit dem linken Arm unter das Kinn, griff mit der rechten Hand nach seinem linken Ellbogen und schnürte ihm die Luft ab. Fabrizio lehnte seinen Oberkörper nach hinten, um den Druck weiter zu erhöhen. Die Beine des Mannes begannen wie wild zu zappeln, doch Fabrizio gab nicht nach.

Maria ging einen Schritt auf sie zu, versuchte zu zielen, als es dem Mann im Schwitzkasten gelang, Fabrizio den Ellenbogen ins Zwerchfell zu rammen. Fabrizio stieß ihn reflexartig von sich, der Mann stolperte gegen die Küchentür, wo er sich für den Bruchteil einer Sekunde kaum bewegte und nach Luft schnappte.

»Schieß!«, brüllte Fabrizio und ging hinter dem Schuhschrank in Deckung.

Zwei Kugeln wurden aus dem Magazin der Pistole in schneller Abfolge gelöst, als Maria den Abzug betätigte. Eine riss dem Mann ein Loch in die Anzughose, auf Höhe des Oberschenkels, die andere brach ein Stück Wand heraus und ließ weißlichen Staub in der Luft aufwirbeln. Vom Rückstoß wurden ihre Arme in die Luft gerissen, die Pistole fiel ihr aus den Händen.

Das Geschrei der Männer ließ die Panik in Maria noch mächtiger werden. Sie schnaufte schnell und ohne Rhythmus, ihr wurde schwindelig. Kein klarer Gedanke war zu fassen, der Nachhall der Schüsse wollte nicht verklingen. *Du hast einen Menschen getötet. Nein. Er lebt noch. Wir müssen hier weg. Wegen dir stirbt ein Mensch. Weg hier.* Es dauerte nur Sekunden – für Maria eine Ewigkeit, bis sie sich aus der Lähmung lösen konnte. Die gequälten Schreie des Mannes waren das schrecklichste Geräusch, das sie jemals gehört hatte.

Fabrizio bekam sie am Arm zu fassen, griff nach der Laptoptasche am Boden und zog sie hinter sich her durch die kaputte Tür ins Treppenhaus. Der Mann am Boden packte sie am Bein, Maria spannte ihre Muskeln an und trat ruckartig zu, sie erwischte die Nase, die unter ihrer Schuhsohle ein hässliches Geräusch machte.

Es war, als würde Maria sich selbst beim Davonrennen zusehen, als hätte sie die Kontrolle über ihre Beine an jemand anderen abgegeben. Ihr Körper schien in einen Modus gewechselt zu haben, dessen einzige Aufgabe es war, ihr Überleben zu sichern. Im Innenhof war es inzwischen heller – in den Fenstern brannte jetzt vereinzelt Licht – Nachbarn glotzten neugierig durch die Scheiben.

Sie stolperten durch den Hausgang auf die Gryphiusstraße, Fabrizio sah hektisch nach rechts und links. Scheinbar unbewusst entschied er sich für eine Richtung.

Und dann rannten sie, so schnell sie konnten.

ACHTUNDDREISSIG

The Kempinski Hotel
Naypyidaw, Myanmar   02:00 Uhr Ortszeit

In Florence Kings Zimmer war die Luft schwül und stickig. Zwar brummte die Klimaanlage munter vor sich hin, doch Florence kam es vor, als würde man sie langsam auf niedriger Flamme garen. Sie trug ein weißes Trägertop und einen Slip, lag barfuß auf dem Bett und zappte durch die Fernsehkanäle. Die meisten Sender waren chinesische oder japanische Stationen und zeigten seltsame Gameshows, deren Sinn sich Florence nicht erschließen wollte, trotz ihrer oberflächlichen Sprachkenntnisse. Männer und Frauen rannten brüllend durch ein flaches Schwimmbecken, das mit bunten Luftballons gefüllt war, anderswo bewarf man sich mit Kuchen, während schrill flimmernde Schriftzüge über das Bild tanzten und überdrehte Plastikmusik die Szene noch eigenartiger machte. In der Werbeunterbrechung sang ein langhaariger Mann ein ›Lied‹ und hielt mit aggressiven Bewegungen ein Anti-Insekten-Spray in die Kamera, bevor er sein Hemd zerriss und einen Salto machte.

CNN und BBC brachten Nachrichten.

Breaking:
SukiCores CEO Kazumasa Hisoka Dies age 65 – Circumstances yet unclear

Florence checkte die Börsenkurse – die Märkte hatten bislang recht gelassen reagiert. Sie schaltete den Fernseher auf stumm und ging zum Fenster. Die Luft draußen war kaum kühler als im Zimmer. Die Landschaft lag einsam und verlassen, keine Anzeichen auf Leben irgendwo da draußen. Kein entferntes Rauschen einer Autobahn, keine laute Musik, kein künstliches Licht, nicht einmal Grillen zirpten, wie Florence es erwartet hätte. In London war es nie ganz leise. Florence fand die Stille beunruhigend, schloss das Fenster und ließ den Sprecher im Fernseher wieder die Meldungen verlesen.

Eigentlich müsste sie von der langen Reise unendlich müde sein, gerade Langstreckenflüge machten ihr normalerweise zu schaffen. Wenngleich sie sich zwar körperlich ausgelaugt fühlte, der Schlaf hatte Florence in den vergangenen Stunden nicht einholen wollen.

Auf dem Rücken liegend starrte sie an die Zimmerdecke. Sicher war dieser, vor Leere nur so dröhnende Ort, ganz bewusst ausgewählt worden. Einsamkeit und Unsicherheit sind keine gern gesehenen Zutaten im Gefühlscocktail, wenn es um Geschäftliches geht. Derlei Strategien hatte Florence in ihrer Karriere zur Genüge erlebt, um sie als solche zu erkennen und einen kühlen Kopf zu bewahren. Bei einem Meeting mit den Vorständen hatte man sie eine halbe Stunde früher bestellt als geplant und sie dann eine Stunde warten lassen. Während eines Geschäftsessens stießen wichtige Kunden dazu, über deren Beisein man sie absichtlich nicht informiert hatte. Florence hatte all diese Dinge nicht nur durchmachen müssen, weil sie jung und neu in der Branche war, sondern auch, weil die Herren der hohen Etagen ihre Belastungsfähigkeit als Frau überprüfen wollten. Dabei hatten sie in Florence King ihre Meisterin gefunden; Beziehungen interessierten sie, wenn überhaupt, nur aus erotischen Gründen. Kinder hielt sie für die Karrierebremsen par excellence. Ihre Reize wusste sie in Szene zu setzen und zu verwenden und berufliche Sesshaftigkeit ohne Perspektive empfand sie als Stillstand. Ihr verbissener Ehrgeiz und das harte Durchsetzungsvermögen verschafften ihr Respekt.

Ihre Kompetenz war es jedoch letztendlich, die sie bei den Männern zu einer geschätzten, gleichberechtigten Kollegin machte. Zumal Florence *intelligent genug* war, wie ihr ein Vorstand einmal erklärt hatte, um die sexistischen Spielchen der Männer nicht zu verurteilen, sondern darüber zu lachen. Wenngleich Florence bei jedem frauenfeindlichen Spruch gegen sie oder andere innerlich kochte – sie hatte gelernt das widerspenstige Gefühl in ihr der Karriere wegen zu unterdrücken und wegzulächeln. Nachdem sie bewiesen hatte, kein Interesse an schwangerschaftsbedingtem Ausfall zu haben, emotional gefestigt zu sein und sämtliche Prozesse im Konzern vorwärts und rückwärts zu kennen, hatte sie sich ein Vertrauen erarbeitet, welches ihr eines Tages alle Türen öffnen konnte. Bis dahin galt es, jene ekelhaften Sprüche ihrer Kollegen gekonnt zu überhören, jene schwanzgesteuerten Blicke mit Bedingungen zu erwidern und sich den ihr gestellten Aufgaben so zu widmen, als ginge es um Leben und Tod.

Florence sah sich im Zimmer um und fragte sich, ob ihre Mitbieter die gleiche *Gastfreundschaft* erfuhren, oder ob unter ihnen auch welche waren, die den Verkäufer kannten, und deshalb wie auch immer geartete Sonderrechte in diesem eng getakteten Spektakel genossen. Spätestens morgen würde sie die vierundzwanzig anderen Broker zu Gesicht bekommen, so viel hatte man ihr im Briefing verraten. Insgesamt nahmen fünfundzwanzig Vertreter der wichtigsten Investmentgesellschaften an der Auktion teil. Für Florence bedeutete das nicht weniger als vor vierundzwanzig Konkurrenten Souveränität zu beweisen. Kein leichtes Unterfangen, wenn man bedachte, dass sie die anderen nicht kannte und sich dementsprechend auch keine Strategie zurechtlegen konnte. Bei den Äußerlichkeiten beginnt die Einschätzung deines Gegenübers, wusste Florence.

Sie hatte gelernt, Menschen zu kategorisieren: nach Schnitt und Stoff ihrer Kleidung, der Wertigkeit ihres Schmucks (wenn vorhanden), den Schuhen und des Zustandes ihrer Haut. Anschließend nahm man den Habitus des anderen in Augenschein. Wie schnell sind seine Bewegungen? Wie akademisch klingt sein Englisch? Wie steht und sitzt dieser Mensch?

Dann erst machte man sich Gedanken über das gesprochene Wort und dessen Gehalt.

All diese Anhaltspunkte fehlten Florence – stattdessen schwirrten endlose Variablen durch ihren Kopf und schließlich begann sie, ihr Selbstvertrauen zu hinterfragen.

Ist das eine Nummer zu groß für mich?

Florence besann sich der Tatsache, dass man sie anstelle ihrer Kollegen für die Abwicklung des Deals entsandt hatte. Das musste im Umkehrschluss heißen, dass der Vorstand um ihre Fähigkeiten und Seriosität wusste. Oder hatte man sie geschickt, weil sie austauschbar war? Weil man sie für einen schnell zu beseitigenden Fehler im System hielt, sollte etwas schief gehen? Warum sind die Vorstände nicht selbst angereist, wo es doch um enormes Volumen und große gesamtwirtschaftliche Konsequenzen für das Unternehmen ging?

Florence fand darauf keine Antwort – nur eine logische Erklärung, deren Kernaussage ihr einen Schauer über den Rücken jagte. Was würde ein Vertragsbruch denn genau bedeuten? Was besagte Paragraf 14 tatsächlich? Ein Ausschluss von der Auktion. Und dann? Mit dem Privatjet zurück nach London, als sei nichts passiert? Das Wissen, das sie schon jetzt über die ganze Sache besaß, würde die Presse als Jahrhundertskandal eine halbe Ewigkeit mit Material versorgen.

Paragraf 14 des Vertrages konnte trotz seiner harmlosen Formulierung nur eines meinen.

Friss oder stirb.

Irgendwann fiel Florence in einen unruhigen Schlaf. Gegen vier Uhr morgens schreckte sie benommen hoch. Der Fernseher flimmerte stumm vor sich hin.

War das nicht gerade das Geräusch ihrer Tür, die ins Schloss fiel? Das Zimmer sah genauso aus, wie davor.

Ich habe doch abgesperrt, oder nicht?

NEUNUNDDREISSIG

Ihr seid echt altmodisch, dachte Pushkin und schüttelte den Kopf. Er sah einem dunklen Punkt am Himmel nach, der sich rasch entfernte und kaum noch zu erkennen war. Die Morgendämmerung hatte eingesetzt. Das Flugobjekt war etwa zwanzig Minuten um die Tokio gekreist und hatte vermutlich ein paar schöne Bilder für die Generäle geschossen. Und natürlich sollte die Drohne ihnen Angst machen, frei nach dem Motto: Achtung, das Militär ist euch auf den Fersen, als kleinen Gruß vorab schicken wir euch unser Spielzeugflugzeug.

Pushkin konnte nur müde darüber lächeln. Zwar war Eile bei der Verrichtung ihrer Arbeit geboten – das war aber auch ohne anrückendes Militär so. Trotz digitalen Fortschritts weltweit, mit dem neue Feinde auf die Listen der Länder der freien Welt geschrieben wurden, verhielten sich jene, die den Frieden erhalten sollten noch immer so überheblich wie eh und je. Männer und Frauen wie Nabokov, Semjonowa oder Pushkin selbst waren längst dem Krieg gegen die verblendeten Supermächte beigetreten – ohne dass diese es überhaupt bemerkt hatten.

Für diesen Krieg könnt ihr eure Schiffchen, Drohnen, Panzer, Soldaten und Waffen nicht mehr gebrauchen, dachte Pushkin. Es gibt kein Ziel mehr, das die Munition durchlöchern soll. Euer Gegner hat gelernt, sich unsichtbar zu machen und bereits als Einzelner größtmöglichen Schaden anzurichten. Doch scheinbar wollte das Militär nicht dazulernen. Nach wie vor wurde aufgerüstet, wo es nur ging – politischer Schwanzvergleich auf internationalem Parkett, Wasser in Form von harter Währung auf den Mühlen der Rüstungsindustrie. Anstatt eine Armee mit dem Internet und seinen Codes vertraut zu machen, tüftelte man an Kampfrobotern und KI-gesteuerter Waffentechnik. Das nennt man dann digitale Kriegsführung. Nabokovs Organisation war im Stande, ganzen Ländern die Stromversorgung zu rauben – mit ein paar Mausklicks an jedem Ort der Welt mit Internetzugang. *Wohin wollt ihr in so einem Fall eure Armee entsenden? Auf wen wollt ihr schießen?*

Die SLS Tokio war ein real existierendes, sichtbares Ziel, das war Pushkin klar. Das Schiff ließ sich versenken, die Besatzung konnte man foltern oder gleich töten. Bloß löste das in keinster Weise das eigentliche Problem.

Auch die aufgeblasenen Uniformierten werden das früher oder später verstehen und dann wehmütig feststellen müssen, dass ihr Handlungsspielraum auf die Größe einer Erbse geschrumpft ist. Sie haben zu lange auf dem Lorbeerbett ihrer imperialen Karriere geschlafen, anstatt der Wahrheit ins Auge zu blicken und sich endlich mit den Gegnern zu beschäftigen, die sie Jahre lang nur belächelt hatten: schwitzende, Junkfood fressende Kinderzimmerprogrammierer, clevere Softwarecracks, die auf die dunkle Seite gewechselt hatten, Netzwerke wie jene Nabokovs, die die Schwachstellen der alten Welt bestens kannten und kriminelles Organisationstalent auf der virtuellen und der realen Seite des Schlachtfelds zu vereinen wussten.

Schon bald klingen die einst so heroischen Hymnen der Militärs nur noch wie ein Trauermarsch, zu dessen Klängen sie die Erinnerung an eine glorreiche Zeit zu Grabe tragen.

In der Serverhalle blieb Lara Semjonowa und den anderen Anwesenden nichts mehr weiter zu tun, als dem roten Balken auf ihren Bildschirmen dabei zuzusehen, wie er sich von links nach rechts verlängerte.

Upload 78% Complete

Solschenizyn lief den Gang zwischen den Magazinen entlang, als eine Frau zögerlich den Arm hob. Er ging auf sie zu und stemmte die Arme in die Seite, bedeutete ihr mit einem Nicken zu sprechen.

»Ich muss mal«, sagte sie vorsichtig.

Solschenizyn schüttelte den Kopf und warf Semjonowa einen Blick zu.

»Ich denke es ist Zeit«, rief er ihr zu.

Semjonowa erhob sich und strich den weißen Kittel glatt.

»Sie alle hier«, begann sie, »haben hervorragende Arbeit geleistet. Bedauerlicherweise muss ich Ihnen nun mitteilen, dass wir unser Ziel in Hamburg nicht erreichen werden. Inzwischen hat das Militär seine Aufmerksamkeit auf uns gerichtet und wird versuchen, die Kontrolle über dieses einzigartige Schiff zurückzuerlangen. Seien Sie sich sicher, dass, als Zeichen unserer Dankbarkeit für ihre Leistung, keiner von Ihnen leiden muss.«

Es machte sich Unruhe an den Serverterminals breit. Die Männer und Frauen vor den Computern tauschten irritierte Blicke.

»Was soll das heißen?!«, rief einer.

»So war das nicht ausgemacht!«, ein anderer.

»Ich will auf ein Rettungsboot!«

»Genau, warum hauen wir nicht mit den Rettungsbooten ab?!«

Semjonowa bewegte sich nicht und wartete ab, bis das Stimmengewirr langsam wieder verebbte.

Als die Mitarbeiter merkten, dass ihr Geschrei nichts nutzte, verstummten sie nach und nach und sahen zu Semjonowa, die erhaben auf sie niederblickte - in ängstliche, wütende oder fragende Gesichter.

»Es war uns allen eine Ehre, meine Damen und Herren.«

Semjonowa schloss die Augen.

Zehn Aufseher, Solschenizyn und Iwanowitsch brachten ihre Gewehre in Anschlag.

Panik brach aus. Die Mitarbeiter suchten Schutz hinter ihren Computern.

Geschrei.

Hilferufe.

Schüsse.

Vereinzeltes Geschrei.

Vereinzelte Hilferufe.

Schüsse.

Stille.

Zum zweiten Mal in dieser Nacht färbte sich der glänzende Boden unter ihren Füßen rot.

VIERZIG

Apotheke am Ostkreuz, Sonntagstraße
Berlin-Friedrichshain, Deutschland 03:40 Uhr Ortszeit

Thomas Bauder blätterte gelangweilt in einer Klatsch-Zeitschrift, auf der Suche nach einem Kreuzworträtsel, das er noch nicht gelöst hatte. Der weißhaarige Apotheker sehnte das Ende des Notdienstes herbei, ebenso wie seinen Ruhestand. Er saß im Hinterzimmer seiner Apotheke, das mit der Liege und der weiß lackierten Anrichte eher einem kleinen Behandlungszimmer eines Krankenhauses glich als einem Büro.

Die Nacht hatte die immer gleiche Kundschaft vor den gläsernen Schiebetüren der Apotheke aufwarten lassen: eine Teenagerin in Jogginghose, die weinend um die *Pille danach* bat, ein alter Mann, der seine Herztabletten verlegt hatte, eine Frau die über starke Kopfschmerzen klagte. Es war jedes Mal dasselbe. In der Zeitschrift fand Bauder nur ein halb gelöstes Sudoku-Rätsel, als er hörte, wie das Glas der Eingangstüre klirrend laut zerbarst.

Erschrocken spähte er durch die offene Türe des Büros in den Verkaufsraum. Zwei dunkle, glatzköpfige Gestalten suchten die Regalreihen ab. Der eine bewegte sich seltsam. Bauder wollte nach seinem Handy greifen, doch es fiel ihm aus der Hand und erzeugte beim Aufprall ein dumpfes Geräusch. Schnell versteckte er sich hinter einem Schrank, doch die Männer wurden von der Lärmquelle angelockt wie Bluthunde von der Witterung eines Tiers.

»Wir werden Ihnen nichts tun«, sagte der Größere ruhig, fast freundlich. Der andere atmete schwer, dicke Schweißperlen standen auf seiner blassen Stirn.

Bauder wusste, dass sie ihn gesehen hatten. Vorsichtig schob er sich aus seinem Versteck, die Hände schützend vors Gesicht haltend.

»Was wollen Sie?«, fragte er ängstlich. Seine Stimme bebte.

»Helfen Sie uns! Wir sind verletzt, wir brauchen einen Verband!«

Die zwei Glatzköpfe wirkten weder betrunken, noch verwirrt. Warum riefen sie nicht einfach einen Krankenwagen?

»Warum haben sie meine Tür kaputt gemacht? Ich rufe die Polizei und den Notarzt!«

Sofort bereute Bauder seine Aussage, als der Größere eine Waffe aus dem Schulterhalfter zog und sie zitternd auf ihn richtete.

»Nichts da!«, rief er. »Kümmern Sie sich um die Wunde meines Partners, dann um meine. Ich warne Sie! Kommen Sie nicht auf dumme Ideen, sonst ... « Er verzog das Gesicht vor Schmerzen. »Machen Sie schon!«

Knapp eine halbe Stunde dauerte es, bis Bauder mehr schlecht als recht die Verletzungen versorgt hatte und die Blutungen gestoppt waren. Abwechselnd hatten die Männer konsequent den Eingang beobachtet. Mit ein paar Handgriffen zerstörten sie schließlich den Computer, auf dem die Bilder der Überwachungskameras gespeichert wurden.

»Wir danken Ihnen«, sagte der Größere. »Polizei erst in einer Stunde, klar?«

Bauder nickte hastig.

Der andere sah ihm tief in die Augen und warf ein Bündel Geldscheine auf den Boden.

In der Nähe hörte Schischkin Polizeisirenen. Bei jedem Schritt, den er ging, stach ein feuriger Schmerz in seinen Oberschenkel. Gontscharow hielt eine Hand auf den Druckverband an seinem Bauch gepresst.

Sie humpelten der S-Bahn-Station am Ostkreuz entgegen. Nur wenige der Bars, die in Friedrichshain zu hunderten die Straßen säumten, hatten an diesem Dienstagmorgen noch geöffnet. Die wenigen Menschen, denen sie begegneten, beachteten sie nicht weiter.

»Wir müssen Tschechow informieren«, sagte Gontscharow außer Atem.

»Spinnst du? Ich werde nicht mein eigenes Todesurteil unterschreiben!«

»Aber ohne ihn haben wir nicht den Hauch einer Chance die beiden wieder zu finden! Du hast vorhin selbst mit ihm am Telefon gesprochen. Was hat er gesagt? Na?«

»Dass wir es nicht versauen sollen, ja Gontscharow, ich weiß!«

»Wir müssen dafür geradestehen. Ich will nicht dafür verantwortlich sein, dass die ganze Aktion wegen uns scheitert, hörst du? Visconti hat uns überrascht, wir müssen Tschechow die Wahrheit sagen.«

»Bist du jetzt völlig bescheuert?«, rief Schischkin. »WIR hätten Visconti und das Weib überraschen sollen! Stattdessen überwältigen die uns als seien wir die letzten Amateure!«

»Was soll Tschechow schon groß tun?«

»Wie, was soll er schon groß tun? Uns einen Kopf kürzer machen, das wird er! Wenn Nabokov von der Sache Wind bekommt, dann war's das!«

»Schischkin, außer uns ist niemand so dicht an Visconti dran. Tschechow braucht uns, sonst hat er gar keine Chance. Du kennst Nabokov. Am Ende muss Tschechow ebenso dafür bluten. Außerdem haben wir der Organisation Ehrlichkeit und Loyalität geschworen!«

»Hör auf mich zu belehren, Gontscharow. Ich bin länger dabei als du. Scheiß dir nicht in die Hose.«

Sie erreichten die Bahnhofshalle des Ostkreuzes. Aus dem Rucksack eines Mannes ballerte Technomusik aus einem Lautsprecher. Ein paar Jugendliche saßen am Bahnsteig auf dem Boden, reichten einen Joint reihum, tranken und lachten.

Schischkin und Gontscharow nahmen die Rolltreppe zum Bahnsteig der Ringbahn.

»Wo willst du überhaupt hin?«, fragte Gontscharow gereizt.

»Tschechow hat am Telefon noch etwas gesagt.«

Die S42 fuhr ein und wehte vertrocknetes Laub durch die Halle. Schischkin knöpfte seinen Mantel zu.

»Ja, und? Raus mit der Sprache! Was hat er gesagt?«

»Visconti will zum Bundesnachrichtendienst. Das ist ehrlich gesagt gar nicht so dumm von ihm. Früher oder später wird er also dort aufkreuzen. Aber diesmal sind wir vor ihm da.«

»Woher willst du wissen, dass er nicht schon längst dort ist?«

»Ich. Weiß. Es. Nicht! Gontscharow, hast du eine bessere Idee, hä? Ich werde sicher nicht bei Tschechow anrufen und um Vergebung winseln, wenn es noch eine Chance gibt, diesen verdammten Italiener aufzuhalten.«

Sie stiegen in den Zug, die Türen schlossen sich. Schischkin und Gontscharow waren die einzigen Fahrgäste in dem Wagen, dessen Scheiben mit Graffitis beschmiert waren.

»Also gut«, sagte Gontscharow, als sie sich setzten. »Auf deine Verantwortung. Du hast entschieden, ich habe deinen Befehl befolgt. Aber glaub bloß nicht, dass ich für dich bürgen werde, wenn wir zu spät sind!«

Eine Weile schwiegen Sie sich an.

»Wir hätten das Auto nicht stehen lassen dürfen«, meinte Gontscharow irgendwann.

Schischkin sah seinen Partner fragend an.

»Erklär mir, wie man eine U-Bahn mit dem Auto verfolgt.«

»Visconti ist uns am Potsdamer Platz sowieso entwischt. Der Wagen stand noch vor dem Ritz.«

»Genauso wie die Polizei. Die Schwuchtel von der Rezeption hätte uns sofort erkannt. Und dann? Ach, schauen Sie, das sind die Herren, die so dringend mit Monsieur Visconti sprechen wollten. Manchmal zweifle ich daran, ob statt einem Hirn nicht eher ein Stück fauliges Obst in deinem Schädel vor sich hin schimmelt. Mit der S-Bahn sind wir schneller.«

»Wir hätten es wenigstens versuchen sollen!«

»Gut, dass dir das jetzt einfällt, Gontscharow, wo es sowieso zu spät ist«, fauchte Schischkin gereizt.

»Lass mich in Ruhe. Ich versuche nur, alle Möglichkeiten in Betracht zu ziehen.«

»Schon gut. Der Italiener ist ein zäher Hund. Wir haben fast vierundzwanzig Stunden nicht geschlafen. Wir sollten nicht streiten, das bringt weniger als nichts.«

»Wir klingen wie ein altes Ehepaar.«

Schischkin und Gontscharow schmunzelten, dann wurde Gontscharow wieder ernst.

»Meinst du, Visconti kann beim BND überhaupt irgendwas ausrichten?«, fragte er.

»Ganz ehrlich; keine Ahnung. Wenn er die richtigen Puzzleteilchen findet und zusammensetzt, könnte es eng für uns werden. Für die ganze Organisation.«

»Weißt du, worum es bei *BEND SINISTER* geht?«

»Ich habe nicht den Hauch einer Ahnung. Muss aber so ziemlich das größte Ding sein, das Nabokov je gedreht hat.«

»Meinst du?«

»Warum sonst sollten wir den Typen bis nach Berlin verfolgen? Nabokov will den so unbedingt tot sehen, weil der was hat, das Rückschlüsse auf Nabokov zulässt, das sag ich dir.«

»Glaubst du, Nabokov hat sich verzockt?«, fragte Gontscharow nachdenklich.

Schischkin zögerte, öffnete den Mund, um etwas zu sagen, schloss ihn sogleich wieder. Dann nahm er Haltung an. »Egal, wie groß dieses Ding ist. Egal, wer sich wann verzockt hat. Wir werden unseren Auftrag erfüllen.«

»Was machen wir, wenn Visconti nicht aufkreuzt? Wenn wir zu spät sind?«

Schischkin starrte zum Fenster hinaus in die dunkle Einöde der Wohngebiete um die S-Bahn-Strecke.

»Dann Gnade uns allen Gott, Gontscharow.«

EINUNDVIERZIG

Sōri daijin kantei, Amtssitz des Premierministers
Nagatachō, Tokio, Japan   08:00 Uhr Ortszeit

Admiral Kenjiro Yamamoto hätte lieber einen Schnaps anstelle des bitteren, schwarzen Kaffees getrunken. Er schwenkte die lauwarme, dunkelbraune Flüssigkeit in der mit Kirschblütenmalereien verzierten Porzellantasse. Neben ihm lief Massako seit einer halben Stunde ununterbrochen auf und ab, das Smartphone zwischen Schulter und Ohr geklemmt, in den Händen ihr iPad.

Insgeheim bewunderte Yamamoto die kleine, energische Frau schon seit langem. Er wusste um ihren Biss und die Strapazierfähigkeit, die sie während einer Krise an den Tag legen konnte. Seine eigene Frau war eine selbsternannte Künstlerin und wirkte gegen Massako wie ein Kleinkind. Anstatt sich mit wichtigen Dingen zu beschäftigen, dachte der Admiral, malt das Weib den lieben langen Tag vor sich hin oder bastelt an ihren sinnentleerten Installationen. Yamamoto konnte der modernen Kunst nichts abgewinnen. In seinen Augen waren die meisten bekannten Künstler heutzutage talentfreie Spinner – Meister nur noch in der Ausschlachtung ihres Namens auf dem untersten Niveau. Freilich gab es Ausnahmen, von der klassischen Muse geküsste Virtuosen, die Bilder malten, deren Pinselstrich etwas Identifizierbares offenbarte, deren Hammer und Meißel Plastiken entblößten, deren Sinn man verstand, da sie etwas Bekanntes darstellten. Was für eine Relevanz sollten ein paar Farbspritzer auf wie auch immer geartetem Grund haben?

Wozu das abstrakte Geschwurbel ohne Logik, das am Ende nur einen Haufen belangloses Nichts zeigte?

Kenjiro Yamamotos Weltanschauung basierte auf dem einfachen Prinzip von Aktion und Reaktion. Handlung und Konsequenz. Gut und Böse. Er wusste, dass Massako ebenso dachte und deshalb so erfolgreich war. Für Graustufen war kein Platz in ihrem Geschäft. Ohne einen klassifizierbaren Handlungsspielraum von Schwarz und Weiß wäre ihr es anderweitig unmöglich, überhaupt Entscheidungen zu treffen.

Trotz seiner Bewunderung für Massako wollte Admiral Yamamoto nicht in ihrer Haut stecken. Der Druck, unter dem sie stand, äußerte sich augenscheinlich nur durch ihre Bewegungen, die von Stunde zu Stunde präziser und bedächtiger wurden, die Belastung jedoch übertrug sich sukzessive auf jeden der Anwesenden. Man sprach nur das Notwendigste, obschon das eine ganze Menge war, lehnte sich flüsternd den Gesprächspartnern entgegen, stellte Fragen an höhere Dienstgrade nur, wenn es sich nicht vermeiden ließ.

Massako war verantwortlich für die erhöhte Alarmbereitschaft des Militärs, dafür, dass der Premierminister sämtliche Termine an diesem Tag verschieben ließ und die Arbeiten in einem der größten japanischen Konzerne, SukiCore, vollständig zum Erliegen gekommen waren.

Ein Mitarbeiter aus Yamamotos Stab trat zum Admiral und beugte sich leicht vor.

»Die Verbindung steht, Admiral.«

Yamamoto nickte und erhob sich.

»Holen Sie den Premierminister«, sagte er, ohne sich spezifisch an jemanden zu richten. »Es ist so weit.«

Auf den Bildschirmen im Lagezentrum wurden sechs Livestreams eingeblendet. Sie zeigten mehr oder weniger verwackelt das steingraue Deck eines Kriegsschiffs und wurden direkt von den Helmkameras einer Spezialeinheit übertragen. Premierminister Fumio Kobayashi betrat in Begleitung des Chefsekretärs den Raum und nahm am Tafelende Platz.

»Euer Exzellenz«, begann Yamamoto, während sich der Premier mit gerunzelter Stirn die Brille putzte, »was Sie hier sehen, sind Livebilder von unserem Zerstörer Sakura. Soeben wurden vier Warnsalven abgegeben. Die SLS Tokio reagiert weder auf den Funkfrequenzen noch über Lichtsignale oder über andere Kanäle. In wenigen Minuten wird eine dreißig Mann starke Einheit an Bord gehen und nach und nach die Decks sichern. Sie können jeden Schritt der Operation über die Monitore verfolgen.«

Aus einem Lautsprecher in der Mitte des Tisches drang eine männliche Stimme zu ihnen.

»Wir sind bereit, Admiral. Auf Ihr Zeichen.«

Der Admiral blickte zu Kobayashi, der mit finsterer Miene auf die Bildschirme starrte.

»Euer Exzellenz?«

»Sie können anfangen«, sagte Kobayashi knapp.

Yamamoto holte tief Luft. Jetzt lag es nicht mehr in seiner Hand. »Dann los!«

◆

Rauer Wind war aufgekommen, die Luft schmeckte nach Salz. Die Sonne versteckte sich hinter einer dicken Wolkenschicht und ließ die Temperaturen nicht an der Grenze zu zehn Grad Celsius vorbei. An Bord des japanischen Zerstörers Sakura bestiegen Leutnant Shido Murakami und seine Crew zwei schwarze Schlauchboote. Auf dem Deck des Kriegsschiffs herrschte reges Treiben, das Murakami ein Gefühl von Ordnung und Sicherheit gab. Was chaotisch aussah, war ein bestens durchdachtes Schauspiel, das einem strengen Drehbuch folgte.

Jeder an Bord kannte seine Position, jeder seiner Leute wusste, was zu tun war. Allerdings wirkte der Zerstörer im Vergleich zur vierhundert Meter langen SLS Tokio eher wie ein Sportboot und die Schlauchboote, die über zwei Kräne zu Wasser gelassen wurden, sahen aus wie Spielzeug. Silbrige Dunstschwaden zogen sich auf halber Höhe zwischen Meeresoberfläche und Containerdeck wabernd um die flaschengrüne Außenhaut der Tokio. Murakami zog den Reißverschluss seiner Jacke bis zum Hals und versuchte das Zittern seiner Muskeln zu unterdrücken. Trotz der mehreren Schichten aus Thermowäsche, Pullovern und dem schweren Gefechtskleid fröstelte es die Gruppe. Der Leutnant redete sich ein, dass das Zittern nur von der Kälte herrührte und nichts mit der bevorstehenden Operation zu tun hatte.

»Sieht aus, wie ein Geisterschiff«, scherzte einer von Murakamis Männern, als die Dieselmotoren der Schlauchboote angelassen wurden.

»Also nochmal Männer, hört zu! Ich will keinen Mexican Standoff. Der Admiral braucht so viele Überlebende wie möglich. Keiner von euch agiert auf eigene Faust. Wir werden uns Stück für Stück über das Containerdeck arbeiten, bis auch der letzte Winkel gesichert ist. Dann versucht Team Alpha die Brücke zu erreichen, während Bravo sich um die unteren Decks kümmert. Wir beschränken uns auf die allernötigste Kommunikation. Scheitern ist keine Option! Der Premierminister persönlich sieht bei der Operation live zu, zeigt euch von eurer besten Seite! Ich will hören, dass ihr das verstanden habt!«

»Jawoll, Leutnant!«, schallte es aus beiden Booten im Chor.

Die anderthalb Seemeilen zwischen der Sakura und der Tokio waren trotz des starken Seegangs zügig überwunden. Die Männer begannen unter der strengen Aufsicht Murakamis die Enterhakenkanonen vorzubereiten.

In fünf Metern Entfernung zur Tokio ließ Murakami die Motoren stoppen. Mithilfe von Druckluft wurden zwei schwere Ankerhaken die Bordwände hinaufgeschossen, die sich lautstark an der Reling verkeilten. An den Seilen hatte die Crew Strickleitern befestigt, deren Enden in der schäumenden Gischt baumelten. Der Leutnant hielt, den Blick nach oben gerichtet, die zur Faust geballte Rechte hoch. Er hatte mit einer sofortigen Reaktion gerechnet, doch die blieb auch nach weiteren zehn Sekunden aus. Mit ausgestrecktem Zeigefinger gab er seinen Männern das Signal.

In Zweiergruppen erklomm die Mannschaft die zwanzig Meter hohe Bordwand auf das Containerdeck. Trotz der schweren Filzdecken, die über den Stacheldraht an der Reling gelegt wurden, schnitt sich Murakami die äußere Membran seines linken Handschuhs auf. Er sprang als letzter von der Balustrade auf das Wetterdeck. Ein schneller Blick von rechts nach links zeigte den kompletten, backbordseitigen Außengang menschenleer. Murakami stutzte. Er hatte noch beim Aufstieg heftigen Widerstand der Angreifer erwartet, die ersten Männer waren mit kugelsicheren Schilden geklettert, doch Team Alpha vermeldete bereits die Sicherung der Backbordseite.

Der befürchtete Kugelhagel war ausgeblieben. Er gab den Worten des Soldaten im Schlauchboot recht. Die Tokio wirkte weiß Gott wie ein Geisterschiff. Bis auf den Wind war kein Geräusch zu vernehmen, keine Luken wurden dicht gemacht, das Schiff machte keine Fahrt, mit Ausnahme Murakamis Kommandos war von der Besatzung, russischen Angreifern oder anderen Menschen niemand in Sicht.

Nach zehn Minuten war jeder einzelne der vierhundert Meter auf dem Containerdeck gesichert, jeder Gang zwischen den Bays abgelaufen, jedes Rettungsboot gecheckt.

Murakami beschlich ein ungutes Gefühl. Bei einem Schusswechsel offenbarte der Gegner wenigstens seine ungefähre Position, so konnte man auf Gedeih und Verderb ein Ziel ins Visier nehmen. Nichts dergleichen war geschehen. Noch wussten sie nicht, wo sich die Spezialeinheit verschanzte, von der der Admiral gesprochen hatte. War das nur die Ruhe vor dem Sturm? Möglichkeiten für einen Hinterhalt gab es auf der Tokio mehr als genug – Möglichkeiten für ein Versteck noch um ein Vielfaches mehr – Murakami fragte sich, wie lange es dauern würde, knapp vierundzwanzigtausend Container zu öffnen und zu durchsuchen. Sie wussten nicht einmal, mit wie vielen Angreifern sie es zu tun hatten.

Die Besatzung der Tokio umfasste laut offiziellen Angaben achtundzwanzig Mann. Es hatte sich aber herausgestellt, dass noch eine bewaffnete Einheit und IT-Spezialisten an Bord gewesen waren – in Summe einundfünfzig Menschen. Murakami versuchte sich in die Lage der Angreifer zu versetzen.

Ich weiß genau Bescheid, was mich hier erwartet.

Ich will keine Zeugen hinterlassen.

Wie viele Leute heuere ich an, um reibungslos die Kontrolle übernehmen zu können? Zwanzig? Zu wenig.

Dreißig, wenn alle top ausgebildet sind? Damit bin ich dem Sicherheitstrupp zahlenmäßig überlegen.

Ich plane einen terroristischen Angriff – jede Person mehr in meinem Stab ist ein zusätzliches Risiko und eine potenzielle Schwachstelle.

Ich rekrutiere so viele wie nötig, und so wenig wie möglich.

»Vermutlich haben wir es mit dreißig bis vierzig Mann zu tun, die sich überall verstecken könnten. Wenn wir niemanden finden, müssen sie sich irgendwo in den Containern befinden«, erklärte Murakami über das Headset. »Bravo, ich will, dass ihr auf dem Wetterdeck wartet, bis wir mit Alpha die Brücke gecheckt haben.«

»Verstanden, Leutnant. Wir sichern den Eingang zum Treppenhaus.«

In Windeseile erklomm Murakami zusammen mit Team Alpha die Stufen zur Brücke, vor ihm zehn Mann, hinter ihm vier.

»Jemand hat die Türe gesprengt, Leutnant. Der Zugang ist frei. Noch können wir niemand sehen.«

Noch bevor Murakami die vom Ruß der Explosion schwarz gefärbte Schwelle übertrat, erklärte Team Alpha den Kommandoraum als gesichert.

Erneut versuchte Murakami die Taktik der Angreifer zu verstehen. Die Brücke wäre einer der letzten Orte, die er aufgeben würde, selbst, wenn das Militär anrückte. Er sah sich um. Der rundum verglaste Raum war verwüstet, überall lagen die Überbleibsel der Tür herum, sie fanden Patronenhülsen und getrocknetes Blut – aber Leichen ebenso wenig, wie eine Spur der Angreifer.

Murakami zweifelte daran, ob dieselben sich überhaupt noch auf dem Schiff befanden. Aber wie hätten sie sich aus dem Staub machen sollen? Das Radar der Sakura hätte jede kleinste Bewegung über und unter der Meeresoberfläche sofort ausgemacht.

»Wir kommen wieder zu euch, Bravo«, vermeldete Murakami. »Die Brücke ist verlassen. Wir nehmen uns jetzt gemeinsam den Maschinenraum und die unteren Decks vor.«

Auch dort blieb die Suche erfolglos. Sie teilten sich auf und durchwühlten die Mannschaftsquartiere, sämtliche Aufenthaltsräume, die Zitadelle, den Maschinenraum. Nichts.

»Es bleiben noch die Serverhalle und die Container. Achtet auf eure Schritte!« Murakami blickte seinen Männern reihum ins Gesicht. »Die wussten, dass wir kommen. Es könnten Annäherungsminen herumliegen, was auch immer. Wir müssen vorsichtig sein. Also, los!«

Zügig bewegte sich die Gruppe über das Containerdeck mittschiffs, zum zweiten Treppenhaus.

Nach dem raschen Abstieg in den Bauch der Tokio fanden sie sich in einem unbeleuchteten, breiten Korridor wieder, an dessen Ende eine schwarze Metalltür den Weg blockierte. Sie war von innen verriegelt und ließ sich nicht öffnen. Das kreisrunde Licht der Taschenlampen tanzte über die Metallwände. Mit jedem Schritt wurde die Luft trockener und stickiger.

»Sprengen!«, befahl Murakami.

Der Knall der Haftgranaten war ohrenbetäubend und hinterließ eine dichte Wolke aus Rauch und Staub, die sich nur langsam verzog. Aus dem freigelegten Loch drang kaltes Licht in den Gang.

Schüsse zerrissen die Luft.

Jemand schrie laut auf.

»Feuer einstellen!«, brüllte Murakami. Er musste den Befehl dreimal wiederholen, bis die Salven verklangen. Schnell und geduckt schob sich die Gruppe durch das Loch, das auf eine

Art erhöhte Galerie führte, von der aus zwei Treppen rechts und links nach unten in eine Halle führten. Murakami stieg über die Leiche eines Mannes mit Gasmaske. Das blanke Entsetzen packte ihn, als er seinen Blick schweifen ließ. Ein gutes Dutzend Männer und Frauen in ziviler Kleidung lagen auf dem Boden in einer einzigen, dunklen Blutlache herum. Murakami glaubte, das Rauschen des Meeres hören zu können. Er hatte viele Tote in seinem Leben gesehen, aber dieses Bild war so grotesk, dass ihm fast schwindelig wurde. Auf der anderen Seite der Halle, die mit zahllosen Servertürmen angefüllt war, entdeckte er ein paar Menschen, die sich in einer Reihe aufgestellt hatten.

Murakamis Männer nahmen reflexartig die Gewehre in Anschlag.

»Nicht schießen!«, rief er.

Was zur Hölle ist hier passiert, fragte er sich, als sie sich einen Weg zwischen den leblosen Körpern bahnten. Murakami erkannte, dass allesamt erschossen worden waren.

»Die Hände in die Luft, dass wir sie sehen können!«, schrie einer von Murakamis Leuten, der Rest der Mannschaft stimmte in einen aggressiven Sprechchor ein, während sie ihre Gewehre auf die augenscheinlich unbewaffneten Menschen richteten.

Wer auch immer die Leute waren, die auf einem leicht erhöhten Podest vor einigen Computerterminals und Steuerpulten am Ende der Halle standen – sie zeigten keinerlei Reaktion, hoben nicht die Hände, bewegten sich nicht.

♦

Knapp zehn Meter trennten die Militärs noch von Pushkin, Semjonowa, Solschenizyn, Iwanowitsch und den anderen.

Hört doch endlich mit eurem Geschrei auf, dachte Pushkin. Er hatte sich selten so mächtig und erhaben gefühlt, wie in diesem Moment. Obwohl die bewaffneten Gesandten der japanischen Marine durchaus ziemlich einschüchternd wirkten, ließ er sich nicht aus der Ruhe bringen.

Pushkin wusste, dass er es war, der am längeren Hebel saß. Beschwichtigend streckte er die Arme aus.

»An Ihrer Stelle würde ich nicht weitergehen. Sonst fliegen wir alle in die Luft«, rief er über die lauten Anweisungen der Männer hinweg.

»Stehen bleiben! Sofort stehen bleiben!«, rief einer von ihnen, den Abzeichen auf seiner Kleidung nach zu urteilen der Anführer der Truppe.

Das Gebrüll verebbte. Pushkin ließ ein paar Sekunden verstreichen. Ein Lächeln zog sich über sein Gesicht.

»Schön, dass Sie es einrichten konnten«, sagte er und verschränkte die Arme vor der Brust. »Ich befürchte allerdings, dass Sie etwas spät dran sind. Keine Sorge, meine Herren, noch ist nicht alles verloren. Ich hätte gerne Ihren Premierminister gesprochen.«

ZWEIUNDVIERZIG

Sōri daijin kantei, Amtssitz des Premierministers
Nagatachō, Tokio, Japan   09:00 Uhr Ortszeit

Premierminister Fumio Kobayashi fragte sich, ob er überhaupt eine Wahl hatte. Die Entscheidung, die er treffen musste, stellte nicht nur die seine, sondern auch die Souveränität Japans in Frage.

»Wir verhandeln nicht mit Terroristen«, war die Antwort, die Kobayashi angestrengt hervorpresste.

»Ich dachte mir, dass dieser Spruch fallen würde«, drang die Stimme eines Mannes, der sich als *Pushkin* vorgestellt hatte, aus dem Lautsprecher in der Mitte des Tisches. Die Bildschirme im Lagezentrum zeigten Pushkin und sein kantiges Gesicht aus unterschiedlichen Perspektiven. Kommandant Murakami hatte eine Sprechverbindung in die Kantei einrichten lassen, über die Pushkin in süffisantem Ton die Lage geschildert hatte. Alle Anwesenden hatten mit zunehmenden Entsetzen der sonoren Stimme des Russen gelauscht.

»Ich wiederhole mich nicht gern«, erklärte Pushkin, »aber vielleicht hilft es, wenn ich Ihnen nochmals klar mache, was auf dem Spiel steht. Die Server sind so leer wie das Vakuum in Ihrem Politikerhirn, Euer Exzellenz. Wir haben allerlei Interessantes über die japanische Regierung und Sie herausfinden können. Da sind sensibelste Daten, die Sie sicher wieder unter Verschluss wissen wollen. Semjonowa?«

Die Frau im weißen Kittel, die Pushkin als *Semjonowa* ansprach, übernahm das Wort: »Ich würde Sie gern was privates Fragen, Mr. Kobayashi. Sind Sie oft verspannt? Verraten Sie's uns, was machen Sie eigentlich immer dienstags zwischen zweiundzwanzig und ein Uhr im Shinkaigyo? Das ist ein Massagesalon, richtig? Moment, bei Ihnen heißt das *Soap Land*, wenn ich mich recht erinnere.«

Bei den Worten *Soap Land* wanderten verwunderte, skeptische und misstrauische Blicke langsam in Richtung des Premierministers. Kobayashi wäre am liebsten im Erdboden versunken. Prostitution ist seit den Fünfzigerjahren in Japan verboten, doch das Geschäft floriert im Verborgenen weiter – in sogenannten Telephone Clubs, telefonischen Vermittlungsstellen zwischen potenziellen Freiern und den Damen, oder Soap Lands – Massagestudios, die eine Ganzkörperreinigung mit Happy End anbieten.

»Wissen Sie, was lustig ist?«, fragte Semjonowa lächelnd und fuhr fort. »Ihre bevorzugte *Masseuse*, um es mal vorsichtig auszudrücken, heißt *Siri*. Genauso wie die Dame, die uns freundlicherweise diese Informationen zugespielt hat. Sie wohnt in Ihrem Handy, Mr. Kobayashi. Siri ist eine ausgezeichnete Zuhörerin.«

Der Premierminister war vom Stuhl aufgesprungen und donnerte seine Faust auf die Glasplatte der Tafel.

»Das beweist gar nichts, Sie einfältiges Stück Scheiße! Ich war geschäftlich dort!«

Noch während die Worte über seine Lippen preschten, merkte Kobayashi, wie lächerlich er sich machte.

»Sie haben recht, Mr. Kobayashi«, flötete Semjonowa. »Das beweist in der Tat noch gar nichts.«

In der rechten Hand hielt sie ein Tablet, dessen Bildschirminhalt auf einem großen Monitor über ihren Köpfen geteilt wurde. Zu sehen war ein Nachrichtenwechsel in einem WhatsApp-Chatfenster.

Kobayashi war eben wieder hier. Wollte doch
allen Ernstes meine Füße Lecken, der Perversling.

Der Kobayashi?

Genau der.

Und? Hast du es ihm erlaubt?

Klar ;) Hat mir 65K Yen mehr gegeben.

Klingt nach einem guten Geschäft,
Siri. Sehen uns später.

»Ich denke, das reicht vorerst als Beweis. Ganz schön pikant, finden Sie nicht, Mr. Kobayashi? Wobei, man soll die Menschen nicht für ihren Fetisch verurteilen. Spannend finde ich, wie Sie ihr Gewissen beruhigen. Ihrer Frau steht die neue Burberry-Handtasche sicher nicht schlecht.«
Ein eiskalter Schauer jagte Kobayashis Rücken hinab. Woher wussten die das alles? Semjonowa blendete eine digitale Quittung auf dem Bildschirm ein.

Burberry Shinjuku City, Tokyo
Handbag „Frances" ----------- 282018,67 ¥

Transaction via ApplePay
Thank you for your Visit!

Die nächste Einblendung zeigte ein Bild von Kobayashis Frau und der Handtasche. Seine Frau trug einen dunkelblau gestreiften Pyjama und stand barfuß in einem begehbaren Kleiderschrank. Das Foto entsprang Kobayashis verschlüsseltem Privathandy.
»Übrigens«, meinte Semjonowa lächelnd, »wie geht es Ihrem Sohn?«
»Mein So - « Kobayashi stockte. Alle Augen waren auf ihn gerichtet. Niemand in diesem Gebäude wusste von der Sache, nicht einmal seine engsten Berater.
Miststück!
»Dass er Sie nicht sehen darf«, sagte Semjonowa schmunzelnd, »entschädigen Sie immerhin einigermaßen. Mit zwanzigtausend Dollar im Monat lässt es sich in London ganz gut leben.«
Schwer atmend lockerte der Premier seine Krawatte.

Erneut ergriff Pushkin das Wort: »Um den Ausweg aus dieser Situation zu verhandeln, bedarf es etwas mehr als nur einer Handtasche. Keine Sorge, Mr. Kobayashi. Das ist keine Verhandlung zwischen Japan und irgendwelchen Terroristen. Wir sind wie Sie Geschäftsleute.«

Kobayashi blickte finster in die Runde. Er machte eine Handbewegung, woraufhin sich einer der Berater zu ihm beugte und ihm etwas ins Ohr flüsterte.

»Schalten Sie die Verbindung auf stumm!«, ordnete Kobayashi an.

Die meisten - mit Ausnahme Massakos und des Admirals sowie einigen Mitarbeitern des Krisenstabs - starrten inzwischen betreten zu Boden und versuchten krampfhaft so zu tun, als hätten sie den Vortrag Semjonowas mit all seinen Details überhört. Die Stille war mindestens genauso unangenehm.

»Hören Sie mir gut zu«, sagte der Premierminister mit Grabesstimme. »Nichts von dem, was Sie soeben gehört haben, wird jemals diesen Raum verlassen. Sollte ich erfahren, dass jemand mittels dieser Informationen versucht, meine ehrwürdige Regierung zu sabotieren, werde ich persönlich sein Leben ruinieren. Habe ich mich klar genug ausgedrückt?«

Langsam begannen die Anwesenden stumm zu nicken. Alle bis auf Massako, die energisch an ihrem Daumennagel kaute.

»Schalten Sie das Ding wieder auf laut!«, befahl Kobayashi und wandte sich schließlich mit hochrotem Kopf an Pushkin. »Was wollen Sie von uns?«

Der Russe lächelte.

»Freies Geleit nach Russland. Sie lassen uns einfach gehen. Im Gegenzug erhalten Sie alle Daten von Ihnen und Ihrer Regierung zurück.«

Bevor Kobayashi zu einer Antwort ansetzen konnte, sprang Massako auf und stellte das Mikrophon auf stumm.

»Mit Verlaub, Euer Exzellenz! Sie können das nicht ernsthaft in Betracht ziehen! Dieses Land verhandelt nicht mit Terroristen. Die haben unsere Landsleute auf dem Gewissen!«

»Halten Sie den Mund!«, schrie Kobayashi. »Was glauben Sie eigentlich, wer Sie sind! Haben Sie vergessen, wer hier vor Ihnen sitzt! Sie sind entlassen, ich enthebe Sie Ihres Amtes! Hinaus mit Ihnen!«

»Der Premierminister, den ich kenne, hat offenbar den Raum verlassen!«, gab Massako so laut zurück, dass einige im Lagezentrum zusammenzuckten, Admiral Yamamoto eingeschlossen. »Glauben Sie, die Sache ist erledigt, wenn Sie Egoist Ihren Arsch gerettet haben? Gott weiß, wie viele Japaner von dem Leck betroffen sind! Die Leute auf der Tokio, wer immer sie sind, sind unsere einzige Spur zu den Daten. Und Sie wollen sie laufen lassen, um Ihren Privatskandal zu vertuschen? Ich flehe Sie an, Millionen Japaner sind in Gefahr! Die wissen, wann unsere Bürger aufstehen, auf welche Schule ihre Kinder gehen, welches Auto sie fahren, was sie zum Abendbrot essen und welche Sendung sie sich dabei ansehen! Wir können nicht zulassen, dass wir diese Leute einfach so davonkommen lassen!«

Kobayashis Kiefer mahlten. »Sie haben kein Recht, so mit mir zu sprechen! Ich verlange, dass sie sofort - «

Weiter kam er nicht. Admiral Yamamotos tiefe Stimme übertönte lautstark seine eigene: »Euer Exzellenz! Ich weigere mich, meinen Männern zu befehlen, dieses Pack laufen zu lassen. Diese Soldaten und ich wurden dafür ausgebildet, Japan zu dienen und zu beschützen. Es erschüttert mich, dass Sie Ihr eigenes Leben gegen das von einhundertsechsundzwanzig Millionen Japanern aufwiegen. Das ist inakzeptabel und schlichtweg falsch, Kobayashi! Ruinieren Sie mein Leben, wenn Sie wollen, aber ich werde keinen derartigen Befehl durchgeben. Nur über meine Leiche.«

Ein Raunen ging durch das Lagezentrum. Kobayashis Kopf fühlte sich an, als würde er im nächsten Moment platzen. Mit jedem skeptischen Blick, der ihm entgegenschlug, sah er seine Karriere und sein Leben weiter in sich zusammenfallen. Er war erledigt.

Erneut beugte sich ein Berater zu Kobayashi und flüsterte ihm ins Ohr: »Der Admiral hat recht, euer Exzellenz.«

»Ich weiß, dass er recht hat, Sie Idiot!«, brüllte er. »Bestellen Sie die Presse. Ich werde meinen sofortigen Rücktritt verkünden.«

»Das ist nicht Ihr Ernst, Premierminister!«, rief Yamamoto. »Bis der Vize die Geschäfte weiterführen kann vergeht wertvolle Zeit, die wir nicht haben! Je länger wir einfach nur rumstehen und meinen Männern keine Anweisungen geben, desto schwieriger wird es, wieder an die Daten zu kommen! Es ist nicht zu glauben! Wissen Sie was?!«

Yamamoto beugte sich zur Sprechanlage und hieb auf den Knopf, der das Mikrophon aktivierte. Kobayashi beobachtete ihn fassungslos.

◆

»Seine Exzellenz lässt sich ganz schön Zeit mit einer Entscheidung«, stellte Pushkin fest, an die Soldaten gewandt, die nach wie vor ihre Gewehre auf ihn und seine Kollegen gerichtet hatten.

Während Semjonowas Erläuterungen hatte Pushkin genüsslich dabei zugesehen, wie einem Soldaten nach dem anderen buchstäblich die Kinnlade heruntergefallen war.

»Was haben Sie mit den Daten vor?«, fragte Murakami.

»Gar nichts. Wir verscherbeln sie. Aber unsere Käufer werden sicherlich ein paar interessante Ideen haben, was man damit anstellen kann.«

»Der Premierminister wird Sie niemals gehen lassen. Damit kommen Sie nicht durch!«, gab Murakami zurück.

»Warum sind Sie sich da so sicher?«, fragte Pushkin.

»Ach kommen Sie! Er weiß, was auf dem Spiel steht. Er wird für sein Land einstehen.«

»Na, Sie kennen Ihn bestimmt besser als ich.«

Plötzlich drang eine Männerstimme in die Halle, die Pushkin nicht kannte.

»Hier spricht Admiral Yamamoto von der japanischen Marine. Wir werden nicht mit Ihnen verhandeln. Kommandant Murakami, können Sie mich hören?«

»Laut und deutlich«, rief Murakami und blickte triumphierend zu Pushkin.

»Gut. Ich will, dass Sie aus diesen Terroristen rausquetschen, wohin die Daten verschwunden sind. Ich erlaube Ihnen jede Ihnen denkbare Methode anzuwenden, bis wir es wissen.«

»Ist das Ihr letztes Wort, Admiral?«, schaltete sich Pushkin in großspurigem Ton dazwischen.

»So ist es. Sie fangen besser an zu reden, sonst wird es schmerzhaft für Sie. Murakami, beginnen Sie mit der Frau!«

»Jawohl, Admiral«, gab Murakami zurück.

Die Soldaten tauschten skeptische Blicke. Bevor sie einen Schritt auf Pushkin und die anderen zugehen konnten, hob dieser noch einmal die Stimme: »Plan B, Semjonowa. Es war mir eine Ehre, mit Ihnen allen zusammenzuarbeiten.«

Pushkin, Semjonowa, Solschenizyn, Iwanowitsch und die übrigen Aufseher nickten sich zu. Dann tippte Semjonowa auf ein Icon in ihrem Tablet.

Gleichzeitig wurden überall auf der SLS Tokio vierhundert Sprengsätze gezündet.

DREIUNDVIERZIG

Gryphiusstraße
Berlin-Friedrichshain, Deutschland   04:00 Uhr Ortszeit

»Sind Sie sich sicher, Frau ... ähm ... Scheck?«

»Herrgott, das ist immer noch Ostberlin. Ich weiß, wie russisch klingt«, gab die kleine, rundliche Frau in Bademantel und Pantoffeln zurück und zupfte an ihren Lockenwicklern. Der starke sächsische Dialekt in ihrer Aussprache ließ Scheck leicht genervt wirken. Immer wieder versuchte sie neugierig einen Blick in die gegenüberliegende Wohnung zu werfen, aus der sie die Schüsse gehört hatte.

»Und die waren zu zweit, haben Sie gesagt?«, hakte Streifenpolizist Vogler noch einmal nach.

»Genau. Zwei russische Skinheads.«

»Skinheads?«

»Na, Glatzköpfe halt, sagt man doch so.«

»Verstehe. Können Sie mir erklären, was passiert ist, nachdem Sie die Schüsse gehört haben?«, erkundigte sich Vogler und wandte sich an seinen Kollegen, bevor die Frau antworten konnte: »Ruf mal in der Dienststelle an, bitte. Da war heute schon mal die Rede von zwei bewaffneten Russen. Die Kollegen haben bestimmt eine Fahndung rausgegeben. Entschuldigung, Frau Scheck, bitte berichten Sie.«

»Da gibt's nicht so viel zu berichten, Herr Polizist. Bums hat's gemacht, mehrfach, dann ist der Vater mit seiner Tochter abgehauen. Die Glatzen sind irgendwann hinterher, ich glaube sie waren verletzt.«

»Moment, Moment, Frau Scheck«, unterbrach Vogler. »Kennen Sie die zwei? Wieso sagen Sie Vater und Tochter?«

»Nö, den Vater kenn ich nicht. In der Wohnung ist eigentlich die alte Moresi zu Hause. Die ist aber auf Urlaub. Das Mädel ist ihre Nichte, sie hat mir mal ein Bild gezeigt. Hab ich sofort erkannt. Ich glaube, sie heißt Maria. Ich mein ja nur. Vom Alter her könnte der andere ihr Vater gewesen sein. Aber gut, man kann ja nie wissen, was die Jugend heutzutage so für Vorlieben hat. Ich sag Ihnen was, wenn ich früher so einen Knacker mitgebracht hätte!«

»Mit Vermutungen müssen wir vorsichtig sein. Aber die Nichte haben Sie erkannt, ja? Maria?«

»Zu hundert Prozent Herr Polizist, ich habe sehr gute Augen, wissen Sie, ich war letztens beim Lasern«, erklärte Scheck stolz.

»Das freut mich für Sie. Haben Sie auch sehen können, was für eine Verletzung die Russen hatten?«

»Scheußlich sah's jedenfalls aus, ich bin ja kein Arzt. Der eine ist gehumpelt und der andere hat an seinem blutverschmierten Hemd rumgewerkelt. Vom Balkon aus war das nicht so genau zu erkennen.«

»Was ist dann passiert?«

»Ja, nix. Sind zur Straße raus. Dann hab' ich Sie angerufen.«

Voglers Kollege, der in Moresis Wohnung telefoniert hatte, trat zu ihnen ins Treppenhaus.

»Alex, Telefon für dich. Ist dringend.«

»Ist gut. Frau Scheck, wir brauchen noch Ihre Personalien. Bis hier hin mal vielen Dank«, sagte Vogler, während er das Handy entgegennahm.

»Vogler?«

»Guten Morgen. Wolfgang Dietrich von der Kripo. Ich weiß, Sie stecken gerade mitten in einer Befragung, deswegen komme ich gleich zum Punkt. Sie haben die Russen gesehen?«

»Das stimmt so nicht ganz. Eine Zeugin hat sie wohl gesehen. Wir sind hier in Friedrichshain. Es hat einen Schusswechsel gegeben, diese Russen waren drin verwickelt.«

»Wissen Sie, wohin die beiden verschwunden sind?«

»Die Zeugin weiß nur, dass sie zur Straße raus sind.«

»Okay. Ich habe vor ein paar Stunden eine Fahndung rausgegeben. Ich schicke das Bild grad mal durch. Würden Sie es kurz der Zeugin zeigen?«

»Augenblick, bleiben Sie dran.«

Vogler wandte sich an Frau Scheck, die seinem Kollegen gerade ihren Personalausweis überreichte. Das Handy vibrierte, als es die Bilddatei von Dietrich empfing.

»Frau Scheck, werfen Sie da mal einen Blick drauf, bitte. Sind das die zwei Russen?«

Scheck kniff die Augen zusammen und kaute energisch auf ihrem Kaugummi.

»Die Qualität ist aber nicht wirklich gut«, stellte sie fest und stemmte die Arme in die Seiten.

»Ich weiß. Trotzdem. Könnten das die zwei Männer gewesen sein?«

»Die Frisuren stimmen.« Sie lachte. »Doch, doch, wenn ich genau hinsehe. Ja, das sind sie.«

»Sind Sie sich sicher?«

»Ich weiß doch, dass man Sie nicht anlügen darf, Herr Polizist. Nee, das sind sie. Ganz bestimmt.«

Vogler nickte und führte erneut das Handy ans Ohr.

»Herr Dietrich? Also, die Zeugin will die beiden erkannt haben. Wissen Sie zufällig, was die hier gewollt haben könnten? Da tappen wir noch etwas im Dunkeln. Wer sind die denn überhaupt?«

»Das sind aktenkundige Hitmen, von der übelsten Sorte. Haben offenbar Verbindungen zum RCSN, ein russisches Netzwerk aus Cyberkriminellen. Wir kennen nur ihre Decknamen. Gontscharow und Schischkin, wie die Schriftsteller. Stehen auf so ziemlich jeder europäischen Fahndungsliste. Diese Daten stammen von Europol und vom BND. Wir vermuten, dass sie den Auftrag haben, einen Investmentbanker zu töten, Fabrizio Visconti. Hat ihre Zeugin außer Gontscharow und Schischkin sonst jemanden am Tatort gesehen?«

Vogler staunte nicht schlecht über die Ausführungen Dietrichs. So etwas kam nicht alle Tage vor.

»Die Zeugin will noch zwei weitere Personen gesehen haben, einen Mann, den sie auf Mitte fünfzig schätzt und eine junge Frau«, erklärte Vogler und fügte hinzu: »Die Frau will sie als die Nichte der Bewohnerin erkannt haben. Den Mann kennt sie nicht. Könnte aber der Vater sein, meint sie.«

»Wenn der Mann Visconti ist, dann ist die Frau nicht seine Tochter, sondern seine Komplizin«, sagte Dietrich am anderen Ende der Leitung gereizt.

»Komplizin? Hab' ich Sie richtig verstanden, Herr Dietrich?«

»Ja, haben Sie. Das ist eine lange Geschichte. Visconti ist nicht nur auf der Flucht vor den Russen, sondern auch vor uns. Ich schicke Ihnen mal ein Bild. Zeigen Sie es bitte der Zeugin.«

Inzwischen fiel es Vogler schwer, die Situation zu begreifen. Erneut vibrierte sein Handy.

»Ich benötige nochmal Ihre Expertise, Frau Scheck«, bat Vogler und öffnete die Bilddatei.

»War das zufällig der Mann, der mit Maria verschwunden ist?«

»Immerhin ist das Bild nicht so verpixelt, wie das andere. Warten Sie. Also, da sieht er zwar nicht so fertig aus, wie vorhin, aber das isser. Bevor Sie fragen Herr Polizist, ich bin mir sicher. Wenn das nicht der Vater von Maria ist, kann ich mir schon denken, was die zwei vorhatten.«

»Wie meinen Sie das jetzt?«, fragte Vogler irritiert.

»Schauen Sie sich den Mann doch mal an. Den würde ich nicht von der Bettkante stoßen.«

Sie lachte schallend und ließ eine Kaugummiblase platzen.

Schrullige Alte, dachte Vogler.

»Herr Dietrich? Die Zeugin will Visconti eindeutig erkannt haben.«

»Verstehe. Vogler, seien Sie so gut. Geben Sie mir mal Frau Scheck.«

»Ähm, okay ... Augenblick.«

Ein paar Augenblicke verstrichen.

»Doris Scheck am Apparillo.«

»Freut mich, mein Name ist Dietrich, ich bin von der Kriminalpolizei. Sagen Sie, Frau Scheck, Sie wohnen nebenan?«

»Hä? Wohnen Sie auch in der Gryphius?«

»Wie bitte? Nein, ich meine neben Frau Moresi. Sie sind Nachbarn?«

»Ach so. Ja, und?«

»Sie sind sicher, dass der Mann, der mit der jungen Frau geflüchtet ist, der Mann auf dem Foto ist?«

»Zu einhundert Prozent, Herr Petrich. Ich habe sehr gute Augen, wissen Sie, ich war - «

»Mein Name ist Dietrich, Frau Scheck«, sagte Dietrich seufzend. »In Ordnung. Ist Ihnen sonst etwas aufgefallen?«

»Ich weiß nicht ...«

»Selbst die kleinste Kleinigkeit könnte uns weiterhelfen.«

»Warten Sie ... ich weiß aber nicht, ob Ihnen das was nutzt, gell?«

»Schießen Sie los.«

»Ein paar Stunden bevor der ganze Radau losging, haben die beiden sich auf dem Balkon unterhalten. Das weiß ich, weil ich immer nachts aufwache und die Wohnung durchlüfte, sonst kann ich nicht weiterschlafen, verstehen Sie?«

»Kapiert. Kommen Sie bitte zum Punkt, Frau Scheck, seien Sie so gut.«

»Ja, viel konnte ich nicht hören, haben ja geflüstert, die zwei. Der Mann meinte glaube ich, er wolle seinen Freund besuchen. Der arbeitet wohl beim Bundesnachrichtendienst, oder so. Wie gesagt, alles sehr leise. Meine Ohren sind nicht so gut wie meine Augen, aber nächste Woche lasse ich mir mal den Schmalz - «

»Tausend Dank«, unterbrach Dietrich schnell. »Das hilft uns weiter. Geben Sie mir bitte Herrn Vogler wieder. Gute Nacht noch für Sie.«

◆

Nach ein paar weiteren Minuten beendete Dietrich die Verbindung. Er bat Vogler und sein Team vor Ort eine Gruppe zusammenzustellen, um die nähere Umgebung abzusuchen. Er fuhr sich über das Gesicht, spürte die harten Stoppeln seines Dreitagebartes und schob sich eine Aspirin in den Mund.

Wo würde ich an Viscontis Stelle hingehen?

Ich habe exklusives Wissen, das ich nicht oder nicht mehr besitzen darf. Warum war Visconti nicht längst auf einem Polizeirevier aufgetaucht? Der Autounfall, klar. Aber irgendwann würde man ihm zuhören. Vielleicht dauerte das *irgendwann* zu lange. Was, wenn es dann schon zu spät wäre? *In diesem Fall würde ich auch nicht zur Polizei gehen.*

Visconti braucht jemanden, der mit den Informationen überhaupt etwas anfangen kann.

Auf Tamaras Schreibtisch, an dem Dietrich saß, lag eine Broschüre. In Gedanken nahm er sie in die Hand und blätterte durch die Seiten. Sein Blick blieb auf einer Seite hängen.

Karrierechancen Abteilung Cyberkriminalität und Technische Aufklärung (TA) // 1. Quartal 2022

Nachrichtentechnik, Softwareentwicklung und Datenanalyse sind Themen, die Sie interessieren? Bewerben Sie sich jetzt auf eine Stelle beim Bundesnachrichtendienst und helfen Sie mit das Internet und unser digitales Zusammenleben sicherer zu gestalten! Bewerbungen per Mail oder Post an den unten angegebenen Kontakt.

Wenn es stimmte, was Doris Scheck von dem Gespräch auf dem Balkon berichtete, lag die Antwort auf Dietrichs Fragen in seinen Händen. Alles machte Sinn.

Visconti ist zuständig für Digital Markets bei DarkStone, erinnerte sich Dietrich. Wenn Visconti auf der Flucht ist, weil er belastendes Material bezüglich des Unternehmens veröffentlichen will, dann hat es aller Wahrscheinlichkeit nach mit etwas Digitalem zu tun.

Gefälschte Daten, dubiose Onlinegeschäfte, oder dergleichen.

Dietrich wusste, dass die TA-Abteilung des BND das RCSN schon länger beobachtete, jedoch waren jegliche Versuche, das Netzwerk zu zerschlagen, bislang gescheitert. Es gab schlichtweg zu wenig Angriffspunkte. Das Syndikat verstand es, seine Spuren zu verwischen, schien über perfekt ausgebildetes und skrupelloses Personal zu verfügen und agierte international. Es besaß Verbindungen zu den höchsten diplomatischen Knotenpunkten und konnte nicht nur virtuell, sondern auch physisch ganze Systeme unterwandern und von innen heraus zerstören.

Vielleicht war Visconti ebenfalls darüber im Bilde.

Dietrich überlegte einen Moment.

Für jeden Hinweis, der das RCSN betraf, musste der BND dankbar sein, egal von welcher Quelle er angespült wurde. Außerdem darf der Nachrichtendienst keine Menschen festnehmen – so blieb Visconti möglicherweise genug Zeit, die richtigen Leute zu triggern.

Wenn ich Visconti wäre, würde ich beim BND anklopfen.

Doris Scheck hat sich nicht verhört.

Tamara und Malte betraten den Raum. Sie kamen vom Rauchen und hatten drei Becher Kaffee in der Hand.

»Den trinken wir unterwegs«, sagte Dietrich und schlüpfte in seine Jacke. »Wir machen einen Ausflug.«

VIERUNDVIERZIG

The Kempinski Hotel
Naypyidaw, Myanmar

Das Kempinski Hotel in Naypyidaw liegt auf einer leichten Anhöhe, die über eine vierspurige Zufahrtsstraße zu erreichen ist. Sie ist gesäumt von Phönixpalmen, die das Ödland neben dem hitzeflimmernden Streifen aus Asphalt jedoch kaum verbergen können. Kurz bevor die Straße in eine großzügige Wendeplatte mündet, in deren Mitte ein Springbrunnen vor sich hinplätschert, spannt sich ein weißes Durchfahrtstor über die Straße.

Ebendieses passierten soeben ein dunkelgrüner Militär-SUV, gefolgt von fünfundzwanzig identischen schwarzen Limousinen mit getönten Scheiben. Im Zweiminutentakt schob sich der Konvoi Auto für Auto an der verglasten Drehtür des Eingangs vorbei, immer dann, wenn ein Mann oder eine Frau im jeweiligen Vorderwagen einstieg.

Rebecca Stirling stand mit dem Klemmbrett in der Hand neben der Eingangstür und hakte nach und nach die Namen der Broker auf einer Liste ab. Sie trug ein ähnlich adrettes Kostüm wie am Vortag, diesmal mit höherem Anteil an Leinen im Stoff – die herannahende Mittagshitze war schon vor ihrem Zenit kaum erträglich.

Ruben Sontheim trat ins Freie und zog eine Sonnenbrille auf.

»Wo fahren wir hin?«, wollte er von Stirling wissen.

»Steigen Sie ein, dann werden Sie schon sehen«, gab sie knapp zurück. Sie hatte klare Anweisungen, der Zeitplan musste eingehalten werden. In einer Minute würde der nächste Broker neben ihr stehen. Nabokov hatte explizit befohlen, dass die Männer und Frauen sich bei der Abreise nicht zu Gesicht bekamen und Rebecca Stirling hatte kein Interesse daran, für Verzögerungen verantwortlich gemacht zu werden.

»Ich steige erst ein, wenn ich weiß, wo man uns hinbringt. Es war schon genug, dass ich die Nacht und den ganzen Morgen in Einzelhaft verbringen musste, Ms. Stirling!«

Stirling fragte sich, ob Sontheim einen ebenso übererheblichen Tonfall an den Tag gelegt hätte, wenn ein Mann vor ihm gestanden wäre. Sie hob den Arm und sah auf ihre Armbanduhr. Es blieb nicht mehr viel Zeit.

»Sie kennen das Protokoll Mr. Sontheim. Einsteigen!«

Sontheim blickte sie nur herausfordernd an. Offenbar unterschätzte er sie. Stirling machte eine Handbewegung, zehn Sekunden später trat ein Mann in schwarzem Anzug zu ihnen.

»Mr. Sontheim möchte nicht einsteigen«, erklärte sie trocken.

Der Mann war etwa einen Meter neunzig groß. Sontheim musste seinen Kopf in den Nacken legen, um ihm ins Gesicht sehen zu können. Der breite Oberkörper stellte Sontheim buchstäblich in den Schatten.

»Ich will nur wissen, wo es hingeht!«, verteidigte er sich.

Der Anzugträger nickte, öffnete den Knopf seines Sakkos, zog es nach links zur Seite und legte die Sicht auf eine Handfeuerwaffe im Schulterhalfter frei.

»Bitte steigen Sie jetzt ein«, sagte er freundlich.

Sontheim wurde blass und kam der Aufforderung sofort nach – während er einstieg, weiteten sich seine Augen. Er öffnete den Mund, um etwas zu sagen, doch der Mann knallte die Tür des Wagens zu und bedeutete dem Fahrer, sich in Bewegung zu setzen.

Rebecca Stirling hakte Sontheims und den nächsten Namen auf der Liste ab.

»Guten Morgen, Ms. King«, sagte sie beiläufig, während der nächste Wagen hielt. Der Mann hatte sich wieder in eine schattige Ecke verzogen.

»Morgen«, sagte Florence King, die soeben die Lobby durch die Drehtür verlassen hatte. Stirling war sich nicht sicher, ob King Sontheim gesehen hatte. King sah seinem Wagen leicht irritiert nach.

King stieg ohne ein weiteres Wort in den Fond der Limousine.

Was war der Grund für Sontheims überraschten Gesichtsausdruck gerade eben? Kannten die beiden sich? Wenn dem so wäre, müsste Stirling Nabokov Bescheid geben. Das wiederum würde den Zeitplan durcheinanderbringen. Nabokov hat im Augenblick wichtigeres zu tun, besann sie sich und nahm die Liste auf dem Klemmbrett in Augenschein.

Fehlt nur noch einer, dachte Stirling.

Über die Schulter warf sie einen Blick in die Lobby. Niemand zu sehen. Ihre Armbanduhr verriet ihr, dass Cedric Fergusson über der Zeit war. Sie tippelte ungeduldig mit den Fingern auf das Klemmbrett.

Der hat Nerven. Wo bleibt der denn?

Nach einer weiteren ereignislosen Minute rief Stirling den Anzugträger zu sich.

»Fergusson fehlt. Sieh bitte nach, wo er steckt. Zimmer 212.«

Gerade als der Hüne sich umdrehte und in die Lobby gehen wollte, öffneten sich die Aufzugtüren und Fergusson stolperte in die Eingangshalle.

Während er zu ihnen eilte, versuchte er eine kurzatmige Erklärung: »Ich war noch auf der Toilette, Entschuldigung, das hat etwas länger gedauert. Es tut mir wirklich leid.«

Stirling beobachtete den hageren Amerikaner skeptisch. Sie hatte das Gefühl, dass er nicht die Wahrheit sagte, irgendwie wirkte der Mann nervös. Andererseits wäre ich an seiner Stelle ebenso nervös, dachte sie. Darum entschied sie schließlich, seinen Namen trotzdem abzuhaken.

Als Fergusson eingestiegen war, wandte sie sich an den Aufseher: »Ich will, dass du ihn im Auge behältst. Mit dem stimmt was nicht.«

»Willst du Nabokov Bescheid sagen?«

»Noch nicht. Aber wenn Fergusson auch nur einmal komisch zuckt, will ich es wissen.«

◆

Daniil Bugajew saß im zweiten Wagen des Konvois und betete, dass Fergusson es noch rechtzeitig geschafft hatte. Er putzte seine Brille mit dem unteren Ende der Krawatte, die ihm im Moment das Gefühl gab, zu ersticken. Er musste Haltung bewahren – nicht nur er und Fergusson – alle Teilnehmer der Auktion standen unter strengster Beobachtung. Es war heute Nacht sicherlich knapp gewesen, als Fergusson ... offenbar hatte trotzdem alles geklappt.

Der schwierigste Teil kommt erst noch, dachte Bugajew.

Unter der hoch stehenden Mittagssonne schob sich die Kolonne inzwischen über den zwei-undzwanzigspurigen Highway, der sie vom Flughafen zum Hotel gebracht hatte. Von anderen Autos oder Menschen war weit und breit nichts zu sehen, genau wie am Tag zuvor.

Einen besseren Ort hätte sich das RCSN nicht aussuchen können, überlegte Bugajew und verspürte eine groteske Anerkennung für den logistischen Aufwand, den das Syndikat betrieb. Unbemerkt konnte sich hier nicht einmal ein Superheld im Tarnkappenanzug anschleichen.

Unsere einzige Chance ist ein Luftangriff. Das geht nur, wenn Fergusson und die CIA mit-spielen.

Bugajew sah, wie der Fahrer ihn durch den Rückspiegel beobachtete.

»Sprechen Sie russisch?«, fragte Bugajew in seiner Muttersprache.

Er erhielt keine Antwort und hatte auch keine erwartet.

Luftangriff, dachte Bugajew. So ein Schwachsinn. Weder die CIA noch die GRU, der russische Militärgeheimdienst, für den Bugajew arbeitete, würden eine derartige Operation genehmigen und durchführen. Man betrachtete die anderen Broker zwar nicht als Unschuldige, sie blieben aber aus geheimdienstlicher Sicht Zivilisten, die man nicht einfach in die Luft sprengen konnte. Zumindest nicht offiziell.

Die Lage war verzwickt.

Bugajew war seit über dreißig Jahren mit Spionagetätigkeiten betraut und arbeitete den Groß-teil dieser Zeit für die GRU. Sein Vater war ein hochrangiger KGB-Funktionär gewesen, doch mit dem Untergang der Sowjetunion Anfang der Neunziger wechselte sein Arbeitsbereich zu diplomatischen Tätigkeiten als politischer Berater der jungen Regierung. Bugajews Vater unter-stützte einen aufstrebenden Politiker bei Wahlkampfkampagnen, dieser hatte selbst ein wichtiges Amt beim KGB bekleidet. Eines Tages jedoch stürzte sich Bugajews Vater von einer Brücke. Die Umstände blieben bis heute ungeklärt. Gerüchte über einen Komplott, der vom inzwischen ge-wählten Präsidenten selbst gegen Bugajews Vater geplant worden sein sollen, trafen nur auf wenig Gehör und gerieten schließlich in Vergessenheit.

Bugajew hatte nicht um seinen Vater getrauert. Das Verhältnis war seit seiner Jugend zerrüttet – in den Augen seines Vaters war Bugajew zu modern und ein Verherrlicher des Westens. Er verhalte sich wie ein Kapitalist, der die sozialistischen Werte zu oft in Frage stellte.

Dabei war dem jungen Bugajew schnell klar geworden, dass die kalt gebliebenen Differenzen der Vergangenheit – vor allem zwischen den Vereinigten Staaten und Russland – nur begraben werden konnten, wenn man zusammenarbeitete, insbesondere im Kampf gegen den internationalen Terrorismus. Zumal das RCSN eine russische Organisation war und man sich nicht sicher sein konnte, in welche Etagenhöhe die Infiltrationsversuche der Gruppe inzwischen reichten; so schienen Bugajew zusätzliche Augenpaare einer Institution wie der CIA sinnvoll.

Die Notwendigkeit für eine Kooperation zwischen den Nachrichtendiensten war schnell er-klärt – das Syndikat machte weder vor den USA noch vor Russland halt, im Gegenteil: die einstigen Supermächte waren die großen Opfer ihrer Machenschaften. Deutlich langsamer ging hingegen der Aufbau eines vertrauensvollen Verhältnisses voran. Selbst vor dem Hintergrund des russischen Angriffskriegs gegen die Ukraine gab es noch eine Schnittmenge gemeinsamer Interessen, denen es nachzugehen galt – doch über jeder Begegnung schwebte unausgesprochenes Misstrauen.

Man wagte zaghafte Annäherungsversuche, wurde aber anfangs nicht müde, auf teilweise absurde Art die partnerschaftliche Loyalität der jeweils anderen Agentur zu testen. Inzwischen konnte man erfreulicherweise bei der Zusammenarbeit von einer vorsichtigen Routine sprechen, die mit den Jahren durch den gemeinsamen Wunsch gestärkt wurde, das gleiche Ziel zu erreichen: Das RCSN endgültig zu zerschlagen.

Zumal es schon während des kalten Krieges so war: Wenn sich die politischen Machthaber nicht mehr in die Augen sehen wollen, geht es bei den Geheimdiensten erst in die heiße Phase.

Für jene vorsichtige Routine hatten Bugajew und Fergusson Jahre lang gearbeitet. Schließlich waren sie ihrem Ziel schneller nähergekommen als geahnt.

Es war fast zu perfekt gewesen, um wahr zu sein. Ein Mitglied des RCSN mit Verbindungen zur höchsten operativen Spitze hatte den Whistleblower gegeben, mehr oder weniger freiwillig, aber das tat nichts zur Sache. Lange hatten sie beim GRU und der CIA über die Echtheit seiner Aussagen spekuliert. Nachdem es aber von Nöten war, jedem noch so eigenartigem Hinweis nachzugehen, entschied man sich das Spiel mitzuspielen. Mithilfe der Informationen des Kontakts schlüpften Bugajew und Fergusson in neue Rollen: als Investmentbanker sollten sie an einer Auktion teilnehmen, die an einem geheimen Ort stattfand.

Das war der ›einfache‹ Teil gewesen. Doch bei ihrer Ankunft in Myanmar hatten Bugajew und Fergusson erschüttert feststellen müssen, dass vorab geplante Szenarien allesamt nicht greifen würden. Das Militär der USA oder Russlands konnte in keiner erdenklichen Form auf dem Boden des korrupten Landes Myanmar intervenieren, wie man es vorhatte, wenn die Auktion an einem zugänglicheren Ort stattgefunden hätte. Bugajew und Fergusson waren seit dem Abflug in Moskau und New York auf sich allein gestellt – zu zweit würden sie rein gar nichts ausrichten können.

Es blieb ihnen nichts anderes übrig, als in der Rolle zu bleiben und zu hoffen, so viele Datenpakete wie möglich erstehen zu können.

Damit war das RCSN aber noch lange nicht besiegt, schlimmer noch: Die Geheimdienste der größten Weltmächte würden harte Währung in die Kassen einer Terrorgruppe spülen. Aussteigen konnten sie nicht mehr. Sie mussten Gebote platzieren. Wenn sie es nicht täten, würde das Syndikat sofort misstrauisch und ihre Deckung könnte auffliegen.

Für einen kurzen Moment schloss Bugajew die Augen und wünschte sich an einen anderen Ort.

Dann spürte er, wie der Wagen zum Stehen kam. Sie waren in eine Tiefgarage gefahren.

»Wir sind da«, sagte der Fahrer auf Russisch.

FÜNFUNDVIERZIG

Boston, Vereinigte Staaten von Amerika   Sechs Monate zuvor

»Was ist denn jetzt schon wieder?«, rief Jim Stern genervt, geblendet von den Scheinwerfern des Fernsehstudios.

»Inhaltlich war alles richtig Jim«, entgegnete der Aufnahmeleiter, den Stern im Gegenlicht hinter den zwei großen Kameras nur erahnen konnte. »Versuch bitte wenigstens ein bisschen mehr Elan an den Tag zu legen. Die Zuschauer werden einschlafen.«

»Frank, dieses Ding ist der letzte Scheißdreck. Wir verarschen unsere Kunden«, rechtfertigte sich Stern. Eine Maskenbildnerin nutzte die Unterbrechung, um das braune Haar Sterns klassischer Kurzhaarfrisur zu richten. Sie hüllte ihn in eine Wolke aus Haarspray und puderte ihm anschließend die Nase. Mit einer abfälligen Handbewegung scheuchte er sie zur Seite, als sei sie ein lästiges Insekt. Er trug ein einfaches, dunkelblaues Baumwoll-T-Shirt und Jeans und obwohl das Studio klimatisiert war, schwitzte Stern.

Frank trat aus dem Dunkeln in den beleuchteten Teil des Sets, das im Wesentlichen aus einer L-förmigen Küchenzeile und einer Kochinsel bestand. Es sollte die typisch amerikanische Küche repräsentieren, aprikosenfarben gestrichen, weiße Holzschränke, Gasherd. Nur das bis auf ein paar Töpfe und Pfannen im Hintergrund fast alles fake war, sogar das Fenster, hinter dem ein Monitor flimmerte und einen kleinen Garten mit Blumenbeet zeigte. Auf der Kochinsel standen ein paar Glasschüsseln und Teller bereit, angefüllt mit verschiedenen Obst- und Gemüsesorten.

Frank trug ein Headset um den Hals und ein Klemmbrett unter dem Arm. Er ging zu Stern, der die Arme vor der Brust verschränkt hielt.

Frank seufzte. »Ich weiß, dass das Teil der letzte Mist ist«, sagte er und verdeckte dabei das Mikrophon seines Headsets. »Ich verlange auch nicht von dir, dass du den Cutter-Cousin X2 mit nach Hause nimmst und ihn privat benutzt. Mach bitte einfach deinen Job, damit wir hier endlich fertig werden.«

Bei den Worten ›Cutter-Cousin X2‹ konnte sich Stern ein Kichern nicht verkneifen.

Sogar der Name ist bei diesem Produkt einfach nur beschissen, dachte er kopfschüttelnd. Der Cutter-Cousin X2 war die zweite Produktgeneration einer durchsichtigen Plastikbox von der Größe einer Brotzeitdose. Statt eines Deckels konnte man verschiedene Klingenaufsätze über die Öffnung stülpen und damit Obst und Gemüse in Sekunden zu Kleinzeug verarbeiten. Die Klingen waren allerdings derart stumpf, dass im Behälter mehr Brei als Schnittgut ankam. Für die Aufzeichnung hatte der Hersteller extra gehärtete Klingen anfertigen lassen, die im regulären Lieferumfang nicht enthalten waren.

»Ich weiß nicht, was du hast, Jim. Du bist Moderator, Mann. Es kann dir doch scheißegal sein, was die Kunden von dem Ding halten. Außerdem strahlen wir den Schrott um halb vier nachts aus, da sieht eh kaum jemand zu, höchstens ein paar schlaflose Omas. Komm schon, tu es für mich. Etwas mehr Energie, Jim, okay? Wir brauchen nur noch einen Take, dann sind wir durch.«

Widerwillig nickte Stern.

Für so einen Müll bin ich nicht Moderator geworden, dachte er. Dass nur wenige Menschen die Sendung sehen würden, war ein lediglich schwacher Trost, denn eigentlich *wollte* Stern gesehen werden. Er liebte die Bühne und die Kameras. Aber nicht unter solchen Umständen.

»Wir können«, verkündete Stern schließlich missmutig. Dann atmete er tief durch und setzte sein breitestes Grinsen auf.

»Ruhe bitte, wir drehen!«, rief Frank, hintergründiges Gemurmel verebbte. Frank hob die Hand, formte mit den Fingern einen stillen Countdown und zeigte am Ende auf Stern. Ein Licht an Kamera Eins leuchtete rot auf.

»HAHA, WOW! DAS IST EINFACH UNGLAUBLICH!«, begann Stern und machte überschwängliche Gesten.

»Kennen *SIE* das auch? Kurzfristig haben sich die Schwiegereltern angekündigt und Sie müssen in Windeseile etwas zu essen zaubern? Sie wollen den hohen Besuch aber nicht mit etwas Bestelltem abspeisen? OH NEIN, SO EIN STRESS! Frisches Obst und Gemüse mit der Hand schneiden? DAS DAUERT STUNDEN! Nur keine Panik, denn es gibt eine Lösung! JA, SIE HABEN RICHTIG GEHÖRT! Ohje, werden Sie jetzt denken, nicht noch eine unnötige Küchenmaschine, die schwierig zu bedienen ist. FALSCH! Denn der Cutter-Cousin X2 ist alles in einem! Mit den innovativen Klingenaufsätzen können Sie Scheibchen hobeln, Würfel würfeln, Gemüsespaghetti drehen, Rohkost vierteln, achteln, ja sogar sechzehnteln! Das ist REVOLUTIONÄR, meine sehr verehrten Damen und Herren, WOW! Die Bedienung ist SO einfach und SO schnell, das ist FANTASTISCH! Und das Ergebnis ist einfach GENIAL! Nie wieder ewig in der Küche stehen, nie wieder nervige Schnittverletzungen, die sich schrecklich entzünden können! Auch die Reinigung ist durch die sensationelle Fast-Fix-Technologie des Cutter-Cousin X2 unfassbar einfach und geschieht in nicht mal einer Minute. Der Cutter-Cousin X2 ist außerdem spülmaschinenfest und in zwölf noch nie dagewesenen Farben erhältlich! Wie wäre es mit lila? Gelb? Dunkelblau? Oder das moderne neongrün in der limitierten Edition! Rufen Sie JETZT an und erhalten Sie den Cutter-Cousin X2 mit dem kompletten Aufsatz-Set zum unschlagbaren ShopGood-Channel-Preis von nicht zweihundert, nicht einhundert, nein von 79.99$! Und wenn sie JETZT GLEICH bestellen, erhalten sie außerdem den beliebten Raspelaufsatz der ersten Generation Cutter-Cousin ABSOLUT GRATIS - für eine geringe Bearbeitungsgebühr - einfach so dazu! WOW! Der Cutter-Cousin X2 ist ein Muss für jeden modernen Haushalt! Wir sind gleich zurück hier im Studio. Dann zeigen wir Ihnen ein paar fantastische Rezeptideen! Seien Sie gespannt! Das alles nach einer kurzen Werbeunterbrechung!«

Die roten Lichter an den Kameras erloschen. Stern ließ die Schultern hängen und verbannte das Grinsen aus seinem Gesicht.

Frank spendete ihm Zuspruch: »Na also Jim, das war doch gar nicht so schlimm, oder? Ich sag dir was. Wir nehmen den Take und du machst ein bisschen Pause. Ich gebe dir Bescheid, wenn wir uns an den nächsten Block machen.«

Stern nickte abwesend und verließ das Studio. Auf dem Gang zu seiner Kabine stieß er fast mit Lewis Tucker zusammen, der gerade aus der Maske kam. Tucker trug einen perfekt geschnittenen, navyblauen Anzug, ein weißes Hemd, in dessen Kragen noch ein Papiertuch steckte, damit die Grundierung nicht abfärbte, eine dunkle Krawatte und braune Lederschuhe. In der Hand hielt er einen Kaffeebecher mit Wasser. Darauf der Name seiner Sendung.

»Jim! Schön, dich zu sehen. Was gibt's Neues aus der Wunderwelt der Küchengeräte?«

Stern hasste Tucker auf den Tod. Er sah aus wie einem Hochglanzmagazin für Designermode entsprungen, hatte das weißeste Zahnpasta-Lächeln der gesamten Branche und war als Host seiner Nachrichtensendung zur Primetime nicht nur beim Sender, sondern auch bei den Zuschauern in ganz Amerika extrem beliebt. Tucker war der Inbegriff des modernen Anchorman: blendend vernetzt, auf elegante Art und Weise witzig wie charmant und *der* Frauenheld schlechthin.

Tucker war alles, was Stern so gern sein wollte.

»Es geht schon, Lewis«, gab Stern zurück. Er hatte keine Lust, sich mit ihm zu unterhalten.

»Hör mal, Jim. Ich hab' meiner Frau so einen Cutter-Cousin geschenkt, naja, was soll ich sagen. Ich würde an deiner Stelle mal mit der Produktion reden, die sollten das Ding nicht mehr platzieren. Ach was, das Teil hat keine Sekunde unserer Sendezeit verdient.«

Tucker lachte so, wie ein Moderator über den schlechten Witz eines Talkshowgastes lachte.

»Die bezahlen gut«, meinte Stern trocken.

»Wie auch immer. Hab auf jeden Fall Respekt vor dir, Jimmy! Ich könnte sowas nicht verkaufen. Anyways, ich muss los, Buddy. Wir sind in fünf Minuten live. Weißt ja, wie nervös die Leute im Studio werden, wenn man erst kurz vor knapp aufschlägt. Was soll ich sagen. Die Loren von der Maske hat mich noch aufgehalten. Oder vielmehr ihre Titten. Haha!«

Tucker zwinkerte Stern an und deutete mit einer Handbewegung an, dass seine Maskenbildnerin große Brüste hatte. Er gab Stern einen kumpelhaften Hieb auf die Schulter und ließ ihn im Gang stehen.

Stern hätte Tucker am liebsten kräftig in den Hodensack getreten. Seit vier Wochen versuchte er schon, die besagte Maskenbildnerin zu einem Date zu überreden. Auf dem Gang stand ein Spiegel. Angewidert betrachtete er sich, das billige T-Shirt und die langweilige Jeans. Stern fand sich nicht unattraktiv, aber Tucker konnte er nicht das Wasser reichen, zumal dieser obendrauf das Fünffache verdiente. Natürlich machte Tucker kein Geheimnis daraus, im Gegenteil. Er gehörte zu der Sorte Mensch, die ihren Porsche in jedes Halteverbot stellten, weil es ihnen schlicht egal war.

Kopfschüttelnd ging Stern den Korridor entlang, vorbei an den Kabinen der Nachrichtensprecher, Wetterfrösche und Talkshowhosts. Auf allen Türen prangten ihre Namen in Buchstaben aus Metall. An Sterns Tür am Ende des Ganges war ein handgeschriebener Zettel mit Tesafilm befestigt, auf dem sein eigener Name stand. Es war eine einzige Demütigung.

Wütend betrat er seine Kabine und stockte in der Bewegung. Der Duft eines heftigen, holzig-herben Herrenparfums stand im Raum. Ein Mann Mitte fünfzig hatte es sich in Sterns ausgemergeltem Ledersessel in der Ecke bequem gemacht. Das Zimmer hatte keine Fenster. Zigarrenqualm brannte Stern in den Augen.

»Was wollen Sie hier?«, fragte Stern erschrocken.

»Schließen Sie die Tür«, gab der andere zurück. Die enorme Körpergröße des Mannes blieb selbst im Sitzen nicht verborgen. Er trug einen schwarzen Anzug, der teuer aussah, darunter einen schwarzen Kaschmir-Rollkragen.

Stern kam der Aufforderung nach. »Wer sind Sie?«, wollte er wissen.

Der Mann ging nicht auf die Frage ein.

»Das muss erniedrigend sein«, sagte dieser stattdessen. »Etwas zu verkaufen, das so offensichtlich beschissen ist, dass es wehtut. Aber mir gefällt die Art, wie Sie sprechen, Mr. Stern. Tolle Stimme.«

Stern konnte nicht ganz folgen.

»Sind Sie von Fox? Sie sehen jedenfalls so aus.«

»Wenn ich von Fox wäre, könnte ich mir weder diesen Anzug noch die Zigarre hier leisten. Ich möchte Ihnen ein Angebot machen.«

Stern hob die Brauen. Er war neugierig, was der Mann zu erzählen hatte. »Und zwar?«

»Ich würde Ihnen gerne die Chance geben, etwas zu verkaufen, das nicht so wertlos ist wie der Cutter-Cousin. Anders formuliert: Ich möchte Sie als Moderator buchen.«

»Ich verstehe nicht ganz«, gab Stern irritiert zu, »von welchem Sender sind Sie denn?«

Der Mann schmunzelte und schüttelte den Kopf. »Von gar keinem. Lassen Sie es mich so formulieren, Mr. Stern. Ich plane ein Projekt, das mir sehr am Herzen liegt. Dafür benötige ich einen Mann mit dem Talent, alles verkaufen zu können. Und das, mein Lieber, haben Sie. Sie haben mir sogar den Cutter-Cousin schmackhaft gemacht, obwohl ich weiß, wie himmelschreiend scheiße das Teil ist.«

Fängt an, interessant zu werden, dachte Stern. »Ich bin ganz Ohr, Mr. – ?«

»Nennen Sie mich Nabokov. Ihre Mühen sollen selbstverständlich nicht unbezahlt bleiben. Ich biete Ihnen fünfhunderttausend vorneweg und die gleiche Summe, wenn der Job erledigt ist. Wie klingt das?«

Stern konnte nicht glauben, was er soeben gehört hatte. »Ich, also ... ähm ...«

»Cool bleiben, Mr. Stern. Ein Mann mit Ihrem Talent ist für Größeres geschaffen, als das bedeutungslose Nachtprogramm dieses Senders. Ich weiß, dass Sie's draufhaben.«

»Das klingt großartig, Sir«, stammelte Stern fassungslos. »Was muss ich genau dafür tun?«

»Es wird sich jemand bei Ihnen melden, der die Details mit Ihnen bespricht. Was sagen Sie? Sind Sie dabei?«

Stern überlegte einen Moment. So sensationell das Angebot auch klang, es fiel ihm schwer, auch nur einem Wort aus dem Mund Nabokovs Glauben zu schenken.

»Muss ich das jetzt entscheiden?«, fragte er.

»Nur, wenn Sie diesen Raum mit fünfhunderttausend Dollar verlassen wollen, Mr. Stern.«

Neben dem Sessel stand ein Koffer. Nabokov griff danach und ließ die Metallverschlüsse aufschnappen.

Stern traute seinen Augen nicht. Er dachte an Lewis Tucker, seine blöden Sprüche, seine blöden Anzüge, seinen blöden Porsche und sein vermaledeites Glück bei Frauen. Ein sogenanntes Glück, dass sich Tucker bestimmt nur durch sein Erscheinungsbild und die ewige Show erkaufte. Mit fünfhunderttausend ließe sich weit Beeindruckenderes anstellen, als mit einem lächerlichen 911er durch die Gegend zu fahren.

Stern ging einen Schritt auf Nabokov zu, während sich ein breites Grinsen über seine Wangen zog. Er streckte seine Hand aus. Selten war er sich der Worte, die nun seinen Mund verließen, so sicher wie jetzt.

»Wir sind im Geschäft!«

»Sie haben wunderschönes Haar«, sagte die blonde Maskenbildnerin, die sich als Olga vorgestellt hatte sanft, und riss Stern aus seinen Gedanken. Seit seiner ersten Begegnung mit Nabokov war inzwischen ein halbes Jahr vergangen. Es waren die besten sechs Monate, die Stern je erlebt hatte. Das Geld hatte viele Dinge vereinfacht und ihm sein altes Selbstvertrauen zurückgegeben.

»Danke«, erwiderte Stern zufrieden.

»Einen Mann wie Sie wünscht sich jede Frau«, erklärte Olga und klang sehnsüchtig.

»Wie kommt es, dass eine Frau wie Sie sich nicht längst so einen Mann geangelt hat?«, antwortete Stern und betrachtete ihre aufgespritzten Lippen.

Olga unterbrach ihre Arbeit und lächelte ihn an. »Vielleicht bin ich etwas wählerisch«, meinte sie kokett.

Ihr russischer Akzent war bezaubernd. Ihre Erscheinung war in der engen Lederleggins und dem weißen Spaghettiträger-Top zwar etwas ordinär, aber genau nach Sterns Geschmack.

»Ich finde Sie sehr hübsch«, sagte Stern.

»So? Wie hübsch finden Sie mich denn?«

Stern verstand die Intention des Flirts. Er hob den linken Arm und fuhr ihr mit den Fingerspitzen den Nacken hoch. Dann packte er Olga am Schopf, zog sie zu sich und genoss das warme Gefühl ihrer prallen Lippen auf seinen.

Die Berührung entlockte ihr ein leises Stöhnen.

Sterns Hose wölbte sich im Schritt.

»Haben wir noch Zeit?«, nuschelte Olga, während er ihr seine Zuge in den Mund schob. Schmatzend löste er sich von ihr, sah auf seine Rolex, ging zur Tür und schloss ab.

»Wenn wir uns beeilen, meine Liebe.«

Was folgte, war schnell und hart. Er würgte sie, sie stöhnte leidenschaftlich. Er nahm sie auf einem kleinen Tisch. Von vorn, dann von hinten. Er drängte sie auf die Knie und schob sein Glied bis zum Anschlag in ihren Hals, bis er kam und von ihr abließ.

Nach fünf Minuten lagen sie lächelnd auf dem Boden. Olga zündete sich eine Zigarette an.

»Das war wunderbar«, sagte sie.

Stern glaubte ihr kein Wort, doch es war ihm egal. In seinen Augen war Olga eine Nutte. Nabokov hatte versprochen, den Aufenthalt für Stern so angenehm wie möglich zu gestalten, sicher war sie Teil dieses Versprechens. Er freute sich, in wenigen Minuten seinen Auftrag erfüllen zu können. Er würde seine Sache gut machen.

Nach der Zigarette besserte Olga seine Maske nach.

Stern schlüpfte in den maßgeschneiderten Smoking, den Nabokov ihm hatte anfertigen lassen.

Er betrachtete sich im Spiegel und fühlte sich unbesiegbar.

Es klopfte, Stern schloss auf. Ein Mann mit Headset betrat den Raum.

»In fünf Minuten verkabeln wir Sie, Mr. Stern. Ich soll Ihnen von Nabokov alles Gute wünschen. Er freut sich auf Ihren Auftritt.«

Der Mann ging. Olga lächelte ihn an.

Du hast es geschafft, Jimmy, dachte er stolz.

SECHSUNDVIERZIG

»Tommaso Visconti war Zeit seines Lebens ein mutiger Mensch gewesen. Er traf die Entscheidung, sein Geburtsland zum Wohle seiner jungen Familie zu verlassen und die Heimat, in der er zwanzig Jahre seines Lebens verbrachte, aufzugeben. Doch wenn ich aufgeben sage, meine ich damit nur den Wechsel des Wohnortes, denn Tommaso trug sein geliebtes Sizilien immer im Herzen und vergaß seine Wurzeln nie. Gott Vater, du schenktest Tommaso zwei wundervolle Kinder, einen Sohn und eine Tochter, und du ließest sie durch Tommaso als deinen Sohn deine Liebe und Geborgenheit spüren, solange er lebte. Sein Glaube war so unerschütterlich wie die unbedingte Nähe zu seiner Familie und so wusste er auch, als du, Herr, ihn abriefst, dass er nicht allein ist. Ich hebe meine Augen auf zu den Bergen. Woher kommt mir Hilfe? Meine Hilfe kommt vom Herrn, der Himmel und Erde gemacht hat.«

Der Pfarrer machte eine kurze Pause und blickte in den wolkenverhangenen Himmel.

»Nachdem Gott der Herr über Leben und Tod unseren Bruder in Christus, Tommaso Visconti, aus diesem Leben abgerufen hat, legen wir seinen Leib in Gottes Acker.«

Er warf drei Schaufeln Erde in die Grube.

»Erde zu Erde, Asche zu Asche, Staub zum Staube. Wir befehlen ihn in Gottes Hand. Es wird gesät verweslich und wird auferstehen unverweslich.«

Den Pfarrer eingeschlossen, standen drei Personen um das Grab, nachdem sich die Sargträger entfernt hatten.

»Unser Bruder, Tommaso Visconti ist durch die Taufe mit Christus verbunden. Auch der Tod kann ihn nicht aus seiner Hand reißen. Darum befehlen wir ihn seiner Gnade und sagen: Friede sei mit ihm von Gott – «, der Pfarrer schlug das Kreuzzeichen, »dem Vater und dem Sohn und dem Heiligen Geist.«

Fabrizio Visconti nahm seine Sonnenbrille ab. Er schluckte, als er Ariana dabei beobachtete, wie sie an den Rand der Grube trat und eine Schaufel Erde hinab warf. Er selbst tat es ihr gleich und legte den Arm um seine Schwester, die stumm weinte. Er reichte ihr ein Taschentuch.

»Damit sind wir wohl zu zweit«, sagte Ariana leise und tupfte sich die geröteten Wangen ihres weichen Gesichts ab.

»Sieht so aus.«

»Und du kannst sicher nicht mitkommen?«, fragte sie. Etwas flehendes lag in ihren dunklen Augen. Während sich viele Geschwister ähnlich sahen, war das bei Visconti und Ariana nicht der Fall. Er war großgewachsen, sie klein, er bekam bereits graue Haare, das Brünett ihrer voluminösen Frisur war ungefärbt und kräftig.

»Ich muss arbeiten, Ariana.«

»Liegt dir denn gar nichts mehr an dem Haus?«

Fabrizio wich der Frage aus: »Lass uns ein Stück spazieren gehen.«

Sie schlenderten durch die Grabreihen zu einem Kiesweg, der unter alten Kastanien und Eichen durch einen weitläufigen Friedhofspark führte.

»Fabrizio ... In dem Haus sind wir aufgewachsen. Warum willst du es nicht noch einmal sehen?«

Er überlegte. »Ich habe nicht denselben Bezug zur Vergangenheit wie du, Ariana. Glaube ich zumindest. Ich weiß nicht, was es bringen soll, dahinzufahren. Außerdem, wie gesagt, ich hab einfach einen Arsch voll Arbeit.«

»Warum bist du so unsensibel geworden? Für Papà war die Familie immer das Wichtigste.«

»Ich bin aber nicht Papà und ich habe auch keine Familie, ich lebe allein.«

»*Ich* bin deine Familie, Fabrizio! Ich bin deine Schwester, falls du es vergessen hast. Gerade jetzt müssen wir zusammenhalten. Du klingst wie ein verbitterter alter Mann. Mensch, hast du denn gar nicht das Bedürfnis dir eine eigene Familie aufzubauen? Gibt es niemanden, um den du dich sorgst, außer dir selbst?«

»Ariana, hör zu. Ich sorge mich um dich. Du bist der wichtigste Mensch in meinem Leben.«

»Deswegen hast du mich das letzte Jahr auch ganze zwei Mal angerufen, oder?«

»Madonna, warum machst du mir diese Vorwürfe? Es bleibt mir kaum Zeit für solche Dinge neben meinem Job, das weißt du. Außerdem hast du auch etwas davon. Ich habe dein neues Auto bezahlt.«

Ariana wollte etwas sagen, aber blieb Visconti die Antwort schuldig. Schweigend spazierten sie aus dem Park zu einem Gehweg am Mainufer. Hier und da schafften es ein paar Sonnenstrahlen die Wolkendecke zu durchbrechen. Die Hochhäuser im Zentrum warfen kalte Schatten auf die ruhige Wasseroberfläche.

Warum will mich Ariana nicht verstehen, dachte Visconti. Ich leiste wichtige Arbeit, die mir alles abverlangt. Sie ist zu getrieben von ihren Gefühlen.

»Ich fahr allein hin«, sagte sie irgendwann, bückte sich und warf einen Stein in den Fluss. »Ich sag Bescheid, wenn das Haus verkauft ist.«

»Warum willst du nicht verstehen?«, fragte Visconti.

»Weil es da nichts zu verstehen gibt, Fabrizio. Tu mir einen Gefallen, ja? Hör auf zu behaupten, ich sei der wichtigste Mensch in deinem Leben. Ich hatte dich gebeten mit mir zum Notar zu gehen, ich kenne mich mit dem Erbschaftskram nicht aus, wenigstens das hättest du für mich tun können ...«

Visconti spürte Wut in sich aufsteigen und wollte seine Schwester unterbrechen, doch sie packte ihn am Arm.

»Sag nichts. Ich bin nicht der wichtigste Mensch in deinem Leben. Das bist du selbst. Und das ist okay für mich, wirklich, aber lass dieses alberne Gerede. Du hast dich für den Job entschieden. Ich hoffe er gibt dir alles, was du dir wünschst. Ciao.«

Sie löste sich, er widerstand dem Drang, ihr hinterher zu laufen. Es hatte keinen Zweck, mit ihr zu diskutieren, wenn sie eingeschnappt war. Sie verstand den Druck nicht, dem er ausgesetzt war. Visconti entschied, sie kommende Woche anzurufen.

Wehmütig sah er ihr hinterher. Mit der Frage, ob es niemanden in seinem Leben gäbe, um den er sich sorgte, hatte sie einen wunden Punkt getroffen. In seinem Beruf musste man zwischen dem einen und dem anderen entscheiden. Beides funktionierte so gut wie nie. Sicherlich gab es Ausnahmen, und die bewunderte Visconti. Männer und Frauen, die alles unter einen Hut brachten, sich einander treu blieben, sich offen und ehrlich liebten. Liebe war ein Konstrukt, das er nicht verstand. Liebe ließ sich nicht berechnen. Ein unkalkulierbares Etwas, das einfach so entstehen und wieder verschwinden konnte. Liebe reagierte nicht auf Kursschwankungen, mit echter Liebe ließ sich kein Geld verdienen. Er setzte sich auf eine Bank und ließ seinen Blick über die berühmte Skyline schweifen.

»Mein Beileid Fabrizio«, sagte jemand mit starkem Berliner Akzent.

Erschrocken fuhr Visconti herum. Ein Mann hatte sich genähert, vielleicht in seinem Alter, die Falten in dessen Gesicht waren aber ausgeprägter als bei ihm. Er trug eine Lederjacke und dunkle Jeans mit camelbraunen Halbstiefeln. Fabrizio musste zweimal hinsehen, um ihn zu erkennen.

»Dieter! Was in aller Welt treibst du denn hier?«

Sie umarmten sich und klopften sich freundschaftlich auf die Rücken.

»Ich hab' die Todesanzeige gesehen. Da stand auch der Beisetzungstermin. Es tut mir leid, Fabrizio, ich hoffe Tommaso musste nicht lange leiden.«

»Nein, es ging dann doch relativ schnell. Der Krebs war ziemlich aggressiv.«

Dieter Leiser war ein alter Schulfreund Viscontis gewesen. Sie hatten sich in Deutsch, Mathe und Geschichte eine Bank geteilt, ebenso ihr Pausenbrot und ein Bonanzafahrrad, auf das sie gemeinsam gespart hatten. Es war ihr ganzer Stolz gewesen. Leiser war oft zu Besuch im Hause Visconti. Tommaso hatte ihm beigebracht Spaghetti Bolognese zu kochen, als er ein Mädchen beeindrucken wollte. Die Viscontis hatten Leiser wie einen zweiten Sohn behandelt. Nach dem Abitur trennten sich ihre Wege – Leiser ging zur Polizei und wurde Kriminalkommissar. Anfang der Zweitausender Jahre erlebte Leiser eine kurze Phase nationaler Prominenz, zumindest in Behörden- und Fachkreisen, weil er quasi im Alleingang einen Organhändlerring zerschlagen hatte. Während den Ermittlungen lernte er seine große Liebe, Philomena kennen.

Visconti sah den Ehering an seiner rechten Hand und schlussfolgerte, dass sie inzwischen geheiratet hatten.

»Schön dich zu sehen«, sagte Visconti, noch immer überrascht über den unerwarteten Besuch.

»Geht mir genauso. Du hast dich ja ziemlich rar gemacht.«

»Du hast deine Haare verloren.«

»Das ging schon mit Ende zwanzig los. Wie macht ihr Italiener das?« Leiser fuhr sich über den kahlen Schädel. Visconti lachte.

»Wie hast du mich überhaupt gefunden?«, erkundigte sich Visconti.

»Ich habe die Beisetzung gerade verpasst. Aber dann hab' ich gesehen, dass du dich mit Ariana unterhalten hast. Ich wollte nicht stören, bin aber hinterher.«

»Gibt's ja nicht. Hab' dich gar nicht bemerkt! Aber als Kommissar muss man sowas ja können.«

»Inzwischen bin ich keiner mehr«, sagte Leiser und steckte sich eine Zigarette an. »Hab' den Job an den Nagel gehängt, Philomena wegen. Wir haben inzwischen eine Tochter.«

»Glückwunsch, Mensch. Das hätte ich dir gar nicht zugetraut.«

»Tja, was soll ich sagen, Fabrizio. Wie das Leben eben so spielt, oder? Und du? Was ist aus dir geworden du karrieregeiler Kleinganove?«

Visconti boxte Leiser in die Schulter. »Hör mir bloß auf, du. Ich hab' eben schon mit Ariana drüber gestritten. Gut, was heißt gestritten. Wir haben diskutiert.«

»Wieso das?«, fragte Leiser.

»Ich hab' einfach viel zu tun in der Firma und keine Zeit mich um das Haus in Hamm zu kümmern. Sie will es verkaufen und mit mir vorher nochmal hin.«

»Du willst mir nicht allen Ernstes erzählen, dass du die paar Stunden nicht freimachen kannst.«

»Dieter, bitte. Lass uns nicht drüber reden.«

»Du hast recht, sorry. Nicht mein Bier.«

Visconti winkte ab. »Schon gut. Was machst du denn inzwischen, wenn du nicht mehr bei der Polizei bist?«

»Lange Geschichte«, begann er. »Die Kurzfassung lautet wie folgt: Nach der Sache mit den Organhändlern habe ich mich quasi selbst suspendiert, um mehr Zeit für Philomena zu haben. Sie ist kurz darauf schwanger geworden. Irgendwann kam dann Charlotte. Macht viel Arbeit so ein Kind, ich sag's dir. Mir ist damals klar geworden, dass ich nicht mehr zurück ins Feld will. Schreibtisch ja, mit Waffen rumfuchteln, nein. Ich bin zum Bundesnachrichtendienst. Da bin ich noch heute.«

Visconti machte ein beeindrucktes Gesicht. »Na, sieh mal einer an. Nicht schlecht. Und was genau machst du dort?«

»Berichte lesen, hauptsächlich. Fotos analysieren, Interviews führen. Ich kümmere mich um die Abteilung technische Aufklärung, weitestgehend alles, was mit dem Internet und den bösen Jungs zu tun hat, die sich dort rumtreiben. Ist aber auch 'ne gehörige Portion Politik mit dabei. Wir beraten gelegentlich den ein oder anderen Ausschuss.«

»Du und Politik? Komm, hör auf!« Visconti lachte lauthals.

»Hätte nie gedacht, dass mich das interessiert«, gab Leiser zurück. »Macht aber nur einen relativ kleinen Teil von dem aus, was tatsächlich so Tag für Tag anfällt.«

»Verstehe. Na, wie sagst du immer? Wie das Leben eben so spielt, oder?«

»So ist es, Dicker.« Leiser schnippte die Zigarette ins Wasser. Sie saßen ein paar Minuten schweigend nebeneinander und beobachteten eine Schwanenfamilie, die vorbeischwamm. Leiser rauchte schließlich eine weitere Zigarette.

»Bist du extra wegen der Beerdigung aus Berlin hergekommen?«

»Naja«, meinte Leiser, »ich wollte dich einfach mal wieder sehen. Warum hast du dich nie gemeldet? Ich hab ein paar Mal versucht, dich anzurufen.«

Visconti seufzte. »Es tut mir leid, Dieter. Ich sehe zurzeit kein Rechts und Links. Ich – « Er stockte. »Ich bin ein furchtbarer Egoist geworden.«

»Manometer, und sowas aus deinem Mund. Respekt, Fabrizio. Mitleid kriegste keins von mir, das weißt du ja. Aber Selbsterkenntnis ist der erste Schritt zur Besserung, oder so ähnlich. Was soll's. Ich will dir nicht mit Kalendersprüchen kommen. Aber wenn du das ein oder andere Mal anrufst, bin ich dir sicher nicht böse.«

»Ich weiß, ich weiß«, winkte Fabrizio ab, »du hast ja recht. Dieser Druck ist manchmal einfach nicht auszuhalten. Wenn ich nicht zusehe, fit zu bleiben, kann ich einpacken. Ich denke dann gar nicht daran, mich bei den Leuten zu melden, die mir eigentlich wichtig sind.«

Leiser zuckte die Schultern. »Warum steigst du nicht aus?«

»Aussteigen? Ich weiß nicht, wie du dir das vorstellst.«

»Oh Mann ey. Mensch, Fabrizio! Die wievielte Million scheffelst du dieses Jahr?«

»Die zehnte«, sagte Fabrizio prompt und bemerkte im Nachhinein, wie stolz und überheblich er klang.

»Du hast Luxusprobleme, Alter. Geh zu deinem Chef. Kündige. Adele Makrele, Ciao Kakao. Zehn Millionen, da leck' doch einer die Kuh am Sack. Reicht das denn nicht?«

Visconti überlegte einen Moment. »Klar reicht das, Madonna, ich bin ja nicht dumm. Aber ich liebe meine Arbeit.«

»Red' doch keinen Stuss. Erst beschwerst du dich und jetzt auf einmal liebst du deinen Job.« Visconti fuhr sich über das Gesicht und starrte auf die Skyline. »Ja, verdammt. Ich hasse meinen Job, ich hasse ihn, okay. Ich weiß nicht, wie ich es erklären soll. Ich brauche es. Ich brauche den Druck, den Stress, die Zahlen, diese Geschwindigkeit. Verstehst du das?«

»Nö. Aber das muss ich auch nicht. Ich find's nur kacke, wenn du unglücklich bist. Und du wirkst auf mich so. Ich will nicht den Moralapostel für dich geben. Pass einfach auf dich auf und vergiss nicht, dass es Menschen gibt, denen du wichtig bist. Mich zum Beispiel.«

Leiser rauchte daraufhin noch eine weitere Zigarette, sie schwiegen sich an. Als es zu dämmern begann, gingen sie in die Stadt und aßen gemeinsam zu Abend. Visconti begleitete seinen Freund zum Hotel. Sie verabschiedeten sich, Visconti versprach, Leiser in Zukunft ab und zu anzurufen. Vielleicht käme er mal nach Berlin zu Besuch.

Danach ging Visconti in sein Büro im Opernturm und arbeitete die ganze Nacht durch, um die Versäumnisse des Tages aufzuholen.

Berlin-Moabit   06:00 Uhr Ortszeit

Weil Visconti und Maria nicht wussten, ob ihnen die Russen noch auf den Fersen waren, hatten sie alle paar Stationen die S- oder U-Bahn-Linie gewechselt. Inzwischen wähnten sie sich in Sicherheit und beschlossen, der Sache endlich ein Ende zu setzen. Noch ein paar Haltestellen bis zum BND.

Visconti hatte mit einer seiner Socken notdürftig Marias blutende Hand verbunden. Sie sprachen kaum, beide waren froh, glimpflich entkommen zu sein. Er schämte sich, sie in diese Situation gebracht zu haben.

Visconti sah aus dem Fenster und dachte an das Gespräch mit Ariana, kurz nach der Beerdigung seines Vaters. Er hatte sich weder bei ihr noch bei seinem alten Freund Leiser gemeldet. Das Haus in Hamm war ihm egal gewesen. Er hatte nicht das Bedürfnis gehabt, es noch einmal zu sehen, warum auch? Wäre er in Hamm geblieben und nicht nach Frankfurt gegangen, um Wirtschaft und International Business zu studieren, säße er immer noch in diesem tristen, perspektivlosen Loch herum und würde Möbel restaurieren, wie es sein Vater getan hatte.

Visconti wollte mehr.

Nach dem Studium ergatterte er einen der begehrten und raren Einsteigerplätze bei Lehman Brothers. Sie hatten ihn zunächst für die Research-Abteilung rekrutiert. Visconti lernte, das angehäufte Wissen aus dem Studium auf die Praxis anzuwenden und stellte fest, dass die Realität ganz anders aussah, als im Hörsaal prophezeit. Er begann gesamtwirtschaftliche Zusammenhänge zu verstehen, Marktreaktionen auf globale Umstände abzuschätzen, Geld als Ware zu betrachten.

Den Sinn hinter seiner Arbeit hatte er anfangs nie hinterfragt. Nach seinem ersten Jahr bei Lehman Brothers prangte zum ersten Mal seines Lebens eine sechsstellige Zahl unter dem Strich seines Kontoauszugs. Er konnte sich Dinge leisten, von denen er sein Leben lang geträumt hatte. Zuneigung war für ihn käuflich geworden, schnell, praktisch und unkompliziert. Bedeutungsloser Sex mit immer anderen Frauen war wie ein Ventil für ihn. Er kam und sie gingen, er blieb allein zurück.

Er fragte sich, ob er das alles nur wegen des Geldes machte. Die siebzig-, achtzig-, neunzig-Stunden-Wochen, bei jeder Tages und Nachtzeit zu arbeiten, stets nur einen Anruf entfernt zu sein. Die Arbeit war wie eine Sucht für Visconti. Abgeschlossene Deals gaben ihm einen Kick. Von einem seltenen Lob Vorgesetzter zehrte er Monate bis zum Closing, dem Abschluss des nächsten Projekts, das immer größer war als jenes zuvor. Er lebte von Closing zu Closing, von Deal zu Deal, von Etage zu Etage.

Sie wollten ihn nach New York in den Hauptsitz holen, den verbissenen und ehrgeizigen Italiener, der belastbarer und zäher als all seine Kollegen schien. Zu dieser Zeit war das Schicksal von Lehman Brothers bereits besiegelt.

Die Wellen der Finanzkrise hatten Visconti auf Umwegen schließlich bei DarkStone angespült, wo er Christoph Hildebrandt kennenlernte. Nach und nach bauten sie gemeinsam die neue Abteilung *Digital Markets* auf, bis Hildebrandt in den deutschen Vorstand gewählt wurde. Die Verantwortung der Abteilung sprach man Visconti zu, doch er fühlte sich von Hildebrandt verraten und im Stich gelassen. Hildebrandt und Visconti waren befreundet gewesen und hätten gemeinsam in den Vorstand gewählt werden sollen. Monatelang hatten sie Strategien ausgearbeitet. Jede einzelne von ihnen hatte Hildebrandt schließlich gegen Visconti verwendet. Viscontis Karriere war deshalb so steil verlaufen, weil er gelernt hatte, das Spiel der Finanzwelt richtig zu spielen, die Regeln gezielt zu brechen, die eigene Strategie nie zu verraten. Es gab keine Loyalität und kein Vertrauen, nur Ergebnisse, die aus Zahlen bestanden.

Diese Welt war hart, aber logisch. So war die Illusion von Freundschaft zwischen ihm und Hildebrandt zum Scherbenhaufen verkommen. Visconti wandelte den Groll gegen Hildebrandt schnell in Ehrgeiz um. Digital Markets machte bald einen Anteil von knapp dreißig Prozent des Umsatzes aus. Das wiederum brachte dem Unternehmen Einfluss, insbesondere bei der überforderten Politik, die behauptete, dass das Internet für alle Neuland sei.

Die Macht, das Geld und die Verantwortung waren berauschend.

Anfang der zweiten Hälfte der 2010er Jahre betraten neue Player das Spielfeld der virtuellen Welt und keiner wusste, woher sie kamen. Daten verschwanden, Identitäten wurden gelöscht, Handys abgehört, mit ein paar Mausklicks ganze Karrieren und Existenzen zerstört. Das Wort *Cybercrime* war zum ersten Mal in aller Munde.

Visconti hatte die Entwicklung der Cyberkriminalität mit wachsendem Entsetzen verfolgt. Die Methoden wurden immer perfider, was es schier unmöglich machte, Angriffe abzuwehren. Intern wurde viel über das wirtschaftliche Potential dieses Schattengeschäfts diskutiert. Man suchte Wege und Möglichkeiten, mithilfe ähnlicher Strategien den Marktwert zu steigern und sich gleichzeitig gegen Angriffe zu schützen. Visconti war klar, dass dieses Vorhaben früher oder später bösartig scheitern würde. Es widerstrebte ihm, seine Geschäfte im Verborgenen abzuwickeln.

Die Finanzwelt änderte sich rasant. Immer häufiger ertappte sich Visconti dabei, seine Arbeit nach Sinn und Moral zu hinterfragen. Er wurde älter und bemerkte, dass sein Körper nicht mehr so belastbar war wie noch vor einigen Jahren. Hildebrandt hatte einmal zu ihm gesagt: ›Investmentbanker altern schnell. Wir müssen zusehen, wo wir bleiben.‹

Vielleicht versuchten deshalb alle so zügig wie möglich die höchsten Etagen zu erreichen, koste es was es wolle – die Rendite, von der sie träumten, half über Phasen am Rande des Zusammenbruchs hinweg.

Visconti dachte inzwischen öfter an seine Schwester, die inzwischen in das väterliche Haus in Hamm gezogen war und eine eigene Familie gegründet hatte. Seit der Beerdigung hatte er sie nicht mehr gesehen. Das Gefühl von Reue machte ihn unkonzentriert, der Traum von einem Leben außerhalb des Haifischbeckens wurde immer größer.

Eines Tages wurde er in Hildebrandts Büro zitiert und Hildebrandt persönlich war es, der Visconti die Chance auf Rache vorlegte, die Rache für ein verschwendetes Leben.

Dieses Mal behielt Visconti seine Strategie für sich. Er würde das Schachmatt forcieren. Nicht nur gegen Hildebrandt, sondern gegen das gesamte Unternehmen. Mit etwas Glück könnte er endlich alles aufholen, was er in seinem inhaltlosen Leben versäumt hatte.

Maria saß ihm gegenüber. Sie war wunderschön.

Und während er sie ansah, wurde ihm zum ersten Mal klar, warum die Familie für seinen Vater das Wichtigste gewesen war. Das warme Gefühl, dass sich in Visconti breit machte, wollte er nie wieder missen.

SIEBENUNDVIERZIG

Chausseestraße, Ecke Schwartzkopffstraße
Zentrale des Bundesnachrichtendienstes
Berlin-Mitte, Deutschland   06:30 Uhr Ortszeit

Seit seiner Gründung im Jahr 1956 ist der Bundesnachrichtendienst, kurz BND, neben dem Bundesamt für Verfassungsschutz und dem Militärischen Abschirmdienst einer der drei deutschen Nachrichtendienste und ist dem Bundeskanzleramt in Berlin unmittelbar nachgeordnet. Der Auftrag jeder Abteilung ist die Gewinnung und Filterung von Informationen über das Ausland, die von außen- und innenpolitischer Relevanz für die Bundesrepublik sind. Hierfür sind Datenanalysten angestellt, Informatiker, V-Personen, sowie Experten mit speziellen Fachkenntnissen, insbesondere über den Nahen Osten, die arabischen Länder und die Großmächte Russland und China.

Im Gegensatz zu anderen nachrichtendienstlichen Organisationen ist der BND als Entität nicht mit polizeilicher Exekutive ausgestattet – ist beispielsweise also nicht zur Durchführung von Festnahmen berechtigt.

Der Prozess der Informationsgewinnung wird intern in mehrere Abteilungen gegliedert, die sich je nach Zuständigkeit um Terrorismus, Organisierte Kriminalität, Waffenhandel und Cyberkriminalität kümmern. Letztgenannter Punkt unterliegt der Abteilung TA, der Abteilung für technische Aufklärung, mit knapp über eintausend Mitarbeitern. Die TA-Zentrale hat ihren Sitz in Pullach bei München, inzwischen wächst die Mitarbeiterzahl allerdings auch am Standort Berlin.

Dort saß Dieter Leiser bereits in seinem rundum verglasten Büro und blätterte durch die Frankfurter Allgemeine Zeitung. Dafür, dass er sich Tag ein, Tag aus hauptsächlich mit digitalen Medien auseinandersetzte, pflegte er vor und nach Dienstbeginn einen analogeren Lebensstil. Er hatte sich in seinem Sessel zurückgelehnt und die Füße auf den Schreibtisch hochgelegt.

Um acht Uhr dreißig sollte der Tag offiziell mit dem morgendlichen Meeting beginnen, das online abgehalten wurde.

An normalen Tagen trug Leiser das immer gleiche Outfit: ein einfaches Baumwoll-T-Shirt, eine dünne, schwarze Lederjacke, die er von seiner Frau Philomena geschenkt bekommen hatte und Jeans. Heute trug Leiser einen dunklen Anzug und ein weißes Hemd ohne Krawatte und fühlte sich unwohl in den Klamotten.

Der Termin im Bundeskanzleramt war auf zwölf Uhr mittags angesetzt. In der vergangenen Nacht hatte es im nordöstlichen Pazifik erst einen Angriff auf ein Containerschiff gegeben und schließlich eine riesige Explosion, die das Schiff zum Sinken gebracht hatte. Das japanische Militär war vor Ort und beklagte dreißig Tote nach dem Versuch einer Rettungsaktion. Die Besatzung der SLS Tokio war getötet worden. In weiteren Nachrichten war die amerikanische Botschafterin in Tokio festgenommen worden.

Der Vorfall mit der SLS Tokio war deshalb auf Leisers Schreibtisch gelandet, da man hinter dem Angriff das RCSN vermutete, das durch den Angriff offenbar an sensibelste Daten gelangt war. Noch hatte Leiser nicht vollständig verstanden was genau und wie genau es passiert war. Er erhoffte sich Klarheit nach dem Morgenmeeting.

Er sah durch sein Fenster hinunter in einen Park, der sich wie ein grüner Streifen mit einem kleinen Bach am Gebäude entlang zog.

Termine mit dem Kanzler waren anstrengend. Man hatte wenig Zeit, seine Präsentation vorzubereiten, kaum Zeit dieselbe zu halten und wenig Spielraum für konstruktive Diskussionen, die für gute Entscheidungsfindungen aber essenziell waren. Außerdem ließ sich noch nicht abschätzen, ob von dem spektakulären Datenraub auch die Bundesrepublik betroffen war und welche Bedeutung der Angriff politisch hatte. Deshalb würde sich auch der Außenminister zur Konferenz einfinden müssen. Der konnte hoffentlich ein paar wertvolle Infos von seinem Gegenspieler in Japan mit an den Tisch bringen.

Im Anschluss würde Leiser sich den Rest des Tages frei nehmen. Er musste noch ein Geschenk für seine Tochter Charlotte besorgen, die morgen siebzehn Jahre alt wurde. Sie wünschte sich ein iPhone und eine seltsame Lampe, die wie ein Ring geformt war und in deren Mitte das Handy zum Aufnehmen von Videos befestigt werden konnte.

Eine Kollegin hatte Leiser auf den TikTok-Kanal seiner Tochter aufmerksam gemacht. Er hatte ihr sofort Hausarrest erteilt und eine heftige Standpauke gehalten. Er verstand nicht, warum sie sich leicht bekleidet bei irgendwelchen obszönen Tänzen zu Musik mit schmutzigen Texten filmte. Als sie ihm trotzig erklärte, dass sie hunderte Fans und hunderttausende Zuschauer hatte, war Leiser beinah in Ohnmacht gefallen: zuletzt zählte ihr Profil fast einhunderttausend Abonnenten.

Philomena hatte ihn besänftigen wollen.

Das macht die Jugend heutzutage halt.

Ja, aber nicht meine Tochter, hatte Leiser gedacht.

Er wollte ihr nichts verbieten und auch den Arrest hob er nach einer Nacht wieder auf. Leiser war besorgt um sie. Er wusste, wie naiv besonders junge Menschen ihre Daten der chinesischen Plattform offenlegten. Gleiches galt für den gesamten Reigen der neuen Medien; Facebook, Instagram und Co. Durch seine Arbeit hatte er die Macht der „sozialen" Netzwerke zunehmend kritisch beäugt. Mit dem Leak der Facebook-Papers durch Francis Haugen 2021 floss noch mehr Wasser durch die Mühle seiner Angst um Charlotte.

Aus den Dokumenten ging beispielsweise hervor, dass über lange Zeiträume aktiver Menschenhandel über Facebook-Gruppen und Nutzer betrieben wurde – intern wusste man bei Facebook Bescheid – nur wurden kaum Maßnahmen dagegen ergriffen, bis Apple damit drohte, sämtliche Apps des Facebook-Konzerns aus dem App-Store zu verbannen. Warum hatte man nicht viel früher etwas dagegen unternommen? Böse Zungen behaupteten, Facebook verdiente an den Geschäften mit – unbestätigte Gerüchte, die aber nicht unplausibel klangen, wie Leiser fand.

Natürlich hatten Charlottes überreizte Tänze nichts mit Menschenhandel zu tun – trotzdem teilte sie verschiedenste Intimitäten mit der Öffentlichkeit und machte sich damit verwundbar – freiwillig! Für ihn war es schon gruselig genug, dass einhunderttausend Menschen wussten, wie ihr Kinderzimmer aussah.

Es war heutzutage ein leichtes, ein Benutzerkonto zu hacken und so an Daten wie Wohnort, Alter und Bewegungsprofile zu gelangen. Leiser gab den Nutzern dabei eine Teilschuld: viele Menschen verwendeten für mehrere Accounts das immer gleiche, oftmals leicht zu erratende Passwort. Doch besonders die Betreiber der Netzwerke verurteilte er hart. Nur selten wurde man darauf hingewiesen, sich starke Passwörter auszudenken. Außerdem wusste ein Großteil der Nutzer nicht einmal, welche Daten von ihnen gespeichert wurden, ebenso wenig wo und warum.

Leiser fragte sich, ob er zu alt war, um das alles zu verstehen oder die Menschen zu gutgläubig, um etwaige Konsequenzen abzuschätzen. Den Satz ›Ich hab' ja nichts zu verbergen‹ konnte er langsam nicht mehr hören.

Charlotte war in einem Alter, in dem sie ihre eigenen Erfahrungen machen musste, um sich auf das Erwachsenenleben vorzubereiten. Leiser fiel es schwer, sie machen zu lassen, versuchte sanfte, konstruktive Gespräche, um ihr zu erklären, dass sie vorsichtig mit den Apps umgehen musste. *Ich pass schon auf.*

Er hoffte, dass sie es nicht nur daher gesagt hatte. Leiser wollte gar nicht daran denken, was passierte, wenn die Daten seiner Tochter in die falschen Hände gerieten.

Er widmete sich wieder seiner Zeitung und stolperte über eine Anzeige, an der sein Blick kleben blieb. Sie zeigte das rot umrandete Foto eines Mannes, der ihm nur allzu bekannt vorkam.

Leiser überflog die Zeilen.

Fabrizio? Fahrerflucht?

Sofort griff er nach seinem Handy und wählte Viscontis Nummer, doch es ertönte kein Freizeichen. Scheinbar hatte er sein Telefon ausgeschaltet.

Leisers ehemaliger Schulkamerad hatte sich seit der Beerdigung seines Vaters nicht mehr gemeldet.

Scheiße. Was hast du angestellt, Dicker?

◆

»Und das hast du dir alles aus einer Broschüre zusammengereimt?«, fragte Malte skeptisch.

»Nein, ich hab ein bisschen recherchiert«, entgegnete Dietrich. »Jemand hat ein Gespräch zwischen Visconti und einer Frau überhört.«

Sie hatten seinen Tesla genommen, um nicht aufzufallen und gegenüber der zwei quaderförmigen Betongebäude des BND-Komplexes geparkt. Draußen war es noch dunkel. Die Beleuchtung an den Fassaden tauchte die Straße in ein schwaches, gelbliches Licht. Auf der anderen Seite saß ein Wachmann in einem Diensthäuschen und wischte über sein Handy. Ein schweres Metalltor blockierte die Zufahrt in den Hof des Komplexes. Die geradlinige Architektur der Zentrale hatte etwas Kaltes, Einschüchterndes an sich.

Dietrichs Theorie war gewagt, aber erschien ihm logisch. Er war sich allerdings nicht sicher, ob sie Visconti bereits verpasst hatten.

»Ich verstehe das auch noch nicht so ganz«, sagte Tamara, die auf dem Beifahrersitz saß und einen Schluck Kaffee trank.

»Wie gesagt, ich habe ein paar Nachforschungen angestellt. Ich habe außerdem ein altes Klassenfoto von Visconti im Internet gefunden, mit den Namen seiner Schulkameraden. Die habe ich nacheinander gegoogelt. Ich wollte rausfinden, ob er Freunde hier in Berlin hat.«

»Die wohnen aber wohl kaum hier, oder?«, warf Malte ein, der es sich auf dem Rücksitz bequem gemacht hatte.

»Wenn du mich ausreden lassen würdest, könnte ich es euch erklären. Natürlich wohnen die hier nicht. Außerdem sprechen wir nur von einem einzigen Mann, zu dem Visconti in Berlin noch Kontakt haben könnte. Es ist ein alter Kollege von uns. Dieter Leiser.«

»Was, der Leiser?! Jetzt verstehe ich, was wir hier wollen. Soweit ich weiß, arbeitet er doch inzwischen hier, oder?«, sagte Tamara erstaunt.

»Richtig.«

»Der hatte immer diesen Spruch drauf ... wie war das noch gleich«, überlegte Malte laut, »Klar, ich hab's! ›Ick heiße Leiser, aber nicht wie in *sein sie leise*. Leiser wie in *Laserstrahl*‹. So ein Käse. Ich glaube der hat ganz schön Karriere gemacht.«

»Sein Einfluss ist nicht unerheblich, das stimmt«, sagte Dietrich.

»Er war ein Schulfreund von Visconti?«, fragte Tamara. »Woher willst du wissen, dass sie noch Kontakt haben?«

»Ich weiß es nicht, okay? Ich halte es trotzdem für wahrscheinlich, dass er hier früher oder später aufkreuzt, vor allem nach dem, was die Zeugin gesagt hat. Selbst wenn er nicht zu Leiser will. Wenn sich jemand mit dem RCSN auskennt, dann sind es die Jungs vom BND.«

»Und Mädels!«, verbesserte Tamara.

»Ja, stimmt«, sagte Dietrich.

»Ich weiß trotzdem nicht, ob wir unsere Zeit mit warten verschwenden sollten. Visconti kann überall sein. Vielleicht wollte er nur etwas abholen in Berlin.«

»Das glaube ich kaum«, sagte Dietrich. »Er hat im Zug mehrmals nach Leiser und dem BND gegoogelt. Inzwischen taucht die IP-Adresse seines Laptops nirgendwo mehr auf, aber ich konnte die Suchanfragen im WLAN-Netz des ICE auswerten. Der Rest erklärt sich von selbst.«

Für ein paar Minuten schwieg die Gruppe sich an.

Plötzlich rappelte sich Malte im Fond auf und deutete mit dem Finger durch die Windschutzscheibe. Auch Dietrich und Tamara hatten den Schuss durch das offene Fenster des Tesla gehört.

Dietrichs Herz setzte einen Schlag aus.

Er erkannte den Mann sofort, der ihnen, in Begleitung einer Frau, die Straße hinab entgegenrannte.

◆

Fünf Minuten zuvor

»Schwartzkopfstraße. Hier müssen wir raus«, sagte Visconti und griff nach Marias Hand. Sie war etwas blass um die Nase.

Sie verließen die U-Bahn und verharrten einen Moment auf dem Bahnsteig. Die morgendliche Rush-Hour hatte noch nicht begonnen. Noch waren nur wenige Menschen unterwegs.

»Danke, dass ich bei dir bleiben durfte«, sagte Visconti und seufzte. »Du hast mir geholfen. Es bedeutet mir viel.«

»Mir wäre es auch lieber gewesen, wir hätten uns unter anderen Umständen kennengelernt.«

»Es tut mir leid, Maria. Aber ich verspreche dir, dass wir das nachholen können.«

»Das wäre schön.«

Er sah ihr tief in die Augen. Wie gerne hätte er alles um sich herum in diesem Moment vergessen. Er sah, wie sie sich leicht vorbeugte, auf die Zehenspitzen ging und ihn auf die Wange küsste. Es fühlte sich wunderbar an, warm und weich. Es fühlte sich richtig an, unbeschreiblich, nicht definierbar als Zahl, in keine Tabelle der Welt zu pressen, von unschätzbarem, raumlosen Wert der an nichts gekoppelt war und keinem Standard entsprach.

Visconti hoffte, dass Leiser etwas mit den Daten auf der Festplatte in seiner Laptoptasche anfangen konnte und die Torturen der letzten vierundzwanzig Stunden nicht umsonst waren. Mehr konnte er nicht tun.

»Ich weiß nicht, wie es danach weitergehen wird, Maria«, sagte er.

»Ich will's rausfinden. Du tust das Richtige.«

Er holte tief Luft, als der nächste Zug einfuhr.

»Dann lass uns gehen.«

Sie mischten sich unter ein paar Frühschichtler, die die U-Bahn auf den Bahnsteig gespült hatte und strebten im Strom dem Ausgang entgegen. Kalter Wind blies durch den gefliesten Gang, sie hielten sich dicht aneinander. Die beiden fielen nicht weiter auf - sahen aus, wie nach einer langen Klubnacht. Maria, deren Makeup und Eyeliner dunkle Flecken auf ihrem Gesicht hinterlassen hatte und Visconti, der nur noch ein verknittertes Hemd mit Blutspritzern, die dreckige Anzughose und seine Santonis trug, deren feines Leder ebenfalls böse in Mitleidenschaft gezogen worden war.

Sie erreichten die Treppe und sahen den scheidenden Nachthimmel, dunkelgrau und leer.

Visconti überprüfte vorsichtshalber noch einmal den Inhalt seiner Tasche.

»Steck das ein«, sagte er und hielt Maria die übrig gebliebenen Scheine hin. Es mussten noch etwas mehr als sechstausend Euro sein.

»Was soll ich damit?«

»Nimm es. Ich weiß nicht, wie ich dir im Moment sonst danken soll.«

Sie betrachtete das Bündel abschätzig.

»Ich will dein Geld nicht. Du hast dich bedankt. Das reicht mir. Ich hab mich freiwillig dafür entschieden, dass du bleibst.«

Er erkannte, dass sie es ernst meinte. Visconti schämte sich. Maria hatte keine Dienstleistung getätigt - ihr jetzt das Geld anzubieten, musste wie eine Beleidigung auf sie wirken. Bisher hatte er fast alle Frauen, die Zeit mit ihm verbrachten, am Ende bezahlt. Er steckte das Geld wieder in die Tasche.

»Tut mir leid«, meinte er kleinlaut.

Sie nickte.

Stumm verließen sie die U-Bahn-Station. Etwa zweihundert Meter von ihnen entfernt, die Straße hinunter, erblickten sie den Komplex des BND.

Die Hälfte des Weges war überwunden, als ein Schuss die Morgenluft zerriss. Die Kugel schlug nur Zentimeter vor Visconti in die Seitenscheibe eines Autos ein, die klirrend zerbarst.

»RENN!«, schrie er und packte Maria am Arm.

Sie hörten das schnelle Aufklatschen von Schuhsohlen auf dem Asphalt. Hinter einem anderen Auto kamen die beiden Russen hervorgesprungen, Visconti erkannte die kahlen Schädel unscharf im Augenwinkel.

Die nächste Kugel traf ihn in die Schulter. Der Schmerz raste wie ein alles lähmender Blitz durch seinen Körper. Er spürte, wie sich das Hemd mit seinem warmen Blut vollsog. Die Panik pumpte Adrenalin in seine Muskeln, jetzt war es Maria, die Visconti hinter sich herzog und wie durch ein Wunder rannten seine Beine weiter.

Sie waren wie Rehe auf einem offenen Feld: leichte Beute für einen Jäger.

Plötzlich schoss jemand aus der anderen Richtung direkt an ihnen vorbei.

Viscontis Atmung ging von Sekunde zu Sekunde schneller und unrhythmischer.

Nein, so darf es nicht enden. Nicht so kurz vor dem Ziel.

Seine Glieder brannten, als würde man sie mit kochendem Wasser übergießen.

»Wir sind fast da!«, brüllte Maria.

»Die Waffe weg habe ich gesagt!«, schrie ein Mann aus seiner Deckung hinter einem schwarzen Tesla. Zwei uniformierte Polizisten waren bei ihm, ein Mann und eine Frau, deren Pistolenläufe ebenfalls nach einem Ziel suchten.

Visconti war kein gläubiger Mensch, trotzdem dachte er in diesem Moment, dass ihm der Herrgott persönlich Schutzengel gesandt hatte.

Doch die Schüsse verklangen nicht.

Der Wachmann vor dem BND feuerte jetzt ebenfalls.

Scheiben zerbarsten, Metall knirschte, Reifen platzten und ständig war die Schreckenssymphonie durchsetzt von Rufen, Geschrei und den fauchenden Kugeln, die durch die Luft zischten.

Ein Projektil schlug knapp über Viscontis Steißbein im Rücken ein. Fünf Meter vor den schweren Eisentoren des BND brach er zusammen, eine weitere Kugel erwischte ihn an der Seite und riss ein Stück Fleisch mit sich. Er spürte seine Beine nicht mehr.

Visconti wurde schwarz vor Augen.

Dumpf hörte er Marias Stimme, die mehrmals seinen Namen rief. Er wollte antworten, ihr sagen, dass er ihre Augen wundervoll fand, sie ein letztes Mal ansehen. Visconti hatte das Gefühl, sie schon seit Ewigkeiten zu kennen. Seine Gedanken verkamen langsam zu einer formlosen, sinnbefreiten Masse.

Der kalte Boden unter ihm wurde wärmer, als hätte er sich in ein frisch bezogenes Bett in einem gut gelüfteten Zimmer gelegt. Seine Arme machten eine seltsame Bewegung. Oder zog jemand an ihnen?

Visconti ließ es geschehen. Er konnte sich nicht dagegen wehren.

Hintergründig glaubte er noch, dass das Feuer eingestellt worden war.

Langsam ließ der Schmerz nach.

Fabrizio Visconti umarmte die Dunkelheit wie einen alten Freund.

Mehr konnte ich nicht tun.

ACHTUNDVIERZIG

Der Deal sah vor, dass Hildebrandt über ein gesichertes Netzwerk den Zahlungsverkehr nach Myanmar bestätigen oder blockieren konnte. Sein Laptop stand aufgeklappt auf dem Esstisch, Hildebrandt kam mit einer Tasse Kaffee in der Hand aus der Küche zurück. Die ersten Sonnenstrahlen bahnten sich ihren Weg durch die verglaste Panoramafront zur Dachterrasse der Penthouse-Wohnung und fluteten das Wohnzimmer.

Das Handy klingelte. Die Nummer war unterdrückt.

»Wir haben Visconti erwischt«, verkündete der Anrufer.

Hildebrandt stellte die Tasse ab und ließ sich in einen Stuhl fallen. Er hatte vergangene Nacht kein Auge zugetan und vom Wein mit dem Staatssekretär hatte er Sodbrennen. Immer wieder musste er an Visconti denken, an den Unfall und wo er sich gerade rumtrieb. Insgeheim hatte er gehofft, dass dieser Anruf nie bei ihm eingehen würde. Hildebrandt hatte nach wie vor kein Verständnis für Viscontis Untertauchen. Der Deal hätte sie beide steinreich gemacht und vielleicht sogar über die alten Differenzen hinweggeholfen. Andererseits ... er hatte Visconti nie als echten Freund wahrgenommen.

Und trotzdem musste er jetzt schlucken, als er erfuhr, dass die Russen seinen alten Partner zur Strecke gebracht hatten.

Er räusperte sich. »Wo haben sie ihn gefunden? Wann?«

»Vor knapp einer halben Stunde in Berlin. Ich habe Anweisung, Sie darüber zu informieren, dass sich meine Männer nicht um die Leiche kümmern konnten. Lassen Sie mich es so formulieren: Der Tatort ist etwas ungünstig.«

»Was soll das heißen?«

»Sie mussten Visconti vor dem BND Gebäude erschießen, sonst wäre er mit den Informationen dort einmarschiert. Wir konnten dieses Risiko nicht eingehen. Allerdings wird man aufgrund der besonderen Umstände Fragen stellen. Auch und vor allem Ihnen, Herr Hildebrandt. Sehen Sie es als gut gemeinte Vorwarnung unter Geschäftspartnern.«

Hildebrandt wusste nicht, was er sagen sollte. Zwangsläufig würde man den Mord an Visconti auch zu ihm zurückverfolgen. Von dort aus wäre es ein Leichtes für die Behörden, die Umstände Viscontis unglücklichen Ablebens herauszufinden. Hildebrandts Karriere stand auf dem Spiel, mehr noch: seine Freiheit.

Er versuchte, ruhig zu bleiben. »Danke für den Anruf. Sonst noch etwas?«

Doch der Mann am anderen Ende der Leitung hatte bereits aufgelegt, als sei alles nur Routine.

Unwillkürlich musste Hildebrandt an Ruben Sontheim denken. Dieser saß irgendwo in Myanmar herum und dachte vermutlich, dass alles nach Plan verlief.

Hildebrandt hatte Visconti für den Job angeheuert - es sollte ein Friedensangebot sein. Er überlegte. Sontheim war nur zweite Wahl gewesen. Er hatte keinerlei Bezug zu dem Mann, er war ein austauschbarer Angestellter, ein ehrgeiziger, aber viel zu kurzsichtiger Investmentbanker.

Sontheim ist entbehrlich.

Zwanzig Minuten später hatte Hildebrandt seinen Koffer gepackt. Zwei Anzüge, T-Shirts und ein paar Jeans. Alles andere könnte er anderswo kaufen.

Er bestellte sich ein Taxi, während er Wasser in die Badewanne einließ.

Wenn Visconti sich mit dieser Aktion rächen wollte, dann war ihm das zumindest teilweise gelungen. Es hätte alles so einfach sein können. Irgendwo auf dem Weg zum Ziel mussten Visconti Gewissensbisse gekommen sein. Ein schlechtes Gewissen zu haben, ist die größte Behinderung in unserem Job, dachte Hildebrandt.

Er kippte den Kaffee in drei großen Schlucken hinunter und starrte auf den Bildschirm seines Laptops.

Dann blockierte er sämtliche Transaktionsanweisungen, die Sontheim schon bald anfordern würde. Kein Cent würde bei ihm ankommen – kein Cent, den man zu Hildebrandt zurückverfolgen könnte.

Soll Sontheim selbst zusehen, wie er sich da rausmanövriert. Es war Hildebrandt egal. Er musste seinen eigenen Kopf aus der Schlinge ziehen, schon zum zweiten Mal innerhalb von vierundzwanzig Stunden.

Er setzte seinen Computer und sein Handy auf Werkseinstellung zurück.

Achtung!
Beim Reset gehen sämtliche gespeicherten Daten
auf diesem Gerät verloren. Trotzdem Zurücksetzen?

Er klickte auf ›JA‹.

In der Abstellkammer fand Hildebrandt einen Hammer in der Werkzeugkiste.

Er legte seine Handys, den Laptop, den W-LAN-Router und den Alexa-Lautsprecher auf ein großes Handtuch auf den Boden des Wohnzimmers. Dann begann er, mit dem Hammer wie wild auf die Geräte einzudreschen.

Wehmütig betrachtete er das dunkle Parkett aus Walnussholz, das ihn ein Vermögen gekostet hatte; als er das Handtuch mit den Überresten der Geräte hochhob, sah er die hässlichen Macken im Fußboden.

Er leerte den Inhalt des Handtuchs in die volle Badewanne, goss reichlich Chlorreiniger dazu und hoffte, dass nichts mehr davon zu retten war.

Hildebrandt griff nach Koffer und Mantel, schloss die Tür hinter sich ab und verließ die Wohnung. Er war sich nicht sicher, ob er sie jemals wieder betreten würde.

Die kalte Morgenluft beruhigte ihn etwas, als er auf die Straße trat und seinen Koffer in den Wagen einlud.

»Wo soll's denn hingehen?«, fragte der Fahrer im Taxi.

»Zum Flughafen, bitte.«

Schließlich verschwendete Hildebrandt einen letzten Blick an der Hausfassade herauf und bat den Fahrer die Nachrichten im Radio anzustellen.

NEUNUNDVIERZIG

Fernsehstudio im Zabu Thiri Sports Complex
Naypyidaw, Myanmar   11:00 Uhr Ortszeit

»Hol mir beide zurück nach St. Petersburg, Tschechow. Ich kümmere mich persönlich um die Angelegenheit, sobald ich zurück bin.«

»Wie meinen Sie das?«

»Ich denke, deutlicher muss ich nicht werden.«

»Nein ... natürlich nicht. Ich kann mich nur erneut für die Unfähigkeit von Gontscharow und Schischkin entschuldigen. Wie wirken sich die Umstände auf *BEND SINISTER* aus?«

»Gar nicht. Die Mühlen der deutschen Bürokratie arbeiten zu langsam, als dass irgendjemand noch rechtzeitig reagieren könnte, falls Visconti überhaupt belastbare Informationen bei sich hatte. Außerdem sind wir über elftausend Kilometer entfernt und haben die Tatmadaw auf unserer Seite. Niemand betritt oder verlässt dieses Land unbemerkt.«

»Mein Kompliment, Nabokov. Sehr gut durchdacht.«

»Was soll die Arschkriecherei? Mir Honig ums Maul zu schmieren, entschuldigt nicht, dass du deine Männer nicht im Griff hast. Sonst noch was?«

»Natürlich, Verzeihung. Der Downstream ist bereit. Grünes Licht aus St. Petersburg.«

»Gut. Ich will informiert werden, wie sich die Lage in Berlin weiterentwickelt.«

»Jawohl, Nabokov, wir haben alles im Blick. Viel Erfolg.«

Nabokov beendete die Verbindung, legte das Satellitentelefon beiseite und trank einen Schluck Whisky.

Der ringsum mit schwarzen Schaumstoffmatten zur Schalldämpfung ausgekleidete Raum, in dem er es sich auf einem burgunderroten Chesterfield-Sofa bequem gemacht hatte, lag im ersten Stock des Fernsehstudios.

Ähnlich wie VIP-Logen in einem Fußballstadion ragte der Raum in etwa fünf Metern Höhe als Überhang aus der Rückwand ins Innere des Fernsehstudios hinein. Hier saß die Regie vor Mischpulten, etlichen Bildschirmen und Computern und konnte das Geschehen im Studio durch eine abgedunkelte Fensterfront von oben beobachten. Dort war auch die zentrale Überwachungsanlage des gesamten Komplexes untergebracht.

Nabokov sah den Brokern über die Monitore dabei zu, wie sie unsicher in die Lobby des Gebäudes strömten. Er hatte einen Sektempfang vorbereiten lassen. Jetzt sahen sich seine Gäste zum ersten Mal. Nabokov wusste, dass jedes einzelne ihrer Briefings vorsah, strengstes Kontaktverbot zu anderen Bietern einzuhalten. Er war sich sicher, dass die der Auktion vorgeschalteten zehn Minuten in der Lobby die Konkurrenz unter den Brokern noch um ein Vielfaches steigern würde. Er konnte die Anspannung förmlich spüren. Es war, als steckte man eine Horde Raubtiere in ein viel zu enges Gehege mit viel zu wenig Futter.

Er lehnte sich im Sofa zurück und freute sich auf die fragenden, irritierten, vielleicht sogar angsterfüllten oder schockierten Gesichter der Broker, wenn sie zum ersten Mal das Studio betreten würden. Wessen Fassade würde wohl zuerst bröckeln?

Er lauschte dem leisen Gemurmel der Techniker, die die letzten Vorbereitungen an den Mischpulten trafen.

Nabokov hatte lange auf diesen Moment gewartet. Ein Techniker zeigte Nabokov den Daumen nach oben.

Jetzt wird es Zeit, die Ernte einzufahren.

♦

Die Stimmung im Foyer hatte eine eigenartige Dynamik. Man versuchte Blickkontakt zu vermeiden, anderen aus dem Weg zu gehen. Nur wenige führten leise, oberflächliche Gespräche. Ihr Flüstern plätscherte wie ein dünner Gebirgsbach durch den hohen Saal.

Die Sonne schien durch ein flaches Glasdach in der Decke auf einige futuristisch anmutende Loungemöbel in knalligen Farben, einen langgezogenen Marmortresen, hinter dem sich Spirituosen und Wein in hohen Regalen türmten und auf den hellen Steinboden. Palmen und Farnbeete bildeten kleine Oasen, asymmetrisch im Raum verteilt, es roch etwas künstlich nach Zitronengras und Orangen. An einer geschwungenen Säule, die sich wie ein krummer Baumstamm bis unter die Decke zog, floss Wasser hinab. Es mündete in einem blau beleuchteten Becken neben der Bar und zog sich von dort aus als schmaler Bach unter Glaspaneelen durch den Saal.

Kellnerinnen in schwarzen Schürzen und weißer Bluse liefen mit Tabletts und Champagner umher. Fünfundzwanzig Männer und Frauen, krawattiert mit Anzug, oder adrett in Kostüm und Heels, standen in respektvollem Abstand im Saal verteilt und wussten nicht recht, was sie tun sollten. Die Stimmung hatte etwas von einer Konferenz, bei der nur Menschen anwesend waren, die es unbedingt sein mussten. Über einen Lautsprecher lief ruhige Jazzmusik.

Unter anderen Umständen hätte Ruben Sontheim ein Foto von der designtechnisch spannenden Lobby gemacht, doch erstens hatte er sein Handy abgeben müssen und zweitens anderes im Sinn.

Er erblickte sie etwas abseits. Sie hatte den Kopf in den Nacken gelegt und folgte mit den Augen der der Schwerkraft trotzenden Architektur der geschwungenen Säule. Sie war es tatsächlich. Entschlossen steuerte Sontheim auf Florence King zu, ohne zu wissen, was er zu ihr sagen sollte.

»Du siehst genauso aus wie früher. Lass mich raten. Dior?«, begann er das Gespräch und versuchte sich daran zu erinnern, was Florence neben ihrer Vorliebe für Dior sonst noch ausmachte.

»Und da sag nochmal einer, es gibt keine Zufälle. Hallo Ruben.«

»Florence.«

Ein bisschen zugelegt hatte sie, stand ihr aber nicht schlecht, im Gegenteil. Er fragte sich, ob sie sich die Brüste hatte machen lassen.

»Bist du immer noch bei DarkStone?«, fragte sie.

»Nein, ich mache hier Urlaub.«

Der Witz kam nicht an. Florence zuckte die Schultern. Der Ausdruck in ihrem Gesicht war nichtssagend, vielleicht etwas desinteressiert.

»Wie ist es dir in der Zwischenzeit ergangen, Florence?«

»Gut.«

»Wie gefällt dir London? Wie sind die Leute drauf?«

»Gut. Ganz nett.«

»Stimmt was nicht?«

Sie zog die Stirn kraus und trank den Rest Champagner aus ihrem Glas. »Ich glaube es ist keine gute Idee, dass wir uns unterhalten.«

»Warum nicht? Die anderen tun es doch auch. Ich wette, der Verkäufer will es sogar so.«

»Wie kommst du darauf?«

»Man holt uns getrennt ab. Keiner darf sich bei der Ankunft sehen, nicht einmal einen Drink an der Bar darf man sich gönnen und die ganze Nacht muss man im Zimmer bleiben. Dann heute Vormittag das Theater bei der Abfahrt. Und jetzt, so kurz vor der Auktion lässt man uns aufeinander los. Du kennst doch diese Spielchen. Du siehst dir die Konkurrenz an. Wirst nervös, fragst dich, ob du deinen Auftrag erfüllen kannst, legst dir Strategien zurecht. Bevor die große Schau beginnt, treibt er so den Preis in die Höhe. Gar nicht dumm.«

»Weißt du eigentlich, wer *Er* überhaupt ist?«

Er zuckte die Schultern. »Ich glaube nicht, dass ich andere Informationen habe als du.«

»Und welche Informationen hast du?«

»Russischer Netzwerkbetreiber. Euphemistisch ausgedrückt.«

»Euphemistisch?«

»Naja, Netzwerkbetreiber. Klingt harmloser, als es ist. Finde ich zumindest. Kann ja alles heißen. Sehr dehnbarer Begriff.«

»Mehr weißt du nicht?«

»Mehr muss ich nicht wissen. Oder siehst du das anders?«

»Nö. Ich frag nur.«

Sontheim lächelte. »Jetzt unterhalten wir uns ja doch.«

Sie seufzte. »Was willst du von mir?«

»Ja nix, was soll ich schon groß wollen. Auf ein Wort halt, der alten Zeiten wegen.«

»Welche alten Zeiten?«

»Jetzt tu doch nicht so, Florence. Du kannst nicht behaupten, dass du nicht auch deinen Spaß hattest.«

»Kann ich sehr wohl.«

»Ach jetzt komm. Hat dir das damals gar nichts bedeutet?«

»Dir etwa? Hör mal, ich hab keine Ahnung warum du jetzt mit dem Thema um die Ecke kommst. Wir sind beide sturzbetrunken nach der Weihnachtsfeier in der Kiste gelandet und waren ein paar Mal essen. Sowas passiert. Wir hatten beide unsere Prioritäten. Belassen wir's dabei.«

Was zur Hölle hat dieses Weib an sich, dass mich so scharf macht, verdammt noch mal.

Sontheim spürte Wut in sich aufsteigen. Er konnte nicht leugnen, dass er sich ernsthaft freute, sie zu sehen. Und jetzt erteilte sie ihm eine derart flapsige Abfuhr. Er hatte sie bestimmt viermal in die besten Restaurants ausgeführt und jedes Mal die Rechnung beglichen, das wollte was heißen, wenn man es in Frankfurt krachen ließ, zum Donnerwetter! Aber da war kein Funken Dankbarkeit, nicht mal ein Lächeln. Nur eine kalte Schulter unter dem dunkelblauen Stoff den er ihr so gern vom Leib reißen wollte. Florence schien wirklich nichts an ihm gelegen zu haben.

Sontheim fiel auf, dass Florence noch immer eine Art Sonderrolle gegenüber allen anderen Frauen in seinem Leben spielte, warum auch immer. Jetzt war nicht der Zeitpunkt, der Frage auf den Grund zu gehen.

»Wie geht's denn danach für dich weiter?«, fragte er.

»Wonach?«

»Nach der Auktion. Was sind deine Pläne?«

»Zurück nach London. Was sonst?«

»Aha. Für mich ist der Zirkus hier das Ticket in den Ruhestand. Aber vielleicht habe ich besser verhandelt als du.«

Sie lachte. Es klang abfällig. »Genieß deine Rente«, sagte sie und ließ ihn stehen.

Diverse Beschimpfungen schossen ihm durch den Kopf, Beschimpfungen, die sie lächelnd und stöhnend über sich ergehen ließ, die kleine Schlampe, während er sie von hinten ...

Reiß dich zusammen! Die ist nix wert. Du brauchst sie nicht. Schlampe.

Er schlenderte durch den Saal und nahm sich ein Glas Champagner von einem Tablett. Florence wirkte enorm entspannt, oder sie wusste die Nervosität verdammt gut zu überspielen. Sontheim ging es anders. Er fühlte sich unwohl. Hatte sie andere Informationen als er? Wusste sie mehr als er? Er durfte sich von ihrer Anwesenheit nicht aus dem Konzept bringen lassen. Sein Auftrag hatte Priorität.

Beim Abflug in Frankfurt hatte er sich besser gefühlt und den bevorstehenden Tagen mit Vorfreude entgegengeblickt. Die Bezahlung war astrein, der Deal war ein Geschäft, dass ihm Prestige und Ansehen verschaffen würde, mindestens in den Reihen des Vorstands. Doch jetzt fühlte sich Sontheim klein und bedeutungslos. Die Logistik hinter der Auktion war einschüchternd, perfekt inszeniert und das beunruhigte ihn. Er war kein Mensch, der sich gerne beunruhigen ließ.

Die ganze Situation war absolutes Neuland für ihn – es gab keine Chance, während eines Smalltalks vor dem Deal eine entspannende Atmosphäre der Freundlichkeit und Freundschaftlichkeit zu simulieren. Normalerweise unterhielt er sich mit Geschäftspartnern über Autos, Uhren, oder Frauen, bevor es ans Eingemachte ging. Der mysteriöse Verkäufer schien kein Interesse an derartigen Unterhaltungen zu haben, nicht einmal daran, sich persönlich vorzustellen.

Wer bei solchen Summen im Hintergrund bleibt, hat was zu verbergen, dachte Sontheim.

Er wusste, dass sein Tagesgeschäft nicht selten von zwielichtigen Gestalten abhängig war, die die ein oder andere Leiche in ihren Kellern versteckten. Nichtsdestotrotz waren es greifbare Menschen mit Namen und Gesicht, Konstrukte aus Fleisch und Blut, mit denen man interagieren konnte.

Das *Syndikat* war nur eine weitere Variable ohne Aussagekraft und Sontheim fragte sich, wieso sich Hildebrandt in Personalunion des Vorstands auf das Geschäft eingelassen hatte. Er hätte seinen Vorgesetzten in diesem Moment gern dabeigehabt und in Frage gestellt, ob sie nicht besser vom Deal zurücktreten sollten, Rendite hin oder her. Man hätte ihn wohl einfach ausgelacht – DarkStone war schließlich kein dahergelaufenes Wald-und-Wiesen-Family-Office, zum Donnerwetter, DarkStone verwaltete fast zehn Billionen Dollar Kapital, und Sontheim war drauf und dran den Schwanz einzuziehen.

Sei kein Schwachmat. Heute Abend sitzt du in einem Jet nach Hause.

Die letzten vierundzwanzig Stunden hatten kräftig an Sontheims Selbstvertrauen genagt. Er hatte nicht geglaubt, dass er das Geschäft jemals hinterfragen würde, schon gar nicht, wenn der versprochene Bonus im Stande war, ihm endlich Freiheit zu schenken. Und doch spürte er in diesem Augenblick, dass er nicht hier sein sollte. Es war schlichtweg falsch und zu gefährlich. Ihm wurde klar, warum der Vorstand nicht persönlich hier war, um der Auktion beizuwohnen.

Ich bin das Bauernopfer in der Schachpartie. Wichtig fürs große Ganze, entbehrlich um den König zu retten. Die Diskrepanz zwischen seiner opportunistischen Lebenseinstellung und dem plötzlich laut werdenden, schlechten Gewissen quälte ihn. Er bekam es mit der Angst zu tun.

Durchatmen. Souveränität beweisen. Alles wird gut.

Sontheim gesellte sich zu zwei Männern, die in ein Gespräch vertieft waren. Als sie ihn bemerkten, verstummten sie sofort.

Er streckte seine Hand aus und lächelte. »Ruben Sontheim from Germany. And you?«

Sie sahen ihn verständnislos an und erwiderten den Gruß nicht.

»None of your business«, sagte der Größere von ihnen, ein hagerer Mann mit Brille und grauer Kurzhaarfrisur. Er hatte einen leicht russischen Akzent.

»Just trying to network a little. Which company do you work for?«

»Respectfully, fuck off.«

Sontheim schluckte, machte kehrt und nahm in einem gelben Sessel Platz. Er beobachtete die Männer, die ihr Gespräch fortgesetzt hatten. Irgendwie wirken diese Typen ziemlich vertraut miteinander, dachte er und leerte das zweite Glas.

Er wollte schon die Hand heben, eine Bedienung um ein weiteres Glas zu bitten, als Rebecca Stirling durch eine Doppeltür das Foyer betrat.

»Ladies and Gentlemen«, rief sie, ließ ihren Blick schweifen und stellte sicher, dass sie jeder hören konnte. »Wir werden in Kürze mit der Auktion beginnen. Ich rufe Sie nun in alphabetischer Reihenfolge auf, anschließend begeben Sie sich bitte nacheinander in den Verkaufsraum durch die Tür hinter mir. Dort wird man Ihnen Ihren Platz zuweisen. Folgen Sie bitte den Anweisungen unseres Personals.«

Sie wartete einen Augenblick ab und vergewisserte sich, dass sie jeder verstanden hatte.

»Bugajew, Daniil«, las sie laut vor.

Na, sieh mal einer an, so heißt du also, dachte Sontheim, als er sah, dass der hagere Mann von eben sich in Richtung der Doppeltür bewegte.

Der andere hieß Cedric Fergusson. Sontheim beschloss, sich die Namen zu merken. Sein eigener Name wurde als vorletzter aufgerufen.

Er ging an Stirling vorbei, lief ein paar Schritte durch einen breiten Gang und gelangte in eine Art Vorraum eines Fernsehstudios. Die Luft war warm und abgestanden, wie in einem Rechenzentrum. Es roch leicht nach Gummi, was von den unzähligen Kabeln am Boden kommen musste. Große Scheinwerfer unter der Decke produzierten ein kaltweißes, grelles Licht, er sah die Befestigungen an der Decke, aber nicht den Rest des Raumes, der hinter einem schwarzen Moltonvorhang lag – dicker Baumwollstoff, der verwendet wird, um Bühnen oder Studios räumlich aufzuteilen. Erst jetzt fiel Sontheim auf, dass das Studio eine Art Rotunde war – die Seitenwände waren gewölbt wie die Fassade einer Arena.

Er folgte einem Asiaten mit Headset, dieser hielt ihm den Vorhang zur Seite.

Bei dem Anblick, der sich ihm bot, stockte Sontheim der Atem.

Im Zentrum des Raumes war eine kreisrunde Bühne aufgebaut, etwa einen Meter hoch. Über ein kleines Treppchen gelangte man nach oben. Der Boden war mit glänzenden, schwarzen Platten ausgelegt, wie Sontheim es von Samstagabendshows im Fernsehen kannte. Wie im Plenarsaal des deutschen Bundestages saßen die anderen Broker im Halbkreis um die Bühnenmitte. Das, was

Sontheim aber sprachlos machte, war die Tatsache, dass sie einzeln in durchsichtigen Kästen aus Plexiglas saßen. Zwei der etwa zwei Meter breiten und zwei Meter hohen Aquarien waren noch frei. Der Asiate führte Sontheim zu einem der beiden und hielt ihm die Tür auf, die ebenfalls aus Plexiglas gearbeitet und an den Kanten mit Dichtungsgummis ausgestattet war. Im Kasten selbst stand ein einfacher, ungepolsterter Stuhl der zur Bühnenmitte zeigte, davor stand ein kleiner Metalltisch, in dem ein großes Tablet eingebaut war. Zögernd betrat Sontheim den Kubus und musste augenblicklich den Knoten seiner Krawatte lockern. Er bekam kaum Luft. Der Asiate schloss die Tür und Sontheim hörte ein Zischen, als hätte man die Zelle hermetisch abgeriegelt.

Er sah sich um. Florence saß ihm schräg gegenüber und starrte geradeaus. Dabei fiel ihm auf, dass neben jedem der Kästen eine Art Mini-Server stand, in dem je fünf blinkende Objekte steckten, die aussahen wie Festplattenmodule.

Das Konzept leuchtete Sontheim ein: auf diese Weise konnte keiner versuchen, mit den Daten zu verschwinden, bevor nicht bezahlt wurde. Er fühlte sich grässlich. Beim Gedanken daran, dass er eingeschlossen in diesem Kasten saß, wurde ihm übel.

Er sah nach oben und entdeckte Belüftungsschlitze aus Metall an der Decke der Zelle. Von dem rechteckigen Einsatz führte ein schwarzer Schlauch bis unter die Studiodecke, wo er in einer Wand verschwand.

Tun alle nur so entspannt, oder geht es denen wie mir, fragte sich Sontheim. Er wünschte sich nichts lieber, als schnellstmöglich nach Hause zu verschwinden. Das war keine Situation mehr, über den der Gedanke an einen noch so fetten Bonus hinweghelfen konnte. Auch der letzte Broker hatte seinen Kasten betreten. Es vergingen etwa zwei Minuten, dann wurde es stockdunkel. Plötzlich hörte Sontheim Musik.

In ohrenbetäubender Lautstärke dröhnte Antonín Dvořáks neunte Symphonie - die Symphonie der neuen Welt, wie sie auch genannt wurde, aus den Lautsprechern. Das Licht pulsierte im Rhythmus, wie beim Beginn eines Konzertes. Schließlich wurde es erneut dunkel und einen Augenblick später erhellte ein einziger, weißer Lichtkegel die Mitte der Bühne, wo ein Mann aus dem nichts aufgetaucht zu sein schien. Er trug einen schwarzen Smoking mit Fliege, Lackschuhe, und sah lächelnd in die Runde.

Sontheim glaubte, im falschen Film gelandet zu sein. Das wirkte alles eher wie eine Benefizgala für Superreiche, bei der Spenden für krebskranke Kinder gesammelt werden sollten, nicht wie eine ernsthafte Auktion.

Dann verebbte die Musik.

»Meine sehr verehrten Damen und Herren, Ladies and Gentlemen«, begann der Moderator und breitete die Arme aus. »Mein Name ist Jim Stern und ich habe die Ehre, Sie heute durch unser Programm zu führen. Sie alle werden Zeuge des Beginns eines völlig neuen Zeitalters der digitalen Transformation.«

Digitale Transformation? Geklaute Daten, die wir weiterverkaufen, dachte Sontheim irritiert. Was sollte der Zirkus? Warum trägt er so dick auf?

Sontheim hatte einen Deal abzuschließen, sein einziger Weg raus aus diesem engen Kasten. Andererseits könnte das alles Strategie des mysteriösen Verkäufers sein. Die Showeinlage irritierte - in Kombination mit der Tatsache, dass man sie in Glaskästen eingesperrt hatte, wirkte das Ganze auf groteske Art und Weise noch einschüchternder, als es sowieso schon war.

Jim Stern fuhr fort: »Seit es Menschen gibt, gibt es Kommunikation zwischen ihnen. Sie ist die Grundlage unseres Fortbestehens und des Zusammenlebens von Gesellschaften. Das Internet hat dieses Fundament rasant auf ein völlig neues Level gehoben. Über sechzig Prozent der Weltbevölkerung sind zu jeder Tages- und Nachtzeit erreichbar, jeden Tag werden es mehr. Wir haben die Grenzen der Ozeane und Gebirge überwunden. In den frühen Tagen unserer Erde schwamm ein einziger Superkontinent auf ihrer Oberfläche: Pangäa. Als dieser auseinanderbrach, formte sich das heute allseits bekannte Bild der Kontinente und Weltmeere. Es lag schon immer in unserer Natur, das Unbekannte entdecken zu wollen, Licht ins Dunkel zu bringen, sich fortzupflanzen und damit das Fortbestehen unserer Spezies zu gewährleisten. Wir erfanden Schiffe, das Telefon, Flugzeuge und schließlich das Internet. Der einst zerbrochene Superkontinent hat sich durch den Menschen und seine Innovationen wieder zusammengefügt. Sie haben heute die Chance, den Weg in diese neue Welt mitzugestalten. Wir bieten Ihnen alle Informationen, die Sie dafür brauchen. Sie werden zu den Pionieren neuer Weltordnungen. Am Tisch vor Ihnen finden Sie das Werkzeug, dass Sie dafür brauchen. Bitte geben Sie jetzt Ihre Zugangscodes ein, die Sie im Rahmen Ihres Briefings erhalten haben.«

Das Tablet vor Sontheim leuchtete auf. Die Kombination hatte er auswendig gelernt. Er tippte sie ein, dann wurde der Bildschirm weiß. An den Kästen der anderen Broker leuchtete außen nach und nach ein grünes Licht auf.

»Vielen Dank. Mit einem Klick auf das kleine Symbol unten rechts im Bild können Sie sich den Katalog ansehen. Zur Auktion stehen insgesamt zwanzig Datenpakete, das Startgebot beginnt immer bei einhundert Millionen Dollar. Erhalten Sie den Zuschlag, wird das Paket sofort auf die Festplatten neben ihrer Kabine übertragen. Bitte geben Sie jetzt ein individuelles Passwort ein und bestätigen Sie es, um die Speichereinheiten zu personalisieren und zu schützen. Danach haben nur noch Sie Zugriff darauf, merken Sie sich den Code also gut - jeder unautorisierte Versuch, die Festplatte zu entschlüsseln, führt zur automatischen Löschung der Daten.«

Sontheim wusste nicht recht, welches Passwort er wählen sollte. Er entschied sich für den Geburtstag seiner Mutter und das Kennzeichen seines Porsches.

Wieder leuchteten nach und nach die grünen Lämpchen auf.

»Bevor wir beginnen, müssen wir zu guter Letzt sicherstellen, dass jeder von Ihnen auf das verschlüsselte Konto seines Auftraggebers zugreifen kann, um die Zahlungen für erworbene Pakete zu leisten. Bitte geben Sie dafür jetzt Ihre individuellen Zugangsdaten ein, die Sie im Rahmen Ihres Briefings erhalten haben.«

Sontheim tippte den Code ein, den Hildebrandt ihm gegeben hatte. Erneut leuchteten nach und nach die grünen Lämpchen an den Kabinen auf. Alle, außer an der von Sontheim.

Das Tablet zeigte eine Fehlermeldung.

Account offline

Hatte er sich vertippt? Was war da los? Sontheim trieben Schweißperlen auf die Stirn.

Stern fasste sich ans Ohr. Dann sagte er: »Wie es scheint, wird uns bereits jetzt ein Vertreter wieder verlassen müssen. Mr. Sontheim, bedauerlicherweise wurde das Konto ihres Auftraggebers geschlossen und der Zugriff verweigert.«

»Das kann nicht sein! Da muss ein Fehler vorliegen! Vielleicht habe ich mich vertippt!«, brüllte Sontheim, doch er merkte, dass man ihn nicht hören konnte. Die anderen Broker glotzten ihn neugierig an.

»Wir wünschen Ihnen alles Gute, Mr. Sontheim.«

Sontheim hörte ein metallischen Klicken und sah nach oben. Die Schlitze des Belüftungspaneels hatten sich geschlossen. Panik stieg in ihm auf. Er hämmerte gegen die Tür, doch die bewegte sich keinen Zentimeter.

»Das ist eine gute Überleitung zu unserem organisatorischen Reglement«, erklärte Stern ruhig. »Paragraf 14 Ihres Vertrages sieht vor, dass Sie bei Zahlungsunfähigkeit oder Regelverletzung sofort von der Auktion ausgeschlossen werden.«

Die Broker sahen sich unruhig in Ihren Kabinen um.

»Sie müssen sich keine Gedanken machen. O-Ethyl-S-2-diisopropylamino-ethylmethylphosphonothiolat, oder kurz VX, ist ein hocheffizientes Nervengift, dass innerhalb kürzester Zeit zum Tod führt. Sie können sich also alle denken, dass Sie gut beraten sind, die Vereinbarungen Ihres Vertrags einzuhalten.«

Sontheim versuchte mit dem Fuß die Tür zu zerstören. Das Plexiglas hielt stand. Die Übelkeit verschlimmerte sich. Er schleuderte den Stuhl gegen die Tür, wischte sich den Schweiß von der Stirn. Speichel rann ihm aus dem Mund, mehr und mehr, zu viel, um alles zu schlucken. Seine Pupillen verengten sich, er konnte seine Umgebung kaum noch klar erkennen. Er suchte den Raum nach Florence ab, doch die hatte ihren Blick abgewandt. Er hätte gerne noch einmal ihr Gesicht gesehen – in diesem Moment wurde ihm klar, dass Florence die einzige Frau war, in die er jemals wirklich verliebt gewesen war.

Unsichtbare Hände umschlossen seinen Hals und schnürten ihm die Luft ab, als müsste er durch einen einzigen, dünnen Strohhalm atmen. Er wollte schreien, doch kein Ton löste sich von seinen Stimmbändern. Die Muskeln in seinen Beinen begannen so stark zu zittern, dass er nicht mehr stehen konnte, sein Arm verkrampfte sich, ihm schossen Tränen in die Augen.

Dann wurde es schwarz und Ruben Sontheim nahm einen letzten, gequälten Atemzug.

◆

Blyat, die machen echt ernst, dachte Bugajew. Spätestens jetzt war es an der Zeit, Verstärkung zu rufen. Der Einfluss der CIA und des GRU reichte weit, extrem weit, doch im Augenblick kamen sie Bugajew so mächtig vor, wie eine winzige Bürgerinitiative, die verhindern wollte, dass Windräder in ihrer Nachbarschaft aufgestellt wurden. David gegen Goliath. Doch diesmal sah alles nach einem Sieg für Goliath aus.

Offenbar hatte das RCSN mit derartigen Zwischenfällen gerechnet, denn Jim Stern schwadronierte weiter leidenschaftlich und großspurig vor sich hin, als sei nichts geschehen. Warum hatte Sontheim nicht auf das Geld zugreifen können? Es musste ein Indiz dafür sein, dass die erste Investmentgesellschaft eingeknickt war, doch den Grund dafür konnte Bugajew nicht ausmachen. Gab es Probleme vor Ort? Versuchte man jetzt bereits Spuren zu beseitigen? War jemand Sontheims Unternehmen auf die Schliche gekommen? Die Geschäfte eines so großen Konzerns wie DarkStone zu verstehen, dauerte Ewigkeiten. Es konnte Jahre dauern, bis Gesetzesverstöße ans Licht kamen, selbst wenn Kontrollinstanzen sich sicher waren, dass etwas nicht stimmte und man schnell arbeitete. Die Abläufe waren zu undurchsichtig und zu komplex. Brisant und erfolgsversprechend wurde es meist nur, wenn der eine entscheidende Tipp von innen kam. Doch das waren alles nur wilde Theorien. Es konnte hundert andere Erklärungen für Sontheims Ableben geben und keine einzige davon half Bugajew im Moment weiter.

Das Syndikat hatte den Brokern eine klare Botschaft gesendet: Legt euch nicht mit uns an. Inzwischen ging es nicht mehr nur um die Abwicklung eines schmutzigen Geschäfts - Paragraf 14 hieß nichts anderes, als dass jeder von ihnen mit seinem Leben haftete.

Es gab weder für Bugajew noch für Fergusson die Möglichkeit, Verstärkung zu rufen. Der Auftrag sah vor, dass Fergusson und Bugajew die Auktion als Broker getarnt infiltrierten. In Gedanken setzte Bugajew einen Haken hinter diesen Punkt. Der Kontakt aus den Reihen des RCSN hatte ihnen zwar von der Auktion berichten können, doch der CIA und dem GRU war schnell klar geworden, dass sie das Syndikat in Myanmar nicht würden zerschlagen können.

Den Umstand bedingten mehrere Faktoren, an vorderster Front das birmanisch-chinesische Militärbündnis. Seit 1989 pflegen die Nachbarländer enge, strategische und kommerzielle Beziehungen. Mehr als siebentausend birmanische Mädchen und Frauen wurden in den vergangenen Jahren als Sexsklavinnen nach China verschleppt - wo sie auf den florierenden *Brautmärkten* wie Ware gehandelt und verkauft wurden. Die Volksrepublik China liefert Fighter-Jets, gepanzerte Fahrzeuge sowie militärisches Gerät für den Einsatz auf See, darunter modernste Schnellboote, Katamarane, die mittels Radar nicht zu orten sind und lange Strecken bewältigen können. Im Gegenzug betreibt China diverse Stützpunkte in birmanischen Häfen, was der Volksrepublik erhebliche strategische Vorteile in der Region des Golf von Bengalen und des indischen Ozeans sichert. Ein Militärschlag Russlands oder der USA wäre demnach gleichbedeutend mit einem Angriff gegen die Volksrepublik China - nicht einmal ansatzweise eine denkbare Option. Die Beziehungen Myanmars zu China - als verhältnismäßig winziges, weltpolitisch unbedeutendes Land ohne großes Rohstoffaufkommen, erschweren die Versuche humanitärer Organisationen, gegen die Menschenrechtsverletzungen in der Region vorzugehen. Von der UN verhängte Sanktionen gegen Myanmar und das Militär zeigen kaum Wirkung.

Ein weiterer Faktor, der Bugajews und Fergussons Lage erschwerte, war, dass die amerikanische Botschaft in Yangon unter strengster Beobachtung der Tatmadaw stand. Seit durch das deutsche Nachrichtenmagazin DER SPIEGEL im Jahr 2010 Dokumente öffentlich wurden, die bewiesen, dass die Botschaft eine elektronische Überwachungseinheit der CIA und NSA beherbergte, erlitten die ohnehin bereits brüchigen amerikanisch-birmanischen Beziehungen einen weiteren Rückschlag.

Kurzum: Daniil Bugajew und Cedric Fergusson waren auf sich allein gestellt, ohne Aussicht auf Hilfe von außen.

In anderen Worten: Sie waren schon jetzt gescheitert.

Das RCSN war auf dem besten Weg, zu einer der einflussreichsten und finanziell stärksten Terrororganisationen der Welt aufzusteigen.

Jim Stern kam derweil zum Ende seiner Vorrede: »Nachdem wir den organisatorischen Teil unserer Veranstaltung nun abgehandelt haben, möchte ich Sie nicht weiter auf die Folter spannen. Wir beginnen mit der Versteigerung des ersten Pakets.«

FÜNFZIG

Internationaler Flughafen FRA
Frankfurt am Main, Deutschland   08:00 Uhr Ortszeit

»Den nächsten nach Singapur, bitte.«

»Augenblick. Mal sehen. Hier. Da müssen Sie sich aber beeilen. In einer halben Stunde ist Boarding«, erklärte die Dame am Schalter.

Christoph Hildebrandt sah auf seine Armbanduhr. »Nehm ich.«

»Ich habe noch einen Platz in der Business und zwei in der First Class. Singapore Airlines.«

»Business.«

»Gut. Ihren Ausweis, bitte.«

Nervös tippelte Hildebrandt mit dem rechten Fuß. Warum musterte die Frau ihn so eindringlich? Erneut nahm sie seinen Ausweis in Augenschein.

»Stimmt was nicht?«, erkundigte er sich.

»Nein, nein, alles okay. Der Computer ist heute nur etwas langsam.«

»Gute Frau, Sie haben selbst gesagt, dass ich mich beeilen muss. Wird das heute noch was?«

»Ich kann die Buchung noch nicht abschließen. Aber ich sehe schon mal den Preis.«

»Der wäre?«

»4468 Euro und sechsundsiebzig Cent.«

»Mit Karte.«

»Geht noch nicht, tut mir leid. Augenblick noch, es funktioniert bestimmt gleich. Tut mir wirklich leid, Herr Hildebrandt. Sammeln sie Meilen?«

»Ja, Herrgott, das ist eine Senator Card«, sagte Hildebrandt und pfefferte seine goldene Lufthansa-Vielflieger-Miles-and-More-Kreditkarte auf den Tresen.

»Kommen Sie, ich hab's echt eilig.«

»Das glaube ich Ihnen ja, Herr Hildebrandt. Ich bin wirklich untröstlich.«

Er legte den Kopf in den Nacken und holte tief Luft.

»Herr Hildebrandt?«, hörte er eine Männerstimme hinter sich. Er fuhr herum.

Ein breitschultriger, blonder Mann mit jungenhaftem Gesicht und Abzeichen der Flughafenpolizei auf seinem dunkelblauen Strickpullover hatte sich in Begleitung zwei weiterer Polizisten vor Hildebrandt aufgebaut. Die Dame am Schalter reichte ihnen Hildebrandts Personalausweis und die Kreditkarte.

»Kommen Sie bitte mit.«

Sein Herz setzte einen Schlag aus. Er hätte schon nach dem Anruf des Kommissars vergangene Nacht verschwinden sollen.

Zu spät.

»Ich gehe nirgendwohin. Ich will meinen Anwalt sprechen«, erwiderte er trotzig und verschränkte die Arme vor der Brust.

»Wozu brauchen Sie den? Wir möchten uns nur kurz unterhalten.«

»Das geht Sie gar nichts an. Ich muss meinen Flieger erwischen.«

»Ersparen Sie sich bitte die Peinlichkeit, sich in Handschellen durch die Abflughalle führen zu lassen. Wir haben nur ein paar Fragen.«

»Dann fragen Sie. Ich *muss* meinen Flug erwischen.«

»Sie wiederholen sich. Also? Muss ich meine Kollegen bitten, Sie festnehmen zu lassen?«

Es hatte keinen Zweck. Hildebrandt wusste, dass er sich seinen Plan in die Haare schmieren konnte.

»Ich will meinen Anwalt sprechen!«

»Ja, das sagten Sie bereits. Darum kümmern wir uns gleich. Wir – «

»Was ist denn überhaupt los? Sie haben kein Recht, mich festzuhalten! Ich habe einen wichtigen Geschäftstermin!«, unterbrach Hildebrandt.

»Sie kennen Fabrizio Visconti, richtig?«

»Ja, na und?«

»Herr Visconti wurde ermordet.«

»Das – « Hildebrandt bremste sich. Er wollte sagen, dass er schon längst von Viscontis Ableben wusste. »Das … ist schrecklich! Aber was hat das mit mir zu tun?«

Der Blonde grunzte lautstark. »So, mir reicht's. Festnehmen.«

»Hallo, geht's noch?! Das dürfen Sie nicht! Ich will meinen Anwalt sprechen! Das tut weh!«, rief Hildebrandt während einer der Männer ihm grob die Arme auf den Rücken drehte und die Handschellen anlegte.

Sie brachten ihn durch mehrere Doppeltüren und lange Gänge, vorbei an Büros und Serviceräumen in einen abgesicherten Bereich, der aussah wie eine Polizeistation. Man setzte ihn unsanft auf einen Aluminiumstuhl in einem kleinen quadratischen Raum. Hildebrandt konnte sein Gesicht in einem Einwegspiegel sehen. Er war blass und fühlte sich ausgelaugt. Sein Herz pumpte auf Hochtouren. Hildebrandt hatte das Gefühl zu ersticken.

Nach zwanzig Minuten kam der blonde Polizist zurück. Er hatte ein Laptop bei sich. Wortlos stellte er es ab und öffnete ein Meetingfenster. Hildebrandt sah einen kurzhaarigen Mann, der in einem Auto saß und sich per Handy dazu geschaltet hatte. Seine Stimme erkannte Hildebrandt sofort.

»Moinsen, Herr Hildebrandt. Wir hatten ja bereits das Vergnügen«, sagte Polizeioberkommissar Wolfgang Dietrich.

Hildebrandt lehnte sich zurück und starrte mit abfälligem Gesichtsausdruck in die Webcam. »Vergnügen würde ich das nicht nennen.«

»An Ihrer Stelle wäre ich nicht so frech. Wo wollten Sie denn so kurzfristig hin? Ich dachte, ich kann mich bei Rückfragen an Sie wenden?«

»Ich habe einen Geschäftstermin in Singapur. Dank Ihnen werde ich mich verspäten.«

»So, so. Und mit wem treffen Sie sich in Singapur?«

»Das geht Sie nichts an. Überhaupt bin ich Ihnen keine Rechenschaft schuldig. Es ist eine Unverschämtheit mich grundlos festzusetzen! Ich kenne meine Rechte.«

»Sie haben inzwischen erfahren, dass Fabrizio Visconti ermordet wurde?«

»Ja, Herrgott, hab' ich. Aber ich habe nichts damit zu tun. Was wollen Sie von mir?«

»Bis nicht geklärt ist, welche Rolle Sie in diesem Spiel spielen, Herr Hildebrandt, verbleiben Sie bei den Kollegen in Frankfurt. Wir haben Grund zur Annahme, dass Sie am Komplott gegen Visconti beteiligt sind.«

»Ich weiß nichts von irgendeinem Komplott! Das ist absurd! Komplott! Was soll das überhaupt heißen?! Ich will jetzt endlich meinen Anwalt sprechen!«

»Aber warum denn?«, fragte Dietrich ruhig. »Sie behaupten doch, dass Sie nichts mit der Sache zu tun haben. Wenn dem so ist, haben wir Ihre Unschuld ganz schnell bewiesen, das dürfen Sie mir glauben.«

»Ich werde Sie anzeigen, Sie und Ihren ganzen Verein. Was sie hier veranstalten ist unerhört!«

Dietrich wartete einen Moment ab.

»Jetzt hören Sie mir mal zu, Sie aufgeblasenes Arschloch. Verklagen Sie die ganze Bundesrepublik, wenn Sie wollen. Scheißen Sie uns mit Staranwälten zu. Spucken Sie uns ins Gesicht, gehen Sie in Hungerstreik, ficken Sie sich ins Knie. Ich habe Ihren Terminkalender überprüfen lassen. Weder der noch Ihre Kollegen wussten von einem Geschäftstermin in Singapur. Von dort aus ist es aber nicht weit zu irgendwelchen Inseln, die kein Auslieferungsabkommen mit Deutschland haben. Wie praktisch. Wir müssen annehmen, dass bei Ihnen akute Fluchtgefahr besteht, Hildebrandt. Deswegen dürfen wir Sie sehr wohl festsetzen. Was haben Sie mit dem Mord an Fabrizio Visconti zu tun? Wer sind Ihre Hintermänner?«

»Ich sage gar nichts mehr.«

»Wenn Sie nicht mit mir reden wollen, schicke ich die Kollegen von Interpol vorbei, kein Problem. Die sind aber nicht so geduldig wie ich.«

»Sie drohen mir Folter an, das dürfen Sie nicht!«

»Ich habe nicht mal an dieses Wort gedacht. Was Sie sich in Ihrem Hirn zusammenspinnen, ist Ihre Sache. Ich sage lediglich, dass wir Methoden haben, legale Methoden, um selbst aus einem staubtrockenem Stein noch Wasser rauszupressen.«

Ich muss dringend mit meinem Anwalt sprechen, dachte Hildebrandt. Er konnte nur hoffen, genug Beweise vernichtet zu haben. Andernfalls wäre dieser kalte Raum erstmal Endstation für ihn. Warum mussten diese dämlichen Russen auch so dermaßen indiskret sein? Hatte es keine andere Möglichkeit gegeben?

»Ich spreche auch nicht mit Interpol, solange ich nicht mit meinem Anwalt telefoniert habe«, sagte er schließlich und hoffte inständig, sich etwas Zeit verschaffen zu können. In der Aufregung war er nicht gründlich genug gewesen.

Dietrich hatte die Verbindung unterbrochen, endlich brachte man Hildebrandt ein Handy.

»Sie haben fünf Minuten«, sagte der blonde Polizist und ging. Er hörte, wie die Tür abgeschlossen wurde.

Die Telefonnummer wusste er auswendig.

»Thomas Virchow am Apparat.«

»Thomas, Gott sei Dank. Ich stecke in der Scheiße«, begann Hildebrandt und versuchte sich zu beruhigen.

»Von welchem Telefon rufst du an?«

»Hat mir die Flughafenpolizei gegeben. Du musst etwas für mich erledigen.«

»Sei still, Christoph. Das Gespräch wird aufgezeichnet. Wir besprechen alles persönlich. Wo bist du?«

»Flughafen Frankfurt.«

»Hat man dich festgesetzt?«

»Ja. Irgendwas wegen Fluchtgefahr.«

»In einer Stunde bin ich bei dir. Verweigere alle Aussagen, lass dich auf keine Tricks ein. Bis gleich.«

»Bis gleich.«

EINUNDFÜNFZIG

Bundeswehrkrankenhaus Scharnhornstraße
Berlin-Mitte, Deutschland   08:15 Uhr Ortszeit

Maria Passarelli hatte den Kopf in ihre Hände vergraben und zitterte. Die Wolldecke, die man ihr über die Schultern gelegt hatte, wärmte nur mäßig, der Stoff kratzte auf der Haut. Man hatte ihr erlaubt, Visconti ins Krankenhaus zu begleiten, doch in den Schockraum der Notaufnahme hatte man sie nicht gelassen. Sie musste im Wartezimmer Platz nehmen.

Maria sah auf und wischte sich die Tränen von den Wangen. Der Mann, der sie vom BND herbegleitet hatte, betrat das Wartezimmer mit zwei dampfenden Bechern Kaffee in den Händen.

»Ich habe mich noch gar nicht vorgestellt«, sagte er und setzte sich neben Maria. »Ich bin Dieter Leiser. Ich arbeite für den Bundesnachrichtendienst. Fabrizio ist ein alter Freund von mir.«

»Haben Sie vielleicht ein Taschentuch für mich?«

Er kramte in seinem dunklen Anzug. Maria schnäuzte kräftig.

»Maria Passarelli«, stellte sie sich vor und reichte ihm die Hand. Sein Händedruck war kräftig und warm. Er hatte freundliche, dunkle Augen.

»Ich will zu ihm.« Ihre Stimme war zittrig und flehend.

»Ich auch. Aber glauben Sie mir, die Ärzte wissen, was Sie tun. Hier sind Sie im Moment am besten aufgehoben.«

»Ich kann nicht ... ich muss ihn sehen.«

»Ich kann Sie sehr gut verstehen, Frau Passarelli. Fabrizio liegt mir auch am Herzen. Die besten Ärzte sind bei ihm und tun alles Menschenmögliche, ich versprech's Ihnen.«

»Wird er es schaffen?«

Sie merkte, dass Leiser etwas zögerte und schluckte.

»Wenn Sie mich fragen ... Fabrizio ist ein zäher Hund. Und ein verbissener Kämpfer ist er auch. Der tritt nicht so schnell ab.«

Maria wollte nicht länger sitzen bleiben. Ziellos tigerte sie durch das Wartezimmer. Ihr Vater hatte es damals trotz aller Bemühungen der Ärzte nicht geschafft. Ein zweites Mal konnte sie diesen Schmerz bestimmt nicht aushalten. Sie fühlte sich, als hätte man ihr eine noch nicht vollständig geheilte Wunde gewaltsam wieder aufgerissen. Obwohl sie Fabrizio kaum vierundzwanzig Stunden kannte, fühlte sie eine starke Verbindung zu ihm. Sie konnte sich nicht erklären, weshalb. Völlig gleich, wie gut Maria ihn kannte: ein Menschenleben hing am seidenen Faden. Das war alles andere als ein schöner Start in ihren Urlaub. Sie hatte sich sehr auf die Berliner Sehenswürdigkeiten gefreut, ein bisschen Wellness, ein bisschen Shopping. Jetzt wollte sie am liebsten nur noch weg von hier und die Tränen wollten nicht aufhören zu fließen.

Das Bundeswehrkrankenhaus in der Scharnhornstraße befindet sich ganz in der Nähe des BND. Der Umstand rettete Fabrizio vielleicht das Leben. Maria hatte tatenlos zusehen müssen, wie die Sanitäter versucht hatten, ihn vor dem Komplex des BND halbwegs zu stabilisieren. Immerhin hatten sie ihn für den kurzen Transportweg in die Notaufnahme vorbereiten können, wo man seinen blutüberströmten Körper ohne Umweg durch die Schleuse in den Operationssaal geschoben hatte.

»Haben Sie vielleicht eine Zigarette?«, fragte Maria.

Leiser nickte stumm und ging mit ihr nach draußen. Er reichte ihr eine Marlboro und steckte sich selbst eine an. Der Morgen präsentierte sich grau und kalt, der Himmel war wolkenverhangen und hier und da von den schwarzen Körpern einiger Krähen gepunktet, deren einzige Sorge es war, Futter für ihre frierenden Jungen zu finden.

»Darf ich Du sagen?«

Sie streckte ihm erneut die Hand hin. »Maria.«

»Dieter. Wie lange kennt ihr euch schon?«

»Seit gestern Vormittag. Ich arbeite bei der Bahn und hatte Dienst auf der Strecke von Köln nach Berlin. Fabrizio ist in Hamm zugestiegen, ziemlich außer Atem, hat befürchtet, den Zug schon verpasst zu haben.«

»Hamm?«, fragte Leiser irritiert. »In Westfahlen?«

»Ja, warum?«

»Seine Schwester wohnt dort, soweit ich weiß.«

»Davon hat er mir nichts erzählt.«

»Das Verhältnis ist nicht das allerbeste. Sie haben sich wohl zerstritten.«

»Weshalb?«, schniefte sie.

»Das weiß ich nicht. Ich habe ihn fast neun Jahre lang nicht mehr gesehen«, erklärte Leiser und seufzte. Maria wurde das Gefühl nicht los, dass Leiser eine tiefe Traurigkeit ergriffen hatte. Sie berichtete ihm, was Fabrizio ihr vor ein paar Stunden in der Wohnung ihrer Tante erzählt hatte; von dem dubiosen Deal, dem Unfall in Hamm und den Russen, von denen sie verfolgt worden waren.

»Von dem Unfall habe ich heute Morgen in der Zeitung gelesen. Es ist schrecklich. Ich will Fabrizio dafür auch nicht in Schutz nehmen oder die Sache klein reden, aber ich weiß, dass er das nicht wollte. Er wäre nie vom Unfallort geflohen, wenn er nicht gewusst hätte, dass man ihm auf den Fersen ist. Diese Russen werden nicht weit kommen, nehme ich an«, sagte Leiser. »Jeder Polizist in Berlin hat inzwischen ihr Foto auf seinem Handy. Und verletzt sind sie anscheinend auch. Ich gebe ihnen höchstens zwei Stunden. Dann gabelt man die Flachwichser irgendwo auf.«

»Warum machen die sowas? Warum wollen die Fabrizio unbedingt tot wissen?«

»Ich war mal Ermittler bei der Mordkommission. Da hat man Tag ein Tag aus mit Mord und Totschlag zu tun. Irgendwann habe ich aufgehört mir solche Fragen zu stellen. Meistens geht es nur um Geld, es ist immer das gleiche. Geld, Rache, Macht, persönliche Bereicherung. Ein repetitiver Vierklang in unserem Geschäft. Mit ein paar Ausnahmen lässt sich jedes Motiv auf diese Dinge reduzieren.«

»Ich wünschte ich hätte irgendetwas tun können, um das zu verhindern.«

»Das verstehe ich gut. Aber es ist längst nicht alles verloren, Maria. Fabrizio wird sich durchbeißen, ich glaube ganz fest daran. Er ist kein Mensch, der schnell aufgibt. Er gibt eigentlich nie auf. Schon damals in der Schule nicht. Er wollte seinen Eltern unbedingt beweisen, dass er das Abitur schaffen kann. Damals wäre er wegen Mathe fast durchgerasselt. Auch lustig, dass er sich heute fast nur mit Zahlen beschäftig. Naja, jedenfalls lag ihm das Fach ganz und gar nicht. Blut und Wasser hat er vor jeder Prüfung geschwitzt. Aber er hat sich echt durchgeackert. Hat Tag und Nacht gelernt und das Abi letztendlich tatsächlich bestanden. Ich glaube er hat nie die Anerkennung dafür erhalten, die er sich von seinen Eltern erhofft hat. Irgendwann hat er angefangen, sich ständig selbst zu beweisen, dass er etwas kann, egal worum es ging. Deshalb hat sich auch unsere Freundschaft etwas ... wie soll ich sagen ... entfremdet. Kaum hatte er ein Ziel erreicht, steckte er sich gleich ein neues, immer höher als davor. Das hat ihn Karriere machen lassen. Das Studium hat er als Jahrgangsbester abgeschlossen. Die Finanzwelt ist ein kaltes Pflaster. Du brauchst ein dickes Fell, sonst hast du nicht den Hauch einer Chance, dich durchzusetzen. Du wirst für deine Ergebnisse respektiert, deinen Umsatz, deine Zahlen, nicht für deine nette Art oder deine Hilfsbereitschaft. Der Mensch ist Ressource, die verbraucht wird. Die einen schaffen es, die anderen nicht. Die Personalabteilungen in den großen Konzernen heißen nicht ohne Grund HR, also Human Resources. Menschen sind Kapital. Aber nicht der Mensch als solcher ist das größte Gut, sondern seine Arbeitsleistung, es muss ja schließlich alles messbar sein. Für Fabrizio war das genau genommen das perfekte Umfeld - er konnte sein, wie er wollte, musste sich nicht drum scheren ob andere ihn seltsam, verklemmt, konservativ oder sonst wie fanden, sondern wurde für das respektiert und geschätzt, was er leistete. Deshalb mussten die Deals auch immer umfassender werden, die Einsätze höher, um sich den mühsam aufgebauten Zuspruch zu erhalten. Respekt ist ein instabiles Konstrukt in der Finanzwelt. Das ist ein nie endendes Hamsterrad. Es verändert die Menschen und es hat auch Fabrizio verändert. Am Ende ist er trotzdem mein Freund. Und glaub mir, auch ich hätte genauso wie du alles dafür getan, um zu verhindern, was passiert ist.«

»Er hat erzählt, dass er sich stellen wollte. Wegen des Unfalls«, sagte Maria. »Aber davor wollte er unbedingt zu dir. Du seist der Einzige, der ihm jetzt noch helfen kann, hat er gesagt.«

»Ich kann nur hoffen, dass ich meinen Teil leisten kann. Ich weiß es nicht. Meine Leute sehen sich gerade die Festplatte und sein Laptop an. Vielleicht finden die -«

Leisers Handy klingelte. Er sah auf das Display. »Schau, wenn man vom Teufel spricht. Vielleicht wissen wir inzwischen schon mehr. Entschuldige mich kurz.«

Er nahm den Anruf entgegen und entfernte sich ein Stück, Maria drückte die Zigarette aus und ging zurück ins Wartezimmer. Das Nikotin zeigte heftige Wirkung. Mit leichtem Schwindel ließ sie sich in einen Stuhl fallen und starrte an die Wand, an der gerahmte Bilder verschiedener Autos hingen. Porsche, Ferrari, Aston Martin, ein Mercedes 300 SL. Sie fragte sich, wie man für einen Haufen Blech derart viel Geld hinblättern konnte. Maria nannte sich weiß Gott keine Antikapitalistin, auch sie leistete sich ab und an ein teures Paar Schuhe oder eine Handtasche, wenn es das Portemonnaie zuließ, sie mochte Luxus. Andere kauften sich eben Autos.

Doch jetzt, Fabrizio einige Türen entfernt um sein Leben kämpfend, ungewiss ob sie ihn jemals wieder sehen würde, zweifelte sie am Sinn dieses Konsums, der doch am Ende nur versuchte, kurzweilige Illusionen zu kreieren. Jetzt war es schlichtweg egal, wie viele Autos in seiner Garage parkten, wie teuer seine Wohnung war, wie viele Nullen sich hinter den anderen Zahlen auf seinem Kontoauszug reihten. Das alles war völlig bedeutungslos.

Das letzte Hemd hat keine Taschen.

Sie war sich nicht sicher, wie oft ihre Großmutter jenen Satz zu ihr gesagt hatte. Marias Familie war nicht reich, aber immerhin einigermaßen wohlhabend. Das Erbe der Großeltern umfasste ein winziges Grundstück außerhalb von Neapel, kaum Geld. Sie hatten fast alles zu Lebzeiten ausgegeben - gutes Essen, teurer Wein, feine Kleidung - das hatte für sie Lebensqualität bedeutet.

Bis heute kannte Maria niemanden, der nur ansatzweise so glücklich schien, wie ihre Großeltern damals. Geld hatte niemals eine übergeordnete Rolle in ihrem Leben gespielt.

Sie wusste nicht, wie viel ein Investmentbanker verdiente, aber nach allem was sie gehört hatte, musste es eine Menge sein und für mehr ging man wohl wortwörtlich über Leichen. War denn nie das Ende der Fahnenstange erreicht? Gab es kein Ausbrechen aus diesem Teufelskreis?

Marias Gedanken drifteten immer wieder zu Fabrizio, sie versuchte die schrecklichen Bilder zu verdrängen, die vor ihrem inneren Auge flimmerten. Ärzte in weißen Kitteln, rote Flecken auf den Schürzen mit Handschuhen und Mundschutz unter kaltem, grellem Licht. Gebeugt über einen geschundenen Körper machten sie ihren Job, so, wie es Fabrizio all die Jahre getan hatte, wenngleich der Sinn des Schaffens der Chirurgen und Krankenpfleger Maria sehr viel greifbarer war.

Sie hätte gerne Fabrizios Hand gestreichelt, ihm ins müde Gesicht gesehen und gesagt, dass nicht alles vergebens war, dass es noch so viel mehr gab im Leben was es zu entdecken galt, ehrliche Zuneigung, echte Entspannung, Sonnenschein, Momente, die Momente sein durften, losgelöst von den Abhängigkeiten der Vergangenheit und der Zukunft.

◆

»Und?«, fragte Leiser. »Was habt ihr?«

»Ein Hornissennest, das haben wir. Namen, Telefonnummern, Adressen und verdammt schlechte Nachrichten.«

»Geht's auch etwas genauer, bitte?«

»Ja, gleich. Wähl dich ins Morgenmeeting ein, das wird die ganze Mannschaft interessieren. Ach so, bevor ich's vergesse. Severin Koch vom CERT-Bund wird dabei sein, nur damit du Bescheid weißt.«

»Was?!«, rief Leiser in den Hörer.

»Hm. Ich sag ja. Verdammt schlechte Nachrichten.«

Die Verbindung wurde beendet.

Das CERT-Bund, kurz für Computer Emergency Response Team, ist ein Zusammenschluss aus IT-Experten, Sicherheitsfachleuten und Programmierern und unterliegt auf Bundesebene dem Bundesamt für Sicherheit in der Informationstechnik. Das CERT erarbeitet Lösungswege bei konkreten Sicherheitsvorfällen in digitalen Infrastrukturen und unterstützt die Bundesrepublik bei der akuten Gefahr eines Angriff mit möglichen Gegenmaßnahmen. Die Arbeitsgruppe arbeitet eng mit dem IT-Krisenstab der Regierung zusammen.

Chef vom Dienst war Severin Koch, ein schlaksiger, großer Mann mit Brille und dunkelbraunem Lockenkopf, bekannt für sein weitreichendes Fachwissen. Der Mann war quasi ein wandelndes Lexikon in Sachen IT, top vernetzt und einer der wichtigsten Berater der Regierung.

Leiser wusste – wenn Koch persönlich gerufen wurde, dann war die Kacke bereits mächtig am Dampfen.

Er hatte ein ungutes Bauchgefühl. Der kalte Wind ging ihm auf die Nerven, er schlug den Kragen seines Mantels hoch. Dann steckte er sich eine weitere Zigarette an und wählte sich in das Morgenmeeting ein.

Meetingraum existiert nicht.

Bitte Überprüfen Sie den Zugangscode oder Versuchen Sie es Erneut.

Was ist denn jetzt los? Warum komme ich nicht rein?
Irritiert versuchte Leiser sich erneut einzuwählen, wieder ohne Erfolg.
Sein Handy klingelte.
»Sorry, Dieter, ich bin's nochmal. Bist du noch im Krankenhaus?«
»Ja, ich kann mich nicht einwählen. Der Raum existiert nicht mehr, was ist da los?«
»Deswegen rufe ich an. Du solltest so schnell wie möglich herkommen. Mehr kann ich am Telefon nicht sagen.«
»Das geht jetzt nicht, ich muss – «
»Das kommt von ganz oben, Dieter, Moreau will es so. Beeil dich. Bis gleich.«
Leiser schüttelte den Kopf. Der Tag war erst ein paar Stunden alt, doch seine Bilanz schon jetzt ein stinkender Haufen Scheiße.

Er ging zurück in die Notaufnahme, redete Maria gut zu und konnte sie schließlich davon überzeugen, mit ihm zurück zum BND zu kommen. Er wollte sie nicht allein sitzen lassen, noch waren die Russen auf freiem Fuß. Er gab einer Krankenschwester seine Telefonnummer und bat sie ihn sofort anzurufen, sobald es Neuigkeiten gäbe.

Leisers Abteilung lag im vierten Stock des Komplexes. Neben drei Großraumbüros und zwei separaten Einzelbüros, eines von Leiser, eines von seiner Stellvertreterin, gab es einen verglasten Konferenzraum mit zehn Großbildschirmen und einem langen Tisch.
Er bat Maria, in seinem Büro auf ihn zu warten.
Im Konferenzraum herrschte aufgeregte Stimmung. Hier drin gab es Platz für fünfzehn Personen um einen ovalen Tisch, mindestens zwanzig drängten sich dicht an dicht. Teamleiter der Abteilungen Technische Aufklärung, Cyberkriminalität und Internationaler Terrorismus waren anwesend, ebenso Dr. Uwe Moreau, der Präsident des BND, der Bundesinnenminister Hans-Christian Marschall, Hannah de Vries von Europol und Severin Koch vom CERT.
In Leisers Kopf schrillten sämtliche Alarmglocken ob der Präsenz der prominenten Gäste.
»Danke, dass du so schnell gekommen bist, Dieter«, eröffnete Dr. Moreau das Meeting mit ernster Miene. »Bevor wir anfangen ...«, sagte er und suchte Leisers Blick, »... wie geht es Herrn Visconti? Gibt es schon Neuigkeiten?«
»Leider nicht«, gab Leiser Auskunft. »Er kämpft ums Überleben. Sein Zustand ist immer noch kritisch.«
»Wir wünschen ihm das Beste«, fuhr Moreau fort. »Ich bin hier, weil wir das Briefing mit dem Bundeskanzler von heute Mittag auf zehn Uhr vorverlegt haben und ich persönlich dabei sein werde. Die aktuellen Entwicklungen verlangen das. In Ordnung, dann ... Herr Koch bitte.«
Severin Koch stand auf und sah in die Runde.
»Ich mach's kurz, die meisten von Ihnen kennen mich, mein Name ist Severin Koch vom CERT-Bund. Es tut mir leid, dass wir Sie alle persönlich herbestellen mussten, ich weiß, dass einige von Ihnen derzeit im Homeoffice arbeiten. Der Umstand verlangt von uns, dass wir die Lage Face-to-Face besprechen. Wir müssen derzeit davon ausgehen, dass die Sicherheit der Infra-

struktur des BND, sowie der Bundesministerien massiv gefährdet ist und möglicherweise bereits kompromittiert wurde. Wir haben die Festplattendaten von Herrn Visconti ausgewertet. Ähm ... an der Stelle, auch von mir nochmal alles Gute, Herr Leiser, man hat mich informiert, dass sie beide befreundet sind.«

Das geht eigentlich keinen was an, dachte Leiser aber nickte dankend.

Koch fuhr fort: »Die Auswertung gibt Hinweise auf einen Angriff des RCSN, des Russian Cyber Syndicate Networks, auf einige Server der Big5: Alphabet, also Google, Meta, Amazon, Microsoft und Apple. Offenbar sollen Milliarden Nutzerdaten entwendet worden sein, die nun versteigert werden sollen. Für Meetings werden innerhalb der Ministerien und des BND häufig Google-Dienste verwendet, deswegen mussten wir Sie alle persönlich herbestellen, da unter Umständen auch die Passwörter und Konten von Ihnen vom Angriff betroffen sind. Unsere gängigen Kommunikationskanäle schätzt mein Team derzeit als unsicher ein. Im Moment haben wir keine weiteren Anhaltspunkte, die uns Aufschluss über den Hergang der Tat oder Möglichkeiten zu Gegenmaßnahmen geben. Auch können wir nicht zu hundert Prozent sicher sein, ob ein solcher Angriff überhaupt stattgefunden hat, denn –«

»Herr Koch, wenn ich kurz unterbrechen darf«, sagte Aminata M'Baye, eine senegalesische, athletische Mitdreißigerin mit kurzem Afro, Leisers Stellvertreterin. Sie sprach neben Englisch, Französisch und Deutsch drei weitere Sprachen; Chinesisch, Japanisch und Spanisch. Der Umstand machte sie zu einer begehrten Personalie für Auslandsangelegenheiten, bei denen es auf Fingerspitzengefühl in der Kommunikation ankam. Informationen fließen schneller, wenn man sich in den entsprechenden Landessprachen verständigen kann, das wusste jeder innerhalb der Mauern des BND. M'Baye war bestens vernetzt und eine entscheidende Schnittstelle zwischen dem BND und anderen Nachrichtendiensten.

Severin Koch unterbrach seinen Vortrag und nickte M'Baye zu.

»Ich habe vor zwanzig Minuten mit der PSIA telefoniert. Man bittet uns um Hilfe. Einige von Ihnen haben vielleicht bereits mitbekommen, dass gestern Nacht ein japanisches Containerschiff im nordöstlichen Pazifik von einer Spezialeinheit geentert wurde. Das Schiff gehörte dem japanischen Cyber-Security-Provider SukiCore.«

»Was hat das mit uns zu tun?«, fiel ihr Dr. Uwe Moreau ungeduldig ins Wort.

»Dazu komme ich jetzt«, sagte M'Baye unbeirrt. »Auf der SLS Tokio befand sich ein Rechenzentrum, das –«

»Befand?«

»Der Bericht liegt bereits auf Ihrem Schreibtisch, Herr Dr. Moreau. Die Tokio ist gesunken. Auf den Servern an Deck befanden sich die Daten, die Herr Koch gerade angesprochen hat. Das japanische Militär hatte eine Einheit auf die Tokio entsendet. Die Bodycams der Soldaten haben die Gesichter der Angreifer aufzeichnen können, bevor sie bei einer Explosion alle ums Leben kamen. Die Spur führt zum RCSN. Offenbar ist es denen gelungen, sämtliche Daten abzusaugen, vereinfacht gesprochen. Wahrscheinlich wurde der Transfer über gesicherte Satellitenleitungen abgewickelt, alle anderen Methoden scheiden nach bisherigem Kenntnisstand aus, wir sprechen von mehreren hundert Petabyte, unkomprimiert. Eine Liste der besagten Daten hat uns die PSIA zukommen lassen. Sie stammen definitiv von den Big5. In Kombination mit den Informationen von der Festplatte Viscontis fügen sich die Puzzlesteine zu einem ... beunruhigenden

Bild zusammen. Ich weiß, dass das viele Infos auf einmal für Sie alle sind, aber die Ereignisse haben sich in den letzten Stunden überschlagen. Wenn Sie gestatten, gebe Ich Ihnen eine kurze Zusammenfassung der Liste.«

Moreau nickte.

»Es handelt sich hauptsächlich um Benutzerdaten, das heißt Passwörter, Pseudonyme, Benutzernamen. Allerdings beinhaltet die Aufstellung weitaus mehr als das. Folgende Nutzerdaten sind ebenfalls entwendet worden: Geburtsdaten, also Ort und Zeit, Familiendaten, Staatsbürgerschaft, Geschlecht. Bildungsdaten, das heißt digitale Zeugnisse, Lebensläufe und Arbeitsverhältnisse. Biometrische Daten aus dem Fingerabdruckscanner von Smartphones sowie digitale Personalausweise, die mit Google- oder Apple-Diensten verknüpft wurden, um Zahlungen zu verifizieren – ebenfalls weg. Das bringt mich zum nächsten Punkt: Kreditkartendaten und Kontoinformationen aus digitalen Geldbörsen und dem Bezahlsystem von Amazon sind ebenfalls Teil der Aufstellung. Über die Nutzerdaten erhalten Sie Zugang zu einer Reihe von individuellen Metadaten: Bewegungsmuster inklusive Adressen aus den Kartenservices und dem Versandadressenverzeichnis von Amazon. Suchverläufe, aus denen sich Aufschlüsse auf die politische Gesinnung, sexuellen Vorlieben, Konsumpräferenzen und selbst die mentale Gesundheit ergeben. Als Beispiel: Eine Person sucht im Internet nach Stichworten wie *schnell abnehmen* oder *ab wann ist man übergewichtig*. Es liegt auf der Hand, dass sie sich Sorgen über ihre Körpermaße macht, das wiederum ist ein gefundenes Fressen für jene, die auf der Basis dieser Daten digitale Werbeplätze verkaufen. Um beim Thema Gesundheit zu bleiben: Viele Menschen tragen Fitnesstracker oder Smartwatches, die quasi rund um die Uhr Daten wie Herzfrequenz, Bewegungsaktivität, Schrittmenge, Schlaf- und Wachphasen, aber auch die genaue Position ihres Trägers via GPS zur Auswertung auf die Server übertragen. Ich erinnere an einen Fall aus dem Jahr 2017. Die Fitnesstracking-App *Strava* veröffentlichte eine sogenannte *Data Visualisation Map*, also eine Karte, die jede einzelne Bewegungsaktivität der App-Nutzer zeigte – mehr als drei Billionen individuelle GPS-Daten-Knotenpunkte. Das Unternehmen wollte damit ihren Nutzern zeigen, wo potenziell interessante Wege, zum Beispiel zum Joggen sind und wann dort wenig oder viel los ist. Militäranalysten stellten allerdings erschrocken fest, dass besagte Karte exakt genug ist, um extrem sensible und geheime Informationen der Öffentlichkeit zugänglich zu machen. Einige Soldaten in Kriegsgebieten wie Syrien oder Afghanistan verwendeten die App, während sie ihre Joggingrunden um die Militärbasen liefen. Sie können sich denken, worauf ich hinauswill. Die Karte offenbarte so einen praktisch vollständigen Grundriss mehrerer geheimer Militärbasen. Zurück zur Liste der Serverdaten. Ein entscheidender Punkt fehlt noch. Auch Social-Media-Daten sind entwendet worden. Lassen Sie mich kurz erläutern, was das bedeutet. Wir reden von privaten Fotos, Chatverläufen, Likes, Kommentaren, aus denen man ebenfalls eine Menge zwischen den Zeilen lesen kann, aber auch Informationen, die sich aus den App-internen Suchanfragen ergeben, oder den Konten, die ein Nutzer abonniert, blockiert und dem engen Freundeskreis hinzugefügt hat.«

Leiser bekam Bauchschmerzen. Die Stille im Raum war kaum auszuhalten. Koch war sichtlich schockiert, ebenso wie die restlichen Anwesenden. Der Präsident des BND war wie versteinert.

»Ich ... ähm«, sagte Koch, »das ... wirft natürlich ein ganz neues Licht auf die Sache. Mein Team hat versucht, zu den Betreibern Kontakt aufzunehmen, um unsere Hilfe anzubieten, *falls* ein derartiger Angriff stattgefunden haben *sollte*. Es ist natürlich nicht verwunderlich, dass die

Konzerne sich nicht gerne in die Karten schauen lassen, die haben alle selbst große CERT-Teams. Allerdings hat man uns gegenüber behauptet, dass alles in bester Ordnung sei.«

»Klar hat man das«, schaltete sich Leiser ein. »Wenn das rauskommt, ey. Warum befanden sich die Daten überhaupt auf dem Schiff? Die haben sich das internationale Seerecht zu Nutze gemacht hat, um die Kartellgesetze zu umgehen, weil man Daten vergleichen wollte, um ihre Nutzer noch besser kontrollieren zu können, so sehe ich das, verdammte Scheiße. Die Big5 sind übermächtig. Die werden alles dafür tun, um den Skandal von der Öffentlichkeit fernzuhalten. Leck mich doch am Arsch.«

Moreau hob die Brauen, wirkte aber, als hätte ihm Leiser aus der Seele gesprochen. »Die zwei Russen, die Visconti angeschossen haben«, sagte er. »Für wen arbeiten die?«

»Laut der Akten höchstwahrscheinlich für das RCSN. Sicher sind wir allerdings nicht«, erklärte ein Mann, der Leiser bekannt vorkam, der aber nicht zu seinem Team gehörte.

Moreau sah sich irritiert um. »Und wer sind Sie?«

»Entschuldigung. Wolfgang Dietrich von der Kriminalpolizei.«

Jetzt fiel es Leiser wieder ein. Er hatte Dietrich vor dem BND gesehen, zusammen mit zwei anderen Polizisten. Dietrich hatte den Krankenwagen gerufen.

»Und was genau wollen Sie hier?«

»Ich habe ihn mitgebracht«, sagte M'Baye schlichtend. »Herr Dietrich war vor Ort, als die Schießerei begonnen hat.«

»Das beantwortet meine Frage nicht.« Moreau war sichtlich gereizt.

»Ich leite die Fahndung nach den flüchtigen Attentätern. Es ist eine längere Geschichte«, sagte Dietrich vorsichtig. »Visconti war in einen Autounfall verwickelt, gestern Vormittag. Am Tatort waren zu einem späteren Zeitpunkt auch die beiden Russen anwesend. Viscontis Spur führte nach Berlin, wo ihm die beiden im Ritz am Potsdamer Platz aufgelauert sind.«

Dietrich erklärte den Anwesenden, wie sie schließlich zum BND-Komplex gekommen waren.

»Aha«, sagte Moreau. »Und hat man die Russen inzwischen gefunden?«

»Leider noch nicht.«

Moreau holte tief Luft und warf M'Baye einen vernichtenden Blick zu. »Die Einschätzung von Herrn Petrich nützt uns im Moment überhaupt nichts! Außerdem sind wir ein Geheimdienst, der Mann hat gar keine Sicherheitsberechtigung, zum Donnerwetter, M'Baye, Sie servieren mir hier ihre Suspendierung auf dem Silbertablett, das ist Ihnen klar, hoffe ich! Sie können nicht einfach irgendjemand in ein solches Meeting schleppen!«

»Herr Präsident, es tut mir leid, ich halte es nach wie vor für richtig, dass Herr Dietrich hier ist. Jeder Hinweis in diesem Chaos ist wichtig, das muss ich Ihnen nicht erklären. Außerdem haben Sie kein Recht, so mit mir zu sprechen.«

»Ich rede mit Ihnen so, wie ich will! Ersparen Sie mir den Knigge-Vortrag, ja!«

»Mit der Einstellung haben Sie die Krise im Nu unter Kontrolle. Sie haben doch - «

»Schluss jetzt!«, rief Leiser so laut, dass sofort Ruhe einkehrte. »Wir werden uns jetzt nicht streiten, ist das klar? Meine Kollegin hat genau das richtige getan, Moreau. Außerdem hat sie recht. Wir brauchen jeden Hinweis, den wir kriegen können und Kommissar Dietrich ist ein Staatsbeamter, nicht irgendjemand. Bitte lassen Sie uns bei der Sache bleiben, ja?«

Moreaus Augen flitzten durch den Raum. Mit seinem Einstecktuch wischte er sich die Schweißperlen von der Stirn. Einige unangenehme Sekunden verstrichen. Mit schmalen Lippen nickte er M'Baye schließlich entschuldigend zu. Dann wandte er sich an Koch: »Wie geht es jetzt konkret weiter? Entschuldigen Sie, wenn ich direkt werde, aber ich habe den Eindruck, dass wir im Augenblick völlig machtlos sind! Überfordert! Wir haben keine Anhaltspunkte außer die Festplatte eines fahrerflüchtigen Investmentbankers, zwei Russen, weiß Gott, wo die sich rumtreiben, und ein gesunkenes Schiff! Wir stehen vor einer internationalen Katastrophe!«

M'Bayes Handy klingelte. Sie schlich sich unauffällig aus dem Raum.

»Unsere Aufgabe«, erklärte Koch, »sieht primär vor, alle Triple-A-Systeme der Bundesrepublik zu schützen. Da wir nicht wissen, wie umfangreich auch Abgeordnete und Regierungsmitglieder betroffen sind, fokussieren wir uns vor allen Dingen auf die kritischen Server der Ministerien und der Bundesbehörden. Selbstverständlich werden wir umgehend den internationalen CERT-Zusammenschluss der EU informieren.«

»Wie geht das von statten? Ich meine, wie wollen Sie die Server schützen? Den Bundeskanzler wird interessieren, wie der Plan diesbezüglich aussieht«, sagte Moreau.

Koch schluckte. »Die einfachste Lösung ist bedauerlicherweise keine Option.«

»Was soll das heißen?«

»Wenn Sie mich fragen, sollten wir schnellstmöglich alles vom Netz nehmen.«

Moreau lachte bitter. Ein Raunen ging durch den Konferenzraum.

»Ich weiß, das steht völlig außer Frage. Aber ... es zeigt den Ernst der Lage. Wir werden eng mit dem IT-Krisenreaktionszentrum des BSI und des Innenministeriums zusammenarbeiten und einen Notfallplan ausarbeiten. Wie genau dieser aussieht, kann ich Ihnen zum jetzigen Zeitpunkt leider noch nicht sagen. Für dieses Szenario gibt es nicht ansatzweise eine Richtlinie.«

Im Stillen stimmte Leiser Moreau zu. Im Moment waren sie mit der Situation hoffnungslos überfordert und völlig machtlos.

Er dachte an Charlotte, seine Tochter. TikTok ist eine chinesische Plattform. Allem Anschein nach war sie nicht von dem Datenraub betroffen, doch Charlotte nutzte, wie jeder andere Teenager auch, Instagram, Meta, Snapchat, bestellte über Amazon, nahm ihre Videos mit einem iPhone auf und nutze Google Maps als Navigationsdienst, kommunizierte über WhatsApp. Wenn nun jemand wusste, wo sie wohnte, wo sie zur Schule ging, wann sie sich wo und mit wem traf ... Er durfte gar nicht daran denken. Milliarden Nutzer waren betroffen – das stimmte ihn zumindest ein klein wenig ruhiger. Charlotte war Teil einer Masse, die sich nicht so schnell auf die Individualebene durchdringen ließ. Das hoffte er zumindest.

M'Baye kam zurück in den Konferenzraum.

»Ich habe eben noch einmal mit der PSIA telefoniert. Möglicherweise haben wir noch eine Spur.«

Zwei der Bildschirme leuchteten auf. Mit einer Fernbedienung zappte M'Baye zu BBC News.

Datenleck bei den BIG5: Milliarden Nutzer Betroffen.

Die Headline ließ sofort Unruhe aufkommen.

»Warum zum Teufel weiß die BBC schon davon!«, brüllte Moreau und lief knallrot an.

Alle starten auf die Bildschirme. Ein blasser junger Mann mit blauer Mütze saß vor einem improvisierten Hintergrund: eine dreckige Plane über ein paar Holzkisten. Es war nicht zu erkennen, wo das Video aufgenommen wurde.

»Mein Name ist Adam Volt«, sagte der Mann. Er hatte glasige Augen und etwas Ängstliches lag in seinem Blick. »Ich habe für das japanische Unternehmen SukiCore gearbeitet.«

Leiser jagte ein eiskalter Schauer den Rücken hinab.

»Findet ihn«, hauchte Moreau.

TEIL 2

EINS

Montreux am Genfersee, Schweiz
Ein Jahr vor dem Angriff auf die SLS Tokio

»Wie sicher fühlen Sie sich?«

Die Frage blieb in der Luft hängen, wie der blaue Dunst in einer verrauchten Hafenkneipe kurz vor der Sperrstunde. Es ist die Sorte Rauch, die nie zu verfliegen scheint, und wenn am nächsten Morgen die ersten Arbeiter von der Nachtschicht gegen Zehn das Lokal betreten, hängt der blaue Nebel noch immer über ihren Schädeln, als sei dies sein Platz seit Anbeginn der Zeit. Ebenso verhielt es sich mit der Frage nach Sicherheit, die jetzt über den Köpfen der Studierenden im Auditorium im Äther schwebte.

Jeder von ihnen hatte sie sich bereits gestellt, jene Frage, die nur eine philosophische und keine konkrete Antwort zuzulassen schien.

»Falls Sie glauben, Sie könnten diese simple Frage nur philosophisch beantworten, haben Sie sich getäuscht«, sagte der Professor.

Unter der hohen, kuppelförmigen Glasdecke war kein Geräusch zu vernehmen. Der Bau war im modernen Campuskomplex der schweizerischen Elite-Universität LeBlanc nahe des Genfer Sees integriert und bildete ihr geographisches Zentrum. Der Saal konnte bis zu fünfhundert Menschen Platz bieten und war von einem afghanischen Stararchitekten 2020 entworfen und erbaut worden. Eine Symbiose zweier grundlegend verschiedener Baustile. Während die Studierenden in rustikalen Chalets rings um den Campus untergebracht waren, die zumindest von außen architektonisch an die ländlichen Bauernhäuser der Schweizer Alpen erinnerten, wirkte der Rest der Anlage eher futuristisch: Glas, Stahl, Sichtbeton.

Stille Sekunden verstrichen, irgendwann hustete jemand gepresst, keiner wandte den Kopf. Alle sahen in Richtung des geraden Mannes Ende fünfzig, mit dem kleinen Ansatz eines rundlichen Bauches, der ob seiner hochgewachsenen Körpergröße nur aus bestimmten Blickwinkeln zu erahnen war. Er wiegte sanft vor und zurück, seine schwarzen Oxford-Schnürer machten dabei ein leises, ledernes Knarren, das bis in die letzten Reihen zu hören war. Die schlanken Stelzenbeine und der gestreckte Oberkörper wurden von einem schwarzen, englisch geschnittenen Anzug, mit gestärktem weißem Hemd und einer schwarzen Krawatte zu einem Gesamtbild geformt, dass Autorität und Kompetenz absonderte wie ein öliges Sekret. Das Gesicht hingegen war von sanfterem Pinselstrich gezeichnet, hatte in den markanten Falten ein freundliches und weiches Lächeln vergraben und ebenso schienen die glasigen Augen etwas müde, aber nicht weniger bestimmt, die gleiche Freundlichkeit in den Raum zu entsenden. Das dünne, schlohweiße Haar auf seiner Schädeldecke schien keiner übergeordneten Ideologie zu folgen, wie etwa die Falttechnik seines Einstecktuchs. Es existierte scheinbar ohne jemals die Bekanntschaft eines Kamms gemacht zu haben

»Ich erwarte nicht, dass Sie mir eine konkrete Darstellung Ihres jeweiligen Sicherheitsempfindens darlegen, meine Herrschaften.«

Die tiefe Stimme, mit schwerer Schlagseite nach einem verwässerten, niederländischen Akzent, der sich mit Deutsch und Französisch vermischte, schlug Wellen durch den Saal und taute die Studierenden langsam aus der ehrfürchtigen Starre auf.

»Lassen Sie es uns folgendermaßen versuchen. Wer von Ihnen sich sicher fühlt, möge bitte jetzt die Hand heben.«

Es wurden Blicke ausgetauscht, vorsichtig getuschelt. Eine rothaarige Studentin aus der zweiten Reihe streckte zögerlich den Arm in die Höhe.

»Entschuldigung, aber in welchem Kontext meinen Sie denn ... naja ... *sicher?*«

Das Lächeln verschwand.

»Mademoiselle, diese Frage ist vielleicht berechtigt, aber ein klein wenig kurzsichtig, sehen Sie's mir nach. Wenn ich Ihnen einen Kontext geben wollen würde, dann hätte ich das getan.« Er räusperte sich. »Die Frage sollen Sie bitte, Sie alle, so simpel beantworten, wie ich Sie gestellt habe. Der Kontext wird gleich nachgereicht, keine Sorge.«

Professor Dr. Leif Sixt blickte in die Runde, schniefte und schnäuzte kurz und kräftig. Er warf das Taschentuch gekonnt in einen Mülleimer in der Nähe der Tafel. Kurzzeitiges, anerkennendes Gemurmel, doch es wurde sofort wieder still, als der Professor die Stimme hob.

»Merci. Also, noch einmal. Heben Sie die Hand, wenn Sie sich sicher fühlen.«

Etwas weniger als die Hälfte der Studenten meldete sich - sie ernteten einige nickende, einige fragende Blicke ihrer Kommilitonen.

»Aha, also in etwa die Hälfte«, stellte Sixt fest. Er bedachte die Studentin von eben mit einem schelmischen Zwinkern. »Und nun werde ich Ihnen ein wenig Kontext geben.«

Langsam schritt er über den Mittelgang durch das Auditorium, während er seine Erläuterungen ausführte.

»Das Internet, wie wir es kennen, meine Herrschaften, gibt es inzwischen seit den frühen Neunzigern. Ich rede nicht von eCommerce oder Facebook oder WhatsApp, nein, ich meine das tatsächliche Internet, Sie wissen was gemeint ist, schneller E-Mail-Verkehr, die ersten Suchmaschinen, Onlineenzyklopädien. Kommunikation und Wissen. Die Verbindung von einem Gerät zum nächsten hingegen, bei der ein Empfänger *offline* sein kann - diese Idee existiert schon weitaus länger. Die erste Internetverbindung kam im Oktober 1969 zustande. Ein paar Monate zuvor sind wir auf dem Mond gelandet, bitte - «

Der Professor blieb auf einem Treppenabsatz stehen, vollführte eine vollständige, langsame Drehung - es schien, er sah jedem Einzelnen direkt ins Gesicht - während er eine bedeutungsschwere Pause machte.

» - bitte lassen Sie sich das für einen Moment auf der Zunge zergehen, Mesdames et Messieurs. Die NASA ist mit Taschenrechnern zum Mond geflogen. Jedes noch so kleine Gerät in diesem Raum - mit Ausnahme meiner guten, alten Tafel - hat mehr Rechenleistung. Monsieur Armstrong hat Recht behalten: es war ein *gigantischer* Schritt für die Menschheit. Die Antwort auf viele Kernfragen damals basierte auf Annahmen. Heute ist alles messbar. Es ist ein Wunder, dass das Wort *ungefähr* noch in unserem aktiven Sprachgebrauch existiert. Nichts mehr auf der Welt ist ungefähr, außer das Leben und der Tod selbst und sogar hier machen künstliche Intelligenzen rasante Fortschritte.«

Sixt war in der erhöhten letzten Reihe angekommen und machte eine weitere Pause, bevor er wieder in Richtung seines Pultes schritt.

»Das Beispiel der frühen Raumfahrt soll Ihnen lediglich dazu dienen, sich klarzumachen, wie rasant sich die Technologie weiterentwickelt hat. Wir haben mit diesen Technologien völlig neue Märkte erschlossen, neue Berufe erfunden, unserem Leben in fast all seinen Bereichen mehr Geschwindigkeit gegeben. Sie können sich mit nur einem Post der ganzen Welt mitteilen. Und die ganze Welt kann Ihnen antworten. Sie sehen, das Internet hat uns alle zusammengerückt. Wir haben Grenzen überwunden. Wie einige von Ihnen vielleicht wissen, habe ich an der Erschaffung des Internets, wie Sie es heute kennen, damals im CERN, maßgeblich mitgearbeitet. Wir hatten eine Vision. Das Internet sollte uns alle dabei unterstützen, etwas mehr Freiheiten in unser Leben zu bringen. Die Maschinen machen Maschinenarbeit, der Mensch macht aus dem, was ihn inspiriert, das, was keine Maschine der Welt so kann wie ein Mensch: Kunst. Ein Computer ist nicht kreativ, ein Netzwerk nicht virtuos. Sie können einer Maschine weder Moral noch Empathie beibringen, auch keiner künstlichen Intelligenz, weil sie so nicht funktioniert. Eine Maschine macht den lieben langen Tag nichts anderes als *wenn-dann* Szenarien durchzurechnen. *Wenn* Sie dahin klicken, *dann* passiert das. Auf diesem Schema basiert jede App, jede Website, jede Software, jede digitale Plattform. Kreativität verlangt aber nun mal nach Empathie und Moral, diese abstrakten Dinge machen uns erst zu Menschen.«

Sixt sah auf seine Armbanduhr.

»Es wird Sie interessieren, was das mit der Beantwortung unserer Eingangsfrage zu tun hat.«

Die Studenten nickten zustimmend. Der Professor war bekannt für seine ausschweifenden Vorträge. Selten jedoch hatte es jemand gewagt, ihn in seinem Redefluss zu unterbrechen. Wer ihm zuhörte, konnte auch nicht anders, als ihm an den Lippen zu hängen. Vielleicht war es der interessanten Klangfarbe seiner Stimme und seines Akzents geschuldet, vielleicht die beeindruckende Aura seiner Kompetenz. Für Sixt gab es keine Frage ohne Antwort. Der Professor hatte eine angenehm ruhige Art an sich, aber konnte regelrecht aufbrausend werden, wenn es um die Verteidigung seiner Überzeugungen und Standpunkte ging.

Das bekam ein Abgeordneter aus dem deutschen Bundestag in einer Talkshow zu spüren, als es um Kriminalität im Internet ging. Sixt hatte über identitätsverschleiernde Software und deren Wichtigkeit für Privatpersonen gesprochen.

Der krawattierte Politiker hatte Sixt schnaufend unterbrochen, sich den Schweiß von der Stirn gewischt und eingewandt, dass man den Kriminellen mit derartigem ›Anonymisierungsquatsch‹ doch geradezu die Tür aufhielte. Der Professor hatte nur milde gelächelt und einen Moment abgewartet. Dann hatten sich seine Gesichtszüge verfinstert.

Monsieur, nicht die Technologie ist das Problem. Es ist der Mensch. Es gibt keinen Krieg ohne Waffen und keine Waffen ohne Krieg. Solange es Menschen gibt, wird es Kriminelle geben, das ist eine unangenehme, aber sehr zutreffende Wahrheit. Wir dürfen aufgrund dieser Minderheit von Kriminellen von der Sie sprechen, nicht in die privaten Räume der Mehrheit eindringen. Sonst unterscheidet uns wirklich nicht mehr viel von China und dem Social-Credit-System.

Darauf hatte der Abgeordnete keine passende Antwort zu Hand, stattdessen verhedderte er sich in seinen eigenen Floskeltiraden aus *Abers, Falschs, Gefährlichs*. Sixt war ein gern gesehener Gast in Talkshows und wurde für sein Wissen, dass er mit philosophischen Gedanken zu verknüpfen wusste, sehr geschätzt. In der Politik mied man ihn zunehmend. Zu selten gingen seine Einschätzungen mit den Interessen der mächtigen Internetlobbys konform, zu häufig brachte er seine Ablehnung gegenüber der ›lahmarschigen‹ Arbeitsweise der Parlamente zum Ausdruck.

Anders verhielt es sich in Fachkreisen und dem Auditorium im Institut LeBlanc. Eine Vorlesung Sixts war immer bis auf den letzten Platz besetzt, seine Vorträge hatten auf Youtube zehntausende Aufrufe.

»Nun, damit Ihnen allen klar wird, worauf ich hinauswill, werde ich etwas ausholen. Globale Vernetzung bringt einige Probleme mit sich. Ein Goldrausch ist ausgebrochen. Ich rede nicht von Kryptowährungen, darüber sprechen wir das nächste Mal. Nein, Daten sind das neue Gold. Ihre und meine. Daten sind die harte Währung des Internets. Daten *sind* das Internet. Es ist also nicht weiter verwunderlich, dass ein Unternehmen im digitalen Zeitalter besonders viel davon haben will. Und tatsächlich sind Daten auch für jedes andere profitorientierte Unternehmen, dass sich mit analogen Dingen beschäftigt, ein Garant für seine Liquidität. Ohne Daten geht heutzutage gar nichts mehr. Autos fahren nicht, Ärzte können nicht operieren, politische Hitzköpfe können keine Raketen losschicken, viele von Ihnen, Mesdames et Messieurs, finden ohne digitale Kartendienste vermutlich nicht einmal mehr ins Bett, oder zu Ihrer eigenen Meinung. Gut, das war jetzt ein bisschen hart. Aber in der Quintessenz steckt eine eindeutige Wahrheit: Ich habe Daten, also bin ich. Der Durchschnittsmensch produziert zwischen drei und vier Gigabyte Daten am Tag. Sie müssen jedes System mit Ihren individuellen Daten füttern, damit es funktioniert. Und das System beurteilt diese Daten nach einer simplen, *wenn-dann* Betrachtung.«

Leises Gemurmel schwappte durch die Sitzreihen. Noch war keinem klar, worauf der Professor in seinem Monolog abzielte.

»Meine Herrschaften, Sie hatten die Aufgabe, über die Semesterferien *1984* von George Orwell zu lesen. Ich hatte inzwischen Gelegenheit, Ihre Arbeiten dazu zu studieren. Ich zitiere eine Passage aus einer davon.«

Auf dem langgezogenen Pult lag ein Stapel dunkelblauer Heftordner, die das geprägte Emblem der Universität trugen: Ein Wappen mit dem Schweizer Kreuz, einer Schriftrolle und einem Zirkel. Sixt griff nach der obersten Mappe und schlug zur letzten Seite. Er fuhr sich über das kantige, glatt rasierte Kinn und hielt kurz inne. Dann begann er zu lesen:

»... folglich kann Ozeanien und *Die Partei* weder als Staat noch als einfache Organisation funktionieren, wenn ihnen der Zugang zu sämtlichen Daten der Bürger fehlt. Die vertikalen Strukturen, an deren Spitze die Ikone des ‚Big Brother‘ steht, bilden faktisch eine Minderheit gegenüber den Bürgern an ihrer Basis. Diese wiederum können jedoch nicht einmal an eine Zerschlagung ihrer Unterdrückung *denken*, da jeder revolutionäre Versuch schon vor einer kritischen Phase bekannt ist. In der Annahme, dass Kommunikation die Grundlage menschlicher Koexistenz ist, gibt es aufgrund ihrer lückenlosen Überwachung kein Entkommen aus dem totalitären Szenario von Orwell.«

Sixt klappte den Ordner zu und wedelte damit in der Luft herum.

»Nun, was halten Sie davon? Es ist ein alter Hut, dass Orwells Dystopie längst eingetreten ist: Ein Staat, der seine Bürger von vorne bis hinten kontrolliert. Ein Blick nach China reicht. ›Social-Credit-System‹ nennt man das Ungeheuer dort beschönigend, in Wirklichkeit ist es aber verdammt asozial. Man ist inzwischen imstande, ein beinah lückenloses psychologisches Profil eines Menschen anzufertigen, basierend allein auf der Analyse seiner Suchanfragen im Netz. Bei Orwell gab es die sogenannte *Gedankenpolizei*, die relativ exakte Voraussagen über die Bürger Ozeaniens treffen konnte. Lange Zeit war dies der Aspekt seiner Dystopie, der als unmöglich abgetan wurde. Und heute? Die Gedanken sind frei, wer kann sie erfassen? All jene können sie erfassen, denen Sie bereitwillig Ihre Daten zur Verfügung stellen natürlich, die Namen sind jedem bekannt. Es bleibt also nicht dabei, die Gedanken sind nicht mehr frei! Was sind denn Suchanfragen anderes als ein Livebild dessen, was Ihnen gerade so durch den Kopf geht? Oder googlen sie etwa nach dem Rezept für ein Beef-Wellington, wenn sie sich eigentlich lieber einen Porno ansehen wollen? Ich halte das für beängstigend. Wie können wir verhindern, in das gleiche Schlamassel zu geraten, wenn Daten doch so viel Macht bedeuten und das Streben so groß ist, dieselben auch zu verwenden?«

Einige Finger schnellten in die Höhe.

»Einfach reinrufen, *s'il vous plaît!*«

»Ende-zu-Ende-Verschlüsselung!«

»Duck-Duck-Go!«

»VPN!«

Es fielen noch einige weitere Einwürfe der Studenten. Sixt stand die ganze Zeit lächelnd an sein Pult gelehnt, entfernte ein Staubfussel vom Revers seines Anzugs und ließ die Stimmen verebben, bis sich wieder Ruhe über die Reihen gelegt hatte. Dann schritt er mit dem Ordner zügig zur hintersten Bank und verschränkte die Arme vor der Brust. Während die Studenten zu Sixt sahen, sah Sixt zu einem blassen jungen Mann mit blauer Mütze. Dieser konnte seinem Blick nicht lange standhalten.

Der Professor hob die Stimme und machte eine ausladende Geste.

»Ich bedaure, Mesdames et Messieurs. Sie liegen alle falsch. So haben Sie keine Chance gegen Orwells schlimmste Fantasien ...«

Das Lächeln kehrte zurück und Sixt deutete auf den Jungen mit der Mütze.

»... und Adam Volt wird Ihnen jetzt erklären, warum.« Adam sah den Professor irritiert an und hob instinktiv die Schultern wie ein schüchternes Kind, dass nicht weiß, wo es sich vor der Verwandtschaft verstecken soll.

Er nuschelte etwas.

»Vielleicht ein klein wenig lauter, dass wir Sie alle verstehen können, Monsieur Volt.«

»... weil sie zentral sind«, presste Adam hervor, der sich sichtlich unwohl ob der Aufmerksamkeit der anderen Studenten fühlte.

»Weil wer oder was zentral ist?«, fragte Sixt.

»Diese, naja, *Lösungen*. Duck-Duck-Go, Ende-zu-Ende Verschlüsselung und so.«

»Erzählen Sie uns, was Sie damit meinen.«

»Eine zentral gesteuerte oder kontrollierte Lösung ist niemals sicher.«

Sixt riss die Arme in die Luft und starrte zum Himmel.

»Dankeschön! Vielen Dank! Genau *DAS* ist es, Mesdames et Messieurs. Sie sind erlöst, Monsieur Volt.«

Einige Studenten tauschten fragende Blicke. »Versteh' ich nicht!«, rief ein Junge aus der fünften Reihe.

»Kein Problem«, sagte Sixt beschwichtigend. »Ich erkläre es nochmal für alle zum mittippen. Nun, sehen Sie, diese Lösungen für digitale Privatsphäre haben einen entscheidenden Haken. Dafür muss ich etwas ausholen. Machen Sie ein kleines Gedankenexperiment mit mir. Stellen Sie sich vor, Sie sitzen in einem schönen Stadtcafé mit einem guten Buch und plötzlich fällt Ihnen ein, dass Sie ihrem Freund oder ihrer Freundin noch Geld schulden. Was für ein Glück! Zufällig spaziert ein freundlicher Herr im Anzug vorbei, auf seiner Aktentasche prangt das Logo der

Bank, bei der Sie Ihr Konto haben. Fabelhaft, denken Sie sich und sprechen den Mann an. Ob er wohl die einhundert Euro bei Ihrem Freund vorbeibringen könne. Selbstverständlich, sagt der Mann und lächelt Sie nett an. Sie kennen ihn nicht, trotzdem geben Sie ihm einen druckfrischen Hunderter, mit der Bitte, die Sache auf schnellstem Wege zu erledigen. Der Mann versichert Ihnen, dass das Geld ganz gewiss bei Ihrem Freund ankommt, schließlich geht es um den guten Namen der Bank. Beantworten Sie mir bitte folgende Frage: Würden Sie diesem Fremden vertrauen?«

Irritiertes Kopfschütteln.

»*Ouias*, ich auch nicht. Klar, warum auch? Wie viele von Ihnen nutzen PayPal?«

Fast alle Studenten meldeten sich.

»Und wer von Ihnen kennt auch nur eine einzige Person bei PayPal persönlich?«

Betretenes Schweigen.

»Sie wissen, worauf ich hinauswill. Wir vertrauen sogenannten *Intermediates*, also zwischengeschalteten Personen oder Instanzen, weil uns gar nichts anderes übrig bleibt. Dieses System ist nicht per se schlecht, verstehen Sie mich bitte nicht falsch. Unser Vertrauen basiert schließlich auf einem millionenfach bestätigten Prozess. Einfach gesagt: Bei anderen funktioniert's, deswegen klappt's bei mir auch. Es gibt aber genug Beispiele, bei denen es *nicht* geklappt hat. So ziemlich jede größere Bank hat ein interessantes Portfolio handfester Skandale vorzuweisen. Sie kennen das alte Sprichwort: Wer einmal lügt dem glaubt man nicht und so weiter. Scheinbar gilt das nicht für Banken und sämtliche Onlinebezahldienste. Was hat das nun aber mit digitaler Privatsphäre zu tun? Um das zu verstehen, müssen Sie das Prinzip des Intermediates verstehen. Wir machen das Gedankenexperiment von gerade eben noch einmal.«

Der Professor breitete die Arme aus und zeichnete mit seinen Händen die imaginäre Szene in den Raum. »Sie sitzen nach wie vor in dem schönen Stadtcafé, rauchen einen Joint und essen ein Stück Kuchen. Sie möchten Ihren Freund oder Ihre Freundin jetzt fragen, ob er oder sie sich zu einem Rendezvous heute Abend verabreden möchte. Was für ein Glück! Zufällig spaziert ein freundlicher Herr im Anzug vorbei, auf seiner Aktentasche prangt das Logo des Nachrichtendienstes, den Sie nutzen. Fabelhaft, denken Sie sich und sprechen den Mann an. Ob er wohl die Nachricht Ihrem Freund überbringen könnte. Selbstverständlich, sagt der Mann und lächelt Sie nett an. Sie kennen Ihn nicht, und weil Sie inzwischen dazugelernt haben, fragen Sie ihn, ob Ihre Nachricht denn auch sicher bei ihm sei. Ich dachte mir, dass Sie das fragen, sagt der Mann, kramt in seiner Anzugtasche und reicht Ihnen einen Flyer. Auf dem Stück Papier steht fett gedruckt: *bei uns sind Ihre Nachrichten Ende-zu-Ende verschlüsselt*. Ein beruhigendes Gefühl, nicht wahr? Also überreichen Sie dem Mann Ihre Nachricht, er versichert nochmals, dass die Mitteilung ganz gewiss bei Ihrem Freund ankommt, schließlich geht es um den guten Namen des Nachrichtendienstes. Schon ist Ihnen der gleiche Fehler erneut unterlaufen. Dieses Gedankenspiel lässt sich beliebig oft auf andere Prozesse anwenden, denen ein Intermediate, oder anders gesagt, ein Überbringer zwischengeschaltet ist. Ihnen als Nutzer bleibt am Ende des Tages nichts anderes übrig, als gesichtslosen Konzernen zu vertrauen, dass diese ihren Job machen. Ist das nicht ein wenig seltsam?«

Die rothaarige Studentin aus der zweiten Reihe hob die Hand.

»Ja, Mademoiselle?«

»Die Anbieter dieser ganzen Apps hatten doch irgendwann mal die Idee, einen Service anzubieten, seien es Nachrichten-, Bezahldienste oder was auch immer. In meinen Augen ist das erstmal nichts Schlechtes. Jedes Unternehmen will doch wachsen, oder nicht? Dafür muss der Service gut und zuverlässig sein und das ist er ja offensichtlich bei WhatsApp und Co. Ich verstehe das Problem der Intermediates nicht, wenn ich ehrlich bin.«

Sixt nickte und ließ seinen Blick durch den Raum schweifen. Wieder war es, als sähe er jedem Einzelnen ins Gesicht. »Um es mal ganz deutlich gesagt zu haben: Ich unterstelle dem Reigen dieser Unternehmen keinerlei böse Absichten. Im Gegenteil, Sie haben völlig recht, diese Konzerne sind in erster Linie deshalb so groß und erfolgreich, weil Sie einen guten und zuverlässigen Service anbieten, wie auch immer dieser am Ende aussieht. Aber ich unterstelle *anderen* böse Absichten, die mit den Systemen aufgrund ihrer Architektur nun mal leichtes Spiel haben.«

Er sah lächelnd in die Runde und warf einen Blick auf seine Armbanduhr.

»Wir werden morgen an der gleichen Stelle weitermachen, wir sind schon über der Zeit. Vielen Dank, Mesdames et Messieurs und bis morgen. Ach!«, rief Sixt und reckte den Hals. »Adam Volt, zu mir bitte. Ich habe noch was mit Ihnen zu besprechen.«

ZWEI

Im kargen Innenhof des Krankenhauses sprossen die Kirschblüten, so wie überall in Japan zwischen Ende Januar und Anfang Februar. Kazumasa Hisoka hatte nicht erwartet, das zarte Farbenspiel von hellrosa bis pink durch das Fenster eines Klinikwartezimmers sehen zu können. Er hielt den Anblick für unnatürlich: innerhalb der Mauern sterile Fliesen, weiße Böden, der scharfe Dunst von Desinfektionsmittel, draußen vor dem Fenster ein Sakura – ein Kirschblütenbaum – sanft im Wind wiegende Äste, ein kräftiger Stamm, die Natur von einer ihrer schönsten Seiten. Die Blüten sind eines der wichtigsten Symbolbilder der japanischen Kultur, Jahr für Jahr feiert man ihre vergängliche Schönheit und läutet damit die wärmeren Jahreszeiten ein.

Kazumasa Hisoka betrachtete den Baum eingängig. In weniger als zwei Wochen würden seine filigranen Blüten bereits verwelkt sein und einen bräunlichen Matschteppich auf dem Steinboden des Innenhofs hinterlassen. Im Garten seiner Villa im Stadtteil Shōtō, Shibuya, unweit der berühmten Shibuya-Kreuzung, hatte Hisoka zu Ehren seines verstorbenen Vaters vor zehn Jahren selbst einen Sakura gepflanzt, ein Exemplar, das nicht so aus seinem Kontext gerissen schien, wie jenes vor dem Fenster hier.

Kazumasa Hisoka Senior hatte bis 1945 in der Kempetai gedient, der Militärpolizei der alten Kaiserlich Japanischen Armee. Nach dem Ende des zweiten Weltkrieges wurde er zu einem wichtigen diplomatischen Berater der Regierung, bis er schließlich 1989 altersschwach verstarb. Kazumasa Hisoka Junior hatte ein ganzes Jahr still um seinen Vater, sein großes Vorbild, getrauert. Dieser hatte ihn den eisernen Willen gelehrt, Durchsetzungsvermögen beigebracht und ihm gezeigt, was es bedeutete, ein erfolgreicher und gewissenhafter Mann zu sein. Wie gerne hätte er ihm einen Enkel geschenkt und seinen Vater stolz gemacht; es wäre ein Zeichen gewesen, dass das starke Blut der Familie erhalten bliebe. Dieser Wunsch war Hisoka zunächst nicht vergönnt gewesen, trotz mehrmaliger Versuche.

Umso überraschender war es für ihn, als seine Frau Suki Hisoka ihm vor knapp neun Monaten freudig von der Empfängnis berichtet hatte. Bald stand fest, dass Suki einen Jungen gebären würde. Kazumasa Hisoka hatte ihr durch das haselnussbraune Haar gestrichen und sie überschwänglich umarmt, geküsst, geliebt. Sie war ihm das Wertvollste, was er besaß, denn sie war viel mehr noch als eine gesunde und wunderschöne Hausfrau; sie war klug, gewissenhaft und verständnisvoll. Er hatte nie auch nur eine Sekunde an ihrer gegenseitigen, bedingungslosen Liebe füreinander gezweifelt.

Obwohl ihn die Erinnerungen innerlich wärmten, fror Kazumasa Hisoka. Er trug einen dunkelbraunen Anzug aus feinem Fischgratgewebe, dazu eine gemusterte Krawatte in erdigen Farbtönen und kastanienbraune Lederschnürer. Die Temperatur im Wartezimmer verlangte eher nach einem Wintermantel. Es war nicht besonders einladend eingerichtet, ein paar weiße Stühle, keine Bilder, keine Zeitschriften, nur ein gurgelnder Wasserspender. An einem der Fenster schien der Kitt undicht zu sein, es zog dann und wann unangenehm um den Nacken.

Das dauert viel zu lang, dachte Hisoka unruhig. In den vergangenen Tagen war es Suki zunehmend schlechter gegangen und als er heute morgen mit ihr ins Krankhaus gerast war, hatte er sie kaum wiedererkannt. Ihr sonst so volles Haar war brüchig, ihr Gesicht blass, die helle Haut fast durchsichtig.

Bei der Entbindung mit im Raum zu sein hielt Hisoka für unsittlich, also hatte er sich von den Ärzten versprechen lassen, sofort Bescheid zu bekommen, wenn Suki es geschafft hatte.

Man hatte ihm keinen Kaffee angeboten und den Weg zum Kiosk wollte er nicht riskieren. Inzwischen waren vier Stunden vergangen und Hisokas Geduld wurde auf seine bislang härteste Probe gestellt.

Er sehnte sich nach einem Spaziergang an der frischen Luft und einer starken Zigarette. Hisoka schlenderte durch den schmucklosen Raum – von der einen in die andere Ecke – auf und ab, ohne dass es seiner Nervosität einen Abbruch verschafft hätte.

Er erinnerte sich, wie er vor ein paar Wochen in seinem Arbeitszimmer durch die bodentiefe Fensterfront in den Garten geblickt hatte.

Hisoka hatte die Landschaft der einhundertfünfzig Quadratmeter großen Fläche eigenhändig angelegt und kultiviert. Die Mauer zum Nachbargelände war elegant durch eine dichte Farnhecke kaschiert. An gleicher Stelle entsprang eine künstliche Quelle, die sich zu einem schmalen Bach formierte, der an einem kleinen Teehaus mit traditionellem, japanischen Walmdach vorbeiführte und schließlich in einen Teich mündete, den Hisoka mit dunkelgrauen Schiefersteinen umrandet hatte. Der Teich sollte nach japanischer Gartenbaukunst das Meer symbolisieren. Am linken Ufer stand der Sakura, der Kirschblütenbaum, auf einer kleinen Halbinsel, die man über einen Weg aus großen Trittsteinen, sogenannten Tobi-Ishi erreichen konnte – die Besonderheit war, dass die Steine knapp sechs Zentimeter aus dem Boden ragten und man sich beim Gehen konzentrieren musste. Der Weg zum Baum seines Vaters sollte immer ein andächtiger sein. Blumen hatte Hisoka keine gepflanzt, stattdessen wurde die leicht hügelige Fläche des übrigen Gartens durch sattes, monochromes Grün dominiert. Ein paar Bambusstauden, immergrüne Büsche, hier und da eine knöchelhohe Steinlaterne. Vor der Terrasse, die man durch eine Schiebetür von seinem Arbeitszimmer aus betreten konnte, befand sich sein zweites Heiligtum: ein großes Kiesbett mit zwei handgemeißelten Halbkugeln aus Granit. Hisoka war Geschäftsmann, die Zeiten schon damals schnelllebig, die Arbeitsbelastung hoch. Für ihn war es der Gipfel der Entspannung, mit einem Holzrechen feine Linien in das Kiesbett zu zeichnen, rund um die Halbkugeln und daran vorbei. Die Gesamtheit der Landschaft sollte *Zen* schaffen, alles diente einem Zweck, nichts war dem Zufall überlassen und durfte *einfach so* vor sich hin wuchern.

Irgendwann hatte Hisoka seinen Blick vom Garten gelöst und in das Buch auf seinem Schreibtisch gestarrt. Der ledergebundene Band war ein altes Namenslexikon und schließlich hatte er den passenden Namen für seinen zukünftigen Sohn gefunden: Junichiro, der talentierte Erstgeborene.

Der Anblick des Sakura im Innenhof der Klinik vermochte Hisoka keine Ruhe zu spenden, im Gegenteil. Es machte den Eindruck, als habe man den Baum sich selbst überlassen und das Gemäuer einfach drumherum hochgezogen. Man erwies der Kirschblüte hier nicht den Respekt, den sie verdiente, das glaubte Hisoka zu wissen.

Endlich öffnete sich die Tür zum Wartezimmer und ein untersetzter Mann in weißem Kittel betrat den Raum. Er schloss die Tür hinter sich und deutete eine leichte Verbeugung an.

»Hisoka-Sama, bitte setzen Sie sich zu mir.«

Es irritierte Hisoka, dass der Arzt die höflichste aller Anreden verwendete – *Sama* – und nicht die gebräuchlichere Variante: *San*. Er sah Hisoka ernst in die Augen.

»Was ist los?«, fragte Hisoka. »Kann ich endlich zum meinem Sohn?«

»Gleich, Hisoka-Sama. Ihrem Sohn geht es prächtig, er hat gesund und munter das Licht unserer schönen Erde erblickt.«

»Das klingt, als verbirgt sich da ein ›aber‹, Doktor.«

»Leider haben Sie recht, Hisoka-Sama.«

Hisoka sprang auf. »Spucken Sie's schon aus! Was ist passiert?!«

Der Arzt blickte betreten zu Boden.

»Es hat Komplikationen gegeben.«

»Was ... was hat das zu bedeuten?«

»Ihre Frau ist bei der Geburt gestorben, Hisoka-Sama. Es tut mir schrecklich leid.«

Hisoka erblasste. Er wollte am liebsten laut losschreien, doch es löste sich nur ein Flüstern aus seinem Mund: »Was sagen Sie da ...?«

»Vergebung, Hisoka-Sama. Wir konnten nichts mehr für sie tun.«

»Aber warum denn nicht, was ist denn passiert?«

Der Arzt war ebenfalls aufgestanden und verbeugte sich mehrfach entschuldigend vor Hisoka. »Eine Fruchtwasserembolie, Hisoka-Sama.«

Hisokas Augen suchten die Umgebung nach irgendetwas ab, dass ihm Halt verschaffen mochte. Die Äste der Kirschblüte bogen sich in einem starken Windstoß. Er atmete tief ein. »Ich weiß nicht, was das ist, Doktor ... erklären Sie mir, was passiert ist ...«

»Es ist eine seltene Sonderform der Embolie, die das Gerinnungssystem beeinträchtigt. Wir nennen das auch Geburtshilfliches Schock-Syndrom. Ich bin wirklich untröstlich, wir konnten nichts mehr für Ihre Frau tun. Möchten Sie mit einem Geistlichen sprechen?«

»Ich hätte gewollt, dass Sie Ihre Arbeit anständig machen. Wie um alles in der Welt konnte das passieren?« Plötzlich wurde Hisoka von einer derartigen Wut ergriffen, dass sich alle seine Muskeln anspannten. »Gehen Sie mir aus dem Weg, ich will zu ihr!«

»Hisoka-Sama, bitte beruhigen Sie sich. Ihre Frau wird gerade gesäubert. Bitte ersparen Sie sich den Anblick. Suki Hisoka ist trotz Allem in Würde von uns gegangen. Ich kann nicht oft genug sagen, wie leid es mir tut.«

»In Würde gestorben, wenn ich das schon höre. Ich verlange eine Erklärung, hören Sie! Wie ist das passiert? Ist Ihnen etwa nichts aufgefallen?«

»Das wissen wir nicht genau, weil es sich nicht zu einhundert Prozent feststellen lässt. Wir vermuten, dass der intrauterine Druck eine Rolle gespielt hat, weil ihr Sohn ... recht groß ist.«

Hisoka senkte den Kopf, dann ließ er sich in einen Stuhl fallen. Er wollte nicht, dass der Arzt die Träne sah, die sich aus seinem linken Auge gepresst hatte. Also tat Hisoka so, als müsse er schnäuzen.

»Soll ich Sie jetzt zu Ihrem Sohn bringen, Hisoka-Sama? Er wird Ihnen Trost spenden, ganz gewiss. Der kleine braucht eine Brust, an die er sich lehnen kann, das ist wichtig.«

»Wegen Ihnen ist meine Frau jetzt tot ...«

Der Arzt seufzte und nahm neben Hisoka Platz.

»Hisoka-Sama, gestatten Sie mir ein Wort. Es gibt Dinge zwischen Himmel und Erde, die wir nicht erklären können, Dinge, die vergänglich sind, wie die Blüten der Sakura hier draußen im Garten. Ihr Gedeih und Verderb bestimmt eine höhere Instanz jenseits unserer Kontrolle und des Verstandes. Wir haben für Ihre Frau gekämpft, Hisoka-Sama. Weder Sie noch wir sind daran schuld, was passiert ist. Und trotz allem haben Sie heute ein wunderbares Geschenk erhalten. Das Geschenk des Lebens! Sein Wert ist unbezahlbar, Hisoka-Sama. Ihr Sohn ist gesund und kräftig. Er wird ebenso stolz und groß werden, wie sein Vater, das verspreche ich Ihnen.«

»Was wissen Sie schon von Stolz?«, flüsterte Hisoka und sog zischend Luft durch seine zusammengebissenen Zähne. Mit einem Mal überkam ihn eine schwere, melancholische Müdigkeit, die ihm auf die Schultern drückte.

Er wollte das kleine Bündel Leben, dessen Name Junichiro sein sollte, nicht sehen.

Wenn er sich zwischen seiner Frau Suki und einem Baby hätte entscheiden *müssen*, hätte Kazumasa Hisoka Suki gewählt.

DREI

Universität LeBlanc
Montreux am Genfersee, Schweiz

Besprechen wir das bei einer Tasse Kaffee?
Bei jedem anderen Professor hätte Adam Volt dankend abgelehnt – nicht so bei Professor Leif Sixt. Dieser war über die Jahre zu einer vertrauensvollen Bezugsperson für einen Großteil der Studenten geworden. Für Adam war er inzwischen etwas mehr als das: zwischen den beiden hatte sich eine Art distanzierte Freundschaft entwickelt, man schätzte und verstand sich, ab und zu traf man sich zu einer gemeinsamen Mahlzeit, jedoch nie außerhalb des Campus. Adam gehörte zu den besten Schülern Sixts, davon abgesehen teilten der Professor für Sozioinformatik und Adam die gleiche Weltanschauung: Der digitale Fortschritt befand sich an einem disruptiven Scheideweg. Das Internet war inzwischen in fast jeden Lebensbereich vorgedrungen und die großen Player auf dem Schachbrett der globalen Vernetzung hatten mit der Macht und dem Einfluss ganzer Staaten gleichgezogen. Staaten, die wiederum überfordert versuchten, einen Schirm der Kontrolle über die intransparenten Konzerne zu spannen und dem ›rechtsfreien‹ Raum des Internets mit ihren alten Regeln und Verfassungen irgendeinen judikativen Rahmen zu geben. Das erforderte radikales Umdenken und nicht zuletzt war Zeit ein entscheidender Faktor. Oft mussten Entscheidungen binnen Stunden oder gar Minuten getroffen werden – die Politik kam nicht hinterher und war in den Augen Adams und des Professors zu schlecht informiert.

Nicht allein die Unternehmen, die sensibelste Daten in sich aufsogen wie ein niemals gesättigter Schwamm, stellten ein Problem dar. Es war ein digitaler Krieg ausgebrochen, dem kaum Einhalt geboten werden konnte, der keine Grenzen kannte, literweise Blut vergoss und unzählige Opfer forderte – im digitalen wie im analogen Sinne. Staaten engagierten Hacker und Cybersicherheitsspezialisten und attackierten andere Staaten, nicht nur um gegnerische Daten auszuspionieren; das Streuen von Falschinformationen war mindestens ebenso gefährlich. Unabhängige, gesichtslose Entitäten machten sich Lücke um Lücke in den unterschiedlichsten Systemen zu Nutze und verursachten Schäden in Milliardenhöhe, während die Arme des Gesetzes nur ohnmächtig ins Leere schnappten. Das Schlimmste: war das eine Schlupfloch geschlossen, fand sich das nächste. Es wollte nicht enden. Sowohl Sixt als auch Adam fanden die Entwicklungen bedrohlich, doch sie kamen immer wieder zum gleichen Schluss: nicht die Technologie war das Problem, sondern der Mensch.

Und der Mensch hinterfragt nur ungern.

Jetzt saßen sie in der Cafeteria der Universität, die im gleichen Gebäude an das Auditorium angrenzte. Die linke Wandseite war bis zur Decke verglast und die frühe Nachmittagssonne flutete den hohen Raum mit goldenem Licht. Es war nicht sonderlich viel Betrieb. Die meisten Studenten gingen um diese Zeit sportlichen Aktivitäten nach, lernten in ihren Chalets oder besuchten spezielle Seminare zur Vertiefung des Unterrichtsstoffs.

Adam schob sich zwei Pfefferminz-Tic Tac in den Mund und nahm einen Schluck Tee.

»Deine Arbeit gefällt mir außerordentlich gut«, sagte Sixt, lehnte sich im Stuhl zurück und biss in einen Apfel. »Du warst einer der wenigen, die verstanden haben, worauf ich es abgesehen hatte.«

»Freut mich«, sagte Adam knapp und freute sich tatsächlich. Er fand es ein schönes Kompliment, aber mit Zuspruch oder vielmehr generell mit Kommunikation war das so eine Sache bei ihm. Adam wusste nie recht, was er sagen, oder wie er angemessen reagieren sollte, und bewunderte schon als Kind seine Mitschüler, die ohne Punkt und Komma plappern konnten.

Ihm war immer das Bild des introvertierten Nerds angehaftet, den man in irgendeiner Ecke mit Comics und Tictac finden konnte, aber so gut wie nie in der spielenden Kindermeute auf dem Pausenhof. Die anderen fanden ihn merkwürdig. Adam machte sich nichts draus. Er hielt sich selbst für einen introvertierten Nerd und war zufrieden damit. Zumal es nie einen konkreten Grund gegeben hatte, etwas an seinem Verhalten zu ändern. Zwar gehörte er nie den coolen Cliquen an, die montags überschwänglich von den Erlebnissen des Wochenendes berichten (das Adam vor seinem Computerbildschirm verbrachte); Adam war aber auch kein Teil der Schüler, die wegen ihres Aussehens oder anderen Dingen gehänselt wurden. Man beachtete ihn einfach nicht.

Mit dem Beginn des Studiums änderte sich das. In LeBlanc war er von Menschen umgeben, die sich mit den gleichen Dingen beschäftigten wie er, die seine Interessen teilten und seine Leidenschaft für Computer verstanden.

Adam Volt war Amerikaner und bis zu seinem zwanzigsten Lebensjahr in einem Vorort von Washington D.C. aufgewachsen. Er genoss eine behütete, unspektakuläre Kindheit. Sein Vater Douglas war Vorstandsmitglied American Airways, viel unterwegs und selten daheim. Adams Mutter Diane betrieb einen Coffeeshop Downtown, beliebtes Ziel vieler Diplomaten und Kongressleute, sogar der Präsident hatte schon einen Bagel bei ihr gegessen. Ein golden gerahmtes Bild über dem Kamin im heimischen Wohnzimmer erinnerte täglich daran.

Besonders Diane hatte sich immer wieder Sorgen um ihren Sohn gemacht. Adam lud weder Freunde zu sich ein, noch wurde er irgendwo eingeladen, keine Geburtstagspartys, Thanksgivings oder sonstigen Holidays. Douglas hingegen warf ihr ständig vor, das Thema zu dramatisieren.

Ist halt ein ruhiger Kerl. Lass ihn doch.

Das Asperger hatte ihm ein Arzt kurz nach Adams sechzehnten Geburtstag diagnostiziert. Es war nur leicht ausgeprägt und beeinträchtigte ihn kaum. Adam fühlte sich weder krank noch wie ein Sonderling. Anders war nach dem Termin nur, dass es fortan eine medizinische Erklärung dafür gab, weshalb er sich mit Berührungen anderer Menschen schwertat und generell lieber für sich blieb. Zumindest galt die Erklärung für seine Eltern. Für Adam war die Entscheidung, seine Freizeit allein zu verbringen instinktiv.

Das Programmieren brachte er sich selbst bei. Adam hielt es für sehr logisch, eine Maschine, die ihn täglich beschäftigte, auf allen Ebenen zu verstehen und ihre Sprache zu sprechen. Zumal die Programmiersprachen in Adams Augen tausendmal sinnhafter waren als die interpretierbaren Wortketten menschlicher Kommunikation. Diese konnten je nach Betonung, Satzstellung oder Stimmlage mal das eine und mal das völlig andere meinen. Menschliche Gespräche waren oft widersprüchlich und irreführend, wenn man nicht genau zuhörte. Und selbst wenn man es tat, blieb das Restrisiko einer Hundertachtzig-Grad-Wende des Gegenübers à la *das war doch gar nicht so gemeint*. Dann war da noch diese Ironie. Sarkasmus. Doppeldeutigkeit. Furchtbar!

Beim Programmieren war kein Platz für derlei Ungenauigkeiten. Jedes noch so kleine Komma, jeder Punkt, jeder Buchstabe und jedes Leerzeichen war aus einem bestimmten Grund an einer bestimmten Stelle. Die Maschine tat immer das, was sie sollte. Tat sie es nicht, lag der Fehler beim Menschen.

Bald beherrschte er alle gängigen Programmiersprachen und wusste, worauf es bei der Architektur eines virtuellen Systems ankam. Seine Hauptbeschäftigung außerhalb der Schule war es, Lücken in fremden Netzwerken zu finden und einzubrechen, um schließlich den Betreibern anonym einen Lösungsvorschlag gegen Summe X zu verkaufen. Von dem Geld leistete er sich immer bessere Computer mit leistungsfähigeren Prozessoren und größeren Festplatten. Irgendwann erfuhr er über ein Internetforum, dass es bereits einen Begriff für Menschen wie ihn gab: *White Hats*.

Zum ersten Mal fühlte er sich einer Gruppe Menschen wirklich zugehörig. Die verdeckten Penetrationstests waren nur ein Aspekt des ›ethischen Hackings‹, wie Adam lernte. Nicht selten wurden White Hats von Unternehmen engagiert, um die ganzheitliche Struktur eines Sicherheitssystems auf seine Wasserdichte zu überprüfen, online wie offline. Auch ein redefreudiger Mitarbeiter oder ein achtlos herumliegender USB-Stick kann eine Lücke sein. Ein digitales System konnte sich noch so gut mit der besten Software schützen - oftmals war der Zugang über reale Schnittstellen ein regelrechtes Kinderspiel. Es war Adam egal, dass er sich in einer rechtlichen Grauzone bewegte. Er war überzeugt davon, dass seine Arbeit wichtig und gut war. *Regeln brechen um Regeln zu schützen, das ist okay.*

Adam war jedes Mal aufs Neue überrascht, wie gutgläubig viele Unternehmen beim Thema SySec, also System-Security waren, nicht nur auf Softwareebene. Der Grund dafür war profan: die Implementierung hochwertiger Sicherheitsstandards ist teuer. Insbesondere mittelständische Unternehmen, die einen kleinen Onlineshop oder ähnliches betrieben, hielten es oft nicht für notwendig, virtuelle Sicherheitsvorkehrungen zu treffen - dort ist der Schaden nach einem Angriff jedoch meist am größten.

Adam war der Meinung, dass seitens des Staates viel zu wenig Aufklärung bezüglich der vielen Gefahren für Systeme betrieben wurde. Politisch war das Streben nach der Digitalisierung als Solcher zum beliebten Wahlkampfversprechen geworden, umgesetzt wurde es meistens nur halbherzig und nach veralteten Methoden. *Eine Schule mit ein paar hundert iPads auszustatten hat noch lang nichts mit Digitalisierung zu tun.* Außerdem nahmen zu viele Menschen die realen Gefahren der virtuellen Welt nicht ernst.

Black Hats wurden zum neuen, globalen Antagonisten. Lange Zeit wusste keiner, woher sie kamen. Daten verschwanden, Websites wurden zerstört, Unternehmenssysteme lahmgelegt und somit riesiger finanzieller Schaden angerichtet. Daten wurden wertvoller. Heute sind sie Macht und Waffe zugleich - mit ihnen lässt sich ein Ziel effizienter, schneller und eleganter angreifen - ohne Armeen mobilisieren zu müssen und sich die Hände schmutzig zu machen. Mit den entsprechenden Mausklicks und Tastenkombinationen lässt sich das instabile Gleichgewicht der Welt massiv ins Wanken bringen.

Der Werdegang der Black Hats war oftmals sehr ähnlich zu dem der White Hats. Die Illegalität war schon immer die zwar riskantere, dafür aber gewinnbringendere Strategie auf dem Weg zum Ziel. Schneller und effizienter, als das Spiel nach den Regeln zu spielen.

Adam wollte verstehen, was diese Menschen antrieb, woher die destruktiven Energien kamen, die wie gigantische Wellen über ihren Opfern brachen, und Adam wollte mehr als das. Er wollte sie aufhalten. Er träumte von einem besseren Internet für alle. Doch dafür musste er mehr über die Methodik und Strategien der Black Hats erfahren. Außerdem brauchte er mehr Rechenleistung. *Viel mehr.*

Diane und Douglas konnten mit seinem ›Hobby‹ nichts anfangen. Als Adam jedoch erwähnte, dass er Informatik studieren wolle, zeigten sie sich begeistert und sicherten ihm die finanzielle Unterstützung zu. Informatik war ein sehr greifbarer Begriff, unter dem sich sowohl Adams Vater als auch seine Mutter etwas Zukunftsträchtiges vorstellen konnten. Sie freuten sich, dass ihr einziger Sohn etwas sinnstiftendes lernen wollte.

L'Institute LeBlanc am Genfer See war Luxushotel, Elite-Universität und Forschungseinheit zugleich. Für einhunderttausend Euro pro Semester genoss man als Studierender alle Vorzüge, die sich mit Geld kaufen ließen. Sämtliche Mahlzeiten inklusive Galadiners und Bällen an den Wochenenden waren im Preis inbegriffen, ebenso die Nutzung der Sportanlagen: eine Kletterhalle, ein Sportbad mit Außenbereich, Spa- und Saunalandschaft, ein hochmodernes Fitnesscenter und Zugang zum Golfplatz in der Nähe. Jedem Student standen vier Stunden Einzelbetreuung pro Woche zu, egal in welchem Fach. Die Studenten waren in Dreiergruppen in Chalets rund um den Campus untergebracht, deren Ausstattung jenen in Luxusimmobilien glich. Die Schüler sollten sich um die Vorbereitung ihrer Zukunft in der Bildungselite kümmern. LeBlanc war die Schmiede der zukünftigen Vorstände, Manager, Politiker, Berater und der besten Informatiker der Welt.

All das interessierte Adam wenig. Er hatte sich für LeBlanc entschieden, weil die Universität Teil eines riesigen Netzwerkes aus Serverzentren war und Zugang zu quasi unbegrenzt Rechenleistung bot. Das Beste: die Studierenden durften darauf zugreifen, um Simulationen und Tests für Projekte zu fahren.

LeBlanc war der perfekte Ort zur Verwirklichung seiner Vision.

»Lass uns über die letzten zwei Seiten deiner Arbeit sprechen, Adam«, sagte Sixt. »Deine Fleißarbeit in allen Ehren, aber das war nicht Teil der Aufgabenstellung.«

»Finden Sie es nicht gut?«

»Das habe ich nicht gesagt. Aber in einer Prüfung wäre kein Platz dafür.«

»Es war ja keine Prüfung«, rechtfertigte sich Adam.

»Nein, da hast du recht. Aber die Arbeit diente zur Vorbereitung.«

»Ich habe einen Gegenvorschlag entworfen. Das hat doch zum Thema gepasst, oder nicht?«

»Ja, hat es. Achte aber in der Prüfung darauf, dass du bei der Frage bleibst.«

»Okay.« Adam blickte den Professor vorsichtig an. »Was halten Sie von dem Vorschlag?«

»Deswegen wollte ich mit dir sprechen. Die Idee ist großartig. Erklär mir die Vision dahinter, bitte.«

Adam nahm sich zwei Tic Tac. »Wie haben Sie sie denn verstanden? Ich weiß nicht, wie ich's erklären soll.«

Sixt kratzte sich am Kinn. »Also gut ... Folgendes Problem: Solange es Menschen in einem System gibt, hat es Lücken. Richtig soweit?«

Adam nickte.

»Die Kernaussage deiner Idee ist also im Prinzip, dass du einen menschensicheren Code schreiben willst, der auf jegliche Systeme angewandt werden kann.«

»Genau.«

»›Die Konzerne müssen aus der Gleichung gekürzt werden‹, hast du geschrieben. Wie meinst du das?«

»Das System muss entscheiden, welche Aktion richtig und welche falsch ist. Es darf keine Zugriffe von Dritten geben. Die Entscheidungsfreiheit über die eigene Sicherheit muss bei einem selbst liegen. Und die Gesamtheit aller Nutzer bestimmt, wie das System überhaupt aussieht.«

»Meinst du nicht, dass du den Menschen etwas zu viel zutraust?«

»Warum?«

»Naja, die Situation ist ja wie folgt. Die wichtigen Konzerne des Internets spielen den großen Schirm, unter den man sich stellen darf, wenn es regnet. Wo man sicher ist, wenn es böswillige Aktivitäten von Dritten gibt. Weil sie behaupten, dass sie dich schützen, wenn du ihren Service nutzt. Die meisten Menschen machen sich keine Gedanken darüber, ob ihre Daten in einem System sicher sind. Man hat ja nichts zu verbergen.«

»Der Spruch macht mich so wütend«, sagte Adam und zerbiss die Pfefferminzpastillen in seinem Mund.

»Mich auch, das kannst du mir glauben. Aber so sieht's halt nun mal aus. Manchmal frage ich mich wirklich, ob es nicht besser wäre, wenn sämtliche digitalen Dystopien Realität würden.«

»Wie bitte?«, fragte Adam stutzig. »Genau das wollen wir doch verhindern!«

»Schon klar. Weißt du, die Atombombe musste *zweimal* abgeworfen werden, damit die breite Masse ihren Schrecken begriff. Der Oppenheimer wusste schon vorher, was Sache ist, oder zumindest hat er es geahnt. Die Bombe wurde trotzdem eingesetzt. Ist es im Moment nicht ähnlich? Wir, die sich mit der Materie auskennen, wissen auch um die Gefahren. Der Rest sieht in dem System nur seinen Mehrwert. Man weiß die Freiheit erst zu schätzen, wenn sie einem genommen wurde.«

»Hm. Aber wir reden doch nicht von Atombomben ...«

»Ich meinte das im übertragenen Sinne, Adam.«

»Ach so ...«

»Oftmals wollen wir die Gefahren auch gar nicht erkennen. Wir Menschen sind kurzsichtige Wesen. Was kümmert es uns, was in hundert Jahren hier los ist? Es liegt in unserer Natur«, sagte Sixt und lächelte milde. »Wie weit bist du in der Umsetzung deines Projekts?«

Adam zuckte die Schultern. »Den Großteil habe ich schon fertig. Ich arbeite schon seit Jahren dran. Aber ... ich werde es nicht allein schaffen. Leider.«

»Deine Mitbewohner sind doch ebenfalls begnadete Coder. Warum fragst du sie nicht?«

»Das hat sich noch nicht ergeben.«

Adam wollte dem Professor nicht den wahren Grund nennen. Er vertraute seinen Mitbewohnern nicht und hatte Angst, dass sie den Code zerstören könnten. Andererseits war der Vorschlag von Sixt nicht abwegig. Im Chalet könnte Adam sie im Auge behalten.

»Erzähl ihnen von deiner Idee«, meinte Sixt. »Ich kenne ein paar Codes der beiden. Die Jungs haben es echt drauf. Und wenn irgendetwas sein sollte, kannst du immer zu mir kommen. Ich will sehen, wie ich euch unterstützen kann.«

Der Professor stand auf, knöpfte sein Jackett zu und reichte Adam die Hand.

»Ich muss los, Adam. Du bist da an einer großen Sache dran, aber du musst noch lernen, Hilfe anzunehmen. Ich weiß, dass du es kannst. Halt mich auf dem Laufenden, ja? Wir sehen uns in der Vorlesung.«

Sixt verließ die Cafeteria, Adam nahm sich noch zwei Tic Tac aus der Plastikschachtel und legte die Verpackung auf die Untertasse des Teegedecks. Sein Vorrat war aufgebraucht. Bevor er seine Mitbewohner einweihen würde, musste er sich neu eindecken.

LeBlanc lag unweit der Uferpromenade von Montreux in der französischsprachigen Schweiz. Adam spazierte den Kiesweg am Wasser entlang und zog den Reißverschluss seiner Jacke zu. Die Sonne verschwand in den Frühlingsmonaten bereits zwischen sechzehn und siebzehn Uhr hinter den markanten Bergrücken der umliegenden Zweitausender. Adam war gern hier. Wenn es dunkel wurde und sich die Lichter der Kleinstadt auf der Wasseroberfläche spiegelten, fühlte er sich entspannt und frei. Eine solche Aussicht gab es zu Hause in Washington nicht.

Sein Weg führte ihn an der Freddie-Mercury-Statue und dem Marché Couvert vorbei, einem pavillonähnlichem Gebäude im Stil der großen Pariser Markthallen. Dann ging es entlang des alten Grand Hotels Suisse Majestique zu einem kleinen Kiosk, der eingebettet in das Erdgeschoss eines pompösen, gelben Eckhauses mit Stuckfassaden lag.

Bis dahin waren es genau 978 Schritte bei konstanter Schrittlänge.

Im Kiosk gab es neben Tabakwaren, Tageszeitungen und Magazinen, unzähligen Ansichtskarten, Touristenporzellan und billigen Sonnenbrillen auch Snacks und Süßigkeiten zu kaufen.

Eigentlich hätte Adam nicht so weit spazieren müssen. In der Cafeteria gab es Tic Tac günstiger aus einem Automaten, doch der Automat konnte nicht so schön lächeln und hatte auch nicht so umwerfend strahlend-grüne Augen, wie Émelie.

Adam schätzte sie etwa in seinem Alter, um die zwanzig. Sie hatte schulterlange, blonde Haare, ein weiches Gesicht mit vollen Lippen und war etwas kleiner als er. Wenn sie sprach, schwang das Schweizerdeutsch in ihrem Englisch mit, vermischt mit der typisch frankophonen Melodie und Betonung. Adam vermutete, dass Émelie hier aufgewachsen war. Er selbst sprach nur oberflächlich Deutsch und noch schlechter Französisch.

Er betrat den Kiosk und hielt einem alten Mann mit Zeitung und Gehstock die Tür auf. Émelie stand hinter einem schmalen Tresen vor einem Zigarettenregal. *Natürlich steht sie da.* Adam hatte sich gemerkt, wann sie arbeitete. Ihm fiel sofort auf, dass sie ihre Haare heute offen trug, nicht wie sonst zu einem Pferdeschwanz gebunden. Ihr Gesicht wirkte dadurch noch schöner, als es ohnehin schon war.

Als sie Adam bemerkte, hoben sich ihre Mundwinkel zu einem breiten Grinsen.

»Wie viele?«

Adam strahlte unkontrolliert drauf los, er konnte es nicht kontrollieren und hoffte, dass er nicht dümmlich dabei aussah.

Er freute sich riesig, dass Émelie bereits wusste, was er kaufen wollte.

»Drei«, sagte er und fügte schnell »bitte« hinzu.

»Ich wette, die sind bei deinem Konsum bis morgen wieder aufgebraucht, oder?«

Wie konnte man durch ein Lachen dermaßen in Bann gezogen werden? Die Art und Weise, wie sich ihre Zähne zeigten und ihre Schultern zuckten, immer wenn sie lachte, fand Adam hypnotisierend.

»Drei Packungen reichen bis Zwölf Uhr Dreißig übermorgen.«

Na großartig, dachte Adam. Warum wollte ihm nichts Lustiges oder Charmantes einfallen? *Was ist in so einer Situation überhaupt lustig oder charmant?*

»Jetzt sag nicht du isst die Dinger nach Plan!«

Zähne, Schulterzucken.

Wow.

»Nein, ähm ... Nur eine Schätzung.«

»Wie weit kommst du mit vier Packungen?«

»Bis neunzehn Uhr fünfzehn am gleichen Tag.«

Denk doch nach, bevor du sprichst, du Idiot.

Zähne, Schulterzucken.

Und ein irritierter Gesichtsausdruck.

Mist. Sie findet dich komisch.

Adam wurde warm. Er öffnete den Reisverschluss seiner Jacke und der graue, bedruckte Kapuzenpullover der Universität kam vom Vorschein.

»LeBlanc?« fragte sie. »Da läuft man fast zwanzig Minuten hin. Ihr habt doch einen Kiosk vor der Haustüre, oder? Warum holst du dir deinen Nachschub nicht dort?«

Oh Mist. Was jetzt?

»Ich ... gehe gern spazieren. Und ich war grad in der Nähe.«

»Ach so ist das. Mach ich auch gerne. Was studierst du denn?«

»Informatik.«

»Irgendwas spezielles?«

»Systemsicherheit, KI, Blockchain. Computerzeugs.«

Lass dir doch nicht jedes Wort aus der Nase ziehen! Warum wirkst du so abweisend? Wirke ich abweisend?

»Klingt interessant. Wo kommst du her?«

Bevor Adam antworten konnte, betrat eine Frau mit einem weißen Pudel an der Leine das Geschäft. Adam konnte seinen Blick nicht von Émelie lösen. Er wollte sie fragen, ob sie Lust hätte, eine Runde mit ihm spazieren zu gehen. Dienstschluss hatte sie um neunzehn Uhr. Die Frau verlangte nach zwei Schachteln Ernte 23 und einem Klatschblatt. Adam kam es vor, als würde es Stunden dauern, wie sie in ihrem Portemonnaie nach den Münzen grub, feststellte, dass sie nicht genug Bargeld bei sich hatte und schließlich die Kreditkarte zückte, dieselbe von Émelie abgelehnt wurde, hier kein American Express Madame, gerne MasterCard, merci, merci, ach und bittschön noch die aktuelle Motorsport für den Gatten, diesmal aber in Bar, Fräulein, das hab' ich grad noch, merci, merci, Salut, Salut.

Der Pudel hatte ein seltsam verformtes Gebiss, bei dem die unteren Schneidezähne hervorstanden. Er starrte Adam an und legte sabbernd den Kopf schief.

Sogar der Köter fragt sich, was du für ein seltsamer Typ bist. Wissen Hunde was seltsame Typen sind?

Endlich verließ die Frau den Kiosk und Adam atmete aus, als hätte er zu lange die Luft angehalten.

»Alles in Ordnung bei dir?«

»Ich hab' noch nicht bezahlt. Hier«, sagte Adam und legte vier Franken auf den Tresen.

Frag sie endlich.

Émelie kam ihm zuvor. »Wie heißt du eigentlich?«

»Adam Volt.«

»Ich bin Émelie«, gab sie zurück und hielt ihm die Hand hin.

»Ich weiß. Das steht auf deinem Namensschild.«

»Du Meisterdetektiv! Du hast mir meine Frage noch nicht beantwortet.« Zähne, Schulterzucken, ein Zwinkern.

WOW!

Vorsichtig griff er nach ihrer Hand und biss die Zähne zusammen. Berührungen waren schwierig. Nach einem kurzen Moment zog er seine Hand wieder zurück. Er wusste nicht recht, ob sich die Berührung sehr gut oder sehr schlecht angefühlt hatte. Er war zu nervös um sich auf die Befindlichkeiten seines Körpers zu konzentrieren.

»Welche Frage habe ich nicht beantwortet?«, gab er zurück.

»Na wo du herkommst, Sherlock.«

»Von der Uni.«

»Und bist du da auch geboren?«

Adam versuchte sich an einem Lachen. »Ach so, nee. Ich komme aus Washington D.C.«

»Ah, Amerikaner also. War noch nie dort. Schön da?«

»Hier ist es schöner«, meinte Adam. Seine Armbanduhr piepste. Siebzehn Uhr. In einer halben Stunde wollten seine Mitbewohner anfangen zu kochen. Sie hatten Freunde und andere Kommilitonen eingeladen und wollten eine Party feiern. Das heißt, seine Mitbewohner hatten Leute eingeladen. Adam nicht.

Warum schmiss man dienstags eine Party? Warum schmiss man überhaupt eine Party? Sollte er Émelie fragen? Vielleicht wäre das eine gute Gelegenheit, sie etwas besser kennen zu lernen.

»Hast du ... ich meine, willst du ... ne, anders. Kannst, also könntest - «

War ihr Blick freundlich oder skeptisch? *Es kann doch nicht so schwer sein!*

»Kommen?!«, presste er hervor und holte tief Luft. »Willst du kommen? Zu unserer Party, also, ich meine heute Abend feiern wir bei uns eine Party. Hast du Lust zu kommen?«

Sie hob die Brauen. Kein gutes Zeichen. *Verdammt.*

»Warte kurz«, sagte Émelie und griff nach Notizzettel und Stift. Sie schrieb ein paar Zahlen auf. Adams Miene erhellte sich.

»Hier hast du meine Nummer, Mr. Volt. Dann kannst du mir deinen Standort schicken. Ist einfacher. Ich komme gern, hab' noch nichts vor heute Abend.«

Adam nahm das Stück Papier und strahlte. »Danke, das ... ist super! Heute Abend um acht.«

»Ich freu mich!«

Hatte sie das gerade wirklich gesagt? Jetzt bloß nicht ausrasten. Émelie freute sich!

Er wandte sich zum Gehen.

»Hast du nicht was vergessen?«

Wollte sie, dass er ihr seine Nummer ebenfalls aufschrieb? Hatte er irgendetwas falsch gemacht?

»Deine Nervennahrung!«

Oh Mann, dachte Adam, klar.

»Danke«, sagte er noch und ging hinaus.

Er lief vierzig Schritte, bis er sich sicher war, dass Émelie ihn vom Kiosk aus nicht mehr sehen konnte. Dann begann er unkontrolliert zu hüpfen. Er fühlte sich großartig.

Auf dem Rückweg fragte er sich, was er anziehen solle. Er machte sich nichts aus Fashion, wollte aber nicht wirken, als mache er sich gar keine Gedanken über seine Erscheinung.

Ihm fiel der Vorschlag des Professors ein. Eigentlich wollte er mit Junichiro und Vadim über sein Projekt reden.

Adam entschied, sich morgen darum zu kümmern.

VIER

Zum Abendessen kam er nie zu spät.

Fette Regentropfen prasselten an das Küchenfenster. Vadim Orlov schnitt Zwiebeln und wischte sich die Tränen von den Augen.

Er müsste längst zurück sein.

Tanken, Zigaretten holen, nochmal kurz in die Kanzlei. Das Büro seines Vaters war gleich um die Ecke, die nächste Tankstelle lag etwa zwei Kilometer von dort in Richtung Innenstadt.

Dauert nicht lang. In zwanzig Minuten bin ich zurück.

Inzwischen waren fast zwei Stunden vergangen.

Draußen hatte die Dämmerung eingesetzt und Vadim hörte den Wind heftig durch die Straßen vor der alten Villa wehen, in der er mit seinem Vater wohnte. Die kahlen Bäume schüttelten sich, tiefes Donnergrollen erschütterte das graue Himmelszelt über St. Petersburg, wo sich die Lichtimpulse der Blitze eines heftigen Abendgewitters jagten. Grau in Grau.

Es kam nicht selten vor, dass sein Vater Vladimir spontan in die Kanzlei musste. Vladimir Orlov war ein bekannter Strafverteidiger, der stets ein Ass aus dem Ärmel seiner hellgrauen Anzüge ziehen konnte, trotz des schlechten Rufs, den ihm seine Kollegen eingebracht hatten. Vladimir Orlov nahm jene Aufträge an, die die anderen Anwälte ablehnten; er hatte sich auf Verbrechen in der organisierten Kriminalität spezialisiert und verteidigte die Menschen, die seitens seiner Kollegen nicht mehr als Menschen bezeichnet wurden, sondern als Monster. Monster, die in den Augen der meisten jedes Recht auf Verteidigung verloren hatten. Man hatte wenig Verständnis für ›Terroristen‹, außer, sie saßen auf einem elektrischen Stuhl.

Mit Vadim sprach er selten über seine Arbeit. Vladimir Orlov entschied zum Schutz seines Sohnes, das Thema aus ihren Gesprächen zu verbannen. Das Wissen, das Vladimir Orlov besaß, war nicht selten gefährlich.

Vadim hingegen fand die von vielen Gangsterrappern besungene Welt faszinierend, gerade weil sie gefährlich war. Ein Leben voll teurer Autos, heißen Frauen, Waffen und Luxus - ein Leben, das sein Onkel Dimitri Orlov führte, der sein Vorbild war.

Seit ein paar Jahren war der Kontakt zum Bruder seines Vaters mehr und mehr in die Brüche gegangen. Vadim hatte nur am Rande mitbekommen, dass sie sich des Öfteren gestritten hatten, er wusste aber nicht worüber.

Sein Onkel war das, was man gemeinhin einen Oligarchen nannte. Er hatte mit dem Beginn der Neunzigerjahre als einer der ersten seine Millionen mit Internetgeschäften gemacht. Er verfügte über weitreichenden, politischen Einfluss, ohne dass Medien und Politik genau wussten, wer Dimitri Orlov überhaupt war. Vadims Onkel zeigte sich nicht in den Medien und nur äußerst selten auf öffentlichen Veranstaltungen. Dimitri Orlov war ein Phantom. Auf den ersten Blick ein Mann, der Understatement perfektionierte, doch Vadim kannte ihn besser. Nach seinem sechszehnten Geburtstag durfte er Dimitri für ein Wochenende zu dessen Anwesen auf Ibiza begleiten. Drei Tage, die sich in drei Worten zusammenfassen ließen: Frauen, Zigarren, Bargeld.

Vadim verlor seine Jungfräulichkeit an eine Argentinierin, an deren Namen und Gesicht er sich heute nicht mehr erinnern konnte.

Dimitri Orlov war es auch, der Vadim seinen ersten Computer schenkte, als er zehn Jahre alt wurde. Der Onkel ebnete so den Weg in eine Welt, aus der sich Vadim bald nicht mehr lösen konnte. Die Zahl der täglich neuen Entdeckungen schien unerschöpflich. Ein Schlaraffenland der unbegrenzten Möglichkeiten und Inhalte. Vadim wollte mitmischen.

Er brachte sich das Coden bei. Mittlerweile gab es kaum ein System, in das er nicht einbrechen konnte. Es war wie ein Spiel, bei dem er die Regeln machte.

Er liebte den Nervenkitzel und das Adrenalin, das durch seinen Körper schoss, wenn er Websites manipulierte oder Kreditkartendaten aus schlecht gesicherten Onlineshops stahl. Vadim wurde süchtig danach. Ein erfolgreicher Angriff war wie ein High für ihn.

Er schaute Pornos, um sich wieder zu beruhigen. Je komplexer die Angriffe wurden, desto gewalttätiger die Videos.

Die wenigen Freunde, die Vadim hatte, wandten sich nach und nach von ihm ab – er wollte seine Zeit nicht mit ihnen verschwenden und machte kein Geheimnis daraus. Warum an den Tatsachen vorbeireden? Er interessierte sich nicht mehr für sie.

Was als Spaß und Spiel an der Oberfläche des Internets begann, verlagerte sich mit der Zeit in die dunklen Ecken des Darknet. Die nächtelangen Tauchgänge zu den grausamsten Orten des Schattennetzwerks hatten Vadim abgehärtet. Drogen-, Waffen-, Menschenhandel, Kinderpornographie, Vergewaltigungs- und Mordvideos, Auftragsmörder, Foren zu jedem erdenklichen Thema – für Vadim das Produkt von Menschen, die nur eines im Sinn hatten: Geld zu verdienen. Und das Darknet machte es ihnen leicht.

Vadim interessierte sich besonders für das Bounty-Hunting. Ähnlich wie auf einem Kleinanzeigenmarkt wurden statt Restposten, Handys, Möbeln oder Dienstleistungen, Coding-Aufgaben mit der Bitte um Lösung ausgeschrieben – gegen Bezahlung, den Bounties. Ob die Herausforderung darin bestand, Systeme zu reparieren, oder sie zu zerstören, spielte für Vadim keine Rolle. Meistens jedoch waren die destruktiven Angebote besser bezahlt.

Im Darknet gibt es alles und nicht alles ist schlecht. Glaubte man einem Großteil der Medien und Politiker, war die klandestine Nische des Internets ein ausschließlich dunkler Ort des Bösen und die Bühne des Grauens. Es wurde verteufelt. Tatsächlich ist das Darknet nichts weiter als die ungefilterte Summe der Inhalte seiner Nutzer: den Menschen. Nicht das anonyme Netzwerk ist das gefährliche, sondern diejenigen, die es füllen. Dabei stechen die illegalen und grausamen Themen besonders ins Auge, obwohl sie schätzungsweise nur ein Drittel des Angebots ausmachen.

Viele Journalisten weltweit nutzen gesicherte und anonyme Teilnetzwerke, um bei ihrer investigativen und gefährlichen Arbeit unentdeckt zu bleiben. Aber auch Privatpersonen, die aufgrund ihrer Meinung um ihre Freiheit fürchten müssen, schätzen das Darknet als Platz zum unzensierten und anonymen Austausch ihrer Ansichten.

Für Vadim war das Darknet ein gigantischer Spielplatz und das Tor zu dem Leben, von dem er träumte. Ein Leben in Freiheit und Unabhängigkeit, vielleicht in irgendeiner Penthouse Wohnung in einer Metropole, wo das Klima angenehmer war als in Petersburg.

Es war ihm egal, ob er dabei Gesetze brach und Existenzen gefährdete. Vadim wusste, wie man sich in den unbeleuchteten Hinterhöfen des Internets versteckte und sich unsichtbar machte. Er testete sich aus, ging an die Grenzen seiner Fähigkeiten, so wie andere Menschen exzessiv Sport trieben oder Berge bis zur Erschöpfung erklommen.

Coden erfordert ein hohes Maß an Konzentration. Um fit zu bleiben, ging Vadim dreimal die Woche zum Schwimmen und ernährte sich ausschließlich vegetarisch. Dem Umstand verdankte er eine athletische Figur und ein breites Kreuz. In seiner Freizeit verbrachte er viel Zeit bei Tinder, einer Dating-Plattform, auf der Suche nach schnellem Sex. Doch weder die flüchtigen Bekanntschaften noch der Sport vermochten ihm auch nur ansatzweise den Kick zu verschaffen, den er beim Coden erlebte.

Den Rest seiner Zeit außerhalb der Schule verbrachte er eingeschlossen in seinem Zimmer, das er zur Sperrzone für seinen Vater Vladimir erklärt hatte.

Bald hatte der Vater es aufgegeben, ihn für eine Karriere im Rechtswesen begeistern zu wollen. Der Plan war gewesen, die Kanzlei irgendwann an Vadim weiterzugeben, wie es schon Vladimirs Vater getan hatte – doch Vadim wollte von all dem nichts wissen. Warum sollte er sich Reichtum hart erarbeiten, wenn er dafür nicht einmal sein Zimmer verlassen musste? Vadim respektierte seinen Vater und ihr Verhältnis war liebevoll, dennoch wollte er nicht in seine Fußstapfen treten.

Ab und zu fragte sich Vadim, was die Meinung seiner Mutter zu jenem Thema gewesen wäre. Er konnte sich nicht an sie erinnern. Als sie verstarb, war er gerade ein Jahr alt. Nur ein gerahmtes Polaroid in der Küche erinnerte Vadim daran, dass es sie jemals gegeben hatte. Es zeigte eine schöne Frau, blond, schlank, ein strahlendes Lächeln, mit Vadim als Baby auf dem Arm. Er hatte keinen Bezug zu ihr. Was man nie hatte, kann man nicht missen, sagte er sich immer wieder. Wahrscheinlich hätte sie sich die gleichen Sorgen gemacht, wie sein Vater.

Heute war Vadim achtzehn Jahre alt, ein dunkler Lockenkopf mit markantem Gesicht und braunen Augen.

Vladimir hatte schließlich begriffen, dass Vadim seinen eigenen Weg zu gehen gedachte, und obwohl er keinen blassen Schimmer hatte, was er stundenlang an seinem Computer machte – er wollte ihn irgendwie unterstützen. Ein guter Vater sein.

Doch er wusste nicht wie.

Die sich rasend schnell weiterentwickelnden Technologien überforderten ihn. Was gestern galt, konnte schon am nächsten Tag zu ›Bullshit‹ verkommen sein, ein Wort, dass Vadim ständig in den Mund nahm und sich einreihte in den Reigen der Anglizismen der neuen Welt, die Vladimir häufig nicht verstand. Er war froh, dass er einigermaßen souverän sein Laptop und das Smartphone bedienen konnte.

Es kam immer wieder zu hitzigen Diskussionen zwischen den beiden: Vadim war der Meinung, dass er kein Studium bräuchte, Vladimir war der Meinung, dass er ohne Studium nicht die besten Chancen hätte, sich in der ›IT-Branche‹ durchzusetzen.

Vadim war nicht auf der Suche nach einem Job in der IT-Branche. Für ihn war die Denkweise seines Vaters veraltet. Er hatte ein anderes Geschäftsmodell im Sinn, denn er wusste, wie man Bots und Viren schrieb; Programme, die, je nachdem, wie man sie einsetzte, Systeme manipulieren oder ganz lahmlegen konnten. Als ihr Schöpfer hatte Vadim die Macht, die infizierten Strukturen der Opfer wieder zu befreien. Und zwar gegen Summe X, während er sich entspannt im Stuhl zurücklehnte und sich einen Porno ansah. Das Leben konnte so einfach sein.

Hunderte Male hatte Vadim versucht seinem Vater zu erklären, dass es beim Programmieren ausschließlich auf den Code ankäme - nicht auf den Menschen, der ihn schrieb und dessen Referenzen. Ein Studium hielt Vadim für Zeitverschwendung. Jahrelange Strapazen für ein Stück Papier, auf das in der digitalen Welt sowieso kein Wert gelegt wurde, weil es ausschließlich auf Ergebnisse ankam, nicht auf Lösungswege.

Irgendwann stellte Vadim allerdings fest, dass der Aufenthalt an einer gut vernetzten Universität einen entscheidenden Vorteil haben könnte: den Zugang zu großer Rechenleistung. Sein PC zu Hause stieß trotz zahlreicher Erweiterungen inzwischen an seine Grenzen. Wenn Vadim nach den Sternen greifen wollte, brauchte er eine Leiter zum Himmel.

Er schälte eine weitere Zwiebel, schnitt sie in grobe Schnitze und schüttete sie in den Topf zu den anderen Zutaten: Weißkohl, Knoblauch, Sellerie, Kartoffeln, Rindfleisch.

Schtschi, ein beliebter russischer Eintopf, war eines von Vladimir Orlovs Leibgerichten. Sein Vater hatte ihm beigebracht, wie man die Mahlzeit so zubereitete, dass das Fleisch zart wurde und die Kartoffeln einen gewissen Biss behielten.

Es war das einzige Essen, dass Vadim abseits von Spiegeleiern und trockenen Nudel selbst zuzubereiten wusste.

Möglicherweise würde sich das Kochen eines Tages zu einer willkommenen Ablenkung entwickeln - Vadim musste sich eingestehen, dass er Spaß bei der Tätigkeit hatte.

Er wollte sich gerade ans Abschmecken der Brühe machen, als es an der Tür klingelte. Nur ein paar Sekunden später öffnete ein Schlüssel den Eingang.

Warum klingelt er, wenn er eh im nächsten Moment aufsperrt?

»Papa! Essen ist fast fertig!«

Vadim erhielt keine Antwort, hörte nur dumpfe Schritte auf den alten Dielen im Flur.

»Papa?«

Den Kochlöffel in der Hand, ging Vadim aus der Küche. Er erschrak, dann weiteten sich seine Augen vor Freude.

»Onkel Dimitri?«, rief Vadim irritiert. »Was machst du denn hier?«

Dimitri Orlov war ein breitschultriger Hüne von fast zwei Metern, mit dem schwarzen Fedora auf dem kurz geschorenen Schädel wirkte er noch größer. Er nahm den Hut vom Kopf und zog die schwarzen Lederhandschuhe von den Fingern seiner großen Hände. Auf seinem schwarzen Wollmantel glänzten ein paar Regentropfen. Draußen tobte der Sturm noch immer.

Er schien allein gekommen zu sein.

»Gut siehst du aus, Vadim, aus dir wird ein richtiger Mann.«

Dimitri klopfte ihm freundschaftlich auf die Schulterpackte ihn dann mit beiden Händen an den Oberarmen, so fest, dass es weh tat.

»Am Bizeps arbeiten wir noch!«, grollte seine Stimme durch den Gang. Es klang wie ein Befehl.

»Wird erledigt! Was machst du hier?«

Der Onkel ging nicht auf die Frage ein. »Es riecht gut. Du kochst?«

»Schtschi. Hat sich Papa gewünscht, der hängt aber schon seit zwei Stunden in der Kanzlei rum. Ich erreiche ihn nicht.«

»Lass uns in die Küche gehen. Ich muss mit dir reden.«

Vadim senkte die Temperatur des Herds. Sie setzten sich. Aus den ernsten Gesichtszügen seines Onkels wurde er nicht schlau.

Dimitri steckte sich eine Zigarette an, bot Vadim eine an, er lehnte ab. Vadims Vater würde es nicht gern sehen, dass in seiner Küche geraucht wurde. Das weiß Onkel Dimitri bestimmt auch, dachte Vadim. Die Selbstverständlichkeit, mit der sich sein Onkel über die Regeln des Hausherrn hinwegsetzte, fand er cool.

»Ich befürchte«, begann Dimitri, »mein Besuch steht unter keinem guten Stern.«

»Was ist los?«

»Dein Vater hatte einen Unfall. Er ist tot.«

Unsichtbare Hände griffen nach Vadims Hals und umschlossen ihn so fest, dass er kaum atmen konnte. Er spürte einen Stich im Brustkorb, während sich ein Vakuum in seinem Kopf zu bilden schien. Der Zigarettendunst brannte plötzlich wie Feuer in seinen Augen. Vadim wollte etwas sagen, brachte aber nur stammelnde Laute über die Lippen. Dimitri griff nach der Hand seines Neffen und drückte sie fest.

»Es tut mir furchtbar leid, Vadim.«

Ein paar Minuten schwiegen sie sich an. Vadim wollte die Tränen vor seinem Onkel verbergen, konnte sich aber nicht helfen.

»Du darfst um deinen Vater weinen, Vadim. Das hat nichts mit Schwäche zu tun. Das ist echte Stärke, Junge.«

»Was ist passiert?«

»Ein LKW konnte nicht mehr bremsen.«

»Wo hat man ihn hingebracht? Ich möchte ihn sehen.«

Dimitri blickte ihn verständnisvoll an. »Das geht im Moment nicht. Vom Auto ist nicht viel übriggeblieben. Man kümmert sich darum, dass wir ihn würdevoll begraben können. Das wird noch etwas Zeit brauchen.«

»Bullshit«, sagte Vadim und stütze den Kopf auf seine Hände. »Scheiße, Scheiße, Scheiße!«

»Ich bleibe die ganze Nacht hier und auch den ganzen Tag morgen, wenn du willst. Du bist nicht allein.«

Vadim brauchte einen Moment, bis er zustimmend nickte. Er schnäuzte und warf das Taschentuch auf den Boden.

»Ja ... bitte bleib hier.«

»Wann immer du bereit dazu bist, besprechen wir, wie es weitergeht. Deine Zukunft ist gesichert, Vadim. Du musst dich um nichts sorgen.«

Sie verhockten schweigende Stunden, der Eintopf blieb unberührt auf dem Herd stehen. Schließlich ging Vadim auf sein Zimmer, schaltete den Computer ab und wartete in Gedanken an seinen Vater darauf, dass ihn der Schlaf einholte.

FÜNF

Universität LeBlanc
Montreux am Genfersee, Schweiz

Worin begründet sich die Korrelation zwischen Studentenpartys und Trash-Musik der Neunziger?
Adam Volt war in seinem Leben noch nicht oft auf Partys gewesen, die meisten davon hatte er in LeBlanc erlebt, doch es schien eine ungeschriebene Gesetzmäßigkeit zu sein, dass auf jeder einzelnen von ihnen irgendwann die Zeit für die Backstreet Boys, Gigi D'Agostino, Dr. Alban oder die Spice Girls gekommen war.

So auch jetzt. Die rund fünfundzwanzig Gäste waren angehalten, Halleluja zu singen, sing Halleluja, sing it, yeah! Man tanzte, trank, unterhielt sich. Die Stimmung war ausgelassen.

Adam war zu schlecht drauf, um Hallelujas und Yeahs zum Besten zu geben. Émelie war noch immer nicht aufgekreuzt. Davon abgesehen war die Musik nicht nach seinem Geschmack. Er hörte gerne Klassik und Heavy Metal, beides Genres, die die volle Aufmerksamkeit von ihrem Zuhörer forderten. Das Stimmengewirr der Studenten, Dr. Alban, der Geruch von Alkohol und russischem Eintopf, den Vadim zubereitet hatte, stressten Adam. Zu viele Reize auf einmal. Er fragte sich, wie andere, scheinbar willkürlich, verschiedene Eindrücke ausblenden konnten. Manchmal fühlte er sich wie ein Schwamm, der ungefiltert alles in sich aufsog. Er schob sich zwei Tic Tac in den Mund.

Das Chalet hätte anderswo auf der Welt einer Großfamilie Platz bieten können. Der Wohn- und Essbereich war offen gestaltet, eingerahmt von hellen Holzwänden und einer großen Glasfront Richtung Süden, die sich bis in die zweite Etage erstreckte, wo die Schlafzimmer und das Gemeinschaftsbad untergebracht waren.

Die Musikanlage gehörte Vadim, der sie wohl von seinem Onkel geschenkt bekommen hatte, soviel Adam wusste. Zu ihrem Rhythmus pulsierten die Studenten eng umschlungen, im schweigenden Gespräch der Tanzbewegungen. Adam war es ein Rätsel, wie man dem eigenen Körper die Befehle geben konnte, sich auf erotische, elegante oder amüsante Weise zu verdrehen, zu beugen, und zu strecken. Er befürchtete, sich lächerlich zu machen, wenn er es selbst versuchte, wie damals im Sportunterricht in der Einheit *Rhythmusgymnastik*. Man hatte ihn einen ›Spasti‹ genannt, der seine interpretatorische Darstellung eines tanzenden Pottwals präsentierte. Inzwischen beschränkte er sich auf ein dezentes Wippen im Takt, und das nur, wenn er sich unbeobachtet fühlte.

Adam ließ sich auf das Sofa fallen und seinen Blick durch das Wohnzimmer gleiten. Fast alle Mädchen trugen das graue Sweatshirt mit dem LeBlanc-Aufdruck, kurze Jeansshorts oder Radlerhosen und Sneaker, während die meisten Jungs dem Golf- oder Polo-Look ihrer Väter nachstrebten: halboffene Ralph-Lauren-Hemden, knallige Pullover über den Schultern, dazu helle Chinohosen und Bootsschuhe oder Sneaker. Adam hatte sich für einen locker geschnittenen schwarzen Hoodie, eine schwarze Jeans und Chucks entschieden.

Junichiro Hisoka plumpste neben ihm auf die Couch, er trug einen beigen Baumwollanzug mit verkürzter Hose und war barfuß. In der Hand hielt er eine halbleere Bierflasche. Junichiro vertrug nicht viel Alkohol und war oft schon nach dem zweiten Glas ordentlich angetrunken. Er lallte leicht und eine Hopfenfahne wehte Adam entgegen, als Junichiro sich ihm zuwendete.

»Naaaa, Professor Falken? Was sitzt du hier so planlos herum? Du hast ja gar nichts zu trinken!« Der Spitzname *Professor Falken* war eine Anspielung auf einen Charakter in Adams Lieblingsfilm WarGames. Ein Streifen aus den Achtzigern, in dem ein Teenager versehentlich in einen Supercomputer des amerikanischen Militärs einbricht und durch die Simulation eines globalen thermonuklearen Kriegs beinah den dritten Weltkrieg auslöst. Aus heutiger Sicht ein Trash-Film, aber diese Form des Trash gefiel Adam gut, weil sie in Wirklichkeit gar nicht so weit hergeholt war, wie es schien. Wer weiß, was passieren würde, wenn man die nuklearen Warnsysteme der Russen oder Amerikaner täuschte.

Der einzige Weg, das Spiel zu gewinnen, ist das Spiel nicht zu spielen.

»Heeee, hören Sie mich, Professor? Na, jemand zu Hause in diesem Superhirn?«

»Schon gut, Juni«, meinte Adam ablehnend. »Ich will nichts.«

»Wieso denn nicht? Ist doch eine Party hier! Kennst du das Wort? PAR-TY! Hast du keinen Spaß?«

»Doch, habe ich.«

»Oh, wow! Ich hab selten solche Begeisterung gesehen! Schau, die Balken biegen sich unter der Wucht deiner guten Laune, abartig!«

Adam zuckte die Schultern.

»Spuck's schon aus, Adam. Warum starrst du Löcher in die Wand? Hast du schon was gegessen? Dieses Schitti von unserem Oligarchenjüngling schmeckt echt geil!«

»Schtschi.«

»Hä?«

»Das Zeug heißt Schtschi«, korrigierte Adam.

»Ach so, ja kann schon sein. Lenk nicht vom Thema ab, du Klugscheißer. Was ist los?«

Wenn Junichiro trank, wurde irgendein Schalter in ihm umgelegt und er konnte ununterbrochen reden, bis der nächste Morgen graute. Bei Adam wirkte der Alkohol eher wie ein Sedativ.

»Ich warte nur«, sagte Adam.

»Aha, damit wären wir einen Schritt weiter. Jetzt noch einer. Auf wen oder was warten Sie denn, Professor Falken?«

»Hab jemand eingeladen. Ist aber noch nicht da.«

»Schön, dann haben wir das Offensichtliche besprochen. Erläutern Sie mir das große *Aber*, Professor.«

»Aber ... sie ist halt noch nicht da. Und ich weiß nicht, ob sie überhaupt kommt.«

»Waaaaas?! Langsam, alter Knabe, langsam!«

Junichiro sah sich übertrieben hektisch im Raum um, bis er Vadim fand, der sich mit einer Jungsgruppe aus der Fußballmannschaft unterhielt. »Hey, Vadim! VADIM! Schwing deinen Russki-Arsch hier rüber. Das musst du dir anhören!«

Adam hätte sich am liebsten aus dem Staub gemacht. Vadim Orlov hatte etwas Einschüchterndes an sich. Er benahm sich höflich und zuvorkommend, aber irgendetwas an seiner Erscheinung war düster. Man fühlte sich in seiner Anwesenheit immer ein Stück kleiner, als man eigentlich war.

Vadim war komplett in schwarz gekleidet. Anzug, weit aufgeknöpftes Hemd, Lederschuhe und ein silbernes Armband, in der Hand eine Bierflasche.

»Danke, Mann«, sagte Vadim und seufzte. »Diese ganze Fußballkacke interessiert mich einen Scheißdreck. Dachte schon, ich werde die Typen gar nicht mehr los. Was gibt's denn?«

»Rate mal, wer heute Abend hohen Damenbesuch erwartet!«

»Mann, Juni, lass doch den Mist. Wen interessiert's«, sagte Adam genervt.

»Was, ist das dein Ernst? Wird ja doch noch ein Mann aus unserem Professor Falken, oder?« Vadim hob anerkennend seine Flasche. »Willst du uns die Lady nicht vorstellen? Wo sind deine Manieren, Adam?«

Junichiro fiel ins Wort, bevor Adam antworten konnte. »Seine Manieren sind wahrscheinlich da, wo das Mädel sich rumtreibt. Nicht hier.«

Adam fiel kein Konter darauf ein. Er wusste, dass Junichiro nur Spaß machte, gerne hätte er ebenso schlagfertige Reaktionen parat. Stattdessen schwirrten seine Gedanken nur um die Angst vor Émelies Ablehnung. Warum war sie noch nicht hier? Würde sie überhaupt kommen? War die Einladung zu direkt gewesen?

»Alles der Reihe nach, mein Bester«, sagte Vadim. »Wie heißt die Dame denn?«

»Émelie.«

»Oh là là! Französin?«

»Keine Ahnung. Vielleicht. Ist aus Montreux, glaube ich.«

»Wie lange kennt ihr euch denn schon?«

»Ach, komm, das ist doch langweilig, Vadimirowitsch!«, grölte Junichiro. »Wir wollen wissen, wie sie aussieht, die holde Maid! Na? Blond? Oder steht Professor Falken eher auf brünett?«

Adam zuckte die Schultern. »Sie ist sehr hübsch.«

»Oh, ja! Ich sehe sie ganz genau vor mir. Ich kann sie mir richtig gut vorstellen.«

»Halt die Klappe, Juni. Ist schon gut, Adam. Wann kommt sie denn?«

»Ich weiß es nicht genau. Müsste längst da sein.«

»Hast du mal versucht anzurufen?«, fragte Vadim.

»Ja, geil! Telefonsex! Ruf schon an«, rief Junichiro.

»Halts Maul jetzt. Du siehst doch, dass Adam sich Sorgen macht. Fahr mal einen Gang runter, Juni.«

Warum bin ich nicht selbst darauf gekommen, ärgerte sich Adam im Stillen. Er war so in Gedanken versunken gewesen, dass er kein einziges Mal auf sein Handy gesehen hatte. Er zog es aus der Hosentasche. Das Display zeigte nur das Filmplakat von WarGames, aber keine neuen Mitteilungen. Er öffnete den Chat, in dem er Émelie vor ein paar Stunden seinen Standort gesendet hatte. Das war seitdem die letzte Nachricht.

Am liebsten hätte er alle Gäste rausgeschmissen und sich ins Bett gelegt. Vadim klopfte ihm tröstend auf die Schulter und murmelte etwas, dass Adam nicht verstand, als plötzlich jemand seinen Namen rief. Ein Student aus dem Nachbarchalet kam zum Sofa geeilt.

»Adam, da steht jemand an der Tür. Möchte zu dir, sagt du hast sie eingeladen. Kein Plan wer sie ist. Aber sieht geil aus«, sagte er zwinkernd.

Sofort hellte sich Adams Miene auf.

»Sing Halleluja!«, schrie Junichiro und leerte sein Bier.

Auf dem Weg zur Tür fuhr sich Adam durch die wuscheligen Haare.

Dann stand er vor ihr.

Sie trug einen weiten dunkelblauen Wollmantel, darunter eine Art langes Hemd als weißes Kleid getragen, eine einfache dunkelblaue Jeans und Chucks, wie Adam. Die blonden Haare hatte sie leicht gelockt und die Wimpern mit etwas Tusche zurechtgemacht. Ihre Augen strahlten noch mehr als sonst.

»Sorry, dass ich zu spät bin. Ist 'ne Familienkrankheit. Dann war natürlich auch noch mein Akku am Ende.«

»Das ... macht nichts. Ist schon okay. Wie geht's?«

Émelie wollte ihn zur Begrüßung umarmen, Adam zuckte leicht bei der Berührung. Hoffentlich hatte sie es nicht bemerkt. Mit Berührungen tat er sich schwer. Es fühlte sich seltsam an und trotzdem schön. Er wünschte sich das Selbstbewusstsein von Vadim und die Schlagfertigkeit von Junichiro. Normalerweise war er zufrieden mit sich, doch jetzt fühlte er sich in seiner Haut nicht wohl, als würde er zum ersten Mal feststellen, wie sonderbar er eigentlich war. Die Haut an seinem rechten Unterschenkel kribbelte.

»Danke mir geht's gut. War nur etwas im Stress, aber jetzt bin ich ja da. Nett habt ihr es hier. Wow!«

Sie sah sich beeindruckt um. »Wie viele Mitbewohner hast du?«

»Zwei.«

»Echt jetzt? Ihr wohnt hier zu dritt? Nicht schlecht, hey. Lässt sich aushalten, nehme ich an.«

»Es geht schon.«

»Wie? Die Bude ist doch der Hammer! Ich würde durchdrehen vor Freude, wenn ich hier wohnen könnte!«

Adam zuckte die Schultern. »Man gewöhnt sich an alles.«

Bravo. Jetzt klingst du wie ein dekadenter Arsch.

Émelie nickte nur. Adam suchte krampfhaft nach einem Gesprächsthema. Er nahm ihr den Mantel ab und sie betraten das Wohnzimmer, begleitet von Ricky Martins einfältigem Hit *Livin' la vida loca*. Adam fühlte sich überhaupt nicht loca.

»Coole Anlage«, sagte Émelie. »Die Musik ist nicht so meins, aber der Sound ist fett. Deine?«

»Gehört meinem Mitbewohner, Vadim«, erklärte Adam. »Er ist – «

Weiter kam er nicht. Plötzlich begannen die Gäste wie wild gewordene Gänse durcheinander zu schnattern und zu grölen. Adam kniff die Augen zusammen. Im leicht erhöhten Bereich, in dem sich die offene Küche befand, versuchte Junichiro eine Bierflasche mit seinen Zähnen zu öffnen, während die anderen ihn überschwänglich anfeuerten.

»Das da ist der andere«, sagte Adam und deutete in Richtung Junichiro, dessen Gesicht vor Anstrengung knallrot angelaufen war. »Junichiro dreht immer etwas durch, wenn er getrunken hat, weißt du.«

»Wie war der Name?«, fragte Émelie.

»Junichiro.«

»Klingt interessant. Chinesisch?«

»Fast. Kommt aus Japan. Ein bisschen durchgeknallt, aber eigentlich echt nett.«

Vadim gesellte sich zu den beiden und klopfte Adam auf die Schulter.

»Dann ist der Abend wohl doch noch gerettet, was Adam?« Er ging einen Schritt auf Émelie zu und reichte ihr die Hand. »Ich bin Vadim. Du bist bestimmt Émelie, oder? Adam hat viel von dir erzählt.«

»Das stimmt doch gar nicht!«, verteidigte sich Adam.

»So?«, fragte sie und hob lächelnd die Brauen. »Was hat er denn erzählt?«

»Äh, wollen wir vielleicht auf die Terrasse?«, schlug Adam vor. Die Art und Weise wie Vadim Émelie ansah, gefiel ihm nicht.

Vadim ignorierte ihn. »Adam hat uns berichtet, dass diese mysteriöse Émelie sehr gut aussehen soll. Er hat jedenfalls nicht gelogen. Unser Professor Falken hier ist ganz hin und weg, das kann ich dir sagen.«

Émelie lachte.

War das eine normale Unterhaltung? Sah Adam alles viel zu eng?

»Wer ist Professor Falken?«, fragte sie.

»So nennen wir Adam manchmal«, erklärte Vadim. »Ist eine Figur aus seinem Lieblingsfilm.«

Sie wandte sich an Adam: »Was ist denn dein Lieblingsfilm?«

»WarGames«, sagte er und starrte an die Decke, weil er nicht wusste wohin mit seinem Blick. Inzwischen plärrte Britney Spears *Hit me baby one more time* aus dem Lautsprecher.

Émelie zuckte die Schultern. »Habe ich nie gesehen. Können wir ja mal zusammen ansehen, wenn du willst.«

»Unbedingt«, sagte Adam. »Ich hab' ihn zwar schon dreiundzwanzig Mal gesehen, aber das macht nichts.«

»Okay wow, dann muss er ja richtig gut sein.« Sie sah sich um. »Also ich muss schon sagen Adam, ich bin echt beeindruckt von der Bude. Gefällt mir. Was riecht hier so gut?«

»Vadim hat gekocht. Ein russischer Eintopf.«

»Schtschi«, ergänzte Vadim. »Wir haben noch was übrig. Willst du einen Teller?«

»Klar, gern! Ich bin am Verhungern.«

Warum bist du nicht selbst darauf gekommen, ihr etwas anzubieten? Zu Trinken hat sie auch noch nichts.

Ein Student aus der Fußballmannschaft stieß dazu: »Vadim, kommst du mal kurz? Wir sind so langsam ready für anderen Sound.«

Die beiden gingen zur Musikanlage.

Endlich allein.

»Wo sind denn die Teller?«, fragte Émelie.

»Komm mit. Ich kann auch noch eine Portion vertragen.«

Sie aßen im Stehen, lehnten an der Arbeitsplatte in der Küche und beobachteten die anderen Studenten. Émelie trank Bier aus der Flasche.

Adams Gedanken kreisten um ihre Augen, einen verbogenen Löffel, der er in der Spüle erspäht hatte, und um ein mathematisches Problem aus einer Vorlesung vom Vormittag.

»Machst du noch was anderes, als in dem Kiosk zu arbeiten?«, fragte Adam irgendwann.

»Hm. Ich wollte eigentlich Politik oder Gesellschaftswissenschaften studieren.«

»Aber?«

»Ich weiß auch nicht. Ich habe die Befürchtung, dass ich dann jeden Tag scheiße drauf bin.«

»Wieso denn das?«

»Das klingt jetzt vielleicht ein bisschen altklug, aber schau dir doch mal die Politik und die Gesellschaft heutzutage an. In der Schweiz haben wir wenigstens noch halbwegs funktionierende Volksentscheide. Aber in Deutschland? Anderswo? Ich kann schon verstehen, wieso viele von all dem nichts mehr wissen wollen. Ich hab' auch kein sonderlich großes Vertrauen in die Politik.«

Adam überlegte einen Moment. »War das denn jemals anders? Also, deiner Meinung nach?«

»Ich weiß nicht genau«, sagte Émelie. »Ich glaube die Politik hat sich nicht wirklich verändert. In ihren Grundprinzipien, meine ich. Aber die Welt halt schon, vor allem, was Technik und so weiter angeht. Und die Gesellschaft genauso, die passt sich eben an.«

»An was passt sie sich an?«

»Na dem Zeitgeist. Jeder hat ein Handy, zumindest in unseren Breitengraden, und ich bin mir sicher, dass es nicht mehr lange dauert, bis wirklich *Jeder* eins in der Tasche hat. Geht heutzutage eben kaum mehr ohne und ist ja irgendwo auch ziemlich praktisch. Aber es hat uns verändert, findest du nicht? Die ständige Erreichbarkeit, alles auf Abruf und so. Ich bin auch keine Heilige. Wenn ich im Laden um die Ecke nicht das bekomme, was ich will, bestelle ich's halt im Internet, anstatt zu warten, bis es wieder verfügbar ist. Ich glaube wir haben alle miteinander Geduld verlernt.«

Adam nickte. Ihm fiel auf, wie gerne er Émelie zuhörte. Sie hatte eine schöne Stimme, weich und warm.

»Und die Politik«, fuhr sie fort, »versucht dem ganzen einen Rahmen zu geben, aber eben nach alten Methoden. Das mag in den Fünfzigern vielleicht ganz gut geklappt haben, aber mittlerweile können Entscheidungen gar nicht so schnell getroffen werden, wie es manchmal notwendig wäre.«

»Ich finde das echt interessant«, meinte Adam und löffelte den letzten Rest Suppe aus seinem Teller. »Hab' mir noch nie Gedanken drüber gemacht. Naja, doch, aber in einem anderen Zusammenhang.«

»Und in welchem?«

»Sicherheit.«

Er schob sich zwei Tic Tac in den Mund und genoss die kühlende Wirkung der Minze, obwohl sie in Kombination mit dem Eintopf nicht gut schmeckten. Émelie zog die Stirn kraus.

»Das musst du mir schon genauer erklären, Adam.«

Sie sah ihm direkt in die Augen. Er konnte ihrem Blick nicht standhalten.

»Die Menschen haben keine Ahnung, dass sie in Gefahr sind«, sagte er.

»Nun mach mir mal keine Angst. Warum bin ich denn in Gefahr?«

»Du verschickst die meisten Nachrichten über WhatsApp, oder?«

»Ja, und?«

»Da kann man mitlesen. Ganz einfach.«

»Ach so. Na und, wenn schon. Ich hab' doch nichts zu verbergen. Und viel Geld gibt's bei mir auch nicht zu holen.«

»Aber macht dir das gar keine Sorgen?«, hakte Adam nach. »Das irgendwelche Fremden wissen, wann du dich mit deiner Oma zum Kaffee verabredest? Oder was du noch einkaufen sollst? Oder wenn dein Chef wissen will, wie viel Umsatz ihr heute im Kiosk gemacht habt?«

»Ja gut, das ist scheiße, weil's niemand etwas angeht. Aber im Endeffekt passiert mir deswegen ja nichts. Also ist meine Sicherheit auch nicht in Gefahr, oder übersehe ich da was?«

»Leider eine ganze Menge.«

»Ohweia. Dann klären Sie mich mal auf, Professor Falken.«

»Jetzt fang du nicht auch noch damit an!«

Erneut lächelte Émelie ihr atemberaubendes, zähnefletschendes, schulterzuckendes Lachen, an dem Adam sich nicht satt sehen konnte.

»Also, was genau übersehe ich?«, fragte sie.

Vadim gesellte sich zu ihnen, bevor sie das Gespräch fortsetzen konnten. »Ich bin immer noch nicht satt«, sagte er und fügte entschuldigend hinzu: »Will euch gar nicht stören, aber ich finde meinen Teller nicht mehr.«

Émelie winkte ab. »Alles gut. Wir unterhalten uns gerade über meine Sicherheit.«

»Wieso? Bist du in Gefahr?«

»Der geschätzten Meinung dieses jungen Mannes zufolge bin ich das wohl. Man kann meine WhatsApp-Nachrichten lesen.«

Vadim nickte. »Verstehe. Ja, da hat er recht. Kleine SS7-Attacke, damit hat sich's, oder Adam?«

»Man in the middle, wenn ich Sender und Empfänger kenne. Und wenn mir die TLS-Encryption in die Quere kommt, brauche ich halt doch einen Exploit auf dem Endgerät. Keine große Sache«, gab Adam zurück.

»Während sich die Target in der Sicherheit von End-to-End wähnt.«

»... mit dem Exploit auf dem Handy lassen sich noch ganz andere Dinge anstellen.«

»Ja, sich an ein paar Nudes erfreuen!«, rief Vadim.

Émelie hob bestimmt die Hände. »Stopp, Halt, Attendéz, wait! Ich hab' außer ›Nudes‹ überhaupt nichts verstanden, Jungs. Was redet ihr da?«

»Das darf dir jetzt Professor Falken erklären. Ich muss dringend was essen, sonst bin ich nach dem nächsten Glas raus.«

Damit ließ Vadim die beiden stehen.

Émelie sah Adam erwartungsvoll an.

»Nochmal für mich zum Mitschreiben«, bat sie.

»Ich kann deine Chats lesen, dein Handy manipulieren, deinen Standort sehen, und noch weitaus mehr, wenn ich weiß, wie eine SS7-Attacke funktioniert.«

»So weit, so beunruhigend. Und was bitte ist SS7?«

»Steht für Signalisierungssystem Nummer Sieben«, erklärte Adam. »Es ist eine Reihe von Telefonie-Signalisierungsprotokollen. Codes. Damit lässt sich ein Mobilfunknetz mit anderen verbinden. Deswegen können wir Anrufe weiterleiten, Textnachrichten verschicken und so weiter. Gibt's schon ziemlich lang. Auf SS7 basiert quasi unser komplettes Mobilnetz. Es hat aber eine Schwachstelle, die man ziemlich leicht ausnutzen kann. Das nennt man Exploit und den Hack dahinter SS7-Attacke. Damit kommst du ins Handy des Opfers.«

»Mein Handy ist aber passwortgeschützt«, sagte Émelie. »Ein langes Passwort.«

»Das brauche ich gar nicht. Eigentlich ist alles, was ich brauche, ein Computer, auf dem Linux installiert ist, damit kann man programmieren. Und dann benötige ich nur noch Zugriff auf das SS7-SDK.«

»Und was ist das nun schon wieder?«

»SDK steht für Software-Development-Kit. Stell es dir vor wie einen Werkzeugkasten, den ich zur Entwicklung von Software brauche. Da sind Beispielcodes in der entsprechenden Programmiersprache drin und eine API, das ist eine Schnittstelle zum Quellcode von SS7, damit ich Apps hinzufügen kann. Mit dem SDK kann ich jetzt dem Netzwerk vorgaukeln, dass mein Computer eigentlich dein Handy ist. Es passiert schon noch ein bisschen mehr, aber das ist zu kompliziert um es auf die Schnelle zu erklären. Auf jeden Fall ist es ziemlich einfach, sowas durchzuziehen. Also mit einfach meine ich, dass du keine großartigen Programmierkenntnisse dafür brauchst.«

Émelie grinste. »Und ...? Schon mal gemacht?«

»Nur mit meinem eigenen Handy.«

Sie nickte. »Kann man sich dagegen schützen?«

»Ja schon. Ist aber schwierig. Viele Apps sind auf dem SS7-Protokoll aufgebaut, oder zumindest auf Teilen davon.«

»Dann werde ich wohl hoffen müssen, dass niemand wissen will, wann ich mit meiner Oma zum Kaffee verabredet bin!«

»Nutzt du Online-Banking?«

»Ja, warum?«

»Die Nachrichten von deiner Oma und dir interessieren wahrscheinlich nur die wenigsten. Spannend wird's bei deinen Passwörtern. Vor allem die zu deinem Online-Banking-Account.«

»Okay, das klingt jetzt tatsächlich beunruhigend.«

»Wenn ich einmal drin bin, kann ich sämtliche Passwörter zurücksetzen, verändern, austauschen, was auch immer.«

»Ich bin eigentlich hergekommen, um einen schönen Abend mit dir zu verbringen, Adam ... Willst du mir die Laune vermiesen?«

Es gab einen Stich in Adams Herz. Hatte er sie beleidigt? Langweilte er sie? Was nun? Die Frage brachte ihn aus dem Konzept.

»Das ... tut mir echt leid ... ähm ... Ich ... das wollte ich nicht.«

Der Ernst in Émelies Gesicht wich dem strahlenden Grinsen.

Schulterzucken.

Zähne fletschen.

»Ich mach doch nur Spaß. Entspann dich mal, mein Lieber. Bist du nervös?«

Adam wollte erst nachdenken und dann sprechen, da war ihm das pralle und ehrliche ›Ja‹ schon rausgerutscht.

Erst bin ich ein dekadenter Arsch und jetzt ein dekadenter Schwächling, der SS7-Attacken fahren kann, aber nicht weiß, wann jemand etwas ernst meint und wann nicht.

Andererseits wollte sich Adam nicht anders verhalten, als ihm zumute war, und ehrlich gegenüber Émelie sein.

Dann bin ich halt nervös. Scheiß drauf.

»Du bist süß«, sagte sie, den Kopf schiefgelegt. Sie rückte etwas näher an ihn heran. »Und ich finde es sehr interessant, was du zu erzählen hast. Man merkt, dass du dich auskennst. Du musst das nur etwas langsam mit mir angehen. Ich habe nicht den Hauch einer Ahnung von deiner Welt.«

»Ich lebe in der gleichen Welt, wie du.«

»Du weißt schon was ich meine. Die digitale Welt ist mir zu kompliziert. Generell frag ich mich, wie unsere Zukunft aussieht, wenn schon heute das meiste online stattfindet.«

»Es wird hart scheiße, wenn sich nicht bald was ändert«, sagte Adam trocken und entlockte ihr noch ein Grinsen.

»Das glaube ich auch. Aber ich sehe keinen Weg raus aus der Scheiße, du etwa?«

»Ich denke schon, dass es einen Weg gibt. Aber wenn ich dir das erkläre, stehen wir morgen Nachmittag noch hier.«

Ihre Schultern berührten sich leicht. Adam fühlte sich, als zündete jemand Knallfrösche in seinem Innern.

»So lang habe ich bedauerlicherweise keine Zeit. Aber ich will hören, wie du uns alle retten willst. Ein andermal, ja? Wollen wir tanzen? Die Musik gefällt mir jetzt schon viel besser!«

Aus Vadims Anlage dröhnte *Stripped* von Depeche Mode.

Émelie packte Adam am Arm und zog ihn hinter sich aufs Parkett im Wohnzimmer zu den anderen Gästen. Beinahe panisch ging Adams Atem schneller.

»Ich kann überhaupt nicht tanzen! Das sieht schrecklich aus bei mir!«, rief er, während Émelie schon vom einen auf den anderen Fuß tippte, ihre Arme fließend in die Bewegungen integrierte, ihr Haar hin und her wippen ließ und völlig unbeschwert schien.

»Red' kein Stuss, Adam! Es gibt keine Regeln beim Tanzen. Mach was du willst, so wie die anderen!«

Oh Gott, oh Gott, oh Gott.

Er musste es versuchen.

Der Wunsch, Émelie erneut Lachen zu sehen, war größer als die Angst. Sollten die anderen denken, was sie wollten. Es ging ihm nur um sie. Vielleicht stimmte es, was sie sagte. Vielleicht gab es wirklich keine Regeln beim Tanzen.

Let me see you stripped.

Konzentriert hörte er genau auf den Takt und begann im Rhythmus der Hi-Hat zu nicken. Dann nahm er die Arme dazu und schaukelte sie zur Basstrommel und schließlich machte er das gleiche mit seinen Beinen, bis Adams ganzer Körper in Bewegung war, etwas steif vielleicht, aber es genügte, um Émelie das Strahlen zu entlocken, auf das er gehofft hatte.

Es funktioniert tatsächlich!

Nach ein paar Songs schien zu tanzen das Leichteste der Welt und es machte ihm Spaß.

Irgendwann hüpfte Junichiro zwischen Émelie und Adam.

»Woooooooow! Émelie, das hat noch niemand geschafft!«

Er drehte sich zu Adam. »Geil Alter, was du für Moves draufhast! Wusste ich gar nicht! Wie ein behinderter Roboter! Diese Version von dir gefällt mir, Mann! Du siehst richtig glücklich aus!«

Junichiro hatte recht. Adam fühlte sich glücklich und sie tanzten noch eine weitere halbe Stunde, bevor Émelie sich verabschiedete und nach Hause ging. Auch die anderen Gäste waren nach und nach gegangen.

Gegen vier Uhr morgens lag Adam in seinem Bett, alle Viere von sich gestreckt und dachte an den Abend.

Er war stolz auf sich.

Er war sich sicher, dass Émelie ihn mochte.

Doch eine Sache beschäftigte ihn nach wie vor. Er musste Vadim und Junichiro von seinem Projekt erzählen und sie davon überzeugen, einzusteigen, wenn er Erfolg haben wollte.

Er *musste* Erfolg haben.

Das Gespräch mit Émelie hatte es ihm noch einmal verdeutlicht. Die meisten Menschen sahen den Abgrund nicht, auf den sie zurasten.

SECHS

»Ich werde darüber nicht weiter diskutieren, Junichiro!«

»Warum kann ich nicht bei meinem Freunden bleiben?! Es gibt genauso gute Privatschulen in Japan! Was soll ich in der Schweiz?«, rief Junichiro seinem Vater entgegen, der hinter dem mächtigen Kirschholzschreibtisch im Arbeitszimmer des herrschaftlichen Anwesens saß. Ein grauer Vormittagshimmel ließ kaltes, blasses Licht in den angrenzenden Garten schimmern. Junichiro saß seinem Vater in einem tiefen Ledersessel gegenüber. Am liebsten wäre er vor Wut aufgesprungen, doch das traute er sich nicht. Von den Ohrfeigen, die der Respektlosigkeit folgen würden, täte ihm die Wange noch Stunden weh.

»Deine sogenannten *Freunde* sind dahergelaufene Bauernkinder. Sie versauen deine ganze Zukunft mit ihrem albernen Hippie-Gehabe, die linksversifften Spinner. Du bist ein Hisoka, verdammt! Dieser Name verpflichtet! Es macht mich wütend, dass ich dich daran erinnern muss. Diese Familie wurde von willensstarken und klugen Männern großgemacht und du willst dieses Erbe einfach ablehnen? Deine Freunde sind zu faul, um zu arbeiten und schieben ihren Misserfolg auf die Politik, erkennst du das nicht?«

Kazumasa Hisoka nahm die braune Hornbrille vom Gesicht und schleuderte sie auf einen Stapel Zeitschriften am Rand des Schreibtischs.

»Sie haben aber recht! Die Politik dient nur Männern wie dir, während andere – «

Jetzt war es Hisoka, der aufsprang und brüllte: »Halt den Mund! Du sprichst nicht über Dinge, von denen du keine Ahnung hast!«

Er wirkte wie ein schnaubender Stier, vor dessen Gesicht man mit einem roten Tuch wedelte. Äußerlich ruhig, sich beschränkend auf ein Minimum an Bewegungen, aber Junichiro konnte die Hitze der brodelnden Wut unter der ledrigen Haut seines Vaters förmlich spüren. Er hatte keine Chance, gegen ihn anzukämpfen, weder rhetorisch noch auf sonst eine Art. Was sich Kazumasa Hisoka in den Kopf setzte, wurde strikt in die Tat umgesetzt.

»Die Politik, Sohn«, Hisoka setzte sich wieder und baute eine kurze Pause ein, in der er sich eine Zigarette ansteckte, »dient *immer* jenen, die Leistung und Einsatz bringen. Die Politik wird von ebendiesen Menschen gemacht. Außerdem weißt du, dass unser Premierminister Kobayashi ein rechtschaffender und großer Mann ist. Ich verbiete mir, dass du dich mit Leuten rumtreibst, die sein Engagement für dieses Land verunglimpfen. Du hast ihn persönlich kennengelernt, Junichiro. Ich habe ihn nicht ohne Grund in unser Haus eingeladen.«

Seine Gesichtszüge milderten sich etwas, die markante Zornesfalte zwischen den dunklen Augen Hisokas glättete sich. Er legte seine Zigarette in dem schweren Aschenbecher aus dickem Kristallglas ab, der neben dem Zeitschriftenstapel auf dem Schreibtisch stand.

»Alle Türen auf deinem Weg stehen weit offen, Junichiro. Warum weigerst du dich, durch sie hindurchzugehen?«

»Ich weigere mich nicht, Vater«, rechtfertigte sich Junichiro. Auch er hatte seine Stimme gesenkt. »Ich möchte einfach weiterhin meine Freunde sehen und in Japan bleiben.«

»Das sind nicht deine Freunde! Ich verbiete dir diesen selbstzerstörerischen Umgang. Du wirst in der Schweiz neue Freunde finden. Außerdem werde ich nicht zulassen, dass du auf einer mediokren Privatschule in Japan rumhängst und sich das Potential, das in dir steckt, nicht voll und ganz entfalten kann! LeBlanc ist die beste Schule von allen! Kobayashi war auch dort. Sieh, was aus ihm geworden ist. Du bist mein Sohn und ich werde eines Tages mein Unternehmen in deine Hände legen. Ich werde das Familienimperium nicht an irgendwelche Investoren verscherbeln, weil ich meinen Nachwuchs nicht auf die Verantwortungen vorbereiten konnte. Du würdest mich wie einen Versager aussehen lassen, verstehst du nicht? Es sollte dir eine verdammte Ehre sein und keine Pein, Junichiro, sei nicht blind! Ich bin gerne bereit, über einhunderttausend Franken im Jahr für dich auszugeben. Warum trittst du dieses Geschenk mit Füßen?«

Einen Augenblick schwieg Junichiro und starrte durch die Glasfront in den Garten. Das zarte Rosa der Sakura am Teich war bereits verblüht.

»Ich trete dein Geschenk nicht mit Füßen, Vater.«

»Du widersprichst mir die ganze Zeit!«

»Weil ich Angst vor der Veränderung habe! Ich weiß nicht, was dort auf mich zukommt.«

Kazumasa Hisoka machte ein angewidertes Gesicht. »Sei doch kein feiger Schwächling! Du bekommst die einmalige Chance auf einem luxuriösen Campus zu studieren, es wird dir an nichts fehlen, die besten Professoren, unzählige Freizeitangebote und du sagst allen Ernstes, dass du Angst vor der Veränderung hättest. Mach dich bitte nicht lächerlich.«

Junichiro senkte den Kopf.

»Mutter hätte mir eine Wahl gelassen ...«

Das war ein Fehler. Hisoka sprang auf, eilte um den Schreibtisch und packte seinen Sohn am Hemdkragen, zog ihn aus dem Sessel in den Stand und schmetterte seine Rückhand gegen Junichiros Wange.

Er fiel zu Boden und krümmte sich vor Schmerz.

Kazumasa Hisoka rückte seine Krawatte zurecht, stellte sich neben Junichiro und sah zu ihm herab. Er sprach leise und so gepresst, dass etwas Speichel auf Junichiro tropfte, während sein knochiger Zeigefinger moralapostolisch über ihm schwebte wie ein geschliffenes Katana.

»Wag es nicht, deine Mutter zum Teil dieser Diskussion zu machen! Du hast kein Recht dazu, du hast sie nie kennengelernt. Sie hat dir dein Leben geschenkt und du hast das ihrige genommen. Jetzt befleckst du ihre Ehre mit deinem einfältigen Geheule. Steh auf! Sieh mich an!«

Langsam richtete Junichiro sich auf. Er zwang sich die Tränen zurückzuhalten und sehnte den Tag herbei, an dem sein Vater ihm endlich Zuneigung und Respekt zollte. Er würde alles dafür tun, ihn auch nur ein einziges Mal stolz zu machen. Junichiro wollte kein Versager sein. An Tagen wie diesen brachte sein Vater es zu Stande, dass Junichiro sich für den Tod seiner Mutter verantwortlich fühlte.

Er wagte es nicht, in die strengen Augen seines Vaters zu blicken und hielt den Kopf gen Boden gesenkt.

Plötzlich wurde Hisokas Stimme ruhig, er klang mit einem Mal fast liebevoll. Er legte Junichiro eine Hand auf die Schulter, bei der Berührung zuckte er kurz zusammen.

»Junichiro, Sohn. Ich wollte und will stets das Beste für dich. Siehst du nicht, dass ich das alles nur aus Liebe mache? Ich musste mir den Weg an die Spitze mit Blut und Schweiß erkämpfen, ich will, dass du es leichter hast. Ich will dir zum Erfolg verhelfen und dir die Chance geben, das Erbe dieser Familie in Würde weiterzuführen. Ein Hisoka hat sich noch nie vor der Veränderung gescheut! Die Hisokas sind anpassungsfähig! Wir sind eine stolze Familie und du solltest dich glücklich schätzen, ein Teil von ihr zu sein. Du sitzt vor einer gedeckten Festtafel und willst nicht zugreifen. Sohn...«

Er zog kräftig an seiner Zigarette und setzte sich wieder hinter den Schreibtisch. »... es wird Zeit für dich, erwachsen zu werden. LeBlanc wird endlich einen Mann aus dir machen. Das ist mein letztes Wort in dieser Angelegenheit. In zwei Wochen fliegst du in die Schweiz. Ich habe dich bereits für das Sommerprogramm zur Vorbereitung einschreiben lassen. Du hast deine Zukunft in der Hand, Sohn. Wirf sie nicht weg. Umarme sie. Lerne, sie zu lieben.«

Junichiro gab sich geschlagen. Er nickte, verbeugte sich leicht und sah dem Vater ins Gesicht.

Eines Tages würde er diesem schmalen Mund mit den blassen Lippen ein Lächeln des Stolzes entlocken.

»Dir steht eine glorreiche Zukunft bevor, Junichiro. Du hast dich geirrt. Auch deine Mutter hätte dir in diesem Punkt keine Wahl gelassen. Deine Dummheit ist deiner Jugend geschuldet. Auch sie hat sich gewünscht, dass du das Beste mit deinem Leben anfängst. Ich verzeihe dir. Dir fehlt der Weitblick. Habe Vertrauen. In einigen Jahren wirst du es mir danken. Und wenn du selbst einmal Kinder hast, wirst du verstehen, warum mich die Diskussion so wütend gemacht hat. Das Leben hält viel für dich bereit.«

◆

Vierzehn Tage verstrichen wie eine einzige Stunde und als Junichiro zum ersten Mal auf dem eindrucksvollen Campus von LeBlanc stand, kam es ihm vor, als sei er aus einem bösen Alptraum aufgewacht. Die Angst vor Neuem, die Sorge vor der Einsamkeit, die Wehmut der Gedanken an seine Freunde - all das schien wie vom Winde verweht, jenem Wind, der jetzt nach Zuversicht und Hoffnung schmeckte.

Junichiro fasste einen Entschluss.

Er würde seinen Vater niemals stolz machen können.

Ich werde ihn von seinem Thron stoßen.

SIEBEN

Universität LeBlanc
Montreux am Genfersee, Schweiz

»Und das muss heute sein? Ich hänge mit der Hausarbeit ziemlich hinterher«, sagte Vadim, während er sein Laptop, einen Apfel und eine Wasserflasche aus seinem Rucksack holte und auf das Schreibpult legte. Das Gros der Studierenden scrollte gelangweilt durch ihre Instagram-Feeds, las die Notizen der letzten Vorlesung oder unterhielt sich. Immer mehr Menschen strömten ins Auditorium. Die Fortsetzungsvorlesung von Professor Sixt stand auf dem Plan und bereits jetzt, ein paar Minuten vor Beginn, war kein Platz mehr frei.

»Wäre schon cool, wenn's heute klappt«, gab Adam zurück.

»Und was gibt's so Wichtiges? Wirst du Émelie heiraten? Darf ich Patenonkel werden? Sag schon!«, rief Junichiro glucksend. Der Alkohol vom Vorabend war ihm kaum anzumerken. Er bewegte sich höchstens etwas langsamer als sonst und hielt seine Augen hinter einer pinken Sonnenbrille versteckt.

»Nein«, meinte Adam genervt und winkte ab, »ich hab' da diese Idee, die ich mit euch besprechen will. Es geht um einen Sicherheitsalgorithmus. Ich könnte eure Unterstützung gebrauchen.«

Junichiro machte ein übertrieben fragendes Gesicht. »Was, *du* brauchst unsere Unterstützung? Oder brauche ich ein Hörgerät?«

»Mann du nervst, Juni. Du hast mich schon verstanden. Der Code ist ziemlich komplex.«

»Können wir uns ja mal anschauen«, sagte Vadim schulterzuckend und setzte sich. »Und was hast du damit vor?«

»Im besten Fall will ich das Ding der Öffentlichkeit zugänglich machen. Als unabhängigen Dienst für privaten und sicheren Datenverkehr.«

»Es gibt doch schon tausende Verschlüsselungsprogramme. Schon mal von Suki-Core gehört, hm? Ist ja nicht ohne Grund der Goldstandard auf dem Markt«, meinte Junichiro.

»Der Code von deinem Vater ist okay«, warf Adam unbeeindruckt ein, »aber ist halt nicht unabhängig. Außerdem geht es bei meiner Idee nicht nur um Verschlüsselung.«

Junichiro verzog missgünstig das Gesicht. »Hä, klar ist der unabhängig. Das Ding ist Fort Knox mal zehn, mehr geht nicht, mein lieber Professor Falken. Nicht einmal mein Vater hat Zugriff auf den Quellcode.«

»Ja, auf den ersten Blick vielleicht, aber – «

Mitten im Satz brach Adam ab, als er merkte, dass sich die Studierenden im Saal erhoben und mit einem Mal verstummten. Es war nur noch das Geräusch der hölzernen Absätze von Professor Dr. Leif Sixts Lederschuhen zu hören, der wortlos die Treppen hinab schlenderte.

»Wir sprechen später drüber, ja?«, flüsterte Adam Vadim und Junichiro zu.

Man nahm Platz, etwa dreißig Sekunden Stille vergingen, dann zog der Professor sein Einstecktuch zurecht und hob den Blick ins Auditorium. Er trug das immer gleiche Outfit: schwarzer Anzug, weißes Hemd, schwarze Krawatte.

»Morgen, Mesdames et Messieurs. Ich wollte eigentlich mit Ihnen an der Stelle einsteigen, bei der wir zuletzt geendet haben, aber ich muss Ihnen vorneweg noch etwas zu erzählen.« Der Ausdruck in seinem Gesicht war ernst, die markanten Falten schienen tiefer als sonst. »Jeder von Ihnen hat ein Smartphone in der Hosentasche. Dieses kleine Gerät«, er holte sein eigenes Handy aus der Innentasche seines Jacketts und hob es hoch, »ist zu einem entscheidenden und festen Bestandteil unseres Alltags geworden, das kann niemand bestreiten. Wir bezahlen damit unsere Rechnungen, wir kommunizieren mit unseren Freunden, wir teilen unsere Erlebnisse mit anderen und tun noch etwas: wir bilden uns mithilfe dieser Geräte eine Meinung. Smartphones sind der Zugang zu Informationen und Wissen. Das Tolle dabei ist, dass wir selbst entscheiden können, welchen Quellen wir Glauben schenken, und welchen nicht. Wir haben eine Auswahl sofort verfügbarer Alternativen, die uns die Möglichkeit geben, Sachverhalte aus verschiedenen Perspektiven zu betrachten. Rund um die Uhr, an jedem Tag der Woche. Zeitunglesen ist heute nostalgisch, Radiohören zum beiläufigen Zeitvertreib im Auto verkommen und fernzusehen das letzte Ausweichmanöver wenn Netflix und Co. streiken, oder ihr Ex das Passwort geändert hat. Den Großteil der Informationen über das aktuelle Tagesgeschehen erhalten wir via Smartphone – unter einer Bedingung – sie müssen mit dem Internet verbunden sein, um an jegliche Inhalte heranzukommen. Jetzt stellen Sie sich vor, was passiert, wenn man das Internet einfach abschaltet.«

Mit seinem linken Arm zerschnitt der Professor die Luft. »ZACK! Bums, aus, Micky Maus. Schluss mit lustig. Alles, was ich Ihnen gerade aufgezählt habe, funktioniert nicht mehr. Ihr Handy ist nur noch zum Fotos schießen gut, um Notizen zu schreiben, oder um Candy Crush zu spielen. Unmöglich, denkt sich der ein oder andere jetzt vielleicht, Quatsch, das Internet kann man nicht einfach abschalten. Oh doch, Mesdames et Messieurs, man kann. Genau das ist heute Nacht in Myanmar passiert.«

Sixt fuhr sich über das Gesicht und schüttelte langsam den Kopf.

»In Myanmar hat das Militär geputscht und die Macht an sich gerissen. Ich erzähle Ihnen das, weil ich Ihnen deutlich machen möchte, wie viel Macht zentralistische Instanzen mithilfe des Internets ausüben können. Über siebzig Prozent der Menschen in Myanmar nutzen Facebook, und zwar vornehmlich als Nachrichtendienst, ganz im Sinne des Wortes; Facebook ist zwar auch als Messenger auf Platz eins in Myanmar, wichtiger ist aber seine Funktion als Nachrichten-portal. Die restlichen dreißig Prozent der Menschen können sich keine Handys oder Computer leisten oder teilen sich ältere Geräte mit anderen. Die Staatsmedien in diesem süd-ost-asiatischen Land – Zeitungen, das Fernsehen, Radio et cetera sind komplett verseucht von der Propaganda des Militärs. Sie kennen alle den etwas veralteten Spruch ›das glaube ich nur, wenn ich's sehe‹. Ganz plötzlich hat dieses Sprichwort wieder höchste Aktualität in Myanmar. Die Bevölkerung hat keine Möglichkeit mehr, die Propaganda mit anderen Berichten abzugleichen, verstehen Sie? Die Menschen dort können nur noch Vermutungen darüber anstellen, was wirklich gerade passiert und was erfunden ist. Das ist nichts weniger als eine humanitäre Katastrophe. Und das, in Anführungszeichen, *nur*, weil man das Internet und die Mobilnetze deaktiviert hat. Es gibt ein schickes neudeutsches Wort dafür: *Informationskrieg.* Man könnte es auch einen Datenkrieg nennen. In jedem Fall kann ein solcher Krieg ganz unterschiedlich aussehen. Ich kann mithilfe staatlich kontrollierter Infrastruktur Falschinformationen streuen und beispielsweise Algorithmen manipulieren. Das Konzept dabei ist simpel: Sie als Endnutzer sehen dann häufiger pro-militärische

Artikel und Posts, ohne dass es Ihnen großartig auffällt. So setzen Sie sich automatisch mit der Seite auseinander, die Sie eigentlich verurteilen, Ihre Ideologie wird auf kurz oder lang formbar. Wie man einen Datenkrieg noch führen kann, zeigt das Beispiel Myanmar. Entzieht man Ihnen die technologische Grundlage Ihrer Kommunikation und Informationsbeschaffung, stehen wir vor der gleichen Problematik. Gezielte Desinformation aber auch das Embargo spezieller Informationen können zum gleichen Ziel führen.«

Der Professor machte eine kurze Pause und trank einen Schluck Wasser. Dann räusperte er sich.

»Dass das Militär die Macht an sich gerissen hat und in quasi einer einzigen Nacht sämtlichen Fortschritt des Landes auf dem Weg zur Demokratie zerstört hat, ist leider nur ein Teil des großen Problems. Sie müssen wissen, dass in Myanmar die größte staatenlose Minderheit der Welt lebt, die Rohingya. Das Militär versucht schon seit vielen Jahren, die muslimische Ethnie der Rohingya systematisch auszurotten. Zwischen 600.000 und einer Million Menschen wurden bereits vertrieben oder getötet, Stand heute. In ein bis zwei Jahren werden wir die Zahl deutlich nach oben korrigieren müssen.«

Sixt ging ein paar Schritte über die Treppen in die Mitte des Saals.

»Auftritt eines westlichen Protagonisten, Sie kennen ihn alle. Unser liebster Mega-Konzern Meta spielt eine nicht ganz unerhebliche Rolle in dieser Katastrophe. Die gemeinnützige Organisation *Business for Social Responsibility* hat bei Untersuchungen festgestellt, dass auf den meisten Smartphones, die in Myanmar verkauft werden, Facebook bereits vorinstalliert ist. So weit so gut, Facebook ist unabhängig und für viele Menschen die Hauptinformationsquelle, das haben wir ja bereits festgestellt. Allerdings nutzen auch die hohen Militärs die Plattform, und zwar zur Verbreitung ihrer Hetze gegen die Rohingya.«

Der Professor zog einen Notizzettel aus der Hosentasche.

»Die Nachrichtenagentur Reuters hat einige dieser hetzerischen Posts aus dem Jahr 2013 veröffentlicht. Ich zitiere mal zwei davon. ›Wir müssen sie so bekämpfen, wie Hitler die Juden bekämpft hat‹. Oder auch: ›Übergießt sie mit Benzin und legt Feuer, damit sie Allah schneller treffen können.‹«

Ein fassungsloses Raunen ging durch die Reihen.

»Mir drängt sich da eine Frage auf. Warum zum Teufel unternimmt Facebook nichts dagegen? In den Communityguidelines werden Hassreden eigentlich nicht toleriert. Seltsam. Zugegeben, birmanisch ist eine schwierige Sprache, die allein schon vom Bild den uns bekannten Buchstaben überhaupt nicht ähnelt. Reuters hat ebenfalls herausgefunden, dass die Inhaltsüberwachung bei Facebook schlicht mit der birmanischen Sprache überfordert war. 2015 waren bei Facebook exakt vier Menschen angestellt, die birmanisch sprechen und lesen konnten. VIER! Während derzeit 7.3 Millionen aktive Nutzer in Myanmar registriert waren. Man könnte sich ebenso fragen, warum die Bevölkerung hetzerische Posts nicht einfach meldet. Auch simpel erklärt: Die Nutzeroberfläche, die sie zum Melden benutzen müssen, wurde in Myanmar nur auf Englisch angeboten. Soweit ich weiß, hat man sie zwar inzwischen übersetzt, aber das Problem bleibt nach wie vor bestehen. Viele Menschen kennen die Funktion nicht einmal, oder befürchten, dass es eh nichts bringt.«

Junichiro meldete sich.

»Monsieur Hisoka, was gibt's denn?«

»Kann die Bevölkerung den ganzen Verein nicht einfach verklagen?«

»Berechtigte Frage«, sagte Sixt und verschränkte die Arme vor der Brust, während er sanft vor und zurück wiegte. »Gehen wir für einen Moment mal davon aus, dass der Prozess der Einreichung einer Klage ohne sprachliche Barrieren und bürokratisch simpel von statten geht.« Er lachte bitter. »Was natürlich in keinster Weise der Fall ist, nicht wahr. Aber gut, stellen wir uns das eben vor. Dann ist Facebook nach wie vor eine amerikanische Marke, die zu Meta gehört. Ich befürchte, dass ein kurzweiliger Medienrummel mit Facebook-kritischen Berichten die einzige Konsequenz sein wird.«

»Aber warum denn?«, warf Junichiro ein. »Wofür haben die denn ihre Communityguidelines?«

»Guidelines sind Richtlinien, Monsieur Hisoka, keine Gesetze, erster Punkt. Zweitens gibt es das amerikanische Telekommunikationsgesetz von 1996. Die Regierung von Bill Clinton hat das Gesetz damals erlassen. Es geht um die umstrittene Sektion 230 dieses Papiers. 230 verhindert, dass Digitalkonzerne für sämtliche Inhalte, die auf ihren Plattformen gepostet werden, Verantwortung übernehmen müssen. Dem Gesetz unterliegt erstmal ein guter Gedanke. Facebook möchte ein Netzwerk für alle Menschen sein, ohne zu exkludieren. Fein, nicht alle Menschen sind lieb zueinander, Hitzköpfe wird es immer geben. Auf der anderen Seite kann man dem Konzern aber sehr wohl eine daraus resultierende Fahrlässigkeit vorwerfen. Gerade Facebook unternimmt viel zu wenig gegen derartige Vorfälle, wie die Hetze gegen die Rohingya. Mit diesem Problem kämpfen auch andere Plattformen. Aus den geleakten Facebook-Papers geht zudem hervor, dass man intern natürlich über jene Inhalte Bescheid wusste. Gehandelt wurde allerdings nicht.«

»Wer nutzt den Scheiß denn überhaupt noch, ist ja nicht zu glauben, ey«, ereiferte sich Junichiro.

»Knapp drei Milliarden Menschen, Monsieur Hisoka, wenn man die anderen Apps des Konzerns dazurechnet. Der sogenannte ›Scheiß‹ hat nach wie vor beträchtlichen Zulauf, obwohl beim ganzen Konzern die Kacke inzwischen mächtig am Dampfen ist. Francis Haugen, die Whistleblowerin aus den Reihen des Konzerns, hat Marc Zuckerberg immerhin schon mal etwas ins Schwitzen gebracht. Das ist auch ein Grund für die Namensänderung des Dachkonzerns zu ›Meta‹. Neuer Name, neues Glück. Der Konzern versucht die beschädigte alte Haut wie eine Schlange abzustreifen. Übrigens werden wir uns mit dem Thema Metaverse ebenfalls auseinandersetzen. Vorher allerdings möchte ich an die vergangene Vorlesung anknüpfen, Mesdames et Messieurs. Wir haben uns über Intermediates unterhalten und deren Bedeutung im Zusammenhang unserer digitalen Prozesse gesprochen. Begreift man das Land Myanmar als System, dann ist Facebook ein entscheidender Intermediate. Ein zwischengeschaltetes Konstrukt, dass man manipulieren und asozial verwenden kann, besonders dann, wenn ich über viel Macht verfüge, wie eben die Tatmadaw, das Militär in Myanmar. Vergessen Sie nicht, dass bei dem Putsch nicht Facebook abgeschaltet wurde, sondern das Internet. Man vermutet hier inzwischen übrigens Verbindungen zu russischen Cyber-Kriminellen, die dabei geholfen haben sollen.«

Adam merkte, wie Vadim neben ihm auf seinem Stuhl hin und her rutschte. Er wirkte etwas nervös.

»Alles okay?«, zischte Adam ihm zu.

»Ja, geht schon. Mir ist ein bisschen schwindelig. Geht gleich wieder.«

»Trink was«, schlug Adam vor.

Vadim nickte und nahm ein paar kräftige Schlucke, während der Professor seine Ausführungen fortsetzte.

»Sie sehen also, wenn zentrale Instanzen über die Macht verfügen, Plattformen zu manipulieren, oder die Internetzugänge zu kontrollieren, kann das böse enden. Das größte Problem des heutigen Internets sind die zentralistischen Übermächte, deren Namen wir alle kennen: Meta, Google, Amazon, Apple, Microsoft. Zusammengenommen bildet dieser Fünfklang eine Entität, die mächtiger ist als die USA und der restliche Westen zusammen. Vergessen Sie dabei auch nicht Alibaba, das chinesische Pendant zu Amazon und Chinas größte IT-Firmengruppe, dann gibt es dort noch den Player WeChat, ebenfalls riesig und eng mit der politischen Agenda dort verwoben.«

Ein Student aus der fünften Reihe meldete sich. Sixt nickte ihm zu.

»Kurze Frage«, sagte er. »Ich bin mit Google mehr als zufrieden. Amazon funktioniert auch super, mein iPhone macht keine Probleme und Meta kapiert sogar meine Oma. Die freut sich, dass sie ganz einfach mit mir chatten kann und weiß, wie sie die Fotos von ihrem Kater postet. Wo genau liegt das Problem, Herr Professor? Klar, dass Facebook nichts gegen die Posts in Myanmar unternommen hat, ist echt schlimm, aber die Frage stelle ich mir ehrlicherweise trotzdem. Der Service, den die anbieten, ist verdammt gut.«

»Ouias«, gab der Professor nickend zurück. »Ich bin ganz bei Ihnen, Monsieur. Der Service ist großartig. Der Mehrwert liegt absolut auf der Hand, das steht außer Frage. Ich habe das bereits letztes Mal erwähnt. Ich verurteile nicht die Vision, die Jobs, Zuckerberg, Page, Brin, Gates und Bezos hatten. Ganz im Gegenteil. Ich versuche Ihnen allerdings klarzumachen, dass wir einen verdammt hohen Preis für die Nutzung ihrer Services zahlen, exorbitant hoch. Diese Konzerne teilen sich unsere digitale Seele.«

Der Student schien mit der Antwort nicht zufrieden zu sein: »Aber nochmal, damit der Service überhaupt funktioniert, brauchen die meine Daten. Ich finde nicht, dass man die Unternehmen deshalb als größtes Problem des Internets bezeichnen darf. Außerdem nutze ich die Dienste freiwillig, keiner zwingt mich dazu.«

Der Professor hob lächelnd die Brauen.

»Ist das so?«, fragte er. In Sixts Blick und Stimme lag etwas Herausforderndes. »Zunächst einmal haben Sie natürlich recht, Monsieur. Keiner dieser Konzerne zwingt Sie zur Nutzung ihrer Dienste. Ihr Alltag zwingt Sie dazu. Die Tatsache, dass Sie eine elitäre Universität besuchen, zwingt Sie dazu. Der Umstand, dass Sie sich in einem Land aufhalten, welches sich weiter und weiter digitalisiert, zwingt Sie dazu. Haben Sie wirklich eine Wahl bei den Services, für die Sie sich entscheiden? Oder handelt es sich dabei eher um eine Illusion? Sie haben Ihre Großmutter erwähnt, oui? Warum chatten Sie nicht über ein gesichertes Netzwerk mit ihr, warum verwenden Sie keinen anderen Messenger mit einem besseren Sicherheitsprotokoll?«

Der junge Mann zuckte die Schultern. »Meine Oma ist froh, dass sie gerade so weiß, wie man Meta benutzt. Es ist einfach zu bedienen. Eine andere Benutzeroberfläche würde sie nur durcheinanderbringen. Außerdem sind die Chats mit meiner Oma völlig harmlos. Wen sollte das bitte interessieren?«

»Genau das ist der Knackpunkt, Monsieur«, sagte Sixt und schnipste mit den Fingern. »Sie entscheiden sich nicht für Meta, weil sie den Konzern für einen Haufen philanthropischer Altruisten halten, der sich um die Unversehrtheit der Daten ihrer Oma schert. Sie entscheiden sich dafür, weil der Dienst auch von Menschen verstanden wird, die mit Karteikarten und Schreibmaschinen großgeworden sind. Ich stimme Ihnen allerdings nicht zu, wenn sie behaupten, dass niemand Interesse am Gespräch zwischen Ihnen und Madame Grand-mère hat. Folgendes Beispiel: Oma will Ihnen Kuchen backen, sie stellt fest, dass der Mixer kaputt ist. Im Chat bittet sie Sie, einen neuen zu kaufen. Ist Ihnen schon mal aufgefallen, wie schnell die Marketingalgorithmen inzwischen arbeiten? Während Sie sich darüber Gedanken machen, wo Sie einen guten Mixer herbekommen und nebenbei durch Instagram scrollen, tauchen schon die ersten Werbeanzeigen auf. Wie aus dem Nichts. Ich will nicht pauschalisieren und mutmaßen, wie Sie persönlich handeln würden Monsieur, viele Menschen werden durch solche Anzeigen allerdings zum Kauf verleitet, das ist statistisch bewiesen. Die Frage also bleibt: Haben wir wirklich eine Wahl? Sie nutzen den Dienst dennoch. Ganz nebenbei dulden Sie damit aber das offensichtliche Fehlverhalten dieses Unternehmens. Und seien Sie sich sicher, Monsieur, der Eklat um die hetzerischen Posts in Myanmar ist nur ein Fragment des skandalösen Reigens.«

»Ich kann doch nichts dafür, dass Facebook Mist gebaut hat!«, rief der Student. »Und wenn meine Oma einen Mixer braucht, wieso sollte sie dann keine Werbung dafür bekommen sollen? Ist doch top. Und tausendmal nachhaltiger, als ihr stapelweise Prospekte zu schicken, die eh nur im Müll landen!«

»Ich weiß. Das habe ich auch nicht behauptet.« Sixt seufzte laut. »Wir leben in einer Welt, in der wir ethisch höchst fragwürdiges Verhalten einfach so hinnehmen. Müssen wir das? Gibt es keinen anderen Weg? Die Dimensionen sind uns völlig über den Kopf gewachsen. Wir nutzen WhatsApp, weil alle unsere Freunde WhatsApp nutzen und wir sonst den Anschluss verlieren würden. Wir leben in einer Gesellschaft, die uns schief ansieht, wenn wir kein Instagram-Profil pflegen, eine Gesellschaft, die uns als Fortschrittsverweigerer anprangert, wenn wir unsere Bedenken gegenüber dieses rasanten Wandels äußern. Hören Sie, Mesdames et Messieurs. Ich bin nicht hier, um Ihnen die Stimmung zu vermiesen. Meine Aufgabe ist es, Ihren kritischen Blick auf die Dinge zu schärfen. Wir kommen im Moment an den großen Playern nicht vorbei, wenn wir aktiv am modernen Leben teilnehmen wollen. Der Service ist großartig. Der Mehrwert ist offensichtlich. Die Benutzung so intuitiv, dass Kleinkinder und alte Menschen wissen, wie sie funktioniert. Und verstehen Sie mich nicht falsch – diese Entwicklung gehört zu unserem Leben. Es liegt in der Natur von uns Menschen, Pionierarbeit zu leisten, wie es die klugen Köpfe hinter Meta, Apple und Co. getan haben. Unser Wesen zeichnet sich allerdings ebenfalls dadurch aus, dass wir wissen, wie man etwas hinterfragt. Keiner wusste, wohin sich das Internet eines Tages entwickeln würde, ich halte sämtliche Plattformen noch immer für Experimente! Allerdings droht das alles derzeit akut in die Hose zu gehen, weil nicht sorgsam genug mit unseren Daten umgegangen wird, weil wir Instanzen vertrauen müssen, die Scheiße bauen, und zwar am laufenden Band. Sie gehören zu jener Generation, die mit den heutigen Technologien groß geworden ist. Sie stellen einen signifikanten Teil ihres Lebens dar. Es liegt nun an Ihnen, den Blick vor den neuen Möglichkeiten nicht zu verschließen, und sich dem altbekannten kritischer denn je entgegenzustellen. Beurteilen Sie mündig! Und im Fall eines Falles: Verurteilen Sie mündig! Sie befinden sich in einer Situation, in der Sie Stück für Stück nachvollziehen können, wie sich Ihre Eltern oder Großeltern gefühlt haben, als beispielsweise das Computerwesen und das Internet Einzug in die Haushalte gehalten haben. Für Sie ist die ständige Erreichbarkeit und die On-

Demand-Welt eine Selbstverständlichkeit. Aber seien Sie sich gewiss, dass auch diese Welt sich stetig verändert. Wir stehen an der Schwelle eines neuen Internets, vor der Chance, die global vernetzte Welt zu demokratisieren.«

Jetzt war es Vadim, der sich meldete: »Die global vernetzte Welt, von der Sie sprechen Professor, wird von denen gemacht, die ihr Fundament gebaut haben. Diese Unternehmen haben doch keinerlei Interesse daran, ihr Geschäftsmodell zu demokratisieren. Und zugegeben, wenn ich an deren Stelle säße, würde ich es genauso wenig tun. Wie Sie gesagt haben, wir sind abhängig von ihnen. Die sitzen am längeren Hebel, deswegen verändert sich ja auch nichts, und wenn, dann nur sehr langsam. Außerdem wird es Facebook wohl kaum interessieren, wenn ein paar hunderttausend Nutzer wegen der Sache in Myanmar abspringen. Oder erwarten Sie ernsthaft eine größere Reaktion als ein müdes Schulterzucken, wenn überhaupt? Ich muss außerdem gestehen, dass ich noch gar nichts davon mitbekommen habe.«

Der Professor kratzte sich am Kopf und überlegte eine Weile. »Für unsere hiesigen Medien ist die Lage in Myanmar allerhöchstens aus politischer Sicht interessant, darüber wird schon berichtet. Welche Rolle das Internet dabei gespielt hat, ist für die meisten Leserinnen und Leser, Hörerinnen und Hörer und so weiter nicht greifbar genug und deshalb irrelevant. Davon abgesehen ist Myanmar ein kleines Land weit weg von Europa. Die Medien sind wohl der Meinung, dass das was dort passiert, uns ohnehin nicht wirklich betrifft. Um auf Ihre Frage zurückzukommen, ob ich also eine größere Reaktion als ein müdes Schulterzucken erwarte. Nein, das tue ich nicht«, sagte er schließlich. »Ich bin trotzdem der Meinung, dass man nicht darüber hinwegsehen darf, wenn jene Konzerne ständig unser Vertrauen missbrauchen, oder sind Sie da anderer Meinung?«

»Naja«, antwortete Vadim. »Ich bin schon Ihrer Meinung, aber die meisten Menschen sind diesbezüglich, glaube ich, einfach etwas kurzsichtig. Was soll ich mich auch groß aufregen, wenn der Service funktioniert? Der Großteil der Nutzer nimmt es offensichtlich einfach so hin, dass die genannten Konzerne eine Übermacht darstellen.«

»Genau, was bleibt uns auch anderes übrig? Das ist wie David gegen Goliath«, warf eine andere Studentin ein.

»Ein schöner Vergleich«, stimmte Sixt zu. »Aber vergessen Sie nicht, dass David gewonnen hat.«

ACHT

Naypyidaw, Myanmar

»Wir sind dir zu Dank verpflichtet. Du hast deine Loyalität und dein Können unter Beweis gestellt. Die Tatmadaw sind stolze und ehrenhafte Männer, die deinen Einsatz zu schätzen wissen, Dimitri«, sagte General Zaw Koko, dessen Vorname sich aussprach wie das deutsche Wort für „Sau", und paffte an seiner Zigarre. Dem Sechzigjährigen, hochdekorierten Militär, standen feine Schweißperlen auf der Stirn. Die schräg gestellten Jalousien vor dem Doppelfenster des Dienstbüros zerstückelten das heiße Licht der Abendsonne in goldene Streifen.

»Ich weiß dein Lob zu schätzen, Koko, wirklich. Aber wir sind noch nicht am Ziel.«

Der General nickte. »Wohl wahr. Aber der schwierigste Schritt ist getan. Mit deinem Einfluss können wir die Bevölkerung endlich unter Kontrolle halten.«

Dieser aufgeblasene Asiate glaubt tatsächlich, dass es so einfach ist, dachte Dimitri Orlov und hätte den Gedanken gern ausgesprochen, sagte jedoch stattdessen: »Ich tue es nur ungern, aber ich möchte euch zur Vorsicht mahnen. Nur, weil Ihr jetzt feststellen könnt, wer die Strippenzieher bei den Aufständen sind, heißt das noch nicht, dass ihr euer Volk unter Kontrolle bekommt.«

Der General lachte. »Weißt du Dimitri ... Jeden anderen hätte ich für diese Aussage an die Wand stellen lassen. Man widerspricht mir nicht. Bei dir ist das anders. Ich betrachte dich als Freund, als Verbündeten. Aber über Politik scheinst du nicht sonderlich viel zu wissen. Wir haben unsere Methoden.«

Ich weiß mehr darüber, als du dir vorstellen kannst.

»Mag sein, dass die Politik nicht gerade mein Steckenpferd ist, lieber Koko. Ich möchte dir lediglich das Potential dieser Waffe klar machen und an deine Geduld appellieren.«

»Wozu abwarten, Dimitri? Jeder, dessen Posts in den sozialen Medien etwas an der rechtmäßigen Macht meiner Männer auszusetzen hat, kann jetzt von uns identifiziert und hinter Gitter gebracht werden. Dank dir! Jeder, der plant, dieses Land weiter zu destabilisieren, wird enttarnt!«

»Erlaube mir den Einwand, General ... So viel Platz habt ihr in euren Gefängnissen nicht.«

»Dieses Volk ist nicht bereit für eine Demokratie, verdammt nochmal! Es ist besser aufgehoben, wenn wir die Zügel in der Hand halten. Wir werden jeden einzelnen durchleuchten und die kriminelle Energie systematisch ausrotten!«

»General, es geht viel einfacher.«

Koko hob die Brauen. Er blickte Orlov streng an. »Stellst du mein Urteilsvermögen in Frage?«

Orlov winkte ab. »Aber nein. Deine Fachgebiete sind Militär und Politik. Meines ist das Internet mit allem was dazugehört – lass mich erklären, worauf meine Gedanken abzielen.«

»Du hast einen Vorschlag?«

»Gewissermaßen.«

»Also gut«, lenkte Koko ein, griff nach der Zigarre und paffte genüsslich, »ich bin ganz Ohr.«

»Im Moment denkt dein Volk und der Rest der Welt, dass dir und den Tatmadaw die Macht nicht zusteht, dass ihr sie unrechtmäßig an euch gerissen habt.«

»Was soll das bitte für ein Vorschlag sein?« Koko schnaufte.

»Gib mir einen Moment Zeit zu erklären«, sagte Orlov ruhig und fuhr fort: »Wäre es nicht großartig, wenn es einen Weg gäbe, deinem Volk euere Ideologie Stück für Stück einzuverleiben? Nichts ist mächtiger als eine Gesellschaft, die geschlossen für die gleiche Sache kämpft.«

»Wie soll das gehen? Wir haben alle Hände voll damit zu tun, die Bevölkerung ruhig zu halten.«

»Eben. Das kostet Ressourcen, Anstrengung, Zeit. Mein Weg braucht nur etwas von Letzterem.«

»Du träumst!«

»Nein, ganz im Gegenteil. Ich habe euch die Möglichkeit gegeben, den Zugang zu Informationen zu regulieren, die Informationen als Solche zu kontrollieren. Stell dir die Maßnahme vor, wie einen Parasit. Über einen Zeitraum, der etwas deiner geschätzten Geduld benötigt, nutzt du Facebook, um mehr und mehr pro-militärischer Nachrichten zu verbreiten. Denke einen Moment an den Endnutzer, der die Plattform nutzt, um an die Argumente zu gelangen, die gegen euch sprechen.«

»Kann man diese *sogenannten* Argumente nicht einfach löschen?«

»Rein technologisch geht das, ja, aber es wäre der falsche Ansatz.«

Der General schüttelte den Kopf. »Also, es tut mir leid, mein Freund, aber ich weiß nicht, worauf du hinauswillst. Warum sollte ich absichtlich zulassen, dass mein Volk die westliche Propaganda inhaliert, wo ich sie inzwischen einfach blockieren kann?«

»Weil die Dosis das Gift macht«, erklärte Orlov. »Wenn die ›anti-Tatmadaw-Inhalte‹, wenn ich das eben mal so formulieren darf, mit einem Mal verschwinden, wird jeder mit halbwegs funktionierendem Verstand bemerken, dass es nicht mit rechten Dingen zu geht. Wenn hingegen die Anti-Inhalte sich mit den Pro-Inhalten zunächst die Waage halten und du Stück für Stück immer mehr positive Artikel und Posts über die Tatmadaw mit einfließen lässt, setzt sich die Bevölkerung automatisch mit eurer Denkweise auseinander. Ohne, dass es Ihnen wirklich auffällt. So hast du die Chance, die birmanische Gesellschaft zu sensibilisieren. Deswegen habe ich das Beispiel mit dem Parasiten gebracht. Der effizienteste von ihnen ist jener, der gar nicht bemerkt wird, oder erst dann, wenn es schon zu spät ist. Es gibt keine bessere Zeit, als jetzt damit zu beginnen.«

Koko starrte zur Decke und schien intensiv über den Vorschlag nachzudenken.

»Vielleicht hast du recht, Dimitri. Wie lange dauert so etwas?«

»Das kann man so nicht sagen«, meinte Orlov und steckte sich eine Zigarette an. »Wie viele Menschen leben in Myanmar?«

»Etwa vierundfünfzig Millionen.«

»Hm. Etwa ein bis zwei Jahre, vielleicht drei.«

»So lang?«

»Mein lieber General! Das ist doch kein großer Zeitraum. Wie lange versucht ihr schon, die Rohingya aus eurem Land zu jagen?«

Koko schwieg.

»Eben«, sagte Orlov. »Es ist außerdem in meinen Augen die beste Chance, euer System nachhaltig zu festigen. Wie ich das verstehe, haben euch die Chinesen im Auge und beobachten, wie ihr mit der Situation zurechtkommt.«

»Die Chinesen stehen auf unserer Seite.«

»Ich weiß, ich weiß. Was ich sagen möchte, ist das Folgende: Ihr habt die Möglichkeit, euch eine bessere Verhandlungsposition in Peking zu erarbeiten, wenn ihr euer Volk unter Kontrolle bekommt.«

»Wozu? Sie sind unsere Verbündeten.«

»Ich bin ein direkter Mensch, ich werde nichts beschönigen. Die Chinesen belächeln euch. Sie nutzen euch aus. Und ich bin mir sicher, dass du das ebenfalls weißt. Ihr habt das Glück in einer geografisch und militärstrategisch günstigen Position zu sein. Als Nation, die sich geschlossen und stark präsentiert, könnte ihr euch eine ganz andere Verhandlungsposition erarbeiten.«

Der General sah auf seine Uhr, sichtlich verstimmt. »Ich muss jetzt los. Ich habe dir die Suite im Kempinski herrichten lassen, mein lieber Dimitri. Deine Ratschläge sind wertvoll, deine Ehrlichkeit schätzenswert. Ich will versuchen, Sie zu beherzigen.«

»Es ist das Beste für dein Land«, sagte Orlov und erhob sich.

Einen Moment lang sahen sich die Männer an, dann ging Koko um seinen Schreibtisch, klopfte Orlov kräftig auf die Schulter und griff nach dessen Hand.

»Ich danke dir, Dimitri. Wenn es jemals etwas gibt, was wir für dich tun können, so lass es mich wissen.«

NEUN

INDOPACOM-Lagezentrum im Pentagon
Washington D.C., Vereinigte Staaten von Amerika

Ließe sich die Situation mit einem Wort zusammenfassen, lautete es: *Beschissen.*
»Wir können von Glück reden, Gentlemen, dass der Einfluss der Tatmadaw an den Grenzen ihres bemitleidenswerten Landes endet«, sagte Admiral David Katz trocken. Der stellvertretende Oberbefehlshaber der US-INDOPACOM, der US-amerikanischen Streitkräfte im indopazifischen Raum, war ein kräftig gebauter, hochdekorierter Militär mit kurz geschorenen grauen Haaren, eisblauen Augen und einer Ausstrahlung, die die Raumtemperatur um mindestens fünf Grad zu senken schien.

»Verzeihung, Admiral, wenn Sie gestatten. Wir sollten China dennoch im Auge behalten. Abseits der militärischen Handelsbeziehung zu Myanmar betreiben die Chinesen strategisch wichtige Stützpunkte, vor Allem in den Küstengebieten. In dieses Land setzen wir keinen Fuß, ohne in Peking alle Alarmglocken zu läuten«, gab Cedric Fergusson von der CIA zu bedenken.

Der Admiral machte eine abfällige Handbewegung und verzog den Mund. »Ich glaube, das können wir beim Militär besser einschätzen als die CIA, Mr. Fergusson.«

»Natürlich, Sir«, meinte Fergusson besänftigend. »Allerdings bereitet uns der angesprochene Umstand großes Kopfzerbrechen. Zumindest bei der CIA.«

Eine Frau in schwarzem Kostüm und Heels eilte zu Admiral Katz, beugte sich leicht nach vorn und flüsterte ihm etwas ins Ohr.

»Gut, wir sind vollzählig und können beginnen«, verkündete Katz, die Frau verließ den Raum wieder und schloss die gläserne Tür hinter sich.

Die spontan einberufene Sitzung zur Einschätzung der Lage in Myanmar nach dem Putsch versammelte bis auf Katz hauptsächlich niedere militärische Dienstgrade im Konferenzraum. Die Tatsache, dass der zaghafte Demokratisierungsversuch in dem rohstoffarmen Land gescheitert war, stellte weder ein internationales noch ein nationales Sicherheitsrisiko dar. Dennoch musste darüber gesprochen werden, die Diplomatie verlangte es. Die Sitzung war ein unwillkommener Pflichttermin, das war insbesondere Katz anzumerken. Wegzusehen, ohne von politischer Seite ein Statement abzugeben, kam nicht in Frage, obwohl allen klar war, dass die Tatmadaw sich nicht für die Meinungen der westlichen Regierungschefs interessierten, schon gar nicht für die des verhassten amerikanischen Präsidenten. Solange man nicht mit militärischer Intervention drohte, nahmen die Tatmadaw die Reaktionen vermutlich nicht einmal zur Kenntnis. Es ging vornehmlich darum, das eigene Image im Westen aufrecht zu erhalten.

Zu den Militärs gesellten sich der Nationale Sicherheitsberater des Präsidenten, mehrere Analysten, der Referent des amerikanischen Botschafters von Myanmar, sowie Cedric Fergusson von der CIA und Daniil Bugajew als Vertreter der russischen Hauptverwaltung für Aufklärung, der GRU.

Fergusson wusste, dass Katz zur Zeit des kalten Krieges in Westberlin als Soldat stationiert war und ein schwieriges Verhältnis zu Russen im Allgemeinen hatte. Heute saß mit Bugajew ein Vertreter des alten Feindes im Raum, ein Umstand, der das noch immer nicht überwundene

Misstrauen wieder spürbar machte. Es war den Anwesenden anzusehen, dass sie Mühe hatten, diese Tatsache zu ignorieren. Der Admiral war ein Mann, dessen feste Überzeugung es war, mit genug Feuerkraft alles erreichen zu können. In Fergussons Augen war an eine Militäroperation in Myanmar allerdings nicht zu denken – man wollte und sollte sich nicht mit den Chinesen anlegen. So wichtig war der Wunsch des Westens nach Demokratie in Myanmar dann am Ende des Tages doch nicht.

»Ich würde vorschlagen wir beginnen mit – «, sagte General Katz, doch brach mitten im Satz ab.

»Keiner bewegt sich!«, zischte er plötzlich.

Die Anwesenden tauschten irritierte Blicke.

Niemand sprach ein Wort.

Wie in Zeitlupe hob Katz die linke Hand unter dem Tisch hervor und positionierte sie langsam über der rechten, die auf der Holzplatte lag. Eine Fliege war auf seinen schmächtigen Fingern gelandet. Dann, in einer ruckartigen Bewegung, schmetterte der Admiral seine Linke auf die andere Handfläche – so fest, dass der Tisch unter dem Aufschlag vibrierte.

»Verdammtes Mistviech«, fluchte Katz, als er feststellte, dass er die Fliege nicht erwischt hatte. Er schüttelte den Kopf. »Sorry, aber es gibt kaum etwas, dass mich mehr nervt als diese Biester.« Er hob den Blick und sah in die Runde. »Also, dann. Mr. Secretary, bitte. Bringen wir's hinter uns.«

Der Referent des Botschafters räusperte sich. »Die Lage ist nach wie vor unübersichtlich. In der Hauptstadt Yangon werden sämtliche Proteste und Demonstrationen brutal niedergeschlagen. Es sieht derzeit danach aus, als würde die Militärpolizei die Oberhand behalten. Die Aufstände bringen die üblichen, unerfreulichen Begleiterscheinungen mit sich, die den Überblick zusätzlich erschweren, Plünderungen, grober Vandalismus und so weiter. Die Tatmadaw selbst haben ihre Präsenz in der Ex-Hauptstadt allerdings kaum erhöht, die Entscheidungsträger haben sich nach aktuellem Kenntnisstand in Naypyidaw zusammengerottet. Unbestätigten Berichten zufolge hat man Aung San Suu Kyi in Gewahrsam genommen. Wir gehen im Moment davon aus, dass sie unter Hausarrest gestellt werden wird, können aber nicht ausschließen, dass Suu Kyi für lange Zeit von der Bildfläche verschwindet.«

»Was genau meinen Sie damit?«, fragte Katz.

»Damit will ich sagen, dass das weitere Vorgehen der Tatmadaw schwer einzuschätzen ist. Wenn Sie mich fragen, Sir, ich kann mir gut vorstellen, dass Suu Kyi hingerichtet wird, aber das sind nur vage Vermutungen. Wir sollten nicht vom Schlimmsten ausgehen.«

»Es ist unsere Aufgabe, vom Schlimmsten auszugehen, Mr. Secretary. Fahren Sie fort«, entgegnete der Admiral bitter.

»Es gibt bereits erste Reaktionen aus Großbritannien, der EU und Australien. Alle fordern die sofortige Freilassung Suu Kyis und allen anderen, die zu Unrecht festgehalten werden.«

»Obwohl diese Berichte noch unbestätigt sind?«

»Jawohl, Sir.«

»Was sagen die Chinesen?«

»Der Sprecher des Außenministeriums, Wang Wenbin, ließ in seinem Statement die zu erwartende Zurückhaltung durchklingen, Sir. Er sagte – « Er nahm sein iPad zur Hand, öffnete einen Screenshot und zitierte: »Wir beobachten die Ereignisse in Myanmar und befinden uns im Prozess, die Situation besser zu verstehen. China ist ein freundlicher Nachbar Myanmars.

Wir hoffen, dass alle Parteien in Myanmar ihre Differenzen angemessen und unter Achtung der Verfassung und der sozialen Stabilität diskutieren können.‹«

»Ist das alles?«, fragte Katz und hob die Brauen. Der Referent des Botschafters nickte.

»Die Freilassung Suu Kyis haben Sie nicht gefordert?«

»Bislang nicht.«

»Diese Wichser.«

Ausfällige Sprache war nichts Ungewöhnliches bei derartigen Meetings, allerdings nur, wenn keine ausländischen Gäste oder Berater anwesend waren. Es war ein ungeschriebenes Gesetz, dass die Schimpftiraden durch die Dienstältesten begonnen wurden, bevor sich andere Konferenzteilnehmer auf ein ordinäreres Sprachniveau begeben durften.

Für einen kurzen Moment schien der Admiral vergessen zu haben, dass Bugajew mit im Raum saß. Dennoch konnte Fergusson Katz' Reaktion nachvollziehen. In der Diplomatie wurde jedes Wort auf die Goldwaage gelegt – auch jenes Wort, das nicht ausgesprochen wurde. Die Nichterwähnung Suu Kyis Festnahme seitens der Chinesen war ebenfalls ein klares Statement und damit der Ausdruck von Sympathie gegenüber den Tatmadaw.

»Ich denke«, sagte der National Security Advisor, »ich werde dem Präsidenten empfehlen, sich den Statements der EU, Australiens und des Vereinigten Königreichs anzuschließen. So, wie ich das verstehe, ist an eine militärische Intervention unsererseits derzeit nicht zu denken?«

Katz schüttelte den Kopf. »Schlagen Sie dem Präsidenten vor, mit Sanktionen zu drohen. Sprechen Sie sich mit der Außenministerin ab. Ich denke da vor allem an Computerchips und andere Güter aus dem Technik-Sektor. Solange China stillhält, ist Myanmar ohnehin militärisch uninteressant.«

»Das wird den Republikanern nicht reichen«, gab Fergusson zu bedenken.

Der General sah ihn irritiert an. »Warum nicht?«

»Der republikanische Senatsvorsitzende Mitch McConnell hat eine starke Antwort Amerikas gefordert. Er pflegt enge Beziehungen zu Suu Kyi.«

»Wie eng?«

»Wissen wir nicht genau, Sir.«

»McConnell soll den Ball flach halten. Eine militärische Intervention wird die Chinesen erst recht auf den Plan rufen, ebenso, wenn wir die Rebellen mit Waffen unterstützen. Zumal die Asiaten ohnehin eher aus Deutschland importieren. Heckler&Koch et cetera. Das können wir nicht gebrauchen. Die Lage ist tragisch, Mr. Fergusson, aber aus militärischer Sicht nach jetzigem Stand irrelevant«, erklärte Katz. »Aber Sie sind nicht hier, um uns in Sachen Wahlkampf Tipps zu geben, Mr. Fergusson, oder hat man mich falsch informiert?«

»Nein, Sir«, sagte Fergusson. »Die CIA beschäftigt eine andere Sache.«

Er deutete auf Bugajew der neben ihm saß. Sowohl er als auch Fergusson selbst trugen dunkelgraue Anzüge und Krawatte. An den Brusttaschen ihrer Jacketts baumelten die Besucherausweise für das Pentagon. Fergusson hatte das Gefühl, dass in den Augen des Admirals jeder mit einem solchen Ausweis ein gefährlicher Fremdkörper in den Räumen des Pentagon war.

Fergusson hatte keine freundliche Begrüßung erwartet. Besonders Bugajew hatte auf dem Weg ins INDOPACOM-Lagezentrum einige skeptische Blicke erdulden müssen. Man wusste auch schweigend zum Ausdruck zu bringen, wer im Pentagon das Sagen hatte.

Sie mussten darüber hinwegsehen. Es war wichtig, den Admiral über die logistischen Hintergründe des Putsches aufzuklären.

»Das ist unser Kollege bei der GRU, Daniil Bugajew«, sagte Fergusson. »Wir arbeiten seit einiger Zeit eng mit ihm zusammen.«

Katz zuckte die Schultern, sein Gesichtsausdruck war wie versteinert. »Na, und? Was hat das hiermit zu tun? Und seit wann arbeitet die CIA mit der GRU zusammen?«

»Eine ganze Menge, Sir. Schon eine ganze Weile, Sir.«

»Ist ja allerhand. Sie sollten Ihre Partnerschaft in die Wiederherstellung des Friedens in der Ukraine investieren, und nicht in diesen Cyberkram. Ich will nicht wissen, welche Summen man für diesen Quatsch freigibt, während es viel wichtigere Probleme da draußen zu lösen gilt. Aber ich bin dem Himmel sei Dank nicht befugt, mir den Kopf darüber zu zerbrechen. Also. Fergusson, sparen Sie sich die Vorreden und kommen Sie zum Punkt.«

Der Tonfall des Generals klang so, als wollte er weder Fergusson noch Bugajew zuhören. Letzterem schon gar nicht.

»Die Kollaboration begründet sich im gemeinsamen Ziel, die organisierte Cyberkriminalität zu bekämpfen, wie Sie ja bereits sagten. Unser Schaffen hat eine große Schnittmenge.«

»Und wie genau sieht die aus?«

»Eine groß angelegte Operation gegen das RCSN, Sir. Die Abkürzung steht für – «

»Weiß ich«, unterbrach Katz gereizt. »Was ich immer noch nicht weiß, ist, was das mit unserem Meeting zu tun hat.«

»Wie Sie vermutlich ebenfalls wissen, Sir, wurde während des Putsches das Internet abgeschaltet. Wir haben Grund zur Annahme, dass die Tatmadaw mit dem RCSN kooperiert haben.«

»Warum?«

»Weil dem birmanischen Militär, zumindest nach unserem Kenntnisstand, das Knowhow für diesen Stunt fehlt. Es geht nicht nur um das Abschalten per se. Wir haben ferner festgestellt, dass die sozialen Medien und insbesondere Facebook zu Propagandazwecken manipuliert werden. Außerdem haben unsere Analysten herausgefunden, dass das Militär große Summen in Kryptowährung transferiert hat.«

»Wie viel?«

»Umgerechnet ein größerer dreistelliger Millionenbetrag.«

»Wohin sind diese Gelder geflossen?«

»Über verschiedene Server, überall auf der Welt. Im Prinzip wird das Geld von Börse zu Börse verschoben. Die End-Wallets können wir nicht feststellen.«

»Langsam, Mr. Fergusson«, bat der Admiral. Sein Tonfall klang immerhin etwas interessierter, stellte Fergusson erfreut fest. »Was ist ein Wallet?«

»Ein digitales Portemonnaie, Sir. Es beinhaltet einen Private-Key und einen Public-Key. Diese werden benötigt, um Kryptowährungen zu handeln, oder dieselbe zu speichern. Ein Wallet erhalten Sie in der Regel über einen Drittanbieter, es kann aber auch eigenständig gehostet werden.«

»Wie?«

»Das Betreiben einer Wallet benötigt Rechenleistung Sir. Entweder stellen Sie diese selbst bereit oder Sie nutzen die Angebote Dritter.«

»Und weshalb können Sie diese Wallet nicht finden?«

»Die Transaktionen laufen zu großen Teilen über das dezentrale Netzwerk Bitcoin. Jede Transaktion wird in der sogenannten Blockchain festgehalten, diese können unsere Analysten nachvollziehen.«

»Wie muss ich mir das vorstellen?«, fragte Katz.

»Jede Transaktion stellt einen Code-Block dar, so gesehen eine zusammengefasste Ansammlung an Daten. Daher hat auch die Blockchain-Technologie ihren Namen. Um eine Zahlung zu verifizieren, müssen verschiedene, voneinander unabhängige Server, sogenannte Validators, die Abbuchung des Senders und die Aufladung beim Empfänger bestätigen. Die Blockchain kann im Nachhinein nicht verändert werden, deshalb gilt sie als quasi fälschungssicher. Jeder neue Block enthält Teile des Vorgängerblocks. Versuche ich also einen Block in der Vergangenheit zu verändern, stimmen alle nachfolgenden Blöcke nicht mehr und der Eingriff wird als nicht valide erkannt.«

Katz schüttelte den Kopf und blickte skeptisch in die Runde. »Kompliziert ohne Ende. Kein Wunder, dass sich das so viele Kriminelle zu Nutze machen!«

»Sir?«

»Na, offenbar ist die Arbeit der CIA noch schwieriger geworden dank dieses Bitcoin-Quatsches.«

Fergusson schüttelte den Kopf. »Ganz im Gegenteil, Sir. Ja, es ist schwierig, sehr schwierig und aufwendig, Transaktionen nachzuvollziehen, es ist allerdings nicht unmöglich. Denken Sie an Bargeld. Derartige Zahlungen nachzuverfolgen ist viel komplizierter, vor Allem, wenn Sie die Seriennummer der Scheine nicht kennen. Kryptowährung erleichtert unsere Arbeit um ein Vielfaches.«

»Weshalb können Sie dann keine Ergebnisse liefern?«

Fergusson räusperte sich. »Sir, wir konnten keine End-Wallet feststellen, weil es mehrere geben muss, tausende möglicherweise. Einige Verdächtige Adressen haben wir jedoch bereits finden können. Unsere Analysten ordnen sie dem RCSN zu, mit einer Wahrscheinlichkeit von knapp siebzig Prozent.«

»Mehr nicht? Warum nicht einhundert Prozent?«, gab Katz erstaunt zurück.

»Das RCSN ist ein Phantom, Sir«, erklärte Fergusson. »Uns wären schon fünfzig Prozent genug als Anhaltspunkt.«

Daniil Bugajew räusperte sich und sah zum Admiral. »Wenn Sie erlauben, Sir?«

Katz Gesichtsausdruck entnahm Fergusson, dass dieser mit einem stereotypen Akzent gerechnet hatte, doch dem war nicht so. Bugajew sprach perfektes Englisch. Schließlich nickte der Admiral, wenngleich ihm der Widerwillen anzusehen war.

»Eine Kooperation zwischen den Tatmadaw und dem RCSN ist mehr als wahrscheinlich, Sir«, erklärte Bugajew. »Das birmanische Militär ist korrupt und das Syndikat Meister darin, solche Strukturen auszunutzen. Die Wallets, die die Analysten gefunden haben, bestätigen das.« Er kratzte sich am Kinn und fügte hinzu: »Zumindest mehr oder weniger.«

»Für mich klingt das alles nach wilden Theorien, meine Herren«, sagte der Admiral unbeeindruckt. Er wendete sich an den NSA: »Halten Sie das für relevant für den Präsidenten?«

»Nun, Sir, die Bekämpfung der Cyberkriminalität war ein entscheidender Bestandteil im Wahlkampf des Präsidenten. Irgendwo muss man ja anfangen. Ich kenne mich nicht wirklich mit der Thematik aus. Mich würde interessieren, wie Ihre nächsten Schritte aussehen, Mr. Fergusson.«

»Wir werden zunächst versuchen, die dramatis personae hinter den Wallets ausfindig zu machen, wir vermuten eine Zelle in St. Petersburg. Außerdem behalten wir die Situation in Myanmar genauestens im Blick. Mehr Angriffspunkte haben wir im Augenblick leider nicht.«

»Pah!«, rief der Admiral. »Ich kenne die Zahlen ja nicht, aber ich kann mir vorstellen, dass ihre netten Operationen viel Geld verschlingen Mr. Fergusson, während Sie im Dunkeln tappen. Geld, das den amerikanischen Bürgern an anderer Stelle fehlt. Ich wiederhole mich. Was Sie uns hier berichten, ist nichts weiter als ein klägliches Armutszeugnis der CIA.«

»Bei allem Respekt, Sir, gerade deshalb ist es so wichtig, dass wir an der Sache dranbleiben. Und zwar mit Hochdruck. Das RCSN arbeitet präzise wie ein Uhrwerk. Wir müssen einen Keil in deren Zahnräder treiben, am besten sofort, verstehen Sie?«

»Außerdem« schaltete sich Bugajew ein, was eine Zornesfalte zwischen Katz' Augen grub, »können wir nicht ausschließen, dass der stetig wachsende Einfluss des Syndikats inzwischen bis in die hohen Verwaltungsebenen des Kreml reicht.«

»Na, herzlichen Glückwunsch.«

Fergusson sah, dass der zynische Kommentar des Admirals ein kleines Zucken Bugajews linker Augenbraue auslöste, aufatmend stellte er jedoch fest, dass sich Bugajew mit einer Retourkutsche zurückhielt: »Es steht im Interesse unserer beider Nationen, Admiral, dass wir dem RCSN Einhalt gebieten. Es steht mir als Fremder nicht zu, über die Politik der USA vor Ihnen zu urteilen, sehr wohl kann ich das aber über jene meines russischen Vaterlandes. Auch dort werden die Gefahren eines digitalen Krieges noch immer weggelächelt, obwohl sie immer präsenter werden. Langstreckenraketen, Panzer, Artillerie, reale Gefahren, die man sehen kann, darüber macht man sich Sorgen. Diese Denkweise stammt aus einer Zeit, als die sowjetischen Panzer in Berlin den amerikanischen gegenüberstanden. Wir leben in einer neuen Welt, die neues Denken erfordert. Der Feind ist keine Nation mehr mit Ideologien, die konträr zu den eigenen sind. Wir müssen zusammenarbeiten. Der Feind ist eine gesichtslose Entität, staatenlos, wandelbar, und weitaus mächtiger, als wir es uns eingestehen wollen. Ich gebe zu, die Ergebnisse unserer bisherigen Ermittlungen sind bei langem nicht berauschend. Aber sie sind ein Anfang. Ein wichtiger Schritt in die richtige Richtung.«

Admiral Katz seufzte. »Sie sagen also, ich soll mir keine Gedanken über Langstreckenraketen, Panzer und Artillerie machen, habe ich Sie richtig verstanden, Mr. Bugajew?«

»Nein, Sir, so meine ich das nicht. Ich sage lediglich, dass neue Gefahren *dazugekommen* sind, die wir nicht außer Acht lassen dürfen. Das RCSN ist ein Zusammenschluss von Hardlinern. Die wenigen Inhalte, die wir über das Syndikat finden konnten, lassen darauf schließen, dass Sie sich mit dem Untergang der Sowjetunion formiert haben. Dieses Phänomen ließ sich auch in der Politik feststellen. Auch dort gibt es einflussreiche Zellen, die den Zerfall der Sowjetunion für die größte Katastrophe aller Zeiten halten. Mit dem RCSN stehen wir einer Vereinigung gegenüber, die die politischen Prozesse in unserem und vermutlich auch in Ihrem Land bestens kennen, Sir. Zwar beschränkt sich das Geschäft derzeit vor allem auf illegale Pornografie, den Handel mit sensiblen Daten, Drogen und Menschen sowie der Unterwanderung diplomatischer Strukturen. Aber das RCSN hat die Kompetenz, noch ganz andere Dinger zu drehen, wenn ich das so salopp formulieren darf, Sir. Die Militärs unserer beider Nationen werden mehr und mehr digitalisiert. Jedes moderne Kriegsgerät kommt nicht ohne Software aus, Software, die manipuliert werden kann, für welchen Zweck auch immer. Das neue russische Marschflugkörpersystem ist vollständig digital, Sir. Wir müssen präventiv denken und handeln, damit es nicht zu viel schlimmeren Katastrophen kommt!«

»Das sehe ich genauso«, sagte der NSA, bevor Katz zur Antwort ausholen konnte. »Ich werde den Präsidenten über die Fakten unterrichten, Mr. Fergusson, Mr. Bugajew. Danke für Ihre Einschätzungen. Admiral.«

»Nennen Sie mich altmodisch meine Herren«, sagte Katz schließlich, »aber meiner Meinung nach verschwenden Sie Ihre Zeit. Ich mag von Bitcoin und Blockchain vielleicht nichts verstehen, aber glauben Sie mir, wenn ich Ihnen sage, dass sich die wirklichen Bedrohungen für unser Land noch immer in der analogen Welt befinden.« Er bedachte Fergusson und Bugajew mit missbilligenden Blicken. »Ihr Computerfreaks glaubt auch die Weisheit gefressen zu haben, was? Sonst noch was?«, fragte der Admiral und war schon dabei, einige Dokumente in seiner ledernen Aktentasche zu verstauen. Fergusson hatte das Gefühl, dass Bugajew die richtigen Knöpfe gedrückt hatte. Offenbar sah sich der Admiral dazu gezwungen, in die Defensive zu gehen.

Er fühlt sich genauso bedroht, wie wir.

Die Anwesenden verneinten die Frage des Admirals und erhoben sich.

»Schönen Tag noch, meine Herren.«

Auf dem Weg zum Parkplatz unterhielt sich Fergusson mit Bugajew leise.

»Der Admiral kann mich nicht leiden«, sagte Bugajew. »Männer wie der sind daran schuld, dass wir immer wieder eingebremst werden.«

»Sieh es ihm nach, Daniil«, meinte Fergusson besänftigend. »Der kommt aus seiner Denke nicht raus. Alles was wir brauchten, war die Gunst seiner Aufmerksamkeit, nicht die seiner Freundschaft.«

»Ohne unsere Arbeit steht die Welt bald in Flammen. Warum will er das nicht kapieren?«

»Mag sein. Wir mussten ihn nicht überzeugen, nur informieren, Daniil. Es kann dir doch egal sein, was er von uns hält. Wir haben Rückendeckung von ganz oben.«

»Das Problem, Cedric, ist, dass er recht hat mit den Dingen, die er über unsere Ermittlungen sagt.«

»Wie meinst du das?«

»Wir haben kaum Anhaltspunkte was das RCSN betrifft. Wir tappen im Dunkeln. Alles, was wir haben, sind Annahmen.«

»Fein, eins zu null für ihn. Ich bleibe trotzdem dabei. Wir können nicht einfach die Ermittlungen stoppen, nur weil wir kaum brauchbare Fortschritte machen.«

»Immerhin sind wir einer Meinung«, sagte Bugajew als sie den Parkplatz erreichten. Die Sonne stand hoch an einem wolkenlosen Himmel, die Luft flimmerte über dem Asphalt. Ein paar Bäume spendeten löchrigen Schatten. Bugajew steckte sich eine Zigarette an.

»Ich werde meine Leute in Moskau auf den Stand der Dinge bringen«, sagte er und verabschiedete sich.

Fergusson schlenderte zu seinem Wagen und ärgerte sich über den Verlauf des Meetings. Er hielt den Admiral für einen aufgeblasenen Realitätsverweigerer, der die Welt aus der Perspektive von 1980 betrachtete. Wütend kickte Fergusson eine leere Coladose aus seinem Weg.

Wie gefährlich kann eine kleine Hackergruppe, die sich als RCSN bezeichnet, denn schon werden?

Gefährlicher als du denkst, Katz. Und dank Typen wie dir sind wir leichte Beute.

ZEHN

Den muskulösen Mann auf der anderen Seite von Roger O'Donnells Schreibtisch umgab eine unsichtbare Parfümwolke, die O'Donnell in der Nase stach. Die schwere Komposition aus Moschus, Patchouli und Tabak machte die Präsenz des Mannes noch unangenehmer, als sie es ohnehin schon war.

Roger O'Donnell betrachtete den breitschultrigen Afroamerikaner, dessen Anzug so perfekt saß, als ließe er sich im nächsten Moment für ein Fashionmagazin ablichten. O'Donnell kannte Joseph Foster nur vom Sehen. Wie er selbst war Foster des Öfteren auf den Pressebällen und Galadiners der großen Nachrichtensender auf der Gästeliste vertreten. Am Rande hatte O'Donnell mitbekommen, dass Foster als Berater für die Rechtsabteilung von Google tätig war - wohl eine Art Lobbyist, wie die großen Konzerne sie inzwischen zu Hunderten beschäftigten. O'Donnell hatte sich allerdings nicht vorstellen können, eines Tages ein Gespräch mit einem von ihnen führen zu müssen.

»Was Sie verlangen, ist nichts anderes als Zensur, Mr. Foster«, sagte O'Donnell gereizt.

»Das ist es nicht, Roger.«

Der freundliche und höfliche Tonfall machte O'Donnell aggressiv. Mehr noch als die Tatsache, dass der Mann ihn beim Vornamen nannte.

Foster fuhr fort: »Es handelt sich lediglich um eine Maßnahme, die die Qualität unserer Services zu wahren versucht. Nichts weiter.«

»Diese sogenannte Qualität baut auf menschenunwürdigen Arbeitsbedingungen und einen ethisch höchst fragwürdigem Algorithmus, Mr. Foster!«

Ein Lächeln huschte über Foster Gesicht und entblößte eine perfekte Reihe perlweißer Zähne. »Ah, Sie wollen über Ethik sprechen. Eine gute Idee, Roger.«

O'Donnell verzog wütend das Gesicht.

Was führt dieses Arschloch im Schilde?, dachte er.

»Wenn Sie hier mal einen Blick drauf werfen wollen, Roger«, sagte Foster und holte einen Schnellhefter aus seiner Aktentasche.

Skeptisch nahm O'Donnell die Dokumente in Augenschein. Sämtliche Nackenhaare richteten sich auf, entgeistert starrte er auf einige ausgedruckte Screenshots.

»Das, Roger, sind nur Auszüge, nennen wir sie mal die *Greatest Hits*, aus den Chats zwischen Ihnen und einiger Ihrer Kollegen und Freunde. Ich wusste gar nicht, dass Sie privat gerne weiße Kutten tragen. Oder sind die Ähnlichkeiten Ihres extravaganten Kleidungsstils mit den Roben des Ku-Klux-Klan reiner Zufall? Dass Sie die Hautfarbe eines Ihrer wichtigsten Anchormen als ›Makeup aus Hundescheiße‹ bezeichnet haben, muss ein Tippfehler gewesen sein, nehme ich an. Werfen Sie doch bitte einen Blick auf Seite Zehn, da geht es um Abdul Fayed, einer Ihrer Mitarbeiter in der Buchhaltung. Wo wollen Sie das Zyklon B denn herbekommen, dass Sie dem, wie sagten sie, ›schwanzlutschenden Freizeit-Taliban‹ ins Essen mischen wollen? Soweit ich weiß, ist das Zeug nicht sonderlich leicht erhältlich. Naja, Sie haben da bestimmt Kontakte, nicht wahr. Fassen wir's kurz: ich glaube in Sachen Ethik sind Sie genau der richtige Ansprechpartner, Roger.«

Schmunzelnd lehnte sich Foster in seinem Stuhl zurück und durchbohrte O'Donnell mit seinem Blick. Dem lief der Schweiß den Rücken hinab. O'Donnel stand auf, schlurfte schwer atmend zu einer kleinen Schrankbar und goss sich ein Glas Rum ein. Der Alkohol konnte den Anflug von Panik nicht dämpfen. Die hastigen Schlucke brannten in seinem Rachen wie Feuer.

»Was wollen Sie von mir?«, fragte O'Donnell schließlich mit heiserer Stimme.

»Nur einen kleinen Gefallen, Roger, nichts weiter. Sehen Sie, mich persönlich interessieren Ihre rassistischen Fantasien nicht. Ich lehne mich mal ganz weit aus dem Fenster und wage aber zu behaupten, dass Ihren Kollegen bei den anderen Sendern das Wasser im Mund zusammenläuft, wenn wir denen diese Dokumente unter die Nase halten, was meinen Sie? Unsere Analysten können Stoff für mindestens eine Woche schaurig-schöner Nachrichten über Sie liefern.«

»Sagen Sie mir endlich was Sie wollen! Wir finden doch sicherlich eine Lösung.«

Jetzt lässt mich dieser Hurensohn auch noch betteln, dachte O'Donnell angewidert. Er erkannte, wie leichtsinnig er gewesen war.

»Sie werden Harold Deckers Reportage nicht senden. Ferner ist es uns ein Anliegen, dass sich Mr. Decker in Zukunft mit anderen Dingen beschäftigt.«

»Harold Decker? Wie stellen Sie sich das vor? Er ist einer meiner besten Journalisten! Woher wissen Sie überhaupt über die Inhalte der Reportage Bescheid?«, bellte O'Donnell. Harold Deckers Storys hatten schon für viel Unruhen gesorgt, bisher allerdings erst, *nachdem* sie ausgestrahlt worden waren. Decker hatte offenbar in einem Wespennest herumgestochert.

»Ich bitte Sie Roger, stellen Sie doch nicht so einfältige Fragen. Sie nutzen den E-Mail-Dienst von Google für die Korrespondenz mit Ihren Mitarbeitern. Kurz gesagt: Mr. Decker ist im Valley nicht mehr erwünscht, genau genommen war er das noch nie. Versetzen Sie ihn, was weiß ich. Lassen Sie ihn woanders Schaden mit seinen Reportagen anrichten, befördern Sie ihn zum Korrespondenten sonst wo auf der Welt. Das wäre ein Anfang.«

»Ich kann ihn doch nicht daran hindern, auf eigene Faust zu agieren! Der Mann ist ein Dickschädel. Sogar ich habe Mühe, ihn unter Kontrolle zu halten.«

»Interessant. Aber das ist nicht unser Problem, verstehen Sie? Wenn auch nur eine einzige Zeile dieses Skripts, oder der kleinste Ausschnitt des Videomaterials an die Öffentlichkeit gerät, dann sollten Sie sich warm anziehen. Wahrscheinlich ist es das Beste, wenn Sie sich schon mal einen Balken in Ihrem Haus aussuchen, an den Sie sich dann hängen wollen.«

O'Donnell traute seinen Ohren nicht. Am liebsten hätte er Foster das Gesicht mit einem Ziegelstein eingeschlagen. Den Scheißeteich jedoch, in dem O'Donnell jetzt nach Luft schnappend schwamm, hatte er selbst gefüllt.

Roger O'Donnell schwieg.

»Schön, dass wir uns einigen konnten, Roger. Ich wünsche Ihnen alles Gute«, sagte Foster lächelnd und erhob sich. O'Donnell warf Foster einen vernichtenden Blick zu.

»Verschwinden Sie aus meinem Büro!«, fauchte er.

»Nichts lieber als das«, gab Foster zurück und deutete auf den Schnellhefter auf dem Schreibtisch. »Den lasse ich Ihnen da, falls Sie noch etwas stöbern wollen. Wir haben genug Kopien davon.«

Foster schloss die Tür hinter sich, O'Donnell schenkte sich ein weiteres Glas Rum ein. Er fühlte sich so ausgelaugt, als hätte er mehrere Stunden Hochleistungssport betrieben. Seine Beine hatten kaum Kraft, ihn aufrecht zu halten. Schnaufend ließ er sich in den Sessel hinter seinem Schreibtisch fallen. In einer Schublade fand er ein loses Stück Traubenzucker, das er missmutig zerkaute und mit einem Schluck Rum hinunterspülte.

Neben dem Telefon stand ein Kästchen, mit dem er ins Vorzimmer seines Büros kommunizieren konnte. Er drückte auf einen Knopf.

»Holen Sie mir Harold Decker, sofort.«

Nach einem kurzen Moment meldete sich eine weibliche Stimme zurück: »Decker hat gerade eine wichtige Besprechung im Autorenraum. Soll ich ihm etwas ausrichten?«

»Sie sollen ihn herholen. Jetzt!«

◆

Harold Decker war ein durchschnittlich großer, etwas fülliger Mann in den Vierzigern mit einer Vorliebe für Leinenhemden und Jeans. Er hatte schulterlanges, dunkelblondes Haar, dem er nicht so viel Aufmerksamkeit schenkte, wie seinem gepflegten Vollbart. Die Ähnlichkeit mit dem Schauspieler Jeff Bridges in jungen Jahren hatte ihm den Spitznamen ›Dude‹ eingebracht – eine Anspielung auf die Komödie *The Big Lebowski*. Bis auf sein ruhiges und entspanntes Wesen teilte Decker aber kaum eine Ähnlichkeit mit dem Joint rauchenden, bowlingspielenden Lebemann aus dem Film, höchstens, dass er ab und an ebenfalls gern einen White Russian trank. Ansonsten war Decker ein Gegner der Laissez-faire-Attitüde – von Berufswegen war er darauf getrimmt Risiken einzugehen, zu jeder Tages- und Nachtzeit erreichbar zu sein und für Recherchen auch die letzte Minute seiner Freizeit zu opfern. Er lebte für seinen Job.

Decker starrte auf den silbernen USB-Stick, der vor ihm auf dem Tisch in einem der Autorenräume der CNN-Zentrale lag. Er hörte dem Vortrag des Produzenten nur mit einem Ohr zu. Das Material auf dem Speichermedium würde die anderen erst in Staunen versetzen und dann den Raum mit purer Euphorie und Schadenfreude füllen und schließlich in Entsetzen und Angst ausarten.

Seine neue Reportage sollte als fünfundvierzigminütiger Block während der Abendsendung ausgestrahlt werden, mit fünf Wiederholungen: eine um kurz nach Mitternacht, die zweite gegen vier Uhr morgens und die restlichen am darauffolgenden Tag – so der Plan. Doch wenn man erfuhr, wie wertvoll die Story tatsächlich war, bliebe dem Produzenten nichts anderes übrig, als eine Sondersendung mit den heiligen Worten *Breaking News* einzuplanen.

Seit langem freute sich Decker mal wieder auf einen Tag. Das Material versprach enorme Quote und Klicks, ergo einen schönen Bonus, von dem er sich heute Abend ein fettes Steak im *Bones*, einem der besten Steak-Restaurants der ganzen USA gönnen würde. Für die ausgezeichnete Küche war Decker sogar bereit, dem Dresscode des Restaurants nachzukommen und sich ein Jackett überzuwerfen. Das Wagyu war es allemal wert.

Er wurde aus seinen Gedanken gerissen, als plötzlich Holly Lane den Raum betrat, die Sekretärin des Präsidenten des Senders, Roger O'Donnell.

Lane warf Decker einen schnellen Blick zu und bat ihn mit einer Handbewegung nach draußen. Er entschuldigte sich, schnappte sich den USB-Stick und folgte ihr auf den Gang. Lane blieb jedoch nicht stehen, sondern eilte ihm den Flur entlang voraus zu den Aufzügen.

»Was ist denn los?«, fragte er irritiert.

Lane zuckte bloß die Schultern. »Keine Ahnung. Der Chef will Sie sprechen. Ist dringend.«

»Kann das nicht warten?«, sagte Harold genervt und blieb im Gang stehen. »Ich bin mitten in einer wichtigen Besprechung.«

»Ist dringend«, wiederholte sie und rief den Lift. »Kommen Sie bitte.«

Harold schnaufte kopfschüttelnd. Schließlich fand er sich mit Lane im Aufzug wieder. Was konnte es denn schon Wichtiges geben, dass man ihn extra aus dem Meeting holte? Ob es etwas Gutes zu bedeuten vermochte, wagte Decker zu bezweifeln. Einen Termin bei O'Donnell zu ergattern war für Mitarbeiter unterhalb der C-Levels ähnlich unwahrscheinlich wie ein Lotteriegewinn. Decker hatte aufgrund der Erfolge mit seinen Reportagen zwar etwas häufigeren Umgang mit O'Donnell – sie telefonierten gelegentlich – aber ein persönliches *spontanes* Gespräch … das war neu.

Einige Etagen weiter oben öffneten sich die Türen. Ein muskulöser Afroamerikaner im Anzug stand im Flur. Er hatte ein Handy zwischen Ohr und Schulter geklemmt und nickte den beiden freundlich zu, als sie an ihm vorbeigingen. Decker rümpfte die Nase. Während sie in die Vorstandslobby eilten, beugte er sich leicht zu Lane und flüsterte: »Sagen Sie mal, stehen Frauen wirklich drauf, wenn Männer so heftiges Parfüm tragen wie der da grade?«

»Kommt drauf an«, meinte Lane. »Das eben war mir auch einen Spur zu viel. Aber sonst. Gutes Parfüm kann schon was ausmachen. So«, sagte sie und machte vor einer breiten Doppeltür halt. »Sie können direkt rein, Mr. Decker, O'Donnell erwartet Sie. Schönen Tag noch.«

»Danke«, sagte Decker noch abwesend, bevor er eintrat.

O'Donnell saß mit der Haltung eines nassen Mehlsacks hinter seinem Schreibtisch, das Jackett hing über seinem Sessel, er trug die Weste über dem Hemd aufgeknöpft und die Krawatte gelockert. Den Kopf hatte er in die linke Hand gestützt. O'Donnell schien völlig in Gedanken versunken und bemerkte Decker erst, als er direkt vor dem Schreibtisch stand. Hastig ließ O'Donnel einen Schnellhefter unter einem Stapel Zeitschriften verschwinden.

Irritiert nahm Decker Platz.

»Was gibt's denn?«

O'Donnell fuhr sich über das Gesicht. »Drink?«

»Nein, danke. Ich sollte gleich wieder im Autorenraum sein. Wir besprechen gleich das Material meiner neuen Reportage.«

»Gut, dass Sie's ansprechen …«, sagte O'Donnell und schenkte sich ein Glas Rum ein. »Wir werden Ihre Reportage nicht senden.«

»Was?!«

»Nur ruhig, Harold. Ich habe mir Ihren Bericht durchgelesen. Sie haben sich einige der Informationen illegal beschafft, mit der Unterstützung eines Hackers. Wir können das Material nicht verwerten.«

»Mit Verlaub, aber seit wann interessiert Sie das bitte?«

O'Donnell seufzte. »Nachrichten sind ein schmutziges Geschäft, ich weiß. Aber in Zeiten digitaler Überwachung können wir uns einen Walkürenritt von Googles Rechtsabteilung durch unsere Büros nicht leisten.«

»Was hat das zu bedeuten?«

Vor seinem inneren Auge sah Decker das Wagyu-Steak in weite Ferne rücken.

»Das bedeutet, dass Ihr Kontakt eine Straftat begangen hat und illegal in die Netzwerke von Google eingedrungen ist.«

»Von mir aus«, sagte Decker genervt. »Damit hat sich mein Kontakt strafbar gemacht, der wusste, worauf er sich einlässt. Aber deswegen dürfen wir diese Informationen doch nicht zurückhalten. Roger, Google gibt knapp sechs Millionen Dollar jährlich für ihre Lobbyarbeit in der EU aus, und das sind nur die offiziellen Zahlen aus dem Transparenzregister. Da werden noch ganz andere Dinger gedreht! Die kooperieren klammheimlich mit Geheimdiensten und geben denen Einblick in sämtliche Datensilos. Wir dürfen das nicht vor der Öffentlichkeit zurückhalten, was ist denn in Sie gefahren?!«

Mit einem lautstarken Schnaufen ließ sich Roger zurück in seinen Sessel fallen.

»Die Konsequenzen sind für uns nicht abschätzbar, wenn wir damit auf Sendung gehen. Die scheißen uns mit Anwälten zu, bis uns Hören und Sehen vergeht.«

»Bis dahin ist der öffentliche Druck doch viel zu groß! Das wird sich wie ein Lauffeuer verbreiten, die sozialen Medien werden durchdrehen! Oh Mann, ey ...« Decker seufzte. »Ich kenne Sie aus einer Zeit, in der Sie Ihr letztes Hemd für eine gute Story hergegeben hätten, Roger. Sollen die uns doch vors höchste Gericht bringen, mit diesen Informationen verbessert sich unsere Verhandlungsposition um ein Vielfaches. Wir können hier eine riesige Lawine ins Rollen bringen! Keiner weiß, was die sonst auf der Welt treiben! Die werden genug damit zu tun haben, sich selbst zu retten.«

Decker zuckte zusammen, denn O'Donnell hob nicht nur seine Stimme, er schrie ihn förmlich an. »NA UND?! Zeiten ändern sich, das wissen Sie doch selbst! Wir werden Ihre Reportage nicht senden. Sie haben den ganzen Sender in Gefahr gebracht bei Ihren Recherchen! Arbeitsplätze stehen auf dem Spiel! Existenzen! Ist Ihnen das überhaupt klar?«

O'Donnell schluckte und beruhigte sich etwas. »Tut mir leid Harold. Ich werde Sie versetzen müssen.«

Damit hatte Decker nicht gerechnet. Er brachte nur ein ungläubiges Lachen hervor, bevor sich das Kreuzfeuer der Beschimpfungen in seinem Kopf legte und er einen klaren Satz bilden konnte. »Das ist nicht Ihr Ernst, oder?«

»Doch, leider. Ich kann nichts daran ändern, so gern ich es auch würde. Mir sind die Hände gebunden, verstehen Sie doch. Ich muss reagieren.«

»Ach, ersparen Sie mir das!«

»Machen Sie sich bitte Gedanken, wo Sie künftig arbeiten wollen. Ich denke, es ist für alle Beteiligten das Beste, Ihnen einen Posten als Korrespondent anzubieten. Das mindeste, was ich tun kann, ist Ihnen die Wahl zu lassen, wo Sie gerne hinwollen, außerhalb der USA.«

»Außerha- WAS? Erlauben Sie mir die Frage, aber haben Sie zu viel von den Dingern da erwischt?«, fragte Decker, das Gesicht zu einer ungläubigen Grimasse verzogen und auf das Glas deutend, in dem noch ein fingerbreit Rum schwamm, bevor O'Donnell auch diesen Rest herunterkippte.

»Ich muss diese Entscheidung zum Wohle des Senders treffen, verstehen Sie? Nur auf dem Papier wird stehen, dass Sie Korrespondent sind. Sie wissen doch, wie sehr ich Ihren Einsatz zu schätzen weiß, aber diesmal haben Sie über das Ziel hinausgeschossen und dafür müssen Sie jetzt die Konsequenzen tragen. Sie können weiterhin Ihrer Arbeit nachgehen. Aber nicht hier.«

Decker verschränkte die Arme vor der Brust.

»Ich kündige.«

»Sie werden nichts dergleichen tun!«

»Ach, Sie müssen mich wegen meiner schrecklichen Fehler zur Rechenschaft ziehen, aber kündigen darf ich nicht, oder wie? Sind Sie noch ganz dicht?!«

»Nun beruhigen Sie sich doch, verdammt noch mal! Meinen Sie etwa, dass das einfach für mich ist? Einen meiner besten Männer so behandeln zu müssen?«

»Wer sagt, dass Sie das müssen?«

O'Donnell seufzte und kaute auf seiner Unterlippe. »Machen Sie nicht den Fehler und unterschätzen Sie mich, Harold. Wenn Sie kündigen, kann ich nicht dafür garantieren, dass Sie die Story trotzdem leaken.«

»Da haben Sie völlig recht, denn genau *das* werde ich tun. Es kostet mich einen Anruf und die Konkurrenz küsst mir die Füße, um an das Material ranzukommen.«

»Schluss mit den Spielchen!« O'Donnells Gesicht lief rot an. »Ich kann dafür sorgen, dass Ihnen kein Schwein mehr zuhört, kapiert? Auch mich kostet das nur einen Anruf, Harold.«

Decker wusste, dass O'Donnells Einfluss in der Medienwelt in der Tat äußerst weit reichte. So ungern er es sich eingestand – O'Donnell konnte nur mit ein paar Worten ganze Existenzen ruinieren. Andererseits wollte sich Decker diese Unverschämtheit nicht bieten lassen. Er fragte sich, was der klügere Schachzug sei: CNN den Rücken zu kehren oder den richtigen Moment abzuwarten, um die Reportage schließlich trotzdem zu senden. Unter Umständen mochte dies das Ende seiner Karriere bedeuten. Aber ebenso das Ende O'Donnells.

Karriereambitionen hatte Decker ohnehin keine mehr, zumindest nicht bei CNN. Aber er brauchte das Geld.

O'Donnell setzte ein mildes Lächeln auf. »Lassen Sie uns zusammenarbeiten. Es wird das Beste für alle Beteiligten sein. Und jetzt trinken Sie endlich einen mit mir, hm? Ein Friedensangebot.«

»Sparen Sie sich die Floskeln, Roger. Ich habe mich in Ihnen getäuscht.«

»Ich bitte Sie. Wir machen alle mal Fehler. Das ist menschlich. Warum sehen Sie die Situation nicht als Chance an?«

Eine Chance, dich zu ruinieren, dachte Decker.

Vielleicht war es tatsächlich das Beste, sich den Gegebenheiten anzupassen, auch wenn das Szenario, derart gefährliche Informationen zurückzuhalten, Decker widerstrebte. Er würde sich absichern. Und dann zum Schlag ausholen, Scheiß auf den Sender, scheiß auf O'Donnell.

Decker atmete tief durch. »Ich bin bereit, die Konsequenzen zu tragen«, sagte er. »Unter einer Bedingung.«

O'Donnells Gesicht hellte sich auf. Als hätte man einen Schalter umgelegt, kehrte die gewohnte Spannung in seine Haltung zurück.

»Nennen Sie sie mir.«

»Ich will den Posten in Tokio.«

ELF

Montreux am Genfersee, Schweiz

Eineinhalb Stunden Mittagspause, Nachmittagsvorlesung bei Sixt, Lernen, mit Vadim und Junichiro sprechen.

Leise wiederholte Adam Volt seinen Tagesplan vor sich hin, während er die Uferpromenade entlang ging und versuchte, sich auf seine Stimme zu konzentrieren. Der Gedanke an das bevorstehende Gespräch mit seinen Mitbewohnern beschäftigte ihn und er wollte sich etwas ablenken. Adam hatte sich mit Émelie verabredet, um seine Pause mit ihr zu verbringen, auch wenn er nicht wusste, über was er mit ihr sprechen sollte.

Er gelangte auf die Minute genau an das Café, dessen Terrasse direkt an die Promenade anschloss.

Sie ist noch nicht da.

Wenn es windstill blieb, war die Sonne inzwischen kräftig genug, um angenehm zu wärmen. Er suchte sich einen Platz direkt am Wasser aus. Als erstes strich er die blau-weiß-karierte Tischdecke glatt und positionierte den Zuckerstreuer in der Mitte des Tisches. Dabei fiel ihm auf, dass der Tisch selbst leicht schräg stand. Er behob die Unregelmäßigkeit mit ein paar Handgriffen. Anschließend sah er auf seine Armbanduhr und stellte fest, dass Émelie bereits zwei Minuten und dreiunddreißig Sekunden zu spät war.

Schließlich zog Adam sein Handy hervor und checkte die News.

Inzwischen müsste der Bericht längst draußen sein.

Auch auf YouTube fand er nicht die Neuigkeiten, nach denen er gesucht hatte.

Er sah sich die neuesten Beiträge auf Github an, einer Plattform im Internet, auf der Programmierer ihre Codes posten können, um sie von anderen auf Fehler überprüfen zu lassen, oder gemeinsam an Projekten zu arbeiten.

Dann suchte er nach Émelies Instagram-Profil. Es war öffentlich und zeigte drei Bilder: Émelie, wie sie mit einem Golden Retriever schmuste, Émelie, wie sie ein Weinglas in die Kamera streckte und mit glasigen Augen grinste, Émelie im Bikini an einem weißen Strand mit tiefblauem Meer im Hintergrund.

In Émelies Profilbeschreibung fand Adam einen Link. Skeptisch klickte er ihn an und wurde auf eine einfache Website weitergeleitet, die wiederum andere Links anzeigte - zu ihrem TikTok-Profil, Snapchat und Twitter. Der letzte Link war mit einem kleinen Teufels-Emoji versehen, dazu die Worte:

My Onlyfans!

Adams Herz pumpte augenblicklich schneller.

Onlyfans ist eine britische Plattform, die zur Betreibergesellschaft Fenix International Limited gehört, auf der vorwiegend erotische und pornografische Inhalte gepostet werden - die Ersteller und Erstellerinnen entscheiden, ob das Material gratis oder gegen Bezahlung abgerufen werden kann. Besonders in den vergangenen Jahren erlebte Onlyfans eine regelrechte Hochkonjunktur, vor Allem junge Frauen und Männer aus den USA generierten mithilfe des Portals rentable Nebeneinkünfte. Bekannte Darstellerinnen und Darsteller verdienen mit Onlyfans sogar ihren

Lebensunterhalt. Inzwischen sind laut Angaben des Unternehmens über vierundzwanzig Millionen Nutzer registriert.

Adam hatte Émelie nicht wie eine Frau eingeschätzt, die sich für Geld vor der Kamera auszog, doch ihm fiel es ohnehin schwer, Menschen einzuschätzen. Vielleicht fand er Émelie deshalb so interessant: Während andere die Stirn krauszogen, wenn er sprach, hörte Émelie ihm zu, als sei er ganz normal.

Warum fiel gerade er aus der Norm? Wer definierte diese Norm überhaupt? Was treibt einen normalen Menschen eigentlich an? Fragen, auf die er keine Antwort fand.

Andererseits ... wenn er mit seiner Idee irgendetwas bewirken wollte, musste Adam verstehen, wie neurotypische Menschen dachten, wie sie fühlten und was sie bewegte. Dazu musste er sich mit sich selbst und mit anderen auseinandersetzen – auch wenn ihm die Vorstellung missfiel – anders würde es nicht gehen.

Er fragte sich, welche Inhalte Émelie auf Onlyfans postete. Adam hatte schon des Öfteren einen Porno gesehen, allerdings konnte er dem übertriebenen Gestöhne und den speichelgeschmierten Bewegungsabläufen in den Videos keinen Reiz abgewinnen, höchstens eine eigenartige Faszination und die Frage, wie sich Sex anfühlte.

Bevor Adam sich das Profil genauer ansehen konnte, tippte ihm jemand auf die Schulter. Er erschrak so sehr, dass ihm fast das Handy aus der Hand fiel. Er fuhr herum und schnellte hoch.

»Na, du? Sorry, dass ich schon wieder zu spät bin, ich kam nicht vom Kiosk weg ... Alles klar?«

Er starrte in blaue, fröhliche Augen und versuchte, seine Atmung unter Kontrolle zu bekommen.

»Man darf mich nicht erschrecken«, war der erste Satz, den er herausbrachte.

»Tut mir leid. Ich dachte nicht, dass es dich so reißt. Wie geht's dir denn? Alles gut soweit?«

Sie setzten sich, er brauchte ein paar Sekunden, um sich zu sammeln. Émelie streifte die Tischdecke, die daraufhin verrutschte. Er zog sie wieder gerade.

In Adams Kopf kämpften zwei Fragen darum, als erstes über seine Lippen zu preschen.

»Warum hast du Onlyfans?«

Émelie sah ihn erstaunt an. »Das nenne ich mal eine Begrüßung.«

Adam glaubte, die Frage in einem unhöflichen Tonfall gestellt zu haben. Sie lächelte nicht. Er konnte ihrem Blick nicht standhalten und zählte die Kästchen auf der karierten Tischdecke.

»Entschuldigung«, meinte er kleinlaut. »Wie geht's?«

Aus dem Augenwinkel sah er ein Schulterzucken.

»Naja, passt schon. Und dir?«

»Gut, danke. Warum hast du Onlyfans?«

Die Nervosität zerriss ihn fast. Obwohl er es für keine gute Idee gehalten hatte, das Thema erneut anzusprechen, hatte er die Frage ein zweites Mal stellen müssen. Die Worte hatten seinen Mund verlassen, bevor er sie überdenken konnte. Manchmal ging es ihm in solchen Situationen, wie es anderen mit Schluckauf erging. Es gab nichts, was man akut dagegen tun konnte. Es passierte einfach und hörte irgendwann von selber auf. Wenn Adam etwas beschäftigte, schien sein Gehirn die Kapazitäten für Höflichkeit einfach zu überlasten. Dann purzelten die Fragen aus ihm heraus, ohne dass es ein Halten gäbe.

»Ist alles okay bei dir? Du bist irgendwie ... unruhig.«

Adam antwortete nicht. Er zählte achtundvierzig Kästchen.

Die Sekunden des Schweigens halfen wenigstens etwas dabei, Ordnung in seinem Kopf zu schaffen, obwohl er sich sicher war, dass Émelie die Stille als unangenehm empfand.

»Also, wenn es dich so brennend interessiert. Ich verkaufe meine Bilder dort«, erklärte Émelie schließlich.

»Was für Bilder?«

... zweiundfünfzig, dreiundfünfzig, vierundfünfzig.

»Aktbilder.«

»Warum verkaufst du Nacktbilder?«

Plötzlich lachte Émelie. Adam verstand nicht, weshalb.

»Keine Nacktbilder, Adam. Ich male. Hauptsächlich Akt. Und weil Instagram ein Problem mit weiblichen Nippeln hat, musste ich mir eine andere Plattform suchen.«

»Ich dachte da gibt's nur Pornos.«

»Nö«, sagte Émelie. »Ich bin auch nicht die erste, die auf die Idee kommt, ihre Kunst auf Onlyfans zu verkaufen. Ein Museum in Wien hat Bilder einer Ausstellung mit Aktmalerei dort gepostet, weil Instagram die Beiträge wegen sexueller Inhalte blockiert hat.«

Sie lachte. »Machst du dir Sorgen um mich?«

Augenblicklich hob sich Adams Stimmung. Für einen kurzen Moment trafen sich ihre Blicke, dann sah Adam in Richtung des Sees.

»Ich dachte schon, du ziehst dich vor der Kamera aus.«

Wieder verschwand das Lächeln. Wieder begann Adam, Kästchen zu zählen.

Warum auch immer, aber das fühlt sich nicht an, wie ein gutes Gespräch, dachte er.

»Hättest du ein Problem damit?«, fragte Émelie ernst.

»Nein ... ich ... es hätte mich gewundert.«

»Warum?«

»Weil ich dich so nicht eingeschätzt hätte.«

»So? Und wie schätzt du mich dann ein?«

»Keine Ahnung.«

Er hätte sich lieber eine andere Antwort einfallen gelassen, doch wieder purzelten die Worte unüberlegt aus seinem Mund direkt in Émelies Ohr.

Weil Adam nicht wusste, was er sonst tun sollte, und alle Kästchen auf der Tischdecke gezählt hatte, schob er sich zwei Tictac in den Mund.

»Ah!«, rief Émelie. »Ich hab' dir Nachschub gebracht. Gegen heute Nachmittag müsste dein Proviant aufgebraucht sein, wenn ich mich richtig erinnere.«

»Um siebzehn Uhr, ja.«

»Du bist ein Zahlenmensch, oder?«, fragte Émelie, während sie in ihrer braunen Handtasche kramte.

Adam hatte sie noch gar nicht richtig angesehen. Vorsichtig musterte er Émelie und hoffte, dass sie es nicht bemerkte.

Sie trug dunkelblaue Jeans und Chucks, wie gestern, dazu ein enges T-Shirt. Er sah die Wölbung ihrer Brüste, auf der ein filigranes Silberkettchen mit einem winzigen Medaillon lag. Irgendein Buchstabe schien darauf graviert zu sein, Adam konnte nicht erkennen, welcher es war.

Bevor er sie danach fragen konnte, nahm ein Kellner ihre Bestellung auf. Émelie verlangte nach einem Eisbecher, Adam nach einer Cola.

»Pardon, Cola ist alle«, erklärte der Kellner. »Lieferschwierigkeiten.«

»Ich bestelle immer eine Cola«, erklärte Adam.

»Ich kann Ihnen eine Fanta anbieten, Monsieur.«

»Fanta ist keine Cola.«

»Das ist korrekt, Monsieur.«

»Warum haben Sie Fanta, wenn Sie keine Cola haben?«

»Verzeihung, Monsieur, das weiß ich nicht.«

»Ich möchte gern eine Cola.«

Warum schaut der Kellner mich so blöd an?

Der Kellner seufzte. »Ich werde zusehen, was sich machen lässt, Monsieur.«

Kopfschüttelnd schlängelte er sich durch die Tischreihen zurück in den Innenraum.

Adam starrte auf die glatte Wasseroberfläche. Dumpf drangen Geräusche zu ihm.

»Hey, Adam! Hörst du mich?«

Er sah, wie Émelie den Kopf schief legte und auf eine spezielle Art und Weise die Augen zusammenkniff, was auch immer das schon wieder zu bedeuten hatte.

»Hast du meine Frage nicht gehört?«

»Welche?«

»Na, ob du ein Zahlenmensch bist. Ist wirklich alles in Ordnung bei dir?«

Adam holte tief Luft.

»Ich hab' Asperger. Manchmal bin ich komisch. Das ist bei mir aber nur leicht ausgeprägt. Trotzdem frage ich mich, warum die Cola alle ist.«

Er zählte die Kästchen erneut, diesmal von der anderen Seite.

Dann sagte Émelie etwas Sonderbares.

»Oh, Mann, ich Trampel! Und dann umarme ich dich auch noch so stürmisch. Tut mir leid, das wusste ich nicht. Also tut mir leid, dass ich mich verhalten habe, wie ich mich verhalten habe, nicht dafür, dass du Asperger hast. Ich glaube nicht, dass du besonders viel mit Mitleid anfangen kannst, oder?«

Sie schien ihm aus der Seele zu sprechen.

Der Kellner kehrte zurück.

»Wir hatten noch eine Flasche im Keller, Monsieur. Glück gehabt.«

»Was hat das mit Glück zu tun?«

Der Kellner atmete so ein, wie Menschen einatmen, wenn sie etwas sagen wollen, aber dann nickte er nur und murmelte ein leises *zum Wohl*.

Das Glas war nicht bis zum Eichstrich gefüllt. In der obersten Kugel von Émelies Eisbecher steckten zwei längliche Zitronenwaffeln. Die eine war kürzer als die andere, oder steckte tiefer in der Kugel.

»Du kommst aber ganz gut damit zu recht, wie es mir scheint«, sagte Émelie.

Adam faszinierte, dass sie beide Waffeln gleichzeitig aus dem Eis löste und von beiden gleichzeitig abbiss. Er hatte nie zuvor derart perfekt abgebissene Waffeln gesehen.

»Es geht schon«, meinte Adam und nahm einen Schluck Cola. Sie hatte kaum noch Kohlensäure. Er vermisste das angenehme Prickeln an Zunge und Gaumen. »Mal besser, mal schlechter.«

Es war, als hätte man ihm zwei unsichtbare Gewichte von den Schultern genommen und das Gewirr seiner dumpf gluckernden Innereien sortiert. Adam hatte im wahrsten Sinne des Wortes ein gutes Bauchgefühl, wenn er Émelie ansah. Er kannte die Reaktionen anderer Menschen, wenn diese merkten, dass ihn Kleinigkeiten manchmal aus dem Konzept brachten.

Sie schob ihm zwei Schächtelchen Tictac über den Tisch. Die Tischdecke verrutschte. Er schob sie gerade und ließ die Tictac in seiner Jackentasche verschwinden.

»Danke«, sagte er.

»Bitte«, sagte sie.

»Deine Nase ist symmetrisch«, sagte er.

»Deine Jacke ist blau«, sagte sie.

Abwechselnd stellten Adam und Émelie Dinge aneinander fest, bis er auf ihre Kette zu sprechen kam.

»Auf deiner Kette ist etwas graviert.«

Mit diesen Worten legte sich etwas undefinierbares auf Émelies Gesichtszüge. Adam erkannte nur, dass sich die Muskeln entspannten und ihre Mundwinkel leicht nach unten sackten, wusste aber nicht, was es zu bedeuten hatte.

»Die hat mir mein Papa geschenkt«, erklärte sie. »Der Buchstabe ist ein P.«

»P steht für Papa.«

»Genau. Hinten drauf steht ein M.«

»M steht für Mama.«

»Bravo Sherlock. Mein Vater ist gestorben, als ich fünfzehn war.«

Adam wollte ihr antworten, dass sein eigener Vater in der Luftfahrt arbeitete und noch am Leben war, doch er vereinte sämtliche Kräfte und zwang sich, still zu bleiben. Er wusste, wenngleich er sie nicht verstand, um die Komplexität von Trauer. Adam hatte gelernt, dass man mit solchen Themen sensibel umgehen musste. Für ihn bedeutete das, den Mund zu halten, um nichts Falsches zu sagen.

Adam nickte. Dann fragte er: »Bist du traurig?«

Émelie überlegte einen Augenblick. Sie sah besonders schön aus, wenn sie über etwas nachdachte, stellte Adam fest, weil sich ihr Kopf in eine leichte Neigung begab und ab und zu der rechte Nasenflügel ganz sanft zuckte.

»Ab und zu bin ich traurig, ja. Aber ich habe schöne Erinnerungen an ihn und wenn ich an die denke, geht es mir besser.«

Ein schwarzer Rabe flog an der Terrasse vorbei und landete auf dem Kopf von Freddie Mercurys Statue.

»Woher weißt du, was Asperger ist?«, fragte Adam, als er glaubte, dass Émelie nicht mehr über ihren toten Papa sprechen wollte.

Endlich kehrte ihr Lächeln zurück. »Eine Freundin von mir hat das gehabt.«

»Warum sprichst du in der Vergangenheit? Dein Eis schmilzt.«

»Weil sie inzwischen nicht mehr hier wohnt«, erklärte Émelie und aß einen Löffel Eis. »Ist zum Studieren nach Berlin und dann ist irgendwann der Kontakt abgebrochen.«

»Warum ist irgendwann der Kontakt abgebrochen?«

»Ich weiß nicht. Manchmal lebt man sich auseinander, nehme ich an.«

»Wie geht das?«

»Hm, lass mal überlegen. Sie hat sich für andere Dinge interessiert als ich ... dann die Distanz. Ich hab nicht genug Geld, um ständig nach Berlin zu fahren und sie nicht genug Zeit, um ständig nach Montreux zu kommen. Deswegen habe ich übrigens auch mit Onlyfans angefangen.«

»Macht man sich ein Onlyfans-Konto, wenn man sich auseinanderlebt?«

Émelie lachte ihr markantes Lachen.

Zähne fletschen.

Schulterzucken.

Wow.

»Nein, also zumindest war es bei mir nicht so. Ist ja kein Geheimnis, dass in der Schweiz alles ein bisschen teurer ist. Und am Genfersee erst recht. Deswegen habe ich damit angefangen. Ich kann es mir sonst hier nicht leisten.«

»Wie viel Geld verdient man damit?«

»Willst du eine exakte Zahl?«

Adams Augen leuchteten auf. Bevor er antworten konnte, sagte sie: »Okay, ich seh' schon. Letzten Monat hab' ich genau vierhundert und einen Dollar bekommen. Diesen Monat sieht's nicht so rosig aus, leider.«

»Kannst du mir mal ein Bild zeigen?«, fragte er.

Adam verstand nichts von Kunst, noch weniger, wie man irgendwo irgendwas hineininterpretieren konnte. Trotzdem wollte er sehen, wie ein von Émelie gemaltes Bild aussah.

Sie zückte ihr Handy und öffnete einen Ordner in der Foto-Mediathek. Sie klickte eines der kleinen Rechtecke an und es vergrößerte sich.

Es zeigte den Körper einer füchtigen Frau mit dicken runden Brüsten. Halb saß sie, halb lag sie auf einer länglichen Récamiere, so, dass ihre Beine die Blöße im Schritt bedeckten.

»Der rechte Nippel ist größer als der linke. Die Frau ist blau. Warum ist die Frau blau?«

»Blau ist die Farbe der Sehnsucht«, sagte Émelie und fügte hinzu: »Bei vielen Frauen ist ein Nippel größer als der andere.«

»Meine Nippel sind gleichgroß«, erklärte Adam.

Zähne fletschen.

Schulterzucken.

»Das ist schön für dich«, sagte sie lachend.

Adam konnte sich nicht erklären weshalb, doch das Zusammenspiel von blau und grün gefiel ihm. Das Bild verstärkte sein gutes Bauchgefühl.

»Blau ist meine Lieblingsfarbe«, sagte er. »Ich will das Bild kaufen.«

Émelie machte eine Handbewegung, die aussah, als würde sie dem Boden zuwinken, während-dessen schüttelte sie den Kopf. Offenbar stimmte sie Adam nicht zu, oder wollte nicht, dass er das Bild kaufte.

»Es ist nicht besonders groß. Ich schenk es dir. Freut mich, dass es dir gefällt.«

»Warum machst du das?«

Er versuchte ihrem Blick standzuhalten und bemerkte, dass ihre Pupillen sich minimal weiteten.

»Ich mag dich, Adam.«

ZWÖLF

Konferenzzentrum am Taunustor
Frankfurt am Main, Deutschland

Zwei Dingen stand Fabrizio Visconti besonders missgünstig gegenüber: Tempolimits auf Autobahnen und Konferenzen mit *hippen* Jugendlichen, die der Meinung waren, sich wegen der Million, die sie aus dem Kryptotrading generiert hatten, als *Finanzexperten* bezeichnen zu dürfen. Er kippte den letzten Schluck Kaffee aus dem Pappbecher hinunter und schlenderte zu einem Mülleimer, während er die aktuellen Kryptokurse checkte. Der Versuch Chinas, Bitcoin staatlich zu regulieren, zeigte bislang nur geringe Auswirkungen auf den bunten Diagrammen. Kritischer würde es, wenn die Regierung den Kryptominen den Strom abdrehte – jene Rechenzentren, die das dezentrale Netzwerk am Leben hielten und frische Coins durch seine Blutbahnen pumpten.

Für diesen Termin hatte sich Visconti gegen eine Krawatte entschieden, obwohl er nur ungern auf sie verzichtete. Seiner Meinung nach gehörte zu einem vollendeten Businessoutfit immer eine Krawatte – es ergab für ihn keinen Sinn, dass man jemanden aufgrund dieses Accessoires als altmodisch oder konservativ bezeichnete. Rechtfertigen wollte er sich jedoch heute ebenfalls nicht, sondern den Tag schnellstmöglich hinter sich bringen. Er hielt die meisten dieser superdynamischen Jungspunde in der Kryptoszene zwar für extrem ehrgeizig, aber ebenso kurzsichtig. Viele von ihnen hatten binnen kürzester Zeit große Gewinne erwirtschaftet und wurden quasi über Nacht zu Millionären. Doch wer nicht aufpasste, konnte genauso schnell wieder abstürzen.

Visconti trug eine blaue, ärmellose Steppweste, darunter einen stahlgrauen Anzug aus leichter Wolle mit einem cremefarbenen Strick-Polo und Velours-Sneakers in der gleichen Farbe – ein Outfit, dass seine Seriosität wahrte und gleichzeitig modern wirkte; der typische Look der Frankfurter Finanzwelt, wie er tausendfach getragen wurde; sei es auf den Tradingfloors oder den Vorstandsetagen.

Die Sonne schien und zum ersten Mal seit Tagen wurde es wärmer. Visconti hätte den Tag lieber auf seiner Dachterrasse verbracht, auf der Liege mit einem Drink und guter Musik, oder zumindest im Büro, aber nicht auf dieser Konferenz. Seine Wohnung war nur ein paar Minuten entfernt, angesiedelt in den obersten zwei Etagen des Taunusturms mit Blick auf die Skyline.

Hilft alles nichts, dachte er und betrat das Gebäude.

Am Empfang erhielt er seinen Besucherausweis, im Aufzug stand ein Mann, der das exakt gleiche Outfit trug, nur in einer anderen Farbe. Sie nickten sich zu. Im Kopf ging Visconti seinen Vortrag noch einmal durch und überlegte sich, welche Stellen er kürzen konnte, um schneller fertig zu werden.

Man begrüßte ihn in der Lobby einer der wenigen Volletagen des Turms: Eine loftartige Fläche mit raumteilenden Glaspaneelen, dunklem Nussholzparkett und Designermöbeln.

Eine junge Frau nahm ihm die Weste ab und bot ihm etwas zu trinken an.

»Wir haben Fiji-Water, Club-Mate, Kurkuma-Tee und Coconut-Goji-Matcha-Cranberry-Smoothies! Ansonsten kann ich dir einen Hafer-Cappo anbieten«, erklärte sie und deutete auf einen geschwungenen Tresen aus dunklem Stein, hinter der ein vollbärtiger Mann, der seine langen

Haare zu einem Dutt zusammengebunden hatte, an einer überdimensional großen, verchromten Kaffeemaschine hantierte.

Diese Welt ist ein einziges Klischee, dachte Visconti. Ab und zu fühlte er sich selbst wie der menschgewordene Stereotyp. Ein erfolgreicher Investmentbanker trägt Anzug, fährt Mercedes, Porsche und was Italienisches für die Kenner-Credibility. Er hat eine Frau aus einem Fashion-magazin, oder zumindest wechselnde Sekretärinnen. Seine Stimme ist tief. Er kennt sich mit teuren Weinen aus und weiß gute Zigarren zu schätzen. Er kennt das Haifischbecken und das Haifischbecken kennt ihn. Macht er einen Fehler, liegt die Schuld selten bei ihm. Wenn doch kennt er mindestens fünf Anwälte und hat drei Rechtsschutzversicherungen.

Visconti erfüllte jedes einzelne der Kriterien, die er sich in seinem Kopf vorsagte und ihn sich vorkommen ließen, wie eine Nebenfigur eines mittelmäßigen Fernsehfilms.

Bin ich nicht mehr als das?

»Was darf ich Ihnen bringen?«, fragte die Frau und holte Visconti zurück aus seinen Gedanken.

»Hm«, machte er und zuckte die Schultern.

Sie lächelte, senkte die Stimme und flüsterte: »Unser Barista kann dir auch einen Cappo mit normaler Kuhmilch machen.«

Noch eine Sache, die Visconti an der Kryptoszene nervte. Alles musste hip und neu sein, vegan und *anders* und genauso verhielten sich auch die Protagonisten dieser neuen Welt. Man fuhr Fahrrad, wobei es das neueste Design-Modell von VanMoof sein musste, ernährte sich wenigstens vegetarisch und kaufte ausschließlich Bio bei den *Locals* und wurde nicht müde, Andersdenkende auf ihren Web2-Lifestyle hinzuweisen, nach dem Motto ›Bro, weißt du nicht, wie viel Scheiße du in dich reinfrisst? Du brauchst bisschen Detox!‹.

Visconti stritt nicht ab, dass die Bewegung freilich ihren Beitrag gegen den Klimawandel und für nachhaltigere Lebensstile leistete, jedoch fand er die verborgene Doppelmoral lächerlich und scheinheilig. Viele der Krypto Hippies reisten zu den Konferenzen First-Class, fuhren privat Lamborghinis und leierten an Partyabenden gern ein Dutzend gar nicht so nachhaltiger Magnum Dom Perignons für tausend Euro aus der Wallet.

Es gab Ausnahmen, wie es überall Ausnahmen gab, doch Visconti übersah sie aufgrund seiner generell kritischen Haltung gegenüber des Krypto-Hypes gerne.

Sei's drum, dachte Visconti. Er war nicht hier, um sich aufzuregen. Die junge Frau begrüßte inzwischen schon den nächsten Gast.

Gelangweilt ließ er seinen Blick durch den Raum schweifen. Noch circa zehn Minuten, bevor er als erster Redner an der Reihe war.

Neben älteren Herren, die aussahen wie er und wohl die anderen, klassischen Investmentbanken vertraten, tummelte sich ein Knäuel aus jungen Männern und Frauen, die allesamt aussahen wie Jugendliche, und dies vermutlich auch waren, im Saal. Sie trugen Designerklamotten und verzichteten auf die bewährte Rüstung der Finanzwelt. Visconti entdeckte T-Shirts, kurze Hosen und zerrissene Jeans. Er erkannte nur wenige der Anwesenden, was ihn nicht weiter wunderte. Gerade die alteingesessenen Banken zeigten wenig Interesse an derartigen Events und falls doch, schickte man niedere Bedienstete, die im Nachhinein in die Gunst eines dreiminütigen Reportings beim zuständigen Vorstandsmitglied kamen. Drei Minuten, hatten sie sich doch die ganze Nacht schwitzend um die Ohren geschlagen, um einen Pitch nach allen Regeln des Corporate Designs (selbst) zu basteln (alle Interns hatten lange Feierabend), der auf alle Chancen und Risiken der Kryptowelt hinzuweisen versuchte, während schließlich Frau oder Herr Vorstand, die Lesebrille auf die Stirn geschoben, nebenher auf ihrem Smartphone umherwischten. Danke für Ihre Zusammenfassung, Herr, ähm, nehmen Sie sich doch noch einen Kaffee draußen, ich hab' leider schon den nächsten harten Anschlag um Zehn, aber gute Arbeit, wünsche Ihnen was, danke nochmals, Herr ähm.. ah, da muss ich grad mal rangehen, also Wiedersehen, Wiedersehen! Man trank nach dieser Klatsche noch einen schnellen Espresso aus dem Porzellanservice der Vorstandsetage, genoss den Ausblick der fünfunddreißigsten Etage, geriet für ein paar Sekunden ins Träumen, stellte dann wieder fest, dass man hier oben niemals ankommen würde, wenn man nicht alles dafür opferte. Und dann traf man eine Entscheidung. So war es damals auch Visconti ergangen.

Alt versus Neu, dachte Visconti und fragte sich unwillkürlich, wie viele gute Jahre ihm noch blieben. Mit sechsundfünfzig entsprach er dem Altersdurchschnitt in seiner Position. Den Aufstieg hatte er sich über eine lange Zeit hart erarbeiten müssen, während diese Kids inzwischen vermutlich das gleiche oder mehr verdienten, ohne sich jemals die Hände schmutzig gemacht haben zu müssen. Besonders seit er sich in leitender Funktion um die Abteilung Digital Markets kümmerte, hatte er zunehmend über einen Ausstieg nachgedacht. Die Idee eines schnellen Abstreifens der täglichen Verantwortung war nicht besonders leicht in die Tat umzusetzen. Zu viele Fäden liefen auf Viscontis Schreibtisch und in seinem Adressbuch zusammen, zu viele Kontakte schrien nach Aufmerksamkeit wie hungrige Säuglinge, zu viele Verpflichtungen, meist caritativer Natur, konnte er aus Imagegründen nicht einfach so niederlegen.

Viscontis Käfig war luxuriös, die Gitter aus purem Gold, doch nach wie vor blieb es ein Käfig, den er sich selbst gebaut hatte.

Visconti entdeckte Christoph Hildebrandt, der auf ihn zusteuerte.

»Ah, geiles Hemd!«, rief Hildebrandt. »Zegna?«

»Tom Ford«, sagte Visconti abwesend.

»Ja schön«, meinte Hildebrandt schnaufend, »... dass ich es doch noch geschafft habe. War eigentlich mit dem Dreyer, dem Flachwichser verabredet, weißt schon, der Staatssekretär, aber als feiner Politiker kann man sich's ja rausnehmen, so mir nichts dir nichts abzusagen, wen juckt's.«

»Interessant.«

»Ja, vor allem weil die Pfeife *mich* um einen Termin gebeten hat, nicht andersrum wie sonst.«

»Okay.«

»Ich seh schon, Fabrizio«, sagte Hildebrandt und klopfte Visconti auf die Schulter. »Du bist schon im Modus für deine Präsi, hm? Also, viel Erfolg! Später zum Lunch? Die bestellen hier nur so Öko-Scheißdreck, da hab' ich keinen Bock drauf. Im Ash unten ist heute Spareribs-Tag, wie wär's?«

Visconti freute sich, dass in diesem Moment Hildebrandts Handy klingelte und er ihm eine Antwort schuldig bleiben konnte. Wenn Hildebrandt wüsste, was in seinem Skript stand, hätte er Visconti erst gar nicht nach einem Mittagessen gefragt.

Gegen Zehn Uhr rief man ihn aufs Podium und der Moderator kündigte sein Panel an.

»Und deswegen freuen wir uns, dass der Leiter Digital Markets Europe von DarkStone heute zu uns gefunden hat. Jahrgangsbester der Frankfurt School of Finance, Umsatzstärkster Junior bei Lehman und inzwischen einer der wichtigsten Vertreter der europäischen Bankengesellschaft. Meine Damen und Herren, Fabrizio Visconti.«

Die Männer und Frauen, die so aussahen wie er, nickten Visconti anerkennend zu, die Kryptokids lächelten, wobei er sich nicht sicher war, ob sie ihn *be*lächelten.

Neben dem Rednerpult stand ein Glas Wasser. Er trank einen Schluck und sah in die Runde von etwa einhundert Menschen, die zusammen mehrere Milliarden schwer waren.

Nach der obligatorischen Dankesbekundung an Veranstalter, Moderator und die Kollegen begann Visconti.

»Man hat mich gebeten Ihnen in fünfzehn Minuten etwas über die Bank der Zukunft zu erzählen, meine Damen und Herren. Ich bin der Meinung, dass Banken keine Zukunft haben.«

Die Szene von eben drehte sich um hundertachtzig Grad: Die Kryptokids nickten plötzlich, die Männer und Frauen, die so aussahen wie er, zogen die Stirne kraus.

Bewusst wählte Visconti seine Stimmlage so, dass es klang, als würde er ein lockeres Gespräch führen, keinen Vortrag. Er verschwendete einen letzten Blick an sein Skript, dann improvisierte er.

»Wissen Sie, ich komme mir manchmal vor wie ein Dinosaurier, der den Meteoriten schon sehen kann. Immer wieder hört man in der Kryptoszene den Satz, dass die Banken Panik vor den Veränderungen haben, die Bitcoin und Co. mit sich bringen. Wir müssen uns eine entscheidende Frage stellen. Ist unser Geschäftsmodell veraltet? Sollten wir nicht endlich damit beginnen, unser System zu überdenken? Sie kennen alle den Spruch ›Never change a running system‹. Und ja, noch funktioniert dieses System. Sie, die wahrscheinlich nicht einmal halb so alt sind wie ich«, sagte Visconti und deutete in Richtung der Kryptokids, »sind der Beweis dafür, dass sich die Zeiten ändern. Einige von Ihnen sind über Nacht so reich geworden, wie es andere von uns niemals sein werden. Wenn ich eines in meiner langen Zeit in diesem Haifischbecken gelernt habe, dann, dass mit viel Geld auch viel Verantwortung auf Sie zukommt. Hochmut kommt vor dem Fall, merken Sie sich das. In der langen Geschichte der Banken gibt es genug Fallbeispiele. Sollte der Spruch nicht inzwischen ›change a running system‹ lauten? Nun, ich bin inzwischen dieser Meinung. Wenn wir zu lange blind durch die Gegend rasen wie bisher, ist es irgendwann zu spät, um noch etwas zu verändern. Man wird uns abhängen, ganz gewiss. Ich behaupte nicht einmal, dass sich Kryptowährungen durchsetzen werden. *Irgendeine* Technologie wird unser bisheriges Modell ernsthaft in Frage stellen, und dann sind wir dran. Wie sieht also die Bank der Zukunft aus? *Wenn* wir es schaffen, uns zu einem radikalen Umdenken zu zwingen, dann muss ich den meisten Verfechtern der Kryptoszene widersprechen: Bitcoin, Ethereum, Polka und wie sie alle heißen, *können* disruptiv sein, *müssen* es aber nicht. Es wird davon gesprochen, dass die Blockchain Banken obsolet machen wird, dass in zehn Jahren kein Mensch mehr ein Konto bei uns braucht, weil alles kostenlos über die Wallet auf dem Handy geregelt werden kann. Letztere Entwicklung halte ich für sehr wahrscheinlich. Was können wir als Bank der Zukunft also tun, damit uns nicht reihenweise die Kunden flöten gehen? Die sind letzten Endes unser höchstes Gut. Ich repräsentiere eine Gesellschaft, die ein Gesamtvolumen von über neun Billionen Dollar verwaltet. Ohne unsere Kunden wären wir nicht da, wo wir heute sind. Also nochmal: was müssen wir tun?«

Visconti blickte in den Saal, als erwarte er sich eine Antwort aus dem Publikum. Unter seinesgleichen bemerkte er Kopfschütteln. Christoph Hildebrandt hatte sein Telefonat beendet und war dazu gestoßen. Er machte eine fragende Handbewegung.

»Wir haben einen entscheidenden Vorteil, meine Damen und Herren. Technologie kann den Menschen nicht ersetzen. Ich rede nicht von automatisierten Fließbandrobotern, die schon heute fast alle Aufgaben des Menschen übernehmen können. Ein Roboter wird Sie niemals so gut beraten können, wie ein Mensch. Selbst die hochentwickeltste, künstliche Intelligenz wird nicht dazu in der Lage sein, das Gefühl eines kräftigen Händedrucks nachzuahmen. Der beste Algorithmus kann nur mutmaßend Tipps geben und lange nicht so flexibel reagieren, wie wir. Es gilt, menschlichen Verstand und technologische Innovation endlich zu einen, ohne den Menschen dabei aus der Gleichung zu kürzen. Die Rechnung wird andernfalls niemals aufgehen. Die Bank der Zukunft wird von ihren Mitarbeitern leben und erkannt haben, dass der Mensch keine Ressource ist, sondern ihr wichtigstes Element im System. Anlageprodukte werden wir mithilfe neuer Technologien ausschließlich und vollumfänglich *individuell* zusammenstellen. Die Bank der Zukunft wird verstehen, dass ihr Kapital nicht aus der verwalteten Vermögensmasse besteht, sondern aus dem Vertrauen ihrer Kunden.«

Visconti baute eine kurze Pause ein.

»Ich habe keine Panik vor Veränderung. Ganz im Gegenteil. Sie bietet ein wirtschaftliches Potential, von dem wir mit unseren derzeitigen Kompetenzen nur träumen können, um das mal ganz offen auszusprechen. Banken verfügen über extrem große Rechenleistung. Allein DarkStone ist Teilhaber an sechzehn der größten Rechenzentren weltweit. Meine Damen und Herren, Tag für Tag produziert der Homo Digitalis mehr Daten als jemals zuvor. Das ist die Chance für die Bank der Zukunft. Jene Daten sicher zu verwahren und sie zu schützen. Bevor Sie jetzt denken, der Visconti, der spinnt doch, gibt's ja schon. Ja, gibt es. Google Drive, iCloud, you name it. Diese Dienste sind aber nicht Blockchain-basiert und damit niemals vollumfänglich sicher. *Dies* ist die Stelle, an der wir als Mensch und, im Falle von Unternehmen, als Marke, zurücktreten müssen.«

Visconti spürte, dass er langsam, aber sicher, vor seinen Kollegen zum Feindbild verkam. Soll mir recht sein, wenn die den Wandel lieber verschlafen wollen, dachte er.

»Das Szenario, das ich zeichne, ist radikal, aber ganz ehrlich: unsere Banken, wir, haben uns in den vergangenen Jahren nicht minder radikal verhalten. Wir haben das Vertrauen unserer Kunden missbraucht, haben zu hoch gepokert, uns rausgeredet, uns aus der Verantwortung gestohlen. Es ist an der Zeit, die Fehler mit neuen Ansätzen künftig zu vermeiden, und zwar so schnell wir können. Die Strategie der Zukunft lautet *transparente Kommunikation*. Der Mensch hat seine Chance verspielt. Blockchaintechnik liefert uns die Möglichkeit, Transaktionen und Wertanlagen ohne Umwege tatsächlich transparent zu gestalten. DarkStone investiert seit diesem Quartal bereits über zweiundzwanzig Prozent des verwalteten Gesamtvermögens in die Kryptomärkte, um die jungen Visionäre bei ihrem Vorhaben zu unterstützen, die Finanzwelt fairer, transparenter und nachhaltiger zu gestalten. Aber der Mensch ist und bleibt das stärkste Glied in der Kette unseres gesamten Zusammenlebens und unserer Kommunikation. Wir haben die Zeichen erkannt und sehen zuversichtlich in die Zukunft - eine Zukunft, die wir nur gemeinsam bestreiten können. Eine Sache möchte Ich Ihnen noch auf den Weg geben«, sagte Visconti und sah in Richtung der Kryptofraktion. »Wir Dinosaurier haben noch einiges zu melden auf dieser Welt. Unterschätzen

Sie uns nicht. Arbeiten Sie mit uns zusammen. Wenn sich Ihre Visionen wirklich durchsetzen sollen, müssen Sie auch an uns vorbei. Wir sind bereit mit Ihnen an der Zukunft zu arbeiten. Lassen Sie uns echte Use-Cases schaffen. Unsere Kompetenzen in einen Topf geben, sodass alle davon zehren können. Es gibt viel zu tun, meine Damen und Herren. Ich danke Ihnen.«

Ein paar Momente blieb es ruhig.

Der folgende Applaus hielt sich seitens Viscontis Kollegen in Grenzen, ein sehr kurz andauerndes Höflichkeitsgeklatsche, die Kryptokids spendeten dagegen sogar ein paar Pfiffe.

Visconti glaubte, dass sich die Tür seines Käfigs gerade ein paar Zentimeter geöffnet hatte. Hildebrandt eilte zu ihm, als er das Podium verließ. Er nahm Visconti beiseite und sah ihn ernst an.

»Sorry, aber hackt's bei dir, Fabrizio? So war das nicht abgemacht. Du solltest das übliche *bla bla* abliefern und nicht so einen Mist erzählen! Sei froh, dass keine Presse da ist!«

»Hast du mir überhaupt zugehört, Christoph?«

»Ja, leider. Was hast du dir dabei gedacht?«

»Kapierst du es nicht? Diese Teenies da drüben organisieren jede dieser Veranstaltungen und haben bald mehr Einfluss als wir. Vitalik Buterin war letzte Woche mal ganz entspannt mit Putin beim Lunch!«

»Wer ist das jetzt schon wieder?«

»Der Gründer von Ethereum, du Eimer.«

Dass Hildebrandt den Gründer der zweitwichtigsten Kryptowährung der Welt nicht kannte, überraschte Visconti nur wenig. Menschen wie Hildebrandt waren dafür verantwortlich, dass man in den Rängen der Vorstände die einfach-heiter-immer-weiter-Philosophie noch immer nicht niederlegte.

»Trotzdem kannst du nicht so einen Scheiß erzählen. Von wegen Bank hat keine Zukunft und so. Ey, die Hälfte der Leute hier brauchst du für unser Daily-Business, wie blöd kann man sein, sich vor denen auf die Seite dieser Spinner zu schlagen?«

»Weil's keine Spinner sind, Herrgott nochmal! Außerdem kannst du dich entspannt zurücklehnen, Christoph. Dank mir sind wir schon auf den Zug aufgesprungen, bevor er losgefahren ist. Mein Gott, natürlich haben Banken eine Zukunft. Grad mal sechs Prozent der Menschheit weiß, was Bitcoin überhaupt ist. Bis die Banken obsolet werden, sind wir beide tot. Entspann dich. Ich halte es einfach für klug, diesen Typen offen gegenüberzustehen. Ohne Scheiß jetzt, so langsam kapiert sogar die Politik, was für ein Potential in Blockchaintechnik drinsteckt. Wenn die Fortschritte in der KI nun auch weiter so rasant voranschreiten und beide Technologien miteinander verknüpft werden können; was glaubst du, was sich da für ein Markt aufmacht! Sowas haben wir alle hier noch nicht erlebt, das garantiere ich dir. Das ist das nächste große Ding, aber sowas von. Besser wir haben die Leute, die sich wirklich damit auskennen, zum Freund, und sind nicht die alten, weißen Säcke, die Angst um ihre Rendite haben. Genauso sehen wir nämlich in deren Augen aus und sorry, aber genauso verhalten wir uns auch.«

»Du hast schon echt Eier, Fabrizio«, sagte Hildebrandt, der sich inzwischen deutlich entspannt hatte. »Na, meinetwegen. So wäre ich die Sache zwar nicht angegangen, aber was soll's. Sieh bloß zu, dass du das bei unseren wahren Freunden klarstellst. Ich hab keinen Bock, mich wochenlang beim Golfen über deinen Skandalauftritt zu unterhalten. À pro pos!«, rief er und schlug sich mit der flachen Hand gegen die Stirn.

»Sorry Fabrizio, Lunch wird doch nichts, Mist. Ich hab ganz vergessen, dass ich verabredet bin.«

»Na dann viel Spaß.«

Visconti war erleichtert. Vielleicht konnte er sich doch noch ein zwei Stunden Sonnenbaden gönnen, bevor er ins Büro ging.

»Naja, Spaß wird das keiner«, meinte Hildebrandt und lachte bitter, während er seinen Mantel über die fleischigen Schultern zog. »So ein russischer Oligarch hat mich um einen Termin gebeten, weißt ja wie die sind. Viel Kohle, wenig Zeit, gut fürs Geschäft, aber halt echt anstrengend. Wir sehen uns die Tage!«

DREIZEHN

Flugplatz Frankfurt-Egelsbach, Deutschland

Christoph Hildebrandt überschlug im Kopf die Kosten, die die bevorstehende Geschäftsreise verursachen würde, im Fond seines Wagens sitzend, während sie über das Flughafengelände fuhren. Etwas über viertausend Euro für den kurzen Flug mit dem Helikopter, knapp sechzehntausend Euro für die spontane, private Nutzung des Golfplatzes und nochmal achthundert Tacken für ein schnelles Lunch.

Hildebrandts Fahrer hielt unweit eines kleineren Hangars, vor dem ein Eurocopter 130-B4 bereitstand. Er trug das DarkStone Logo in Gold auf beiden Türen.

»Ich hoffe ich bin in fünf Stunden wieder hier«, sagte Hildebrandt, bevor er ausstieg und sich den Mantel über die Schulter warf. Der Fahrer nickte, öffnete den Kofferraum und trug die Golfbag in Richtung des Helikopters.

Eigentlich hasste Hildebrandt diesen Sport, sein Handicap lag gerade einmal bei fünfund-zwanzig.

Was tut man nicht alles für ein gutes Geschäft, dachte er.

Wenn alles glatt lief, stand ein gutes Geschäft unmittelbar bevor.

Der Flug nach Ofterschwang im Allgäu dauerte etwas mehr als eineinhalb Stunden, die Hilde-brandt dazu nutzte, sich über die aktuellen Anlageprodukte von DarkStone zu informieren. Er würde sich eine passende Strategie aus dem Ärmel schütteln müssen, da er nicht wusste, wie viel der Russe investieren wollte.

Derartige Treffen hatte Hildebrandt schon einige bestreiten müssen und bei jedem einzelnen ging es darum, so tief in den Arsch des Kunden zu kriechen wie nur irgend möglich, ohne dass es zu offensichtlich war. DarkStone bediente sich dafür eines Potpourris verschiedener, prestige-und luxusträchtiger Treffpunkte – das Ambiente musste stimmen, es ging darum, die Muskeln des Netzwerks spielen zu lassen. Man kaufte sich in Formel-1-Paddocks ein, vorzugsweise in Monaco oder Spa-Francorchamps, lunchte auf Sylt, unterhielt Logen in sämtlichen Fußballstadien, bestellte Austern in Nizza, mietete Rennstrecken am Bilsterberg oder Hockenheim, oder ließ den Golfplatz des Allgäuer Luxushotels Sonnenalp abriegeln, um in Ruhe auf dem hohen Grün Details zu diskutieren. Dabei versuchte man, dem Kunden die Illusion einer Wahl des Treffpunkts vorzugaukeln – wobei man nichts dem Zufall überließ.

Um Zeit zu sparen, hatte DarkStone Anteile am örtlichen Fußballverein in Ofterschwang erworben – Peanuts, im Vergleich zu den Summen, die im Tagesgeschäft bewegt wurden. Der zugehörige Bolzplatz konnte so kurzfristig zum Landeplatz für den Helikopter umfunktioniert werden; dieser lag unweit der 18-Loch-Anlage der Sonnenalp.

Kurz vor der Landung schlüpfte Hildebrandt in seine Golfklamotten und wechselte die Schuhe. Sie hatten sich direkt am ersten Abschlagpunkt verabredet und Hildebrandt war spät dran. Die zweihundert Meter zum Golfplatz trug er sein Equipment selbst und dachte über Viscontis Vortrag nach.

Auf der einen Seite bewunderte Hildebrandt den Mut, vor der versammelten Konkurrenz das eigene Geschäftsmodell als nicht zukunftsfähig zu dementieren. Andererseits hielt Hildebrandt den Hype um Bitcoin und Co. für trügerisch und schnelllebig – trotz des wachsenden Einflusses seiner Protagonisten. Christoph Hildebrandt hatte noch gute zehn Jahre bis zur Rente, die er nicht damit verbringen wollte, aufs Neue die Schulbank zu drücken. Wenngleich er die Grundprinzipien der Blockchaintechnologie glaubte zu verstehen – die Kryptowelt entwickelte sich so schnell, dass man kaum hinterherkam, wenn man sich keine dedizierten Zeiträume schaffte, um täglich auf dem neuesten Stand zu sein. Da blieb er lieber bei den Dingen, mit denen er sich auskannte: Wertpapiere, Immobilien, Energie; die Grundpfeiler der allermeisten Investmentgesellschaften.

Die Sonne schien kräftiger als in Frankfurt. Auf halber Strecke musste er seinen pinken Ralph-Lauren-Pullover über die Schultern legen, um nicht zu stark zu schwitzen.

Gerade noch pünktlich erreichte er den kleinen Granitblock, der den ersten Abschlagplatz kennzeichnete. Von Dimitri Orlov fehlte jede Spur. Hildebrandt ließ seinen Blick in die Ferne gleiten, Halt am malerischen Alpenmassiv finden, die Augen selbst unter der Sonnenbrille leicht zusammengekniffen. So genau hatte er sich die Landschaft noch nie angesehen.

Fünf ereignislose Minuten vergingen, bevor Hildebrandt plötzlich aufhorchte. Dann, kurz drauf, sah er einen kleinen schwarzen Punkt am Himmel, der schnell näherkam.

Also wenn er das ist, braucht er noch mindestens eine halbe Stunde.

Der nächste offizielle Flugplatz war knapp zwanzig Kilometer entfernt und nur über eine kurvige Landstraße zu erreichen. Hildebrandt hockte sich auf eine kleine Holzbank und überlegte, ob er irgendjemand in Ofterschwang kannte, mit Ausnahme des Hotelchefs.

Er fand, dass er sich nach den Strapazen des Termins belohnen durfte und zog sein Handy aus der Hosentasche. Das nächste Bordell befand sich in Kempten, eine halbe Stunde entfernt. So viel Zeit würde nicht bleiben.

Dann eben ein Abstecher in die Kaiserstraße auf dem Nachhauseweg, dachte er.

Zu seiner Verwunderung stellte Hildebrandt fest, dass der Helikopter jedoch nicht abdrehte, sondern näherkam und zu sinken schien.

Was zur ...?

Ungläubig beobachtete er, wie das schwarze Fluggerät zur Landung ansetzte. Auf dem Heck-ausleger war die russische Flagge aufgeklebt.

Der hat Nerven.

Frisch gemähtes Gras peitschte Hildebrandt durch den Wind der Rotorblätter ins Gesicht. Fast hätte es ihm den Pullover von den Schultern geweht. Er fragte sich, ob Orlov irgendeine Form der Landegenehmigung besaß, oder sich dieses Recht einfach rausnahm. Beides war denkbar.

Dann sah Hildebrandt ihn zum ersten Mal, bislang kannte er nur Orlovs Stimme vom Telefon. Ein Foto von ihm hatte er im Internet nicht finden können. Offenbar vermied es der Oligarch tunlichst, im Rampenlicht zu stehen.

Hildebrandt hatte ihn sich anders vorgestellt, etwas dicker vielleicht, blassere Haut, nicht so kräftige Oberarme. Obwohl Orlov gebückt aus dem Helikopter sprang und sich unter den gewaltigen Rotorblättern duckte, sah Hildebrandt, dass er selbst mindestens zwei Köpfe kleiner war.

Der Auftritt war bizarr, fast einschüchternd. Orlov ließ sich Zeit. Er trug ein schwarzes Polohemd, schwarze Hosen und schwarze Schuhe. Am linken Ringfinger blitzte ein breiter, goldener Siegelring. Hildebrandt fragte sich, ob Orlov verheiratet war.

Keine dreißig Sekunden später zog der Helikopter donnernd ab und es wurde still.

Nur ein paar Vögel zwitscherten.

»Der Wind ist günstig heute«, rief Orlov, während er strammen Schrittes auf Hildebrandt zusteuerte. Zu dessen Überraschung sprach Orlov beinah akzentfreies Deutsch.

»Damit haben Sie nicht gerechnet was?«

Jetzt stand Orlov vor ihm. Anscheinend war Hildebrandt die Verwunderung anzusehen.

»Ich spende gelegentlich ein bisschen Geld an den Golfclub. Wussten Sie, dass Sie als Club dafür bezahlen müssen, dass große Turniere bei Ihnen stattfinden, nicht umgekehrt? Man zeigt sich dankbar. Deshalb kann ich es mir erlauben, ab und zu hier zu landen. Ist aber eigentlich nicht meine Art, der Rasen verträgt das Gewicht nicht so gut. Haben Sie gesehen, wie mein Pilot ganz knapp über dem Grün geschwebt ist?«

Hildebrandt nickte und setzte ein mildes Lächeln auf. Dass Orlov Anteile an der Anlage hatte, wusste er nicht. Offensichtlich hatte letztendlich nicht DarkStone den Treffpunkt ausgewählt, sondern Orlov. Hildebrandt überlegte, wen er dafür feuern sollte, dass man ihn nicht darüber informiert hatte. Musste er sich denn um alles selbst kümmern?

»Es freut mich, Sie persönlich kennen zu lernen, Herr Orlov.«

Sie schüttelten die Hände. Hildebrandt musste sich einen Schmerzensschrei unter dem Druck von Orlovs Pranken verkneifen und dem Blick aus zwei kalten, fast schwarzen Augen standhalten. Hildebrandt spürte, wie ihm mehr und mehr die Kontrolle über die Situation entglitt. Hatte er jemals die Kontrolle gehabt?

»Bitte, sagen Sie Dimitri zu mir.«

Das auch noch.

»Dann biete ich Ihnen gerne das Du an. Christoph, angenehm.«

Orlov stemmte die Arme in die Seiten. Dann schlug er sich mit der flachen Hand auf die Stirn.

»Wie dumm von mir!«, rief er. »Ich habe mein Golfbag im Helikopter vergessen. Würden Sie mir wohl freundlicherweise aushelfen, Christoph? Ich möchte ungern meinen Piloten bemühen. Er macht jetzt Mittagspause.«

Orlov war nicht zum Du gewechselt. Hildebrandt wurde nicht schlau aus ihm. Es fiel ihm schwer, bei der zurechtgelegten Strategie zu bleiben: Smalltalk, Details, Handschlag, Ciao. Hildebrandt musste irgendwie improvisieren.

»Aber gerne doch. Möchten Sie beginnen?«

Orlov nickte dankend und bediente sich daraufhin aus Hildebrandts Golfbag, als sei es eine Selbstverständlichkeit. Seine Bewegungen wirkten routiniert und fachmännisch. Schweigend machten beide ihre ersten Schläge, wobei Orlovs Ball deutlich weiter geflogen war und schon auf dem Fairway lag.

Auf dem Weg zum nächsten Abschlag versuchte Hildebrandt, das Gespräch zum Grund des Treffens zu leiten.

»Sie möchten investieren, Dimitri?«

»Ich möchte mein Geld an die richtigen Stellen schieben.«

»Ich habe mir ein paar Gedanken über attraktive Möglichkeiten gemacht. DarkStone ist die führende Investmentgesellschaft im digitalen Sektor.«

»Ich hörte davon.«

»Die Aussichten auf hohe Renditen haben sich in den letzten Jahren vor Allem auf dem Kryptomarkt bewährt. Wir bieten ETFs oder gezielte Anlagen einer einzigen Währung. Ganz nach Ihren Wünschen, Dimitri.«

Hildebrandt war der russische Riese suspekt. Normalerweise hätte er ihm keine Kryptos angeboten. So bestand allerdings die Möglichkeit, für ausbleibende Rendite oder Verluste Visconti verantwortlich zu machen.

Orlov schien einen Augenblick darüber nachzudenken. Währenddessen bugsierte Hildebrandt den Ball beim zweiten Schlag in den Sandbunker.

Orlov lachte. »Sie sind kein guter Spieler, Christoph.«

»Ich bin aus der Übung, wissen Sie. Ich komme nicht häufig dazu.«

»Das beweist nur, dass Sie ihrem Beruf viel Zeit widmen. Das ist gut.«

»Kann man durchaus so sagen, ja«, meinte Hildebrandt und wischte sich mit einem Taschentuch über die Stirn. Er kam sich vor wie ein Aushilfspraktikant, der aufgrund einer Verkettung unglücklicher Ereignisse für den Chef einspringen musste.

»Ich interessiere mich nicht sonderlich für Kryptowährungen«, erklärte Orlov, »sie sind zu instabil. Haben keine echten Use-Cases. Fürs große Geld sind wir bei Bitcoin sowieso zu spät. Der Zug ist abgefahren. Ich habe allerdings gehört, dass DarkStone Anteile an einigen Rechenzentren hat. Dort will ich ansetzen. Ich halte das Ausbauen von digitaler Infrastruktur für einen vielversprechenden Ansatz, meinen Sie nicht? Besonders Deutschland hat in diesem Punkt einiges nachzuholen.«

»Naja, Dimitri. DarkStone nutzt die Serverfarmen, um die eigene Infrastruktur zu betreiben und Kryptowährung zu schürfen. Wir haben derzeit kein Paket, dass sich exklusiv auf Rechenzentren spezialisiert.«

»Dann sind Sie nicht der richtige Ansprechpartner für mich, Christoph. Ich danke Ihnen für Ihre Zeit.«

Hildebrandt brach der Schweiß aus. Er versuchte die Situation zu retten. »Das kann sich selbstverständlich ändern, Dimitri. Unser Spezialgebiet sind Ausnahmen.«

Orlov hob die Brauen. »Das klingt schon besser.«

»Über welchen Betrag sprechen wir?«

»Ich hatte mit einem Angebot Ihrerseits gerechnet. Brauchen Sie vorab eine Zahl?«

Komm zum Punkt, Wichser. Du weißt ganz genau, wie das Spiel läuft.

»So kann ich unsere Möglichkeiten besser einschätzen.«

Orlov setzte zum Schlag an. Sanft gab er den Ball mit dem Putter einen Stoß. »Dreihundertfünfzig, zu Beginn.«

»Dreihundertfünfzig?«, fragte Hildebrandt etwas irritiert.

Der Ball verschwand im Loch.

Orlov sah zufrieden auf.

»Millionen.«

VIERZEHN

Montreux am Genfersee, Schweiz

Während des Gesprächs mit Vadim und Junichiro drifteten Adams Gedanken immer wieder ab. Émelie mochte ihn! Das hatte sie ausdrücklich behauptet. Adam mochte sie auch. Das hatte er umständlich bestätigt, weil er nicht genau wusste, wie er es formulieren sollte. Er konnte sie gut leiden, weil sie ihn behandelte, als sei er ganz normal. Und weil sie ein spezielles Lachen hatte, dass er schön fand.

Im Anschluss an die Nachmittagsvorlesung bei Sixt hatte er sich während der gemeinsamen Lerneinheit mit den anderen Studenten kaum konzentrieren können. Jetzt saß er mit Junichiro und Vadim auf dem großen Sofa im Chalet.

Draußen vor den Panoramafenstern war es bereits dunkel geworden. Im Wohnzimmer roch es nach aufgewärmten Schtschi. Eifrig löffelte Junichiro bereits die zweite Portion.

»Eins muss man dir lassen, Vadim«, sagte Junichiro kauend, »das Zeug ist wirklich geil. Ich könnte es kiloweise in mich reinfressen!«

»Ist noch genug da.«

Adam zählte die Löcher für die Schnürsenkel an Vadims Sneakers. Junichiros lautes Schmatzen ging ihm auf die Nerven. Aus dem Nachbarchalet drang dumpf laute Musik, in Vadims oder Junichiros Zimmer tönte der Fernseher. Adam verstand nur einzelne Wortfetzen – wahrscheinlich lief irgendeine Serie oder ein Film.

»Dann schieß mal los, Adam«, sagte Vadim.

»Genau, wir können kaum erwarten zu hören, was sich Professor Falken jetzt wieder ausgedacht hat.«

Adam strich eine Fleecedecke glatt, die neben ihm lag, und begann mit seiner Erklärung.

»Ich habe einen Code entwickelt, der den Menschen ihre Datenhoheit zurückgibt.«

Junichiro fuchtelte mit dem Löffel in der Luft herum. »Hört, hört, meine Damen und Herren. Der Messias ist endlich vom Himmel herabgefahren und schenkt Ihnen die Kontrolle, von der Sie nie wussten, dass Sie sie überhaupt wollen!«

»Schnauze, Juni!«, fuhr Vadim ihn an. »Hören wir es uns wenigstens an. Was genau meinst du damit, Adam?«

»Ich möchte ein blockchainbasiertes Ökosystem erschaffen, in dem jeder Nutzer selbst über die Verwendung seiner Daten entscheidet. Anfangen will ich mit einem Messenger.«

Jetzt war es Vadim, der Adam unterbrach. »Viel Spaß im Kampf gegen Google und Co. Die Plattformen leben von den Daten ihrer Nutzer. Ohne sie funktioniert das ganze Konzept nicht. Außerdem ... Wozu willst du einen Messenger bauen? Es gibt WhatsApp, WeChat, Signal und so weiter. Du stößt nicht gerade in eine Marktlücke vor ...«

»Aber Kommunikation ist das wichtigste Stück Prozess von allen!«

»Und die Menschen sind faule Säcke«, sagte Vadim seufzend. »Die herkömmlichen Messenger funktionieren prima. Keiner hat Lust zu wechseln. Ich schließe mich da nicht aus.«

»Deine Daten sind aber nicht sicher. Außerdem wird unser Messenger besser funktionieren als andere und zusätzlich Energie sparen.«

Junichiro hob die Brauen. »Wie genau willst du das anstellen?«

»Jeder herkömmliche Messenger zieht Unmengen an Rechenleistung. Dafür braucht es Serverfarmen, die brauchen Strom ohne Ende. Ich will die Infrastruktur der Endgeräte dafür nutzen, damit – «

»Langsam, langsam«, unterbrach Vadim. »Ich komme nicht ganz mit.«

Junichiro sah seine Chance und ging dazwischen, bevor Adam antworten konnte: »Nicht doch, Vadim, mein Freund. Lass ihn doch ausreden. Hören wir uns wenigstens an, was Adam zu sagen hat. Wie meintest du eben? Ach ja, Schnauze!«

Vadim wollte etwas sagen, behielt es dann aber doch für sich. Mit einer Handbewegung bedeutete er Adam, weiter zu erzählen.

»Also ... Unsere Handys haben heutzutage schon so viel Leistung, dass wir gar nicht alles davon abrufen. Die ›übrige‹ Rechenleistung kann man nutzen oder sogar monetarisieren und sie anderen zur Verfügung stellen. Genauso gut lässt sich ein Messenger auf ihr abspielen, der Peer-to-Peer funktioniert.«

»Von Endgerät zu Endgerät«, warf Vadim ein.

»Ohne Rechenzentrum dazwischen«, ergänzte Junichiro.

»Bingo!«, rief Adam zufrieden. »Damit lässt sich also auch CO2 einsparen, versteht ihr? Außerdem sind die Nutzerdaten tausendmal besser geschützt.«

»Ich verstehe, was du meinst«, sagte Vadim. »Trotzdem bin ich mir ziemlich sicher, dass du selbst mit so einem grünen Ansatz keine Chance gegen WhatsApp und Co. hast. Du müsstest riesige Kampagnen schalten, dass die Menschen überhaupt drauf aufmerksam werden. Keiner von uns hat so viel Geld. Ich weiß ja nicht, Adam ... Meinst du nicht wir verschwenden damit unsere Zeit?«

Genau das hatte Adam befürchtet. Einwände, denen er rhetorisch nicht gewachsen war, zumindest nicht spontan. Obwohl er sich bereits sämtliche Gegenargumente zurechtgelegt hatte und diese im Kopf immer wieder durchging, konnte er nicht darauf zugreifen. Es war, als hätte man den Ablageplatz, an dem sich die Argumente in seinem Gehirn befanden, hinter die Türen eines massiven Tresors gesperrt. Am liebsten hätte er alles allein gemacht, doch er wusste, dass Vadim und Junichiro seine beste Chance waren, dem Projekt aus den Kinderschuhen zu helfen.

Leider.

»Irgendjemand muss damit anfangen«, sagte Adam.

»Aber das hat man doch schon längst«, warf Junichiro ein und stellte den Teller beiseite. »Mein Vater zum Beispiel.«

»Wer garantiert dafür, dass dein Vater nicht das Vertrauen seiner Nutzer missbraucht?«

»Na, ich, du Hornochse. Mein Vater ist nicht so dumm und fährt das eigene Unternehmen gegen die Wand. Eher springt der aus dem Fenster, das kannst du mir glauben.«

Adam seufzte. »Wie viele Nutzer hat SukiCore?«

»Knapp zweihundert Millionen«

»Wie viele davon kennen deinen Vater persönlich?«

Junichiro zuckte genervt die Schultern. »Was weiß ich. Aber das ändert nichts daran.«

»Tut es wohl. Niemand kann dafür garantieren, dass dein Vater keinen Scheiß baut.«

Junichiro schwieg. Vadim schien Adam zuzustimmen, zumindest glaubte er das.

»Mein Vater hält sich an die Gesetze«, meinte er irgendwann, halb trotzig und klang so, als wäre er selbst nicht davon überzeugt.

»Leute, ich will Google, SukiCore und alle anderen ja nicht zerstören. Ich will den Menschen die Möglichkeit geben, selbst zu entscheiden.«

»Man muss Menschen aber offenbar zu ihrem Glück zwingen«, sagte Junichiro und fügte hinzu: »Die meisten Nutzer sind einfach dumm, Schwachköpfe, die sich überhaupt nicht dafür interessieren, was mit ihren Daten passiert. Ich kann es den Konzernen genau genommen nicht mal großartig übelnehmen, dass sie das ausnutzen.«

»Lass ihn reden Juni«, beschwichtige Vadim. »Ich will hören, was du dir noch ausgedacht hast.«

Endlich fiel Adam ein passendes Argument ein: »Ist doch kein Wunder, dass die Menschen kein Interesse daran zeigen, was wirklich mit ihren Daten geschieht. Wir, die sich damit auskennen schmeißen mit Fachbegriffen um uns als gäb's kein Morgen mehr, jeden Tag kommt was Neues dazu, was anderes wird obsolet. Das neue Internet muss barrierefrei sein, so wie man sich es damals eigentlich gewünscht hat. Mann, echt, versteht ihr nicht was ich meine? Jeder soll es verstehen können, ich bin der Meinung, jeder muss es verstehen! Ist doch beschissen alles!«

Junichiro verschränkte die Arme vor der Brust. »Jetzt fang doch nicht gleich an zu weinen, Professor. Ich weiß schon, worauf du hinauswillst. Niemand muss den Code als solchen checken, das wäre zu kompliziert, aber zu erklären, was die bösen Konzerne mit unseren Daten anstellen, dürfte nicht allzu schwer sein.«

»Spar dir den Sarkasmus, Juni. Erzähl weiter, Adam.«

»Eine dezentrale Plattform würde nicht nur das Vertrauensproblem lösen, weil die Blockchain für jeden Vorgang bürgt. Vielmehr noch raubt man Cyberkriminellen ihre Geschäftsgrundlage. Ich finde, das ist ein Vorteil, gegen den niemand etwas einwenden kann.«

»Da ist was Wahres dran Adam«, sagte Vadim. »Aber hast du keine Angst, dir Feinde zu machen? Diese sogenannten Cyberkriminellen sind doch die letzten, die am System was ändern wollen. Man darf sie nicht unterschätzen.«

»Die Feinde haben keinen Angriffspunkt, wenn das Ökosystem erstmal läuft.«

»Wieso?«

»Weil es sich selbst reguliert. Nochmal: Der Messenger ist nur der Beginn, das absolute Minimum, was das Netzwerk können muss. Kommunikation ermöglicht Prozesse zwischen Entitäten ja erst. Es lassen sich ganze Prozessketten damit abbilden, ganze Branchen können sich so viel einfacher und günstiger digitalisieren. Und weil es keine Zentrale gibt wie bei Facebook, können die Kriminellen auch keinen angreifen. Das komplette System müsste zum Feind werden. Ab einer gewissen Größe des Ganzen hat keiner eine Chance mehr, es zu zerstören.«

»Wie soll das denn bitte funktionieren, Adam?«, fragte Junichiro.

»Nehmen wir mal an, alles läuft so, wie ich es mir vorstelle. Dann übernimmt irgendwann die DAO.«

»Klartext, Professor Falken. Wir sind nur dumme kleine Web2-Menschen.«

Vadim boxte Junichiro in die Schulter. »Gibt's bei dir keinen Ausschaltknopf, Mann? Halt jetzt die Klappe oder ich ertränke dich im Schtschi-Topf.«

Vielleicht hätte Adam den beiden einzeln von seiner Idee erzählen sollen. Das wäre lange nicht so stressig gewesen.

»DAO bedeutet *dezentrale autonome Organisation*. Die Netzwerkteilnehmer bilden eine Gesellschaft, die selbst über die Weiterentwicklung des Systems bestimmt und eigenständig Entscheidungen trifft, ohne Intermediates, ohne Vertrauensmissbrauch. Es ist ein basisdemokratisches Konzept.«

Junichiro fiel Adam erneut ins Wort. »Ich kapier es nicht, sorry. Die Menschen können sich doch immer noch gegenseitig verarschen.«

Offenbar war der Groschen bei Vadim bereits gefallen. »Eben nicht«, sagte dieser. »Die Blockchain funktioniert trustless. Wenn du bei Sixt aufgepasst hättest, wüsstest du es. Die Nutzer schließen smarte Verträge, die nicht manipuliert werden können.«

»Klar hab' ich zugehört. Wollte nur wissen, ob ihr zugehört habt.«

Vadim schüttelte den Kopf. »Hast du das Buch noch, aus dem du diese bekloppten Sprüche ziehst? Ich würde dir raten, es umzutauschen.«

»Ha. Ha. Das musst du grade sagen. Die Russen sind weltweit bekannt für ihren scharfsinnigen Humor.«

»Was soll das heißen?«

Vadim war aufgestanden und einen Schritt auf Junichiro zugegangen. Dieser verkniff sich die Antwort und hob beschwichtigend die Hände.

Adam rutschte auf dem Hintern hin und her.

So wird das nichts.

Ein paar Sekunden lang quetschte sich unangenehmes Schweigen zwischen die Gruppe.

»Ich verstehe nicht, warum du dich so anstellst, Junichiro«, sagte Adam irgendwann. »Ich kenne ein paar deiner Codes. Du kennst dich doch super mit Sicherheitsalgorithmen aus. Ich brauche eure Unterstützung. Das wird eine große Sache, ich bin mir sicher, Leute.«

»Ich weiß nicht recht«, meinte Vadim.

»Doch! Bislang wird die Blockchain hauptsächlich in Kryptonetzwerken verwendet, als Bezahl- und Währungssystem. Es gibt zahllose Möglichkeiten, die Technologie auf andere Bereiche anzuwenden.«

»Zum Beispiel?«

»ZUM BEISPIEL EIN MESSENGER!«

»Chill, Adam«, rief Vadim. »Wir sind schon wieder beim Grundproblem der ganzen Sache. Es interessiert die Menschen nicht, was mit ihren Daten geschieht.«

»Im Whitepaper, also im technischen Protokoll von WhatsApp stand mal, dass die DAVON AUSGEHEN, dass die Nachrichten Ende-zu-Ende verschlüsselt sind! Vor Allem wenn Unternehmen die Business-Schnittstelle von WhatsApp nutzen, kann dafür nicht einmal garantiert werden. Ist doch Bullshit, Leute!«

»Mag sein, Adam. Trotzdem. Der Bequemlichkeitsfaktor ist zu groß. Und wir drehen uns im Kreis.«

Adam schnaufte tief durch. Er zählte erneut die Schnürsenkellöcher an Vadims Sneakers.

»Gut, dann betrachtet es eben als Versuch, eine echte Alternative zu schaffen. Lasst mich ein anderes Beispiel machen. Patientendaten können sicher dort gespeichert und abgerufen werden. Was glaubt ihr, was los ist, wenn Krankenkassen alles mitlesen könnten? *Also tut uns leid, Herr Hisoka, aber unser Algorithmus hat berechnet, dass sie aufgrund ihrer Krankheitshistorie mit einer Wahr-*

scheinlichkeit von einundfünfzig Prozent einen Beinbruch erleiden werden. Wir würden uns gerne über ihre Abschläge unterhalten.‹ Spätestens da werden die Leute doch kapieren, dass es so nicht weitergehen kann. Die Gefahr besteht, dass früher oder später irgendeine Krankenkasse auf die Idee kommt, sich im Darknet Datensätze vom Server in Berlin oder sonst woher zu kaufen. Und dann haben wir den Salat.«

Vielleicht habe ich sie jetzt endlich am Haken.

»Hm ...«, machte Junichiro und überlegte einen Moment. Dann sagte er: »So langsam steige ich durch. Man könnte einen Marktplatz integrieren, auf dem jeder digitale Leistungen einkaufen und bereitstellen kann. Bezahlt wird dann direkt über das System in Krypto. Das wäre doch mal 'ne Sache. Dann kann sich jeder selbst bauen, was er braucht.«

»Oder bauen lassen«, ergänzte Vadim.

Adam konnte sich ein zufriedenes Grinsen nicht verkneifen. »Jetzt hast du es, Mann. Vadim, was ist mit dir?«

Er zuckte die Schultern. »Wie weit bist du denn schon?«

Adam wiegte mit dem Kopf von links nach rechts.

»Also das Fundament steht. Wir brauchen noch Schnittstellen und Benutzeroberflächen, einen Namen, einen Coin mitsamt seiner Gesetzmäßigkeiten und SDKs für Programmierer, die das Netzwerk weiterentwickeln wollen.«

»Der Werkzeugkasten für die Programmierer wird wahrscheinlich die kleinste Herausforderung«, sagte Vadim, »was den Rest anbelangt ... Das schaffen wir niemals zu dritt.«

»Es gibt Github«, gab Junichiro zu bedenken. »Nicht zu verwechseln mit PornHub.« Er verfiel in albernes Kichern.

»Gerade wollte ich schon sagen, dass du endlich mal was Sinnvolles von dir gibst«, feixte Vadim. »Aber stimmt, so könnte es funktionieren.«

»Ich hab' das Backlog schon aufgesetzt«, erklärte Adam stolz.

Das Backlog fungierte wie eine Art Schwarzes Brett, auf dem sämtliche, zu erledigende Aufgaben festgehalten wurden und man die Fortschritte einsehen konnte.

»Wie viele haben sich das Projekt schon angesehen?«, fragte Vadim.

»Erst vier Personen ... ist aber auch erst seit gestern online.«

»Du brauchst ein Incentive«, sagte Junichiro. »Irgendwas, um die Profis zum Mitmachen anzuregen.«

»Ich hab an Coins gedacht.«

»Die sollen einen Coin entwickeln, mit dem sie sich dann selbst bezahlen? Meinst du das funktioniert?«

»Fiat haben wir keins.«

Junichiro blickte Adam irritiert an.

»Fiat?«

»Herkömmliche Währung, Euro, Dollar, und so weiter. Heißt halt so.«

»Weiter im Text«, bat Vadim.

»Also ich glaube schon, dass das funktionieren kann. Es gibt ein paar Beispiele aus der Kryptoszene, bei denen es auch geklappt hat. Das Projekt muss eben vielversprechend klingen. Die Coins steigen im Wert und können dann wiederum in echtes Geld umgetauscht werden.«

»Und unter welchem Namen finde ich das Backlog?«

Adam biss sich auf die Unterlippe und riss sich zusammen, um nicht zu sehr zu grinsen.

»F.T.S.«

Seine Augen strahlten. Vadims und Junichiros Augen strahlten nicht.

»Soll heißen?«

»Fuck the System!«

Alle Augen strahlten.

Alle Augen strahlten aus einem anderen Grund.

FÜNFZEHN

Montreux am Genfersee, Schweiz

Ein Blick auf die Uhr verriet Adam, dass er verschlafen hatte. Mittwochs war Vadim morgens immer im Fitnessstudio auf der anderen Seite des Campus und Junichiro besuchte von acht bis zehn den weiterführenden Kurs für Wirtschaftswissenschaften.

Jetzt war es halb elf. Um Zehn Uhr fünfundvierzig begann die Vormittagsvorlesung von Sixt.

»Ich verschlafe nie«, sagte Adam benebelt zu sich selbst. Das brachte seinen ganzen Tag durcheinander. Normalerweise aß er ein Müsli aus Haferflocken und getrocknetem Obst, Himbeeren und Äpfeln, dazu trank er zweihundertfünfzig Milliliter grünen Tee. Erst dann verließ er das Chalet.

Er hatte einen faden Geschmack im Mund, also entschied er, als erstes die Zähne zu putzen, was exakt dreieinhalb Minuten in Anspruch nahm. Dann zog er sich an. Er wählte das Sweatshirt und die Jeans aus dem Fach im Schrank mit dem Aufkleber: Mittwoch.

Das Wasser für Grüntee sollte maximal 90 Grad heiß sein, sonst schmeckt er bitter. Teekochen und Teetrinken bedeuteten elf Minuten Zeitaufwand.

Zu lang.

Das Müsli mischte er sich immer selbst an, indem er die einzelnen Bestandteile akribisch genau wog, bevor er sie in eine Schüssel gab. *Acht Minuten, inklusive Kauen und Runterschlucken.* Er hatte bereits sieben Minuten für die Morgentoilette verbraucht.

Adam wurde nervös. Er wurde immer nervös, wenn etwas nicht seinem designierten Plan entsprach. Sich zu verspäten war keine Option, denn er mochte Professor Sixt und wollte nicht unhöflich sein. Außerdem war es ratsam, mindestens fünf Minuten vorher im Auditorium zu sein, um den Platz zu ergattern auf dem er immer saß.

Im Kühlschrank fand er einen Schokoriegel, den er auf dem Weg essen konnte.

Immerhin, dachte Adam, warf sich seinen Rucksack über die Schultern und eilte hinaus auf den Campus. Ihm blieben noch drei Minuten, bis die Vorlesung begann. *Hoffentlich ist mein Platz noch frei.*

Er freute sich, als er endlich im Auditorium ankam und Vadim und Junichiro sah. Sie hielten seinen Platz besetzt.

Bis auf seinen Magen, der sich über das ausgebliebene Frühstück beschwerte, war jetzt alles gut.

»Du hast da Scheiße im Mundwinkel, Professor Falken«, war das Erste, was Junichiro sagte, als er Adam erblickte.

»Ich habe aber keine Scheiße gegessen.«

Vadim zückte sein Handy und schoss ein Foto. »Dann erklär uns das«, sagte er und lachte seltsam, als er Adam das Bild zeigte. War das Schadenfreude?

Adam war erstaunt. In der Tat, der Anblick war eigenartig. Schnell fuhr er sich mit dem Ärmel seines Sweatshirts über die Lippen.

»Ich habe nochmal über deine Idee nachgedacht, Adam«, sagte Vadim.

Unwillkürlich glitt Adam ein Lächeln über das Gesicht.

»Wenn wir uns reinhängen, haben wir in drei oder vier Monaten alles was wir brauchen, um live zu gehen. Vorausgesetzt wir finden noch ein paar Mitstreiter, die uns unterstützen.«

»Ich glaub auch«, schaltete sich Junichiro dazu. »Ich habe schon ein paar Ideen für die Verhaltensweisen des Coins. In Wirtschaftswissenschaften geht's gerade auch um Tokenomics, also die Wertsteigerungsprinzipien und so weiter. Wir haben viel Arbeit vor uns.«

»Ich bin mit dem Sicherheitsalgorithmus fast durch«, sagte Adam. »Aber wir müssen alles testen, bevor wir live gehen können. Ich frage Sixt nach der Vorlesung, ob wir Kapazitäten vom RZ nutzen können.«

RZ war kurz für Rechenzentrum.

Aufs Stichwort betrat Professor Doktor Leif Sixt den Saal und die Menge verstummte. Wie immer trug er einen schwarzen Anzug und Krawatte. Je öfter Adam seinen Vorlesungen beiwohnte, desto krasser kam ihm der Kontrast zwischen dem Kleidungsstil und der Weltanschauung des Professors vor.

Ohne Vorreden begann Sixt seinen Vortrag.

»Folgendes Beispiel, Mesdames et Messieurs: Sie und zwei andere Personen kommunizieren über einen Gruppenchat. Sie sind Freunde und vereinbaren ein Rendezvous um neunzehn Uhr in einem Restaurant. Jeder der drei Personen hat den gleichen Chat auf seinem Handy. Jetzt fällt Ihnen ein, dass Sie länger arbeiten müssen, und ein Treffen um zwanzig Uhr besser wäre. Da alle dem Termin um neunzehn Uhr zugestimmt haben, müssen Sie sich nun erneut mit ihren Freunden absprechen. Sie können ja schließlich nicht einfach die vorherigen Informationen im Chat verändern, dazu müssten sie mindestens zwei Handys manipulieren, auf dem die Chats gespeichert sind. Sie können also neue Informationen und Nachrichten zu ihrem Chat hinzufügen, aber vorangegangene nicht verändern, da sonst die Chats aller anderen Personen nicht mehr stimmen.«

Er räusperte sich. »Ich gebe zu, das ist ein etwas umständliches Beispiel, weil die wenigsten von Ihnen bei unserem Lehrplan Freunde oder Zeit haben werden, aber wenn Sie das verstehen, haben Sie auch das Grundprinzip einer jeden Blockchain verstanden.«

Adam Volt fand die Erklärung gar nicht so schlecht. Vielleicht könnte er auf die gleiche Art Émelie verdeutlichen, woran er in seiner Freizeit arbeitete.

»Ein anderes Beispiel«, sagte Sixt. »Eine ähnliche Situation; Sie und Ihre beiden Freunde bilden eine Gruppe, Sie verkaufen sich gegenseitig Gras, oder was auch immer Sie sich heutzutage so verkaufen. Natürlich wollen Sie hier Ihre Bank aus dem Spiel lassen, die normalerweise für die Validität ihrer Transaktionen bürgt. Wie können Sie also sicherstellen, dass jeder von Ihnen an das Geld, respektive die heiße Ware kommt? Wir haben über das Problem von Intermediates gesprochen, Mesdames et Messieurs. Jemand eine Idee?«

Der Professor sah lächelnd in die Runde. Zu Adams Überraschung meldete sich Junichiro. Bevor Sixt ihn aufrief, platzte es aus ihm heraus.

»Jeder muss jeden kontrollieren!«

»Was heißt das konkret, Monsieur?«

»Jeder muss die Kontostände von jedem kennen. Nach einem Geschäft verändern sich doch logischerweise die Summen. Jetzt kann ich überprüfen, ob die Kohle da gelandet ist, wo sie hingehört, und die anderen können es auch. Man kann sich nicht gegenseitig beschei- ... betrügen.«

Sixt nickte. »Im Grunde genommen haben Sie recht. Eine Blockchain funktioniert nach diesem Prinzip. Distributed Ledger – ein verteiltes Kassenbuch.«

Eine Studentin weiter vorne hob die Hand und fragte: »Aber warum heißt das so? Blockchain meine ich.«

»Hinter dem Namen verbirgt sich eigentlich schon das ganze Konstrukt: eine Blockchain ist eine Verkettung von Datenblöcken. Jeder Netzwerkteilnehmer besitzt eine Kopie dieser Kette, jeder Block stellt eine Informationsmasse dar, die wiederum Informationen aus dem vorherigen Block enthält und so weiter. Das geht zurück bis zum allerersten Block, dem sogenannten Genesis-Block. Im dezentralen Bitcoin-Netzwerk bilden ungefähr alle zweitausend Transaktionen einen neuen Block, der von den Rechnern der Netzwerkteilnehmer über das Lösen komplexer mathematischer Rätsel bestätigt wird, das sogenannte Mining. Jede korrekte Lösung wird mit einem prozentualen Anteil automatisch in Kryptos belohnt. Einfach gesagt sehen Sie als Endnutzer nicht, wer wem wie viel Geld geschickt hat, sondern lediglich den dementsprechenden Code. Früher hat üblicherweise eine Bank das Vertrauen für finanzielle Transaktionen gestiftet. Heutzutage funktionieren Überweisungen vertrauenslos, ohne die Notwendigkeit einer zentralen Kontrollinstanz und direkt von Teilnehmer zu Teilnehmer – Bitcoin ist ein *trustless network*. Ein Block kann aber auch andere Dinge repräsentieren, wie zum Beispiel einfache Datensätze oder Textnachrichten, Passwörter, Speichermasse et cetera.«

Der Professor baute eine seiner berühmten Kunstpausen ein.

»Auf Basis der Blockchain lassen sich sämtliche uns bekannte Prozesse abbilden, für die wir aktuell noch Zwischeninstanzen brauchen, die unser Vertrauen missbrauchen. Mesdames et Messieurs, die Blockchain ist der Mittelfinger an jedes zentralistische System.«

Ein Junge zwei Reihen vor Adam hob die Stimme: »Also ich glaube nicht wirklich an den ganzen Hype um Bitcoin und Co. Um damit zu bezahlen ist mir der Wert zu instabil. In meinen Augen reine Spekulation, die uns im echten Leben rein gar nichts bringt.«

Sixt lächelte verschmitzt. »Da legen Sie den Finger in die Wunde aller Kryptoenthusiasten. Das System Bitcoin hat noch mehr Schwächen. Die Rückverfolgung krimineller Transaktionen ist zwar möglich, aber extrem aufwendig. Die Chain ist langsam, schafft gerade einmal zwischen sieben und zehn Transaktionen pro Sekunde. Visa und Mastercard lachen sich ins Fäustchen, die verarbeiten bis zur Belastungsgrenze mehrere tausend Transaktionen pro Sekunde. Außerdem – wie Sie richtig sagten – ist der Wert des Coins extrem von äußeren Faktoren abhängig und beeinflussbar. Viele Kryptominen werden in China unterhalten, betrieben mit illegal angezapften Strom. Ab und an erwischen die chinesischen Behörden ein paar der Verantwortlichen – schon gibt's Schwankungen, je nach Größe der Mine. Sogar Privatpersonen können mit dem nötigen Kleingeld Einfluss auf den Coinwert nehmen. Elon Musk hat das beispielsweise getan, Mitte Mai 2021. Zunächst hatte er angekündigt Bitcoin als Zahlungsmittel bei seinem E-Auto-Hersteller Tesla zu akzeptieren. Der Mann hat sechzig Millionen Follower auf Twitter, zack, stieg der Wert um fast zehn Prozent, auf damals über vierzigtausend Dollar. Dann, im besagten Mai, zog er seine Ankündigung zurück – der Kurs bricht ein. Musk ist sicherlich ein Extrembeispiel. Trotzdem wird hier besonders deutlich, wie volatil das ganze System ist.«

Erneut ergriff der Junge das Wort: »Und warum sprechen dann alle von einer Revolution? Mir kommt das alles ziemlich nutzlos vor.«

»Das Wort Revolution, Monsieur«, sagte Sixt, ließ seinen Blick durch den Saal gleiten und fuhr fort, »beschreibt nicht einmal ansatzweise mit was wir uns im Angesicht dieser Technologie konfrontiert sehen.«

»Sie sagten doch eben, dass Bitcoin viele Schwächen ... - «

»Nein, nein, ich rede nicht von Bitcoin. Das war nur der pionierhafte Vorreiter, der die Grenzen des Möglichen verschoben hat. Die Chain und das, was sich auf ihr abbilden lässt, das ist die Revolution. Finanzen werden nur einen Teilbereich dessen darstellen, was alles möglich sein wird, ein unverzichtbares Werkzeug. Die ersten echten Use-Cases werden die Adoptionsraten um ein Vielfaches in die Höhe jagen. Ich persönlich glaube, dass alles was wir heute auf akademischem Niveau diskutieren, morgen so selbstverständlich sein wird, wie die sozialen Medien, Online-Banking, und Smartphones.« Noch einmal pausierte Sixt, ließ sich einen Atemzug Zeit und sagte dann: »Wir stehen an der Schwelle zum nächsten Internet, Mesdames et Messieurs.«

SECHSZEHN

Shinjuku Station, Shibuya
Tokio, Japan

Eigentlich ist hier den ganzen Tag Rush-Hour, dachte Harold Decker, als er sich zwischen den abertausend Reisenden einen Weg durch das Erdgeschoss der Shinjuku Station bahnte. Bislang kannte er den verkehrsreichsten Bahnhof der Welt nur aus Dokumentationen oder von Bildern. Dass er jetzt schon seit fünf Wochen fast täglich ein Teil der gigantischen Menschenmasse war, die über die Bahnsteige, Unterführungen, Gänge und Rolltreppen geschleust wurde, fühlte sich noch immer an wie ein surrealer Traum. Die anfängliche Faszination ob der beeindruckenden logistischen Leistung der Japaner schwappte langsam in nervtötenden Alltag über. Zwar kannte er keinen Ort der Welt, an dem die Züge derart zuverlässig den eng getakteten und minutengenauen Fahrplänen folgten, jedoch waren die Auswirkungen der zweihunderttausend stündlichen Fahrgäste deutlich zu spüren: vor Harold, hinter ihm, rechts und links neben ihm, überall Menschen. Es erforderte ein gehöriges Maß an Vertrauen, sich von der Menge in die richtige Richtung schieben zu lassen – von Bewegungsfreiheit keine Spur, zumal Harold die Japaner als besonders höfliches Volk kennengelernt hatte; man vermied es tunlichst, sich zu berühren, wenn es irgendwie ging. Hier klappte das meistens nicht.

Die Metro in New York wirkt verlassen gegen das hier.

Sein *neues* Leben in Tokio bedeutete für Harold vor allem eines: Pünktlichkeit und sich derselben zu verpflichten. Als Investigativjournalist war es für ihn nichts Ungewöhnliches zu allen Tages- und Nachtzeiten auf Abruf zu sein, ausgestattet mit mehreren Handys, von denen mindestens zwei stets einen vollgeladenen Akku haben mussten. Kurzfristig irgendwo hinzufliegen (ein Handgepäckstück in dauerhafter Einsatzbereitschaft) war ebenso Teil seines Jobs, wie zwanzig bis dreißig Stunden am Stück zu arbeiten. Nicht selten kam es vor, lang geplante Freizeit opfern zu müssen, wenn es neue Entwicklungen gab, die beurteilt werden wollten.

Um acht Uhr morgens einen Chip an einen Sensor zu halten und kurz darauf an einem Schreibtisch zu sitzen, war neu. Es fühlte sich nach Alltag an. Nach Routine. Harold langweilte sich zu Tode, doch er musste noch eine Weile unter dem Radar bleiben, bevor er seinen eigentlichen Plan in die Tat umsetzen konnte.

Er hatte sich aus gutem Grund nie gebunden. Reihenhausidylle und Kinder-vom-Sport-holen-danach-McDonald's-und-Football-Schauen war für ihn die reinste Horrorvorstellung und wenn Harold ehrlich zu sich war, wollte er keine Partnerin suchen, die ihm vielleicht sogar eine Alternative zu bieten vermochte. Eine feste Beziehung war für seinen Beruf nichts als ein Hindernis. Die Diskussionen, wenn er nachts um halb Zwei mal eben wohin musste, um einen Kontakt zu treffen, wollte er jenen ersparen, die sich mit ihm eingelassen hätten. Privat neue Leute kennen zu lernen gehörte ohnehin nicht zu seinen Stärken, schon gar, nicht wenn es sich um Frauen handelte. Lag es an ihm? Hatte er nicht die Ausstrahlung, die es heutzutage brauchte? Wie sollte die überhaupt aussehen?

Quatsch.

Er wusste selbst, dass all die Fragen ins Leere liefen. Es mangelte ihm gewiss nicht an Menschenkenntnis, andernfalls wäre er kein Meister seines Fachs, die Initiative, sie war es, die ihm abging. Bevor er den Versuch startete, mit wem auch immer anzubandeln, gönnte er sich lieber ein gutes Steak im *Bones*. Alleine. Im stillen Zwiegespräch mit sich und seinen Gedanken.

Sei's drum. Ich bin mit meinem Job verheiratet. Und stehe kurz vor der Scheidung.

Was Harold vorhatte, würde ihn nicht nur zur Persona non grata bei jedem anderen Sender der Welt machen, vielmehr bedeutete es wohl, sich von seiner Freiheit verabschieden zu müssen. Vielleicht sogar von seinem Leben. Harold war bereit, diesen Preis zu zahlen. Was hielt ihn denn noch hier? Er fühlte sich verpflichtet. Nicht sich selbst gegenüber, sondern gegenüber einer Gesellschafft, für die es vielleicht noch Hoffnung gab.

Nach ein paar Minuten fand er sich endlich vor der ›Oase‹ wieder. Zwar wurde das Restaurant, das mehr einem Wandverschlag als einem Imbiss glich, unter anderem Namen betrieben, einem, den Harold weder lesen noch aussprechen konnte, doch für ihn glich der knapp zehn Quadratmeter große Raum, der sich hinter dem Schaufenster erstreckte, tatsächlich einer Oase in der kargen Wüste aus Fremden, Überwachungskameras, Stahl und Beton.

Wie jeden Morgen bestellte er sich das erste Gericht auf der laminierten Karte, jenes, neben dessen hieroglyphischen Namen ein kleines Foto abgebildet war: eine Schüssel mit Nudeln, Hühnerfleisch, Lauchzwiebeln, Sojasprossen und einem gekochten Ei – klassische Ramen – welche im Gegensatz zu den asiatischen Restaurants, die Harold aus den Staaten kannte, viel intensiver und reichhaltiger schmeckten.

Harold mochte die asiatische Küche so sehr, dass die nahrhafte Suppe Donuts und Twinkies als Frühstück verdrängt hatte. Seither fühlte er sich gesünder und fitter, wobei das bestimmt nur Einbildung war – ebenso wie die Vorstellung seinen Plan in die Tat umsetzen zu können. Wie er es auch drehte und wendete, er kam zum immer gleichen Schluss: es war viel zu gefährlich. Und doch fühlte er sich getrieben, wie schon seit Jahren nicht mehr. Er hoffte, dass die heiße Suppe ihn auf andere Gedanken bringen würde.

Der kleine Mann hinter dem winzigen Tresen, der nur noch drei Zähne hinter den schmalen Lippen hatte, begrüßte ihn mit einem breiten Lächeln.

»God save the America, my friend!«, rief er.

Harold war sich inzwischen sicher, dass dies die einzigen englischen Worte waren, die der Mann kannte. Auf japanisch grüßte er zurück: »Ohayō!«

Die Begrüßungsformel für ›Guten Morgen‹ konnte Harold sich gut merken, weil sie genauso ausgesprochen wurde wie der Name des Bundesstaats Ohio. Mit Ausnahme einiger Standardsätze war dies wiederum die einzige japanische Floskel, die er kannte.

Der Ladenbesitzer hatte so tiefe Falten im Gesicht, dass Harold ihn auf über achtzig schätzte. Es war beeindruckend, ihm dabei zuzusehen, wie er seinen äußerlich gebrechlich wirkenden Körper flink und agil durch die Enge des Raumes manövrierte, mit übergroßen Woks und Töpfen hantierte und sich ab und zu mit dem dünnen Arm den Schweiß von der Stirn wischte. Manchmal deutete er sogar tänzelnde Bewegungen an, wenn ihm ein Lied aus dem winzigen Kofferradio gefiel, das auf einem schiefen Brett zwischen Gewürzdosen und schön bemalten Tontöpfen mit Kräutern stand.

Die meisten Kunden bestellten to-go, wie Harold festgestellt hatte. Um diese Zeit war wenig los, noch ein Grund, warum er den Imbiss ›Oase‹ getauft hatte.

Harold setzte sich auf einen wackeligen Barhocker neben einen jungen Mann im Anzug, der Suppe schlürfte und auf sein Handy starrte. Im Laden selbst gab es nur zwei Sitzplätze, direkt vor der Glasscheibe, hinter der ein kleines Brett als Tisch diente. Es war so schmal, dass Harolds Knie beim Sitzen die Scheibe berührten.

Ramen kannte keine Uhrzeit wie englischer Tee, trotzdem war Harold morgens meist der einzige Gast. Während er sich fragte, welchen Beruf der junge Mann neben ihm wohl ausübte (er tippte auf irgendwas mit Immobilien), servierte ihm der Ladenbesitzer die Suppe. Dieser verbeugte sich leicht, Harold tat es ihm gleich. Manchmal fand er die enorme Höflichkeit der Japaner albern, besonders im Business. Seine neuen Kollegen nahmen es damit sehr streng. Hier allerdings hatte es einen überaus charmanten und liebenswerten Charakter.

Harold löffelte eifrig und schielte zu seinem Sitznachbarn, der wohl versuchte, einen Geschwindigkeitsrekord beim Essen aufzustellen. Auf Englisch sprach er ihn an: »Viel Arbeit? Stress?«

Entgeistert blickte der junge Mann auf und sah Harold an, als sei er ein Außerirdischer. Offenbar hatte der Alte die beiden beobachtet, er wechselte ein paar Worte mit dem Anzugträger, dessen Gesichtszüge sich daraufhin deutlich entspannten.

»No english«, sagte er und verbeugte sich leicht.

»No problem«, sagte Harold und verbeugte sich leicht.

Hätte Harold sich die Mühe gemacht und die Menschen hinter der Scheibe gezählt – er käme in kürzester Zeit auf weit über tausend. Und trotzdem fühlte er sich in diesem Moment einsam.

Plötzlich vibrierte sein Handy. Er zog es aus der Hosentasche und erschrak fürchterlich, als er die Nachricht auf dem Display las. Auch das Smartphone des Anzugträgers vibrierte. Als dieser Harolds ängstlichen Ausdruck im Gesicht bemerkte, fing er auf einmal an lauthals zu lachen. Harold war aufgesprungen. Der junge Mann machte eine Geste, die wohl bedeuten sollte, dass alles gut sei.

»Erdbeben! Hier!«, rief Harold. »Danger!«

Der Anzugträger schüttelte nur den Kopf und versuchte Harold offenbar zu beruhigen: »Nur Test«, sagte er. »Nicht echt.«

Harold betrachtete die Nachricht genauer. Tatsächlich. In der letzten Zeile standen die Worte ›dies ist ein Test‹.

Na Bravo, dachte Harold. Kein Reiseführer der Welt bereitet dich auf sowas vor.

Sämtliche Handys, die im japanischen Mobilnetz registriert sind, werden mit dem Frühwarnsystemen des japanischen Katastrophenschutzes verknüpft. Im Fall eines Erdbebens oder anderer Gefahren können so die Bürger umgehend angewiesen werden, Schutz zu suchen. Um zu gewährleisten, dass das System reibungslos funktioniert, wird es in unregelmäßigen Abständen getestet.

Harold war soeben zum ersten Mal Zeuge eines solchen Tests geworden. Er beobachtete die Menschen, die in den Bahnhof strömten. Niemand verfiel in Panik, niemand rannte, alles schien völlig normal. Ein Kulturschock im wahrsten Sinne des Wortes.

Die Schüssel war schließlich bis auf den letzten Rest ausgelöffelt. Harold warf sich seine Umhängetasche über die Schulter, hob die Hand zum Abschied, der Alte tat es ihm gleich. Bevor er sich wieder in den Strom der Reisenden stürzte, steckte er sich Kopfhörer in die Ohren und suchte auf Spotify nach den Dire Straits.

Dass dieses System nicht auf der Stelle zusammenbricht, ist ein Wunder, fand Harold. Generell war es ein Wunder, dass eine Stadt mit 37,5 Millionen Einwohnern überhaupt funktionierte und nicht sofort in Flammen aufging.

Vom Haupteingang der Shinjuku Station waren es nur ein paar wenige Minuten zu Fuß bis zum CNN-Büro, wenige Minuten, in denen weitere unzählige Menschen an ihm vorrübergingen, als sei er gar nicht da.

Bin ich sentimental? Was ist los mit mir?

Er versuchte, an etwas anderes zu denken. Im Freien hatte er auf klare Morgenluft gehofft, stattdessen malträtierte der Gestank eines vorbeifahrenden Müllautos seine Nase. In Tokio, insbesondere im Zentrum, roch es selten nach gar nichts. Er schlenderte die Straße entlang. Geduldig wartete er an der berühmten Shibuya-Kreuzung, bis die Ampeln auf Grün sprangen. Dann begann, wie alle zwei Minuten, ein atemberaubendes Schauspiel. Mehr als zweitausend Menschen gleichzeitig überquerten aus vier Richtungen die asymmetrische Kreuzung.

Mitten auf der Straße blieb er stehen und sah nach oben. Keiner berührte ihn beim Vorbeigehen, es war, als existierte er nicht. Er versuchte, die grellen Lichter der Leuchtreklamen auszublenden und schirmte mit den Händen sein Sichtfeld ein, bis er nur noch ein Stück wolkenlosen hellblau-grauen Himmel sah. Für einen Moment glaubte er zu schweben. Das konnte aber auch an *Brothers in Arms* liegen.

Das schrille Trillern einer Pfeife riss ihn aus seinem Gedanken. An jeder Ecke der Kreuzung standen uniformierte Polizisten mit Schirmmützen und weißen Handschuhen, die den reibungslosen Verkehrsfluss garantieren sollten. Selbst zu Stoßzeiten morgens und spätnachmittags gab es an der Shibuya-Kreuzung kaum Staus.

Einer der Polizisten hielt einen Arm in die Luft gestreckt, den anderen mit spitzem Zeigefinger auf Harold gerichtet. In kurzen Intervallen blies er kräftig und präzise in seine verchromte Pfeife, dann brüllte er etwas auf Japanisch, das Harold nicht verstand. Es sollte wohl so viel heißen wie *weitergehen, du suizidaler Tourist*, denn als Harold sich umsah stand er allein mitten auf der Straße. Die ersten Autos begannen zu hupen.

Entschuldigend hob er die Hände und eilte auf die andere Seite. Einige der wartenden Fußgänger auf dem Bürgersteig sahen ihn belustigt oder fragend an, die meisten jedoch beachteten ihn nicht.

Harold machte einen großen Bogen um den Polizisten, dann stand er nach ein paar Schritten vor einem hässlichen Hochhaus aus Glas und Beton, indem sich das Korrespondenzbüro von CNN befand.

Der Sender mietete zwei Etagen in den oberen Stockwerken, auf die sich etwa siebzig Mitarbeiter verteilten, fast alle von ihnen Japaner oder Menschen, die der Sprache mächtig waren.

Er ging durch die Drehtür, passierte die Drehkreuze, die allen Unbefugten den Zutritt verweigerten und stieg in den Fahrstuhl. Harold hielt sich die Ohren zu, damit er die nervige Musik nicht hören musste, die aus einem winzigen Lautsprecher schepperte. Eine Frau, die neben ihm stand, versuchte wohl ein Kichern zu unterdrücken.

»Ich bevorzuge Metallica«, erklärte Harold. Die Frau nickte bloß, dann stieg sie eine Etage vor Harolds aus.

Gibt es einen Fahrstuhl, in dem Master of Puppets gespielt wird? Oder Fuel? St. Anger?

Die Aufzugtüren glitten leise surrend zur Seite und Harold betrat das Büro. Mit seinem Chip stempelte er sich ein. Er war neun Minuten zu spät.

Eine junge Frau in Heels kam auf ihn zu. Harold hatte ihren Namen vergessen, doch er erinnerte sich, dass sie die Sekretärin von Kazane Nishida war, der *first lady of CNN Japan*. Den Spitznamen hatte sie erhalten, weil sie äußerlich und vom Kleidungsstil wie eine japanische Doppelgängerin von Jackie Kennedy wirkte. Für Harold war Nishida eher Roger O'Donnell mit Brüsten; kühl, hartherzig und berechnend. Bislang hatte er längeren Gesprächen mit ihr aus dem Weg gehen können. Er wusste nicht, in welchem Verhältnis sie zu Roger O'Donnell stand, und war nicht sonderlich scharf darauf, es herauszufinden.

»Kazane Nishida möchte Sie sprechen«, sagte die Sekretärin auf Englisch.

»Das habe ich mir schon fast gedacht«, gab Harold zurück. »Sie wollten mich wohl kaum fragen, wo ich meine neue Hose gekauft habe.«

Die Sekretärin zog irritiert die Stirn in Falten. »Warum sollte ich Sie so etwas eigenartiges fragen, Mr. Decker?«

»Ich wollte ... ach was soll's. Ich komme.«

Wenn Harold jemand anderes gewesen wäre, als er selbst, fände er sich vermutlich auch nicht witzig. Er seufzte und schlurfte der Sekretärin hinterher, die das Gehen wohl beim Militär gelernt hatte. Ihr Gang wirkte wie ein Stechschritt in High-Heels.

Nishidas Büro war designtechnisch eines unter hunderttausenden. Obligatorische USM-Sideboards an der Wand, darauf eine bedeutungslose Kack-Vase, die ganz bestimmt super wertvoll war, ein höhenverstellbarer Kack-Schreibtisch für die ergonomische Zufriedenheit seines Benutzers, dahinter die bedeutungslose Office-Managerin Nishida, die Jackie Kennedys Ehre mit ihrem Spitznamen beschmutzte.

Was bist du so wütend? Du weißt doch noch gar nicht, was sie von dir will.

Vielleicht hätte er sich die Abfuhr von Roger O'Donnell doch nicht so einfach gefallen lassen sollen. Er hatte es satt, irgendwohin zitiert zu werden. Er hatte ganz Japan satt und die eigenartigen Marotten seiner Einwohner, Harold hatte die Schnauze voll. Sollten sie doch alle zum Teufel gehen, alle außer der freundliche Alte, der ihm morgens Suppe kochte.

Kazane Nishida lehnte vor ihrem Schreibtisch an der Kante und hielt die Arme vor der Brust verschränkt. Sie trug ein hellblaues Kostüm mit schwarzen Gucci-Pumps. Ihr Parfüm war so penetrant, dass es Harold in der Nase stach. Als Harold sich näherte, bemerkte er eine weitere Frau, die in einem tiefen Ledersessel saß. Von Harolds Warte aus hätte man meinen können, dass es sich um ein kleines Mädchen handelte. Er sah nur einen Kopf mit Pagenhaarschnitt, der Rest wurde von der Sessellehne und den hohen Seitenteilen verdeckt. Er schätzte sie auf höchstens einen Meter sechzig. Als die Frau sich jedoch umdrehte, blickte Harold in ein hageres Gesicht, das fast zur Hälfte von einer dicken Hornbrille bedeckt wurde.

Ohne weitere Vorreden kam Nishida zur Sache: »Mr. Decker, das ist *Santō kaisa* Lieutenant Commander Asuka Massako.«

Harold erkannte, dass die Frau tatsächlich sehr klein war, als sie aufstand und ein paar Schritte auf ihn zuging. Dabei zog sie das linke Bein leicht nach. Die Art und Weise, wie sie sich trotz des offensichtlichen Handicap beinah elegant durch den Raum bewegte, ließ Harold darauf schließen, dass es sich bei ihrem Bein um ein altes Leiden handeln musste. Die Frau ließ sich augenscheinlich in keinster Weise davon beeinträchtigen. Sie streckte Harold die Hand entgegen. Er spürte eiskalte, knochige Finger.

»Ich kann nicht behaupten, dass ich mich freue, Sie kennenzulernen, Mr. Decker.«

Zögernd erwiderte Harold den Gruß. »Ich verstehe nicht ganz ...«, sagte er irritiert.

Soviel zum Thema japanische Höflichkeit.

Massako sah zu Nishida. »Sie lassen uns jetzt besser allein.«

Nishida wartete einen Moment bewegungslos ab, als wolle sie herausfinden, ob Massako den Satz als Bitte, Frage, oder Befehl formuliert hatte. Harold konnte ihre Reaktion nachvollziehen. Hätte er in diesem Laden den Hut auf, würde es ihn ebenso interessieren was eine Lieutenant Commander von seinem neuen Mitarbeiter wollte.

»Sie haben mich verstanden, Nishida.«

Wortlos verließ sie daraufhin den Raum. Harold war verwirrt. Er hatte nicht geglaubt, dass es außer Roger O'Donnell jemanden gab, der Nishida Anweisungen erteilt hätte. Massako sprach präzise und in fast akzentfreiem Englisch. Sie kramte in der Anzugjacke ihres schwarzen Kostüms und reichte Harold einen Ausweis.

Massako bemerkte seinen fragenden Blick.

»Ganz recht, Mr. Decker, ich arbeite für die PSIA. Ich habe nur ein paar Fragen an Sie.«

›Nur ein paar Fragen‹ waren nie ein gutes Zeichen. Glaubte Harold zumindest. Er konnte weder die Situation noch die Intentionen dieser Frau einschätzen.

Was wollte der japanische Geheimdienst von ihm?

»Was trinken Sie?«, fragte Massako und schlenderte gelassen zu dem Sideboard, in dem sich ein recht ansehnlicher Vorrat internationaler Spirituosen verbarg.

»Nichts, danke«, sagte Harold knapp und setzte sich.

»In Japan gilt es als unhöflich, dem Gastgeber die Möglichkeit auszuschlagen, seine Freundlichkeit zum Ausdruck zu bringen, wissen Sie. Also?«

Was soll das alles?

»Sind Sie mein Gastgeber?«, fragte er.

»Ist das Ihr Büro?«

»Nein.«

»Dann bin ich Ihr Gastgeber, Mr. Decker. Ich schätze, die Auswahl hier hält nicht das richtige für Sie bereit. Augenblick.«

Massako ging zu Nishidas Schreibtisch, griff zum Telefon und drückte einen Knopf. Während Sie sprach, fixierte sie Harold mit ihren dunklen Augen: »Spreche ich mit Kazane Nishidas Sekretärin? Bringen Sie Mr. Decker einen White Russian, bitte.«

Augenblicklich setzte Harolds Herz einen Schlag aus.

»Sparen Sie sich die Frage, woher ich das weiß, Mr. Decker. Die werden Sie sich noch öfter stellen.«

Harolds Gedanken veranstalteten ein Ping-Pong-Turnier in seinem Kopf. Ein einziges Durcheinander, dessen er kaum Herr wurde.

Die Frau macht mir Angst.

»Warum bin ich hier?«, brachte er schließlich hervor.

»Das Gleiche wollte ich Sie fragen.«

»Nishida hat mich herbestellt.«

»Das meine ich nicht, Mr. Decker. Was machen Sie in Japan?«

»Warum interessiert sich die PSIA dafür?«

»Beantworten Sie meine Frage.«

»Beantworten Sie meine!«, rief Harold, lauter, als er es beabsichtigt hatte.

Es war mit Sicherheit unklug, vor einer Geheimagentin die Nerven zu verlieren. War Massako überhaupt eine Agentin? Sie konnte sonst was mit der PSIA zu tun haben. Er wusste nicht, mit welchen Methoden der Nachrichtendienst arbeitete und schon gar nicht, warum Massako mit ihm sprechen wollte.

»Ich wurde versetzt«, erzählte er.

»Das klingt so passiv«, gab Sie zurück. »Erklären Sie mir bitte, wie es dazu kam.«

Passiv? Sie kann doch kaum wissen, dass es meine Entscheidung war, nach Japan zu gehen.

Nishidas Sekretärin trat ein und servierte Harold den White Russian. Er konnte einen Schluck vertragen, obwohl es noch früh am Morgen war. Zu seiner Überraschung schmeckte der Drink fantastisch.

Harold stellte das Glas neben sich ab und überlegte einen Moment. Massako nahm mit einer Selbstverständlichkeit hinter dem Schreibtisch Platz, als sei dies ihr Büro.

»Es gab Uneinigkeiten mit meinem Vorgesetzten«, sagte Harold.

»Welcher Natur waren diese Differenzen?«

Er zuckte die Schultern. »Ich möchte nicht schon wieder unhöflich sein, aber muss ich das beantworten?«

»Haben Sie etwas zu verbergen?«

»Erstens: Nein. Zweitens weiß ich nicht, was Sie das angeht, bei allem Respekt, Ms. Massako.« Harold verwendete die Anrede, weil er keinen Ehering an ihren Fingern sehen konnte. *Hätte mich auch gewundert wie die einer geheiratet hätte. Oh Gott.*

Sie seufzte leise. »Gut, dann lassen wir den Smalltalk. Was wissen Sie über die Zusammenarbeit von SukiCore und den Big5?«

Die Frage traf Harold wie die Druckwelle einer heftigen Explosion. Spätestens jetzt sollte er wohl schnellstens die Flucht ergreifen.

Er benötigte einige Augenblicke, um sich zu sammeln.

»Was wollen Sie von mir?«

Massako verzog keine Miene. »Sind Sie nervös, Mr. Decker?«

»Nein, ich … Herrgott rücken Sie schon raus mit der Sprache! Was wird das hier? Werde ich verhört? Ich habe Rechte, ich hoffe das ist Ihnen klar!«

»Habe ich Ihre Rechte verletzt?«

»Warum verhören Sie mich?«

»Was wissen Sie über SukiCore?«

»Wer zur Hölle sind Sie?!«

»Sie haben meinen Ausweis gesehen. Wer hat veranlasst, dass man Sie nach Japan versetzt hat?«

»Ich werde jetzt gehen!«

»In japanischen Gefängnissen geht es anders zu als in den Staaten, Mr. Decker!«

»Lecken Sie mich!«

Harold sprang auf, schnappte sich seine Tasche und eilte zur Tür. Massako saß wie versteinert hinter dem Schreibtisch und bewegte sich keinen Zentimeter.

»Wenn Sie die Schwelle dieser Tür übertreten, sorge ich dafür, dass Sie die Sonne nie wieder sehen werden, Mr. Decker.«

Ohne von der Stelle zu weichen, die Hand bereits am Türgriff, wandte Harold sich um und sah wütend zu Massako.

»Sie können mir nicht drohen, Ms. Massako. Ich bin amerikanischer Staatsbürger.«

»Ihr Amerikaner versteht immer gleich alles als Angriff. Ich habe Sie lediglich über die Faktenlage informiert.«

»Wo liegt der Unterschied?«

»Darin, dass ich Menschen, mit denen ich zusammenarbeiten muss, nicht drohe. Erstmal.«

»Was meinen Sie damit?«

Zögernd nahm Harold die Hand wieder vom Türgriff.

»Sie sind im Besitz von Informationen, die wir benötigen.«

Er legte den Kopf schief. Massako hatte ihm soeben eine Verhandlungsposition geschaffen.

»Ich weiß nicht was Sie meinen«, log er.

Massako donnerte ihre Faust auf die Schreibtischplatte. »Schluss jetzt, Mr. Decker! Ich warne Sie. Das Spiel, auf dass Sie sich einlassen wollen, können Sie nicht bezahlen.«

»Dann sollten Sie mal mit Nishida sprechen und mir eine Gehaltserhöhung aushandeln.«

Etwas Skurriles geschah. Massakos Mundwinkel begannen zu zucken, dann stieß sie einige unkontrollierte Laute aus, die man als ein Lachen interpretieren konnte. Sie klangen jedoch eher nach einem heiseren Röcheln. Schließlich hustete Massako stark.

»Das war lustig, Mr. Decker, ich muss es Ihnen lassen.«

Sie kramte in ihrer Handtasche, die auf dem Schreibtisch lag und nahm ein Päckchen Zigaretten heraus. Während sie sich eine ansteckte, folgten zwei weitere Ausstöße des gepressten Lach-Hustens.

Auch Harold konnte sich ein unsicheres Kichern nicht verkneifen, obwohl ihm überhaupt nicht danach zumute war.

Das ist wenigstens interessanter als der Alltag hier.

Massako nahm einen kräftigen Zug und blies genüsslich den Rauch in die Luft. Es war, als entspannte sich ihr ganzer Körper etwas, ohne die militärisch-aufrechte Haltung abzuschwächen.

Harold deutete auf das Päckchen. »Was rauchen Sie so am Tag?«

Massako schürzte die Lippen. »Zwei bis drei Schachteln. Wenn ich mich mit Typen wie Ihnen rumschlagen muss, sind's mehr.«

»Mein Vater hat auch viel geraucht, bis ihn dann der Lungenkrebs vernichtet hat. Keine Angst davor?«

»Wir müssen leben, bis wir sterben, Mr. Decker.«

»Scheint so.«

»Was sind Ihre Laster?«

»Das Zeug hier, aber das wissen Sie ja schon.« Er schwenkte das Glas und nahm einen weiteren Schluck.

Was für eine sonderbare Unterhaltung.

Könnte Harold etwas mit Esoterik anfangen, würde er behaupten, Massako habe eine grauschwarze Aura um sich herum, ähnlich wie der Zigarettenqualm, in den sie sich jetzt hüllte.

»Die PSIA möchte Ihnen ein Angebot machen, Mr. Decker.«

»Die PSIA möchte mich erpressen, so wirkt das hier auf mich.«

»Sie haben sich illegal Zugang zu Servern der Big5 beschafft.«

»Ich weiß nicht mal, wie das geht.«

»Oh, das glaube ich Ihnen tatsächlich sofort, dass Ihnen das Knowhow für so etwas fehlt.«

»Eben.«

»Die Informationen haben Sie dennoch, Mr. Decker.«

»Und wenn?«

»Dann ist Ihnen sicherlich bewusst, wie derlei Verbrechen geahndet werden.«

»Sie drohen mir.«

»Ich informiere Sie.«

»Warum sollte ich Ihnen die Dateien geben?«

»Weil wir, Mr. Decker, die einzigen sind, die Ihren kriminellen Spaziergang ungeschehen machen können.«

»Dieses Material ist ein Schweinegeld wert, Ms. Massako. Kennt man diese Formulierung in Japan? Schweinegeld? Das bedeutet sehr, sehr viel Geld.«

Massako zog an ihrer Zigarette. »Machen Sie sich lächerlich, wenn wir hier fertig sind.«

»Das ist mein Ernst.«

»Meiner auch, Mr. Decker. Ich glaube, Ihre Freiheit ist mehr Geld wert als jede Summe, die wir Ihnen anbieten könnten.«

»Ich habe den Hack nicht durchgezogen.«

»Sie haben ihn veranlasst. Sie haben die Informationen verwertet. Das ist ein ebenso scharfes Vergehen. Die Komplizenschaft wird nur ein Teil Ihrer Anklageschrift sein.«

»Ich wusste, worauf ich mich einlasse.«

Massako nickte. Ihre Miene wurde wieder ebenso kalt und ernst, wie vorhin. »Dann wird es jetzt Zeit, Ihnen zu erklären, wie das meinige Spiel aussehen wird, Mr. Decker.«

»Ich will fünf Millionen Dollar für das Material.«

»Wussten Sie, dass man Größenwahn therapieren kann?«

»Andernfalls dürfen Sie mich jetzt gerne festnehmen. Nur ich weiß, wo sich die Dateien befinden.«

Massako stand auf und drückte die Zigarette mit ihrer Schuhsohle auf dem Teppichboden aus. Sie ging langsam um den Schreibtisch herum und musterte Harold eingängig.

»Sie sind überhaupt nicht an Geld interessiert, machen wir uns doch nichts vor! Eine Sache sollten Sie wissen, dann werden Sie die Dinge vielleicht mit anderen Augen betrachten.«

»Und zwar?«

»Wir kämpfen für die gleiche Seite, Mr. Decker.«

SIEBZEHN

St. Petersburg, Russland

Die Nacht war hart und heiß. Die Luft war prall und roch nach Moschus, Tabak und Leder. Es war ein Tanz von schwarz und weiß.

Schatten gibt es nicht ohne Licht.

Der Tod bedingt das Leben.

Rot.

Im Fernsehen ein klassisches Konzert. Das Te Deum aus Puccinis Tosca.

Fesselnd.

Und gefesselt lag er vor ihr, sogleich unter ihr, das Gleichgewicht der Hierarchien gerät ins Wanken.

Sie spürte den Vorstoß, sie steuerte den Rückzug.

Die Gedanken paarten sich, wurden eins. Der Rhythmus der Atmung synchronisierte sich in Fleischeslust.

Sie vibrierte.

Muskeln in Spannung.

Dame schlägt Bauer, Pferd scharrt die Hufe. Der Reiter prescht los, zu erobern.

Turm nach vorn. Widerstand ist zwecklos.

Peitschenschläge sind das prasselnde Artilleriefeuer. Die Grenzen werden neu gesteckt.

Verhandlungen – die Diplomatie verreckt. Im Klang des Chors ein Paukenschlag.

Plötzlich: Waffenstillstand.

Ein Täuschungsmanöver. Der Krieg fordert Opfer. Die Luft zum Atmen wird knapp.

Die Welt kann nicht genug sein, die Welt ist zu klein.

Die Dame erkennt den Wahn, hörst du die Sirenen nicht, Diener?

Sie schreien, sie singen nicht mehr.

Dann: Stille.

Schachmatt.

Schleusen brechen, die Flut reißt alles nieder. Noah segelt vorüber, zu spät, sie sind keine Tiere mehr.

Spuren der Verwüstung sind stumme Zeugen, die keiner hören will.

Blauer Dunst füllt die Flügel der Lungen derer, die eins miteinander waren.

Die Realität treibt ihre schmelzenden Schollen wieder auseinander.

»Ich habe Großes mit dir vor«, sagt er.

Sie kleidet sich an. Ein letzter Blick. Schließlich senkt sie ihr Haupt zum Abschied. Von jetzt an gehört sie ihm.

»Du wirst deinen Namen behalten«, sagt er noch. »Er gefällt mir.«

Eine Besonderheit. Niemand behält seinen Namen, nicht einmal Nabokov.

Ein Lächeln gleitet über ihr Gesicht, bevor die Maske alles bedeckt. Sie liebt nicht das Geld. Sie liebt ihn, seine Intelligenz, seine Strategie. Seine Macht, von der sie jetzt einen Teil besitzt.

Entschlossen verlässt sie das Zimmer und dann ist ihr klar: Lara Semjonowa wird auf ewig in diesem Raum gesperrt sein.

ACHTZEHN

Washington D.C., Vereinigte Staaten von Amerika

Nach zwei Monaten hatte sich herausgestellt, dass das Statement des Präsidenten aus nichts als leeren Versprechungen bestanden hatte.

Schlimmer noch: Fergussons Special-Operation wurde das Budget gekürzt. Man wisse doch gar nicht genau, ob es dieses ominöse ›Syndikat‹ überhaupt in der Form gibt. Die Beweise seien höchstens Indizien. Die Gefahr nicht real. Die Systeme des mächtigsten Landes der Welt bestens geschützt.

Einen feuchten Dreck ist irgendetwas bestens geschützt!

Cedric Fergusson klaubte die Scherben seines Kaffeebechers vom Boden auf und versuchte halbherzig den braunen Fleck aus dem hellen Teppich vor seinem Schreibtisch zu putzen. Ein paar Minuten zuvor hatte der Direktor des Büros in Washington die Hiobsbotschaft überbracht. Persönlich. Um nochmal richtig schön die Muskeln spielen zu lassen.

Daraufhin hatte die Tasse dran glauben müssen.

Motherfucker.

Nach der Konferenz zum Putsch in Myanmar im Pentagon war Fergussons Hoffnung groß gewesen, dass seiner Operation endlich genug Aufmerksamkeit von höheren Instanzen zukommen würde.

Nichts da. Natürlich war der Präsident in der Sache nicht persönlich vor die Kameras getreten. Seinen fetten Pressesprecher hatte er geschickt, der, dessen Augen immer so flink durch die Gegend jagten, als suche er den Raum nach einem herumliegenden Wurstbrot ab. Dabei lag es gerade jetzt am Präsidenten selbst, ein starkes Zeichen zu setzen.

Natürlich sei man sich der neuen Bedrohungen bewusst, doch keine Sorge, *fellow Americans*, der Präsident hat alle Sicherheitsvorkehrungen bereits getroffen. Man kenne die Tricks der Feinde, man sei ihnen gnadenlos auf den Fersen.

Man tappt weiterhin gnadenlos im Dunkeln! Der Präsident weiß, wie man twittert, aber nicht wie man die digitalen Güter des eigenen Landes schützt.

Der Präsident ließe ferner verkünden, dass man sich mit den *Profis* zusammentue und mal bei Apple, Facebook, Amazon und Co. nachfrage, was man noch besser machen könne.

Fergusson war in einen bitteren Lachkrampf verfallen, als er das Statement im Fernsehen verfolgt hatte.

Das Treffen mit den Big5 hatte wohl online stattgefunden, das Gesprächsprotokoll lag am nächsten Morgen auf Fergussons Schreibtisch vor – die Vertreter von Apple hatten vergünstigte Behördenausstattungen mit iPhones und iPads angeboten, die seien ja von Haus aus sicher. Der Amazon-Gesandte hatte bei der ›günstigen‹ Gelegenheit um ein offenes Ohr zum Thema Steuersenkung gebeten. Wenn man schon mal dabei ist. Am Ende hatte man sich auf einen Folgetermin in ›näherer‹ Zukunft geeinigt, bei dem man konkrete Ergebnisse produzieren wolle.

Fergusson ließ sich in seinen Bürostuhl fallen. Was seinen Kollegen Daniil Bugajew anging, so floss immerhin das Geld für die GRU-Seite der Operation weiter. Neue Erkenntnisse aber auch hier: Fehlanzeige.

In Russland schien man sich mehr Sorgen um die Kriminellen zu machen, die der Bezeichnung ihrer Organisation sogar den Namen des russischen Vaterlandes vorangestellt hatte. Abseits dessen hatte man in Moskau in den letzten Jahren häufiger Erfahrungen mit Cyberattacken machen müssen. Der Unterschied zu Amerika lag darin, dass man Gegenmaßnahmen nicht nur bei prestigeträchtigen und medienwirksamen Treffen besprach, sondern diese tatsächlich ergriff. Das IT-Personal wurde drastisch aufgestockt, kritische Systeme wieder und wieder bei sogenannten *Intrusion-Tests* auf ihre Wasserdichte überprüft.

Die Erkenntnis: Nachholbedarf. Dringend.

Fergusson fragte sich, wie lange man sich seitens der Politik in Amerika noch für das Beste, geilste, stärkste und sicherste Land der Welt halten konnte.

So lange, bis sie uns einmal saftig erwischen. Nur wird es dann zu spät sein.

Ein gut orchestrierter Hack gegen den Präsidenten selbst, inszeniert von der CIA und anderen Spezialisten, das wär's, dachte Fergusson. So, dass nichts Schlimmes passiert. Man müsste ihm nur ein bisschen Angst machen. Ob Schocktherapie etwas nützen würde? Wohl kaum.

Er schloss die Augen. Vielleicht sollte er einfach kündigen. Abhauen, das Land verlassen. Sich abschotten, rar machen. Norwegen würde ihn interessieren. Ob es ihm zu kalt wäre? Ein kleines Holzhäuschen fände er schön, irgendwo am Waldrand, zwanzig Kilometer vom nächsten Dorf entfernt, sodass auch das letzte WLAN-Signal keine Chance mehr hatte, zu ihm durchzudringen. Was würde seine Frau davon halten? Seine Kinder? Die sahen beim Abendessen nur selten von ihren Handys auf. War er damals wirklich anders gewesen, mit den Batman-Comics neben seinem Teller? Hatten seine Eltern sich anders verhalten, die beim Essen unbedingt die Dick Cavett Show sehen wollten? Der Vater hatte extra einen Rollwagen besorgt, mit dem sich der Apparat bequem vom Wohnzimmer ins Esszimmer schieben ließ.

Seine Frau würde Fergusson wohl davon überzeugen können, auszuwandern. Die Kinder? Keine Chance. Es wäre unfair. Er konnte nicht von ihnen verlangen, sich von all ihren Freunden zu trennen.

Norwegen war unter Umständen einen Schritt zu weit gedacht. Vielleicht würde schon eine kleine Farm in den Südstaaten genügen, die ganze Frustration hinter sich zu lassen. Fergusson fand den Gedanken, autark zu leben, äußerst charmant. Die Kinder würden lernen ihre Hände und Füße richtig zu benutzen. Er könnte an alten Traktoren rumschrauben. Und seine Frau hätte ihren Spaß mit dem großen Garten.

Fergusson war genervt. So weit würde es ohnehin nicht kommen. Und irgendwie gefiel er sich am Ende des Tages in seinem navyblauen Businessanzug und der Glock 19 am Gürtel doch ganz gut.

Wenn die Ermittlungen doch nur endlich Fortschritte machen würden! Schon ein kleiner Erfolg würde reichen, seine Vorgesetzten von der Relevanz der Operation zu überzeugen. Das hoffte er zumindest. Im Moment waren sie machtlos.

Er stand auf, sammelte die restlichen Scherben zusammen und warf sie in den Mülleimer.

Sein Handy klingelte.

Er hob ab und stellte auf Lautsprecher, während er sich erneut dem braunen Fleck widmete. Er hatte in der Abstellkammer des Hausmeisters eine Flasche Chlorreiniger gefunden. Vielleicht ging es damit.

»Cedric Fergusson am Apparat?«

»Hey, hier ist Daniil. Du klingst ziemlich weit weg. Stimmt was mit deinem Handy nicht?«

»Ich. Versuche. Diesen. Scheiß. Fleck. Rauszubekommen!«

»Tut mir leid, dass ich dich beim Haushalt unterbreche. Es hat sich was ergeben.«

»Du unterbrichst mich nicht, ich ... Ach egal.« Er warf den stinkenden Lappen in die Ecke, schnappte sich sein Handy und setzte sich. »So, jetzt. Schieß los.«

»Hast du Zeit? Bist du im Büro?«

»Was ist los? Brauchst du was?«

»Ich bin auf dem Parkplatz. Komm raus.«

»Du bist in Washington?«

»Erkläre ich gleich.«

Fergusson griff nach seiner Jacke und eilte aus dem Gebäude zum Parkplatz. Daniil Bugajew lehnte an einem Leihwagen und rauchte eine Zigarette. Er hielt einen braunen Umschlag in der Hand.

Inzwischen kannten die beiden sich ziemlich gut. Fergusson hatte Bugajews Kollegen in Moskau kennengelernt, Bugajew war zum Abendessen bei den Fergussons gewesen.

Fergusson freute sich, ihn zu sehen. Irgendwie hätte er ihn zur Begrüßung gerne freundschaftlich umarmt. Stattdessen nickten sie sich zu.

»Hier ist Rauchverbot, Daniil«, sagte Fergusson lächelnd.

»Ich würde dir raten, auch damit anzufangen. Macht die ganze Scheiße etwas erträglicher.« Bugajew machte eine kurze Pause, nahm einen kräftigen Zug und sah Fergusson ernst an. »Wie steht's um dein russisch?«

»Rzhavyy«, gab Fergusson zurück. *Rostig.*

»Dann schnapp dir mal ein Wörterbuch, mein Freund.«

Fergusson war verwirrt. »Was machst du hier, Daniil?«

»Spontaner Überraschungsbesuch. Hier.«

Bugajew reichte Fergusson den Umschlag. Skeptisch entnahm er ihm einen Stapel Papier, einige Seiten handgeschrieben, wie er erkannte.

Auf dem Umschlag selbst waren handschriftliche kyrillische Buchstaben gekritzelt.

»›Für den Fall, dass ich sterbe‹«, übersetzte Bugajew.

»Was ist das für Zeug?«

»Diese Dokumente stammen von Dimitri Orlovs Bruder.«

NEUNZEHN

Restaurant Galvin LaChapelle
Spitalfields, London, Großbritannien

Der Taxifahrer grunzte genervt. Wütend hämmerte er das mobile Kartenzahlungsgerät gegen das Armaturenbrett, in der Hoffnung, dass es dadurch wieder funktionierte. »Das Scheißteil geht ständig kaputt!«

»Da kann ich doch nichts dafür!«

»Haben Sie's nicht in Bar?«

»Ne. Warten Sie, ich gebe Ihnen meine Visitenkarte. Schicken Sie eine Rechnung an die Adresse.«

Florence King kramte in ihrem Geldbeutel, der alles enthielt, außer Bargeld. Sie bezahlte inzwischen fast alles mit ihrer Apple Watch, auf der ihre Karten hinterlegt waren. Aber so ganz ging es wohl doch noch nicht ohne Cash.

»Kostet aber extra Ma'am«, maulte der Fahrer und beobachtete King durch den Rückspiegel.

»Rechnen Sie noch zehn Prozent Trinkgeld drauf, falls Sie wissen, wie das geht.«

»Nicht gleich unhöflich werden, Ma'am. Normalerweise hat man was einstecken, wenn man sich ein Taxi bestellt!«

»Klappt das jetzt mit der Rechnung? Ich hab's eilig.«

»Ja doch, lassen wir Ihnen zukommen. Steigen Sie schon aus.«

Kopfschüttelnd hangelte sie sich vom Rücksitz auf die Straße.

Ist doch nicht mein Problem, wenn das blöde Ding nicht funktioniert.

Ihre Smartwatch machte ein leises Geräusch. ›Sollen wir Ihnen schon was bestellen?‹ stand auf dem kleinen Display.

In der Tat, sie war spät dran. Der Verkehr in London ist unberechenbar, doch es war ihre Schuld. Sie hätte das Büro früher verlassen sollen. Zu einem solchen Termin kommt man nicht zu spät.

Dave Cullinan und Paul Pierce aus dem Vorstand hatten zum Dinner ins LaChapelle geladen, einem der besten Restaurants in ganz London. Paul war der Vater von Malcolm Pierce, dem Mitarbeiter einer anderen Abteilung, mit dem sie sich gut verstand. Vielleicht würde sie eines Tages mit ihm ins Bett gehen, aber nur, um an seinen Vater heranzukommen. Offensichtlich konnte sie sich den Umweg jetzt sparen. Man wolle über ihre Zukunft im Unternehmen sprechen. Und über ihre Rolle als Frau.

Meine Rolle als Frau, jaja.

Sie konnte sich denken, wie das Gespräch ablaufen würde. Ihre Fähigkeiten sprachen für sich, früher oder später würde man sich jedoch fragen, ob sie vorhatte, sich schwängern zu lassen. Aus der Sicht der meisten Männer in der Branche brachten Frauen immer ein Grundrisiko mit sich. Das galt insbesondere dann, wenn sie unverheiratet oder um die dreißig waren. Beides traf auf Florence zu. Weiber sind schließlich unberechenbar und knicken unter dem Chaos ihres Hormonhaushalts und der Gefühlsachterbahn früher oder später ein. *Facts.*

Florence könnte jedes Mal kotzen, wann immer sie sich derartigen Schwachsinn anhören musste. Es ging gegen alles, an das sie glaubte. Sie war stolz darauf, eine Frau zu sein. Generell ging es in der Branche immer wieder wirklich pervers zu. Florence hatte allein in den letzten drei Jahren vierzehn Assistent*innen* im Vorstand kommen und gehen sehen. Man hielt sich nicht sonderlich lange in solchen Positionen, wenn man keine Extrawünsche erfüllen wollte. Viele der Storys hielt Florence zwar auch für Gerüchte. Einmal hatte sie jedoch erlebt, wie vor einem Meeting eine Assistentin angewiesen wurde, ihre Bluse zwei Knöpfe weiter zu öffnen, der CEO irgendeines Konzerns habe gern was zum Schauen. Außerdem stünde ein erfolgreicher Deal auch in ihrem Interesse, sie wäre einer neuen Chanel-Handtasche doch sicher nicht abgeneigt. Florence hatte es für einen schlechten Scherz gehalten.

Es war kein Scherz gewesen.

Noch heute ärgerte sie sich darüber, dass sie sich nicht für die junge Frau eingesetzt hatte. So oder so, ihre Intervention hätte höchstens das Ende ihrer eigenen Karriere bedeutet, aber keine Veränderung. Florence war schlau. Wenn sie etwas an diesem chauvinistischen System ändern wollte, dann ging das nur von innen heraus. Erst musste sie sich beweisen, Einfluss generieren, aufsteigen. Wenn sie erst einmal fest genug im Sattel saß, hatte sie eine echte Chance, dem Vorstand ein paar Lektionen zu erteilen. Das bedeutete konkret nicht weniger, als den Vorstand sukzessive in weiblich-männliche Balance zu bringen. Es wäre wohl einfacher gewesen, fünf Mal in Folge den Mount Everest rauf und runter zu rennen, doch Florence war von ihrer Mission überzeugt. Möglicherweise war der heutige Abend der Beginn des nächsten Levels.

Immerhin hatte sich nach außen hin schon einiges getan. Zum Marketing eines jeden größeren Konzerns gehörten Diversitäts-Kampagnen zum Standard. *Wir bei Konzern So-und-So legen Wert auf gute Arbeit. Und auf Sie als Mensch - denn Sie sind unser höchstes Gut. Dabei tun wir nach außen hin so, als wären uns Hautfarbe, Geschlechteridentität und Religionszugehörigkeit egal. Für das, was intern in unseren Abteilungen so vor sich geht, können wir ja am Ende des Tages nichts.*

Florence betrat das Restaurant, wurde von einem Concierge mit Fliege und Weste freundlich begrüßt und an den Tisch begleitet. Jeder Platz war belegt. Um hier speisen zu können, war man entweder ein prominent, oder hatte mindestens einen Monat vorher reserviert. Es war keine Selbstverständlichkeit, in den Genuss der besonderen Kulinarik zu kommen für die gleich zwei Michelin-Sterne bürgten.

Das LaChapelle mit seiner französischen Küche befindet sich in einem ehemaligen Schulhaus im viktorianischen Baustil. Bei der Renovierung wurden sämtliche Zwischenetagen des Gebäudes entfernt, sodass man vom Parterre die dunkelhölzerne Skelettierung der Dachkonstruktion sehen kann. In einer Nische zwischen zwei Säulen, etwas abseits, saßen Cullinan und Pierce an einem Vierertisch. Beide trugen dunkle Anzüge mit Weste und Krawatte. Beide hatten ihre Patek Phillips aus dem Safe geholt, jene teuren Uhrenmodelle, die im Tagesgeschäft nicht getragen wurden. Beide konnte Florence nicht leiden.

Als sie näher kam, entdeckte Florence eine dritte Person. Der Mann war bestimmt zwei Meter groß, trug einen schwarzen Anzug und einen feinen Rollkragenpullover darunter, ebenfalls in schwarz. Am linken Arm erkannte sie das rechteckige Gehäuse einer Jaeger-LeCoultre Reverso.

Florence vermutete, dass dies einer der Tests war, die sie über sich ergehen lassen musste: Man bestellte sie zu einem vermeintlich internen Dinner, das aus heiterem Himmel die Strategie (und Vorbereitung) für ein externes Dinner erforderte. Noch dazu kannte sie den Mann nicht. War das ein Partner oder ein Kunde? Bestand oder neu? Volumen? Gesinnung? Herkunft? Branche? Lauter Variablen, die jetzt höchste Konzentration von ihr erforderten.

»Bitte verzeihen Sie die Verspätung, Gentlemen.«

Pierce und Cullinan vermieden Blickkontakt – es war der stille Ausdruck ihrer Missgunst über die Verspätung. Der Dritte erhob sich, ging um den Tisch und reichte Florence die Hand. Sie musste nach oben sehen, weil er so groß war. Der Händedruck schmerzte.

»Kein Grund zur Sorge, Ms. King, bitte. Wir kennen alle den Charme der Londoner Rushhour, nicht wahr? Ich freue mich, Sie kennenzulernen. Ich habe viel von Ihnen gehört.«

Pierce und Cullinan folgten dem Beispiel des Mannes, standen auf und schüttelten kurz ihre Hand. Daraus las Florence, dass es sich bei dem Mann um einen potenziellen Kunden handeln musste, an dessen Verhalten man sich anzupassen versuchte, um sympathisch zu wirken. Bei Bestandskunden pflegte man je nach Typ einen gelasseneren, ja teilweise flapsigen Umgangsstil. Pierce und Cullinan waren Meister der Adaption. Florence wusste: Um in der Branche so richtig abzusahnen, musste man Schwarz auch als Weiß verkaufen können. Egal wie sich die Märkte entwickelten – ob sie stiegen oder fielen – die Wetten mussten gewonnen werden.

»Ms. King, das ist Dimitri Orlov«, erklärte Cullinan.

Sie setzten sich, ein Kellner brachte zwei Flaschen Wasser und die Karten.

»Küchenchef Jeff Galvin empfiehlt heute Abend eine Lasagne von der Dorset-Krabbe an Beurre-Nantais und Wildpilzen. Dazu passt ein Chablis première Cru Fourchaume aus der Region Févre im Burgund. Madame und Messieurs finden sicherlich auch Geschmack an unserem pyrenäischen Lamm-Trio an kantabrische Anchovis in Begleitung unserer berühmten Wildmorchel-Courgette-Blumen-Symbiose als Hauptgang.«

Pierce lehnte sich zu Orlov: »Die sind hier berühmt für die Krabbenlasagne. Sollten Sie probieren.«

Orlov, der Pierce nicht weiter Beachtung schenkte, begann mit dem Kellner plötzlich auf französisch zu sprechen. Florence verstand das meiste und übersetzte im Kopf: ›Überraschen Sie uns, Monsieur, und bringen Sie eine passende Flasche zu jedem Gang.‹

Angeber. Aber beeindruckend. Das hätten weder Pierce noch Cullinan hinbekommen. Orlov hat uns soeben seine Muskeln gezeigt.

Der Kellner nickte freundlich lächelnd und ging.

»Mein Französisch ist etwas eingestaubt, Mr. Orlov«, sagte Cullinan lachend und Florence glaubte, den Anklang von Unsicherheit in seiner Stimme zu hören. »Was haben Sie bestellt?«

»Ich weiß es nicht. Wir lassen uns überraschen.«

»Großartig«, meinte Pierce. »Ich bin ein Freund von Überraschungen.«

»Haben Sie Ms. King deshalb nichts von meinem Beisein erzählt, Mr. Pierce?«, fragte Orlov.

Florence sah, wie Pierce plötzlich schluckte und sich in einer Übersprunghandlung nach der Wasserflasche streckte, obwohl sein Glas bereits gefüllt vor ihm stand.

Die Erklärung interessiert mich allerdings auch.

»Die Freude von Ms. Kings Anwesenheit hat sich etwas spontan ergeben, zugegeben«, erklärte er.

Cullinan versuchte abzulenken. »Für Sie auch noch ein Glas, Mr. Orlov?«

»Danke, ich habe noch. Wie dem auch sei. Ms. King, ich freue mich, dass Sie kommen konnten.«

»Ganz meinerseits«, sagte Florence.

»Vielleicht sollten wir – «, sagte Cullinan, doch Orlov unterbrach ihn, als sei er gar nicht da: »Sie betreuen Digital Markets, Ms. King?«

»Das ist richtig, Sir, seit etwas mehr als zwei Jahren.«

»Ich würde gern investieren.«

»Unser Unternehmen hält einige attraktive Angebote für Sie bereit, Mr. Orlov«, sagte Pierce. Orlov schien ihn gar nicht zu hören. »Ich interessiere mich für Rechenzentren in Großbritannien. Was halten Sie davon, Ms. King?«

Florence überlegte einen Augenblick. Pierce und Cullinan, rechts und links von ihr, warfen ihr strenge Blicke zu. Orlov lächelte sie von gegenüber aus an. Die Situation gefiel ihr.

»Nun, Sir, ich gehe davon aus, dass Sie sich auf dem Kryptomarkt und im Bereich KI auskennen. Hier sind aktuell die größten Renditen zu erzielen, jedoch ist auch das Risiko am höchsten. Allerdings halte ich es durchaus für sinnvoll, in Projekte zur Erweiterung der digitalen Infrastruktur zu investieren, da dies einen sehr zukunftsfähigen Markt darstellt und langfristige Gewinne verspricht. Man kann das mit einem Auto vergleichen. Ich zum Beispiel stelle sicher, dass ich den besten Motor unter der Haube habe, bevor ich mir Gedanken über die Karosserie mache.«

Pierce und Cullinan hatten Zornesfalten auf der Stirn. Sie wussten, dass Florence eigentlich keine Ahnung von Autos hatte. Wenn es nun gerade ihr gelang, Orlov mithilfe einer Auto-Analogie zu catchen, wäre das eine Demütigung.

Orlov nickte nachdenklich.

Eins zu null, ihr Wichser.

»Da stimme ich Ihnen voll und ganz zu, Ms. King. Die schönste Karosserie nützt nichts, wenn Sie keinen Dampf unter der Haube haben.«

Jetzt nickten auch Pierce und Cullinan anerkennend.

»Unser Unternehmen betreibt vierzehn Rechenzentren in Kontinentaleuropa und fünf in England«, sagte Pierce.

Orlov war überrascht, oder er tat so, als ob. »Nur fünf? Ich war bei der Größe ihres Unternehmens davon ausgegangen, dass es mehr sind.«

»Der Brexit hat auch uns vor neue Herausforderungen gestellt, Mr. Orlov. Unser Hauptgeschäft wickeln wir auf dem Festland ab, die Serverfarmen in England sind hauptsächlich Backup-Facilities.«

Orlov nickte. »Ich verstehe. Das heißt im Klartext, sie betreiben zwei separate Netze?«

»Wenn Sie es so formulieren möchten, ja.«

Florence schaltete sich dazu: »Problematisch ist der Datenverkehr zwischen der EU und dem Vereinigten Königreich. Die Datenschutzverordnungen werden sehr unterschiedlich ausgelegt. Auf dem Papier gehören die Daten auf den europäischen Servern einer Holding in der Schweiz, das gibt uns juristisch größeren Spielraum.«

Inzwischen wurde der erste Gang serviert, von zwei Kellnern gleichzeitig. Vor Florence wurde ein sehr übersichtlich angerichteter Teller abgestellt. Wenn der Hauptgang ebenfalls eher Kunstwerk als Mahlzeit war, würde sie heute Abend nicht satt werden, dabei knurrte ihr kräftig der Magen. Der Vorstand wollte bei der Wahl des Restaurants natürlich seinen weltmännischen Geschmack unter Beweis stellen. Florence kannte dieses Spiel, zu dessen großem Finale man sich dann gegenseitig mit den Kreditkarten vor der Nase herumwedelte und sich albern darum stritt, wer denn nun die horrend hohe Rechnung bezahlen *dürfe*.

Was den Geschmack der Kreation mit dem viel zu langen Namen anbelangte, konnte Florence allerdings nicht meckern. In der Kinderportion zum Preis eines Wocheneinkaufs verbarg sich ein außergewöhnliches Geschmackserlebnis, das ließ sich nicht abstreiten. Auch der Wein schmeckte ganz passabel. Florence fand es lächerlich, wie Cullinan sein Glas in der Luft herumschwenkte, roch, nochmals schwenkte, schließlich einen winzigen Schluck schlürfte und dann kaute, als hätte die Flüssigkeit eine Konsistenz.

»Blumig«, war das Urteil von Pierce.

Orlov zuckte die Schultern. »Mir gibt der leider nichts.«

»Jetzt wo Sie es sagen ... Ein bisschen eindimensional ist der Wein schon«, fachsimpelte Cullinan.

»Verwelkt blumig«, korrigierte sich Pierce.

Als Orlov anfing zu lachen, stimmten die Männer ein. Florence rang sich ein mildes Lächeln ab.

»Ms. King, was halten Sie vom Wein?«

»Wollen Sie meine ehrliche Meinung?«

Orlovs Augen funkelten. »Ich bitte darum!«

»Ich würde jedes Bier bevorzugen.«

»Na, wenn das so ist!«, rief Orlov, hob den rechten Arm und schnipste einen Kellner herbei. Als dieser am Tisch stand und freundlich fragend die Brauen hob, beugte sich Orlov konspirativ zu ihm, senkte die Stimme und sagte, diesmal auf Englisch: »Sie bringen der Dame ein Bier und uns einen anderen Wein. Ich hatte Sie darum gebeten, eine passende Flasche zu jedem Gang zu servieren, oder?«

»Nun ... ist er nicht recht?«, fragte der Kellner verunsichert.

»Ich weiß nicht was er ist, aber passend auf keinen Fall.«

»Das tut mir leid Monsieur ... die Weinbegleitung wurde von unserem Sommelier zusammengestellt, ich – «

»Wie schön, aber das interessiert mich eigentlich gar nicht«, unterbrach Orlov lächelnd.

Alter Schwede, dachte Florence. Cullinan und Pierce tauschten diskrete Blicke.

»Also junger Mann, wir wollen Ihnen noch eine Chance geben. *Sie* suchen die nächste Flasche aus. Und sorgen Sie bitte dafür, dass wir diesmal keinen zweitausend Pfund teuren Diesel trinken müssen, ja? Ich danke Ihnen. Und vergessen Sie das Bier für die Dame nicht.«

Bevor der Kellner los eilen konnte, steckte Orlov ihm einen Hundert-Pfund-Schein zu.

War das wirklich nötig gewesen? Der arme Kellner.

Eine Weile lang wurde schweigend gegessen, Cullinan und Pierce mit jeweils einem Auge bei Orlov, während Florence überlegte, ob sie ihren Gedankengang aussprechen sollte.

Du bist ihm sympathisch. Cullinan und Pierce wird es nicht gefallen, aber wenn Orlov nickt, müssen sie das auch.

»Mir kam gerade eine Idee, Mr. Orlov. Ich kann Ihnen ein individuelles Paket zur Investition in grüne Rechenzentren zusammenstellen. Ökostrom ist ein Riesenthema. Je nach Verwaltungsmasse, die Sie uns zur Verfügung stellen, wären auch Bauprojekte an neuen Standorten eine interessante Option«, sagte Florence schließlich.

Pierce fiel die Gabel aus der Hand. Cullinan kaute aggressiv auf seiner Krabbenlasagne herum und schnaufte dabei wie ein alter Bluthund.

Orlov beachtete die beiden nicht. Hingegen hob er den Zeigefinger und deutete lächelnd auf Florence.

»Kümmern Sie sich persönlich darum?«

»Selbstverständlich.«

Cullinan verschluckte sich.

Jetzt hab ich euch an der kurzen Leine, Jungs.

»Ihr Vorschlag gefällt mir, Ms. King. Mr. Cullinan, was meinen Sie?«

Dieser räusperte sich kräftig und spülte das Essen mit einem Schluck Diesel herunter. »Doch, ja, doch, wunderbar, da kann man was machen, sicherlich, doch, ja, da kennt sich Ms. King aus.«

»Mr. Pierce?«

Der nickte nur.

»Dann verraten Sie mir bitte, auf welches Konto ich dreihundertfünfzig Millionen Pfund einzahlen darf.«

◆

Nach dem Dinner, Orlovs Fahrer hatte ihn mit einem schwarzen Rolls-Royce Phantom abgeholt, standen Cullinan, Pierce und Florence vor der Tür des LaChapelle. Sie schlug den Kragen ihres Mantels hoch und war nun gewappnet gegen die Kälte und die Standpauke, die gleich auf sie niedertrommeln würde.

Pierce steckte sich eine Zigarette an. »Sagen Sie mal, Ms. King, rein hypothetisch, aber sind Sie zum heiligen Arschloch Jesu Christi völlig wahnsinnig geworden?«

»Ich habe Ihnen soeben einen neunstelligen Millionendeal an Land gezogen, geht's noch?«

Pierce donnerte mit dem Zeigefinger auf seine Brust. »Das ist unsere Aufgabe, verdammt noch mal. Sie hätten den Account eh bekommen, die Einführung überlassen Sie gefälligst uns. Sie können nicht einfach ein Angebot erfinden, dass es nicht gibt!«

»Ohne mich hätten Sie beide heute Abend ziemlich alt ausgesehen, mit Verlaub, Gentlemen! Ihnen passt es lediglich nicht, weil ich eine Frau bin, geben Sie's doch zu!«

Pierce zog energisch an seiner Zigarette und legte seufzend den Kopf in den Nacken. »Ersparen Sie uns ihr feministisches Scheißgelaber, ja? Ihr Weiber denkt immer, dass alles so einfach wäre. Und dann heißt's hinterher ›hihi, upsi, da ist wohl ein klitzekleiner Fehler unterlaufen‹. Das hat mit ihrem Geschlecht überhaupt nichts zu tun, Ms. King. Dieses Spiel hat gottverdammte Regeln! Außerdem wissen Sie, dass wir uns für ein gleichberechtigtes Arbeitsklima stark machen, aber wenn ich so einen Müll höre, krieg ich echt das Kotzen! Was soll dieser Orlov denn denken, hm? Dass wir als Vorstand unsere Belegschaft nicht unter Kontrolle haben, oder was? Meinen Sie nicht, der hat gepeilt, wie Sie uns da mit Ihrem Piss-Angebot über die Füße gefahren sind? Sie sind doch komplett beknackt!«

Florence verschränkte die Arme vor der Brust.

»Sie beide haben doch eingeschlagen! Vorhin waren Sie ganz begeistert von dem Piss-Angebot, dass es gar nicht gibt.«

Cullinan, der die ganze Zeit über ruhig zugehört hatte, schritt dazwischen. »Wir sollten uns beruhigen, Paul. Florence hat gute Arbeit geleistet, das muss man ihr lassen. Der Orlov steht halt auf Titten und nicht auf Fakten.« Er wandte sich an Florence. »Wir hätten Sie informieren sollen. Das war ein Test, wie flexibel Sie sind.«

»Was ändert das am Ausgang des Abends? Der war ja wohl erfolgreich. Das wäre er ohne mein Beisein nicht gewesen.«

»Ist doch Schwachsinn, King! Halten Sie uns für unfähig?«

»Paul, bitte. Genug jetzt. Gute Arbeit, Florence.«

»Hm«, grummelte Pierce. »Dann zeigen Sie uns mal, wie schnell Sie diese Grütze closen können. Sie haben eine Woche.«

◆

In seiner Suite steckte sich Dimitri Orlov eine Cohiba Nicaragua an. Während diese einfältigen Bankiers jetzt vermutlich Florence King zusammenfalteten, hatte er von ihr genau das bekommen, was er wollte. Es war so einfach, dass es fast schon erschreckend war. Wedel diesen Kreaturen mit ein bisschen Kohle vor der Nase herum, und sie fressen dir aus der Hand.

Für seine Organisation war verteilte Rechenleistung überall auf der Welt essenziell: um Spuren zu verwischen, oder besser erst gar keine Spuren zu hinterlassen.

Derart große Investments in Rechenzentren zogen immer Besichtigungstermine nach sich, Termine, die es Orlov und seinen Spezialisten leicht machten, sich ein winziges Hintertürchen einzubauen.

ZWANZIG

Montreux am Genfersee, Schweiz

Adam hatte noch nie das Zimmer eines Mädchens betreten. Émelies lag am Ende des langen Flurs einer Wohnung im vierten Stock, die sie sich mit zwei Freundinnen teilte. Ihre Bleibe bot ein paar Vorzüge klassischer Altbauweise: hohe Decken, Stuck, Echtholzparkett. Dafür war das Bad dringend renovierungsbedürftig, der Gasherd in der Küche kam Adam vor wie ein Museumsstück und die Heizung produzierte laut Émelie entweder Hochofentemperaturen oder verweigerte den Dienst. Adam schwitzte unter seiner Jacke und dem Hoodie. Émelie schloss die Tür hinter sich, ging zum Fenster und öffnete es.

»Sorry für das Chaos«, entschuldigte sie sich und räumte hastig ein paar getragene Kleidungsstücke in einen Wäschekorb. Adam zählte zwei Jeans, ein T-Shirt und einen knallroten BH. Schnell wandte er seinen Blick ab. Die Wand zu seiner Linken war fast komplett mit Polaroids bedeckt. Er entdeckte ein Foto von ihr in der roten Unterwäsche. Adam steckte sich zwei Tic Tac in den Mund.

»Das Bild hat mein Ex gemacht«, erklärte sie, als sie seinen interessierten Blick bemerkte. »Alle anderen Fotos von ihm und mir habe ich weggeschmissen, aber das hat mir zu gut gefallen.«

»Warum habt ihr euch getrennt?«

»Er hat ein paar Fotos und Videos von mir an seine Freunde geschickt. Die waren aber nur für ihn bestimmt.«

»Was waren das für Fotos und Videos?«

Émelie war dabei, die Decken auf ihrem Bett zusammenzulegen und verharrte in der Bewegung.

»Naja, das kannst du dir doch denken, oder?«

»Du hast erzählt, dass du keine Nacktbilder verschickst.«

Sie seufzte. »Ich wollte das nicht vor dir und deinen Freunden zugeben ...«

»Vadim ist nicht mein Freund.«

»Trotzdem. War mir peinlich.«

»Warum schämst du dich für deine Bilder?«

»Für die Bilder schäme ich mich nicht, sondern dafür, dass ich sie so leichtfertig diesem Idioten überlassen habe.«

»Du kannst ihn anzeigen.«

»Den Stress will ich mir nicht geben.«

»Ich kann sein Handy zerstören.«

Émelie lachte lauthals.

Zähnefletschen.

Schulterzucken.

»Jetzt ist es eh zu spät. Ich hab' meine Lektion gelernt.« Émelie strich sich eine Strähne hinter das Ohr. »Magst du dich nicht setzen?«

Vorsichtig nahm Adam auf dem Bett Platz. Sie machte es sich neben ihm bequem. Ihr Oberschenkel war nur Zentimeter von seinem entfernt. Adam zählte vierzig Polaroids.

»Warum macht dein Exfreund sowas?«

»Keine Ahnung. Entweder er wollte mit mir angeben oder mich bloßstellen.«

»Wieso angeben?«

»Na, hässlich bin ich ja nicht unbedingt, oder siehst du das anders?«

»Du bist nicht unbedingt hässlich«, bestätigte Adam und glaubte, dass er ihr ein Kompliment gemacht hatte. Stattdessen begann sie wieder zu lachen. Er hatte eigentlich gelernt, dass sich Menschen für Komplimente bedankten.

»Du bist auch nicht unbedingt hässlich, Adam«, sagte sie.

»Danke«, sagte er. »Wo ist das Bild?«

»Ah natürlich! Deswegen bist du ja hier.«

Sie stand auf und durchsuchte einen Stapel Leinwände, der an der Wand lehnte.

»Ich bin hier, weil du mich eingeladen hast.«

»Na, dann. Ah, ... ja, hier hab' ich es.«

Sie reichte ihm die Malerei. Eine blaue Frau mit großen Nippeln.

Er kramte in seiner Jackentasche und reichte ihr ein Bündel Geldscheine. Es war Adam schwergefallen, den Wert des Bildes zu taxieren, also hatte er sich für eine runde Summe entschieden.

»Bist du wahnsinnig, Adam?! Das sind tausend Franken!«

Er erschrak. Er mochte ihren Gesichtsausdruck nicht, dieser war böse oder ernst, eins von beidem, aber sicher nicht glücklich.

»Warum fragst du, ob ich wahnsinnig bin? Ist das zu wenig? Ich kann dir mehr geben.«

»Es ist viel zu viel!«

Schnell ließ er die Scheine wieder verschwinden.

»Ich will kein Geld dafür, das habe ich dir neulich schon gesagt.«

»Das war vor vier Wochen. Vielleicht hast du deine Meinung geändert. Du hast gesagt, dass du Onlyfans hast, weil du nicht genug Geld hast.«

»Aber du bist ein Freund, Adam. Ich möchte keine Geschäfte mit dir machen.«

»Dann kann ich dein Bild doch gar nicht würdigen! Es ist wertvoll.«

»Mir reicht ein Danke, mein Lieber.« Plötzlich lachte sie wieder. »Ich komm schon klar, weißt du? Ich finde es lieb, dass du mir helfen willst, aber das Bild werde ich dir nicht verkaufen.«

Adam überlegte krampfhaft was er sagen sollte. »Danke«, presste er hervor. Es klang fragend.

Émelie zuckte die Schultern. »Diese ganze Onlyfans-Sache muss ich eh nochmal überdenken. Ein paar Leute haben schon Screenshots von meinen Malereien gemacht. Irgendein Fake-Account auf Instagram hat auch mal behauptet, dass er oder sie das Bild gemalt hat. Ich bin nur durch Zufall drauf gestoßen, aber das nervt echt. Ich hab' keine Chance, zu beweisen, dass es eigentlich meine Bilder sind. Irgendwo ehrt es mich ja auch, dass sich andere mit meinen Werken schmücken, aber trotzdem ...«

»Ich weiß, was wir mit deinen Bildern machen!«, rief Adam plötzlich. Vielleicht hatte sich soeben eine Möglichkeit für ihn eröffnet, Émelies Kunst auf eine andere Art zu würdigen.

Sie hob die Brauen. »Und zwar?«

»Wir machen deine Bilder zu NFTs!«

»Gute Idee! Lass uns sofort damit anfangen!«

»Hast du ein Wallet?«

Émelie legte den Kopf schief. »Du Adam ...«, sagte sie und ihre Stimme klang ganz weich, »... ich habe leider keine Ahnung, wovon du eigentlich sprichst.«

Warum sagt sie das nicht einfach?

»Ach so ...«

»Was genau hast du vor?«

»Ich kann dafür sorgen, dass deine Bilder nicht einfach so kopiert und verschickt werden, oder dass andere Leute behaupten, sie hätten sie gemalt.«

»Und wie willst du das anstellen? Bei Onlyfans steht unten rechts immer mein Benutzername dran, wenn jemand einen Screenshot macht. Aber den kann man ziemlich leicht bei Photoshop entfernen.«

»Das Wasserzeichen von Onlyfans ist nicht fälschungssicher. NFTs sind fälschungssicher.«

»Und was soll das sein?«

»NFTs sind Non-Fungible-Token. Ähm ... das heißt einfach gesagt ... es sind nicht ersetzbare Wertmarken. Sie fungieren als eine Art digitales Echtheits- oder Urheberzertifikat.«

»Meine Bilder sind doch analog ...«

»Ja, aber um sie auf Onlyfans zu stellen, musst du sie ja auch abfotografieren. Wenn wir ein NFT machen wollen, ist das der erste Schritt.«

»Und dann?«

»... erstellen wir dir ein Wallet, ein digitales Portemonnaie, also sowas wie einen Account, in dem Fall für Ethereum, das ist das zweitgrößte Blockchain-Netzwerk.«

»Also bezahlt man mich in Kryptowährung? Davon kann ich dir aber keine Tic Tac mehr kaufen, Adam.«

»Du kannst die Coins jederzeit in echtes Geld umtauschen. Du brauchst die Wallet erstmal nur, um deine Bilder anzubieten. Wenn die einmal erstellt ist, suchen wir uns einen Marktplatz für NFTs aus, zum Beispiel Opensea. Das ist wie eBay für digitale Kunst. Dort wir dein Bild geprägt – «

»Geprägt?«

»Es erhält eine digitale Signatur, die nicht verändert werden kann. Die Signatur wird im Netzwerk mit dir als Urheberin gespeichert, so wird sichergestellt, dass niemand mehr behaupten kann, das Bild sei seins. Danach können wir das NFT auf Opensea hochladen und du entscheidest, ob es zu einem Festpreis angeboten, oder versteigert wird. Man kann sich richtige Verkaufstexte einfallen lassen, um das Interesse der Leute zu wecken ... auf jeden Fall wirst du bei jedem Verkauf beteiligt, auch wenn dein Bild später mal den Besitzer wechselt. Klar, man kann immer noch einen Screenshot machen ... aber wenn es darauf ankommt, kannst du *beweisen*, dass du die Künstlerin bist.«

»Meinst du wirklich, die Leute würden mehr als ein paar Dollar für meine Bilder ausgeben?«

»Keine Ahnung. Eins der teuersten NFT überhaupt hat dem Künstler fast vierundzwanzig Millionen gebracht.«

»Was?!«

»Wird noch besser. Das Teil heißt ›CryptoPunk 5822‹ und zeigt eine simple Pixelgrafik.«

Émelie hatte ihr Handy hervorgeholt und nach dem Bild gesucht. Ungläubig starrte sie auf das Display.

»Ein verpixelter Comic für so viel Kohle? Das Bild ist total langweilig!«

»Es gibt auch gezeichnete Affen, die ›Bored Apes‹, die sind auch richtig teuer.«

»Verrückte Welt ... Naja, wir können es ja mal probieren, oder? Warte – «

Wieder scrollte sie auf ihrem Handy. »Das teuerste NFT hat 91,8 Millionen Dollar gekostet? Spinnen die?! Es heißt ›The Merge‹... schau mal ... einfach nur zwei weiße Kugeln auf schwarzem Grund!«

»Ich sag‘s ja«, entgegnete Adam und freute sich, dass er Émelie etwas zeigen konnte, für das sie sich interessierte.

Sie saßen eine Weile schweigend nebeneinander. Adam vergewisserte sich, dass es wirklich vierzig Polaroids waren.

»Bist schon süß«, sagte Émelie irgendwann.

»Warum?«

»Weil du dich so bemühst, nett zu mir zu sein.«

Es war eigentlich Adams Ziel gewesen, locker zu wirken, cool und lässig, wie Vadim oder die anderen Jungs in seinem Alter. Offenbar sah Émelie ihm an, dass er sich *bemühte*.

Naja, dachte er. Das Ergebnis ist das Gleiche. Hoffentlich.

»Wie kommt ihr mit eurem Projekt voran?«, fragte sie.

»Wir sind fast fertig. Es fehlen noch ein paar Tests, aber der Code steht soweit.«

»Ich habe immer noch nicht ganz kapiert, was ihr damit vorhabt, wenn ich ehrlich bin.«

»Wir bauen ein dezentrales Prozessnetzwerk«, sagte Adam strahlend.

»Natürlich, selbstverständlich. Jetzt wird mir alles klar.«

Zähne, Schultern.

Adam nickte. Er freute sich, dass Émelie jetzt Bescheid wusste.

»Das war ein Scherz, Adam! Ich hab‘ nicht im Geringsten eine Ahnung davon, was ein dezentrales Prozessnetzwerk sein soll. Neben dir komme ich mir manchmal vor wie eine Grundschülerin.«

Da war es wieder, Adams Problem mit dieser ungreifbaren Ironie.

»Ich ... ähm ...«

»Kannst du es mir anders erklären?«

Adams Blick fiel auf eine der Leinwände. Sie zeigte einen kleinen Garten mit einem Baum und Blumenbeeten vor einem alten Bauernhaus.

»Stell dir vor«, sagte er und schob sich zwei Tic Tac in den Mund, »dieser Baum da ist das Zentrum im Garten. Alles spielt sich um den Baum herum ab. Um den Garten steht ein Zaun, der zeigt, wo der Garten anfängt, und wo er aufhört. Mit unserem Projekt entfernen wir den Zaun.«

»Und dann?«

»Dann kann man jeder Bäume pflanzen, aus dem Garten wird ein Wald und der Wald hat kein Zentrum mehr.«

»Aha ...«

»Weißt du, heute ist es so, dass ich mich danach richten muss, wie sich der Baum entwickelt. Er ist das Zentrum von allem. Wenn der Baum Früchte trägt, habe ich was zu essen, wenn nicht, dann nicht.«

»Was ändert der Zaun?«

»Wenn ich den Zaun entferne, kann ich mehr Bäume pflanzen. Dann kann ich woanders hingehen, um zu essen.«

»Und warum ist das dezentral?«

»Naja, es funktioniert so, dass alle Bäume über ihre Wurzeln miteinander verbunden sind. Die können miteinander reden, und Absprachen treffen und so weiter. Außerdem wachsen auf verschiedenen Bäume verschiedene Früchte und ich kann mir aussuchen, welche ich haben will.«

»Ihr wollt also einen Wald pflanzen?«

»Ja, genau. Eigentlich wollen wir nur den Boden im Wald so weit vorbereiten, das darauf gepflanzt werden kann, auch von anderen. Ich weiß schließlich nicht, welche Früchte du gern essen willst. Den Baum kannst du dir dann selber pflanzen.«

»So langsam komme ich dahinter, glaube ich ... Ein Wald hat auch kein Zentrum.«

»Es gibt keinen Baum, der alles bestimmt!«

»Alle bestimmen?«

»Alle.«

»Lässt sich denn dieser eine Baum so einfach fällen? Also ich gehe mal davon aus, dass du mit dem Baum im Garten Facebook und so meinst, oder?«

»Ja.« Adam überlegte einen Augenblick. »Wir müssen den Baum eigentlich gar nicht fällen. Er kann genauso ein Teil des Waldes werden, aber in Zukunft muss er sich den Boden, auf dem er steht, mit anderen teilen. Und wenn die Gemeinschaft aller Bäume entscheidet, dass der eine gefällt werden soll, dann ist das eben so.«

»Du hättest Forstwirtschaft studieren sollen, mein Lieber.«

»Wieso?«

»Vergiss es.« Sie lachte.

»Hast du es verstanden?«, fragte Adam leicht irritiert.

»Ich glaube schon, ja. Eine Sache vielleicht noch ... Also der Wald ist ein Ökosystem, das sich selbst erhält, soweit blicke ich durch. Warum nennt ihr es dann nicht auch so? Statt ›Prozessnetzwerk‹ einfach ›Ökosystem‹?«

»Es ist das gleiche.«

»Wie das?«

»Alles ist Prozess. Einfach alles. Wenn ich mir was bestelle, ist das ein Prozess. Wenn ich mit dir Nachrichten hin und her schicke, ist das ein Prozess. Wenn ich meine Daten speichere und abrufe, ist das ein Prozess. Wenn ich etwas verkaufe, ist das ein Prozess. Es ist auch ein Prozess, wenn Maschinen mit Maschinen kommunizieren.«

»Dann ist doch schon das Internet ein Prozessnetzwerk.«

»Klar.«

»Ja, und?«

»Es ist nicht dezentral.«

»Hm.«

»Ein paar wenige Bäume entscheiden, wie der Garten auszusehen hat. Sie nehmen sich, was sie wollen, einfach so. Die haben viel zu viel Macht.«

»Du willst eine Revolution starten?«

»Ich baue ein dezentrales Prozessnetzwerk.«

»... was so viel heißt, wie die großen Konzerne zu entmachten, oder nicht? Ich hab' mal gelesen, dass Bitcoin die Banken überflüssig machen wird. Das wäre in meinen Augen schon ziemlich revolutionär.«

»Sowas sagen Menschen, die Banken hassen. Das System an sich schließt die Banken nicht aus, sie können genauso teilnehmen, wie jedes andere Unternehmen auch. In einem dezentralen System können alle mitmachen, aber niemals alleine entscheiden. Und das finden einige Banken sicherlich ziemlich doof. Abgesehen davon brauche ich heutzutage eigentlich kein klassisches Konto mehr. Ich kann alles über mein Handy regeln. El Salvador hat Bitcoin sogar als offizielles Zahlungsmittel eingeführt. Davor hatten grad mal um die zwanzig Prozent der Menschen in dem Land ein Konto. Die USA haben es nicht hinbekommen, dort ein anständiges Bankensystem aufzubauen, obwohl sie das über Jahrzehnte versprochen haben. Inzwischen haben fast alle da ein Konto. Wobei Bitcoin wieder ganz eigene Probleme mit sich bringt. Er ist ziemlich instabil und man sollte sich mit den Dynamiken des Systems auskennen. Es ist vielleicht alles ein bisschen kompliziert.«

Zähnefletschen.

Schulterzucken.

Adam fühlte sich großartig. Ein paar Minuten lang schweigen sie sich wieder an. Diesmal empfand Adam die Stille nicht als unangenehm.

Dann sagte Émelie etwas, dass Adam Angst machte: »Darf ich dich berühren?«

Der erste Impuls seines Körpers war gleichbedeutend eines Neins. Seine Muskeln spannten sich an, wie fremdgesteuert zogen sich Adams Schultern nach oben. Er spürte eine Gänsehaut auf seinen Armen. Unter seiner Jacke wurde es augenblicklich ein paar Grad wärmer.

Dann erst begann sein Gehirn Émelies Worte zu verarbeiten, während seine Augen damit beschäftigt waren, die Polaroids ein drittes Mal zu zählen. Auf seiner Zunge spürte er noch die Überbleibsel eines Tic Tac. Draußen das Geräusch eines vorüberfahrenden Autos. Er nahm alles auf einmal wahr und doch gar nichts.

Warum hatte sie so schnell das Thema gewechselt? Warum wollte sie ihn gerade jetzt berühren? Und wie? Und wo? Und warum?

Er wusste, dass sich Menschen anfassten, um ihre Zuneigung auszudrücken. Er spielte einige Wenn-Dann-Szenarien in seinem Kopf durch, die alle zum gleichen Ergebnis führten: Keinem. Die Auswirkungen der Berührung waren nicht abschätzbar, eine unkalkulierbare Variable, eine unsichtbare Zeile im Code, die gut oder schlecht sein konnte.

Schließlich nickte Adam.

Langsam beugte sie sich daraufhin nach vorn, er starrte weiterhin zur Wand. Er wusste nicht wohin mit seinen Händen, seine Beine kamen ihm vor wie überflüssige Stelzen und wozu waren seine Arme nochmal gut?

Émelies Kopf näherte sich von der rechten Seite, auf Höhe seines eigenen. Ihre Züge verschwammen im Augenwinkel. War es besser, die Augen zu schließen, fragte er sich noch, da war es schon passiert. Sanft presste Émelie ihre Lippen auf seine Wange.

Adam kannte sich nicht mit Nuklearwissenschaften aus, doch die Reaktion in seinem Körper kam einer Kernschmelze gleich, soweit war er sich sicher. Es wurde heiß und kalt, dann wieder heiß, die Stelle in seinem Gesicht begann zu kribbeln, seine Muskeln spannten und entspannten sich wie unter einem heftigen Stromschlag.

Sie löste sich von ihm.

Der Moment hatte ewig gedauert und war doch schon wieder vorbei.

Mit einem Mal spürte er in sich nichts als Leere, die mit viel Licht ausgestrahlt wurde. Es war, als ging unter seiner Bauchdecke die Sonne auf. Ihr Licht bahnte sich langsam einen Weg nach oben durch seinen Brustkorb, den Hals, endete schließlich im Mund, wo es seine Strahlen über Adams Lippen schickte.

Er wog genau 71,7 Kilogramm. Das letzte Mal hatte er dies heute Morgen auf der Waage festgestellt. Entweder hatte die Gravitation ihren Dienst quittiert, oder er war auf das Gewicht einer Erbse abgemagert.

Bin ich noch da?

Ihm entfuhr ein Geräusch, das klang, wie das zufriedene Glucksen eines Kindes, dem man sein Lieblingsessen auftischt.

Das Klingeln seines Handys versetzte ihn zurück ins Hier und Jetzt.

Dumpf drang Émelies Stimme zu ihm. »Willst du nicht rangehen?«

Es brauchte einige Zeit, bis Adam die motorische Verbindung vom Gehirn zum Rest seines Körpers wiederhergestellt hatte.

Er atmete tief durch.

An der Wand hingen viele Polaroids.

Adam zog das Handy aus seiner Hosentasche. Auf dem Display erschien die Nummer seines Mitbewohners.

Er hob ab und ohne Vorreden kam Vadim zum Punkt. Es klang, als sei er wütend.

»Du solltest so schnell wie möglich herkommen, Adam. Junichiro hat Scheiße gebaut.«

EINUNDZWANZIG

Hauptsitz der PSIA
Central Government Building 6-A, Tokio, Japan

Die Fahrt hatte etwa fünfzehn Minuten gedauert. Harold Decker war neben Asuka Massako auf dem Rücksitz eines schwarzen SUV gesessen und hatte sich die ganze Zeit über gefragt, über was sie am Telefon gesprochen hatte und mit wem.

Jetzt standen sie in der Lobby eines Komplexes aus zwei unscheinbaren Hochhäusern mit Glasfassaden. Man reichte Harold einen Besucherausweis und durchsuchte ihn. Die Gründlichkeit der Kontrolle kam der an einem Flughafen gleich. Aus dem Augenwinkel glaubte Harold ein schmales, schadenfrohes Lächeln auf Massakos faltigen Lippen erkennen zu können.

Massako im Eiltempo voran, stiegen sie schließlich in einen Fahrstuhl. Es lief die gleiche, unerträgliche Musik, wie im CNN-Büro.

Vielleicht ist das ein Radiosender speziell für dieses beschissene Gedudel, überlegte Harold. Zu seiner Überraschung stellte er fest, dass der Aufzug entgegen seiner Erwartung nicht nach oben, sondern nach unten fuhr. Weit nach unten. Ganze sieben Stockwerke tief.

Die sich öffnenden Türen gaben den Blick in einen langen Gang frei, dessen Boden, Decken und Wände aus Beton bestanden. In regelmäßigen Abständen erhellten kalte LED-Leuchten zu ihren Füßen den Weg.

Harold zog den Reißverschluss seiner Jacke zu. »Ganz schön frisch hier unten«, sagte er zu Massako, die ihn nicht weiter beachtete. Die Luft roch wie hundertfach von Klimaanlagen umgewälzt. Harold hörte ein hintergründiges, monotones Surren.

»Wie tief sind wir hier?«

»Sehr tief.«

»Ach, okay. Danke für die Info.«

»Sehr gern.«

»Warum sind wir hier unten?«

»Warum ist die Banane krumm?«

»Sehr witzig, Ms. Massako. Hören Sie, wenn ich mit Ihnen zusammenarbeiten soll, sind Sie mir ein paar Antworten schuldig.«

»Ich bin Ihnen überhaupt nichts schuldig. Geben Sie mir Ihren Besucherausweis.«

Griesgrämig folgte er der Anweisung. Am Ende des Korridors stand ein junger Mann, der aussah wie ein Polizist, jedoch dann salutierte wie ein Soldat, als sie sich näherten.

»Santō kaisa!«, brüllte er in unnötiger Lautstärke, wie Harold fand. *Lieutenant Commander!*

Massako streckte ihm die Ausweise hin und wechselte ein paar Worte auf Japanisch. Der Mann drehte sich schließlich um und öffnete eine schwere Metalltür, die zu einem großen Raum ohne Fenster führte. Dort, wo sich Fenster hätten befinden können, hingen große Bildschirme.

Als Massako den Fuß über die Schwelle setzte, verstummte sämtliches Gemurmel und die Anwesenden, Harold schätzte etwa zwanzig, erhoben sich. Die, die bereits gestanden hatten, standen aufrechter. Als sie Harold bemerkten, wurden irritierte Blicke getauscht.

»Setzen!«, befahl Massako.

Der Raum hatte ungefähr die Größe von Roger O'Donnells Vorstandsbüro, um die sechzig Quadratmeter. Überall flimmerten Displays: Handys, Fernseher, Tablets, Computerbildschirme. Die meisten der Männer und Frauen trugen dunkle Anzüge, ein paar Menschen in T-Shirt und Jeans waren jedoch ebenfalls dabei. Harold war einer von ihnen und trotzdem wurde er gemustert, als hätte er gar keine Klamotten an.

Im Zentrum stand ein langer Tisch.

Massako setzte sich und bot Harold den Stuhl neben sich an. Wobei ihre Handbewegung eher einer Aufforderung als einem Angebot gleichkam.

»Das ist Harold Decker von CNN«, erklärte Massako.

Unsicher lächelnd hob er die Hand zum Gruß und nickte ein paar Mal in die Runde, doch alle Augen waren jetzt auf Massako gerichtet.

»Mr. Decker wird uns freundlicherweise beim Thema SukiCore unterstützen.«

Genau, freundlicherweise. Du hast mir gar keine andere Wahl gelassen, du alte Schachtel.

»Mr. Decker, erzählen Sie uns bitte, was Sie bei Ihren Recherchen herausgefunden haben.«

Jetzt lösten sich die Augen langsam von Massako und starrten Harold an, sie durchbohrten ihn förmlich.

Die Nervosität verließ Harolds Körper über sein wippendes rechtes Knie, doch sie ließ nicht nach. Er versuchte sich vorzustellen, dass dies eine ganz normale Autorensitzung war und kein Meeting, bei dem jedes Wort darüber entschied, ob er seine Freiheit behalten würde, oder nicht.

»Ich ... also ... vielen Dank, dass Sie mich hier so freundlich ...«

»Jaja, wir freuen uns auch. Kommen Sie zum Punkt, Decker!«

»Ich ... ähm ... ich habe mich im vergangenen Jahr intensiv mit den Unternehmensstrukturen der Big5 befasst, das heißt Apple, Ama – «

»Wir sind vom Fach, danke.«

Der macht das doch Spaß, mich zu schikanieren.

Harold holte tief Luft und schluckte seinen Ärger herunter. »... Jedenfalls bin ich dabei auf eine kleine Gruppe Menschen gestoßen ... quasi ein Unternehmen im Unternehmen ... also diese Gruppe nennt sich GAMMA.«

»Google, Amazon, Meta, Microsoft, Apple, wie man unschwer erkennen kann«, ergänzte Massako.

»Genau. Es handelt sich dabei um ... sagen wir mal ›Hardliner‹ aus den Reihen der Big5, die die Konzerne gerne aufs nächste Level heben würden.«

Harolds Kehle fühlte sich an, als hätte er einen Beutel Saharasand zum Frühstück gehabt. Es wurde ihm jedes Mal fast übel, wenn er sich Gedanken über das Material machte, das er gesammelt hatte. Es war erschreckend.

Er fuhr fort: »Das bedeutet im Klartext, dass die besagte Gruppe nach Mitteln und Wegen sucht, die Kartellgesetze zu umgehen, um ihre Daten miteinander zu vergleichen.«

»Die Konsequenzen wären fatal«, sagte Massako.

Wenigstens sind wir einer Meinung.

»Schon jetzt ist der Einfluss der Big5 viel zu groß, um ihn von staatlicher Seite noch wirklich zu kontrollieren«, fügte sie hinzu. »Sämtliche Benutzerdaten in einen Topf zu schmeißen, würde dieser Macht ganz neue Dimensionen verschaffen.«

Harold stimmte ihr zu. »Ich habe nicht herausfinden können, inwieweit die Unternehmenschefs in die Pläne involviert sind. Ein Datentransfer auf andere Server ist nicht so einfach zu bewerkstelligen, aber das wissen Sie, Sie sind ja vom Fach, nicht wahr?«

»Für ihren lächerlichen Sarkasmus ist hier kein Platz Mr. Decker. In diesem Raum befindet sich die versammelte Elite des japanischen Geheimdienstes und meine besten Analysten, ich hoffe, das ist Ihnen bewusst.«

Harold schluckte. Das war ihm einfach rausgerutscht. Warum konnte er sein dummes Maul nicht halten?

»Ich bitte um Entschuldigung. Ich ... habe ferner herausgefunden, dass ein gewisser Kazumasa Hisoka, ein japanischer Großunternehmer ... ach so, das wissen sie ja bereits ... diese Hardliner mit einem Sicherheitssystem ausgestattet hat. Es erlaubt ihnen, ungestört ihre Pläne zu schmieden. Genaueres über die Verbindungen nach Japan weiß ich nicht, deshalb habe ich mich hier her versetzen lassen. Um weitere Recherchen anzustellen, bin ich gerne vor Ort.«

Ein junger Mann mit ungepflegter Haut meldete sich. Er trug ein knittriges T-Shirt und eine dicke, randlose Brille. Massako nickte ihm zu.

»Wie haben Sie das System geknackt? Wie sind Sie an diese Informationen gelangt?«

Harold rutschte unsicher auf seinem Stuhl herum. Jetzt ging es wohl ans Eingemachte.

»Ich habe einen Kontakt, der sich sehr gut mit der Software auskennt.«

»SukiCore ist eins der sichersten Systeme der Welt. Da kommt man nicht so einfach rein. Wir beißen uns seit Monaten die Zähne daran aus.«

»Das glaube ich Ihnen...«

»Woher wollen Sie wissen, dass die Informationen valide sind?«

»Sind sie.«

»Ja, und die Erde ist eine Scheibe.«

Harold blickte zu Massako, die aufmerksam zuhörte. »Muss ich das beantworten?« Er senkte seine Stimme und flüsterte ihr zu: »Ich weiß doch selbst nicht, wie man das System knackt.«

Massako kratzte sich am Kinn. »Die Informationen von Mr. Decker sind valide. Ich habe mich selbst davon überzeugt.«

Er durfte unter keinen Umständen seine Quelle preisgeben.

Eine Frau meldete sich. Massako nickte erneut.

»Können wir uns das Material ansehen?«

»Ja«, sagte Massako. »Das sollen Sie ohnehin. Ich muss Sie alle zusätzlich darüber informieren, dass ich Mr. Decker in unsere Ermittlungen aktiv integrieren werde.«

Scheiße. Die hat nicht nur dumm dahergeredet. Die macht Ernst.

Ein irritiertes Raunen ging durch den Raum.

»Das hat einen einfachen Grund«, sagte Massako unbeirrt und verteilte vereinzelte, strenge Blicke, die jegliches Gemurmel in Schweigen verwandelten. »Mr. Decker ist mit den Schlüsselfiguren und den Konstellationen innerhalb der Konzerne bestens vertraut. Er kann die Sachlage deshalb sehr gut einschätzen.«

Die Einzelheiten hatte Massako bereits im CNN-Büro mit Harold besprochen. Seine Aufgabe war es, die Recherchen an der Stelle wieder aufzunehmen, an der sie in den Staaten geendet hatten. Verschwiegen hatte sie, dass ein ganzer Stab an Mitarbeitern davon wissen sollte.

Die Zusammenarbeit unterlag strengen Regeln. Harold durfte mit niemandem über den aktuellen Stand der Entwicklungen sprechen. Das hatte Massako mit Nachdruck deutlich gemacht. Dieser Teil würde nicht schwer einzuhalten sein. Harold hatte keine Freunde in Japan und kannte seine neuen Arbeitskollegen bei CNN nur flüchtig.

Einmal am Tag würde er persönlich, oder über eine gesicherte Leitung Massako Bericht erstatten müssen, dafür hatte sie ihm ein schmuckloses Tastenhandy überlassen, in dessen Adressbuch nur eine einzige Nummer eingespeichert war. Ihre.

◆

Nach der Besprechung wurde Harold dazu aufgefordert, sämtliche seiner Social-Media-Accounts zu löschen.

Das war der leichteste Teil der Übung.

Harold machte sich nicht viel aus Instagram, folgte auf Twitter nur CNN, einigen Promis und ein paar Unternehmern und Unternehmerinnen und nutzte YouTube hauptsächlich, um sich Dokus anzusehen.

Indes machten sich Massakos Analysten an die Arbeit, alle Bilder und Artikel von und über Harold aus dem Internet zu entfernen.

Bislang war er davon ausgegangen, dass man die digitale Spur eines Menschen nicht einfach so verschwinden lassen konnte.

Offenbar hatte er sich getäuscht.

Man verpasste ihm einen neuen, fingierten Onlineauftritt. Dieser setzte sich aus ein paar pro-Big5 Artikeln auf unbedeutenden Blogs zusammen, die mit gefälschten Veröffentlichungsdaten und Kommentaren versehen wurden.

Ferner arbeitete er jetzt laut LinkedIn als freier Journalist, hatte eine Vorliebe für Katzenvideos, Snooker-Trickshots und Modelleisenbahnen, und war den Likes auf seinem Twitter-Profil nach zu urteilen ein Bewunderer von Elon Musk.

Sein Name, seine Bewerbung samt Qualifikationen und ihm zugeordnete Adressen und Telefonnummern wurden aus der CNN-Datenbank gelöscht. Den Zugang hierfür hatte Kazane Nishida freigegeben.

Harold fragte sich, ob sie die Entscheidung freiwillig getroffen hatte. Nach wie vor fiel es ihm schwer, Massakos Methoden einzuschätzen.

Um zu gewährleisten, dass sein Stempelchip an den Ein- und Ausgängen der CNN-Büros weiterhin funktionierte, wurden die Informationen auf dem Chip einem Leer-Profil zugeordnet, das Stempelzeiten sowie Ein- und Austritte nicht länger speicherte.

Man schloss das Konto auf das Harolds Gehälter eingezahlt wurden und transferierte die (ziemlich kleine) Summe auf ein neues Konto bei Bank of America. Künftige Ausgaben sollte er in bar tätigen – man gab ihm siebenhunderttausend Yen – etwa fünftausend Euro, die für den nächsten Monat ausreichen sollten.

Mithilfe eines Skripts erzeugten die Analysten eine gefakte Bewegungshistorie innerhalb der ›Timeline‹ seines neuen Google-Profils. Vor zwei Wochen hatte Harold jetzt in einem Airbnb in Mexico-City übernachtet und war nicht durch Tokio spaziert.

Binnen kürzester Zeit hatte die PSIA jeden digitalen Beweis Harolds bisherigen Leben ausradiert.

Jetzt stand er weder Kazane Nishida noch Roger O'Donnell Rede und Antwort.

Sondern nur noch Massako.

Es fühlte sich an, als würde ein Teil seiner Vergangenheit nun fehlen ... als sei alles nur ein Traum gewesen. Alles, was ihm von damals blieb, waren seine verblassenden Erinnerungen.

ZWEIUNDZWANZIG

Bahnhofsviertel
Frankfurt am Main, Deutschland

Mitte April hatte sich aus heiterem Himmel der Winter in Frankfurt zurückgemeldet. Während Fabrizio Visconti vor ein paar Stunden noch auf der Terrasse des *Spatenbräu* an der Münchner Oper zu Mittag gegessen hatte – bei knapp zwanzig Grad, einem kühlen Bier und mit Sonnenbrille – empfing ihn Eiseskälte, als er in Frankfurt aus dem ICE stieg. Der dünne Baumwolltrenchcoat und der Anzug ließen ihn frieren.

Die Strecke Frankfurt – München bewältigte er grundsätzlich mit der Bahn, auch wenn er das ein oder andere Mal Verspätungen in Kauf nehmen musste. Keine zehn Pferde brachten ihn auf die A9, die stellenweise nur vierspurig ausgebaut war und mehr Baustelle als Autobahn war. Meistens war das Tempo noch dazu auf Hundertzwanzig begrenzt. Bis Nürnberg ging es meist recht flott, aber dann begann der Horror. Nein, der ICE war die bessere Variante.

Er war bei einem Start-up zu Besuch gewesen, die sich im Wesentlichen mit grünen Technologien im digitalen Sektor beschäftigten. Derlei Rechercherreisen gehörten zu seinem Tagesgeschäft. Ein reiner Pflichttermin, von dem Visconti im Vorhinein wusste, dass er sich langweilen würde. So hatte er sich anschließend mit einem Schweinebraten belohnt und die Sonne genossen, bevor er die Rückreise antrat.

Bevor er nun allerdings in die Wärme seiner Wohnung flüchten konnte, hatte er noch eine Sache bei Western Union zu erledigen.

Das Büro der Bank aus Denver lag in der Moselstraße, unweit des Hauptbahnhofs. Auf dem Bahnhofsvorplatz blieb der Schnee bereits liegen. Er sah andere Reisende, die von der Kälte ebenso überrascht wurden, wie er. Schützend wurden alle Gegenstände zum Schirm zweckentfremdet, die man bei sich trug: Aktentaschen, Plastiktüten, dünne Anzugjacken.

Der Wind war heftig. Visconti musste die Augen zusammenkneifen, um sehen zu können. Er knöpfte Sakko und Mantel zu und erkämpfte sich, leicht nach vorn gebeugt, einen Weg in die Moselstraße.

Wegen Bauarbeiten war die Taunusstraße für Autos und Fußgänger gesperrt, wohl oder übel musste er einen Umweg nehmen. Ein freies Taxi war nirgends in Sicht.

Über die Karlstraße gelangte er in die Niddastraße, den Ort, welchen er unter anderen Umständen immer zu meiden versuchte. In der Kaiserstraße, der berühmten Bordell- und Partymeile, ging es im Vergleich dazu regelrecht zivilisiert zu.

Hier wurden jene angespült, die alles verloren hatten.

Mahnend oder schadenfroh überschatteten die Wolkenkrater von Commerzbank und Co. alles, was hier unten vor sich ging. Er war nicht der einzige Geschäftsmann, der zu dem Schlenker durch die Nidda gezwungen wurde. Manche zogen sich Plastiküberzüge auf das teure Schuhwerk, bevor sie weitergingen. Man musste buchstäblich vorsichtig sein, wo man hintrat. Überall lag Müll, unter jeder Plastiktüte konnte eine Nadel liegen, sofern die Menschen am Straßenrand es schafften, sie sich aus dem Arm zu ziehen.

Für einen Moment blieb Visconti regungslos stehen. Auch die zahlreichen Menschen, die hier ihr zu Hause hatten, mussten mit der Kälte zurechtkommen. Ein paar hatten Pappbecher aufgestellt und bettelten.

Visconti fragte sich, wie man so tief fallen konnte.

Warum gingen diese Junkies nicht arbeiten? Eine Dusche würde ihnen guttun. Es stank grauenvoll nach Kot, Urin und faulen Nahrungsmitteln. Eine Frau saß neben ihm in der Hocke und erleichterte sich. Aus den Ruinen ihres Mundes lösten sich ein paar Wortfetzen, die er verstand.

»... Weltmacht Amerika ... Untergang ... Michelangelo.«

Er hielt die Luft an und schickte sich, pünktlich zu seinem Termin zu kommen. Wie konnte die Stadt derartiges Leid überhaupt zulassen? Warum wurden die Angebote in den Wärmestuben nicht angenommen? DarkStone unterstützte einige von ihnen finanziell. Scheinbar reichten hunderttausend Euro im Jahr nicht aus, um etwas an diesen scheußlichen Zuständen hier zu verändern.

Am Anfang und am Ende der Straße standen große Polizeiwägen mit vergitterten Scheiben, einige Beamten standen, die Hände hinter dem Rücken verschränkt, herum, und beobachteten die Szene. Man versuchte sicherzustellen, dass sich der Drogensumpf nicht in exklusivere Gegenden ausbreitete. Hier behielt man alles unter konzentrierter Kontrolle. Eingeschritten wurde seitens der Staatsmacht nur, wenn sich Schlägereien oder sonstige Unruhen anbahnten, oder wenn sie von anderen Obdachlosen darauf hingewiesen wurden, dass ihr Kumpel nicht mehr aufwachte. Dann wurde der Notarzt gerufen, der zumeist nur noch den Bestatter zu verständigen hatte.

Ein Mann fragte Visconti nach etwas Geld. Er hatte nichts Bares einstecken, also schüttelte er stumm den Kopf und wollte weitergehen, doch der Mann versperrte ihm den Weg. Er stand nur halb aufrecht, sein linkes Bein war verletzt und er hatte Mühe, das Gleichgewicht zu behalten.

Rasch wechselte Visconti die Straßenseite. Immer wieder stellte seine innere Stimme die gleiche Frage.

Wie kann man so tief sinken?

Bevor er sich weitere Gedanken machen konnte, hatte er schon das Büro der Western Union betreten.

Nach dem Termin, kurz vor Ladenschluss, kaufte er sich einen neuen Wintermantel bei *Eckerle* auf der Zeil. Er bezahlte die sechstausendachthundert Euro mit Karte und schaltete per App die Fußbodenheizung daheim an.

Am nächsten Morgen schien die Sonne und der Schnee war geschmolzen.

DREIUNDZWANZIG

Montreux am Genfersee, Schweiz

Adam

»Ich weiß echt nicht, wo das Problem liegt, Leute!«, rief Junichiro. Seine sonst blasse Haut war im Gesicht rot angelaufen, vereinzelte Haarsträhnen hingen ihm über die Stirn. Wild gestikulierend versuchte er das Geschehene vor Adam und Vadim zu rechtfertigen.

Es gibt keine Entschuldigung dafür, dachte Adam.

»Unser Projekt soll seinen Nutzern dienen, allen, verdammt noch mal, und nicht deinem kontrollsüchtigen Bonzendaddy!«

»Das musst du gerade sagen, Vadim, du, der Apostel des altsowjetischen Kommunismus, klar. Als ob dich die Gemeinschaft aller Nutzer interessiert. Ich will nicht wissen, was du bei deinen nächtlichen Ausflügen ins Darknet so treibst. Bestimmt nichts, womit man angeben sollte, so wie du es immer machst. Tu doch nicht so, als hättest du 'ne weiße Weste!«

Vadims Faust in Junichiros Gesicht beendete dessen Schimpftirade. Es ging alles so schnell vor sich, dass Adam nicht die Zeit hatte zu reagieren und dazwischen zu gehen.

»Hey!«, brüllte er nur, da lag Junichiro schon auf dem Boden des Wohnzimmers im Chalet.

»Fick dich!«, sagte Vadim mit tiefer Stimme und ließ sich auf das Sofa fallen. Junichiro krümmte sich vor Schmerzen.

»Du hast mir die Nase gebrochen, du Vollidiot!«

Vadim knetete seine Fingerknöchel. »Ich habe deine Nase absichtlich verfehlt. Heul nicht rum, bevor ich nochmal nachlege!«

Adam hatte noch nie zuvor eine Schlägerei gesehen und hätte nie erwartet, Junichiro in eine verwickelt zu sehen. Bei Vadim war er sich nicht so sicher gewesen.

Bestimmt tat so ein Frontalschlag furchtbar weh. Auf dem Couchtisch zählte er drei Laptops, ein Handy und ein halbleeres Glas Wasser.

»Hört auf, euch zu hauen«, sagte Adam und kam sich furchtbar nutzlos vor. Es war ja schon passiert. Adam konnte Vadims Wut verstehen, er selbst war auch wütend. Junichiro gefährdete ihr gesamtes Projekt, gerade jetzt, wo sie so kurz vor dem Ziel waren.

Sollten die vergangenen drei Monate umsonst gewesen sein? All die durchzechten Nächte, die sie sich zwischen Pizzakartons und den dutzenden Dosen Energydrink um die Ohren geschlagen hatten? Auf Github hatte ihr Projekt immerhin schon ein paar hundert Kontributionen gefunden. Jetzt waren sie eigentlich bereit dazu, das Ökosystem Stück für Stück zu skalieren - ein Prozess, der viel Geld erforderte - welches ihnen aber nur bedingt zur Verfügung stand. Man müsste Investoren finden, die App unter die Leute bringen, Sicherheitschecks bestehen und, und, und ...

Junichiros Vater mochte monetär in der Lage sein, ihnen unter die Arme zu greifen, doch von ihm wollte Adam keine Hilfe annehmen.

Es gab so viele Dinge, über die sich Adam im Moment keine Gedanken machen konnte und wollte. Er hoffte, dass sie eine konstruktive Lösung für den Schlamassel finden konnten.

Langsam richtete sich Junichiro auf.

Junichiro

Tausend Beschimpfungen rauschten Junichiro durch den Kopf. Vadim tat so, als hätte man ihm die Pläne zur Rettung der freien Welt durchkreuzt. Dabei hatte er überhaupt nichts falsch gemacht! Trotzdem ging Junichiros Atem schneller, seine Schultern waren hochgezogen und sein Puls raste.

Er hatte seinen Vater angerufen, Kazumasa Hisoka, und ihm von ihrem Projekt erzählt – in der Hoffnung, dass er sie finanziell unterstützen würde. Die Tests konnten sie alleine nicht bewerkstelligen und Rechenleistung war teuer. Selbst die freien Ressourcen des Campusnetzwerks hatten nicht ausgereicht.

»Ich weiß echt nicht, wo das Problem liegt, Leute!«, rief Junichiro und strich sich ein paar Strähnen aus dem Blickfeld. Auch Adam wirkte ziemlich wütend, obwohl man es ihm nicht direkt ansah. Er hielt mit seinen Augen den Sofatisch fixiert.

»Unser Projekt soll seinen Nutzern dienen, allen, verdammt noch mal, und nicht deinem kontrollsüchtigen Bonzendaddy!«

Genug war genug. Ja, Junichiros Vater war sicher kein Verfechter gemeinnütziger Technologien, schon gar nicht, wenn sie gratis angeboten werden sollten. Trotzdem hatte er die Möglichkeiten, ihnen zu helfen. Sein Vater hatte sogar angekündigt, persönlich anzureisen, um sich den Code näher anzusehen.

Für Junichiro war dies ein riesiger Erfolg.

Selbst am Telefon hatte er einen gewissen Stolz in der Stimme seines Vaters ausmachen können. Dass ihn Vadim nun derart beschimpfte, war in erster Linie kein Angriff gegen seinen Vater, sondern gegen ihn, Junichiro, der dem Projekt die Stützräder verpassen wollte, die es für den Durchbruch brauchte.

»Das musst du gerade sagen, Vadim, du, der Apostel des altsowjetischen Kommunismus, klar«, platzte es aus ihm heraus. »Als ob dich die Gemeinschaft aller Nutzer interessiert. Ich will nicht wissen, was du bei deinen nächtlichen Ausflügen ins Darknet so treibst. Bestimmt nichts, womit man angeben sollte, so wie du es immer machst. Tu doch nicht so, als hättest du ´ne weiße Weste!«

Urplötzlich veränderte sich Vadims Haltung. Mit zwei großen, schnellen Sätzen stand er vor ihm. Bevor Junichiro sich wegducken konnte, war die Faust schon in sein Gesicht gedonnert.

Von der Wucht des Aufpralls verlor er das Gleichgewicht. Unsanft schlug Junichiro mit dem Rücken auf, dann setzte der Schmerz ein. Es war kaum auszuhalten, doch er versuchte einen Schrei zu unterdrücken. Die Genugtuung wollte er Vadim nicht geben. Stattdessen krümmte er sich auf dem Boden und bemühte sich, einen klaren Gedanken zu fassen.

»Hey!«, brüllte Adam mit der Reaktionszeit eines blinden Greises.

»Fick dich!«, sagte Vadim mit tiefer Stimme.

Für einen Gegenangriff fehlte Junichiro die Kraft. Außerdem hatte er sich noch nie geschlägert. Es hatte keinen Zweck, sich weiter mit Vadim anzulegen.

»Du hast mir die Nase gebrochen, du Vollidiot«, rief er stattdessen.

Vadims Antwort kam prompt. Junichiro entschied, den Mund zu halten, bevor dieser seine Drohung wahrmachte.

»Hört auf, euch zu hauen«, war Adams unnötiger Beitrag zu der grotesken Situation.

Wartet nur ab, dachte Junichiro. Ihr werdet mir schon noch danken.

Langsam richtete er sich auf.

Vadim

Wie kann man nur so kurzsichtig sein, dachte Vadim. Er hatte sich über Junichiros Vater informiert. Er hatte sich auch über Adams Eltern informiert, aber die schienen ein unbedeutendes Unternehmerpaar mit entsprechend Kleingeld zu sein, ungefährlich für ihn.

Kazumasa Hisoka hingegen saß wie ein selbstgekrönter Kaiser auf einem der wichtigsten Konzerne der Welt, SukiCore. Nicht in tausend Jahren würde er einem Projekt wie dem ihrigen die richtige Unterstützung liefern.

Warum sollte er auch?

Das gleichnamige Produkt des Unternehmens war ein absoluter Verkaufsschlager – bei kommerziellen und privaten Nutzern gleichermaßen. SukiCore war der Goldstandard moderner Cybersecurity.

Auf der anderen Seite war Adams Sicherheitsalgorithmus besser als der von Hisoka und deutlich skalierbarer.

Junichiro, der Idiot, hatte seinem Vater alles erzählt! Der würde ziemlich schnell feststellen, dass Adams Code viel mehr Potential hatte.

Und dann?

Dann wären Vadims Chancen verschwindend gering, die winzige Hintertür, die er in den Code eingebaut hatte, für sich und seinen Onkel offenzuhalten.

»Ich weiß echt nicht, wo das Problem liegt, Leute!«

Natürlich weißt du das, du scheiß Schlitzauge.

»Unser Projekt soll seinen Nutzern dienen, allen, verdammt noch mal, und nicht deinem kontrollsüchtigen Bonzendaddy!«

»Das musst du gerade sagen, Vadim, du, der Apostel des altsowjetischen Kommunismus, klar. Als ob dich die Gemeinschaft aller Nutzer interessiert.«

Den Rest von Junichiros Wortschwall verstand Vadim nur noch dumpf. Es war, als packte jemand seinen Kopf in Watte.

Junichiro hatte nicht im Geringsten eine Ahnung, wovon er sprach. Dieser Pisskopf hatte sich eine Abreibung verdient. Die Wut kochte in Vadim auf wie schäumende Milch und ließ seine Muskeln erhärten.

Er holte aus und zielte knapp unter die Nase.

Der saß.

Vadims Fingerknöchel schmerzten. Er hatte sich noch nicht oft geprügelt. Wenn, dann nur zur Selbstverteidigung. Eigentlich hatte er damit gerechnet, dass Junichiro ein schöner Schmerzensschrei entfahren würde. Stattdessen entfuhr Adam ein zittriges *Hey*, als alles längst vorbei war.

»Fick dich«, sagte Vadim zu Junichiro und ließ sich auf das Sofa fallen.

Er überlegte einen Moment.

Im Nachhinein hätte er Junichiro besser nicht vor Adam schlagen sollen. Er wusste, dass Menschen mit Asperger nicht sonderlich gut mit Stresssituationen umgehen konnten. Man sah Adam an, dass er sich unwohl fühlte.

Davon abgesehen konnte Vadim nicht abstreiten, dass er Adam eigentlich ganz gut leiden konnte. Er respektierte dessen Talent und Entschlossenheit. Während der vergangenen drei Monate war Adam keinen Millimeter von seiner Vision abgerückt. Er wurde nicht müde, dieser Émelie, die ein paarmal vorbeigekommen war, um ihnen Pizza zu bringen, zu erklären, was sie nächtelang trieben und warum. Ihm schien wirklich was an dem Mädchen zu liegen. Vadim respektierte Menschen, die an ihre Sache glaubten.

Er war umso vorsichtiger gewesen, als er den Code manipulierte. Niemand würde sein Werk jemals entdecken, nicht, wenn man nicht explizit nach dem winzigen Schnipsel zwischen den hunderttausenden Programmzeilen suchte. Die von ihm entwickelte Sicherheitslücke war sein persönliches Meisterwerk. Onkel Dimitri würde seinen Spaß dran haben. Es war seine Leiter zu den Sternen.

Dass er dabei *Junichiro* hinterging, war Vadim völlig gleichgültig. Bei Adam war das anders. Manchmal glaubte Vadim, dass sie sich vielleicht sogar ähnlich waren. Ihre Skills waren auf dem gleichen Level, ihrer beider Faszination für neue Technologien riss niemals ab, und sie beide hatten einen Plan.

Aber dass Adam niemals herausfinden würde, wer, wie, wo und weshalb das Leck platziert hatte, brachte sein Gewissen wieder ins Reine.

Junichiro lag noch immer am Boden herum. Er faselte irgendwas davon, er habe ihm die Nase gebrochen. Schwachsinn. Vadim hatte präzise gezielt.

Adam stand wie versteinert ein paar Meter von ihm entfernt und starrte auf den Couchtisch.

Langsam richtete sich Junichiro auf.

»Wie soll es jetzt weitergehen?«, fragte Adam. Er klang resigniert.

Junichiro rieb sich das Kinn, setzte sich an den Esstisch und ließ Vadim nicht aus den Augen. Er stützte den Kopf in eine Hand und sagte: »Mein Vater kommt morgen und will sich den Code ansehen.«

»Morgen schon?! Er kommt PERSÖNLICH?!«

Vadim konnte es nicht fassen. Wenn Hisoka sich höchstpersönlich auf den Weg in die Schweiz machte, hatte Junichiro ihm wohl ganz schön eingeheizt.

»Ich bin dafür, dass er gleich wieder heimfliegen kann«, meinte Vadim und blickte zu Adam, der immer noch den Sofatisch im Auge behielt.

»Adam? Was hältst du davon?«

»Ich will nicht mit deinem Vater zusammenarbeiten, Juni. Tut mir leid. Glaub' ich.«

Immerhin.

»Mann, Leute!? Lasst uns doch wenigstens anhören, was er von dem Code hält. Wir können konstruktives Feedback gebrauchen.«

»Mich interessiert das Feedback aber nicht. Nicht von ihm.«

»Was hast du bitte gegen ihn, Vadim? Du kennst ihn doch gar nicht!«

Besser als du denkst.

»Dein Vater ist so ungefähr der biggest boss of fucking centralized bullshit! Das ist Old Economy, Mann, der hat kein Interesse an einer Revolution.«

»Wir bauen ein dezentrales Prozessnetzwerk«, sagte Adam kleinlaut.

»Eben!«, pflichtete Vadim bei. »Projekte wie unsere gehen gegen alles, was deinen Vater groß gemacht hat. Sorry, aber du kannst mir nicht erzählen, dass er da ernsthaft Bock drauf hat. Der ist höchstens scharf auf unseren Algorithmus.«

»Ich kenne ihn besser als ihr«, verteidigte sich Junichiro. »Ich weiß, wie er tickt. Man muss ihn nur mit den richtigen Dingen begeistern, dann zieht der Alte seine Spendierhosen an. Mensch, wir brauchen die Kohle, damit wir unsere Tests machen können. Kapiert ihr denn nicht, dass ich im Sinne unseres Projekts gehandelt habe? Ja, ich gebe zu, ich hätte es vorher mit euch absprechen sollen, aber jetzt kann ich es auch nicht mehr ändern. Lasst es uns wenigstens versuchen. Bitte ...«

»Kennt sich dein Vater überhaupt mit sowas aus?«

»Er bringt einen IT-Spezialisten mit.«

Fuck, dachte Vadim.

Hatte er wirklich gründlich genug gearbeitet? Dieser Fachmann durfte seine Manipulation auf gar keinen Fall entdecken, sonst war wirklich alles im Eimer. Er war sich zu neunundneunzig Prozent sicher, dass Adam der Fehler nicht auffallen würde. Den Analysten, den Junichiros Vater im Schlepptau hatte, konnte er nicht einschätzen. Der Mann würde wohl sein bestes Pferd im Stall mitbringen.

Langsam senkte sich die Nacht über den Campus und das Chalet. In einem der Fenster brannte noch bis in die frühen Morgenstunden Licht.

In seinem Zimmer kopierte Vadim den kompletten Quellcode samt des Hintertürchens auf eine externe Festplatte. Aus dem Original löschte er das winzige Schadprogramm. Wenn er Junichiros Vater richtig einschätzte, blieb mithilfe des schmalen, silbernen Teils vielleicht noch ein Plan B.

Adam, Junichiro und Vadim lagen irgendwann getrennt in ihren Betten, vereint in einem einzigen Gedanken:

Hoffentlich läuft alles nach Plan.

VIERUNDZWANZIG

Das letzte Gespräch hatte sein Schicksal endgültig besiegelt, so viel stand für ihn fest. Vladimir Orlov hatte alles aufgezeichnet. Jedes Wort. Jede Pause. Jede Veränderung der Stimmlage. Er hatte seinem Bruder lange genug den Rücken freigehalten.

Eine Welle aus Schmerz und Trauer packte ihn so heftig, dass er gegen den Schwindel ankämpfen musste. Er trauerte nicht um sich. Er trauerte um seinen Sohn und dessen Zukunft. Vadim kam ihm so unglaublich fremd vor, als sei er nicht sein eigen Fleisch und Blut.

Hastig sammelte er alle Dokumente zusammen, die sich in den letzten Jahren angehäuft hatten – es waren nicht viele – doch der kleine Stapel in den richtigen Händen würde Dimitri hoffentlich das Genick brechen.

Schließlich zog er den schwarzen USB-Stick aus seinem Laptop. Diesen hatte er in den vergangenen Monaten besser gehütet als seinen eigenen Augapfel. Anfangs hatte er das kleine Speichermedium noch für eine Art Lebensversicherung gehalten. Hoffentlich war es das noch immer, zwar nicht mehr für ihn, aber vielleicht für seinen Sohn. Eine zweite Chance, ein schmaler Ausweg. Für ihn selbst war es inzwischen zu spät. Er hatte die Geister bereits gerufen, die ihn früher oder später holen würden.

Vadim traf keine Schuld. Natürlich faszinierte ihn der Lebensstil seines Onkels, natürlich träumte er von der eigenen Unabhängigkeit in der Umgebung schöner Frauen, schneller Autos und dem Gefühl von Macht und Einfluss, wenn er abends einschlief.

Das Imperium Vladimirs Buders gründete auf dem Schmerz und der Unterdrückung anderer, auf skrupelloser Strategie und totalitärer, gnadenloser Exekutive. Ein System, das sich gleich einem Virus an seinen ahnungslosen Wirten festsetzte, um im richtigen Moment seiner Bestimmung nachzukommen: der totalen Zerstörung. Ohne Rücksicht auf Verluste.

Vadim war zu jung, um einzuschätzen, was es bedeutete, buchstäblich über Leichen zu gehen.

Vladimir Orlov schnappte sich den braunen Umschlag, befeuchtete mit der Zunge den Klebestreifen und verschloss das Päckchen. Dann nahm er einen Kugelschreiber und schrieb ein paar Worte auf die Rückseite.

Für den Fall, dass ich sterbe.

Die Formulierung kam ihm so zynisch vor.

Er griff nach den Autoschlüsseln, schlüpfte in seinen Mantel und eilte durchs Treppenhaus der Kanzlei zur Tiefgarage. Im Wagen steckte er sich eine Zigarette an und startete den Motor.

Vladimir hatte es eilig und erlaubte sich zwei waghalsige Spurwechsel, um noch rechtzeitig anzukommen. Die Poststelle, in der sein Freund Yuri arbeitete, würde gleich schließen. *Hoffentlich erwische ich ihn noch.*

An einer schwer einsehbaren Kreuzung stoppte ihn das rote Licht einer Ampel. Nervös blickte er sich um, dann trat er das Gaspedal durch. Der blaue Mercedes von links konnte gerade noch ausweichen. Vladimir war nur noch ein paar Blöcke entfernt.

Als er endlich die kleine Rampe zur Poststelle hinaufeilte, fühlte er sich wie in einem Rausch.

Gott sei Dank, dachte er, als er Yuri hinter dem Schalter erblickte. Dieser war gerade dabei, den Kassensturz zu beenden und trug bereits seine Privatkleidung.

»Na sowas!«, rief Yuri, als er Vladimir erblickte. Er schob die Geldkassette beiseite und trat hinter dem Tresen hervor. Sie umarmten sich kurz und klopften sich auf die Schultern.

»Ich hab' nicht viel Zeit«, sagte Vladimir, löste sich von ihm und zog den Umschlag hervor, den er unter seiner Jacke versteckt hielt.

Yuri war gut drauf und machte keine Anstalten, ihm den Umschlag abzunehmen.

»Kommst du nachher zum Poker? Wir spielen drüben in der Kneipe. Andrej macht schon früher zu, dann sind wir ungestört. Was meinst du, eine gepflegte Runde auf die alten Zeiten?«

Die *alten Zeiten* waren hunderte gemeinsam bestrittene Fußballturniere mit einer der Petersburger Jugendmannschaften. Vladimir dachte gern an diese Vergangenheit zurück; die hitzigen Matches, die feucht-fröhlichen Besäufnisse im Vereinsheim hinterher, der brachiale Kater am nächsten Morgen in Mathematik. Es waren wahrscheinlich die besten Jahre seines Lebens gewesen. Ohne Internet. Und ohne den Größenwahn seines Bruders.

Er erinnerte sich, weshalb er überhaupt hier war.

»Ich bin leider raus«, entschuldigte er sich. »Und ich habe eine Bitte an dich.«

Yuri zog einen Schmollmund und ging wieder hinter den Tresen. »Immer kommst du nur, wenn du etwas von mir brauchst. Was ist nur aus dir geworden ...«

»Na komm, so schlimm ist es doch gar nicht!«

Dann grinste Yuri wieder. »Mach ja nur Spaß. Also, was gibt's?«

Vladimir hasste es, dass er ihm das Lächeln wohl gleich nehmen würde.

»Du hast doch erzählt, dass ein Bekannter von dir bei der GRU arbeitet, oder?«

Yuri seufzte. »Als ich das gesagt habe, hatte ich ein Glas zu viel. Ist mir rausgerutscht. Du weißt, dass ich nicht darüber sprechen darf ...«

Vladimir nickte und sah sich nervös um, inspizierte die Lage vor den Fenstern der Poststelle und wendete sich wieder an Yuri: »Ich stecke in der Scheiße.«

»Dann zieh mich besser nicht mit rein, Vladimirowitsch. Mit den Jungs ist nicht zu spaßen.«

»Mit denen habe ich auch keinen Stress. Es geht um was anderes. Ich habe Informationen, die ... Du musst mir einen Gefallen tun.«

»Was für Informationen?«

»Ich kann jetzt nicht darüber sprechen, Yuri, bitte ...«

Vladimir schob den Umschlag über den Tresen. »Kannst du dafür sorgen, dass der bei deinem Bekannten landet? Nenn mir jede Summe. Ich bezahle sie.«

Vladimir merkte, wie ihm der Schweiß auf die Stirn trat. Yuri war einer der liebsten Menschen, die er kannte. Er wollte ihn nicht in die ganze Sache verwickeln, aber jetzt gab es keinen anderen Weg. Er wusste nicht, an wen er sich noch wenden sollte, bevor es endgültig aus war.

»Was ist da drin?«

Skeptisch zog Yuri den Umschlag zu sich, dabei fiel sein Blick auf die Worte, die Vladimir auf die Rückseite gekritzelt hatte.

»Was hat das denn zu bedeuten?! Bist du in Gefahr?«

»Bitte gib das Päckchen deinem Bekannten. Mehr kann ich nicht sagen. Ich flehe dich an! Sag, was ich dir schulde.«

»Gar nichts, ich mache mir Sorgen um dich. Du bist ganz blass.«

»Ich muss wissen, ob der Umschlag ankommen wird!«

Yuri senkte den Kopf und las die gekritzelte Zeile erneut.

»Na gut, ich kümmere mich darum. Aber ich tu's sicher nicht gern!«

Vladimir konnte nur auf das Wort seines alten Freundes vertrauen. Er faltete die Hände und machte eine dankende Geste in Yuris Richtung, dann eilte er ohne ein weiteres Wort zurück zu seinem Wagen.

Als er sich hinter das Lenkrad setzte, fühlte er sich auf einmal befreit und leicht. Die nächste Zigarette schmeckte fabelhaft, würzig-vollmundig, es war ein Fest, fast, als hätte Vladimir seinen Frieden mit allem geschlossen.

Blieb noch eine letzte Sache zu erledigen. Er stellte die Automatik auf *Drive* und parkte fünfzehn Minuten später vor Viktorijas Haus. Der fünfunddreißigjährigen Ukrainerin hatte er zu verdanken, dass er in den vergangenen Jahren nicht komplett wahnsinnig geworden war. Viktorijas Praxis befand sich im gleichen Haus, in dem Sie lebte.

Er hatte sie beim Wocheneinkauf im Supermarkt kennengelernt und ihr hochgeholfen, als sie auf dem frisch gewischten Boden ausgerutscht war. Es war eine jener ersten Begegnungen, die gut und gerne aus einem Film hätte stammen können. Kitschig, analog und nach allen Regeln des Zufalls. Zwischen den beiden hatte es sofort gefunkt. Die braunhaarige Psychologin hatte ein weiches Gesicht und große dunkle Augen, in denen sich Vladimir am ersten, wie am hundertsten Tag unsterblich gerne verlor. Sie war für ihn der Inbegriff vollendeter Schönheit, ihre feinfühlige Wortwahl suchte ihresgleichen, er hatte sich eine Zukunft mit ihr gewünscht.

Nun aber galt es, Abschied zu nehmen und als er die Stufen zur Eingangstür des Gebäudes im alten Kolonialstil erklomm, spürte er einen Stich in der Brust.

Immerhin blieb ihm das Lebewohl vergönnt.

Der Weg in den zweiten Stock raubte ihm den Atem, wie selten nicht. Oben klopfte er an und wartete, dass man ihm öffnete. Irritiert stellte er fest, dass die schwere Holztür nur angelehnt war.

Per Telegram hatte er seinen Besuch auf achtzehn Uhr angekündigt, er war also eine Viertelstunde zu spät, aber würde sie die Türe einfach offenstehen lassen?

Er schob sie einen Spalt weit auf. Im Flur war es dunkel. Unter dem Schlitz der Tür zum Wohnzimmer drang ein schwacher Lichtstrahl zu ihm.

»Viktorija?«, rief er vorsichtig und wiederholte ihren Namen«, als er keine Antwort erhielt.

Er beschloss einzutreten. Das Bild, dass sich ihm hinter der Tür im Wohnzimmer bot, ließ ihn augenblicklich erstarren.

Nein. Das darf nicht sein. Es. Darf. Nicht. Sein. Das ist ein Traum! Das ist ein bösartiger Traum! Wach auf verdammt!

»Schön, dass du es einrichten konntest, Bruderherz.«

Vladimir fehlte die Luft, um zu antworten. Mit aufgerissenen Augen starrte er zum Esstisch.

Dimitri Orlov saß im Halbdunkeln, eingehüllt in Zigarettenqualm auf einem Stuhl, die Arme entspannt vor der mächtigen Brust verschränkt.

»Setz dich, Vladimir Sergejewitsch.«

Dass Orlov Vladimirs Zweitnamen nannte, jenen, der der Vorname ihres Vaters gewesen war, war an Unverschämtheit und Überheblichkeit kaum zu übertreffen. Dimitri beschmutzte die gesamte Familienehre mit seinen Machenschaften.

»Vater hätte dich aus der Familie verbannt, wenn er gewusst hätte, was du getan hast, Dimitri!«

»Warum sprichst du in der Vergangenheit, Vladimir? Was meinst du mit ›was ich *getan*‹ habe? Ich bin noch lange nicht am Ziel.«

»Wo ist Viktorija?«

»Deine Freundin musste spontan verreisen. Und jetzt setz dich endlich!«

Aus dem Schatten des großen Raumes traten plötzlich zwei breitschultrige Glatzköpfe in schwarzen Mänteln und Lederhandschuhen. Sie standen einfach nur da und fixierten Vladimir mit ihren leeren Augen.

Sein Herz pochte so stark, dass jeder Impuls des Muskels unter seiner Brust schmerzte. Widerwillig nahm er Platz. Vielleicht gab Orlov ihm die Chance, zu verhandeln.

Eine Weile lang sprach keiner ein Wort. Die Stille war kaum auszuhalten.

Die Glatzköpfe zogen sich langsam in ihre Ecke zurück.

»Weißt du, was komisch ist?«, fragte Orlov irgendwann lächelnd.

»Ich habe noch nie mit einem toten Mann gesprochen.«

»Du bist ein widerwärtiges Stück Scheiße, Dimitri! Wo ist Viktorija!? Was habt ihr mit ihr gemacht? Sag mir, was ich tun soll, los! Sag es!«

Orlov zog die Stirn kraus, stand auf und versenkte die linke Hand in seiner Hosentasche. Er stand so lässig herum, wie man am Rand eines Fußballfelds steht, oder auf einem Konzert ohne Sitzplätze.

»Du?«, sagte Orlov dann, »was willst *du* denn tun?«

»Alles! Egal was! Aber ich bitte dich, lass Viktorija da raus. Wir vergessen, was passiert ist!«

»Du, lieber Bruder, kannst weder etwas vergessen noch irgendetwas tun.«

»Aber warum denn nicht? Gib mir wenigstens eine Chance!«

»Ich kann dir bedauerlicherweise keine Chance mehr geben, selbst, wenn ich das wollte.«

»WARUM NICHT?!«

»Weil du gerade bei einem tragischen Autounfall ums Leben gekommen bist, Bruderherz. Schlimm ... Du warst schon immer ein schlechter Fahrer.«

Bis Vladimir die Worte verarbeitet hatte, stand Orlov bereits direkt hinter ihm.

Vladimir wusste nicht, wie ihm geschah, nur, dass er plötzlich keine Luft mehr bekam.

Langsam schob Orlov seinen linken Arm unter dem Kinn seines Bruders entlang und zog ihn dann über Vladimirs Schulter an seine eigene Brust. Mit der rechten Hand presste er gegen Vladimirs Hinterkopf und griff schließlich mit der Linken um, führte den Handballen an Vladimirs Schläfe.

Orlov brachte seinen Brustkorb näher an die Lehne des Stuhls, sodass Vladimir seinen warmen Atem im Nacken spürte. Orlov verlagerte sein Gewicht und begann, Vladimirs Kopf Zentimeter um Zentimeter nach links zu drehen.

Der Augenblick kam Vladimir vor, wie in Zeitlupe. Seine Beine strampelten, er versuchte alles an Kraft in seinen Torso umzulagern, um die Arme zu unterstützen, die panisch nach Orlovs griffen.

Vladimir spürte, wie sich die Sehnen und Muskeln in seinem Nacken schmerzhaft dehnten. Das Gefühl breitete sich schnell und heiß über die Wirbelsäule bis in den unteren Rücken aus und machte es unmöglich, den Fokus seiner Kraft in den Armen zu behalten.

Das bisschen Sauerstoff, dass er zischend zwischen seinen Zähnen in den Brustkorb zu pumpen versuchte, kam an der verengten Stelle in seinem Hals kaum noch vorbei und auf dem Rückweg spritzte es Speichel nach allen Seiten.

Das Licht der Stehlampe im Eck wurde schwächer.

Als es erlosch, spürte er Dimitris Kopf ganz dicht neben seinem Ohr.

Orlov flüsterte etwas, das er nur noch dumpf verstand.

»Grüß Viktorija von mir.«

Dann, ruckartig, gab Vladimir auf. Der Schmerz war jetzt ganz fern, kaum noch zu spüren. Das letzte, was Vladimir Sergej Orlov jemals hörte, waren die brechenden Knochen in seinem Genick.

FÜNFUNDZWANZIG

Washington D.C., Vereinigte Staaten von Amerika

Alle lauschten den Stimmen aus dem Lautsprecher auf Fergussons Schreibtisch. Offenbar unterhielten sich zwei Männer. Der mit der tieferen Stimme sagte: »... werden nicht mehr aufzuhalten sein. Die Rechenzentren sind quer über Europa verteilt. Selbst wenn ein Betreiber die Schadcodes entdeckt, wird man sie nicht auf uns zurückführen können. Und dann weichen wir auf die anderen Server aus. Ganz einfach. Es wird eine Weile dauern, bis wir die richtigen Investmentbanken gefunden haben, aber der Rest ist ein Kinderspiel. Außerdem kann es nie schaden, denen mit einem fetten Volumen im Nacken zu sitzen. Wenn die Zeit reif ist, drehen wir den Spieß um. Dann werden die uns was abkaufen. Noch eine Sache, Tschechow. Wie laufen die Vorbereitungen für Myanmar?«

Fergusson sprang auf und deutete mit ausgestrecktem Zeigefinger auf den Lautsprecher. Er warf einen triumphierenden Blick in Richtung Harvey Preston, dem Direktor des CIA-Büros in Washington.

Bugajew stoppte die Aufnahme.

»Da haben Sie Ihren Beweis, Sir!«, rief Fergusson. »Vorbereitungen in Myanmar‹! Was brauchen Sie noch, damit Sie uns endlich unsere Arbeit machen lassen?«

Preston, der Direktor des Büros in Washington, war ein gedrungener Mann, dessen Hals unter der Hautmasse seines Doppelkinns verschwand. Er zuckte die Schultern. »Kann reiner Zufall sein.«

»Entschuldigen Sie, Sir«, sagte Bugajew, »das glaube ich kaum.«

»Ich auch nicht!«, meinte Fergusson. »Hören Sie, wir *wissen*, dass die Aufzeichnung in Sankt Petersburg entstanden ist, genau dort vermuten wir auch die Kernzelle des RCSN.«

»Eben. Sie *vermuten*.«

»Doch nur, weil wir noch nicht ausreichend Gelegenheit dazu hatten, die Dokumente aus dem Umschlag auf ihre Echtheit zu überprüfen. Gut möglich, dass sich weitaus mehr Beweise finden lassen.«

Preston seufzte. »Was genau steht in den Papieren?«

Bugajew schob ihm die Kopien rüber. Preston fischte in seinem Jackett nach einer schmalen Lesebrille und zog sie auf.

»Das Material ist wie eine Studie zu verstehen, Sir«, erklärte Bugajew. »Es finden sich Hinweise auf das Methoden und Organisationsstrukturen des Syndikats, welche die Tonaufnahme wiederum bestätigt. Der Kopf der Organisation scheint ein gewisser Dimitri Orlov zu sein, ein russischer Oligarch, über den nicht viel bekannt ist. Wir konnten aber feststellen, dass Orlov Anteile an einem Golfplatz in Ofterschwang hat.«

Als Fergusson Prestons fragenden Gesichtsausdruck sah, ergänzte er: »Das ist in Süddeutschland, Sir.«

»Aha. Und diese Dokumente sollen von seinem Bruder stammen?«

Bugajew nickte. »Mal dahingestellt, was an dem Material dran ist, Sir, die zwei sind Brüder. Das steht fest. Es liegen zwei Fotos bei, eins aus Kindertagen und eins, das vielleicht ein paar Jahre alt ist.«

»Warum sprechen Sie dann nicht mit ... Vladimir? Oder gleich mit Dimitri?«

»Vladimir Orlov ist vor zwei Jahren bei einem Autounfall ums Leben gekommen. Und Dimitri ... keiner weiß, wo er steckt.«

Preston hob irritiert die Hände. »Warten Sie, warten Sie. Dieses Material ist zwei Jahre alt? Wieso kommen sie erst jetzt da dran?«

Jetzt kommt der peinliche Teil, dachte Fergusson angespannt. Er überließ Bugajew die Erklärung: »Der Umschlag ist eines Tages bei einem niederen Sachbearbeiter in einer Außenstelle des GRU gelandet.«

»Wieso hat Vladimir Orlov sich nicht gleich an eine höhere Instanz gewandt?«

»Nun, Sir, die GRU betreibt nicht direkt eine offene Hotline, bei der man anrufen kann. Wir gehen davon aus, dass Vladimir Orlov entweder den Sachbearbeiter persönlich oder einen Bekannten von ihm kannte. Wie bei der CIA unterliegen Informationen, die das RCSN betreffen, höchsten Geheimhaltungsstufen. Der Mitarbeiter hatte vermutlich noch nie etwas über das Syndikat gehört. Abgesehen davon hatten bis dato die Ermittlungen noch gar nicht angefangen. Bis die Dokumente schließlich in der richtigen Abteilung und damit bei mir gelandet sind, verging etwas Zeit.«

»Zwei Jahre?!«

»Bedauerlicherweise.«

»All das ändert trotzdem nichts daran, dass wir endlich eine heiße Spur haben, Sir!«, sagte Fergusson.

»Heiße Spur ...«, murrte Preston kopfschüttelnd. »Sie haben zu viel Le Carré gelesen, Mr. Fergusson. Ich will Ihnen mal sagen, was wir alles *nicht* wissen!«

Jeden der folgenden Punkte zählte Preston an den Fingern seiner Hand mit. »Wir wissen nicht, ob die Dokumente überhaupt von Vladimir Orlov stammen. Wir wissen nicht, ob die Tonbandaufnahme echt, oder ein Täuschungsmanöver ist, um uns gezielt in die Irre zu führen. Wir wissen nicht, ob dieser Sachbearbeiter den gesamten Inhalt des Päckchens weitergeleitet hat. Wir wissen nicht, was Dimitri Orlov wirklich mit der Sache zu tun hat. Und ich, Gentlemen, weiß nicht, wie lange ich Ihren Wandertag in die Welt der Verschwörungstheorien noch in Langley rechtfertigen kann. Mr. Fergusson, Mr. Bugajew, verstehen Sie mich nicht falsch. Dass die GRU und die CIA für eine gemeinsame Sache kämpfen, ist durchaus erfreulich und ein Schritt in die richtige Richtung, aus gesamtpolitischer Sicht. Aber jedes Mal, wenn Sie mir von einem sogenannten Durchbruch berichten wollen, liefern Sie nichts als weitere Indizien, die die Komplexität der ganzen Sache erhöhen. Ich habe das Gefühl, Sie kennen sich in Ihren eigenen Ermittlungen nicht mehr aus.«

Preston stand auf, sammelte Handy, Brille und sein Laptop zusammen. Dann ging er zur Tür und drehte sich noch einmal um. »Sie haben Glück, dass der Präsident sich das Thema Cybercrime auf die Fahne geschrieben hat. Wenn es nach mir ginge, Mr. Fergusson, würde ich Sie sofort wieder für den Nahen Osten einspannen. Da kennen wir wenigstens unseren Feind.«

Fick dich doch, du Fettsack, dachte Fergusson.

Als kleines Sahnehäubchen seiner Missgunst ließ Preston die Tür zu Fergussons Büro offenstehen, als er ging. Bugajew schloss sie wieder und setzte sich.

»Ich will sehen, was sich von Moskau aus machen lässt, Cedric, aber die werden da langsam auch ungeduldig.«

Fergusson spielte mit einem Gummiband herum.

»›Sie haben zu viel Le Carré gelesen‹«, grummelte er. »Was für ein aufgeblasener Idiot!«

Bugajew nickte und schaukelte im Bürostuhl vor und zurück.

»Wir müssen versuchen, so zu denken, wie Orlov«, sagte Fergusson irgendwann. »Wir brauchen nur einen Schritt voraus zu sein. Einen einzigen.«

Plötzlich betrat Alana Foster den Raum, eine Analystin, die sich mit den Dokumenten beschäftigt hatte.

»Haben Sie vergessen, wie man klopft?«, fauchte Fergusson.

»Entschuldigen Sie, Cedric. Mr. Bugajew.« Sie nickte den Männern zu. »Sie sagten, ich solle sofort Bescheid geben, wenn wir auf etwas stoßen, das interessant sein könnte.«

»Und?«

»Wir sind soeben auf etwas Interessantes gestoßen, Sir.«

»Vielleicht sind Sie auch so freundlich und erzählen uns, was Sie gefunden haben, Alana!«

»Sir, Vladimir Orlov hat einen Sohn.«

SECHSUNDZWANZIG

Flughafen Lausanne-Blécherette
Lausanne, Schweiz

Adam hatte nichts mehr zu zählen. In dem kargen Hangar gab es abseits des Rollfelds ohnehin kaum etwas, dessen Menge er prüfen konnte, um sich etwas zu beruhigen. Schnell schob er sich zwei Tic Tac in den Mund.

Unter dem Wellblechdach hingen fünf Metallstreben, Fenster gab es keine. Der einzige Weg nach drinnen und draußen war ein breites Schiebetor, das geschlossen war. Licht kam von zwei Baustrahlern, die rechts und links hinter Kazumasa Hisoka und seinen zwei Begleitern standen. Adam, Vadim und Junichiro saßen Hisoka an einem Metalltisch gegenüber. Auch die Stühle waren aus Metall. In der Halle roch es nach Kerosin und Öl. Unweit der Gruppe hatte Hisoka seinen Privatjet parken lassen, der jetzt wie ein wachsamer Vogel über die Szene blickte.

Adam kam sich sehr klein vor im Vergleich zu dem Flugzeug. Die zwei Japaner, die Junichiros Vater flankierten und die Hände vor dem Schritt verschränkt hielten, machten ihm Angst. Sie trugen schwarze Klamotten und sahen so aus, als seien sie extrem schlecht gelaunt. Hisoka trug einen dunkelblauen Anzug und eine dunkelblaue Krawatte um den Hals gebunden, mit acht silbernen Streifen drauf.

Adam saß auf seinen Handflächen, weil er nicht wusste, wo er sie sonst verstauen sollte. Vadim gleich rechts von ihm hielt die Arme vor der Brust verschränkt und Junichiro hatte beide Hände zusammengefaltet auf der Tischplatte abgelegt.

Vadim besaß einen schwarzen Mercedes, mit dem sie nach Lausanne gefahren waren, nachdem Junichiros Vater seine Ankunft vermeldet hatte. Junichiro hatte an diesem Morgen nochmals geradezu gefleht, dass Adam und Vadim sich das Angebot seines Vater wenigstens anhören mochten. Immerhin plante sein Vater nicht, ihnen den Code abzukaufen, sondern ihnen finanziell unter die Arme zu greifen. Adam stand der Sache nach wie vor skeptisch gegenüber, doch schließlich stimmten er und Vadim einem Treffen zu, solange es auf unverbindlicher Basis stattfand.

Junichiro hatte ihnen sein Ehrenwort gegeben.

Adam hatte sich gefragt, warum Hisoka sich an einem Flughafen mit ihnen treffen wollte. Vielleicht wollte er sich die Option offenhalten, gleich wieder heimzufliegen, wenn ihn der Code nicht überzeugte. Adam bemühte sich, so gut es ging, entspannt zu bleiben.

Als einer der schlecht gelaunten Japaner jedoch das Schiebetor des Hangars hinter den dreien geschlossen hatte, verstärkte sich das unschöne Gefühl in Adams Bauch, welches er nicht näher beschreiben konnte. Es war, als hätte er etwas Falsches gegessen. Immerhin konnte er den faden Geschmack in seinem Mund mit acht Tic Tac soweit beseitigen, dass er ihn nicht mehr wahrnahm.

Kazumasa Hisoka blickte in die Runde. »Ich gratuliere euch, Jungs. Wir hatten Gelegenheit, uns euren Code genauer anzusehen. Ich bin ein ehrlicher Geschäftsmann und deshalb gebe ich folgendes offen zu: der Sicherheitsalgorithmus ist besser als mein eigener.«

»Vielen Dank!«, sagte Adam und wollte erklären, was das Programm können würde, wenn es sich erstmal zum dezentralen Netzwerk entwickelt hätte, doch Vadim trat ihm unsanft und kräftig auf den Fuß.

»Warum hast du das gemacht?«, fragte er.

Vadim ignorierte ihn und sprach mit Hisoka: »Und jetzt? Was wird das hier?«

»Lass ihn doch erklären, Vadim!«, sagte Junichiro.

»Misch dich nicht ein, wenn ich mich unterhalte«, zischte Hisoka. »Die Frage deines Freundes ist berechtigt und ich respektiere seinen Wunsch, zum Punkt kommen zu wollen. Deshalb ...«, sagte er weiter und schnipste mit den Fingern. Einer der schlecht gelaunten Männer griff unter seine Jacke und holte einen Schnellhefter hervor, den er Hisoka reichte. »... möchte ich euch den Code gerne abkaufen.«

Weltmännisch lächelnd schob er den Ordner über den Tisch. Beim Wort *abkaufen* begannen Adams Gedanken verrückt zu spielen. Es war, als zöge sich ein dichter Nebel durch sein Hirn, während er in den glitschigen Windungen unter seiner Kopfdecke nach einer Antwort auf diese Unverschämtheit suchte.

»Vater, du wolltest uns dabei helfen, die Tests zu finanzieren! Der Code steht nicht zum – «

»Etwas Besseres kann euch Kindern kaum passieren, Junge! Das Programm ist zweifelsohne gut, aber in meinen Augen gleicht alles eher einem ungeschliffenen Rohdiamanten. Mein Unternehmen wird dafür sorgen, dass das volle Potential des Codes ausgeschöpft wird.«

»Wir bauen ein dezentrales Prozessnetzwerk«, sagte Adam. »Alle müssen dafür sorgen, dass es sein Potential entfaltet. Ihr Unternehmen arbeitet zentral.«

Noch Sekunden später klopfte Adams Herz stärker als je zuvor. Es hatte ihn viel Mut und Anstrengung gekostet, etwas zu sagen. Er hatte sich vorstellen müssen, die schlecht gelaunten Männer seien nicht da.

»Warum schaust du zur Decke, Adam?«, fragte Hisoka irritiert.

»Ihre Freunde schauen mich die ganze Zeit an. Sie sind schlecht gelaunt. Ich mag das nicht.«

»Ach, so!«, rief Hisoka und lachte heiser.

»Vor denen brauchst du keine Angst zu haben, Adam. Bei einer Verhandlung muss darauf geachtet werden, dass die Verhältnisse ausgeglichen sind. So steht es immer drei zu drei, verstehst du?«

Adam wunderte sich über den Ton in Hisokas Stimme. Sie klang so, wie Sixts Stimme, wenn dieser etwas erklärte. Irgendwie freundlich eben.

Adam nickte unsicher.

Vadim hatte indes die Dokumente in dem Schnellhefter genauer ins Auge gefasst. Er klappte das Deckblatt um und schob die Papiere in Junichiros Richtung.

»Das Angebot ist fair«, sagte Vadim plötzlich.

Wieder begannen Adams Gedanken sich zu dematerialisieren und in unerreichbare Ferne zu rücken.

Fair? Wieso fair?

Er war davon ausgegangen, dass wenigstens zwischen Vadim und ihm Einigkeit darüber herrschte, den Code unter keinen Umständen zu verkaufen. Adam hatte Vadim sogar darum gebeten, für ihn das Reden zu übernehmen, falls er nicht die passenden Worte fände.

»Mein Angebot ist nicht fair«, sagte Hisoka, »es ist extrem großzügig. Ich biete euch dreihunderttausend Dollar.«

Die Rechnung hatte Adam im Kopf schnell gelöst. Einhunderttausend für jeden. Eine Menge Geld. Dann fiel ihm wieder ein, dass sie nicht an einem Verkauf interessiert waren.

»Wir sind nicht an einem Verkauf interessiert«, sagte er und ahmte Vadim nach, der wieder die Arme vor der Brust verschränkt hielt. »Wir müssen die Tests finanzieren, um live zu gehen. Dafür benötigen wir Unterstützung.«

»Spart euch die Arbeit und kauft euch was Schönes von dem Geld, Jungs. Damit kann man viel anstellen.«

Vadim sagte etwas sonderbares: »Ich bin dafür, dass wir das Angebot akzeptieren.«

Adam blickte ihn erschrocken an, doch Vadim schien sich im Augenblick nur für das Flugzeug zu interessieren. Er sah die ganze Zeit hin.

So war das nicht ausgemacht!

Junichiro hielt den Kopf gesenkt. »Tut mir leid, Leute«, sagte er kleinlaut.

»Aber weshalb denn, Junichiro?«, fragte Hisoka und lehnte sich zurück. »Du machst deine Freunde sehr reich ... sofern sie unterschreiben.«

»Ich will nirgends unterschreiben«, rief Adam, lauter als er es vorhatte. Er bemerkte, dass die zwei Männer zuckten, als wollten sie einen Schritt auf ihn zu gehen. Glücklicherweise blieben sie stehen.

Hisoka tippte sich mit der Spitze seines Zeigefingers auf die Lippen. Dann sagte er: »Weil ich wirklich überzeugt von deiner Arbeit bin, Adam, werde ich das Angebot erhöhen. Ich biete neunhunderttausend Euro. Jeweils dreihunderttausend sind noch heute auf euren Konten.«

»Wir bauen ein dezentrales Prozessnetzwerk. Wir verkaufen den Code nicht!«

»Adam ...«, sagte Vadim leise, »... stell dir vor, was wir alles mit dem Geld machen könnten! Du könntest mit Émelie verreisen, irgendwohin. Es ist ein faires Angebot.«

Adam fühlte sich von Vadim verraten. Warum wollte er auf einmal unbedingt verkaufen? Warum sagte Junichiro nichts dazu? Hatte sein Vater ihn hinters Licht geführt? Junichiro war manchmal vielleicht ein bisschen doof, aber anlügen würde er sie nicht, das glaubte Adam zumindest. Es war nicht unwahrscheinlich, dass sein Vater etwas Anderweitiges behauptet hatte und Junichiro jetzt sehr enttäuscht war. Adam hatte ein bisschen Mitleid mit ihm. Andererseits wären sie ohne Junichiro erst gar nicht in diese Situation geraten. Dass er uneins mit sich war, trieb ihn fast in den Wahnsinn. Schnell schob er sich zwei Tic Tac in den Mund.

»Auch wenn sie uns eine Fantastilliarde bieten, werden wir nicht verkaufen. Außerdem brauche ich das Geld nicht, um mit Émelie zu verreisen. Ich habe selber welches.«

»Ahhh«, machte Hisoka und stand auf. Er ließ sich von einem der Männer ein Handy in die Hand drücken. Mit spitzen Fingern wischte er über das Display. Dann streckte es Adam hin.

»Du sprichst sicher von dem blonden Mädchen hier, nicht wahr?«

»Woher haben Sie dieses Foto?«

Es zeigte Émelie in roter Unterwäsche. Das Bild existierte eigentlich nur als Polaroid. Wie konnte Hisoka eine Kopie davon besitzen?

»Ein lustiger Zufall, Adam! Ich kenne deine Freundin. Weißt du was sie mir erzählt hat?«

»Sie lügen doch!«

Adams Furcht vor den schlecht gelaunten Männern war wie weggeblasen. Stattdessen spürte er nun, wie die Muskeln seiner Arme und Beine unkontrolliert zuckten. Oder bildete er sich das ein?

»Ich habe vorhin schon gesagt, dass ich ein ehrlicher Geschäftsmann bin. Ich lüge nicht. Émelie hat mir erzählt, dass sie es sehr schön fände, wenn du mir den Code verkaufst.«

Es klang schrecklich, wenn Hisoka ihren Namen aussprach.

»Émelie weiß gar nicht, wer Sie sind!«

»Vater, was soll das!? Hör auf damit!«, rief Junichiro. Es genügte, dass einer der Männer auf ihn zuging. Sofort verstummte er.

Hisoka ließ sich von der Unterbrechung seines Sohnes nicht beeindrucken. Unverblümt ging er einen Schritt auf Adam zu und setzte sich vor ihm auf die Tischkante wie ein Lehrer, der seiner Klasse das bodenlos schlechte Ergebnis der letzten Schulaufgabe mitteilen wollte.

»Doch Adam, ich kenne sie. Und leider muss ich dir ausrichten, dass sie dich nie wieder sehen möchte, wenn du den Code nicht verkaufst. Hör zu, ich verstehe, dass dir dieses Projekt sehr wichtig ist. Deswegen habe ich noch ein anderes Angebot für dich.«

Vor lauter Angeboten wurde Adam ganz schwindelig. Kannte Hisoka Émelie wirklich? Warum sollte sie wollen, dass er den Code verkaufte?

»Warum sollte sie mich dann nicht mehr sehen wollen?«

»Weil du eine dumme Entscheidung treffen würdest. Frauen mögen keine Männer, die dumme Entscheidungen treffen, glaub das einem erfahrenen Mann, wie mir.«

»Émelie mag mich so, wie ich bin. Sie haben da Senf auf der Krawatte!«

Eingängig begutachtete Hisoka das längliche Accessoire, das um seinen Hals baumelte. Schließlich begann er laut zu lachen. »Aber nein, Adam ... Das ist das Gucci-Logo in Gold. Sieh genauer hin. Es ist eine winzige Biene, eins der Markenzeichen von Gucci.«

Dem war tatsächlich so. Jetzt hatte Adam völlig den Faden verloren.

Plötzlich begann der Boden unter seinen Füßen zu beben. Die Vibrationen konnte er sogar an den Flügeln des Jets sehen. Langsam verschwamm alles um ihn herum. Nein, das stimmte nicht, nur die Menschen verschwammen, den Rest konnte Adam noch scharf sehen. Fassungslos beobachtete er, wie sich Hisoka, Junichiro, Vadim und die zwei schlecht gelaunten Männer schließlich in Luft auflösten, bis er ganz allein in dem Hangar saß.

Es kam noch seltsamer: Das Dach der Halle war verschwunden.

Adam konnte die Sterne und den Mond sehen. Als er den Kopf senkte, waren auch die hohen Wände und der Stuhl nicht mehr da. Adam stand mitten im Nirgendwo.

Der Boden war von grauen Kieselsteinen bedeckt, nirgends gab es ein Anzeichen darauf, wo er sich befinden könnte; keine Vegetation, keine Häuser, weder Menschen noch Tiere. Er war ganz allein und zum ersten Mal in seinem Leben machte ihm das Angst.

Adam drehte sich um die eigene Achse und spürte, dass ihm Tränen über die Wangen liefen. Dann, nach einer halben Ewigkeit, hörte er eine Stimme zu ihm sprechen. Sie klang sehr weit entfernt und verzerrt. Jemand rief seinen Namen, immer lauter und immer deutlicher.

Endlich riss Adam die Augen auf.

»Auferstanden von den Toten, oder was?«, rief Junichiro und löste die Hände von seinen Armen. »Wir sind da, Professor Falken. Wünschen Sie ein Glas Orangensaft zum Frühstück?«

Vadim lachte und stieg aus dem Wagen. »Du warst echt die ganze Fahrt über weg, Adam. Wir haben dich schlafen lassen. Ist alles in Ordnung?«

Verwirrt sah Adam sich um. Ein paar Bäume, viel Beton und ein großes Gebäude, das von seiner Fassade her einem Alt-Pariser Stadtschloss ähnelte.

»Wo sind wir?«, fragte er stutzig.

»Das, Monsieur Volt«, sagte Junichiro und imitierte dabei den Akzent von Professor Sixt, »ist das Anne-Sophie Pic au Beau-Rivage Palace.«

»Wir treffen Junichiros Vater, schon vergessen?«, fragte Vadim.

Konnte Adam tatsächlich die ganze Fahrt verschlafen haben? Derartiges passierte ihm sonst nie. Andererseits hatte er heute Nacht kein Auge zugetan. Was war das für ein eigenartiger Traum gewesen?

Noch leicht benommen schnallte er sich ab, schob sich zwei Tic Tac in den Mund und stieg aus dem Fond von Vadims Mercedes. Auf dem Parkplatz des Hotels standen viele teure Autos. Elegant gekleidete Menschen betraten oder verließen das Gebäude durch eine gläserne Drehtür, über der in goldenen Buchstaben *Beau-Rivage Palace* geschrieben stand. Darunter glänzten fünf kleine Sterne in der Mittagssonne. Adam kannte das Hotel aus dem Internet. Sie waren in Lausanne, eine gute halbe Stunde mit dem Auto von Montreux entfernt.

Am Eingang wurden sie von einem jungen Portier in schwarzer Uniform begrüßt. Freundlich hob er seine Schirmmütze an und beugte sich leicht vor.

»Bienvenue, Welcome, herzlich Willkommen, Benvenuto. Wie kann ich Ihnen helfen?«, fragte er lächelnd.

»Wo finde ich eine Toilette?«, fragte Adam.

Der Portier musterte Adam, der mit leicht gebeugten Knien und verwuschelten Haaren vor ihm stand. Adam trug die Kleidung aus dem Fach in seinem Schrank, das für Samstage bestimmt war: Einen schwarzen Hoodie und eine dunkle Jeans. Vadim und Junichiro hatten dunkle Sakkos und Chino-Hosen angezogen.

»Unser Dresscode schreibt Smart-Casual vor, Monsieur«, sagte der Portier. »Sie benötigen ein Jackett.«

»Ich habe kein Jackett. Wo finde ich das WC?«

»Es gibt öffentliche Klosetts in der Stadt, Monsieur. Sind Sie bei uns zu Gast?«

Vadim stellte sich vor Adam. »Wir sind mit Kazumasa Hisoka zum Mittagessen verabredet!« Der Portier zog die Stirn kraus, dann verzog er die Mundwinkel und schien über etwas nachzudenken. Junichiro hatte sich etwas entfernt und telefonierte.

»Davon weiß ich nichts, man hätte mich informiert. Kommt, Kinder, genug jetzt. Ich habe keine Zeit für so etwas.«

Plötzlich kam ein Mann durch die Drehtür und tippte dem Portier auf die Schulter. Er trug einen dunkelbraunen Anzug mit einer gestreiften Krawatte im passenden Farbton. Die schwarzen Haare hatte er zu einem strengen Scheitel nach links geölt.

»Jaques, gibt es ein Problem?«, fragte der Mann.

Der Portier fuhr herum und erschrak fürchterlich. Sofort veränderte sich seine Haltung. Er drückte die Knie durch, streckte seine Wirbelsäule und schob die Brust nach vorn.

»Monsieur Hisoka!«, rief er. »Nein, kein Problem, certainment, nur diese Kinder hier, Monsieur … Sie behaupten, dass sie mit Ihnen verabredet seien … Einen Augenblick, ich lasse sie entfernen …«

Adam stand mit offenem Mund da und konnte kaum glauben was er sah.

»Nicht nötig, Jaques. Die drei jungen Herren gehören zu mir, mein Sohn hat mich eben angerufen.«

»Ah, natürlich, natürlich, selbstverständlich, je suis ... Verzeihung, Monsieur, certainment. Willkommen im Beau-Rivage-Palace, meine Herren. Bitte entschuldigen Sie vielmals!«

Hisoka machte eine Geste und die drei folgten ihm. Im Vorbeigehen sagte der Portier noch: »Die Toiletten befinden sich den Gang entlang, links der Rezeption, Monsieur.«

Adam nickte. Bevor sie das Restaurant betraten, entschuldigte er sich.

Ein paar Spritzer kaltes Wasser ins Gesicht beseitigten die letzten Fetzen des Traumes. Er betrachtete sich im Spiegel, fuhr sich kurz durch die Haare und stellte fest, dass alles an ihm dort war, wo es hingehörte. Er kniff sich in den Arm.

Ich bin wach.

Man platzierte sie an einem Vierertisch auf der halbkreisförmigen Terrasse. Der Blick auf den Genfersee wurde von ein paar saftig-grünen Baumkronen eingerahmt, durch die ein sanfter Wind strich. Auf dem See sah Adam vier Boote und eine Schwanenfamilie. Obwohl dies der gleiche See war wie der in Montreux, sah er von hier betrachtet doch ganz anders aus.

»Zum Start in die Semesterferien würde ich euch gerne zum Essen einladen, Jungs«, sagte Kazumasa Hisoka, öffnete sein Sakko und zog eine Sonnenbrille auf. »Ist das nicht herrlich hier? Junichiro, ich habe mir überlegt, ein Haus hier zu kaufen. Kein Vergleich zu Tokio, nicht wahr? Sensationell!«

»Cool«, kommentierte Junichiro knapp.

»Wie lang fliegt man nach Tokio?«, fragte Vadim.

»Etwa zehn bis elf Stunden.«

Na, was denn nun, dachte Adam. Zehn oder elf Stunden?

In der Blumenvase auf dem Tisch stand eine rote Mohnblume mit fünf Blättern. Neben dem weißen Porzellanteller vor ihm lagen jeweils drei Gabeln und drei Messer.

Adam hörte entfernt das Rauschen des Wassers, näher bei sich das Rauschen der Stimmen der anderen Gäste und in sich das Rauschen seiner Verwirrung. Hisoka kam ihm sehr freundlich und höflich vor. Außerdem sprach er perfektes Englisch.

Hisoka wandte sich an Adam: »Junichiro hat mir berichtet, dass euer Projekt vor allem auf deiner Vision basiert. Erzähl mir davon.«

Adam versuchte die zwei Kellner auszublenden, die wie flinke Bienen um den Tisch herumschwirrten und die Gläser stumm mit Wasser füllten. »Für uns alle das Tagesmenü, bitte«, sagte Hisoka noch beiläufig, bevor Adam zur Erklärung ansetzte.

»Wir bauen ein dezentrales Prozessnetzwerk. Alles ist Prozess, es gibt aber bislang nur Netzwerke, die nicht jeden Prozess abbilden können. Das wollen wir ändern. Sicher, basisdemokratisch und fair.«

Hisoka nickte und Adam hatte das Gefühl, dass Junichiros Vater wirklich verstand, wovon er sprach.

»Interoperabilität ist das Thema der Zukunft, gerade vor dem Hintergrund der Entwicklungen im Bereich KI. Die Blockchain löst das Vertrauensproblem und jetzt braucht es eine Plattform, die alles miteinander verbinden kann, ohne dass sich wieder Monopole bilden, die sensible Daten in sich aufsaugen wie Schwämme.«

»Halten Sie Monopole etwa für schlecht?«, fragte Vadim erstaunt.

»Natürlich«, sagte Hisoka und lehnte sich zurück. »Die Welt wäre nichts ohne Wettbewerb. Warum nicht den vielen Visionären, die es da draußen gibt, die Chance geben, sich auf der großen Bühne zu beweisen? Darauf zielt das Netzwerk doch ab, oder nicht?«

Adam nickte eifrig. Hisoka verstand es wirklich! Mit einem Mal entspannte sich sein ganzer Körper. Hier gab es nichts, um das er sich Sorgen machen musste. Offenbar hatten sie Junichiros Vater völlig falsch eingeschätzt.

Der erste Gang wurde serviert. Die melodische Erklärung, die der Kellner zu dem Gericht abgab, verstand Adam zwar nur teilweise, weil dieser so viele französische Wörter verwendete, doch die Suppe schmeckte großartig. Vielleicht würde er mal mit Émelie herkommen, das würde ihr bestimmt gefallen.

Er dachte an ihr Lächeln.

»Was den Code betrifft«, sagte Hisoka, »den habe ich mir bereits mit meinen Analysten angesehen.«

Er lehnte sich zurück und verschränkte die Arme vor der Brust. »Die Möglichkeiten, die sich beim Thema Datensicherung und Datenvergleich ergeben sind beeindruckend. Ich gebe es ja nur ungern zu, aber was das betrifft, ist SukiCore im direkten Vergleich wirklich etwas hinten dran.«

»Vielen Dank!«, sagte Adam glücklich. Das war die Bestätigung, auf die er gehofft hatte. Er war überzeugt von seinem Programm, doch die beste Technik bringt nichts, wenn sie keiner nutzen will.

»Wir haben noch einige Tests vor uns«, gab Vadim zu bedenken, »aber dafür fehlt uns aktuell die Rechenleistung.«

»Ah«, gab Hisoka nickend zurück und hob den Zeigefinger. »Ich sehe schon, Vadim, in dir steckt ein Geschäftsmann. Du sprichst gerne über Fakten. Also gut, Jungs, lasst uns über die Zukunft eures Projektes nachdenken. Wie ihr vielleicht von Junichiro wisst, besitzt SukiCore sechs große Rechenzentren allein in Japan. Ich möchte euch einen Vorschlag machen.«

Adams Herz klopfte stark.

»Ich würde euch gern nach Japan einladen, damit ihr mit der entsprechenden Power euer Go-Live vorbereiten könnt. Ihr habt jetzt drei Monate Semesterferien, das würde sich doch wunderbar treffen!«

Vadim schob seinen Teller beiseite und verzog den Mund. Junichiro starrte stumm auf den See.

»Was springt für Sie dabei raus?«, fragte Vadim.

Hisoka lachte. »Also wir beide haben wirklich ein paar Ähnlichkeiten, junger Mann! Reisekosten, Unterkunft und Verpflegung werden selbstverständlich von SukiCore übernommen. Ich investiere in viele Start-ups, wisst ihr. Um es mal ganz salopp in der Sprache von euch Krypto-Jungs auszudrücken: Ein Sack voll Coins für mich und wir sind im Geschäft. Ich glaube an eure Vision und bin mir sicher, dass das auch andere tun werden. Je größer das Netzwerk wird, desto wertvoller der Coin. Ich könnte mich heute noch darüber ärgern, dass ich nicht rechtzeitig in Bitcoin investiert habe. Diesen Fehler mache ich nicht noch einmal. Euer Tokenomics-Modell ist solide und vielversprechend und ich kann behaupten ein gutes Gespür für zukunftsträchtige Ideen zu besitzen. Was haltet ihr davon?«

»Der Vorschlag ist sehr fair«, sagte Adam. Er war noch nie in Japan gewesen. Das Land interessierte ihn auch nicht sonderlich, spannend war aber der Zugang zu genug Rechenleistung, die brauchten sie dringend.

Vadim sah zu Junichiro. »Was meinst du, Juni? Ich stimme Adam zu ... wir sollten uns das überlegen.«

Junichiro wirkte, als sei er traurig. Das Lächeln, das sich schließlich über seine Lippen zog, sah irgendwie erzwungen aus.

»Ich hab' mich zwar eigentlich auf ein paar Falken- und Vadimirowitsch-freie Wochen gefreut, aber was soll's. Ich bin dabei.«

Hisoka klatschte in die Hände. »Großartig!«, rief er. »Das werden wir jetzt gebührend begießen. Garçon? Champagner!«

◆

Noch am selben Nachmittag packten Adam, Junichiro und Vadim ihre Koffer im Chalet.

Émelie war zu ihrer Freundin nach Berlin gereist, Adam hätte sie gerne zum Abschied noch einmal getroffen. Er schrieb ihr eine Nachricht. Eine Stunde hatte er zum Verfassen gebraucht und eine große Portion Mut. Hoffentlich fand Émelie den letzten Satz nicht doof. Der hatte ihn am meisten Überwindung gekostet, aber es erschien ihm wichtig, ihr zu sagen, was er fühlte. Wenn er schon mal wusste, was er fühlte.

Er schob sich zwei Tic Tac in den Mund. Während der Fahrt zum Flughafen achtete er penibel darauf, nicht einzuschlafen. Der Gedanke an Émelie hielt ihn wach.

Wir haben uns mit Junichiros Vater getroffen. Er möchte in unser Projekt investieren! Hat uns nach Japan eingeladen, um dort fertig zu entwickeln. Dort gibt es mehr Rechenleistung als hier. Läuft alles nach Plan, bin ich in zwei Monaten wieder in Montreux. Magst du französisches Essen mit langen Namen? Wenn ja, will ich dich nach Lausanne einladen, da waren wir heute Mittag. Es gab drei Gänge und für jeden Gang anderes Besteck. Man nimmt es dort sehr ernst mit sauberem Besteck, damit die Geschmacksexplosionen nicht kollidieren, oder so ähnlich. Ich glaube es heißt „Geschmacksnuancen". Ist ja auch egal. Dein Bild schaue ich mir täglich an. Blaue Frau mit großen Nippeln ist jetzt übrigens ein NFT. In ein paar Wochen sehen wir, was daraus geworden ist. Ich freue mich schon auf dein Lachen, wenn ich wieder da bin.

Auch Junichiro verschickte eine Nachricht, bevor sie ins Flugzeug stiegen:

Mein Vater plant irgendwas Großes. Verhält sich komisch. Muss über die Semesterferien mit nach Japan, wird schwer, in der Zeit an Informationen ranzukommen. Hat vorhin mit einem Joseph Foster telefoniert ... Kenne ihn nicht, habe nur zufällig mitgehört. Sprach von einem Treffen und irgendeinem Schiff aus seiner Flotte von SukiLog. Besorge mir in Tokio ein zweites Handy, zur Sicherheit.

Gruß, J.

Die Antwort erreichte Junichiro noch vor dem Abflug:

Danke für die Info. Bin übrigens ebenfalls in Japan. Vlt. ein Treffen in Persona noch sicherer?

Gruß, Harold.

TEIL 3

EINS

Kirschblütenzeit.

Der Himmel war heute so klar, dass man bis zum Fujiyama sehen konnte, jenem berühmten Vulkan auf der Insel Honshu. Der Berg zeigte sich in seiner bekannten, weißen Schneekappe und lag erhaben am Horizont.

Kazumasa Hisoka hatte den kompletten Top-Floor des Shangri-La gemietet – seinen Gästen sollte es an nichts fehlen – und der *Horizon Club* des Hotels war dafür der beste Ort. Dieser umfasste eine komplette Etage und war mit großen Suiten, einem Frühstücksraum und einer kleinen Lounge ausgestattet. Die private und intime Atmosphäre war perfekt für das Meeting mit GAMMA.

Hisoka löste den Blick von der Skyline und sah auf seine Armbanduhr. *Noch zehn Minuten.* Andächtig rückte er seine Krawatte zurecht und strich sich über den geölten Scheitel. Der Junge half ihm ins Sakko. Ohne ihn hätte dieses Treffen niemals stattfinden können.

Hisoka dachte an den Nachmittag in Lausanne zurück.

Damals war sein Sohn zum ersten Mal wirklich zu etwas Nutz gewesen.

»Danke, Junichiro«, sagte er und legte ihm anerkennend die Hand auf die Schulter. »Wenn dieses Meeting erfolgreich ist, erhältst du den Rest des Geldes. Du hast ganze Arbeit geleistet, Junge. Meine besten Analysten konnten den Code nicht knacken. SukiCore hat jetzt einen Platz in der Zukunft.«

Hisoka reichte ihm schließlich die Hand. Umarmen wollte er ihn nicht.

»Viel Erfolg, Vater«, sagte Junichiro.

Hisoka stutzte. Er hatte das eigenartige Gefühl, in den Augen seines blassen Sohns den Anklang von Feindseligkeit gesehen zu haben

»Warum lässt du mich nicht dabei sein?«, fragte Junichiro plötzlich.

»Das steht jetzt nicht zur Debatte, Junge.«

»Warum nicht? Findest du nicht, dass ich lernen sollte, wie solche Meetings ablaufen?«

»Wenn die Zeit reif ist, Junichiro. Du bist noch nicht bereit dazu. Je weniger du im Augenblick weißt, desto besser.«

»Du hast versprochen, dass ich dir helfen darf!«

»In der Tat. Und im Moment hilfst du mir am besten, wenn du hier auf mich wartest.«

Ohne ein weiteres Wort verließ Hisoka die Suite, ging den dunklen Korridor entlang und betrat die Clublounge.

Bislang war er sich nicht sicher, ob sein Sohn die Bedeutung dieses Meetings jemals begreifen würde, noch dazu bewegte sich Hisoka auf höchst illegalem Terrain. Er wusste nicht, ob er Junichiro in diesem Umfang vertrauen konnte.

Während er darüber nachdachte, fiel ihm auf, dass er kaum etwas über seinen Sohn wusste. Er glaubte jedoch zu spüren, dass Junichiro das Rückgrat dazu fehlte, eines Tages in seine Fußstapfen treten zu können. Der Junge mochte ein guter Programmierer sein und hatte SukiCore durch sein

Handeln eine Menge Geld eingebracht – nichtsdestotrotz ließ er sich zu oft von seinen Emotionen leiten. Emotionen trüben die Fähigkeit, die richtigen Entscheidungen zu treffen, dachte Hisoka.

Die Clublounge war an der einen Seite komplett verglast und bot Blick auf die Tokioter Skyline des Stadtbezirks Chiyoda. Die übrigen Wände waren in dunklen Farbflächen gehalten, regelmäßig durchbrochen von Eschenholzstreben und Spiegelmosaiken.

Ein paar der GAMMA-Funktionäre unterhielten sich, Champagnergläser in der Hand, Häppchen essend, gut gelaunt, krawattiert und parfümiert. Andere saßen in tiefen Sesseln, sahen zum Fenster hinaus oder checkten ihre Handys. Insgesamt waren etwa dreißig Menschen anwesend. Die Stimmung war gut, sogar etwas lockerer, als Hisoka es erwartet hatte. Ein gutes Zeichen. Man schätzte es, sich an einem sicheren Ort zu wähnen.

Zwei Mitarbeiter des Hotels schlossen die hölzerne Doppeltür hinter Hisoka.

Er begab sich in die Mitte des Raumes, atmete tief ein und sagte: »Wir können beginnen, Gentlemen. Ladies.«

Man erhob sich. Hisoka ließ das Gemurmel vollends verebben, bevor er seine Begrüßungsrede abspulte, wie von einer Bandansage.

Für diesen Teil interessieren die sich eh nicht.

»… Kommen wir also zum wichtigsten Grund unseres Zusammentreffens. Jeder von Ihnen darf sich als Pionier Ihrer Branche bezeichnen. In weiser Voraussicht haben Sie alle erkannt, dass ein verknüpftes Machtvolumen effizienter genutzt werden kann, als sich in konkurrierender Absicht gegenseitig zu behindern. Das kombinierte Networth ihrer Konzerne beläuft sich Stand heute auf insgesamt siebeneinhalb Billionen Dollar. Nehmen wir uns einen Moment Zeit und stellen uns vor, wie sich diese Zahl vervielfacht, wenn Sie ihre Kompetenzen miteinander verschmelzen lassen. Ich bin stolz, dass Sie sich für SukiCore und SukiLog als die richtigen Partner auf diesem Weg entschieden haben. Das internationale Seerecht gibt uns die einzigartige Möglichkeit, das Potential Ihrer Visionen endlich voll auszuschöpfen. Sie hatten in der vergangenen Woche Gelegenheit, sich von der Performance unseres neuen Sicherheitssystems zu überzeugen.«

Hisoka baute eine kurze Pause ein und genoss den Moment, auf den er so lange gewartet hatte. Die Zusammenarbeit mit GAMMA erstreckte sich inzwischen schon auf einen Zeitraum von fast zwei Jahren. Er hatte dafür gesorgt, dass die Hardliner der Big5 ungestört an ihrem Plan arbeiten konnten. Adams Software hatte die Kooperation dann endlich auf das nächste Level heben können: Zentral genutzt, befähigte die Technologie die Hardliner dazu, riesige Datenmengen innerhalb kürzester Zeit miteinander zu vergleichen und von den eingebauten Algorithmen auf Muster untersuchen zu lassen. Das Rechenzentrum auf der SLS Tokio nutzte Hisoka bereits, um von überall auf der Welt das technische Fortbestehen von SukiCore zu sichern – als eine Art schwimmendes Backup. Die meisten seiner Serverfarmen befanden sich auf dem japanischen Festland – erdbebengefährdetes Terrain – Gefahren, auf die die Tokio auf dem Meer besser reagieren konnte.

Nun konnte Hisoka dank seiner Kontakte dafür sorgen, dass die SLS Tokio *offiziell* immer etwas anderes transportierte als sensibelste Daten.

Die perfekte Tarnung für das perfekte Geschäft.

»Jetzt, meine Damen und Herren, darf ich Ihnen mitteilen, dass die SLS Tokio in zwölf Tagen bereit ist, in See zu stechen. Wir können schon heute mit dem Transfer der Daten beginnen. Im

Anschluss an dieses Meeting lade ich Sie herzlich dazu ein, das Schiff im Tokioter Hafen mit mir zu besichtigen. Die Crew setzt sich aus den besten Mitarbeitern der SukiLog-Flotte zusammen. Kano Nakamoto gilt als einer der erfahrensten Kapitäne zur See weltweit. Der Erste Offizier Liam Owens ist nicht nur ein ausgezeichneter Seemann, sondern kennt sich zusätzlich bestens mit der Technik auf der Tokio aus. Dem Zweiergespann an der Spitze des Kommandos ist eine Crew von dreißig der tüchtigsten Seeleute untergeordnet, die ihre Loyalität in den vergangenen Jahren unter Beweis gestellt haben. Gegen jegliche Risiken ist die Tokio zusätzlich durch ein Team von fünfunddreißig speziell ausgebildeten Söldnern geschützt. Die Einheit unterliegt dem Kommando von Naoki Masayoshi, der nach seiner Zeit bei den Japanischen Streitkräften auch für die Wagner-Gruppe im Einsatz war. Wir sind auf alle Eventualitäten vorbereitet. Lassen Sie uns gemeinsam die Welt verändern. Eine neue Ära bricht an, ein nie dagewesenes Vorhaben.«

Er sah den anwesenden Männern und Frauen an, dass sie zufrieden und vorfreudig seinen Worten lauschten.

»Ich erhebe also mein Glas auf Sie alle und möchte Ihnen für Ihr Vertrauen danken. In Japan sagen wir: Kanpai!«

Eine rauschende Symphonie aus *Cheers, zum Wohls* und *Prosts* begann. Feierlich wurden im Anschluss die vorbereiteten Verträge unterschrieben.

Es war die Krönung Hisokas gesamter Karriere.

Gerne hätte er das dumme Gesicht von Adam Volt in diesem Moment gesehen. Dem schrägen Jungen hätte die Kinnlade sicher bis an den Boden gereicht, wenn er gewusst hätte, welche Bestimmung seinem Code jetzt zukam.

Hisoka hielt nichts von der Idee, ein basisdemokratisches Netzwerk zu lancieren. Die Menschheit war nicht bereit für derlei Spinnereien, denn ein autonomes Ökosystem bedeutete für alle an erster Stelle, selbst Verantwortung für die eigenen Daten übernehmen zu müssen. Eine Verantwortung, die den Großteil der Nutzer überhaupt nicht interessierte.

Adam mochte bei einigen Investoren auf ein offenes Ohr stoßen. Es würde auf kurz oder lang das Ende einer jeden Karriere in diesem Raum bedeuten.

Gut, dass ich das verhindern konnte, dachte Hisoka.

Es war schon fast eine Ironie des Schicksals, dass Adam sogar dabei geholfen hatte, SukiCores und GAMMAs Macht zu festigen – im Glauben, er habe die Performance seines blödsinnigen Ökosystems getestet.

Schon bald würde ihre Macht nicht mehr zu brechen sein.

Jetzt galt es nur noch, die Zusammenarbeit mit Adam und Vadim zu beenden.

Und zwar endgültig.

ZWEI

Tokioter Hafen, Tokio, Japan

Wie so häufig, seit er hier lebte, sah sich Harold Decker auch am Tokioter Hafen mit Superlativen konfrontiert. Durch sein Fernglas erblickte er ein unüberschaubares Gewirr aus größeren und kleineren Gebäuden, unzähligen bunten Containern, die sich über drei Terminals verteilten und vielen dazwischenliegenden Straßen, die Harold vom Layout an New York erinnerten. Er begriff, wieso hier über dreißigtausend Menschen arbeiteten: Der Hafen war eine eigenständige Stadt in der Stadt, die täglich der Aufgabe gegenüberstand, zahlreiche Schiffe in engen Zeitplänen abzufertigen, Ware zu be- und entladen und dabei nicht den Überblick zu verlieren. Rund um die Uhr und bei jedem Wetter.

Harold las die Nachricht auf seinem Handy erneut:

Konnte nur aufschnappen, dass sie sich die Tokio ansehen wollen. Der Alte hält alles streng geheim. Einige Amerikaner sind mit ihm unterwegs. Weiß nicht, wer sie sind. Die SLS Tokio liegt in einem der Becken bei den Containerterminals im Hafen. Nicht zu übersehen, vierhundert Meter lang.

Gruß, J.

Gegen die SLS Tokio wirkten die Hafenmitarbeiter wie kleine Ameisen. Die Scheiben auf der Brücke blitzten in der Nachmittagssonne. Auf dem Schiff selbst konnte Harold niemanden entdecken. Er stellte sich vor, wie es sein musste, diesem Monstrum auf offener See zu begegnen. Die Dimensionen des Schiffs stellten buchstäblich alles andere in den Schatten.

Was das an Kraft kostet, dieses Teil zu bewegen, dachte er.

Mit der Menge Diesel könnte ich wahrscheinlich bis an mein Lebensende durch die Gegend fahren.

Harold saß auf der Dachterrasse eines etwa vierzig Meter hohen Gebäudes in der Nähe des Passagierterminals. Auf der obersten Etage war eine der Kantinen für Hafenmitarbeiter und Touristen untergebracht. Von seinem Platz aus konnte er einen Großteil der Containerbays beobachten. Seine Haare hatte Harold zu einem Pferdeschwanz gebunden, der Wind ging recht kräftig hier oben.

Es roch nach Schmieröl, Gummi und Abgasen. Außerdem war der Lärm der Maschinen hier oben fast ebenso laut wie dort unten.

Eine schwarze Schlange kroch durch eine der Straßen und erweckte Harolds Aufmerksamkeit. Schnell griff er nach seinem Fernglas und enttarnte das vermeintliche Tier als einen Korso aus zehn schwarzen Limousinen und zwei Autobussen, die langsam auf die Tokio zusteuerten.

Er legte das Fernglas beiseite, schmiss dabei fast das Glas Cola auf dem Tisch um und brachte seine Kamera in Anschlag. Er stützte sich mit dem Ellbogen auf die Tischplatte, um das schwere Teleobjektiv zu stabilisieren. Harold erregte kaum Aufmerksamkeit. Schon vom Aussehen her wirkte er nur wie ein harmloser Tourist, der fasziniert von den großen Schiffen ein paar Fotos schießen wollte. Davon abgesehen war er nicht der Einzige hier oben mit einer Kamera.

Männer und Frauen in Anzügen und Kostümen stiegen aus den Wägen. Harold zählte eine Delegation von dreißig Menschen, die einem schlanken Japaner zu einer Gangway folgten: Kazumasa Hisoka.

Harold knipste etwa dreißig Fotos, bis die Gruppe durch eine Tür in der Außenhaut der Tokio ins Innere des Schiffs verschwand.

Er schob seine Sonnenbrille auf die Stirn und betrachtete die Fotos auf dem kleinen Display seiner Kamera genauer. Harold kniff die Augen zusammen und zoomte bei einem Bild näher heran. Es zeigte einen breitschultrigen Schwarzen im Gespräch mit einer attraktiven Frau.

Irgendwo habe ich dich doch schon mal gesehen ...

Harold suchte sein Gedächtnis nach irgendeinem Hinweis zu dem Mann ab.

Wer bist du?

Eine Gruppe junger Frauen ging dicht an seinem Tisch vorbei, so stark parfümiert, dass es sogar den Hafengestank für einen kurzen Moment überdeckte.

Plötzlich fiel es ihm ein. Die Erkenntnis jagte ihm einen Schauer den Rücken hinab.

Auf dem Weg zu Roger O'Donnells Büro in Atlanta ... am Aufzug ... heftiges Parfum ... Natürlich! Auch in O'Donnells Büro hatte es nach starkem Duft gerochen. Aber was wollte der Typ bei O'Donnell? Es musste sich um einen aus der GAMMA-Gruppe handeln, ohne Zweifel, doch das beantwortete Harolds Frage nicht. Hatte man von seinen Recherchen erfahren? Hatten sie O'Donnell unter Druck gesetzt? Steckte O'Donnell möglicherweise sogar mit drin?

Harold blieb keine Zeit, weiter darüber nachzudenken, denn er erkannte Bewegungen auf der Tokio. Schnell brachte er die Kamera wieder in Position. Die Delegation strömte auf das Wetterdeck der Tokio.

Interessiert sah man sich um, einige im Gespräch, andere den Blick staunend nach oben gerichtet, entlang der hohen Containertürme. Kazumasa Hisoka machte große Gesten, breitete die Arme aus, verschränkte sie kurz hinter dem Rücken, breitete sie erneut aus und zeigte in Richtung Brücke. Die Gruppe verschwand wieder.

Nach einer Stunde und zweihundert weiteren Fotos entfernte sich der Korso schließlich und verließ den Hafen.

Harold schraubte das Objektiv von seiner Kamera und verstaute es in der Tasche. Er bezahlte und saß einige Minuten später in einem Taxi auf dem Weg zum Büro der PSIA. Im Fond des Wagens untersuchte er die Bilder nach weiteren bekannten Gesichtern, doch er wurde nicht fündig. Bis auf den breiten Typen, dem er in Atlanta begegnet war, erkannte er niemanden. Es überraschte ihn nicht weiter. Bei seinen Recherchen war er zwar auf zahlreiche Chats gestoßen, aber GAMMA war bislang schlau genug gewesen, keine Selfies voneinander zu verschicken. Harold kannte nur Pseudonyme.

Bei der PSIA erwartete Massako ihn bereits. Ihr Gesichtsausdruck ließ auf schlechte Laune schließen. Ebenfalls keine Überraschung.

»Machen Sie gefälligst die Tür hinter sich zu, Decker!«, schimpfte sie, als er ihr Büro betrat.

Harold hatte sich inzwischen an den rauen Umgangston gewöhnt.

»Unser Freund Kazumasa Hisoka hat gerade ein kleines Stelldichein am Tokioter Hafen ge-geben«, sagte Harold gelassen und setzte sich. »Haben Sie vielleicht was zu trinken?«

»Da steht was«, gab Massako genervt zurück und deutete auf ein Wandregal, in dem einige Spirituosenflaschen untergebracht waren.

»Haben Sie Milch?«, fragte Harold.

»Sie gehen mir auf den Geist mit Ihrem ekelhaften White-Russian-Gesöff. Gibt keine Milch.«

»Schade.«

»Sind Sie Alkoholiker?«

»*Sie* haben doch was von der japanischen Gastfreundschaft gefaselt!«

»Inzwischen sind Sie aber nicht mehr mein Gast, sondern mein Mitarbeiter, Decker.«

»Wenn, dann bin ich im besten Falle ein freier Berater, Ms. Massako. Einer, der Ihnen gerade ein paar tolle Postkartenmotive vom Hafen mitgebracht hat. Ich glaube, Hisoka hat soeben die wichtigsten GAMMA-Funktionäre auf seinem Schiff herumgeführt.«

Massako schien, als höre sie ihm gar nicht richtig zu.

Ein paar Momente blieb es still.

»Ms. Massako? Interessiert Sie das gar nicht?«

»Sicher.«

»Ja, und? Sollten wir uns die Fotos nicht ansehen?«

»Später.«

Sie starrte zum Fenster hinaus. Irgendetwas stimmte nicht.

»Sagen Sie mal, Ms. Massako ... Reicht das bisherige Material eigentlich nicht aus, um mal bei SukiCore kräftig den Boden umzugraben? Vielleicht können wir die Fotos sogar den Pseudonymen zuordnen, die aus den Chats hervorgehen.«

Sie zuckte die Schultern.

Was stimmt mit der Schachtel nicht?

Massako steckte sich eine Zigarette an, lehnte sich in dem mächtigen Schreibtischstuhl zurück, in dem sie wie ein kleines Mädchen versank und genoss ein paar kräftige Züge.

»Alles in Ordnung?«

Sie nahm sich Zeit für die Antwort: »Wir sind durch Ihre Recherchen ein großes Stück vorangekommen, Mr. Decker. Aber so einfach, wie Sie sich das vorstellen, ist es leider nicht.«

Harold verschränkte verwirrt die Arme vor der Brust. Er hatte nicht geahnt, dass es eine derart sanfte Version ihrer Stimme gab. Sonst kam man sich immer vor, als stünde man vor einem Drill-Instruktor, wenn sie mit einem sprach.

»Ich halte das Material für ziemlich belastend.«

»Das mag ja sein, Mr. Decker, aber wir kennen noch immer nicht alle Zusammenhänge. Außerdem gibt es ein Problem.«

»Es gibt immer ein Problem.«

»Es gibt meistens eine Lösung.«

»In dem Fall nicht?«

»In dem Fall vermutlich nicht, Mr. Decker. Erstmal.«

»Das verstehe ich nicht.«

»So könnte der Titel Ihrer nächsten Reportage lauten.«

»Hä?«

»Und da hätten wir Teil zwei der Doku.«

»Sehr witzig. Was ist los mit Ihnen?«

Massako kratzte sich am Kinn und zog kräftig an ihrer Zigarette. »Sie fragen mich das so, als seien wir befreundet.«

»Also wenn ich eins weiß, Ms. Massako, dann, dass wir keine Freunde sind.«

Sie lachte hustend.

Versteh einer diese Frau.

»Kazumasa Hisoka ist eng mit Premierminister Kobayashi befreundet.«

»Das wundert Sie? Der Typ leitet einen der wichtigsten Konzerne Japans, ach, was, der Welt!«

»Natürlich wundert mich das nicht, Sie Idiot!«

Der militärische Nachdruck war in ihre Stimme zurückgekehrt. »Aber das ist ein Problem für uns.«

»Weswegen?«

»Ich gebe es nur ungern zu, aber sogar ich habe einen Chef, Mr. Decker.«

»Mensch, das ist in der Tat ein Problem!«

»Hören Sie auf zu versuchen, witzig zu sein, Decker. Glauben Sie etwa der japanische Geheimdienst hat nichts Besseres zu tun, als einen dahergelaufenen Investigativjournalisten um Rat zu bitten?«

Harold lehnte sich zurück. »Offensichtlich nicht.«

»Sie sitzen einzig und allein hier, weil ich meine eigenen Leute nicht schicken kann. Kobayashi greift in die Ermittlungen ein, verstehen Sie das nicht? Ich muss extrem vorsichtig sein, wenn ich mit sogenanntem *belastenden* Material bezüglich Hisoka um die Ecke komme. Die zwei gehen zusammen Golfen, schwitzen einmal im Monat gemeinsam in der Sauna und besuchen wahrscheinlich sogar den gleichen Friseur.«

»Na und?«

»Kobayashi macht die Regeln in dem Laden hier! Wenn ihm unsere Ermittlungen nicht passen, kann er sie jederzeit beenden lassen. Wir müssen unsere Strategie weise auswählen, Mr. Decker.«

»Können Sie das Material deshalb nicht weiterverwenden?«

»Schön zu sehen, dass Sie auch mal was kapieren.«

»Und was heißt das jetzt?«

»Dass wir etwas Handfestes gegen Hisoka brauchen. Es steht ihm frei, sich mit wem auch immer, wann auch immer und wo auch immer zu treffen. Die Fotos reichen nicht aus und die Chats lassen sich vorerst nicht auf ihn zurückführen.«

»In anderen Worten wollen Sie's drauf ankommen lassen, bis Sie eingreifen können?«

»So in etwa.«

»In etwa? Haben Sie vergessen, was die Typen planen?! Diese Konzerne sind schon jetzt viel zu mächtig und Sie wollen noch drauf warten, dass es zur absoluten Katastrophe kommt? Die wollen ihre Macht fusionieren, im großen Stil! Ja, wir wissen nicht, wie, und wir wissen nicht wann und wo. Aber reichen die bisherigen Indizien wirklich nicht, um mal bei SukiCore einzumarschieren?«

»Ich muss Kobayashi so weit in der Ecke haben, dass es kein Vor und Zurück mehr für ihn gibt. Natürlich will ich nicht, dass es zur Katastrophe kommt, Decker! Aber Indizien sind Indizien und Beweise sind Beweise. Kobayashi gibt sich nicht mit schwammigen *Vielleichts* zufrieden. Sie haben kein sonderlich großes Verständnis von Politik, oder?«

Harold zog die Stirn in Falten. »Hat Ihnen schon mal jemand gesagt, wie verbittert Sie eigentlich sind?«

»Danke für den Hinweis.«

Massako zündete sich eine weitere Zigarette an. Für den Bruchteil einer Sekunde hatte Harold das Gefühl, sie mit der Frage verletzt zu haben, obwohl er sich nicht sicher war, ob es überhaupt etwas gab, dass Massako verletzen könnte. Er verstand, warum man ihr den Spitznamen *Panzer* gegeben hatte, den er vor ein paar Tagen aufgeschnappt hatte.

»Mögen Sie Musik?«, fragte Harold.

Sie blies den Rauch in die Luft. »Höchstens ein bisschen Klassik. Und Grace Jones finde ich ganz gut.«

Massako, die sonst wie eine schnaufende Dampflok durch den Tag rauschte, wirkte plötzlich fast wie ein ganz normaler Mensch. Harold hatte tatsächlich Mitleid mit ihr. Die markanten Falten um ihren Mund wirkten noch tiefer als sonst.

»Ich mag Motörhead«, sagte er.

»Was soll das sein?«

»Sie kennen Motörhead nicht? Lemmy Kilmister? Nein? Ace of Spades ... Killed by Death?«

»Klingt furchtbar.«

»Da entgeht Ihnen was, Ms. Massako.«

»Was ist das für ein Genre? Metal?«

»Der Frontsänger hat seine Musik mal als den dritten Weltkrieg bezeichnet. In 'ner Telefonzelle.«

»Dann entgeht mir sicher nichts. Wie auch immer. Sie wissen jetzt, wie die Lage aussieht. Mir sind derzeit die Hände gebunden und ich komme von hier aus nicht schnell genug weiter. Sie werden mir alles beschaffen, was Sie über Hisoka und seine Pläne herausfinden können. Ich brauche Beweise Mr. Decker, in-flagranti-Material ohne Interpretationsspielraum. Ist das klar? Zeigen Sie mir, wie viel Investigativjournalist wirklich in Ihnen steckt.«

Massako hatte wieder ihre Maske aufgezogen. Harold glaubte, dass nur sehr wenige Menschen jemals ihr wahres Gesicht gesehen hatten. Er war gerade Zeuge einer dieser seltenen Momente geworden.

»Mir wird was einfallen«, sagte Harold und fügte hinzu: »Mein Kontakt kann mir vielleicht eine Audienz bei Hisoka beschaffen.«

Massako nickte und gab Harold mit einer Handbewegung zu verstehen, dass das Meeting beendet war. Als er das Büro verließ, fühlte er sich eigenartig.

In diesem Spiel ging es nicht mehr um das Kräftemessen zwischen ihm und Massako. Sie kämpften für die gleiche Sache.

Eine Sache, die schon bald völlig außer Kontrolle geraten würde, wenn sie nicht schnellstens etwas unternahmen.

DREI

Naypyidaw, Myanmar

»Du verlangst viel von mir, Dimitri.«

»Du kannst mir glauben, Koko. Diese Operation wird auch lukrativ für dich und deine Männer sein.«

»Ich kann dich nicht einfach ein Manöver im Ostpazifik fahren lassen. Die Chinesen werden Fragen stellen.«

General Koko paffte an seiner Zigarre und sah durch die halb herabgelassenen Jalousien zum Fenster hinaus. Das Gelände rings um den Regierungspalast wirkte wie ausgestorben. Er atmete schwer unter seiner hochdekorierten Uniform.

Dimitri Orlov steckte sich eine Zigarette an. »Bis die Chinesen anfangen, die richtigen Fragen zu stellen, ist alles längst wieder vorbei. Alles, was ich verlange, ist der Transport meiner Männer. Nennt es einen Test ... eine geheime Übung, von mir aus.«

»Es wird sich ein Weg finden lassen. Erklär mir nochmal, was für uns dabei rausspringt.«

»Sämtliche digitalen Nutzerdaten der Bürger Myanmars, auf die wir stoßen. Es ist uns gelungen, an die Liste der Daten zu gelangen, die verglichen werden sollen. Stell dir das vor! Wenn ihr die private Kommunikation kontrollieren könnt, wird sich das rechtmäßige Regime - euer Regime, Koko - endlich festigen können. Ich plane die Auktion direkt vor Ort. Wir können die Daten ohne Umwege transferieren, wenn wir sie erstmal haben.«

»Verzeih meine Skepsis, Dimitri, alter Freund. Es klingt, als könnte vieles dabei schief gehen.«

»Dieser Plan ist idiotensicher.«

»Kein Plan ist idiotensicher. Die Chinesen werden langsam ungeduldig. Wenn es uns nicht bald gelingt, unser Volk unter Kontrolle zu bekommen, wird mein Einfluss in Peking schwinden. Das können wir uns nicht leisten. Ich zweifle nicht an deinem Plan, Dimitri, eher am Zeitpunkt ...«

»Die Betreiber der SLS Tokio werden nicht wissen, wie ihnen geschieht. Bis irgendein Alarm ans Festland dringt, befindet sich dein Schiff längst wieder in seinem Heimathafen. Denk an dein Volk, Koko.«

»Mein Volk?«

»Du bist in der Verantwortung, jeden Zweifler am neuen System zur Rechenschaft zu ziehen. Ich werde dir alles dafür geben, was du brauchst. Myanmar verdient eine starke Hand, die es führt.«

Koko drückte die Zigarre im Aschenbecher aus, stand auf und drückte die Knie durch. Dann nahm er seine Schirmmütze vom Schreibtisch und zog sie auf.

Witzfigur, dachte Orlov, aber ließ sich nichts anmerken. Sollte Koko sich doch für den Retter seines armseligen Landes halten. Er würde dem General liefern, was er versprach. Das Preis-Leistungs-Verhältnis war schon fast lächerlich.

Koko streckte die Hand aus und reichte sie Orlov.

»Wir können morgen die restlichen Details besprechen«, sagte er. »Ich sorge dafür, dass meine Männer alles vorbereiten. Heute ist ein großer Tag für Myanmar!«

»Allerdings«, stimmte Orlov zu, dann verließ er das Büro. Auf dem Weg zu seiner Limousine, die samt Fahrer in der prallen Sonne vor dem Regierungspalast wartete, zückte er sein Handy und wählte die Nummer seines Neffen.

»Vadim, du bist ein Goldjunge!«

»Hat alles geklappt?«

»Ohne Probleme.« Orlov stieg ein und wartete, bis er die Wagentür geschlossen hatte, bevor er weitersprach: »Die sind blind vor Größenwahn. Die Generäle hier würden alles dafür tun, um ihr mickriges Land unter Kontrolle zu bekommen. *Alles*. Wie ist die Lage bei dir?«

»Niemand hat Verdacht geschöpft. Keiner konnte die Backdoor finden. Hisoka legt sich ganz schön ins Zeug, um es uns hier so angenehm wie möglich zu machen. Ist schon komisch ...«, sagte Vadim.

»Was ist komisch?«, fragte Orlov.

»Hisoka betreibt eines der wichtigsten Unternehmen für Cybersecurity und hat nicht mitbekommen, dass wir inzwischen seine gesamte Kommunikation mitlesen können.«

»Ist nicht komisch. Wir sind einfach besser als die. Tschechows Leute sind allerdings auch nicht sofort reingekommen. Hat schon eine Weile gedauert, bis sie das Sicherheitssystem umgehen konnten. Es wäre nicht möglich gewesen, wenn ihr die Tests in den SukiCore-Rechenzentren nicht gefahren hättet. Das öffnete uns letztendlich den Zugang in alle anderen Systeme. Aber ja, ich habe auch nicht damit gerechnet, dass es so schnell geht. Hisoka muss völlig wahnsinnig sein, genauso wie das ganze Pack aus den Staaten. Die halten sich halt für besonders schlau. Derart kritische Daten zentral zu vergleichen ... Lass dir eins gesagt sein, Vadim. Machtversessenen Menschen ist jede noch so absurde Methode recht. Und zugegeben, ihr Plan ist gar nicht so dumm. Wenn die damit durchkommen, werden die politischen Strukturen auf der Welt völlig ins Wanken geraten. Im Grunde genommen leisten wir sogar einen Dienst an der Gesellschaft, Vadim. Wir verhindern die große Katastrophe durch ein kleineres Übel.«

»Wie geht es jetzt weiter?«

»Als nächstes werden wir die Kontakte bei den Investmentgesellschaften aktivieren. Alles Weitere wirst du früh genug erfahren. Je weniger du im Moment weißt, desto besser.«

»Warum?«

»Es ist zu deinem eigenen Schutz. Wir sehen uns bald. Und dann genießen wir das Leben.« Orlov beendete die Verbindung und wies den Fahrer an, ihn ins Kempinski zu bringen. Er wollte ein paar Stunden schlafen. Die nächsten Wochen würden hart, doch der Plan war perfekt. Daran hatte Dimitri Orlov keine Zweifel.

VIER

Shōtō Shibuya, Tokio, Japan

Das Foto machte Adam wütend, traurig und glücklich zugleich. Es zeigte Émelie in einer Menge junger Leute, vermeintlich tanzend, in einem tief ausgeschnittenen Top und kurzen Jeansshorts. Sie hielt einen roten Becher in der Hand und stand vor einer Tischtennisplatte, die sich definitiv nicht in Émelies Wohnung befinden konnte, der Boden passte nicht. Rechts und links neben ihr standen ein Mädchen und ein Typ, dessen rote Augen nichtssagend in die Kamera starrten.

Was Adam wütend machte, war die Tatsache, dass der Typ seinen Arm um Émelies Schultern gelegt hatte. Was ihn traurig machte, war die Tatsache, dass es nicht sein eigener Arm war, der um Émelies Schulter geschlungen lag. Und das, obwohl er sich mit Berührungen nach wie vor schwer tat. Was ihn glücklich machte, war der Text, den sie ihm unter das Bild in ihrem Chat geschrieben hatte:

Vermisse dich. Party mit Freunden, nächstes Mal wieder mit dir.
Alles paletti in Japan?

Die Äußerung, sie würde ihn vermissen, ließ sein Herz schneller schlagen. Er vermisste sie auch. Adam konnte es kaum erwarten, sie endlich wiederzusehen und alle Sommersprossen in ihrem Gesicht zu zählen, die sich über die letzten Wochen gebildet hatten. Trotzdem fühlte er sich jetzt auf seltsame Weise austauschbar. Mochte sie ihn auf die gleiche Art, wie er sie? Auf welche Art mochte er sie überhaupt? War das warme Gefühl in seinem Bauch, wenn er an sie dachte, ein Anzeichen darauf, dass er sich verliebt hatte? Adam hatte sich noch nie in ein Mädchen verliebt, deshalb hatte er keinen Vergleich. Jedenfalls verstand er jetzt, was andere mit der abstrakten Formulierung auszudrücken versuchten, wenn sie sagten, sie hätten Schmetterlinge im Bauch. Es kribbelte sanft. Es war ein bisschen, wie Achterbahn fahren.

Er schrieb ihr zurück:

In einer Woche sind alle Tests abgeschlossen, dann kann ich nach Hause kommen. Haben die letzte Zeit Tag und Nacht gearbeitet. Alles funktioniert perfekt bisher. Wir können die Software bald veröffentlichen. Junichiros Vater arbeitet viel, sehen ihn kaum. Auch Junichiro ist immer mal wieder unterwegs und Vadim telefoniert die ganze Zeit. Ich vermisse dich auch. Wer ist der Typ auf dem Bild?

Prompt kam die Antwort:

Ein Freund aus der Uni. Bin jetzt unterwegs. Melde mich morgen mal bei dir!

Oh Mann, dachte Adam. Er hasste unpräzise Aussagen, doch er zügelte sich und legte das Handy beiseite. Er hatte jetzt keinen Nerv, um sich den Kopf darüber zu zerbrechen. Ohnehin hatte er schon Schwierigkeiten, sich zu konzentrieren. Émelie war sein erster Gedanke, wenn er morgens aufstand, und der letzte, wenn er abends ins Bett ging. Und in den seltenen Pausen war sie oft sein einziger Gedanke.

Sein Code hatte sich sogar als performanter erwiesen als zunächst angenommen, allerdings durfte man nicht vergessen, dass die Tests die Dezentralität nur simulierten. Trotzdem glaubte Adam fest an den Erfolg ihres Projekts. Die Zeit war reif für einen Paradigmenwechsel. Sorgen bereitete ihm lediglich die Ungewissheit, ob die breite Masse der Menschen die selbstbestimmte Verantwortung über ihre Daten überhaupt haben wollte.

Er sah zum Fenster hinaus und beobachtete einen Vogelschwarm, der in unregelmäßigen Zeitabständen auseinanderstob, sich dann neu formierte und geordnet die hohen Gebäude der Tokioter Skyline umkreiste. Er fragte sich, wie die Tiere sich untereinander absprachen. War alles instinktives Verhalten? Wer entscheidet, wer als nächstes vorneweg fliegt? Organisierten die Tiere sich als Gemeinschaft oder individuell?

Er schob den Gedanken beiseite. Adam saß im dreiunddreißigsten Stock eines gläsernen Büroturms in einem der Räume von SukiCore.

Wo blieb Vadim denn so lang? Er wollte sich nur *schnell etwas zu Essen kaufen.* Inzwischen war über eine Stunde vergangen. Junichiro war gerade mit seinem Vater zu Tisch, Familienkram besprechen, wie er erklärt hatte.

Die Mitarbeiter, die sonst an Adams Platz und drum herum arbeiteten, hatte Hisoka in andere Räume setzen lassen. Sie sollten ungestört an den Tests arbeiten.

Adam wartete auf das Ergebnis einer Simulation zum Verhalten des Coins, derweil konnte er nichts anderes tun. Hunger hatte er noch keinen, also war er allein im Büro zurückgeblieben. Wenngleich Japan ihn faszinierte, stressten ihn der Lärm und die vielen Gerüche. Es gab nirgends ein Entkommen. Überall war immer etwas los. Vor einer Woche war er mit dem Zug in eine etwas ländlichere Gegend gefahren, eine gute Stunde vom Stadtzentrum entfernt. Er war um einen kleinen Teich spaziert und hatte sich das erste Mal seit langem ein bisschen entspannen können. Zwar hatte er sich eine stringente Routine aufgebaut, doch durch die Umstände der ganzen Situation kam es immer wieder zu unvorhergesehenen Ereignissen, die ihn durcheinanderbrachten.

Am Teich hatte er für sich festgestellt: *Ich kann mich in Montreux tausendmal besser konzentrieren. Ich mag das Wetter in Montreux lieber. Émelie ist in Montreux. Ich mag Montreux lieber, weil Émelie dort ist. Émelie malt schöne Bilder, hier gibt es keinen schönen Bilder. Émelie ...*

Gelangweilt löste er seinen Blick vom Fenster und scrollte durch die Programmzeilen auf dem Bildschirm vor ihm. Irgendwann hatte er das Ende erreicht. Dort fiel sein Blick auf eine winzige Fußnote, die ihn aufspringen ließ.

Was zum ...?!

Er sah genauer hin, versuchte auf den Text zu klicken. Nichts tat sich. Aber die Information war eindeutig! Wie hatte das passieren können?! Warum arbeitete er mit einer *Kopie* des Quellcodes?

Hastig griff er nach seinem Handy und rief Vadim an. Mailbox. Er versuchte Hisoka zu erreichen. Niemand hob ab. Junichiros Telefon war offenbar abgeschaltet.

Was geht hier vor sich?!

Shibuya-Crossing, Tokio

Adams Name erschien auf dem Display.

Nicht jetzt.

Ein Blick über die Schulter. Sie waren immer noch da. Waren sie jetzt zu zweit? Vadim versuchte sich mit ein paar Bewegungen des Ellbogens näher an den Straßenrand zu quetschen. Obwohl ihn hunderte Leute umgaben, fiel er auf. Auch die zwei Typen, von denen er sich jetzt sicher war, dass sie ihn verfolgten, konnten in der Menge nicht untergehen. Hatte sich der Größere gerade ans Ohr gefasst?

Endlich sprang die Ampel auf Grün.

Ein weiterer, vorsichtiger Blick über die Schulter, möglichst unauffällig. Die Männer kamen näher! Vadim sah die Gläser ihrer dunklen Sonnenbrillen aufblitzen. Er begann zu rennen, rempelte dabei ein paar Menschen an, die erschrocken mit den Armen herumfuchtelten. Als er sich erneut umblickte stieß er mit einer Frau zusammen und verlor das Gleichgewicht. Bevor er sich aufrappeln konnte, spürte er eine kräftige Hand, die nach seinem linken Arm griff.

Der Größere zog ihn hoch, sprach kein Wort, sah ihn nicht einmal direkt an.

»Lassen Sie mich los!«, brüllte Vadim und versuchte sich aus dem engen Griff zu lösen, doch in einer schnellen Bewegung verdrehte ihm der Typ den Arm auf den Rücken. Ihm entfuhr ein gequälter Schmerzensschrei. Vadim musste sich nach vorne beugen, sonst hätte es ihm sicher den Arm gebrochen.

»Beruhigen Sie sich, Mr. Orlov«, sagte der andere, ein etwas kleinerer Mann mit Glatze.

Amerikaner, schoss es Vadim durch den Kopf. Woher kennt der meinen Namen?!

Plötzlich öffnete der Größere den Mund und sprach mit Vadim auf russisch: »Du hältst jetzt besser dein Maul, mein Freund, bevor du es bereust.«

Vadim hörte nicht auf ihn. Zwar wollte er nach der Polizei und nach Hilfe schreien, doch er brachte keinen geraden Satz heraus. Der Schmerz wurde schlagartig intensiver und kroch ihm siedend heiß in die Schulter, als ob jemand sehr langsam seinen Arm verbrühen würde.

»Ich bring dich um, wenn du nicht still bist!«

Panisch versuchte er sich nochmals zu lösen. Die Menschen ringsum waren mit sich selbst beschäftigt, starrten in ihre Handys oder sahen vielleicht sogar bewusst in andere Richtungen. Der Straßenlärm übertönte jedes Wort, das nicht in unmittelbarer Nähe gesprochen wurde. Auf der anderen Seite der Kreuzung parkte ein schwarzer Kastenwagen am Bordsteinrand. Mit einem kräftigen Stoß in den unteren Rücken verfrachteten die Männer Vadim durch die geöffnete Seitentür. Eine Frau schloss die Schiebetür, jetzt saßen sie im Dunkeln. Das Auto hatte im Laderaum keine Fenster, die Luft war stickig und warm, es roch etwas nach Benzin und Männerdeo.

Einer der Männer klopfte gegen das Dach und sie setzten sich in Bewegung.

»Wohin fahren wir!? Was wollen Sie von mir?«, schrie Vadim und wollte einen weiteren Versuch starten, sich loszureißen. Ein mechanisches Klicken und kaltes Metall um die Handgelenke beendeten die Fluchtversuche.

»Warum halten Sie mich fest!?«

»Bewahren Sie sich Ihre Stimme, Mr. Orlov. Wir sind noch ein paar Minuten unterwegs, dann können wir uns unterhalten.«

»Sind Sie von der Polizei? Sie können mich nicht einfach mitnehmen!«

»Alle Fragen werden sich in Kürze klären.« Das war die etwas weichere Stimme des anderen gewesen, die des Amerikaners.

Fieberhaft überlegte er, was er sich in den letzten Monaten hatte zu Schulden kommen lassen und wer sich dafür interessieren würde. Seine Gedanken führten ihn zu keinem konkreten Ergebnis ... oder doch? Waren diese Typen hinter Dimitri her? Irgendetwas war gewaltig schief gelaufen. *Nein, das kann nicht sein, dafür hat mein Onkel alles zu gut geplant.* Ging es um die Manipulation des Codes?

Vadim atmete tief ein und begann schließlich, wild um sich zu strampeln. Es dauerte nur ein paar Sekunden, da hatten sie auch seine Beine fixiert.

»Spar dir doch den Schwachsinn, Vadim ... Du machst mir Kopfschmerzen. Wir sind gleich da.«

Vadim entschied, seine Kräfte einzusparen. Irgendwann mussten sie anhalten. Dann hatte er vielleicht eine Chance, zu entkommen.

Jener Moment kam schneller als gedacht. Der Wagen stoppte, nachdem sie ein kurzes Stück über eine unebene Straße gefahren waren. In der Dunkelheit hatte Vadim völlig die Orientierung verloren. Er war sich nicht sicher, wie oft sie nach rechts oder links abgebogen waren und konnte nicht ansatzweise einschätzen, wo sie sich befanden.

Als die Schiebetür geöffnet wurde, blendete ihn die Sonne zunächst. Sie stiegen aus, Vadim sah sich um.

Tokio hätten sie in der kurzen Zeit nicht verlassen können, trotzdem entdeckte Vadim kein bekanntes Gebäude, nichts, das ein Anzeichen auf die Stadt sein könnte. Der Wagen hatte in einer Art Steinbruch geparkt, eine Grube wie ein Kessel, hinter dessen Ränder man die Skyline nur vermuten konnte.

»Benimmst du dich jetzt?«, fragte der Größere auf russisch und wedelte mit einem Schlüsselbund vor Vadims Nase herum.

Er nickte.

Der Fremde löste ihm die Fußfesseln.

Sofort rannte Vadim los. Wusste nicht in welche Richtung. Fand keine Orientierung. Die anderen folgten ihm nicht.

»Tob dich aus«, rief ihm der Amerikaner hinterher.

Die Flucht endete vor einem hohen Metalltor, dessen obere Streben zusätzlich mit Stacheldraht gesichert waren. Vadims Hände waren immer noch hinter seinem Rücken gefesselt.

Bullshit!

Es gab keinen Ausweg.

Langsam kam der Größere auf ihn zu gestapft.

»Wir wollen uns nur mit dir unterhalten.«

»Ihr könnt mich mal! Was zum Fick soll das hier?«

Beschwichtigend hob der Russe die Arme. Er deutete auf den anderen, der zusammen mit der Frau am Wagen wartete. »Das sind meine Kollegen Cedric Fergusson und Patricia Miller von der CIA. Ich bin Daniil Bugajew und arbeite für die GRU. Schon mal gehört?«

Vadim verstand die Welt nicht mehr. Er spürte, wie die Panik langsam die Kontrolle über seine Atmung übernahm. Ihm wurde schwindlig.

»Wir möchten mit dir über deinen Vater sprechen.«

Mein Vater? Das macht alles keinen Sinn! Atme, Vadim, denk nach!

Er sah keine andere Möglichkeit, als dem Mann schließlich zu folgen. Unweit des Wagens stand ein Container, der zu einer Art Büro umfunktioniert worden war. Die Frau wartete am Auto, während Bugajew, Fergusson und Vadim den Raum betraten.

Sie setzten sich gegenüber voneinander an einen kleinen Metalltisch. In der Ecke des Containers stand ein schmaler Kühlschrank. Fergusson holte drei Flaschen Cola heraus, entfernte die Kronkorken an der Tischkante und stellte Vadim eine hin.

»Trink was, Junge, das kannst du jetzt gebrauchen.«

Bugajew, ein schmaler Mann mit kantigem Gesicht, kurzen grauen Haaren und einer runden Brille, hielt sein Sakko zur Seite auf und deutete auf seinen Schulterhalfter.

»Das Teil schießt prima«, erklärte er. »Ich würde dir wirklich gerne die Handschellen abnehmen. Wenn du aber nochmal James Bond spielen solltest, wird's eng für dich. Klar soweit?«

Vadim nickte schnell. Er versuchte es angestrengt zu überspielen, doch er hatte nie zuvor in seinem Leben solche Angst gehabt. Es gab nur einen einzigen Weg aus dem Container: die schmale Tür, durch die sie gekommen waren und die Bugajew hinter sich abgeschlossen hatte. Sie lösten ihm die Handschellen. Vadim rieb sich die schmerzenden Handgelenke.

»Du bist nicht gerade leicht zu finden«, sagte Fergusson irgendwann. »Da sind wir also. Wie ich mitbekommen habe, hat Kollege Bugajew uns ja schon vorgestellt. Wer du bist, wissen wir auch. Als erstes: Alles was du sagst, wird aufgezeichnet.«

Der Junge tat ihm leid. Man sah ihm die Angst an. Die flinken Augen, die den Raum absuchten, die Schweißperlen auf der Stirn, die schnellen kurzen Atemzüge. Sie hatten keine Wahl gehabt. Sie mussten zu drastischeren Mitteln greifen – von sich aus hätte Vadim niemals mit ihnen gesprochen.

Fergusson hasste sich für das, was sie nun tun würden. Sicher, der Junge war kein Unschuldslamm, dennoch am Ende des Tages fast noch ein Kind. Vadim hätte sein Sohn sein können. Leider waren die Einsätze zu hoch, um darauf Rücksicht zu nehmen.

»Mein Vater war Rechtsanwalt«, sagte Vadim aufgeregt. »Ich habe das Recht auf einen Anwalt, ich weiß das! Sie dürfen mich nicht einfach so verhören!«

Wir dürfen mehr als du denkst, mein Freund. Offiziell findet dieses Treffen gar nicht statt.

»Entspann dich Vadim«, sagte Fergusson. »Hör dir diese Aufnahme mit uns an.«

Bugajew legte ein Handy auf den Tisch und tippte auf das Display. Fergusson behielt Vadim genau im Auge. Seinem erschrockenen Gesichtsausdruck entnahm er, dass Vadim die Stimme seines Onkels sofort erkannte.

»... deshalb gibt es noch einige Menschen, die wir aus dem Weg räumen müssen. Als erstes Vadims Vater«, dröhnte die sonore Stimme von Dimitri Orlov aus dem Lautsprecher. Gnadenlos ging die Aufnahme weiter: »... Ja, ich weiß, dass er mein Bruder ist. Ich kümmere mich persönlich darum. Noch haben wir die Zügel in der Hand. Die Informationen, die Vladimir hat, kratzen höchstwahrscheinlich nur an der Oberfläche, wir sollten trotzdem kein Risiko eingehen. Ich werde mich auch um den Jungen kümmern. Er ist ein begnadeter Coder, wird eines Tages nützlich für mich sein ... ja ... doch, er vergöttert mich ... will mitspielen. Träumt vom Gangsterleben. Ich bieg ihn schon zurecht. Seine Fähigkeiten sind einzigartig. Aber dieser Narr von Vater muss weg ... Und seine Freundin Viktorija auch ... müssen Myanmar im Blick behalten ... gut ... sprechen uns später.« Fergusson sah, wie Vadim kreidebleich angelaufen war.

»D ... Das ist ein F-Fake!«, rief er.

»Das ist leider sehr echt, Junge«, sagte Bugajew ruhig. Fergusson kam nicht umhin zu glauben, dass Bugajew die Situation schadenfroh genoss. Zugegeben, sie hatten lange auf einen Durchbruch in den Ermittlungen zum RCSN gewartet, doch Fergusson hätte diesen Meilenstein lieber unter anderen Umständen erlebt. Vadim konnte nichts für die Grausamkeiten seines Onkels.

»Dein Onkel hat schreckliche Verbrechen begangen«, sagte Fergusson. »Er hat deinen Vater umgebracht, tausende ahnungslose Menschen um ihr Geld betrogen und Gott weiß, was er sonst noch vorhat.«

Vadims linke Augenbraue hatte gezuckt. Fergussons geschulter Blick sah es sofort.

»Du wirst uns dabei helfen, ihn aufzuhalten.«

»Werde ich nicht!«, rief Vadim schrill. Ihm brach die Stimme, er musste sich räuspern, bevor er weitersprach: »Ich glaube kein Wort davon! Mein Vater hatte einen Autounfall. Außerdem kann jedes Kind solche Aufnahmen fälschen. Dazu braucht man nicht mal großartige Skills! Bullshit, jede bessere KI kann das heutzutage!«

Bugajew schlug mit der Faust auf den Tisch: »Der Autounfall war inszeniert, Junge!« Er atmete ein und senkte seine Stimme etwas: »Du kannst nicht vor der Wahrheit weglaufen, Vadim, es geht einfach nicht! Es ist furchtbar was geschehen ist, und glaub mir, ich kann deinen Schmerz verstehen.«

Einen feuchten Dreck versteht dieser Bastard, dachte Vadim. Seine Gedanken überschlugen sich. Er fühlte sich, als hätte man seinen ganzen Körper durch die Mangel gedreht. Ihm schien, als gäbe es nicht einen einzigen, fixen Punkt in dem Container. Alles tanzte wirr vor seinen Augen. *Das darf nicht wahr sein. Es darf einfach nicht wahr sein! Dimitri würde so etwas niemals tun.*

Wenn es stimmte, was die Männer behaupteten, wenn also die Tonaufnahme echt wäre ... Würde sich sein Onkel seiner ebenso skrupellos entledigen? Einfach so? Er erinnerte sich an einen Spruch, den Dimitri einmal beiläufig gesagt hatte:

Das Internet ist wie die Politik. Wenn du krumme Dinger drehst, ist jeder, der davon weiß, einer zu viel.

Nach dieser Logik müsste Dimitri doch jeden einzelnen seiner Mitarbeiter umbringen! Nein, mir wird nichts passieren. Ich bin sein Neffe, dachte Vadim.

Sicher fühlte er sich trotzdem nicht. Ganz und gar nicht. Wenn Dimitri ihn am Ende doch nur benutzte?

Als hätte er seine Gedanken gelesen, sagte Fergusson: »Wir können dich vor ihm beschützen, Vadim. Dir wird nichts zustoßen, dafür können wir sorgen. Das verspreche ich dir!«

»Sag uns, wo er sich aufhält, dass wir diesen Spuk endlich beenden können!«

Bugajew und Fergusson verschwammen vor Vadims Augen. Die Worte verließen seinen Mund, ohne, dass er den Befehl dazu gegeben hatte: »Ich weiß nicht, wo er ist! Er sagt mir nie, wo er ist!«

Die Männer atmeten auf.

Warum habe ich das gerade gesagt?!

Langsam holte Fergusson einen zusammengerollten Schnellhefter aus der Innentasche seines Mantels und schob ihn Vadim hin. Das erste, etwas schief geschnittene Blatt war aus festerem, braunen Papier, jenem, aus dem auch Versandtaschen gearbeitet sind. Es dauerte etwas, bis Vadim die kyrillische Handschrift entziffert hatte. Das Gekritzel stammte von seinem Vater. Er hatte tausendmal seine Notizen auf dem heimischen Schreibtisch liegen sehen. Kein Zweifel.

Für den Fall, dass ich sterbe.

»Dein Vater hat über Monate versucht, Beweise für die Verbrechen deines Onkels zu sammeln. Es kam ein bisschen was zusammen, aber wir haben nach wie vor keine konkreten Hinweise, wo sich Dimitri Orlov jetzt befindet, geschweige denn, was er als nächstes vorhat. Fakt ist, dass er deinen Vater auf dem Gewissen hat. Du kannst das alles beenden, verstehst du?«

Es fühlte sich an, als würde er wie eine Dose unter enormem Außendruck implodieren. Seine Muskeln krampften. Der Schmerz überkam ihn wie eine unheilvolle schwarze Welle. Vadim sackte in sich zusammen, als hätte man einem Roboter die Stromzufuhr gekappt. Schließlich konnte er nicht mehr an sich halten.

Die Tränen flossen seine Wangen hinab und fühlten sich wie ein lang erhoffter Regenguss an. Vadim war wütend und geschockt zugleich. Auf der einen Seite wollte er kein Wort von dem glauben, was Fergusson und Bugajew ihm erzählten, andererseits hätten sie sich diese Geschichte nie im Leben ausdenken können. Gefälscht oder nicht, die Beweise lagen vor ihm, direkt vor seiner Nase. Das Puzzle löste sich vor seinen Augen selbst, alles passte perfekt. Er merkte, wie sehr er seinen Vater vermisste. Auch wenn ihre Beziehung nicht immer die beste war, war er doch bis zum Schluss sein Vater gewesen. Er hatte ihn großgezogen, sich um ihn gekümmert und Vadim hatte niemals abstreiten können, dass er sich in den Armen seines Vaters zu Hause fühlte - ganz gleich, welche Differenzen einen Keil zwischen die beiden getrieben hatten. Dann die Tonaufnahme ... Woher hätten Bugajew und Fergusson von Myanmar wissen sollen, woher von Viktorija, die auch ... eines Tages verschwunden war ...

Seit dem Autounfall hatte Vadim sie nie wieder gesehen. Zwar kannten sie sich nur flüchtig, aber sie war nicht einmal zur Beerdigung in Petersburg erschienen. Damals hatte er sich nicht weiter darum gekümmert, doch jetzt ...

Schließlich begann Vadim zu erzählen. Es war, als könnte er sich selbst beim Sprechen beobachten, als hätte er seinen eigenen Körper verlassen, als sei er nur noch ein Beobachter, dessen wütende Versuche, den blassen Jungen zum Schweigen zu bringen, ungehört blieben.

Vadim hatte Angst vor Bugajews Waffe. Das war kein Spiel, dass er hinter seinem Bildschirm im Kinderzimmer zu Hause mühelos gewann. Keine Hatz auf unbedeutende, schlecht geschützte Kreditkarten, deren Besitzern er niemals ins Gesicht sehen musste.

Das war die reale Welt.

»Wo befindet sich dein Onkel jetzt?«, fragte Bugajew. Seine Stimme kam Vadim mit einem Mal ganz sanft vor.

»Ich weiß es nicht«, antwortete er wahrheitsgemäß.

»Du hast seine Telefonnummer. Ruf ihn an und frag.«

Vadim schüttelte den Kopf. »Das geht nicht. Er verwendet die gleiche Telefonnummer niemals zweimal. Er ruft immer mich an.«

»Wie soll denn das bitte gehen? Kein Mensch hat so viele Handys«, meinte Fergusson skeptisch.

»Ich sag's nochmal, verarsch uns besser nicht, ja!«

»Die Nummern werden zufällig aus einem Pool ausgewählt. Es ist niemals die gleiche. Sie haben mir doch mein Handy abgenommen. Gehen Sie auf Wahlwiederholung, das ist die letzte Nummer, mit der mein Onkel angerufen hat.«

Bugajew probierte es aus und stellte auf laut. Eine automatische Ansage verkündete, dass die Rufnummer derzeit nicht vergeben sei.

»Das können Sie mit jeder einzelnen Nummer im Protokoll versuchen, es wird nicht funktionieren.«

»Schreib ihm eine E-Mail«, schlug Fergusson vor.

»Es gibt keine Adresse, von der ich weiß.«

Fergusson seufzte. »Du hast von einer Auktion gesprochen, Vadim.«

»Das ist die einzige Möglichkeit, wie Sie an ihn rankommen werden.«

»Wie genau?«, drängte Bugajew.

»Ich weiß, dass einige Investmentgesellschaften zu dem Event eingeladen sind«, sagte Vadim und wischte sich die letzten Tränen aus dem Gesicht. »Ich kenne aber nur zwei. Vinzent&Prokowjew in Moskau und Bernstein Capital in New York. Da müssen Sie sich – «

Weiter kam er nicht, denn plötzlich klopfte jemand lautstark an die Tür. Bugajew schloss auf und die zweite CIA-Agentin, Patricia Miller, die am Auto gewartet hatte, betrat den Container. Sie schien ziemlich aufgebracht zu sein.

Ich habe sie explizit angewiesen, nicht zu stören, dachte Fergusson genervt. Endlich hatten sie den Jungen einigermaßen weichgeklopft und nun das. Jede Verschnaufpause für Vadim machte die Sache nur noch schwerer, als sie ohnehin schon war.

»Miller, verdammt! Ich habe gesagt, dass – «

»Es tut mir leid, Sir, es geht nicht anders. Preston am Telefon für Sie.«

»Sagen Sie, ich rufe zurück!«

»Nein, Sir, sofort.« Miller bedeckte mit der Hand das Mikrofon des Handys. »Er ist stinksauer.«

Auch das noch.

Fergusson tauschte einen Blick mit Bugajew, der milde nickte. Er seufzte, stand auf und verließ den Container.

»Sorry ...«, flüsterte Miller, als sie ihm das Telefon überreichte.

»Hier spricht Cedric Fergusson, Mr. Preston, Sir.«

Fergusson musste das Handy etwas vom Ohr entfernen, um keinen Gehörschaden zu erleiden. Der Direktor des Büros in Washington brüllte derart laut, dass Fergusson die Krampfadern an Prestons Hals und Stirn vor seinem inneren Auge sehen konnte.

»SIND. SIE. DES. WAHNSINNS?!«

»Sir ...«

»Was fällt Ihnen ein, Sie Pfeife, ohne mein *GO* Tokio unsicher zu machen? Sind Sie von allen guten Gei – ich sag Ihnen, was Sie sind, suspendiert sind Sie, Sie Vollidiot, wir haben Regeln in unserem Puff, wissen Sie, was ich mir aus Langley anhören durfte?! Ich suspendiere Sie mit sofortiger Wirkung!«

»Sir ...«

»Schieben Sie sich Ihr *Sir* sonst wo hin, Fergusson! Bewegen Sie Ihren Arsch in unser Büro in Tokio und geben Sie da ihre Waffe ab, Pronto! Und den Jungen werden Sie sofort freilassen!

Wir können nur beten, dass der uns nicht verklagt, verdammte Scheiße! Wir haben kein Recht, ihn festzusetzen! Da ist rein gar nichts auch nur ansatzweise abgesegnet! Warum haben Sie sich nicht mit mir abgesprochen!? Haben Sie den Russki auch dabei, hä? Ich werde mal ein ernstes Wort mit den Kollegen in Moskau sprechen, so geht das nicht!«

»Mr. Preston, bitte hören Sie mir einen Augenblick zu, zwei Minuten!«

»Sie haben nichts zu melden! In meinen dreißig Dienstjahren habe ich noch nicht so eine Scheiße erlebt!«

Jetzt hob auch Fergusson die Stimme, um Preston irgendwie zu übertönen: »Der Junge hat uns Informationen geliefert, die uns weiterbringen!«

»... Außerdem bin ich der Direk- Wie, bitte?!«

Endlich.

»Ja, Sir. Er konnte uns sagen, wie wir an Orlov rankommen!«

Am anderen Ende der Leitung hörte Fergusson nur angestrengtes Schnaufen, deshalb nutzte er die Chance und sprach direkt weiter: »Orlov wird eine Auktion abhalten, bei der irgendetwas versteigert werden soll, kritische Daten vermutlich. Sein Neffe hat uns zwei Investmentgesellschaften genannt, die teilnehmen werden. Über die könnten wir uns einschleusen.«

»Wie belastbar sind diese Informationen?« Prestons Stimme klang noch immer wütend.

»Wir haben ihm erzählt, dass Orlov seinen Vater getötet hat und ihm die Dokumente – «

»Sie haben GEHEIMES MATERIAL weitergegeben!?«

»Wir haben ihm die Papiere nur gezeigt, Sir, um ihn in die Enge zu treiben. Der Junge ist ein kleiner Internetkrimineller, aber kein organisierter Verbrecher wie sein Onkel. Ich wette der fällt in Ohnmacht, wenn er einen Tropfen Blut sieht. Ich glaube ihm, Sir. Er hatte nicht den Hauch einer Ahnung, in welchen Dimensionen sein Onkel agiert.«

»Der kann irgendwas erzählt haben! Gott weiß, welcher Gehirnwäsche Orlov seinen Neffen unterzogen hat.«

»Mit Verlaub, Sir, der Junge ist fertig mit den Nerven. Er hat gerade erfahren, dass der Onkel seinen Vater umgebracht hat. Wir haben ihm die Aufnahme vorgespielt. Es hat ihn eiskalt erwischt, das konnte sogar ein Laie erkennen. Darf ich einen Vorschlag machen?«

Preston grummelte nur, aber immerhin hatte er sich etwas beruhigt.

»Geben Sie uns die Chance, es mit den Banken zu versuchen. Ob der Junge die Wahrheit erzählt hat, werden wir nur so erfahren. Und wenn es stimmt, haben wir endlich die Möglichkeit das RCSN und die Hintermänner dingfest zu machen. Ich werde die volle Verantwortung für die Operation übernehmen. Und wenn wir Erfolg haben, werden Sie derjenige sein, der dem Präsidenten die frohe Botschaft überbringen kann.«

Fergusson wusste, dass Preston als leidenschaftlicher Republikaner jede Gelegenheit nutzen würde, im Oval Office mit seinen Leistungen zu glänzen. Zwar störte Fergusson es etwas, dass Bugajews und sein Verdienst damit ungelobt bleiben würde, doch einen Tod musste man jetzt sterben.

»Es ist die einmalige Gelegenheit, zum Generalschlag gegen das RCSN auszuholen, Sir«, setzte Fergusson fort.

Dann folgte eine lange Pause. Fergusson konnte förmlich spüren, wie sich Preston gerade vorstellte, dem Präsidenten die Hand zu schütteln, sich anerkennend auf die Schulter klopfen zu lassen und eines Tages *Special Advisor to the President of the United States* zu sein. Preston war ein einfältiger Mann. Ein Umstand, der nun ausnahmsweise zu Fergussons Vorteil war.

»Wir brauchen echte Beweise, um Erfolg zu haben«, sagte Preston schließlich. »Orlov darf nicht erfahren, dass wir ihm auf der Spur sind, sonst taucht er auf nimmer Wiedersehen unter und alles war umsonst. Wir werden den Jungen nicht festhalten können. Wenn Orlov das herausfindet, wird er Lunte riechen. Dieser Mann hat seinen eigenen Bruder getötet, was wird ihn da sein Neffe groß interessieren. Lassen Sie sich was einfallen.«

Fergusson wollte vor Erleichterung in die Luft springen. »Jawohl, Sir.«

»Und noch was, Fergusson. Wenn sich herausstellt, dass alles nur Schall und Rauch war, sind Sie dran. In Zukunft werden Sie mich über die Ermittlungen unterrichten, ist das klar? Stündlich, wenn's sein muss.«

»Jawohl, Sir.«

»Also dann, Fergusson. Zeigen Sie diesen Fanatikern vom RCSN, dass sie sich nicht mit der CIA anlegen sollten.«

Das wiederum klang schon fast wieder lächerlich. Vor uns liegt immer noch ein riesiges Stück Arbeit, dachte Fergusson. Zumal es nicht die alleinigen Ermittlungen der CIA waren. Er betete, dass Vadim ihnen die Wahrheit erzählt hatte.

Bevor Fergusson den Container wieder betrat, schrieb er Bugajew eine kurze Nachricht auf seinem Handy.

Der Amerikaner kehrte zurück in den Container und setzte sich. Mit einem Taschentuch tupfte er sich über die Stirn. Vadim fragte sich, wo er so lang geblieben war.

»Hast du gelesen, was ich dir geschrieben habe?«, fragte Fergusson an Bugajew gewandt. Dieser hatte in den vergangenen Minuten immer wieder auf sein Handy gestarrt und war deshalb kaum dazu gekommen, Vadim weitere Fragen zu stellen. Bugajew nickte.

»So, jetzt denk nochmal scharf nach Vadim«, sagte Fergusson, »ist das alles, was du weißt?«

»Mehr weiß ich wirklich nicht!«

Es war gelogen, doch Vadim konnte die letzten Minuten, in denen Fergusson telefoniert hatte, dazu nutzen, sich zu beruhigen und seine nächsten Schritte zu überdenken. Er spürte, dass die Männer ihn brauchten. Er spürte ihre Verzweiflung über den fehlenden Überblick. Vadim war ein wertvolles Asset in ihren Ermittlungen, und das gab ihm einen entscheidenden Vorteil.

Vadim würde vermutlich keine Chance bekommen, seinen Onkel irgendwie zu warnen, doch das war auch nicht sein Ziel. Dimitri hatte seinen Vater umgebracht. Vadim kannte keine Details zu Dimitris Plan, doch er war sich sicher, dass zwei Agenten der CIA und der GRU kaum Probleme bereiten würden. Und wenn Dimitri und er sich dann schließlich wiedersahen ...

... dann könnte er sich rächen.

Er war niemandes Marionette. Auch nicht die seines Onkels, den er so lange vergöttert hatte.

Die Prozedur, die anschließend folgte, ließ Vadim widerstandslos über sich ergehen. Sie registrierten sein Handy, nahmen Fingerabdrücke und schossen ein paar Fotos von ihm. Schließlich brachte man ihn zurück zur Shibuya-Crossing.

Straffreiheit im Austausch für Dimitri Orlov. Ein fairer Deal. Nur, dass Fergusson und Bugajew seinen Onkel niemals alleine aufhalten könnten.

FÜNF

Tokioter Hafen, Tokio, Japan

Vierzehn Uhr. Chefkoch Kamei Dai, ein durchschnittlich großer, dicker Mann mit Halbglatze freute sich immer auf diese Zeit des Tages. Jeden Tag um vierzehn Uhr genehmigte er sich ein Schlückchen Sake in der kleinen Kammer, die er auf diesem Schiff sein Büro nannte: ein winziger gefliester Raum von knapp sechs Quadratmetern Größe, ohne Fenster, dafür mit Klimaanlage, und die war ein Segen.

Er trank auf jeden Tag, an dem sie ihn nicht erwischten. Ein paar Monate noch, dann wären alle Schulden beglichen.

In der Zwischenzeit übernahm die neue Sous-Chefin das Kommando in der Küche. Morgen ging ihre erste Woche zu Ende. Kamei Dai hatte nie zuvor eine schlechtere Sous-Chefin beschäftigt als sie. Es haperte bereits an den Basics – sie wusste nicht einmal eine Zwiebel fachgerecht zu würfeln, geschweige denn, dieselbe anständig zu schälen – und auch bei den anderen Tätigkeiten war sie mehr Hindernis als Hilfe. Ihre Station war immer die schmutzigste, ihre Schürze immer am fleckigsten. Wie sollte das nur werden, wenn sie in See stachen? Noch lagen sie im Hafen und mussten nur eine abgespeckte Zahl der Crew versorgen. Doch was würde in ein paar Tagen los sein, wenn über siebzig Mäuler gestopft werden wollten und jeder Handgriff zu sitzen hatte?

Für eine Drei-Schicht-Mannschaft zu kochen war kein Kinderspiel.

Trotz allem – er musste sie vor seinen Mitarbeitern verteidigen. Und das hatte einen guten Grund.

Schnaufend ließ er sich in den wackligen Holzstuhl hinter das kleine Tischchen fallen und suchte in einer Schublade vergeblich nach der Sake-Flasche.

Es klopfte. Er hasste Störungen um die Mittagszeit.

»Ja?«, rief er genervt, da wurde schon die Tür geöffnet. Die neue Sous-Chefin, Lara Semjonowa, stand im Rahmen, in der Hand eine frische Flasche Sake. Über den einen Anblick freute er sich, über den anderen nicht. Wenn die Story rauskam, würde er keinen einzigen Auftrag mehr an Land ziehen können, so viel stand mal fest.

Soll sie doch verrecken, die kleine Schlampe.

Kamei Dai betrieb ein inzwischen recht ansehnliches Unternehmen, dass sich auf Schiffsgastronomie spezialisiert hatte. Verschiedene Flotten waren Kunde bei ihm, unter anderem auch die von SukiLog. Es kam nicht selten vor, dass er bei wichtigen Aufträgen selbst für eine gewisse Zeit mit an Bord war. So auch dieses Mal. Die Anfrage bezüglich der SLS Tokio hatte er sofort angenommen. Der Auftrag versprach einen fetten Gewinn, den Kamei Dai dringend gebrauchen konnte.

Dann stand kürzlich Semjonowa vor seinem Büro am Tokioter Hafen. Was folgte, war ein fünfminütiges Gespräch, auf welches er erst einmal einen Schluck hatte trinken müssen. Sie hatte ihm Dokumente vorgelegt, die seine gesamte Steuerhinterziehung der letzten fünf Jahre bewiesen.

Ob sie von der Steuerfahndung sei, hatte er erschrocken gefragt, und schon geglaubt, es sei der letzte Tag gewesen, auf den er sein Glas hatte heben können. Doch offenbar arbeitete sie im Auftrag anderer. Kamei Dai hatte eine Familie zu versorgen. Er konnte es sich nicht leisten ins Gefängnis zu wandern. Schweißgebadet hatte er um Vergebung gebettelt, bitte, man könne sich doch einigen.

Sie hatte überheblich gelächelt, er sah es noch heute ganz genau vor sich, und gesagt, dass es selbstverständlich einen Weg gäbe. So erfüllte er, ohne zu zögern, die Bedingungen ihres Schweigens: er gab ihr einen Posten im zugeteilten Team auf der Tokio. Warum genau auf diesem Schiff, dazu hatte sie sich nicht geäußert. Es interessierte ihn auch nicht weiter. Wenn er im Gegenzug seine Freiheit behalten konnte, dann bitte schön. Angst hatte ihm gemacht, dass sie bestens über ihn informiert war. Semjonowa kannte nicht nur die Namen seiner beiden Kinder, sondern wusste auch von einer Affäre, die er vor einigen Jahren unterhalten hatte. Sie hatte etwas von WhatsApp-Chats erzählt, von denen er selbst nicht hatte ahnen können, dass diese überhaupt noch existierten.

»Dachte mir schon, dass Sie hier sind, Chef«, sagte Semjonowa, gespielt unterwürfig. Sie stellte die Flasche auf dem Tisch ab.

»Was wollen Sie?«

»Auf ein Wort.«

»Jetzt nicht.« Gereizt goss er sich ein Glas Sake ein. »Lassen Sie mir meine fünf Minuten Pause, Semjonowa. Der Kapitän kommt heute Abend aufs Schiff. Wir haben genug zu tun.«

»Deswegen bin ich hier. Sie werden mich mit ihm bekannt machen.«

»Ich mache sie damit bekannt, wie man Zwiebeln schält. Mehr nicht.«

»Ich bitte Sie«, sagte Semjonowa und tat so, als sei sie empört, »wir zwei haben eine Abmachung, schon vergessen? Machen Sie mir auch mal so ein Glas. Bitte.«

Sie bemerkte, wie Kamei Dai seine Hände vor Wut zu Fäusten ballte.

»Machen Sie nur«, sagte sie lächelnd. »Los, schlagen Sie mich grün und blau, köpfen Sie mich, machen Sie was sie wollen. Wenn ich sterbe, marschieren andere für mich zu den Behörden. Das wäre jammerschade. Denken Sie an Naoki. Ihr Sohn soll doch nicht ohne Vater aufwachsen.«

»Ich habe Sie hier hergebracht«, presste Kamei Dai hervor, »Sie müssen mich nicht auch noch demütigen!«

»Ja, das sehe ich allerdings genauso. Also zwingen Sie mich gefälligst nicht dazu. Sie werden mich heute Abend dem Kapitän vorstellen. Wird auch ganz bestimmt nicht weh tun, ich versprech's Ihnen.«

◆

Fünf Stunden später trug Lara Semjonowa einen Teller zur Kabine von Kapitän Kano Nakamoto. Sie hatte erfahren, dass er sein Essen vorzugsweise in seinen eigenen Räumlichkeiten einzunehmen pflegte.

Umso besser, dachte sie und klopfte.

»Ist offen«, drang die Stimme des Kapitäns dumpf auf den Gang.

Sie sah an sich hinab und öffnete die obersten drei Knöpfe an ihrer Kochjacke. Dann trat sie ein.

»Guten Abend, Kapitän. Wo soll ich das hinstellen? Wow! Schön haben Sie's hier ... und diese Aussicht! Traumhaft.«

Kano Nakamoto lag seitlich, auf den Ellbogen gestützt, in seiner schmalen Koje und blätterte durch einige Dokumente. Er trug keine offizielle Uniform, sondern einen dunkelblauen Strickpullover mit einem weißen Hemd darunter, dazu praktische Cargohosen.

»Stellen Sie's da hin«, sagte er, sah von den Papieren auf und deutete auf das Nachtkästchen.

»Entschuldigen Sie, Kapitän, ich möchte nicht unhöflich sein. Dürfte ich mich wohl mal umsehen? Ich war noch nie in einer Kapitänskajüte. Sagt man das so?«

»Heutzutage sagt man wohl eher Kabine, Frau ...?«

»Semjonowa, Lara Semjonowa. Ich bin die neue Sous-Chefin«, erklärte sie lächelnd und streckte ihm die Hand hin.

Langsam richtete er sich auf, erwiderte den Gruß und machte eine einladende Geste.

»Ach, Sie sind also die Neue. Kamei Dai hat mir von Ihnen erzählt. Schauen Sie sich ruhig um. Viel gibt's hier eh nicht zu sehen.«

Nakamotos Kabine war die größte innerhalb der Mannschaftsquartiere, am backbordseitigen Ende des Turms, direkt unter der Brücke. Vor einem rechteckigen Fenster stand ein Schreibtisch, darauf ein Computerbildschirm und ein paar Bücher. Viel gab es hier tatsächlich nicht zu sehen, aber Semjonowa interessierte sich auch nicht für den Einrichtungsstil des Kapitäns. Sie achtete darauf, dass er ihren Hintern in der engen Hose gut sehen konnte, während sie durch den Raum ging.

»Ah, hier ist also das Bad«, murmelte sie vor sich hin, »... jaja und da Ihr Schreibtisch ... hm ... ist es nicht furchtbar schwierig so ein riesiges Schiff zu steuern?«

»Fährt sich wie ein Kleinwagen mit dem Bremsweg eines Hochgeschwindigkeitszuges«, antwortete Nakamoto lachend.

»Dürfte ich mich einen Moment setzen, Kapitän? Ich hätte da gerne über etwas mit Ihnen gesprochen ...«

Er bot ihr den Platz rechts neben sich auf dem Bett an, doch Semjonowa setzte sich bewusst auf die linke Seite. Es würde nur ein paar Sekunden dauern, dann hätte sie alles beisammen, was Sie brauchte. Der rechteckige Gegenstand, dessen Ränder man durch den Stoff an ihrer Hosentasche sehen konnte, hätte genauso gut ein Handy sein können. Nakamoto würde keinen Verdacht schöpfen.

Semjonowa rutschte etwas näher an ihn, näher an seinen Gürtel, an dem Nakamotos Schlüsselkarte in einer Plastikhülle baumelte.

Ähnlich wie moderne Kreditkarten, war die Schlüsselkarte des Kapitäns mit einem sogenannten NFC-Chip ausgestattet; kurz für Near Field Communication. Dieser ermöglicht kontaktloses Bezahlen, oder, im Falle Nakamotos, den kontaktlosen Zugriff auf alle Betriebssysteme der SLS Tokio.

Und das kleine Gerät in Semjonowas Hosentasche hatte soeben sämtliche Zugangsinformationen ausgelesen.

»Nun?«, fragte der Kapitän neugierig.

»Ach ... ich glaube es ist doch nicht so wichtig, Kapitän. Verzeihen Sie.«

»Wenn Ihnen etwas auf dem Herzen liegt, dann raus mit der Sprache. Ich muss dafür sorgen, dass es meiner Crew gut geht.«

»Wenn ich ehrlich bin ... wahrscheinlich nur ein Anflug von Heimweh. Das ist erst meine zweite Fahrt.«

Das müsste reichen, dachte Semjonowa und blickte auf ihre Armbanduhr.

»Ich sollte wieder runter ... Kamei Dai vermisst mich sicher schon.«

Damit erhob sie sich und ging zur Tür.

»Hören Sie«, sagte der Kapitän, »ich kenne dieses Gefühl. Ich fahre schon seit Ewigkeiten zur See. Die ersten Tage sind am schlimmsten. Wenn Sie reden wollen ... Geben Sie Bescheid. Ich habe ein offenes Ohr für Sie.«

Der Kapitän versuchte sich an einem freundlichen Zwinkern, doch seine Muskeln gehorchten nicht wirklich und beide Augen schlossen sich zu unterschiedlichen Zeitpunkten.

Semjonowa verkniff sich ein Kichern. »Danke, Kapitän.«

Wenn du wüsstest, dachte sie zufrieden, als sie sich wieder auf dem Weg in die Kombüse machte.

Wenn du wüsstest.

SECHS

Shōtō Shibuya, Tokio, Japan

Der Hausdiener brachte Fisch und Beilagen auf den feinsten Porzellantellern, die Adam jemals gesehen hatte. Das kleine Schälchen, in dem das Wasabi gereicht wurde, war so dünnwandig, dass das Licht hindurchschien.

Hisoka hatte sie in seine Privatresidenz eingeladen, um das ›weitere Vorgehen‹ mit Ihnen zu besprechen. Adam hatte diesbezüglich ein sehr schlechtes Bauchgefühl und deshalb auch keinen Hunger. Fisch mochte er ohnehin nicht gern, Hisoka hätte sich den Zirkus sparen können. Adam plante gleich zum Punkt zu kommen.

Das Esszimmer war mit dünnen Platten aus gebeiztem Eschenholz vertäfelt, das Licht der Abendsonne drang durch eine breite Fensterfront auf der gegenüberliegenden Seite des massiven Tisches in den Raum. Hisoka saß am Kopfende und aus Adams Sicht genau im Gegenlicht, sodass er die Augen zusammenkneifen musste. Im Hintergrund erkannte man schemenhaft den herrschaftlichen Garten.

»Wo ist das Original?«, fragte Adam und bemühte sich, seiner Stimme Nachdruck zu verleihen und seine Nervosität zu überspielen.

»Der Fisch ist ganz vorzüglich«, sagte Hisoka kauend und beachtete Adam nicht weiter. Vadim saß stumm neben ihm und Junichiro hielt den Boden für deutlich interessanter als das Geschehen am Tisch. Er hielt die ganze Zeit den Kopf gesenkt. Das war das seltsamste Abendessen, an dem Adam je teilgenommen hatte.

»Wieso haben wir mit einer Kopie des Quellcodes getestet? Wo ist das Original?«, wiederholte Adam die Frage und schob den Teller von sich weg. Der Fisch glotzte ihn aus leeren Augen an und sah aus, als fühle er sich auf seinem Salatbett ebenso unwohl, wie Adam auf seinem Stuhl.

»Davon weiß ich nichts«, sagte Hisoka und schlürfte einen Schluck Wein. Alles an ihm, jede Bewegung, jedes Schmatzen, jeder Laut von Hisoka machte Adam aggressiv.

»Sie lügen!«, rief er. »Sie haben das Original geklaut!«

Hisoka lehnte sich zurück und verschränkte die Arme vor der Brust. »Das ist eine bösartige Anschuldigung, Adam«, antwortete er ruhig. »Ich verwalte das Original. Bei mir ist es besser aufgehoben. Das ist alles.«

Adam blickte hilfesuchend zu Vadim. Dieser war erst nach einigen Stunden an jenem Nachmittag vor drei Tagen wieder aufgetaucht. Wusste er vielleicht davon? Hatte er sich heimlich mit Hisoka getroffen und einen Deal ausgehandelt? Warum empfing Hisoka sie erst jetzt? War das Strategie? Eine geplante Demütigung? Adam schwirrte der Kopf.

Vadim hatte behauptet, er habe sich die Stadt angesehen. Adam glaubte kein Wort davon, jetzt erst recht nicht mehr. »Vadim! Sag doch auch mal was! Junichiro? Das ist UNSER Code!«

»Eine Million Dollar«, sagte Vadim plötzlich, an Hisoka gewandt.

Adam traute seinen Ohren nicht. Hisoka lächelte.

»Ich wusste doch, dass wir zwei uns ähnlich sind, Vadim«, gab Hisoka zurück. »Aber eine Million Dollar lassen sich schlecht durch drei teilen. Ich biete noch zweihunderttausend mehr.«

»Spinnt ihr?«, fuhr Adam sie an. »Wir verkaufen den Code nicht. Niemals!«

Hisoka stand auf und spazierte durch den Raum. »Hör mal zu, Junge. Euer kleines Experiment ist jetzt vorbei. Ihr habt gute Arbeit geleistet und ich werde sie entsprechend honorieren. Erspart euch den Stress und nehmt mein Angebot an. Hör auf deinen Freund Vadim. Der Code gehört jetzt SukiCore und ich werde dafür sorgen, dass er anständig genutzt wird. Du bist doch wahnsinnig, Adam, die Software der Öffentlichkeit zugänglich machen zu wollen. Wenn ich das Gerede von euch Blockchainfanatikern schon höre ... Banken werden überflüssig, am liebsten werden ganze Staaten auch noch obsolet! Könnte euch so passen. Das ist keine Vision mehr, das ist völliger Schwachsinn, Adam. Die Menschen wollen überhaupt nicht selbstverantwortlich über ihre Daten entscheiden, verstehst du nicht? Du bist verblendet und solltest mir dankbar sein, dass dir das endlich mal einer in aller Klarheit sagt. Ohne zentrale Kontrolle wird unsere Welt im Chaos versinken. Davon abgesehen interessiert sich die Masse nur für den Mehrwert. Ihre Pakete kommen pünktlich, ihre Nachrichten werden zugestellt, sie können von überall aus arbeiten, kontaktlos bezahlen und so weiter und so fort. Die Algorithmen haben ihre Leben vereinfacht, sie besser gemacht, effizienter, angenehmer. Das wäre ohne die Spende ihrer Daten niemals möglich. Es gibt schlicht und ergreifend keinen Grund, etwas daran zu ändern. Nur ihr mit eurem verschwörerischen Geschwafel habt Panik, dass sich eure tolle Idee nicht durchsetzt und alles den Bach runter geht. Die Menschen sind dankbar für das, was Konzerne wie Google und Co. geleistet haben. Die Nutzer geben ihre Daten gerne her, das ist Fakt.«

Das war zu viel. Mit jedem Wort, das Hisokas Lippen überheblich und kalt verlassen hatte, spürte Adam in sich eine Wut aufsteigen, die dringend nach einem Ventil verlangte, bevor er platzte. Er griff nach dem Teller mit dem Fisch und schleuderte ihn quer durch den Raum, brüllend, stampfend, schrill. Das Porzellan zerbrach an einer Holzwand und hinterließ einen hässlichen Ölfleck. Der Fisch klatschte mit einem ekelhaften Geräusch auf dem Boden auf.

»DIE MENSCHEN MÜSSEN DAS SELBST ENTSCHEIDEN SIE SCHWACHKOPF!«

Schwachkopf war die einzige Beleidigung, die Adam spontan eingefallen war. Ein Mann im Anzug stürmte in den Raum. Er sah aus, als sei er extrem schlecht gelaunt. Hisoka machte eine beschwichtigende Handbewegung, worauf hin der Typ das Esszimmer wieder verließ – nicht ohne Adam währenddessen einen vernichtenden Blick zuzuwerfen. Eine Gänsehaut zog sich über seine Arme.

Der Hausdiener klaubte die Scherben zusammen.

»Das hättest du nicht tun sollen«, sagte Hisoka ruhig, doch Adam hörte den angespannten Druck in seiner Stimme. »Dieses Porzellan ist über einhundert Jahre alt.«

»Ihr doofes Porzellan interessiert mich nicht! Ich will sofort den Quellcode zurück. Vadim, wie kannst du nur? Wir verkaufen den Code nicht, basta! Junichiro, warum sagst du nichts?! Ich dachte, wir sind Freunde!«

Adam fühlte sich verraten und im Stich gelassen, von jedem der beiden auf eine andere Art. Er hätte ihnen niemals von seiner Idee erzählen dürfen.

Junichiro stand ebenfalls auf, ging an Adam vorbei und klopfte ihm auf die Schulter. »Sorry«, murmelte er im Vorbeigehen und verließ den Raum. Vadim stocherte auf seinem Teller herum.

Dann sah er zu Adam. »Mit dem Geld können wir was neues entwickeln«, sagte er.

»Ich will aber nichts neues entwickeln. Das war – das IST *meine* Vision. Macht doch was ihr wollt! Ich will nicht mehr mit euch zusammenarbeiten und Ihr Geld will ich gleich zehnmal nicht!«

»Dann flieg halt ohne heim«, sagte Hisoka schulterzuckend. »Ich werde dich nicht zu deinem Glück zwingen. Lass dir von einem alten Geschäftsmann eines sagen, Adam. In dieser Welt gibt es keine Freunde. Nur Interessensgruppen.«

Adam zitterte am ganzen Körper. »Ich werde Sie verklagen! Damit kommen Sie nicht durch, das ist verboten!«

Hisoka lachte nur dreckig. »Viel Spaß dabei, Adam«, sagte er. »An deiner Stelle würde ich das Geld nehmen und den Mund halten. Der Mann da gerade eben, das ist John. Er heißt anders, aber alle nennen ihn John. John ist ziemlich einfach gestrickt. Er mag es gar nicht, wenn man sich mit uns anlegt, verstehst du, was ich dir sagen will? Die Kosten für das Hotel sind bereits beglichen. Du kannst noch zwei Wochen bleiben, wenn du willst, oder schon morgen nach Hause fliegen. Und weißt du warum, Adam? Weil es mich nicht interessiert. *Du* interessierst mich nicht. Du bist eine unbedeutende Nachkommastelle, ein kleiner Niemand, der sich irgendeinen Schwachsinn in den Kopf gesetzt hat und Messias spielen will.«

»Sie können mich rechteckig! Ihr Geld – «

»Kreuzweise«, sagte Hisoka. »Es heißt kreuzweise.«

»Dann halt so! Ich hasse Sie! Und ihr blödes Porzellan sieht beschissen aus!«

Schnaubend griff Adam nach seiner Jacke und stürmte aus dem Esszimmer. Vadim trottete ihm hinterher.

Der hätte genauso gut bei diesem Arsch bleiben können, dachte Adam.

Schweigend verließen sie das Anwesen und gingen die Straße entlang, in Richtung des Stadtzentrums. Adam tastete seine Hosentaschen ab. Er hatte keine Tic Tac mehr.

»Wir haben Pech gehabt«, meinte Vadim irgendwann. Seine Stimme klang traurig. Adam war wütend auf ihn.

»Warum läufst du nicht irgendwo anders lang?«, gab er trotzig zurück.

»Hey hör mal, Adam. Mir tut es genauso leid wie dir, was passiert ist. Aber ich weiß, wie solche Konzernbosse ticken. Gegen die haben wir keine Chance. Da nehme ich persönlich lieber das Geld und lasse mir was neues einfallen.«

»Wir haben den Code entwickelt, um genau so etwas zu verhindern, Vadim. Um nicht mehr abhängig von diesen Investoren zu sein, die immer nur ihr eigenes Ding durchdrücken wollen.«

»Und es ist uns nicht gelungen. Daran kann man jetzt auch nichts mehr ändern. Deswegen sollten wir aber nicht den Kopf in den Sand stecken.«

Adam merkte, wie ihm plötzlich eine Träne die Wange hinablief. Er wollte nach Hause zu Émelie und sich stundenlang *Blaue Frau mit großen Nippeln* ansehen. Oder sich irgendwo vergraben, wo es genug Tic Tac und eine DVD von WarGames gab.

Er hatte Junichiro und seinem Vater vertraut. War er zu leichtsinnig gewesen? Wem konnte er überhaupt noch trauen? Um seine Vision zum Leben zu erwecken, war er zwangsläufig auf andere angewiesen.

Bald erreichten sie das Hotel, in dem sie untergebracht waren. Die Nacht senkte sich über Tokio, kalt und schwarz.

Gegen halb eins erreichte Adam eine seltsame Nachricht auf seinem Handy. Sie stammte von Junichiro:

Konnte mich nicht früher melden. Es tut mir leid, dass du das durchmachen musstest. Kann dir jetzt keine Details nennen, aber es gibt eine Lösung für unser Problem. Bitte triff dich morgen um acht mit mir in der Shinjuku Station. Dort gibt es einen winzigen Imbiss im Erdgeschoss, gleich links am Haupteingang West. Ich warte da. Bitte, bitte, lass mich nicht sitzen, bitte komm! Und wenn's nur ist um mir eine runterzuhauen.

   -J

SIEBEN

432 Park Avenue, New York City, Vereinigte Staaten von Amerika

Cedric Fergusson gab es nur ungern zu, aber CIA Direktor in Washington Harvey Preston war ein einflussreicher Mann mit ausgezeichneten Kontakten, der wusste, die Autorität seiner Position geltend zu machen. Das verdiente Respekt.

Den Vorstandsvorsitzenden von Bernstein Capital in New York City, Phil Bogart, kannte Preston von einem der jährlich stattfindenden White-House-Correspondence-Dinner und war sogar einmal zufällig mit ihm im gleichen Hotel in Miami untergebracht gewesen. Ihre Ehefrauen hatten sich angefreundet und trafen sich einmal monatlich in Washington oder New York, um sich Kunstausstellungen anzusehen oder an Lesungen teilzunehmen.

Preston hatte Bogart kalt erwischt. Anfangs hatte dieser wütend mit seiner Anwaltsarmee gedroht, diese Anschuldigungen seien eine Unverschämtheit, ich dachte wir seien Freunde, was sollen Angelina und Jessica denken. Doch Preston war hart geblieben und hatte Bogart einen Deal angeboten, den er nicht auszuschlagen vermochte, wenn er sein Unternehmen retten wollte. Die CIA und damit die Regierung der Vereinigten Staaten (in Personalunion Prestons), versichere Bernstein Capital Straffreiheit, wenn Bogart im Gegenzug Fergusson bei der Auktion einschleuste.

Ebenso kam es. Fergussons neue Identität brachte einige Eigenheiten mit sich, an die er sich erst gewöhnen musste. In der Tiefgarage seiner neuen Wohnung auf der *Billionaire's Row* in New York parkten sechs Dienstwägen, die er über einen Privataufzug erreichen konnte. Er musste sich Anzüge bei Ermenegildo Zegna maßschneidern lassen, um dem Look eines Investmentchefs gerecht zu werden.

Er trug jetzt teure Uhren am Handgelenk, die auch nicht viel mehr konnten, als die Zeit anzuzeigen. Sie waren deutlich schwerer als die Casio, die er bisher getragen hatte. Die Krawatte samt vergoldeter Nadel vervollständigten das Outfit, das sich für Fergusson eher wie eine Rüstung anfühlte.

Er verließ die Wohnung im achtunddreißigsten Stock nur selten, hauptsächlich, um sich beim Inder oder Italiener um die Ecke etwas zum Mitnehmen zu bestellen. Die Autos benutzte er nicht, obwohl es ihn das ein oder andere Mal in den Fingerspitzen juckte – er war nicht zum Spaß hier – trotzdem stellte er sich gelegentlich vor, wie eine Karriere in der Finanzwelt wohl für ihn ausgesehen hätte. Immer wieder kam er jedoch zum Schluss, dass er ein Leben abseits der gewienerten Parketts bevorzugte, außerdem leistete ihm sein etwas in die Jahre gekommener Ford Raptor nach wie vor gute Dienste.

Er nahm an wichtigen Meetings bei Bernstein Capital teil, um seine Tarnung weiter auszubauen. Man sprach dort eine andere Sprache, redete über Dinge, die für Fergusson in etwa so greifbar waren, wie die Abhandlungen zur Frage vom Ursprung des Guten und des Bösen.

Man erklärte ihm, dass es ein *Core Skill* sei, als Investmentchef wandelbar zu sein, was auch immer das zu bedeuten hatte. Offenbar ließ sich Wandelbarkeit und Flexibilität in der Wirtschaftswelt durch den Besitz unterschiedlicher Luxuskarossen ausdrücken.

Fergusson verstand nicht viel von Wertpapierhandel, Fonds und Anlagestrategien. Immer häufiger beschlich ihn das Gefühl, dass sich die Finanzkonzerne ganz bewusst in eine undurchsichtige Kommunikationswolke hüllten.

Menschen wie Fergusson – mit einem Einkommen knapp über dem amerikanischen Durchschnitt – waren selten eine relevante Zielgruppe, mussten aber zwangsläufig mitbedient werden. Die Masse macht's. Und die Masse hältst du am besten unter Kontrolle, wenn du sie im Dunkeln lässt.

Fergusson ließ sich von der adrett gekleideten Wichtigtuerei nicht weiter beeindrucken. Er träumte noch immer von einem Leben abseits dieses schnelllebigen Trubels, irgendwo in der Pampa. Vater, Mutter, Kinder, Haus und Hof und Kuh.

Vielleicht war es eines Tages so weit.

Fergusson starrte aus dem Fenster, gelangweilt, vollgestopft mit billiger Carbonara, verspeist auf teurem Designergeschirr. Die Pasta hatte deshalb auch nicht besser geschmeckt.

Die Einrichtung der Wohnung war wie aus einem Schöner-Wohnen-Magazin entsprungen und ließ sich gut mit einem einzigen Wort umschreiben: charakterlos. Nirgends stand oder lag etwas herum, was die Sterilität des weltgewandten Images der Innenarchitektur hätte stören können. Dabei machte für Fergusson ein kleines bisschen Chaos, ein zerfleddertes Buch hier und da und die verfluchten Legosteine seines Sohnes, die unfassbar schmerzten, wenn man drauftrat, erst den Charme und die Wohnlichkeit einer Bleibe aus. Fergusson vermisste sein Zuhause. Noch konnte er nicht heimkehren.

Vadims Behauptungen hatten sich bewahrheitet. Jetzt galt es abzuwarten, wann der eine Anruf auf das Zweithandy, das er von Bogart bekommen hatte, durchgestellt wurde.

Niemals ausschalten, hatte Bogart gewarnt.

Fergusson konnte nicht ahnen, dass es nicht mehr lang dauern sollte, bis der altmodische Klingelton des Telefons schellen würde.

Roter Platz, Moskau, Russland

Daniil Bugajew und die GRU hatten in der Zwischenzeit etwas Interessantes herausgefunden.

Der CEO von Vinzent&Prokowjew in Moskau, Artjom Danilow, war eng mit einem ranghohen Ex-Mitglied des sowjetischen Politbüros befreundet, Marco Kalinin. Dieser war heute für Auslandsoperationen und Cyberterrorismus bei der GRU zuständig und damit Daniil Bugajews Chef.

Danilow, ein autoritätsgläubiger Mann, hatte vor Kalinin hundertfach beteuert, nichts von Orlovs kriminellen Machenschaften gewusst zu haben – er sei ebenso vor den Kopf gestoßen, ja regelrecht schockiert – man war bei V&P davon ausgegangen, es handle sich zwar um ein kontroverses Geschäft, aber sicher kein illegales. V&Ps Erfolg basiere auf dem Fundament der Ehrlichkeit und Rechtschaffenheit. Dass Dimitri Orlov sein Geld anderweitig anhäufte, sei brüskierend.

Bugajew hatte es sich verkneifen müssen, lauthals loszulachen, doch er verstand die Ehrfurcht Danilows vor Männern wie Kalinin. Hierzulande konnte die Missgunst eines parteinahen Elements das Ende eines jeden Vorhabens bedeuten, so ehrlich und rechtschaffend es am Ende auch sein mochte.

Selbstverständlich ersetze man den zuständigen Mitarbeiter durch Bugajew, gar keine Frage, es ginge schließlich um die Sicherheit des Vaterlandes.

Bugajew hielt Danilow für ein hinterhältiges Frettchen, das sehr wohl wusste, auf was man sich eingelassen hatte. Es war das Ergebnis, das zählte, und ihr Ziel hatten sie erreicht, jedenfalls teilweise. Das schwierigste stand ihnen noch bevor.

Bugajew beriet sich im Nachgang mit Kalinin und sie verständigten sich darauf, Danilow festnehmen zu lassen, wenn alles vorbei war. Seine gesamte Kommunikation wurde überwacht und Danilow selbst nicht aus den Augen gelassen – sodass ihm keine Chance blieb, Orlov irgendwie zu warnen, sollte er mit dem Boss des RCSN am Ende doch sympathisieren.

Die Situation erforderte höchstgradig präzises Diplomatie-Schach, bei dem jeder Zug der falsche und damit der letzte sein konnte. Man war sich immer noch nicht sicher, wie weit Orlovs Einfluss tatsächlich reichte, wem man innerhalb der eigenen Reihen trauen konnte, und wem nicht.

In aller Regel hätten sie sowohl Danilow als auch Bogart in New York augenblicklich verhaften müssen, doch so nah waren sie noch nie an das RCSN herangekommen. Jetzt stand viel auf dem Spiel und das relativierte die augenscheinlich fahrlässigen Entscheidungen.

Bugajews neue Routine ließ ihn jeden Tag gegen zwölf ins Bosco Café am roten Platz spazieren, wo er Zeitung las und darauf wartete, dass der Rest des Tages begann, an dem er wie vormittags so tat, als sei er ein erfolgreicher Investmentbanker. Die Schauspielerei gehörte ebenso zu seinem Beruf, wie ein erhöhtes Maß an Empathie, hohe Belastbarkeit und die *Kompetenz*, die eigenen Werte über den Haufen zu werfen.

Bugajew hatte sich damals bewusst für dieses Leben entschieden und bereute es nicht, doch ab und zu fühlte er sich sehr einsam. Er speiste fast immer allein. In den Meetings bei V&P, an denen er teilnahm, um seine Tarnung zu vertiefen, wurde er zwar höflich, aber mit Abstand und Vorsicht behandelt.

Daniil Bugajew stocherte in dem Lachsfilet auf seinem Teller herum und dachte an seine Mutter. Sie war vor fünf Jahren mit fünfundachtzig Jahren gestorben, seinen Vater hatte er nie kennengelernt.

Heute war Bugajews Geburtstag. Wie jedes Jahr, seit seine Mutter nicht mehr lebte, führte er ihre Tradition fort und beschenkte sich mit einer weißen Rose. Seine Familie war nie besonders wohlhabend gewesen, doch die alljährliche Geburtstagsrose ließ sich seine Mutter immer etwas kosten. Persönlich war sie mit ihrem Rollator zum besten Blumenladen Moskaus gestapft, ließ sich die Rose in das schönste Seidenpapier wickeln und überreichte sie am nächsten Morgen freudig ihrem Sohn, wenn er zum Frühstück vorbeikam. Er vermisste den Glanz in ihren Augen.

Der Kellner brachte Bugajew eine Vase mit dem Espresso. Während er die Dornen und die zarten Blütenblätter betrachtete, wurde er mit einem Mal sehr traurig.

Er nahm die Brille ab und tupfte sich mit einem Taschentuch über die Augen. Manchmal holte es ihn ein, dass er keine Freunde hatte. Dem Familienleben hatte er entsagt, bevor er eines begonnen hatte. Die Folgen der Risiken seines Berufes wollte er niemandem antun, den er liebte. Also liebte er niemanden.

Er dachte an Cedric Fergusson. Bugajew mochte seinen amerikanischen Kollegen und schätzte die Zusammenarbeit, war sich aber nicht sicher, ob es Fergusson genauso ging. Bugajew war bereits zu Gast bei dessen Familie gewesen und eigentlich kannten die beiden sich ziemlich gut, allerdings war das noch lang kein Freundschaftsbeweis. Vielmehr war es der Ausdruck gegenseitigen Respekts.

Wo beginnt Freundschaft überhaupt?, fragte er sich.

Bugajew wäre gern mit Fergusson befreundet, vielleicht könnten sie sich ein Hobby teilen, Tennis, Bowling oder dergleichen.

Die Ungewissheit des Bevorstehenden saß Bugajew im Nacken, die Gedanken an sorgenlose Stunden mit seinem Freund Fergusson waren so kurzweilig, wie das Überleben der weißen Rose, nachdem sie einmal abgeschnitten war.

Es half nichts. Er hatte einen Job zu erledigen. Danach könnte man weitersehen.

Er musste sich gedulden, eines Tages war es vielleicht so weit.

Und plötzlich klingelte das Handy.

ACHT

Chinesisch-Birmanischer Militärstützpunkt, Ostchinesisches Meer

Pushkin zog die Schlüsselkarte aus dem Gerät, das an den Computer angeschlossen war.

Übertragung Abgeschlossen.

Zufrieden lächelnd ließ er das wertvolle Stück Plastik in der Innentasche seiner Jacke verschwinden.

»Wir sind so weit«, sagte er und stand auf.

Nabokov klopfte ihm auf die Schulter. »Gute Arbeit, Pushkin. Ich fliege in zwei Stunden mit General Koko zurück nach Naypyidaw.«

Koko, der etwas abseits stand, die Arme hinter dem Rücken verschränkt, staunte. »Mit dem Ding könnt ihr die Kontrolle über das Schiff erlangen?«

Nabokov nickte. »Die internen Betriebssysteme der Tokio werden uns für den Kapitän halten, während wir alle Zugriffe von der Brücke blockieren.«

»Das geht so einfach?«

»Im Prinzip ja. Mit den Kontrolldaten des Kapitäns können wir die Maschinen stoppen, gleichzeitig die Anzeigen auf der Brücke manipulieren, sodass die da oben glauben, alles sei in bester Ordnung. Dann inszenieren wir einen kleinen Feueralarm, ohne Feuer legen zu müssen und als zusätzlichen Störfaktor blocken wir die Intercom-Systeme, dass keine Durchsagen mehr gemacht werden können. Stattdessen läuft ein bisschen Entspannungsmusik.«

Koko schüttelte ungläubig den Kopf. »Unvorstellbar was heutzutage alles möglich ist ... Haben die Systeme nicht so etwas, wie eine Zwei-Faktor-Authentifizierung?«

»In aller Regel haben sie das, auf einem Schiff funktioniert es allerdings anders.«

»Und wie wollt ihr die umgehen?«

»Kein Problem. Wir nutzen einfach ein Reverse Proxy, das eine Phishing-Page mit einem aktivierten SSL betreibt. Der Kapitän denkt, er loggt sich ganz normal ins System ein, während der Prozess simultan bei uns abläuft. Danach wird der Security-Code vom Kapitän eingegeben. Er sperrt uns also eigenhändig die Tür auf.«

»Sieh's mir nach alter Freund, aber ich habe rein gar nichts verstanden. Ich bleibe lieber bei der Politik.«

Nabokov zuckte die Schultern. »Ein erfolgreicher Hack ist wie Magie, Koko.«

»Wie meinst du das?«

»Jeder Zaubertrick basiert auf drei Grundprinzipien«, erklärte Nabokov und fuhr fort: »Simulation, Ablenkung und Täuschung. Der Kapitän denkt, er meldet sich auf dem System der Tokio an, denn genau das wird ihm auf den Monitoren angezeigt, während wir bereits die Steuerung übernommen haben. Jetzt kommt der sehr analoge Teil: Die Crew ablenken. Musik schallt in voller Lautstärke aus den Lautsprechern, irgendwo bricht ein Feuer aus, dann auch noch Wassereinbruch. Wir bestimmen wo, wir bestimmen wann. Chaos bricht aus, und keiner bekommt mit, was eigentlich vor sich geht. Ablenkung und Täuschung«

»Beeindruckend«, sagte Koko und schürzte anerkennend die Lippen.

»Danke für deine Unterstützung, General. Und das Boot ist auf dem Radar nicht zu erkennen?«

»Solang die Außenhaut intakt bleibt, nicht. Bis ihr dort seid, wird die Sonne untergehen. Die Nacht wird euer Freund sein.«

»Also dann.«

Sie schüttelten sich die Hände, verließen den Bungalow und traten auf einen betonierten Sammelplatz.

Das Gelände ähnelte vom Aussehen den Militärbasen, die Nabokov aus amerikanischen Filmen kannte: Viel grau, viel Asphalt, uniformierte Soldaten, dekorierte Generäle, Kriegsgerät zu Land, zu Wasser, zu Luft.

Nabokovs Männer hatten sich in einer Reihe aufgestellt. Pushkin gesellte sich zu ihnen und nahm Haltung an.

Sie trugen schweres schwarzes Gefechtskleid und Maschinengewehre vor der Brust. General Koko rückte seine Schirmmütze zurecht, wünschte allen viel Erfolg und trat ab.

Nabokov sah zum Himmel und holte tief Luft. Er spürte sein Herz klopfen.

»Männer!«, rief er auf Russisch, drückte die Knie durch und schob die Brust nach vorn. »Mit dem heutigen Tag bricht das wichtigste Kapitel in der Geschichte unserer gesamten Organisation an. *BEND SINISTER* markiert den Beginn radikaler und weltweiter Veränderung nicht nur im Digitalen, sondern auch in der Politik, der Wirtschaft, der Gesellschaft und den Medien. Jeder von euch hat mir seine Loyalität geschworen. Jetzt schwöre ich euch die meine. Ich bürge für unser Vorhaben mit meinem eigenen Leben. Jeder von euch kennt seine Aufgabe. Jeder kennt seinen Platz. Ich danke euch!«

Nabokov sah jedem einzelnen ins Gesicht. Dann hob er ruckartig die Hand und salutierte. Seine Männer taten es ihm gleich. Es war ein großer Moment für alle.

Eine Stunde später stand Nabokov neben General Koko am Kai und sah dem grauen Tarn-kappen-Katamaran hinterher, der ablegte und nach einem Wendemanöver langsam aufs offene Meer zusteuerte.

Nur Pushkin und Semjonowa wussten, dass niemand das Kommando überleben würde.

Das RCSN hinterlässt keine Spuren.

NEUN

Hamm, Nordrheinwestfahlen, Deutschland

Sie hatte das Haus doch nicht verkauft. Ihr Name stand noch auf dem Klingelschild. *Sein* Name. Es kam ihm wie ein Vorwurf vor.

Fabrizio Visconti sah sich unsicher um, zwei Blicke über die Schulter rechts und links, ein schnelles Durchatmen.

Die Blumenbeete zur Straße waren gepflegt und mit frischen Geranien und Hortensien bepflanzt, liebevoll und detailverliebt waren die Ränder der Beete mit hellen, glatten Steinen gesäumt worden. Die Fensterläden des grauen Einfamilienhauses im Obergeschoss waren geschlossen, hinter den Gardinen zum Küchenfenster und zum Wohnzimmer brannte kein Licht.

Er klingelte. Wartete. Klingelte erneut. Klopfte, wartete. Keine Antwort.

Entweder schlief Ariana wie ein Stein, oder sie war nicht zu Hause. Vielleicht war sie bei der Arbeit? Visconti wusste nicht, wo sie arbeitete. War sie in den Urlaub gefahren? Vielleicht nach Italien, ein zwei Wochen ausspannen? Visconti hatte es nicht gewagt, sie anzurufen, nicht, seit er sich sicher war, dass sie seine Handys abhörten. Er musste sich eingestehen, dass er auch davor nicht angerufen hatte. Er schämte sich.

Visconti ging zurück zu seinem Wagen, einer schwarzen Mercedes G-Klasse und nahm den Umschlag vom Beifahrersitz. Er war sich nicht sicher, ob er die nächsten vierundzwanzig Stunden überleben würde. Er warf sein Testament in den Briefkasten. Wehmütig fischte er ein zusammengefaltetes Stück Papier aus der Innentasche seines Jacketts und überflog noch einmal die hastig geschriebenen Zeilen:

... Fehler gemacht ... nie gemeldet ... es tut mir leid. Eines Tages ... vermutlich nicht ... mit den Falschen angelegt ... möchte ich, dass du alles bekommst ... Konto in der Schweiz ... vier Millionen Franken ... Immobilie in Frankfurt ... du bist meine Schwester ... Verzeihung ... bis bald ...

Allzu gern hätte Visconti Ariana ein letztes Mal in die Arme geschlossen. Er verharrte noch einen Augenblick vor der Tür, klopfte erneut, hoffnungslos, erhielt wieder keine Antwort.

Visconti sah auf seine Armbanduhr. Spätestens jetzt hätten sie bemerkt, dass er nicht da war, wo er sein sollte.

Möge es Christoph Hildebrandt zum Verhängnis werden, der vermutlich genau in dieser Sekunde um Kopf und Kragen zu verhandeln hatte.

Geschieht ihm recht, dachte er, warf einen letzten Blick auf das Haus, in dem er aufgewachsen war, und nahm schwer atmend Abschied von diesem Ort.

Visconti ging zurück zum Wagen, schnallte sich an und trat das Gaspedal durch. Der Himmel war von einer dicken Wolkenschicht bedeckt, so grau wie sein Anzug, so trüb wie seine Stimmung.

Im Radio liefen die Nachrichten.

»... gab es bislang keine Reaktionen aus den Führungsetagen der Big5, die auf eine tatsächliche Zusammenarbeit mit dem japanischen Cybersecurity-Provider SukiCore schließen lassen. Die Märkte blieben von den kürzlich lautgewordenen Gerüchten vorerst unberührt. Jedoch vermuten Experten eine Wertsteigerung der Aktien, da SukiCores gleichnamige Software als eines der besten Sicherheitssysteme der Welt gilt. Kritiker, auch aus den eigenen Reihen der Konzerne, befürchten, ›die Tür zu einer Fusionierung könnte unwiederbringlich aufgestoßen werden.‹ Mit einem zusammengefassten Marktvolumen wären die Big5 damit reicher als die Vereinigten Staaten von Amerika. Die weiteren Meldungen ...«

Gerüchte ... was für Gerüchte? Das ist blutiger Ernst!

Visconti merkte, dass er langsam in Unterzucker kam. Heute morgen um vier hatte er ohne zu frühstücken seine Wohnung verlassen. Sein Magen knurrte.

In den Seitenfächern der Türen hatte er immer einige Dosen RedBull verstaut, doch jene in der Fahrertür hatte er bereits auf der Fahrt hierher verbraucht. Für einen kurzen Moment löste er seinen Blick von der Fahrbahn und versuchte, eine Hand am Lenkrad, nach der Dose auf der Beifahrerseite zu greifen.

Als er sich wieder aufrichtete, sah Fabrizio noch, wie ein silberner Golf von rechts auf seine Spur einbog. Er selbst hatte fast Hundert Sachen drauf. Die Fahrassistenzsysteme schlugen schrillen Alarm. Mit aller Kraft trat er in die Bremsen.

Die Dose fiel ihm aus der Hand und platzte auf dem Armaturenbrett auf. Nur den Bruchteil einer Sekunde später lösten die Airbags aus. Sein Kopf prallte gegen das Kissen auf dem Lenkrad, der Sicherheitsgurt hielt schmerzhaft seinen Oberkörper zurück.

Der Volkswagen wurde gegen das Eck eines Hauses geschleudert, der Mercedes kam halb auf dem Bordstein, halb auf der Straße in leichter Schieflage zum Stehen. Die vordere Achse war an der hohen Bordsteinkante gebrochen.

Für einige Sekunden sah Visconti schwarze Punkte vor den Augen. Benommen schnallte er sich ab und stolperte vom Sitz auf die Straße. Schnaufend sah er sich um und kämpfte gegen den Schwindel an. Unter der Motorhaube seines Mercedes dampfte ausgelaufene Kühlflüssigkeit. Der Bürgersteig war menschenleer, von irgendwoher hörte er leise das Geräusch eines sich nähernden Autos.

Er hastete zu den Überresten des Golfs. An der zerstörten Scheibe auf der verbeulten Fahrerseite glänzten Bluttropfen.

Scheiße, scheiße, scheiße. Oh Gott.

Sein Herz setzte einen Schlag aus, als er ein junges Mädchen auf dem Rücksitz erblickte. Sie hing schlaff in ihrem Kindersitz, die Augen geschlossen, auf der Stirn eine blutende Platzwunde. Es war ihr Glück, dass sie auf der Beifahrerseite gesessen hatte.

Panisch versuchte Visconti die Tür aufzureißen, doch sie war dermaßen verformt, dass sie sich keinen Zentimeter bewegte. Mit dem Ellbogen zerbrach er die gesplitterte Scheibe und versuchte irgendwie das Kind zu erreichen.

Keine Chance.

Das Wrack des Wagens ruhte an der Hauswand, die anderen Türen konnte er nicht erreichen. Visconti probierte es am Kofferraum, doch der war verschlossen.

Ein Auto näherte sich, bremste, hielt in ein paar Metern Entfernung.

Verdammte Scheiße!

Wie in Trance hetzte Visconti zurück zu seinem Mercedes, holte Koffer und Mantel vom Rücksitz, beachtete die Rufe des Mannes nicht, der aus dem Wagen gestiegen war.

»Ein Kind ist auf dem Rücksitz!«, brüllte er dem Mann noch entgegen.

In Richtung Stadtzentrum rannte er die Straße hinab, so schnell er konnte.

Nie zuvor hatte er derartigen Hass gegen sich selbst empfunden. Er konnte kaum atmen, ihm war so schlecht, dass er glaubte, sich im nächsten Moment übergeben zu müssen.

Doch Fabrizio Visconti blieb nicht stehen.

Seine Umgebung nahm er kaum wahr.

Sich verfluchend rannte er weiter, bis er endlich den Hauptbahnhof erreichte. Leise hörte er das Geräusch von Polizeisirenen in der Ferne.

Auf der Anzeigetafel in der Schalterhalle die Information zu einem ICE nach Berlin.

Heute ca. 15 Minuten später.

ZEHN

Shinjuku-Station, Tokio, Japan

Rushhour. Zu viele Menschen, um sie alle zu zählen. Die Luft war stickig und warm, erfüllt von so vielen Geräuschen, dass Adam sie ihrer ursprünglichen Quelle nicht mehr zuordnen konnte. Warum wollte sich Junichiro ausgerechnet an Tokios größtem Bahnhof mit ihm treffen? Adams Laune war ohnehin schon im Keller und der Trubel rings um ihn machte sie kaum besser. Abgesehen davon war er immer noch sauer auf ihn. Vor seiner Abreise wollte Adam sich jedoch anhören, was Junichiro zu seiner Verteidigung zu sagen hatte, nachdem er beim Dinner mit Hisoka kein Wort gesprochen hatte.

... es gibt eine Lösung für unser Problem.

Wie sehr er sich auch anstrengte, Adam konnte nicht im Geringsten einen Ausweg aus dieser Situation ausmachen, außer, nach Hause zu fahren und sich mit Émelie in einem Erdloch zu vergraben. Was meinte Junichiro mit ›unser Problem‹? Ging es um den Code? Hisoka? Adam wusste nicht, wo ihm der Kopf stand.

Immerhin hatte er wieder genug Tic Tac dabei.

Es grenzte an ein kleines Kunststück, den winzigen Imbiss zu finden.

Er sah Junichiro hinter der Scheibe der Bude auf einem Barhocker sitzen, links von ihm ein langhaariger Mann, den Adam nicht kannte.

Als er den Imbiss betrat, begrüßte ihn ein fast zahnloser Mann hinter dem Tresen mit den Worten: »God save the Americas, my friend!«

Adam nickte leicht irritiert.

»Da bist du ja endlich!«, rief Junichiro, stand auf und bot Adam den Hocker an. »Magst du dich setzen?«

Adam schüttelte den Kopf. Ohne den mysteriösen Fremden anzusehen, fragte er: »Wer ist das? Ihr habt euch unterhalten.«

»Ich bin Harold Decker. Kannst Harold zu mir sagen. Du musst Adam sein. Ich habe schon viel von dir gehört.«

Harold streckte ihm die Hand hin, doch Adam erwiderte den Gruß nicht.

Was hatte er hier zu suchen?

»Harold arbeitet für CNN«, erklärte Junichiro. »Er kann - Hey, Adam? Hörst du mir zu? Tut mir echt leid, was passiert ist, Mann. Ich weiß, wie wichtig dir das Projekt war ...«

»Es ist mir immer noch wichtig! Warum bist du mir in den Rücken gefallen? Warum hast du deinem Vater nicht gesagt, dass wir unter keinen Umständen verkaufen? Wusste Vadim, was dein Vater vorhat? Und was macht dieser Reporter hier?«

Junichiro hob beschwichtigend die Hände. »Eins nach dem anderen Professor Falken - «

»Hör auf, mich so zu nennen!«

»Schon gut, schon gut, sorry. Also der Reihe nach. Mein Vater hat eine üble Sache am Laufen - «

»Ach.«

»Gib mir einen Moment, es zu erklären, bitte. Er unterstützt eine Gruppe einflussreicher Wahnsinniger dabei, dass die geklaute Daten von Google, Meta, Microsoft, Apple und Amazon miteinander vergleichen können. Dafür hat er Teile deines Codes missbraucht.«

»Was?! Warum erzählst du mir das?«

»Weil ich den Alten ein für alle Mal ans Messer liefern will.«

»Du bist ein Lügner«, rief Adam aufgebracht. »Ich glaube dir kein Wort!«

»Das solltest du aber«, schaltete sich Harold dazwischen. »Ich bin Investigativjournalist. Junichiro hat mir eine ganze Menge Material über seinen Vater zukommen lassen.«

»Schön. Was hab' ich damit zu tun?«

»Es ist *dein* Code, den er da verwendet«, sagte Junichiro tonlos. »Wir können ihn aufhalten, wenn wir ihn zur Rede stellen und Harold das Material leakt. Das wird ihm das Genick brechen, glaub mir. Und wir kriegen unseren Code zurück.«

»*Meinen* Code.«

»Deinen Code.«

»Warum willst du deinem Vater das Genick brechen?«

»Weil ich meinen Vater hasse, Adam. Sein gesamtes Unternehmen baut auf dem Fundament der Ausbeutung und der Unterdrückung. Ich werde sicher nicht in seine Fußstapfen treten, das kannst du mir glauben. Ich arbeite schon länger mit Harold zusammen. Wir haben uns auf einer Plattform im Darknet kennengelernt. Es gibt noch eine Chance, Adam!«

»Dein Vater wird uns die Software doch niemals zurück geben.«

»Er wird dazu gezwungen sein.«

»Und wie?«

»Harold hier kennt ein paar sehr einflussreiche Leute. Er wird uns dabei helfen.«

»Ich arbeite mit dem japanischen Geheimdienst zusammen, Adam. Die werden sich um den Rest kümmern. Aber wir brauchen Hisoka in der Zwickmühle«, sagte Harold und sah Adam eindringlich an. Er hatte freundliche Augen.

»Ich dachte, Sie arbeiten für CNN?«

»Ja, das auch. Die PSIA kam auf mich zu. Man hat mich unter Druck gesetzt. Ich habe schon seit einiger Zeit Kontakt zu Junichiro. Die haben irgendwie spitzgekriegt, wo wir rumgebuddelt haben. Die haben SukiCore schon länger im Auge, weil sie vermuten, dass Hisoka mit den Big5 unter einer Decke steckt. Umgehung der Kartellgesetze und so.«

»Und warum verhaften die Hisoka nicht?«

»Weil Junichiros Vater sehr eng mit dem Premierminister befreundet ist. Der ist auch gleichzeitig der Chef meines Kontaktes beim Geheimdienst. Wenn ihm die Ermittlungen nicht passen, kann er sie jederzeit einstellen. Der Geheimdienst kann erst was ausrichten, wenn die Beweislage selbst für einen mächtigen Mann wie den Premier zu erdrückend ist.«

Adam überlegte einen Moment. Wenn es stimmte, was die beiden ihm erzählten, gab es vielleicht wirklich einen Weg, den Code zurückzubekommen.

»Und was habt ihr jetzt vor?«, fragte er, immer noch etwas skeptisch.

»Der Plan ist folgender«, sagte Junichiro, »ich vermute, dass mein Vater die Daten auf einem Schiff vergleichen lässt, der SLS Tokio. Man kann auf die Systeme jedes seiner Schiffe auch vom

Festland aus zugreifen. Dazu müssen wir nur ins Büro. So können wir vielleicht beweisen, was er tut!«

»Du willst bei SukiCore einbrechen?«

»Im übertragenen Sinne. Vielleicht müssen wir gar nicht an die Server. Ich kann dafür sorgen, dass mein Vater dich und Harold empfängt.«

»Wozu das?«

»Harold wird das Gespräch aufzeichnen. Ihr könnt ihn unter Druck setzen. Ihm drohen.«

»Na super, dann droht er uns mit John.«

Harold hob irritiert die Hände. »Moment, Moment, Leute. Wer ist John?«

»Ein schlecht gelaunter Mitarbeiter von Junichiros Vater«, erklärte Adam trocken.

»Aha.«

»Der Sicherheitschef von meinem Vater«, klärte Junichiro das Rätsel auf. »Er heißt anders, aber alle nennen ihn John.«

»Ich will mich eigentlich nicht mit John anlegen«, gab Harold zurück.

»Ich auch nicht«, pflichtete Adam bei. »Wenn, dann sollten wir zu dritt hingehen, Juni. Dir wird er John wohl kaum auf den Hals hetzen.«

»Sei dir da mal nicht so sicher...«

Harold verschränkte die Arme vor der Brust und sagte: »Ich bin ebenfalls der Meinung, dass du mitkommen solltest, Junichiro. Wir stellen ihm ein Ultimatum, diese Sprache versteht er als Geschäftsmann wahrscheinlich am ehesten. Du alleine wirst an den Servern nichts ausrichten können, so plausibel dir die Idee auch vorkommt. Wenn er den Code nicht rausrückt und Adam zurückgibt, leaken wir alles, was wir über ihn haben. Er kann nicht ablehnen, wenn er sein Unternehmen irgendwie retten will. Und ich habe genug Material, dass der Geheimdienst eingreifen kann.«

»Ich verstehe immer noch nicht, wozu ihr mich dafür braucht«, sagte Adam skeptisch.

»Das klingt wahrscheinlich wie eine weitere Lüge, Adam, aber mein Vater hält sehr viel von dir, ohne Scheiß. Dein Talent beeindruckt ihn. In seinen Augen bin ich nur ein überflüssiger Kropf. Wir gehen unter dem Vorwand zu ihm, dass du vermutest, mit dem Code stimme etwas nicht ... dass ein Fehler im Programm steckt. Dir wird er zuhören, ich bin mir sicher.«

»Das Programm hat keinen Fehler. Es – «

Weiter kam Adam nicht.

»Doch, Adam. Der Code hat eine Hintertür.«

Erschrocken fuhren Adam, Junichiro und Harold herum. Sie waren so ins Gespräch vertieft gewesen, dass sie nicht bemerkten, wie sich Vadim stumm dazugesellt hatte.

»Was zum Teufel machst du denn hier?«, rief Junichiro. Adam hatte es die Sprache verschlagen. Harold glotzte Vadim an, als sei er Gevatter Tod.

»Ich bin dir nachgelaufen, Adam. Ich wollte wissen, was ihr vorhabt. Warum habt ihr mir nicht Bescheid gegeben?«

»Du wolltest den Code verkaufen, du Verräter! Dir sag ich gar nichts mehr!«, schrie Adam, so laut, dass der alte Mann hinter dem Tresen vor Schreck fast hinten über fiel.

»Leute, wer ist das?«, fragte Harold.

»Das wüsste ich gern von Ihnen.«

»Ich bin Harold.«

»Ich bin Vadim.«

»Ach ... du bist also der Dritte im Bunde ...«

»Wir haben etwas zu besprechen, Vadim«, sagte Junichiro. »Lass uns in Ruhe.«

»Weshalb denn? Vielleicht kann ich euch helfen.«

Adam versuchte gestresst, sich auf irgendetwas zählbares im Raum zu fokussieren.

»Von was für einer Hintertür sprichst du, Vadim? Der Code ist dicht!«

»Ist er nicht. Wenn ihr mir verratet, was ihr vorhabt, sage ich euch, was mit der Software nicht stimmt.«

Junichiro, Adam und Harold tauschten schnelle Blicke.

Harold sah immer noch so aus, als verstünde er rein gar nichts mehr.

»Vadim hat den Code mitgeschrieben«, erklärte Junichiro. »Aber von einer Hintertür weiß ich nichts.«

»Kann man dem vertrauen?«, fragte Harold.

»Hallo? Ich stehe direkt neben euch!«, bellte Vadim.

Adam wusste nicht, wem er überhaupt noch vertrauen konnte. Er schob sich zwei Tic Tac in den Mund und versuchte seine Atmung unter Kontrolle zu bekommen.

»Also gut, dann fange ich eben an ...«, sagte Vadim schließlich.

Was folgte, war die Zusammenfassung seiner Lebensgeschichte in Kurzform. Er berichtete von seinem Onkel, davon, wie dieser seinen Vater umgebracht hatte, dem RCSN, von den CIA-Agenten und seiner Entführung und dem Plan, mithilfe des manipulierten Codes über SukiCore an die Daten der Big5 heranzukommen.

»Warum hast du das getan, Vadim?«, fragte Adam, nachdem dieser zu Ende erzählt hatte und fügte schnell hinzu: »Das mit deinem Vater tut mir leid. Echt.«

Vadim zuckte nur die Schultern. Er sah müde aus, traurig und verletzt. Sein Gesichtsausdruck war ein bisschen so wie der, den Adam heute morgen im Spiegel betrachtet hatte. Er glaubte Vadim.

»Ich weiß es nicht, Adam. Ich wollte meinem Onkel imponieren. Keine Ahnung. Es hat mich fasziniert, wie schnell man zu Geld kommen kann, wenn man die richtigen Leute kennt. Respektive die falschen. Ich habe nie gewollt, dass Menschen wegen mir sterben, versteht ihr?! Mein Onkel ist krank! Ich bin der Einzige, der weiß, wie man an ihn rankommt.«

»Du bist ein opportunistischer Arsch«, sagte Junichiro.

»Ach so?«, rief Vadim mit einem Blick, der Junichiro zu durchbohren schien. »Und du, hä? Du hast Adam doch genauso hintergangen, oder sehe ich das etwa falsch?!«

Adams Kopf rauchte. Der eine wollte seinen Vater loswerden, der andere seinen Onkel. Und mittendrin Harold, der mit den langen Haaren und den Cargohosen aussah, wie ein dahergelaufener Yoga-Guru.

»Also, ich habe euch meine Geschichte erzählt«, sagte Vadim, etwas ruhiger, aber mit ebenso viel Nachdruck, wie gerade eben. »Jetzt seid ihr dran.«

Schließlich begann Junichiro, ihm von den Plänen seines Vaters und seinen eigenen zu berichten.

»Wir gehen zu Hisoka und erzählen ihm von der Hintertür«, schlug Vadim anschließend vor. »Ich kann ihm die Stelle im Code zeigen. Wenn er sie sieht, muss er die Server abschalten oder alle Daten löschen. So wird mein Onkel niemals an sie herankommen.«

»Wenn ich auch mal was sagen darf«, sagte Harold, »Ich glaube kaum, dass Hisoka die Server abstellen wird. Sein Vorhaben ist zu groß, um es einfach zu beenden. Und was deinen Onkel betrifft ... Woher willst du wissen, dass er nicht schon längst am Werk ist?«

Vadim blieb ihm die Antwort schuldig.

Adam nickte. »Das glaube ich auch ... Hisoka wird niemals von seinem Plan abrücken.«

»Und jetzt?«, rief Junichiro. »Wir sollten es trotzdem versuchen, oder nicht? Wie schon gesagt, Adam, dir wird er auf jeden Fall zuhören, wenn du nicht gerade sein Porzellan durch die Gegend schmeißt. Wenn er nicht einlenkt, kann Harold immer noch das Material leaken!«

»Das Zeug kommt so oder so an die Öffentlichkeit, nur dass das klar ist«, meinte Harold bestimmt. »Der Geheimdienst wird natürlich versuchen, den Skandal so klein wie möglich zu halten. Aber da mache ich nicht mit.«

Alle überlegten einen Moment.

»Ich vermute, es ist unsere einzige Chance«, sagte Adam.

Die anderen stimmten ihm zu.

»Mein Vater wollte heute Abend sowieso mit mir sprechen. Ich nehme euch mit«, sagte Junichiro.

◆

Den Nachmittag verbrachten sie in Adams Hotelzimmer und überlegten sich Strategien, um Hisoka dazu zu bringen, die Server auf der Tokio abzuschalten und die Daten zu schreddern.

Adam hatte inzwischen neuen Mut gefasst. Er war sich sicher, dass sowohl Vadim als auch Junichiro diesmal die Wahrheit gesagt hatten. Jetzt, da er ihre Motive kannte, konnte er wieder einigermaßen klar denken.

Er war nach wie vor verletzt, dass beide ihn hintergangen hatten, doch nun waren sie dazu gezwungen, für die gleiche Sache zu kämpfen. Trotzdem blieb die Stimmung angespannt. Man sprach nur das Nötigste miteinander.

Wenn wir von vornherein gemeinsam dafür gesorgt hätten, dass die Software öffentlich gemacht wird, dachte Adam, hätten wir Hisoka und Orlov längst das Handwerk gelegt. Er wollte keine Tränen mehr über das Geschehene verlieren. Nicht, solange es noch Hoffnung gab.

Um Punkt achtzehn Uhr fünfundvierzig verließen sie das Hotel und liefen die drei Blöcke zum Büroturm von SukiCore zu Fuß.

Adam hatte am ganzen Körper Gänsehaut, als sie die oberste Etage betraten, in der sich Hisokas Büro befand. Was, wenn Hisoka doch nach John rufen würde? Wie würde er reagieren, wenn sie ihm erzählten, dass der Code manipuliert war? Würde er ihnen wirklich zuhören?

Der Frontman begrüßte sie mit missbilligenden Blicken. Er betrachtete Harold angewidert.

Junichiro beachtete ihn nicht. Unter wildem Fuchteln und den heiseren Rufen des Frontman ging er zielstrebig auf eine Tür am Ende des Ganges zu. Adam, Vadim und Harold folgten ihm.

Kazumasa Hisoka sprang erschrocken auf, als sie kurz darauf in seinem Büro standen. Nur Sekunden später kam der Frontman herbeigeeilt und versuchte irgendetwas auf japanisch zu erklären. Vermutlich, dass es ihm leid tue, Hisokas Sohn, dessen Freunde und den verlotterten Penner an sich vorbei gelassen zu haben.

»Was wollt ihr hier?«, rief Hisoka, »Wer ist der Typ da? Junichiro! Ich verlange nach einer Erklärung!«

Adam zählte vier Stühle vor einem länglichen, dunklen Schreibtisch und drei aufwendig gerahmte Bilder von einer lächelnden Frau an der Wand. Hinter dem Schreibtisch erstreckte sich eine breite Glasfassade, durch die man eine schmale Dachterrasse und die Tokioter Skyline sehen konnte.

»Wir haben den Code manipuliert«, sagte Junichiro ruhig.

Hisoka verharrte in der Bewegung, zog die Stirn in Falten und nahm langsam die Hornbrille vom Gesicht. Zu Adams Überraschung setzte er ein mildes Lächeln auf. Er bedeutete dem Frontman, sie alleine zu lassen.

Dann setzte er sich wieder, fuhr sich über das Gesicht und atmete tief ein. »Was wird das, Kinder? Wollt ihr mir Angst einjagen? Oder seid ihr endlich zur Vernunft gekommen und wollt euer Geld abholen?«

Harold ging einen Schritt auf den Schreibtisch zu. »Wir sind hier, um Ihnen ein Angebot zu machen, Mr. Hisoka.«

Hisoka lachte nur heiser. Adam fand, dass er dabei wie ein alter Diesel klang, der nicht anspringen wollte. Er hasste alles an diesem Mann.

Als er sich beruhigte, fragte Hisoka: »Und Sie sind?«

»Harold Decker von CNN.«

Wieder lachte Hisoka.

»Junichiro, Sohn, wo habt ihr den denn aufgegabelt? Ich bitte euch. Das kann nicht euer Ernst sein. Warten Sie draußen Mr. Decker, wenn ich hier fertig bin, habe ich vielleicht Zeit für ein Interview. Das hier geht Sie nichts an.«

»In Ordnung, Mr. Hisoka. Ich telefoniere inzwischen mit der PSIA und erzähle ihnen eine interessante Geschichte über die SLS Tokio und ihre Ladung.«

Augenblicklich versteinerten sich Hisokas Gesichtszüge. Er blickte zu seinem Sohn.

»Ich lasse mich nicht länger benutzen«, sagte Junichiro mit Grabesstimme. »Gib uns den Code zurück.«

Harold tippte inzwischen etwas auf seinem Handy. Adam konnte nicht erkennen, was er genau tat, aber es sah aus, als schriebe er jemandem eine Nachricht.

Hisoka lockerte den Knoten seiner Krawatte, ging zu einem Sideboard an der Wand und schenkte sich ein Glas Whisky ein.

Er nahm ein paar kräftige Schlucke und betrachtete die Bilder an der Wand.

»Ich bin bereit zu verhandeln. Junichiro, sag diesem Mann, er soll einen Augenblick draußen warten, ja?«

»Ich bleibe hier!«, rief Harold aufgebracht.

Junichiro biss sich auf die Unterlippe und zögerte. »Harold, vielleicht ist es wirklich besser, wenn du uns kurz allein lässt ...«

Harolds Kiefer mahlten. Er seufzte und verließ das Büro.

Kaum hatte er die Tür hinter sich geschlossen ging Hisoka einige Schritte auf seinen Sohn zu, bis er direkt vor ihm stand.

Er atmete schwer und sah zu Junichiro herab.

»Warum tust du mir das an, Junichiro? Wa-rum?«

Die Ader an Hisokas Hals pochte sichtbar. Er sah aus, als würde er Junichiro im nächsten Moment den Kopf abreißen. Stattdessen spuckte er vor ihm auf den Boden.

»Du bist eine Schande für diese Familie.«

»Ich bin schon lange kein Teil mehr dieser Familie. Adam, Vadim, geht raus. Ich kläre das allein!«

»Sollten wir nicht – «, setzte Vadim an, doch Junichiro unterbrach ihn schrill. »RAUS!«

Adams Herz klopfte stark. Hier lief nun wirklich gar nichts mehr nach Plan. Zögernd gingen auch sie hinaus und gesellten sich zu Harold, der mit verschränkten Armen direkt vor der Tür wartete.

Das Ende der Kirschblütenzeit.

Junichiro widerte ihn an. Warum wollte er nicht verstehen, dass er alles nur seinetwegen tat? Sein Sohn hätte es so leicht haben können. Das Erbe, dass er ihm nach dem Deal mit den Big5 hinterlassen hätte, wäre größer, als Kazumasa Hisoka es sich jemals erträumt hätte.

Jetzt erkannte er sein eigenes Kind nicht mehr. Der Mensch mit den spitzen Schultern und dem schmalen Gesicht, etwas kleiner als er selbst, kam ihm vor, wie ein Fremder.

Wehmütig blickte Hisoka zu den Bildern von Suki. Wenn er sich doch nur noch ein einziges Mal in ihren Augen verlieren könnte. Er gäbe alles dafür.

»Du und deine Freunde, ihr werdet mich nicht aufhalten.«

»Gib uns den Code zurück, oder wir werden dich – «

»Anzeigen? Zerstören? Umbringen? Hör dich an. Du bist ein lächerliches Stück Scheiße, das seine Mutter getötet hat. Ich, ICH werde *euch* zerstören. Ist dir klar, dass es mich einen Anruf kostet, um euch auszuradieren?«

Er sah, wie der Junge schwer schluckte.

Schwächling.

»Es ist viel zu spät, um uns noch irgendwie aufzuhalten. Euer Reporter soll meinetwegen der ganzen Welt berichten, dass der böse Kazumasa Hisoka etwas Verbotenes getan hat. Es beeindruckt mich, wie naiv ihr seid. Ich bin auch nur ein Zahnrad in diesem Getriebe. Haltet ihr mich etwa für den Endgegner? Nach mir ist wie vor mir, Junge. Es kommen andere, die mich ersetzen werden. Keiner kann den Lauf der Zeit stoppen. Weder ihr noch irgendein Geheimdienst oder eine Regierung. Wir sind längst mächtiger. Wir sind überall. Wir wissen alles über euch.«

Der Junge antwortete ohne Melodie in seiner Stimme, kühl, herablassend, berechnend.

»Und *wir* haben genug Beweise, um dein ganzes Vorhaben dem Erdboden gleich zu machen! Ich wusste, dass Adams Code besser ist als alles, was dein Konzern jemals zu Stande gebracht hat. Ich wusste, dass du niemals widerstehen könntest, ihn dir zu eigen zu machen. Ich wusste, dass du zu gierig bist, um uns zu unterstützen. Ich wusste, dass du mich für zu dumm hältst, um dich zu durchschauen. Aber ich war dir immer einen Schritt voraus. Ich war es, der sich in die Kommunikationsnetze der Big5 gehackt hat. Ich war es, der Harold mit genug Informationen versorgt hat, um auch den Letzten von euch zu erwischen. Und glaub mir. Wir sind lange nicht die Einzigen, die hinter dir her sind. Deine Zeit ist abgelaufen.«

Kazumasa Hisoka hörte dem Jungen mit zunehmender Abscheu zu. Obwohl ihn die Worte beunruhigten - er schenkte ihnen keinen Glauben. Der Junge und seine lächerlichen Freunde würden ihn niemals stoppen. Und die anderen, von denen er sprach? Was wollten die schon groß ausrichten. Der Plan war per -

Plötzlich machte der Computer auf seinem Schreibtisch ein schrilles Geräusch.

Augenblicklich setzte Hisokas Herz einen Schlag aus. Dieses Warnsignal gab der Rechner nur, wenn auf einem von SukiLogs Schiffen ein Master Alarm ausgelöst wurde. Rasch schob er sich an dem Jungen vorbei und stützte sich mit den Händen auf die Tischplatte. Er fingerte nach seiner Brille und setzte sie zittrig auf. Ein rot hinterlegtes Fenster hatte sich geöffnet.

SLS Tokio
Serverconnection terminated.
All Data Streams Terminated.
Warning. Communication Terminated.
Access Point Reboot initiated.

»Was ist los?«, fragte der Junge und stellte sich neben ihn, überflog die Zeilen, sein Gesicht erblasste wie Hisokas eigenes. Jemand setzte die Zugangsschnittstelle zurück. Verweigerte den Zugriff vom Festland. Hisoka schluckte.

Das Telefon auf seinem Schreibtisch läutete. Er hob nicht ab.

Der Junge rannte zur Tür hinaus. Krachend flog sie hinter ihm zu.

Vor Hisokas innerem Auge ging sein gesamter Plan in Flammen auf. Panisch versuchte er eine Verbindung zum Schiff herzustellen. Die Leitung blieb tot.

Eine Welle der Erkenntnis brach über Hisoka herein. Die SLS Tokio war verloren. Und mit ihr Kazumasa Hisoka. Jetzt galt es, in Würde abzutreten.

Wie fremdgesteuert richtete sich Hisoka auf, nahm die Brille ab und ging zu der Glastür, die auf den Balkon hinausführte.

Es war bereits dunkel draußen. Eisig fuhr ihm der Wind durch die Haare und unter die Kleidung. Leise hörte er Sukis Stimme, süß und weich, wie er sie immer in Erinnerung behalten hatte.

»Ich kann dich nicht verstehen, Suki!«, brüllte er in den Nachthimmel. Die Sterne funkelten und der Mond warf sein milchiges Licht auf die dunklen Silhouetten der Hochhäuser.

Sukis Stimme war jetzt ganz nah an seinem Ohr, doch durch den Wind konnte er ihr zartes Flüstern nicht entschlüsseln.

»Suki! Wo bist du, meine Liebe?«

Er schrie sich die Seele aus dem Leib. Sein Rachen brannte. Das Wispern neben seinem Ohr wollte nicht enden. Es war Sukis Stimme, ganz sicher. Suki sprach zu ihm!

»... Komm herunter ...«

Die Umgebung verschwamm vor seinen glasigen Augen. Unter seinen Füßen und Händen spürte Kazumasa Hisoka das kalte Metall der Balustraden der Dachterrasse. Langsam lehnte er seinen Oberkörper nach vorn.

Jetzt hörte er ihre Stimme ganz deutlich.

Dann erfasste ihn ein Windstoß und Kazumasa Hisoka stürzte in die Tiefe.

Er schloss die Augen und endlich sah er sie.

»Da bist du ja«, sagte Suki und streckte die Arme nach ihm aus. »Ich habe auf dich gewartet.« Wie lange hatte er auf diesen Augenblick gewartet? Doch schließlich, als er Suki in die Arme schließen wollte nach all der langen Zeit, löste sich das Trugbild in Luft auf. Hisoka war allein und wurde verschluckt von unendlichem Schwarz.

Der Frontman war ein langjähriger Vertrauter von Kazumasa Hisoka. Faktisch gesehen war der durchtrainierte Mann Mitte fünfzig nichts weiter als sein Chefsekretär, doch er wusste, dass er weitaus wichtiger war als das. Fast alle Termine - Top-Secret oder Alltagsgeschäft - wanderten über seinen Schreibtisch, wurden dort bestätigt, oder abgelehnt. Der Frontman war Hisokas rechte Hand, sein zweites Augenpaar, sein Vollstrecker, wenn es dreckig wurde. Man hatte ihm den Spitznamen John gegeben. Inzwischen hatte er fast vergessen, wie er wirklich hieß.

Er kannte alle Geschichten über den Nichtsnutz, Hisokas Sohn, Junichiro. Dem würden sie schon noch Manieren beibringen.

Der amerikanische Penner stand vor Hisokas Büro und tippte auf seinem Handy herum. Kein Wunder, dass ausgerechnet Junichiro dieses menschliche Strandgut anschleppte. Was sie wohl mit Hisoka zu besprechen hatten, dass er sie passieren ließ?

Den Frontman interessierte es nicht weiter. Hisoka wusste immer, was richtig war. Heute jedoch zweifelte der Frontman zum ersten Mal daran.

Plötzlich klingelte das rote Telefon. Ein etwas in die Jahre gekommenes Modell, simpel, schnurlos, ein Gerät, das nur für Notfallkommunikation mit der Flotte von SukiLog verwendet wurde. Anrufe wurden selten durchgestellt, ausschließlich dann, wenn schnelle Entscheidungen gefällt werden mussten, die nur Hisoka treffen konnte. Für den Fall, dass Hisoka nicht im Büro sein sollte, hatte man das Telefon auf dem Schreibtisch des Frontman installiert. Dieser Platz war rund um die Uhr besetzt, entweder durch ihn selbst oder einen seiner beiden Vertretungen.

Mit einem mulmigen Gefühl griff der Frontman zum Hörer. Augenblicklich brüllte ihn eine tiefe Männerstimme an, die er als jene von Kapitän Kano Nakamoto erkannte.

»Wir können nicht auf unsere Systeme zugreifen und haben einen unbekannten Kontakt am Arsch. Ich muss sofort mit Direktor Hisoka sprechen!«

Der Frontman überlegte einen Augenblick. Das hatte gerade noch gefehlt. Er versuchte, an seinem Computer auf eine der Steuerungssoftwares für die Tokio zuzugreifen.

»Wir werden versuchen, die Systeme von hier aus zu rebooten. Sorgen Sie dafür, dass niemand das Schiff betritt«, antwortete der Frontman schließlich.

»Ich will sofort mit Hisoka sprechen, holen Sie ihn, verdammt noch mal, wir werden angegriffen!«

Der Puls des Frontman schoss in die Höhe.

»Der Direktor hat gerade eine Besprechung mit seinem Sohn. Er will nicht gestört werden. Sie kennen das Notfallprotokoll, Kapitän.«

Unsicher beugte sich der Frontman über seinen Schreibtisch und blickte zum Ende des Ganges. Junichiros Freunde standen vor der Tür Spalier. Er versuchte, Hisoka auf dem Telefon in seinem Büro zu erreichen, während der Kapitän weiter brüllte.

»Für diese Scheiße gibt es kein Protokoll! Geben Sie mir Hisoka, Sie haben nicht das Recht, irgendetwas zu entscheiden!«

Das stimmte.

Er pausierte den Anruf und steckte den Kapitän in die Warteschleife. Direktor Hisoka hob nicht ab.

Er griff wieder zum roten Hörer und berichtete Nakamoto.

»Dann nehmen Sie Ihre Beine in die Hand und bringen Sie ihm das Telefon, Mann! Ich muss Hisoka unterrichten!«

»Ist gut«, murmelte der Frontman, dem der Ton des Kapitäns missfiel. Er stand auf und machte sich auf den Weg.

In diesem Moment kam Junichiro aus dem Büro des Direktors gestürmt, wild gestikulierend. Die anderen drei folgten ihm zurück nach drinnen.

Der Frontman drängte sich an den dreien im Büro vorbei. Junichiro stand vor der Tür zum Balkon.

»Komm runter!«, rief er seinem Vater entgegen.

Dem Frontman gefror das Blut in den Adern, hörte dumpf die Geräusche aus dem Telefon und plötzlich war es stumm. Die Leitung war unterbrochen worden.

Er war wie gelähmt. Junichiro brüllte etwas, und John sah, wie Direktor Kazumasa Hisoka auf der Balustrade der Dachterrasse langsam das Gewicht nach vorn verlagerte. Fassungslos beobachtete er, wie Hisoka schließlich strauchelte und in die Tiefe stürzte.

Augenblicklich stieg eine derart heftige Wut in ihm auf, dass er Adam Volt, der etwas hinter ihm stand, bei den Armen packte und ihn heftig schüttelte.

»Was habt ihr getan?!«, schrie er auf japanisch. Adams Augen starrten ihn angsterfüllt an. Der Penner zerrte ihn von Adam weg.

»Wir müssen hier weg, schnell!«, rief er. »Kommt jetzt! WEG HIER!«

Der Frontman wollte sich ihnen in den Weg stellen, doch Junichiro rannte ihn einfach um. Er fing sich mit dem Ellenbogen ab und landete unsanft auf dem Boden. Alles war so schnell gegangen.

Entsetzt richtete sich der Frontman auf und stolperte auf die Dachterrasse. Es fröstelte ihn. Er wagte es nicht, einen Blick nach unten zu werfen. Der Direktor war gesprungen. Es war, als rammte jemand einen Speer in die Magengrube des Frontman.

Zitternd übergab er sich und sank auf die Knie, tastete die Taschen seines Anzugs nach einem Tuch ab. Er wischte sich den Mund mit dem Ärmel ab, kam langsam wieder auf die Beine.

Schnaufend eilte er zurück nach drinnen, durch das Büro des Direktors auf den Flur.

Von den Kindern und dem langhaarigen Mann fehlte jede Spur.

ELF

Hauptsitz der PSIA
Central Government Building 6-A, Tokio, Japan

Kurzatmig hetzte Asuka Massako durchs Treppenhaus in die Tiefgarage. Zwei Analysten folgten ihr. Der Fahrer wartete bereits mit laufendem Motor. Sie stiegen in den schwarzen SUV.

»Fahren Sie schon los!«, befahl Massako, noch bevor sie die Tür ganz geschlossen hatte. »Schnell!«

Fassungslos las sie noch einmal die Nachrichten auf ihrem Handy, während sich der Wagen mit Blaulicht und Sirene durch den abendlichen Verkehr schlängelte.

Steckt mehr dahinter, als wir glaubten.
Schonmal vom RCSN gehört? Möglicher
Angriff auf die SLS Tokio geplant. Da
haben Sie Ihre Katastrophe. -Harold

Woher stammen diese Informationen? -AM

Vertraulich. -Harold

Valide? -AM

Ja. -Harold

Wo sind Sie? -AM

Büro von KH, Shibuya. -Harold

Bin unterwegs. Rühren Sie sich nicht
vom Fleck. Wir müssen Ihren Kontakt
zur Befragung in Gewahrsam nehmen.
Sorgen Sie dafür, dass er kommt. -AM

SLS Tokio wird soeben angegriffen! Hisoka aus
dem Fenster gesprungen. Muss das Material
jetzt leaken! Menschenleben in Gefahr. -Harold

Sind Sie verrückt? Laufende
Ermittlungen. Material wird unter
keinen Umständen geleakt! -AM

Lecken Sie mich. Beende hiermit fristlos die
Zusammenarbeit. Schönen Abend noch.
PS.: Hoffe, Sie tun das Richtige. –Harold

»Fahren Sie schneller!«, befahl Massako.

Was fiel diesem Amerikaner eigentlich ein? Massako war wütend und ratlos zugleich. Einerseits war es das einzig Richtige, die gesammelten Fakten der Öffentlichkeit preiszugeben, andererseits würde das ihre Ermittlungen enorm behindern. Fragen würden gestellt werden. Unangenehme Fragen, auf die es nur falsche Antworten gab. Nicht zum ersten Mal sah sich Massako der Zwickmühle von Moral und Geschäft gegenüber.

Diese beiden Konzepte sind einfach nicht miteinander vereinbar, stellte sie resigniert fest.

Trotzdem und umso mehr; sie musste Harold dingfest machen, bevor er den Schaden noch vergrößerte.

Sie erreichten den Büroturm von SukiCore zehn Minuten später. Eine Menschenmenge hatte sich um die Absperrung auf dem Vorplatz versammelt.

Ein uniformierter Polizist versperrte Massako den Weg zum Haupteingang.

»Da darf jetzt niemand rein.«

»ERKENNEN SIE MICH NICHT?! Aus dem Weg!«

Wütend kramte sie nach ihrem Dienstausweis und hielt ihn ihm hin. Sofort trat der Polizist zur Seite und verbeugte sich entschuldigend. In der obersten Etage des Gebäudes fanden sie nur ein paar Mitarbeiter und den Frontman vor, dessen gerötete Augen Massako hilflos anstarrten.

»Der Direktor ... ich weiß nicht, was sie ihm erzählt haben ... einfach so«, er schluchzte, »... einfach so vom Balkon gesprungen!«

»Beruhigen Sie sich. Ich bin Asuka Massako von der PSIA. Ich suche nach meinem Kollegen, ist er noch hier?«

Sie streckte ihm ihr Handy unter die Nase. Es zeigte ein Bild von Harold.

»*Das* ist ihr Kollege?«, fragte der Frontman ungläubig. Dann schluchzte er wieder. »Bestimmt ... bestimmt stecken die dahinter! Er war mit diesen Jugendlichen hier und dem Sohn des Direktors ... am Ende haben die ihn noch dazu gezwungen! Junichiro, dem Nichtsnutz, ich traue ihm alles zu! Ihr sogenannter Kollege macht gemeinsame Sache mit denen!«

Massako überlegte einen Moment lang irritiert. War der Sohn des Direktors etwa der Kontakt von Harold? Das würde zumindest erklären, wie er an derart sensible Informationen gelangt war. Bestimmt konnte ihm Junichiro auch eine Audienz ermöglichen. Wer waren die Freunde, von denen der Frontman gesprochen hatte?

»Wo sind sie hin?«, blaffte Massako den Frontman an, der schlaff auf einem Stuhl in der Lounge saß und sich die Augen mit einem Taschentuch abtupfte.

»Ich weiß es nicht ... Sie sind einfach zur Tür hinaus! Es ging alles so schnell! Bis ich den Sicherheitsdienst verständigt hatte, waren sie schon aus dem Gebäude geflohen!«

»Geflohen ...«, wiederholte Massako murmelnd. »Was gibt Ihnen Anlass zu glauben, dass sein Sohn und dessen vermeintliche Freunde für Hisokas Ableben verantwortlich sind?«

»Die sahen wütend aus. Es war laut im Büro, ich habe nicht alles verstanden ...«

»Hatte Hisoka Streit mit seinem Sohn?«

»Natürlich, wenn dieser Idiot nicht dafür – «

Der Frontman brach mitten im Satz ab und senkte den Kopf. Plötzlich wurde sein Gesichtsausdruck ernst.

»Nicht was?«, fragte Massako. »Was ist mit Ihnen, reden Sie schon!«

»Ich sage nichts mehr.« Der Frontman stand auf und stemmte die Arme in die Hüften. »Nicht ohne meinen Anwalt.«

Perplex schüttelte Massako den Kopf. »Was haben Sie zu verbergen? Spucken Sie's aus! Wollen Sie die Ermittlungen der Regierung behindern?«

Doch der Frontman schwieg.

Massako rannte die Zeit davon. Sie griff nach ihrem Handy und wählte die Nummer der Zentrale.

»Sperren Sie sofort unsere Kreditkarte von Harold Decker und geben Sie eine Fahndung raus ... Großraum Tokio ... Ja, ich weiß, dass das ein riesiges Gebiet ist! Er hat drei Jugendliche im Schlepptau, einer von ihnen ist offenbar der Sohn von Kazumasa Hisoka. Sperren Sie auch dessen Karten, wenn Sie an die Datensätze rankommen. Versuchen Sie, sein Handy zu orten. Ich autorisiere Sie hiermit, die Daten der Überwachungskameras an den Straßen und Autobahnen zu analysieren ... Der Premierminister wird die Erlaubnis nachreichen ... ja, verdammt, ja, auf meine Verantwortung! Geben Sie Fahndungsfotos an die Zuständigen an allen Flughäfen in Tokio raus ... ja, umgehend. Stellen Sie eine Taskforce von acht Leuten zusammen, die die Analyse koordinieren.«

Sie spürte, wie ihr Puls raste. Zur Beruhigung steckte sie sich eine Zigarette an.

»Hier darf nur der Direktor rauchen!«, rief der Frontman entsetzt.

Massako durchbohrte ihn mit ihrem Blick. Dann ging sie einen Schritt auf ihn zu und verpasste ihm mit der vollen Wucht ihrer Rückhand eine Ohrfeige. Der Frontman verlor das Gleichgewicht und landete auf dem Boden.

»Jetzt hören Sie mir mal zu, Freundchen, ihr Heiland Hisoka ist aus dem Fenster gesprungen, weil er Scheiße gebaut hat und Schiss bekommen hat. Ich stecke Sie in das dunkelste und dreckigste Loch in ganz Japan, wenn Sie nicht endlich ihr Maul aufmachen und mir sagen, was passiert ist!« Sie senkte ihre Stimme. »Die SLS Tokio wird angegriffen, habe ich recht?«

In einer fahrigen Bewegung hievte sich der Frontman zurück auf die Beine.

»W-Woher w-wissen Sie das?«

»Sparen Sie sich das. Die Frage werden Sie sich noch öfter stellen, glauben Sie mir.«

Massako sah die Angst in seinen Augen.

Dieser Mann ist nur eine Marionette Hisokas, dachte sie. Ein Haufen unnützer Muskeln, die nur dann etwas bringen, wenn der Strippenzieher es verlangt.

»I-Ich sage Ihnen, w-was ich weiß ... aber nur wenn Sie mich nicht ins Gefäng – «

»Nehmen Sie Haltung an und rücken Sie raus mit der Sprache, und zwar sofort! Ich werde sehen, was sich machen lässt. Sie werden meinen Analysten jetzt Zugang zu den Servern verschaffen.«

Der Frontman schluckte und setzte zu einer zittrigen Erklärung an. »Jemand hat die Server zurückgesetzt. Wir können nicht mehr auf die Systeme der Tokio zugreifen, Ma'am ... Oh bitte glauben Sie mir, es tut mir leid!«

»Wie alt sind Sie, fünf? Hören Sie augenblicklich auf zu jammern, Sie Idiot. Haben Sie eine Aufstellung der Daten, die auf der Tokio gespeichert sind?«

Eifrig nickend eilte der Frontman zum Büro Hisokas. Massako folgte ihm. Er deutete auf das Bild einer lächelnden Frau.

»Dahinter befindet sich der Safe des Direktors. Er enthält eine Festplatte mit der Liste.«

Massako inspizierte das Gemälde und fand den Scharniermechanismus, um es zur Seite zu klappen. Dahinter war tatsächlich ein quadratischer Kasten mit einem Griff und einem Tastenfeld neben einem kleinen Display eingelassen.

»Das Passwort«, sagte Massako ohne sich umzudrehen.

»Ich weiß es nicht! Ich schwöre es Ihnen. Nur der Direktor kennt es ...«

Massako zog ihre Dienstwaffe. Mit vier präzisen Schüssen auf das Tastenfeld und den Schlitz der Tür hüllte sie sich in eine Staubwolke. Erschrocken wich der Frontman zurück.

Der Safe hatte nachgegeben.

Massako griff nach der Festplatte im Inneren und rief einen der Analysten herbei.

»Auslesen«, befahl sie und drückte ihm das kleine Gerät in die Hand. »Schicken Sie mir die Daten auf mein iPad.«

Erneut holte sie ihr Handy hervor. »Was Neues zu Decker?«

»Noch nicht Ma'am.«

»Okay. Schicken Sie mir zwanzig Spezialisten zum Büro von SukiCore. Die sollen hier alles umgraben. Und lassen sie die Data-Forensics hier antanzen, die müssen versuchen, den Zugang zu den Servern wieder herzustellen. Meine Analysten vor Ort werden sie briefen.« Massako beendete die Verbindung und wählte kurz drauf die Nummer des Büros des Premierministers.

»Hier spricht Asuka Massako von der PSIA, stellen Sie mich bitte sofort zum Premierminister durch. Identifikationsnummer 23 48 27 002. Mein Geburtstag ist am dreiundzwanzigsten Oktober 1966. Der Vorname meiner Mutter lautet Misaki. Mein hinterlegtes Passwort lautet Shinkansen.«

»Identifikation erfolgreich.«

»Sagen Sie dem Premier, es geht um Kazumasa Hisoka.«

Nach zwei Minuten in der Warteschleife meldete sich die Stimme des Vermittlers zurück.

»Seine Exzellenz ist im Augenblick nicht für Sie verfügbar, Ma'am. Bedaure.«

Das war klar.

Massako konnte nicht ausschließen, dass der Premier eventuell sogar von Hisokas Machenschaften wusste. Unwillkürlich musste sie an Harold Deckers Worte denken.

Wollen Sie warten, bis es zur Katastrophe kommt?

Genau jetzt war es so weit. Hätte Sie früher handeln können? Ja, möglicherweise. Hätte es etwas genutzt? Nein, ganz sicher nicht.

Es war die Aufgabe des Premiers, Schaden zu verhindern. Es war Asuka Massakos Aufgabe, Schaden zu begrenzen. Ein herzlich unmögliches Unterfangen, wenn man in Wahrheit gegeneinander arbeitete.

Sie zog eine düstere Bilanz: Die SLS Tokio wurde angegriffen, Harold Decker war mit dem Sohn von Kazumasa Hisoka und zwei anderen Jugendlichen auf der Flucht, und der Premierminister sei *im Augenblick nicht für Sie verfügbar.*

Gut, dass ich beim Militär war, dachte Massako. Da habe ich vielleicht noch ein paar Freunde.

Wütend schrieb sie eine Nachricht an Decker und machte sich auf den Weg zum Büro der Kaijo Hoan-cho, der japanischen Küstenwache.

ZWÖLF

Botschaft der Vereinigten Staaten von Amerika
Minato City, Tokio, Japan

Rachel Fuller tat sich zwei Stück Zucker und einen Schuss Milch in die anderweitig untrinkbare Kaffeebrühe aus dem röchelnden Automaten. Auf einem Plastikteller auf der Anrichte lag ein angetrocknetes Stück Danish. Rachel wusste nicht, wem das Gebäck gehörte, doch bevor es ungenießbar wurde, nahm sie es besser mit. Sie konnte eine Kleinigkeit im Magen vertragen. Auf dem Weg in ihr Büro begegnete sie einigen Mitarbeitern, die sie freundlich nickend grüßte. Sie freute sich auf eine Viertelstunde ungestörter Pause. Im Fahrstuhl fiel ihr Blick auf ihr Spiegelbild. Rachel fand, dass es das Alter gut mit ihr gemeint hatte. Ihre langen Beine steckten in einer klassischen, dunkelblauen Hose. Etwas konservativ, aber durchaus attraktiv setzte der passende Blazer und die schwarze Bluse ihren athletischen Oberkörper in Szene. Zufrieden lächelte sie sich an. In ihrem Gesicht mochten sich höchstens fünfundvierzig Jahre vermuten lassen, sicherlich keine siebenundfünfzig. Sie strich sich eine Strähne ihrer dunkelbraunen Haare hinter das Ohr.

Gut gelaunt, trotz der zweiten Woche Überstunden, schritt sie, das Danish in der einen, den Kaffee in der anderen Hand durch den langen Gang zu ihrem Büro. Schon von weitem sah sie einen Mitarbeiter des Sicherheitsdienstes.

»Kann ich Ihnen helfen?«, fragte Rachel irritiert. Der Mann stand direkt vor ihrer Tür, die Arme hinter dem Rücken verschränkt und bewegte sich keinen Zentimeter.

»Sie waren nicht da, Ma'am. Deshalb habe ich hier auf Sie gewartet. Man verlangt nach Ihnen in der Lobby.«

»Weswegen?«

»Ich weiß leider nichts genaueres, Ma'am. Es sei dringend.«

Rachel seufzte. »Ich komme. Lassen Sie mich nur kurz die Sachen hier abstellen.«

Als sie sich in Begleitung des Beamten auf dem Weg nach unten wieder Schritt für Schritt von ihrer Pause entfernte, fragte sie sich, was es Wichtiges geben könnte.

Um ein offizielles Gesuch konnte es sich nicht handeln, in ihrem Kalender war nichts vermerkt und interne Angelegenheiten respektierten die seltenen Pausen Rachels, vorausgesetzt es bedurfte keiner schnellen Entscheidungen der höchsten Instanz.

In der Lobby erwartete sie ein eigenartiges Bild. Ein langhaariger Mann in Cargohosen kam sofort auf sie zu, als sie aus dem Aufzug trat. Eindeutig ein Amerikaner.

»Treffen Sie hier die Entscheidungen?«, fragte er, etwas zu flapsig für ihren Geschmack. Er wirkte ziemlich nervös.

»Ich bin die Botschafterin der Vereinigten Staaten von Amerika. Gibt es ein Problem?«

Sie spähte über die Schulter des Mannes. Der Typ hatte Anhang mitgebracht. Ein junger Mann mit dunkelblauer Mütze musterte mit flinken Augen den Raum, so als Suche er die Decke nach Kameras ab.

»Ich bin Harold Decker von CNN«, gab sich der Mann zu erkennen und streckte ihr die Hand hin. »Und ja, es gibt ein Problem, ein fucking gewaltiges, wenn Sie so wollen, Ma'am. Können wir uns irgendwo ungestört unterhalten?«

Du liebe Zeit, dachte Rachel. Der ist ja richtig verzweifelt.

»Worum geht es denn?«

»Bitte, Madam Ambassador, schenken Sie uns zehn Minuten ihrer Zeit. Sie müssen uns helfen, es geht quasi um Leben und ... was rede ich, es geht auf jeden Fall um Leben und Tod, Ma'am. Aber können Sie vorher noch meine Freunde reinlassen? Die hängen am Eingang fest.«

»Langsam, langsam, Mr. Decker.«

»Soll ich sie entfernen lassen, Ma'am?«, fragte der Sicherheitsbeamte, eine Hand auf die Waffe an seinem Gürtel gestützt.

Rachel winkte ab. Der langhaarige Typ machte keinen gefährlichen Eindruck. »Schon gut. Aber bleiben Sie noch einen Augenblick in der Nähe, bitte. So, der Reihe nach, Mr. Decker. Was ist passiert?«

Er deutete auf den jungen Mann hinter sich. »Das ist mein ... ähm ... das ist mein Bekannter Adam Volt. Draußen warten Junichiro Hisoka und Vadim Orlov - «

Rachel stoppte ihn mit einer Handbewegung. »Ich habe im Augenblick viel zu tun, Mr. Decker, man hat mir gesagt, es ginge um etwas Dringendes. Ich bin sicher, einer unserer Sachbearbeiter kann Ihnen - «

»Es geht aber um was Dringendes!«, rief der Junge mit der Mütze. »Ich soll Sie fragen, ob Sie Cedric Fergusson von der CIA kennen. Und Daniil Bugajew von der GRU? Mein Freund Vadim hat letzte Woche Bekanntschaft mit denen machen müssen.«

Rachels Puls schoss in die Höhe. Und wie sie die beiden kannte! Sie waren der Grund für jede einzelne ihrer Überstunden der vergangenen zwei Wochen. Eine unautorisierte Operation hatten sie und ihr Team auf bürokratischer Ebene ungeschehen machen müssen. Einen riesigen Saustall hatte die CIA hinterlassen.

»Warum?«, fragte Rachel kühl.

»Lange Geschichte«, gab blaue Mütze zurück. »Das kann Ihnen Vadim besser erklären, aber dafür müssen Sie ihn reinlassen. Er ist Russe.«

Augenblick. Vadim Orlov? War das etwa ... Nein, nie im Leben.

»Da draußen steht Vadim Orlov?«

Der Junge nickte.

»Kommen Sie mit in mein Büro. Security?« Sie machte eine winkende Handbewegung. »Draußen stehen zwei junge Männer. Lassen Sie sie rein und begleiten Sie sie hoch, so schnell wie möglich! Aber lassen Sie sie vorher gründlich durchsuchen!«

Dreißig Minuten später hatten sie Rachel Fuller die ganze Geschichte erzählt. Gerne hätte sie sich jetzt einen Schnaps genehmigt. Der Zustand ihres Büros spiegelte die Stimmung wider, in der sie sich befand: Überall auf ihrem Schreibtisch lagen Dokumente verteilt, schwere Ordner stapelten sich auf dem Boden, halbleere Kaffeebecher standen kreuz und quer herum. Das vertrocknete Stück Danish fristete ein einsames Dasein auf der aktuellen Ausgabe des Wall Street Journal.

Rachel suchte nach den passenden Worten: »Also ... das ist ... sehr außergewöhnlich, was ihr mir erzählt habt. Vadim, mein Beileid, wegen deines Vaters. Dir auch Junichiro.« Sie seufzte, sammelte sich einen Moment und fuhr fort: »Jetzt weiß ich, warum ihr hier seid. Aber ich habe beim besten Willen keine Idee, wie ich euch helfen kann.«

»Helfen Sie uns, das Land zu verlassen«, sagte Harold.

»Das geht nicht so einfach, Mr. Decker. Und selbst wenn, was wollen Sie dann tun? Außerdem hätten Sie doch einfach zum Flughafen fahren können. Sie sind ein freier Mann. Und Sie drei auch, soweit ich das verstehe.«

Harold holte sein Handy hervor und schaltete es ein. Er achtete darauf, dass es auf Flugmodus gestellt war.

»Sehen Sie hier«, sagte er und rief ein Chatfenster auf.

Sie sind erledigt, Decker. Wenn ich Sie
erwische, mach ich Sie fertig. -AM

»Das Kürzel steht für die Dame vom Geheimdienst, nehme ich an? Nun, der Tonfall bei Nachrichtendiensten ist gerne mal etwas rauer.«

»Die macht ernst!«, rief Harold, »ich schwör's Ihnen, wenn sie die Schachtel kennen würden, wüssten Sie, was ich meine.«

»Schon gut, Mr. Decker, ich glaube Ihnen ja.«

Rachel trommelte mit den Fingern auf ihre Schreibtischplatte. »In jedem Fall müssen wir dafür sorgen, dass das Material an die Öffentlichkeit gelangt. Ich frage mich, warum Mr. O'Donnell das Zeug nicht sofort gesendet hat. Alle würden tagelang nur noch CNN gucken.«

»Der Typ hat was zu verbergen, Ma'am, irgendwas ziemlich Abgefucktes, dass er sich die Chance entgehen lässt ...«

Harold erzählte von dem Afroamerikaner, den er in Atlanta und einige Wochen später im Tokioter Hafen gesehen hatte. Dann zeigte er Rachel die Fotos, die er geschossen hatte.

»Kennen Sie die Namen dieser Leute, Mr. Decker? Oder jemand von euch?«

Alle schüttelten den Kopf.

»Hm«, grummelte Rachel, »... das wäre definitiv von Vorteil.«

Sie bemerkte, wie Adam Volt immer wieder den Computer auf ihrem Schreibtisch fixierte.

»Die CIA nutzt Gesichtserkennungssoftwares. Sie hat eine riesige Datenbank«, sagte Adam.

»Worauf willst du hinaus?«, fragte Rachel skeptisch.

»Können Sie darauf zugreifen?«

»Selbstverständlich nicht. Außerdem muss jeder Zugriff durch einen hohen Entscheider bei der CIA, oder zumindest durch einen Abteilungsleiter abgesegnet werden. So kommen wir nicht - «

»Wo stehen die Server der Botschaft?«

Rachel zog die Brauen hoch. »Oh, Adam, das kann ich euch nun wirklich nicht verraten. Ich kann mir denken, was du vorhast, aber das kann ich nicht zulassen. Tut mir leid.«

Auch Harold, Vadim und Junichiro schienen verstanden zu haben. Harold ergriff als erstes das Wort: »Ich wage mal einen Schuss ins Blaue, Ma'am, und behaupte, dass Sie eine von den Guten sind.«

»Natürlich bin ich das, aber - «

»Eben. Die Big5 zu beschimpfen und ihnen irgendetwas vorzuwerfen ist die eine Sache. Das machen tausende täglich, die lächeln müde drüber hinweg. Aber zu *beweisen*, dass Hardliner aus ihren eigenen Reihen für den größten Datenskandal in der Geschichte der Menschheit verantwortlich sind, wird sie zum Handeln zwingen! Dem öffentlichen Druck werden sie kaum standhalten können.«

»Mr. Decker, ihre Sprache ist beeindruckend, aber was ihr von mir verlangt, bringt uns alle ins Gefängnis. Ich kann versuchen bei der CIA die richtigen Leute zu kontaktieren, dass die sich die Fotos ansehen.«

»Das dauert aber viel zu lang«, rief Adam dazwischen. »Sie haben selbst gesagt, dass dort alles doppelt und dreifach autorisiert werden muss, bis mal eine Entscheidung getroffen wird. So viel Zeit haben wir nicht! Und selbst wenn man dort schnell in die Pötte kommt, wird man uns immer noch verbieten, das Material zu leaken, wegen der laufenden Ermittlungen!«

Rachel fuhr sich durch die Haare. Der Junge hat recht, dachte sie. Natürlich hat er recht. Die Minioperation von Fergusson und Bugajew hatte höchstens ein paar Stunden gedauert. Die Aufräumarbeiten ganze zwei Wochen. Außerdem hielt sie es für falsch, dass die PSIA und vermutlich ebenso die CIA Harolds Material zurückhielten.

»Wenn Sie uns nicht helfen, sind Sie für diese Katastrophe mitverantwortlich«, sagte Harold kühl.

Rachels erster Impuls war, dem vorlauten Jeff-Bridges-Verschnitt sofort zu widersprechen. Doch etwas hielt sie zurück. Vielleicht war es ihr Gewissen, vielleicht ihre Intuition.

»Wie wollt ihr das überhaupt anstellen?«, fragte sie schließlich und verabschiedete sich bereits innerlich von ihrem Ruhestand in einer kleinen Hütte auf Hawaii.

DREIZEHN

Washington D.C., Vereinigte Staaten von Amerika

Harvey Preston fand, dass sich jemand mal um anständige Kaffeemaschinen bei der CIA bemühen sollte. Das wässrige braune Zeug, das die Automaten unter lärmendem Fauchen ausspuckten, würde man in Italien vermutlich nur noch als minderwertiges Spülwasser bezeichnen. In dem Coffeeshop um die Ecke, Douglas&Diane's, wo der Kaffee um ein hundertfaches besser schmeckte, war um diese Zeit aber immer rasend viel los.

Preston hatte nicht die Geduld, fünfzehn Minuten auf einen Latte zu warten, da konnten seine Kollegen noch so sehr von der tollen Qualität schwärmen.

Schlecht gelaunt machte er sich auf den Weg in sein Büro. Durch die Fenster der Großraumbüros, die er durchquerte, schien schadenfroh die Morgensonne. Es war ein viel zu schöner Tag, um ihn hier drin in der Kälte der Klimaanlagen zu verbringen.

In seinem Büro legte er das Sakko ab, zog die Hosenträger über seinem dicken Bauch zurecht und setzte sich an den Schreibtisch. Den faden Nachgeschmack der Automatenplörre spülte er mit einem Glas Wasser hinunter.

Während er darauf wartete, dass sein Computer hochfuhr, fiel sein Blick auf ein gerahmtes Bild an der Wand. Es zeigte seine Frau und ihn bei der Amtseinführung des Präsidenten vor dem Capitol, nur elf Reihen hinter der First Family.

Er hackte sein Passwort in die Tastatur und checkte als erstes seine E-Mails. Eine Nachricht mit dem Tag *high priority* fiel ihm sofort ins Auge. Sie stammte von Rachel Fuller. *Nachtrag Bericht FGSN/BGJW* stand in der Betreffzeile.

Ah, Rachel, dachte er. Rachel ist eine Waffe, ein richtiger Feger, fand Preston. *Meine Frau sollte mal wieder etwas für sich tun.*

Er öffnete die Mail.

Sehr geehrter Mr. Preston,

mit dem unten angefügten Link sende ich Ihnen den vollständigen und überarbeiteten Bericht zu Operation RCSN-234/F. Es handelt sich um eine größere Datei, deshalb der Link, der sie zu unserem internen Sharing-Dienst führt.

Für Rückfragen stehen Ihnen mein Team und ich selbstverständlich zur Verfügung, gerne auch persönlich. Die Botschaft der USA begrüßt sie jederzeit gerne vor Ort.

Mit freundlichen Grüßen,

Rachel Fuller

Click here (Bericht FGSN/BGJW, 2,1GB)

Na endlich, dachte Preston. Fast zwei Wochen hatte er auf die Dokumente gewartet. Damit könnte er die Sache endlich ad acta legen. Er klickte auf den Link und ein Fenster öffnete sich.

Warnung: Sie öffnen einen Externen Link. Diesem Link vertrauen?
Ja / Nein

Preston vertraute Rachel. Er klickte auf ›Ja‹.

Eine Zeit lang passierte gar nichts, dann öffnete sich ein PDF-Reader und der Bericht erschien. Fast einhundertfünfzig Seiten, alles nur wegen Fergussons Dickschädel. Arme Rachel. Er würde ihr eine Flasche Wein zur Entschädigung zukommen lassen.

Er hatte gerade zehn Seiten gelesen, als das Telefon auf seinem Schreibtisch klingelte.

»Ja?«

»Guten Morgen, Sir, Geoffrey Parker von der IT. Warum haben Sie Ihre Firewall deaktiviert?«

Botschaft der Vereinigten Staaten von Amerika
Minato City, Tokio

Adams T-Shirt klebte vom Schweiß an seinem Rücken, trotzdem fror es ihn und seine Finger zitterten, während sie über die Tastatur flogen. Es war nicht das erste Mal, dass er in irgendein System einbrach, doch bislang hatte er sich immer in rechtlichen Grauzonen aufgehalten und den Betreibern im Anschluss die Sicherheitslücken gestopft. Waren seine Absichten jetzt immer noch gut? In den Augen der CIA garantiert nicht. Er versuchte diesen Gedanken auszublenden.

Das hier war ein Angriff auf das zentrale Secret-Intelligence-Network der Vereinigten Staaten von Amerika. Allein der Versuch bewegte sich schon jenseits sämtlicher Dunkelgrauzonen. Aus Sicht des Gesetzgebers war Adam jetzt ein Schwerverbrecher. Genauso wie alle anderen im Raum, die hinter ihm standen.

»Jetzt sag bloß, du bist drin«, sagte Rachel Fuller ungläubig und stemmte die Arme in die Hüften.

»Noch nicht ganz«, gab Adam zurück, ohne den Blick vom Bildschirm zu lösen.

Leise surrten die Serverracks vor sich hin. Sie hatten das Licht in dem Raum nicht angeschaltet. Im Schein des Displays vor Adam sahen sie aus, wie bleiche Geister. Die Server der Botschaft standen im zweiten Untergeschoss in einem betonierten Magazin. Mit Rachels Schlüsselkarte war es kein Problem gewesen, dort hinunterzugelangen. Die Frage war, wie lange sie unbemerkt blieben.

»Wie zur Hölle hast du das gemacht?«, fragte Rachel. Adam antwortete nicht. Er musste sich konzentrieren. Vadim sprang für ihn ein: »Eine Phishing-Attacke, Ma'am. In dem Moment, in dem Preston auf den Link geklickt hat, hat er uns die Tür geöffnet. Adam versucht jetzt von Prestons Computer auf die Datenbank zuzugreifen.«

»Das bleibt doch niemals unbemerkt«, murmelte Harold, der Adam fasziniert beobachtete.

»In spätestens fünf Minuten sind die in Washington auf der höchsten Alarmstufe. So wie ich Adam kenne, reicht ihm der Vorsprung allerdings aus. Den Eindringling abzuwehren, solang er noch draußen ist, ist die eine Sache. Wenn er erstmal drin ist, dann gute Nacht. Bei Attacken entsteht oft der größte Schaden, wenn die Betreiber versuchen den Einbrecher wieder rauszuschmeißen.«

»Scheiße«, flüsterte Adam. »Die haben uns entdeckt. Vadim, schnell! Jag unser Signal durch ein neues VPN!«

»Was ist passiert?«, fragte Rachel aufgeregt. »Was für ein VPN?«

»Virtual Private Network, Ma'am«, erklärte Junichiro. »Verschleiert die IP-Adresse. Lässt die Jungs von der CIA eine Zeitlang glauben, unser Signal käme aus Albanien oder sonst woher. Normalerweise baut man sich mit einem VPN so eine Art Tunnel durch das Internet zu der Adresse, die man erreichen möchte. Das gleiche Protokoll kann aber auch dazu genutzt werden, die IP-Adresse laufend zu verändern. Genau das macht Vadim gerade.«

»Ping«, murmelte Adam.

»Ping?«, wiederholte Harold stutzig.

»Adam fährt eine Ping-Attacke«, sagte Junichiro.

»Reizend. Und was ist das?«, fragte Rachel.

»In der Zwischenzeit versucht die IT in Washington natürlich, Prestons Firewall remote wieder einzuschalten. Das heißt, die loggen sich auf seinem Computer ein. Über deren IP-Adresse kommt Adam zum IT-Netzwerk, dass jetzt ununterbrochen mit Service-Anfragen angepingt wird. Damit werden die eine Weile zu schaffen haben. In der Zwischenzeit greift Vadim von Prestons Computer aus die Datenbank an. Spoofing nennt man das. Die Datenbank denkt, der Zugriff kommt von Preston selbst.«

»Geschafft!«, rief Adam plötzlich.

Gerade noch rechtzeitig, dachte er. Inzwischen hatte die IT in Washington Prestons Computer vom Netz genommen.

Washington, D.C.

»Abschalten! Stecker ziehen, sofort!«, brüllte der System-Security-Mitarbeiter Patrick Watkins. Preston hievte sich aus dem Stuhl und kroch unter den Schreibtisch. Der Schweiß tropfte ihm vom Gesicht auf den Boden.

Doch Entwarnung gab der Mitarbeiter keine. Im Gegenteil. Als Preston unter seinem Schreibtisch hervorkam, war Watkins kreidebleich.

Er stürmte aus dem Büro, sein Laptop in der einen Hand, diverse Kabel in der anderen, ein Handy zwischen Schulter und Ohr geklemmt. Preston hinterher.

»Die haben's auf das FRS abgesehen! Wissen wir, woher das Signal kommt? WAS?!«

FRS bedeutete *Facial Recognition System*, wusste Preston. Aber was wollten die Angreifer da?

Sie eilten durch das Treppenhaus hinunter in den Keller. Preston hatte Mühe mitzuhalten. Watkins Stimme hallte lautstark durch die Gänge: »Der Angriff kommt aus der Botschaft in Japan, Sir!«

»Wie bitte?!«, schrie Preston Watkins hinterher. Am Fuß der Treppe musste er einen Moment verschnaufen, bevor er wieder die Verfolgung aufnehmen konnte. Zum Serverraum war es nicht mehr weit.

»Mein Computer hat doch gar kein Strom mehr! Wie können die – «

»Die sind schon längst drin!«

Preston war noch nie hier unten gewesen. Wozu auch. Die IT-Mitarbeiter waren scheue Wesen, man sah sie so gut wie nie in der Kantine oder den oberen Etagen. Deshalb wunderte es Preston nicht, dass er kaum einen der Menschen kannte, die hier arbeiteten und jetzt durch die Gänge im Serverraum eilten oder vor den zahlreichen Bildschirmen saßen.

An der betonierten Wand hing ein Telefon. Schnaufend griff Preston nach dem Hörer und wählte die Nummer der Vermittlung.

Botschaft der Vereinigten Staaten von Amerika
Minato City, Tokio

»Das ist ja eine nette Überraschung, Mr. Preston, Sir. Wie hat Ihnen mein Bericht gefallen?«, sagte Rachel Fuller, gespielt fröhlich, als sie den Anruf auf ihrem Handy entgegennahm.

»Die CIA wird angegriffen, von Ihrer verkackten Botschaft aus! Ich verlange eine Erklärung, Rachel!«

»Wiiie bitte?! Das ist ja schrecklich! Aber wie kann das sein?«

»Das wüsste ich gern von Ihnen! So ein Fisch-Link wurde mit Ihrer Mailadresse an mich geschickt! Wissen Sie eigentlich, was hier los ist?!«

»Ich kann es mir in etwa vorstellen. Ich glaube es heißt Phishing-Link, Sir. Und der soll mit meiner E-Mail-Adresse verschickt worden sein?«

»Sie sollen mir keinen Vortrag halten, Rachel, sondern erklären, wie so eine Scheiße überhaupt passieren kann!«

»Ich dachte, Sie dürfen angeheftete Links gar nicht öffnen, bevor diese nicht überprüft wurden ... bei uns ist das jedenfalls so.«

»Herrgott, ich habe Ihnen halt vertraut, dass Sie mir keinen Scheißdreck schicken!«

Rachel spürte einen Stich in ihrer Brust. Sie hatte ein schlechtes Gewissen. Oder war es Schadenfreude?

»Tut mir leid, Sir, ich befürchte, ich kann Ihnen nicht weiterhelfen. Außerdem bin ich derzeit nicht in der Botschaft sondern auf einem Galadiner ... hallo? ... Ich glaube ...«, sie schüttelte ihr Handy und hielt es etwas vom Ohr entfernt, »... der Empfang ...«

Dann legte sie auf und atmete tief durch.

»Wir verbringen den Rest unseres Lebens im Gefängnis, Leute«, sagte sie resigniert.

Worauf habe ich mich da nur eingelassen?

»Nicht unbedingt!«, entgegnete Adam plötzlich. »Ich lade gerade die Matches herunter. Wir können sie uns gleich ansehen. Und jetzt raus da, Vadim!«

Nie zuvor hatte Rachel zwei Menschen derart schnell tippen sehen. Das Geräusch der klackernden Tastaturen machte sie langsam wahnsinnig.

»Die Verbindung ist gekappt«, verkündete Vadim schließlich.

»Dann nichts wie raus hier!«, rief Rachel.

Adam zog das Laptop von dem Kabel, das an einem der Server hing und eilte ihr mit Harold, Junichiro und Vadim hinterher.

Ihr Puls raste und obwohl sie sich gerade mehrerer Verbrechen schuldig gemacht hatte, fühlte sie sich irgendwie ... lebendig. Ihr Bauchgefühl sagte ihr, dass sie das Richtige getan hatte. Und das täuschte sie nie.

»Hier entlang!«

Sie nahmen die Treppe und standen kurz drauf in der Lobby. Der Sicherheitsmann, der Rachel zu den anderen gebracht hatte, stand telefonierend im Foyer, gemeinsam mit fünf seiner Kollegen.

»Miss Fuller! Ma'am!«, rief er, als er die Gruppe bemerkte. »Ich habe Anweisung, Sie – «

... festzunehmen, schoss es Rachel durch den Kopf. So leicht ließ sich Preston nicht abwimmeln, was hatte sie auch geglaubt.

Die nächste Entscheidung traf sie ohne zu zögern, sie musste nicht einmal darüber nachdenken.

»Mir nach, schnell!«, rief sie, gerade so laut, dass die anderen sie noch hören konnten.

Die Sicherheitsleute kamen auf sie zu und begannen ebenfalls zu rennen, als Rachel mit den anderen wieder im Treppenhaus verschwand.

Mit nur knappem Vorsprung erreichten sie atemlos die Tiefgarage. »Der schwarze Lexus da vorne!«

Adam schaffte es zu ihr auf den Beifahrersitz, die anderen quetschten sich auf die Rückbank.

»Hast du das Laptop?«

Adam hielt es hoch.

»Anschnallen!«

Rachel drückte das Gaspedal durch.

Heilige Scheiße, du bist echt wahnsinnig.

Zwei Sicherheitsleute stellten sich ihnen in den Weg, Rachel zog die Schultern nach oben und betete angespannt, dass sie zur Seite springen würden.

Im letzten Moment hechteten die Männer nach rechts und links und brüllten ihnen irgendwas hinterher, das Rachel nicht verstand.

Die Tiefgaragenausfahrt war von einer Schranke blockiert. Sie hielt ihre Schlüsselkarte an den Sensor, doch der Computer verweigerte den Zugriff.

Sie legte den Arm um Adams Sitz und sah nach hinten, setzte ein paar Meter zurück und stellte die Automatik dann wieder auf *Drive*.

»Festhalten!«

Die Schranke wurde zur Seite gerissen, der Pförtner sah erschrocken von seiner Zeitung auf.

»Nicht schlecht, Lady«, rief Harold vom Rücksitz.

Sie schossen die Straße hinunter, viel zu schnell, doch Rachel verlangsamte das Tempo erst nach drei Blöcken. Der Verkehr wurde ohnehin zu dicht.

»Wo fahren wir hin?«, fragte Adam mit aufgerissenen Augen, das Laptop fest umklammert.

»Ihr wolltet doch das Land verlassen, oder?«

»Wie soll das jetzt noch gehen?«, fragte Vadim, Rachel beobachtete ihn durch den Rückspiegel.

»Ich habe eventuell noch ein Ass im Ärmel.«

Etwa fünfzehn Minuten später erreichten sie einen kleinen Flugplatz. Ein älterer Herr in Blaumann und Schiebermütze war gerade dabei, unter großer Anstrengung das Tor eines Hangars zu schließen.

Mit kreischenden Reifen hielt Rachel in etwas Entfernung.

»Was wollen wir denn hier?«, rief Harold, als sie ausstiegen und Rachel folgten.

»Ist das nicht offensichtlich? Kommt schon, Beeilung!«

Der Mann sah zu ihnen herüber und hielt sich den Rücken.

Sie wechselte einige Worte mit dem Mann auf japanisch. Erst schien er sich sichtlich zu freuen, sie zu sehen, dann verfinsterte sich seine Miene.

»Das ist Soo-Ri, mein Fluglehrer«, erklärte sie.

Soo-Ri nickte ihnen zu. »Er wird euch nach Seoul bringen. Von dort aus müsst ihr selber sehen, wie ihr weiterkommt. Mehr kann ich nicht für euch tun.«

»Sie nehmen Flugstunden, Ma'am?«, fragte Junichiro erstaunt.

»Glaubst du, ich will mich im Ruhestand langweilen, oder was? Soo-Ri ist ein guter Freund. Ihr könnt ihm vertrauen.«

»Können wir dem Ding da auch vertrauen?«, sagte Harold mit gerunzelter Stirn und deutete auf eine alte Cessna, die in dem Hangar stand. Die Ein-Propeller-Maschine hatte ein paar Roststellen an den Flügeln. Soweit man es im schummrigen Licht des Hangars erkennen konnte, war sie weiß lackiert und hatte zwei rote Streifen, die sich an beiden Seiten entlangzogen.

»In dem Ding da kann man richtig Spaß haben«, antwortete Rachel lächelnd.

Plötzlich hörten sie Sirenen, die schnell lauter wurden.

»Los jetzt, Leute. Seht zu, dass ihr euch vom Acker macht!«

»Kommen Sie nicht mit?«, fragte Adam und sah fast ein bisschen traurig aus.

»Ich bin die Botschafterin der Vereinigten Staaten. Und ich hab' Scheiße gebaut. Ich werde es nicht noch schlimmer machen. Ich hoffe nur, dass ihr mit den Informationen etwas bewirken könnt.«

»Ohne Sie hätten wir es niemals geschafft, Ma'am.«

Harold schüttelte ihr die Hand, den anderen half Soo-Ri bereits ins Flugzeug.

»Ich mag diese aufgedunsenen Formulierungen eigentlich nicht«, murmelte Harold und kratzte sich am Nacken, »aber das war ein Dienst an der Gesellschaft, so viel steht mal fest. Danke, Ma'am.«

Rachel lächelte müde. »Nun gehen Sie schon.«

Soo-Ri gab ihr zu verstehen, dass sie das Tor öffnen sollte. Dann trat sie einen Schritt zur Seite und atmete tief ein, dem monotonen Lärm des Propellers lauschend, der die Sirenen fast überdeckte.

Gerade als der Flieger abhob, kamen drei schwarze Limousinen auf den Flugplatz geschossen.

In Gedanken wünschte Rachel Fuller Adam, Vadim, Junichiro und Harold alles Gute.

Dann wünschte sie es sich selbst.

VIERZEHN

The Kempinski Hotel
Naypyidaw, Myanmar

Heutzutage nutzte man bei der CIA in der Regel moderne Störgeräte, um Überwachungskameras außer Gefecht zu setzen. Jetzt bedurfte es einer analogen Methode. Cedric Fergusson nahm den Kaugummi aus dem Mund und schlich sich aus dem toten Winkel an die Kamera heran. In den Gängen des Hotels war es totenstill, nicht einmal ein Fernseher rauschte leise. Die Überwachungskamera in seinem eigenen Zimmer war schnell gefunden – die Zimmer der anderen Broker hingegen nicht – sie schienen wahllos quer im ganzen Hotel untergebracht worden zu sein.

Der Kaugummi klebte an der Linse. Wie viel Zeit ihm das verschaffen würde, wusste Fergusson nicht. Viel konnte es nicht sein. Er stellte sich vor, wie irgendwo in dem Gebäudekomplex zwei oder drei Wachleute vor Bildschirmen saßen und die Lage im Blick behielten. Wie lange würde es dauern, bis sie das schwarze Display bemerkten? Immerhin schien sich einer der Broker direkt im Zimmer neben ihm aufzuhalten. Er hatte gehört, wie der Raum kurz nach seiner eigenen Ankunft betreten wurde. Der Fluchtweg war kurz. Einfacher gestaltete sich Fergussons Vorhaben deshalb trotzdem nicht.

An die Wand gepresst, wagte er einen schnellen Blick nach links und rechts. Auf dem dicken Teppichboden waren Schritte erst aus näherer Distanz zu hören – ein weiterer Nachteil – doch Fergusson blieb nichts anderes übrig. Er brauchte mehr Informationen.

Er huschte an der Wand entlang zur nächsten Tür, vor der er hinkniete. In dem hölzernen Absatz seiner Schuhe versteckte sich auf der linken Seite ein kleiner Dietrich, auf der rechten Seite ein winziger Peilsender, kaum größer als ein Stecknadelkopf. Die walking helper – die laufenden Helfer – wie die Schuhe unter Special Agents genannt wurden, waren aus technologischer Sicht ein Relikt aus dem Kalten Krieg, galten aber bis heute als eines der wichtigsten und beliebtesten Gadgets im Feldeinsatz.

Mit zitternden Händen führte er das silberne Gerät zum Türschloss.

Dieser Plan ist völlig bescheuert, dachte er.

Was erhoffte er sich? Er wusste nicht einmal, wonach er suchte. Vorsichtig führte er den länglichen Dorn in den Zylinder. Leise klickten die Zapfen nach oben und unten weg. Mit einem zweiten Werkzeug, einer Art Inbusschlüssel mit einer flachen Seite rüttelte er vorsichtig an dem Mechanismus.

Plötzlich hörte er, wie nicht weit weg von ihm eine Tür geöffnet wurde. Fergussons Herz schlug so heftig, dass es fast weh tat. Er spähte den langen Gang hinunter, der vor einer terracottafarbenen Wand endete und dann um eine Biegung nach links führte.

Wer immer das war; er oder sie war nicht mehr weit weg. Fergusson hörte genauer hin. Es schien sich um mehrere Personen zu handeln. Und, ja, sie kamen definitiv näher.

Fuck!

An irgendeiner Stelle klemmte das Schloss. Fergusson biss die Zähne zusammen und versuchte durch abwechselndes Rütteln und Drehen die Mechanik freizubekommen. Schließlich gab es ein leises, aber deutliches *Klick*. Schnell drehte er den Zylinder mit dem Inbus nach links und die Tür stand einen Spalt offen. Im Zimmer brannte kein Licht. Nur der Fernseher flimmerte unruhig und ohne Ton.

Eigentlich hätte Fergusson jetzt intensiv lauschen müssen, in der Hoffnung, langsame Atemgeräusche zu hören. Er wusste nicht, ob der Bewohner wach war, oder schlief.

Die Schritte kamen immer näher.

Gleich würde der ungebetene Besuch um die Ecke kommen.

Fergusson blieb keine Wahl. Auf Knien robbte er, so leise er konnte, durch den kleinstmöglichen Spalt in der Tür ins Zimmer. Ganz langsam, den Griff nach unten gezogen, schob er die Tür lautlos ins Schloss.

Fergusson saß mit weit aufgerissenen Augen am Boden, den Rücken an die Wand gelehnt, den Dietrich in der einen Hand, die andere über den Mund gepresst.

Zwing dich, durch die Nase zu atmen!

Jetzt hörte er ihre Stimmen. Es handelte sich offenbar um zwei Männer, die gerade an der Tür vorbeigingen. Sie unterhielten sich in einem Tonfall, als sprächen sie über die aktuellen Baseballspiele, locker, fast ausgelassen, kurze Lacher nach dem ein oder anderen Satz. Ihre Sprache erkannte er nicht. Chinesisch oder birmanisch, tippte er. Kennt man Baseball in Myanmar überhaupt? Die Männer schienen keinen Verdacht zu haben, dass etwas nicht stimmte.

Aber weshalb blieben sie jetzt stehen? Hatten Sie den Kaugummi entdeckt? Wie würden sie reagieren?

Fergusson hatte Mühe, seine Atmung unter Kontrolle zu bekommen. In der Hocke schrien seine Beine nach Sauerstoff. Er konnte sich nicht die kleinste Bewegung erlauben. Er versuchte sich an seine Ausbildung in Langley zu erinnern. Eine der schwersten Aufgaben war es gewesen, zwei mal zwei einhundert Meter Sprints zu absolvieren und direkt im Anschluss eine Runde Mikado gegen die Trainer zu spielen. Endlich verlangsamte sich sein Puls Schlag um Schlag.

Die Männer waren noch immer ganz in der Nähe, maximal drei oder vier Meter entfernt, selbst durch die geschlossene Tür konnte er sie klar und deutlich hören. Gehörten sie zum Hotelpersonal? Zu Orlovs Nachtwächtern?

Verzieht euch endlich!

Dann, nach einer Zeit, die Fergusson wie eine Ewigkeit vorkam, gingen die Männer weiter. Er wartete, bis er endlich nur noch das Geräusch hörte, auf das er gehofft hatte: Langsames Atmen, ab und zu rhythmisch durchbrochen vom rasselnden Schnarchen eines schlafenden Menschen.

Auf allen vieren wagte er sich weiter ins Zimmer. Eine Frau lag seitlich auf dem Bett in Slip und Tanktop. Ihre Nasenspitze zeigte genau in Fergussons Richtung. Wenn sie jetzt die Augen öffnen würde ... nicht auszudenken. Über der Lehne des Stuhls neben ihrem Bett lag ein Kleidersack von Dior. Auf der Sitzfläche stand eine Handtasche.

Im Kopf spielte Fergusson noch eine Runde Mikado. Die Tasche war höchstens sechzig, vielleicht siebzig Zentimeter vom Kopf der Frau entfernt. In Millimeterarbeit tastete er sich vor und hob sich in den Kniestand, um den Inhalt der Tasche zu inspizieren. Es war Fergussons Glück, dass der Fernseher eingeschaltet war. Irgendeine Nachrichtensendung spendete bläuliches Licht, das gerade dazu ausreichte, um das Nötigste zu erkennen.

Auf dem Stoff, mit dem die Tasche innen ausgekleidet war, sah Fergusson die goldenen Initialen F.K. eingestickt. Er fragte sich, für welchen Namen die Buchstaben standen.

In einem flachen Lederportfolio fand er jenes Vertragspapier, dass auch er selbst unterzeichnet hatte. Anscheinend hatte die Fremde auch nicht mehr Informationen als er.

Leise ließ er den winzigen Peilsender in der Tasche verschwinden. Hier kam er offenbar nicht weiter. Er hatte auf weitere Hinweise zur Auktion und ihrer Teilnehmer gehofft. Fergusson war frustriert.

Die Frau rümpfte plötzlich die Nase und murmelte etwas, ihre Augenlider flimmerten.

Fergusson hatte keine Zeit, auf Geräusche im Flur zu achten. So schnell es ging, hob er sich in den Stand und eilte aus dem Zimmer. Der Gang war menschenleer. Ein schneller Blick zu der Überwachungskamera ließ ihm das Blut in den Adern gefrieren. Der Kaugummi war weg. Wer auch immer jetzt im richtigen Moment auf einen Bildschirm sah – sie hatten sein Gesicht in Großaufnahme. Ein klarer Verstoß gegen Paragraf 14 des Vertrags.

Einige Sekunden später stand er wieder in seinem eigenen Zimmer und atmete tief durch. Die ganze Aufregung, die Gefahr, in die er sich begeben hatte, der Stress – alles war umsonst gewesen. Er hatte nicht einmal einen Namen herausfinden können.

Ohne den Anzug abzulegen, ließ er sich aufs Bett fallen. Bestimmt würden sie im nächsten Moment seine Tür eintreten und ihn mitnehmen. Er sah zum Fenster. Sein Zimmer befand sich zu weit oben, um hinunterzuspringen und aus dem Hotel zu flüchten.

Ihn überkam ein scheußliches Gefühl der Machtlosigkeit. Sein Kollege Bugajew und er waren völlig auf sich allein gestellt, ohne Aussicht auf Hilfe, ohne ihre Waffen und ohne einen plausiblen Plan.

Er fragte sich, ob Vadim hatte ahnen können, dass die CIA und die GRU nichts würden ausrichten können. Ihnen blieb nichts anderes übrig, als ihre Tarnung aufrecht zu halten – was im Umkehrschluss bedeutete, dass die Regierungen Russlands und der Vereinigten Staaten in ein paar Stunden eine Terrororganisation finanziell unterstützen würden.

Fergusson hatte Angst. Er fühlte sich wie ein Kind, das seine Eltern in einem großen Einkaufszentrum verloren hat. Vielleicht hatte ihm ein Schutzengel im letzten Moment unter die Arme gegriffen und niemand hatte seinen nächtlichen Ausflug bemerkt.

Mit diesem Gedanken schlief er ein.

Am nächsten Morgen verschlief er alle fünf Wecker, die er sich gestellt hatte. Benommen blickte er auf seine Armbanduhr. Sofort war er hellwach. Er hätte vor zwei Minuten am Ausgang stehen müssen.

Hastig spritzte er sich im Bad etwas kaltes Wasser ins Gesicht, griff nach seiner Aktentasche und rannte den Gang hinab zum Fahrstuhl. Mit etwas Spucke glättete er vor dem Spiegel im Aufzug seine Haare. Gegen die dunklen Augenringe konnte er jetzt nichts mehr tun.

Schließlich taumelte er in die Lobby. Rebecca Stirling warf ihm einen skeptischen Blick entgegen. Er hauchte eine kurzatmige Erklärung: »Ich war noch auf der Toilette, Entschuldigung, das hat etwas länger gedauert. Es tut mir wirklich leid.«

Stirling zögerte einen Moment, dann ließ sie ihn passieren. Die Vormittagssonne blendete ihn.

Als er in den Fond der schwarzen Limousine stieg, wünschte er sich nichts mehr, als nach Hause zu fahren.

Offenbar hatte ihn wirklich niemand bemerkt.

Nach der Fahrt, die Fergusson nutzte um sich etwas zu beruhigen, fanden sie sich in der Lobby eines modernen Gebäudekomplexes wieder. Er scannte den Raum, erblickte die Frau, bei der er heute Nacht im Zimmer war. Sie unterhielt sich mit einem Mann und wirkte dabei ziemlich abweisend.

Fergusson erspähte Bugajew, wollte zu ihm eilen, zwang sich aber so zu tun, als kannten sie sich nicht.

»Hallo, mein Name ist Fe – «

Bugajew schüttelte kräftig seine Hand. »Ist alles gut gegangen? Was hast du herausgefunden?«

Sie stellten sich etwas abseits.

»Gar nichts! Absoluter Reinfall. Um ein Haar hätte man mich erwischt. Uns gehen die Optionen aus, Daniil ...«

»Ich wünschte, ich könnte etwas anderes behaupten, Cedric. Das Beste, was wir tun können, ist, jetzt mitzubieten und zu versuchen so viele Zuschläge wie möglich zu erhalten. Wer weiß, was die anderen mit den Daten vorhaben ...«

Plötzlich stand ein Mann neben ihnen und streckte seine Hand aus. »Ruben Sontheim from Germany, and you?«, sagte er in schlechtem Englisch.

Sie erwiderten den Gruß nicht. »None of your business«, gab Bugajew knapp zurück.

Sontheim musterte sie einen Augenblick skeptisch, dann entfernte er sich wieder.

»Der Typ hat sich mit der Frau unterhalten, bei der ich heute Nacht war«, zischte Fergusson.

Etwa zwanzig Minuten später waren sie dazu gezwungen, Ruben Sontheim from Germany beim Sterben zuzusehen.

Den ersten Zuschlag erhielt eine Frau, die ihrem Phänotyp nach zu urteilen aus Indien stammen könnte. Fergusson und Bugajew tauschten unauffällige Blicke. Sie versuchten sich das Gesicht der Frau einzuprägen, obwohl Fergusson wusste, dass ihnen das später kaum etwas nutzen würde.

Später ... Wenn wir diesen Raum überhaupt jemals verlassen.

Zwei kräftige Männer in dunkelgrünen Schutzanzügen und mit Gasmasken im Gesicht entfernten Sontheims Leiche aus dem Glaskasten. Unbeeindruckt setzte der Moderator Jim Stern die Show fort:

»Das zweite Datenpaket dürfte insbesondere jene unter Ihnen interessieren, deren Unternehmen in das Gesundheitswesen investieren. Es handelt sich um Gesundheitsdaten aus diversen Health-Apps, Fitnesstrackern und Smartwatches. Mit diesen Informationen verschaffen sie Krankenkassen einen lukrativen Vorsprung. Ich habe gehört, dass die Versicherungslobby besonders in Deutschland sehr dominant sein soll, aber ... Mr. Sontheim ist ja inzwischen unpässlich. Das Startgebot beträgt dreihundert Millionen Dollar.«

Etwa die Hälfte der Lämpchen an den Glaskästen leuchteten grün auf, was bedeutete, dass Gebote platziert wurden.

Fergusson bot vierhundertfünfzig Millionen. Das Limit, mit dem er von Bernstein Capital ausgestattet wurde, betrug drei Milliarden Dollar. Er fragte sich, ob sich ein Mensch jemals daran gewöhnen könnte, mit derartigen Zahlen zu hantieren. Es fühlte sich surreal an, so viel Geld auszugeben, völlig absurd.

Bei fünfhundertachtzig Millionen waren nur noch zwei im Rennen: Daniil Bugajew und er selbst.

»Ah, die alten Großmächte karteln das untereinander aus«, schwadronierte Stern theatralisch. »Ladies und Gentlemen, Russland und die USA, wer erhält den Zuschlag, fünfhundertachtzig Millionen von Mr. Bugajew, Mr. Fergusson, wie sieht's aus, zum Ersten, Sie wollen doch nicht etwa den alten Erzfeind gewinnen lassen, zum Zweiten, ah, na also, fünf-hun-dert-und-neun-zig Millionen, wie wird Moskau reagieren, Ladies and Gentlemen?«

Stern sprach so schnell wie ein texanischer Auktionator auf einem Rindermarkt. Fehlte nur noch der Cowboyhut. Fergusson rann der Schweiß den Nacken hinab. Es durfte nicht danach aussehen, als kannten sich Bugajew und er. Sie sahen sich nicht an. Als Bugajew dann auf sechshundert Millionen erhöhte, gab Fergusson klein bei.

»Zum Dritten, verkauft, Ladies and Gentlemen, verkauft an Mr. Bugajew. Nur keine Sorge, Mr. Fergusson, Sie erhalten sofort die Gelegenheit zum Gegenschlag, wenn ich das mal salopp ausdrücken darf«, Stern lachte schrill, »... mit unserem nächsten Paket. Hier dürfte den Geheimdiensten dieser Welt das Wasser im Munde zusammenlaufen.«

Fergussons Herz setzte einen Schlag aus. Warum sah Stern ihn so eigenartig an? War das schelmische Zwinkern ihm bestimmt? Warum sah er jetzt zu Bugajew?

»Zum Verkauf stehen nun sämtliche Bewegungsdaten mit den entsprechenden Profilen. Na, wittert der ein oder andere von Ihnen schon das Potential für den Pre-Crime-Sektor? Mithilfe der folgenden Informationen lassen sich wunderbare Voraussagen treffen. Sie wollen ein Drogenkartell stürzen? Sie wünschen, einen ranghohen Staatsmann effizient und leise zu beseitigen? Kein Problem, Ladies and Gentlemen, wenn Sie jeden seiner Schritte kennen! Übrigens darf ich darauf hinweisen, dass mit dem nächsten Paket auch knapp siebentausend E-Mail und Chatprotokolle prominenter Persönlichkeiten angeboten werden. Ein Komplott gegen den deutschen Bundeskanzler vielleicht? Oder die finnische Premierministerin? Wollen Sie einen bekannten Schauspieler unter Druck setzen? Stellen Sie sich vor, welche Macht sich aus der Kombination beider Datensätze ergibt! Also, Ladies and Gentlemen, kommen wir zum Geschäft. Wir starten bei neunhundert Millionen Dollar.«

Augenblicklich erleuchteten alle Lämpchen an den Glaskästen. Fergusson zitterte.

Heilige Scheiße, dachte er. Man sollte schnellstmöglich eine Bombe über diesem Studio abwerfen.

Fergusson und Bugajew platzierten Gebote im Fünf-Sekunden-Takt. Schließlich waren nur noch sie übrig und die Frau, bei der Fergusson letzte Nacht eingebrochen war.

»Miss King bietet 1,8 Milliarden Dollar! Eine zahlungskräftige Lady, was meinen Sie, Gentlemen? Wollen Sie nicht nachlegen? Mr. Bugajew vielleicht?«

Bugajew hielt eine Hand am Kinn und sah aus, als wollte er seine Zähne zerbeißen, so heftig vibrierte sein Kiefer.

Fergusson sah, wie sich Stern ans Ohr fasste und sich etwas zur Seite drehte.

Das Display des Tablets vor Fergusson wurde schwarz. Auch Bugajews schien nicht mehr zu funktionieren. Er hob irritiert die Hände.

»Offenbar hat die USA der Mut verlassen. Gleiches scheint für die Sowje-, pardon, für Russland zu gelten«, rief Stern aufgeregt. »Miss King, 1,8 Milliarden, zum Ersten ...«

»Das Teil hier funktioniert nicht!«, schrie Fergusson.

Bugajew hämmerte gegen die Scheibe seines Kastens.

»... Zum Zweiten ...«

»HEY! Hier stimmt was nicht!«

Fergusson fuchtelte wild in der Luft herum, blickte panisch zu den Belüftungsschlitzen an der Decke des Kastens.

»... und zum Dritten, Ladies and Gentlemen, verkauft!«

Die anderen Broker wagten vorsichtige Blicke in ihre Richtung, angestrengt so zu tun, als würde nichts passieren. Einigen sah man die Ängstlichkeit an, während sie ebenfalls die Belüftungsschlitze ihrer eigenen Kästen inspizierten.

Fergusson zwang sich zu einer Partie Mikado, Bugajews sonst so blasses Gesicht war knallrot angelaufen.

Wir sind geliefert, dachte Fergusson.

»Gentlemen, bitte beruhigen Sie sich! Offenbar bedarf es Ihrer beider Einschätzung zu einem Sachverhalt, über den ich bedauerlicherweise nichts Genaueres weiß. Man wird sie eskortieren.« Stern wandte sich wieder an das restliche Publikum. »Das soll dem Spaß kein Ende setzen, Ladies and Gentlemen, deshalb hurtig, hurtig, hier kommt schon das nächste Paket!«

Zischend öffneten sich die Türen zu Fergussons und Bugajews Kasten. Die zwei Männer von vorhin, jetzt ohne Gasmasken, standen stumm am Bühnenrand.

Das war's, waren die einzigen Worte, die Fergusson in Dauerschleife durch den Kopf schossen.

Gemeinsam wurden sie zurück in die Lobby geführt, von dort aus über eine Treppe in ein höher liegendes Stockwerk. Die beiden Männer im Nacken, die ihnen die Richtung wiesen, gingen sie durch einen spärlich beleuchteten Gang, dessen Ende von einer ledergepolsterten Tür markiert wurde.

Einer der Männer öffnete sie.

Der Anblick, der sich Fergusson bot, brachte ihn an den Rand der Ohnmacht.

Auf einem burgunderroten Chesterfield-Sofa saß ein Mann, bestimmt zwei Meter groß. Er trug einen schwarzen Anzug und einen schwarzen Rollkragenpullover, zufrieden lächelnd, Zigarette rauchend.

Hinter ihm ein großer Bildschirm. Darauf abgebildet Fergussons und Bugajews Fotos, die nur aus ihrer jeweiligen Personalakte stammen konnten.

FÜNFZEHN

Seoul, Südkorea

»Wir brauchen Roger O'Donnell nicht ...«, murmelte Harold und stapelte einige Holzkisten aufeinander. Anschließend warf er eine ölverschmierte, dunkle LKW-Plane darüber. Soo-Ri, der Pilot, der sie nach Seoul geflogen hatte, brachte zwei Baustrahler und leuchtete damit den improvisierten Hintergrund aus. Der kleine Flugplatz, auf dem sie gelandet waren, gehörte einem Freund von Soo-Ri und sie durften den Schutz des Wellblechhangars nutzen, um ein Video aufzunehmen. Zum ersten Mal seit mehr als acht Stunden hatten sie Gelegenheit, einen Moment durchzuschnaufen.

Adams Körper – seine Knochen, die Muskeln in Armen und Beinen – alles an ihm war müde, nicht so sein Kopf. Der ratterte weiter in Höchstgeschwindigkeit und suchte nach einer Lösung für ihre missliche Lage. In Gedanken ging er erneut ihren Plan durch: die gesammelten Informationen samt der Erkenntnisse aus dem CIA-Facial-Recognition-System öffentlich machen. Das Land (Südkorea) verlassen. Wohin – Fragezeichen. Wie – Fragezeichen. Code an die Öffentlichkeit bringen. Wie – Fragezeichen. Sie hatten den Code nicht mehr. Das war mit das größte Problem.

Junichiro saß in einer Ecke auf dem Boden und hatte den Kopf in den Händen vergraben. Adam ging zu ihm herüber.

»Bist du traurig?«, fragte er und bot ihm Tic Tac an.

Junichiro zog die Nase hoch. »Du hast es nicht so damit, Körpersprache zu deuten, oder?«, gab er zurück.

»Tut mir leid wegen deines Vaters«, sagte Adam vorsichtig.

»Kann man nichts machen, Adam.« Junichiro atmete tief durch und hob den Kopf. Adam sah seine geröteten Augen. »Ich glaube, ich bin eher schockiert als traurig, weißt du. Ich habe mir eingeredet, dass ich meinen Vater loswerden will und jetzt, wo ich ihn tatsächlich los bin, weiß ich nicht mehr, ob ich das wirklich wollte. Ich ... ich habe mir gewünscht, dass er mich wahrnimmt. Dass er mich ernst nimmt. Und als ich mitbekommen habe, was er plant, war mir klar, dass ich ihn aufhalten musste. Ich habe nicht gewollt, dass er aus dem Fenster ...«

Junichiro schluchzte. Adam wusste nicht was er tun sollte. Vadim gesellte sich zu ihnen.

»Mir brummt der Schädel, Leute«, sagte er. »Ich will, dass das endlich aufhört, alles.«

»Ich auch«, antwortete Adam. »Ich will nach Hause zu Émelie.«

»Das Mädel scheint deine einzige Sorge zu sein.«

»Natürlich nicht!«, verteidigte sich Adam. »Wie sollen wir jemals den Code zurückbekommen, jetzt wo der Geheimdienst die ganze Bude von Junichiros Vater auseinander nimmt?«

Adam bemerkte, das Vadim plötzlich eine für ihn sehr untypische Körperhaltung einnahm: seine Schultern sackten nach vorne weg, sein Rücken war gebeugt und es sah aus, als wäre es ein großer Kraftakt für ihn, gerade zu stehen.

»Ich muss euch was beichten, Leute«, murmelte Vadim.

Junichiro und Adam blickten ihn skeptisch an.

Dann zog Vadim eine silberne Festplatte aus der Jacke.

»Was ... ist das?«, fragte Adam zögernd.

»Ich habe das Original des Codes. Ich – «

»Du hast was?!«, schrie Junichiro und war mit einem Satz auf den Beinen. In Adams Körper gab es einen plötzlichen Ruck. Wie fremdgesteuert spannten sich seine Muskeln an und er ballte die Hände zu Fäusten.

»Warum hast du uns das nicht viel früher gesagt?«, brüllte Adam. Er ging einen Schritt auf Vadim zu.

»Wann bitte hätte ich – «

»Der ganze Scheißdreck, den ich durchgemacht habe …«, presste Adam zwischen den Zähnen hervor und hielt Vadim mit den Augen fixiert, »und die ganze Zeit hast du die Lösung in deiner Jackentasche, oder was?!«

»Ich habe – «, stammelte Vadim, doch verstummte plötzlich unter dem Aufprall von Adams Faust in seinem Gesicht. Sowohl er als auch Adam schrien vor Schmerz laut auf. Adam rieb sich die Fingerknöchel, Vadim das Gesicht. Er blutete aus der Nase.

»Woah! Stopp! Aufhören!«, rief Harold und kam zu ihnen herübergeeilt.

Langsam löste sich der Tunnelblick um Adams Augen wieder auf. Benommen beobachtete er Vadim, der sich mit dem Ärmel seines Pullovers über das Gesicht fuhr.

»Wo kam das denn auf einmal her?«, rief Junichiro erstaunt. »Alter Schwede, ey, Muhammed Adam, oder was? KRASS!«

»Bist du okay?«, fragte Harold und klopfte Vadim auf die Schulter. »Was sollte das?!«

»Geht schon«, gab dieser zurück. »Ich hab's verdient, nehme ich an.«

»Wir hätten uns den ganzen Ärger sparen können! Warum hast du uns nichts davon erzählt?«

Vadim ließ sich an einer der Wände auf den Boden sinken. »Wenn ich eine Sache von meinem Vater gelernt habe«, begann er ruhig zu erzählen, »dann, dass Typen wie Hisoka immer am längeren Hebel sitzen, solange sie sich ihrer Sache sicher fühlen.«

Adam überzeugte das nur wenig. »Was soll das heißen?«

»Hisoka hätte uns fertig gemacht, wenn er herausgefunden hätte, dass er mit einer Kopie arbeitet. Er hätte alles dafür getan, um uns zum Schweigen zu bringen. Ich wusste nicht, wie viel ihm Junichiro erzählt hat. Ich musste es für mich behalten, sonst wäre uns jetzt John auf den Fersen!«

»Da ist allerdings was dran …«, pflichtete Junichiro bei.

»Ich wollte euch von der Kopie erzählen, Leute, das müsst ihr mir glauben. Aber zuerst wollte ich mir anhören, wie sich Hisoka aus der Sache rausredet, als ihr mir von eurem Plan erzählt habt. Hisoka hätte doch eher noch die Server zerstört, als uns die Genugtuung zu geben, den Code zurückzubekommen. Versteht ihr was ich meine? Diesmal wären *wir* am längeren Hebel gesessen!«

»Hätte, hätte, hätte«, seufzte Adam wehmütig. »Deshalb habe ich bei SukiCore mit einer Kopie gearbeitet! DU warst das! Jetzt verstehe ich erst … Hisoka hätte keinen Grund dazu gehabt …«

»Ich habe die Codes unbemerkt ausgetauscht, um meinem Onkel die Hintertür zu öffnen«, erklärte Vadim. »Und als Hisoka dann vom Balkon gesprungen ist … die Flucht, der ganze Weg bis hier her … ich wollte, dass wir in Sicherheit sind, bevor ich euch davon erzähle. Ich hätte das niemals tun dürfen …«

»Das kannst du laut sagen«, entgegnete Junichiro trocken.

»Tu du mal nicht so, als hättest du eine weiße Weste, Juni«, fauchte Vadim.

»Ihr habt beide Scheiße gebaut!«, rief Adam. »Beide hattet ihr nur euren eigenen Plan im Sinn und habt unsere gesamte Vision zerstört. Ich habe euch vertraut! Was kommt als nächstes? Wenn noch irgendjemand irgendwelche Geheimnisse hat, dann ist jetzt der Zeitpunkt zu reden. Wir können es uns nicht mehr leisten, dass jeder sein eigenes Ding durchzieht. Kapiert denn keiner, dass wir endlich zusammenarbeiten müssen?!«

Vadim und Junichiro sahen betreten zu Boden.

Harold starrte die drei fassungslos an. »Also wenn ich das mal eben zusammenfassen darf … Wir haben den Quellcode?«

Vadim nickte. Er streckte Adam die Festplatte hin. Zögernd nahm er sie entgegen und wog den Gegenstand in seinen Händen.

Harold fuhr sich durch die Haare. »Und das heißt jetzt was konkret?«

»Aus dem Code lässt sich eine App generieren«, sagte Adam. »Die App ist der Zugang zum Prozessnetzwerk. Dezentral. Jeder kann mitmachen und keiner kann den anderen bescheißen. Die Rechenleistung wird direkt über das Handy der Nutzer erzeugt.«

Er bedachte Vadim und Junichiro mit einem bösen Blick.

»Auf dieser Festplatte schlummert die digitale Revolution, Harold«, sagte Vadim.

Harold hob die Brauen. »Naja. Hoffen wir, dass es so kommt. Von der Technik verstehe ich nicht viel, muss ich zugeben. Revolution ist allerdings ein gutes Stichwort. Wir sind soweit fertig. Lasst uns das Video aufnehmen und von hier verschwinden.«

»Und dann?«, rief Junichiro. »Wie soll's dann weiter gehen, hä? Ich dachte dein Chef, dieser Roger, wird alles dafür tun, dass das Material nicht an die Öffentlichkeit gerät!«

»Das wird er auch! Genauso wie die Schachtel vom Geheimdienst, Massako. Die werden mir den Kopf abreißen, wenn sie mich erwischen, das könnt ihr mir glauben. Aber Gott sei Dank ist CNN nicht der einzige Sender auf der Welt. Ich habe noch ein paar Kontakte bei der BBC, dem deutschen und dem französischen Fernsehen, denen ich vertraue. Die werden keine Sekunde zögern, CNN einen Schritt voraus zu sein. Außerdem posten wir das Video im Darknet und schicken es an Anonymus, das ist eine Gruppe Whitehat-Hacker, die – «

»Wissen wir«, sagten Adam und Vadim im Chor.

»Dann lasst uns endlich anfangen.«

Adam grauste es vor der Vorstellung, vor einer Kamera zu sprechen. Im besten Fall würden ihm Millionen von Menschen zusehen. Er wollte nicht das Gesicht der Katastrophe werden, in der sie sich befanden. Außerdem war er schüchtern, jemand, der lieber im Hintergrund blieb. Was, wenn er sich versprach? Wenn er nur ein leises Stottern hervorbrächte? Wer sollte ihm dann noch glauben? Er musste souverän wirken. Würde ihnen überhaupt jemand glauben? Immerhin hatten sie Beweise. Also hatten sie auch eine Chance, das hoffte er zumindest.

Adam riss sich zusammen und konzentrierte sich. Er hatte Vadim vor ein paar Minuten ins Gesicht geschlagen, wie schwierig konnte es schon werden?

Sie mussten die Menschen warnen. Harold filmte mit seinem Handy. Adam stellte sich vor die Kistenwand und atmete tief durch.

Als er zu sprechen begann, war es, als könnte er sich dabei selbst beobachten. Er war wie in Trance und als er mit seinem Teil fertig war, stellten sich Vadim und Junichiro neben ihn.

Er war stolz auf sich und auch die anderen wirkten jetzt etwas entspannter. Sie luden das Video über den Laptop aus der Botschaft in Tokio ins Darknet hoch und posteten es in mehreren Foren. Anschließend sendete Harold das Material per E-Mail an seine Kontakte bei den Fernsehsendern. Vadim hatte die Wahrheit erzählt. Die Welle der Erleichterung, die Adam überkam, als er schließlich durch die Zeilen des Codes scrollte, war überwältigend. Es war, als sängen die kryptischen Zeichen, Kommata, Klammern und Zahlen ein leises Lied für ihn.

All ihre Probleme schienen gelöst, obwohl dem ganz und gar nicht so war. In diesem Moment wurden irgendwo auf der Welt sensibelste Daten versteigert. Der japanische Geheimdienst war hinter ihnen her. Was würde Vadims Onkel tun, wenn dieser herausfand, dass sein Neffe dabei geholfen hatte, die Auktion zu sabotieren? Wo sollten sie jetzt hin?

»Wir brauchen dringend einen Unterschlupf«, stellte Adam fest.

»Vorschläge sind herzlich willkommen«, gab Harold müde zurück, während er Soo-Ri dabei half, die Kisten wieder zu verstauen.

»Denkt ihr das, was ich denke?«, fragte Junichiro.

»Keine Ahnung?«, sagte Vadim schulterzuckend.

»Wem können wir noch vertrauen, hm?«

Adam fiel nur ein einziger Name ein.

»Und wie sollen wir nach Montreux kommen? Selbst wenn die Frau vom Geheimdienst nicht wusste, wer wir sind, spätestens jetzt wird sie wohl auf den Trichter gekommen sein, meint ihr nicht? Unsere Pässe nützen uns nichts.«

Vadim lächelte. »Höchste Zeit, dass ich mein Wissen für etwas Sinnvolles benutze.«

»Klär uns auf«, sagte Harold.

Vadim machte eine ausladende Geste. »Im Darknet kann man nicht nur eine Revolution anzetteln«, sagte er langsam und bedächtig.

Adam verstand. »Aber das ist verboten!«

Vadim lachte. »Willst du zurück zu Émelie?«

Zögernd nickte er.

»Dann fang an, dir einen neuen Namen auszudenken.«

SECHZEHN

Montreux am Genfersee, Schweiz

Das Läuten ihres Handys weckte Émelie aus dem Dämmerschlaf. Es war kurz vor Mitternacht und sie war auf dem Sofa vor dem Fernseher eingenickt. Eine Nummer mit der Vorwahl +82 leuchtete auf dem Handy.

»Hallo?«, murmelte sie, noch nicht ganz wach.

»Du musst uns helfen!«

Es war Adams Stimme. Er hatte die letzten paar Tage nicht mehr auf ihre Nachrichten reagiert. Sie dachte schon, er sei eingeschnappt wegen des Bildes mit ihrem besten Freund.

»Was ist los? Alles okay bei dir? Warum schreibst du mir nicht zurück?«

»Ich erkläre dir alles später, ja? Kannst du uns vom Flughafen in München abholen?«

Émelie fuhr sich durch die zerzausten Haare und trank rasch einen Schluck Wasser aus der Glasflasche auf dem Couchtisch.

»In München? Warum landet ihr nicht in Zürich? Ich dachte, du bleibst noch ein paar Tage in Japan.«

»Ich bin in Seoul. Es geht kein Direktflug nach Zürich von hier aus.«

»What? Was treibst du in Südkorea?«

»Wir stecken in Schwierigkeiten.«

»Geht's euch gut?«

»Auf einer Skala von eins bis zehn, wenn zehn sehr gut ist... ziemlich genau 1,5. Hör zu, wir müssen jetzt zum Gate. Wir landen um elf Uhr deutscher Zeit in München. Du hast doch ein Auto, oder?«

»Ja schon, aber ... Ist das nicht einfacher mit dem Zug oder dem Taxi?«

»Nein, wir ... es ist sozusagen wichtig, dass uns so wenige Menschen wie möglich sehen. Ich erkläre dir alles, wenn wir da sind, okay?«

Émelie runzelte die Stirn. Sie hatte ein ungutes Bauchgefühl. Was verschwieg Adam? Ihr Herz klopfte stark. Émelie machte sich Sorgen um ihn.

»Elf Uhr hast du gesagt?«

»Ja.«

»Okay ... Dann bis später.«

»Du bist die Beste!«

»Passt auf euch auf ... Ich vermisse – «

Doch Adam hatte bereits aufgelegt.

In der Nacht tat sie kaum ein Auge zu. Um die knapp sechsstündige Fahrt pünktlich zu bewältigen, fuhr sie um vier Uhr morgens in Montreux los.

Émelie betete, dass ihr alter Opel Corsa die Fahrt überstehen würde.

SIEBZEHN

Sōri daijin kantei, Amtssitz des Premierministers
Nagatachō, Tokio, Japan

Asuka Massako lief eine winzige Träne die Wange hinab, als sie das Dokument unterzeichnete. Sie hatte irgendetwas im Auge, ein Staubkorn oder eine Wimper.

Ein paar handgeschriebene Zeilen lagen vor ihr, die mit ihrer Unterschrift und der Zustimmung des Vizepremiers ihren Rücktritt wirksam machten, sobald man Harold, Kazumasa Hisokas Sohn und dessen Freunde gefunden hatte.

Fumio Kobayashi war soeben vor die Kameras getreten und hatte verlautbaren lassen, dass er aus gesundheitlichen Gründen mit sofortiger Wirkung sein Amt niederlegte. Die Regierungsgeschäfte übernähme bis zu den Wiederwahlen sein Vize, Mase Tsunoda.

Armseliger Feigling.

In der Kantei herrschte unübersichtliches Chaos. Kabinettsmitglieder telefonierten lautstark auf den Gängen, Massakos Analysten versuchten krampfhaft irgendeine Spur zu den Flüchtigen zu finden. Bedienstete kamen mit der Zubereitung literweise schwarzen Kaffees kaum hinterher und Massako selbst saß erschöpft im Büro des Chefsekretärs Kobayashis, das man ihr freundlicherweise zur Verfügung gestellt hatte.

Immer wieder musste sie an Harolds Worte denken.

Wollen Sie, dass es zur Katastrophe kommt?

Jetzt legte sich ein bleischweres Schuldgefühl auf ihre Schultern. Sie hatte die falsche Strategie gewählt. Die SLS Tokio war samt Besatzung gesunken, weder seitens des RCSN noch SukiLog noch der entsandten Spezialeinheit der Japanischen Marine gab es Überlebende. Der Zerstörer *Sakura* konnte lediglich Verstärkung bestellen, im Versuch eine Umweltkatastrophe zu verhindern. Aus den sinkenden Trümmern der Tokio strömte Öl und Diesel ungehindert ins Meer. Knapp vierundzwanzigtausend Container gingen entweder unter oder trieben auf der Wasseroberfläche ziellos auseinander.

Hätte ich das wirklich verhindern können?

Sie war sich nicht sicher. Fest stand, dass sie definitiv die falschen Entscheidungen getroffen hatte. Unter diesen Umständen weiterhin das Amt zu bekleiden, das sie innehielt, kam ihr vor wie ein schlechter Scherz.

Noch konnte sie sich ihrem Selbstmitleid allerdings nicht hingeben. Die restlichen Stunden hatte sie damit verbracht, ihre Kontakte bei den anderen Nachrichtendiensten zu aktivieren und sie über die Sachlage zu informieren. Alle Kompetenzen in einen Topf zu schmeißen, schien ihr jetzt die beste aller beschissenen Optionen, die ihr noch geblieben waren. Schon nach kurzer Zeit waren von anderen Ländern Fragen gestellt worden, weshalb die Sakura und andere Schiffe der japanischen Marine ein derartiges Manöver im Nordöstlichen Pazifik veranstalteten.

Der deutsche Nachrichtendienst, der BND, hatte von Informationen auf der Festplatte eines Investmentbankers berichtet, die ihnen zugespielt worden war. Daraufhin hatte Massako eine Kopie der Liste der auf der Tokio transportierten Daten nach Deutschland geschickt. Offenbar plante jemand, die Daten bei einer geheimen Auktion zu versteigern. Massakos Stimmung versank daraufhin ins Bodenlose. Es war *noch* schlimmer, als sie vermutet hatte. Die einzig gute Nachricht war, dass der BND sich der Sache nun ebenfalls annahm. Noch war nicht alles verloren. Hoffentlich.

Sie steckte sich eine Zigarette an und fand unter einem Stapel Zeitschriften eine Fernbedienung. Der dazugehörige Fernseher hing an einer Wand, dem Schreibtisch gegenüber. Massako schaltete ihn ein und zappte durch die Kanäle. Als das Bild der BBC erschien, fiel ihr fast die Zigarette aus dem Mundwinkel.

Sofort griff sie nach ihrem Handy und wählte die Nummer ihrer Gegenspielerin beim BND, Aminata M'Baye.

»Schalten Sie den Fernseher ein, BBC!«

Während Massako ungläubig auf den Bildschirm starrte, überkam sie eine eigenartige Mischung aus Wut und Freude.

Wut darüber, dass Harold Decker ihr sich auf Biegen und Brechen widersetzt hatte und Freude darüber, dass Harold Decker ihr sich auf Biegen und Brechen widersetzt hatte.

Sie gestand sich ein: Der Amerikaner tut das einzig Richtige.

Massako pustete sich die Zigarettenasche vom Revers ihres schwarzen Sakkos und erhöhte die Lautstärke.

Der Nachrichtensprecher blickte ernst in die Kamera. »... ein Video im Darknet aufgetaucht, dass Hinweise auf einen Komplott aus den eigenen Reihen der großen Tech-Konzerne gibt. Offenbar ist es hochrangigen Mitarbeitern von Amazon, Meta, Apple, Microsoft und Google gelungen, riesige Datensätze zu entwenden, um diese auf Muster zu untersuchen und miteinander zu vergleichen. In den letzten Monaten waren immer wieder Gerüchte über eine Zusammenarbeit zwischen dem japanischen Cyber-Security-Provider SukiCore und den Big5 laut geworden, die heute allem Anschein nach bestätigt wurden. Eine Gruppe junger Programmierer hat, mithilfe des amerikanischen Investigativjournalisten Harold Decker, belastende Beweise in einem Amateurvideo vorgelegt, die die Datensicherheit bei den Big5 massiv in Frage stellen. Bereits jetzt sind die Aktien der Konzerne kumuliert um sechzig Prozent abgestürzt.«

Das Bild wechselte. Rechts und links waren jetzt zwei schwarze Balken, die darauf schließen ließen, dass das Video mit einer Handykamera aufgenommen wurde.

»Mein Name ist Adam Volt«, sagte ein blasser junger Mann mit blauer Mütze. Er hatte glasige Augen. Etwas ängstliches lag in seinem Blick. »Ich habe für das japanische Unternehmen Suki-Core gearbeitet. Zusammen mit meinen Freunden, einer von ihnen ist der Sohn von Kazumasa Hisoka, dem CEO von SukiCore, habe ich ein Programm entwickelt, dass das Fundament für ein interoperables Web3-Prozessnetzwerk sein kann. Es handelt sich um eine dezentrale, blockchainbasierte Plattform, die von der Gesamtheit ihrer Nutzer als DAO, also dezentraler, autonomer Organisation, gesteuert wird. In unserem Code ist ein leistungsstarker Sicherheitsalgorithmus integriert, auf den es Kazumasa Hisoka abgesehen hatte. Unter dem Vorwand, dass wir mithilfe der Rechenleistung von SukiCore alle notwendigen Tests durchführen könnten, lud man uns nach Japan ein. Allerdings wurden wir zum Verkauf der Software gezwungen.«

Ein anderer Junge trat vor die Kameras. Seine dunklen Haare hingen ihm zerzaust über die Stirn.

»Mein Name ist Junichiro Hisoka. Mein Vater verfolgte andere Ziele und plante gemeinsam mit Mitgliedern der Big5-Konzerne ein Komplott, das ihnen eine Menge Macht verschaffen würde. Sie machten sich eine Lücke im internationalen Seerecht zu Nutze, um ihren Plan durchzusetzen. Die Daten wurden an Bord der SLS Tokio verglichen, die zur Flotte von SukiLog, einem Tochterunternehmen von SukiCore, gehört. Inzwischen wurde dieses Schiff angegriffen und sämtliche Daten entwendet. Hinter der Attacke steckt das Russian Cyber Syndicate Network, welches die Datenpakete vermutlich in diesem Moment versteigert. Wir haben Zugang zu den Gesichtserkennungssystemen der CIA erhalten, um die Identitäten einiger der Mitarbeiter der Big5 festzustellen. Es sind insgesamt zwanzig Personen.«

Junichiro wurde ein Laptop gereicht. Er klappte es auf und zeigte Fotos, an deren unteren Bildrändern einige Eckdaten sowie eine Art Stempel der CIA zu sehen war. »Die Namen der Personen sind Joseph Foster, Miranda Zverev, Tomaso Crook, Bertram Gatwick, Sumati Purohit ...«

Nach einer knappen Minute war Junichiro fertig mit der Aufzählung. Entsetzt steckte sich Massako eine weitere Zigarette an.

Jetzt habt ihr euch weitaus mächtigere Feinde gemacht als mich.

»Wir möchten uns für die Unannehmlichkeiten, die wir der CIA bereitet haben, in aller Form entschuldigen«, sagte Adam. »Wen auch immer Sie verdächtigen, wir sind für den Angriff auf die FR-Systeme verantwortlich.«

Was meint er damit?, fragte sich Massako. Wen auch immer Sie verdächtigen?

Adam fuhr fort, seine Stimme wurde zittrig: »Wir wissen nicht, wen unsere Botschaft erreichen wird, deshalb hoffen wir, dass sich die Nachrichten so schnell wie möglich herumsprechen.« Adam sah direkt in die Kamera, flehend. »Mit großer Wahrscheinlichkeit sind auch Sie von dem Datenleck unmittelbar betroffen. Fremde kennen jetzt Ihren Wohnort, sie kennen Ihren Arbeitsweg, Ihre Familienverhältnisse, sie wissen über Ihren Gesundheitszustand Bescheid, sie wissen, wie viel Geld Sie auf dem Konto haben, kennen die Kennzeichen Ihres Fahrzeugs, Ihren Browserverlauf, Ihre politische Gesinnung, den Geburtstag Ihrer Kinder, die Chats Ihres Whats-App-Profils, die Statistiken Ihres Instagram-Kontos, das letzte Video, das Sie sich auf YouTube angesehen haben. Fremde können jetzt Voraussagen darüber treffen, wo Sie als nächstes einkaufen werden, welches Produkt Sie gut oder schlecht finden werden, welche Partei Sie wählen werden, ob Sie ihren Job wechseln wollen, sich für ein neues Auto interessieren oder wohin die nächste Urlaubsreise gehen soll. Fremde können sich Ihre Identität aneignen, oder dieselbe verkaufen, Ihnen Verbrechen anhängen, die Sie nicht begangen haben, Ihre Kreditkarten sperren oder plündern und Ihre privaten Fotos veröffentlichen. Wer immer das sieht, bitte machen Sie sich eines bewusst: die Katastrophe ist bereits eingetreten. Diese Gefahr ist real und sie betrifft uns alle.«

Dann wurde das Bild schwarz.

ACHTZEHN

Fernsehstudio im Zabu Thiri Sports Complex
Naypyidaw, Myanmar

»Wie fühlt sich das an?«, fragte Dimitri Orlov und bedachte Cedric Fergusson und Daniil Bugajew mit einem schadenfreudigen Blick, die Stirn gerunzelt, den rechten Mundwinkel leicht nach oben gezogen. »Wie fühlt es sich an, so kurz vor dem Ziel zu stehen, und dann zu scheitern? Mr. Bugajew, danke übrigens für die großzügige Spende von ... wie viel waren es noch gleich?«

»Sechshundert Millionen Dollar«, antwortete einer der glatzköpfigen Männer, die sie hergebracht hatten.

»Genau. Sechshundert Millionen Dollar«, wiederholte Orlov und betonte jede Silbe überdeutlich. Er lehnte sich im Sofa zurück. »So viel Geld werden selbst Sie beide zusammengerechnet niemals verdienen. Übrigens freue ich mich über das Interesse, dass die GRU und die CIA an unserem kleinen Projekt zeigen.«

Fergusson kochte vor Wut und atmete schnell vor Angst. Es war vollkommen surreal, dass sie jetzt vor dem Mann standen, hinter dem sie so lange her gewesen waren. Grotesker noch als die Tatsache, dass Orlov akzentfreies Englisch sprach und offensichtlich ziemlich genau wusste, wen er vor sich hatte. Fergusson hatte sich ihn ganz anders vorgestellt. Orlov wirkte abseits seiner enormen Körpergröße sehr gewöhnlich.

»Warum freut Sie das?«, fragte Bugajew und sah sich vorsichtig um. Außer Orlov befanden sich neben Fergusson und seinem Partner fünf Männer in dem schallgedämpften Raum. Drei von ihnen arbeiteten konzentriert an einem Mischpult vor einer großen Scheibe, mit der sich die Technik des Studios zu steuern lassen schien. Die zwei Glatzköpfe standen hinter Fergusson und Bugajew und blockierten die Tür. Fergusson kam es vor, als könnte er ihren warmen Atem im Nacken spüren.

»Nun«, gab Orlov zurück und zog an seiner Zigarette, »es freut mich, weil ich zwei Vertretern der sich selbstüberschätzenden Geheimdienste endlich persönlich vermitteln kann, dass man sich mit uns nicht anlegen sollte. Ich würdige Ihren Versuch, verstehen Sie mich nicht falsch. Aber ich muss schon sagen – « Plötzlich lachte Orlov heiser, »Mr. Fergusson, gestatten Sie mir die Frage; wo haben Sie bitte ihre Ausbildung gemacht? In Hollywood?«

Die Männer hinter ihnen lachten ebenfalls, so lange, bis sich Orlov beruhigt hatte.

»Ich bitte Sie, Mr. Fergusson. Haben Sie wirklich geglaubt, dass Ihnen ein *Kaugummi* die Möglichkeit gibt, sich ungestört umzusehen? Ich sage ja, Sie halten sich nach wie vor für die Weltpolizei, hm? Dieses Herumgerenne, dieses Herumfuchteln mit ihren Pistolen, das ewige Muskelflexen mit ihrem altersschwachen Militär. Ist das nicht alles inzwischen furchtbar altmodisch? Ihre Denkmuster haben sich seit dem Kalten Krieg wohl kaum verändert. Gut, was will ich Sie auch belehren. Erinnern Sie sich an die zwei Männer, die kurze Zeit nach ihrer Kaugummiaktion durch die Gänge liefen? Warum glauben Sie, sind sie weitergegangen? Sie sprechen kein birmanisch, nehme ich an?«

Fergusson verzog angewidert den Mund und schüttelte den Kopf.

»Ja, das dachte ich mir. Macht ja nichts, ist eine schwierige Sprache. Die zwei Herren vom Sicherheitsdienst wussten, dass Sie sich in Miss Kings Zimmer aufhielten. Sie haben sich darüber lustig gemacht, dass Sie, Mr. Fergusson, im selben Moment wohl unter Todesängsten litten. Ich habe mir einen kleinen Spaß mit Ihnen erlaubt, wo bliebe denn sonst die Spannung? Ein guter Geheimagent muss mit Stresssituationen umgehen können!«

Wieder lachte Orlov.

»Haben Sie sich nicht gefragt, weshalb *ausgerechnet* neben Ihrem Zimmer eine Teilnehmerin logiert? Haben Sie das für einen glücklichen Zufall gehalten? Großartig! Das war besser als jeder Spionagefilm, Mr. Fergusson. Sie haben mich ganz wunderbar unterhalten.«

»Was wollen Sie von uns?«, presste Fergusson hervor.

Bugajew warf ihm einen ernsten Blick zu, der wohl so viel sagen sollte, wie *halt die Klappe!*

»Ganz profan gesprochen will ich einfach nur in Ihre armseligen Gesichter blicken. Als wir mitbekamen, dass die CIA und die GRU sich zusammengetan haben, um meine Auktion zu infiltrieren, bin ich ins Nachdenken gekommen. Ich muss ehrlich zugeben, ich habe mich sogar auf Ihre Ankunft gefreut. Sie konnten sich so ein eigenes Bild davon machen, wie effizient wir hier arbeiten. Ich zolle Ihnen meinen Respekt, dass Sie es bis hier hin geschafft haben. Lassen Sie mich raten ...«, sagte Orlov langsam und drückte die Zigarette in einem Aschenbecher aus, »... diese sogenannten ›belastenden‹ Dokumente meines Bruders haben Ihren Ermittlungen einen ordentlichen Schub nach vorn verschafft, nicht wahr? Nun, ich konnte natürlich nicht zulassen, dass der Umschlag sofort in Ihren Besitz gelangt, deshalb habe ich den Prozess etwas entschleunigt. Wie lange lagen diese wertlosen Blätter nochmal in der Versenkung? Helfen Sie mir, Mr. Bugajew ... es müssten wohl zwei Jahre gewesen sein, nicht?«

Bugajew starrte Orlov fassungslos an.

In Fergussons Kopf war Chaos ausgebrochen. Welche Optionen hatten sie jetzt? Könnte er es wagen, sich auf Orlov zu stürzen? In der Innentasche seines Jacketts befand sich ein Kugelschreiber, den konnte er ihm ins Auge rammen. Blieb überhaupt so viel Zeit? Die Glatzköpfe waren höchstens zwei, vielleicht drei Meter hinter ihnen. Bis zum Sofa waren es gute vier oder fünf Meter. Außerdem nützt uns ein toter Orlov gar nichts, dachte Fergusson. Trotzdem, wenn sein Tod der Preis für unser Überleben ist, bin ich bereit ihn zu zahlen.

»Wissen Sie, was ich mir anfangs überlegt habe?«, sinnierte Orlov und trank einen Schluck Cognac. »Ich habe mich gefragt, wie Ihre Arbeitgeber wohl reagieren würden, wenn ich Sie beide einfach wieder nach Hause schicken würde. Vorteil: Sie könnten mit Ihrer Berichterstattung das allgegenwärtige Gefühl von Machtlosigkeit zu einer unumstößlichen Tatsache manifestieren. Nachteil: Ich müsste meine Grundsätze übergehen. Das, Gentlemen, tue ich nicht. Ich bin ein prinzipientreuer Mann, erst dieser Umstand hat mein Netzwerk zu einer so starken Organisation gemacht. Prinzipientreue ist eine verlorengegangene Tugend, wissen Sie. Es wäre nie zu einer solchen Auktion gekommen, wenn die großen Konzerne ihren eigenen Prinzipien treu geblieben wären. Nein, es muss immer mehr sein. Mehr ist mehr, viel hilft viel. Die Big5 haben Monster geschaffen, die sie nicht mehr kontrollieren können. Alles begann mit einer guten Idee, die von der unstillbaren Gier zu etwas Schlechtem verkommen ist. Ich weiß, wie man dieses Monster zähmt und habe mich dafür entschieden, Profit daraus zu schlagen. Deswegen unterscheidet mich auch nichts von den CEOs oder den geltungsbedürftigen Hardlinern aus deren eigenen Reihen.

Ich habe genauso wie die verstanden, dass sich mit Daten eine Menge Geld verdienen lässt. Ich bin also kein Terrorist, sondern ein einfacher Geschäftsmann. Um noch einmal auf meine Prinzipien zu Sprechen zu kommen; ein Grundsatz hindert mich daran, Sie beide gehen zu lassen.« Orlov machte eine bedeutungsschwangere Pause.

»Und der wäre?«, rief Fergusson gereizt.

Dimitri Orlov lächelte milde. »Das RCSN hinterlässt keine Spuren.« Er erhob sich, klatschte in die Hände und massierte sich die Fingerknöchel. Langsam ging er zur Fensterscheibe, beugte sich über das Mischpult und sah nach unten, dann schenkte er sich nach und setzte sich zurück auf das Sofa. »Schalten Sie den Ton ein«, befahl er einem der Techniker. Jetzt konnten Sie Sterns Stimme hören, der gerade das vorletzte Paket anpries.

»Diesmal, Ladies und Gentlemen, geht es um ein großes Kontingent an Browserverläufen mit den dazugehörigen IP-Adressen. Erinnern Sie sich daran, was ich eingangs erklärte. Aus einem Suchverlauf lässt sich so manches herauslesen. Das Startgebot beträgt einhundertfünfzig Millionen Dollar.«

Knapp eine halbe, qualvolle Stunde hielt man Fergusson und Bugajew auf den Beinen und zwang sie, sich Sterns rhetorische Superlativ-Orgien anzuhören.

Fergussons Schenkel lechzten nach Entspannung.

Schließlich wurde die Auktion beendet. »Ladies and Gentlemen, ich danke Ihnen, dass Sie dabei waren. Wir wünschen Ihnen alles Gute. In der Tiefgarage wartet bereits der Konvoi, der sie zu den Flugzeugen bringen wird. Ihr Gepäck hat man bereits für Sie verladen. Sie wurden heute Zeuge des Beginns einer neuen Ära unseres digitalen Zeitalters. Mein Name ist Jim Stern, kommen Sie gut nach Hause. Adieu!«

Orlov räusperte sich und steckte sich eine Zigarette an.

»Nicht schlecht. Hat er gut gemacht, mein Moderator, nicht?«

Zustimmendes Genicke der Glatzköpfe.

»Jetzt, da Sie wissen, dass es keine Chance mehr gibt, alle Daten jemals wieder einzusammeln, sind wir hier fertig. In Ordnung, meine Herren. Es wird Zeit, Abschied voneinander zu nehmen. Hat mich gefreut.«

Nur einen Wimpernschlag später spürte Fergusson kaltes Metall im Nacken. Er schluckte. Er war noch nicht bereit zu Sterben. Viel zu präsent war der Traum von einem Leben in ländlicher Idylle, Frau und Kinder, Haus und Hof.

»Bitte knien Sie sich hin«, sagte einer der Männer freundlich.

Ihnen blieb keine Möglichkeit, außer dem Befehl Folge zu leisten. Fergusson sah, dass auch Bugajew zitterte. Sie hörten das leise Klicken, als die Männer die Abzugshähne an ihren Waffen spannten.

»Wollen Sie nicht wissen, wie wir von Bernstein Capital und Vinzent&Prokowjew erfahren haben?«, rief Bugajew plötzlich. »Aus den Dokumenten Ihres Bruders haben wir nicht sonderlich viel erfahren. Die wichtigen Hinweise kamen aus Japan, Mr. Orlov!«

Orlovs Miene verfinsterte sich. Er hob die Hand.

Den Lauf der Pistole spürte Fergusson nach wie vor im Genick, aber mit etwas weniger Druck.

Oh, lieber Gott, dachte Fergusson. Wenn du ihm von der Sache mit seinem Neffen erzählst, wird er uns nicht umbringen, sondern foltern.

»Was soll das heißen?«, bellte Orlov und ging einen Schritt auf Bugajew zu.

Jetzt war es Bugajew, der schadenfroh lächelte. »Ich weiß auch nicht, Mr. Orlov. Sie haben einen ziemlich eigensinnigen Neffen.«

Verfickte Scheiße, Daniil.

Dimitri Orlov holte aus und wollte Bugajew ins Gesicht schlagen, doch er verharrte mitten in der Bewegung als Rebecca Stirling in den Raum stürmte.

»Man berichtet im Fernsehen über die Auktion!«, rief sie mit hoher, schriller Stimme.

Der Bruchteil einer Sekunde reichte, dass sich Fergussons und Bugajews Blicke trafen. Blitzschnell griffen beide hinter sich und bekamen die Läufe der Pistolen zu fassen. Ruckartig drehte sich Fergusson nach links, Bugajew nach rechts. Die überraschten Schüsse, die sich lösten, bevor Bugajew und Fergusson den Glatzen die Waffen entrissen, schlugen im Boden ein.

Das Überraschungsmoment stand auf ihrer Seite. Zum Nachdenken blieb niemandem Zeit. Fergusson stellte ein Bein auf, stieß sich ab und drehte sich auf der Kniescheibe um die Achse seines linken Knies. Er feuerte zwei Schüsse in den Bauch des Mannes, vor dem er sich jetzt befand, und einen ins Herz. Bugajew tat das gleiche, wobei der dritte Schuss seinerseits das Gesicht des anderen Mannes zerfetzte.

Es war, als bliebe die Zeit um Fergusson stehen. Noch während der Mann vor ihm rücklings gen Boden fiel, rotierte er seinen Brustkorb ein paar Grad nach rechts, hielt dabei das Becken stabil um den Rückstoß abzudämpfen, bis er Stirling in der Schusslinie hatte. Ein Schuss ins Herz und auch sie fiel zu Boden, in ihrem Gesicht der eingefrorene Ausdruck von Panik.

Bugajew tötete die drei Techniker am Mischpult. Ihr Blut spritzte an die Scheibe. Das alles dauerte nur knapp drei Sekunden, ein marginales Zeitfenster, dass Orlov vor Schreck nicht nutzen konnte, um etwas zu unternehmen. Als hätten ihm seine Extremitäten den Dienst verweigert, stolperte er irritiert ein paar Schritte rückwärts in Richtung des Sofas. Bugajew zielte inzwischen genau auf seinen Kopf. Fergusson hatte die Bauchregion im Visier, während er sich vorsichtig über die Leichen der Männer und Stirling nach hinten bewegte, um die Tür zu schließen. Orlovs Zigarette schmorte ein dunkles Loch in den Teppichboden. Der Qualm stank fürchterlich und vermischte sich mit den eisenhaltigen Dämpfen des Bluts zu einer ekelerregenden Mischung.

»Halten Sie den Konvoi auf«, sagte Bugajew ruhig, einen Finger auf dem Abzug ruhend. Es war eine Genugtuung für Fergusson, in Orlovs konfuses Gesicht zu blicken. Er wirkte nicht, als hätte er Angst, eher so als hätte man sein liebstes Haustier überfahren. Wütend, aufgebracht, verwirrt.

»Was haben Sie mit meinem Neffen zu schaffen?«, gab Orlov mit Grabesstimme zurück.

»Wir haben ihm nur ein paar Fragen gestellt, Mr. Orlov«, antwortete Fergusson und stellte sich wieder neben Bugajew.

»Sie können sich glücklich schätzen, dass man Sie jetzt nur noch abknallen wird, wie zwei räudige Hunde«, sagte Orlov so scharf betont, dass ihm der Speichel aus den Mundwinkeln spritzte. »Hätte ich das früher gewusst, hätten Sie gelernt, was Schmerzen bedeuten.«

Orlov hatte sämtliche Haltung verlassen. Im fahlen Licht der Studiolampen, das durch die Scheibe drang, sah er auf einmal aus wie ein alter und gebrechlicher Greis.

»Hier ist Endstation für Sie«, sagte Fergusson und fühlte sich lebendig, als die Worte seinen Mund verließen. Zu lange hatten sie auf diesen Moment gewartet. Nun war es endlich soweit.

»Nicht nur für mich, Gentlemen.«

»Schon klar.«

Orlov stützte sich auf das Sofa und setzte sich seitlich auf eine der Armlehnen. »Für Sie geht es hier auch zu Ende. Niemand verlässt dieses Land ohne meine Zustimmung. Aber bitte, wenn Sie den Versuch starten wollen, gegen die Tatmadaw zu kämpfen, werde ich Sie nicht aufhalten. Jeder von Ihnen hat höchstens noch zwei, drei Kugeln in seinem Magazin. Wie weit werden Sie damit wohl kommen?«

»Das reicht, um Sie zu töten.«

Orlov seufzte. »Jaja, ich hätte mir ja denken können, dass Sie wieder so einen filmreifen Spruch parat haben. Mal ehrlich, Mr. Fergusson, sparen wir uns doch das Gerede und bringen es endlich hinter uns. Schießen Sie schon, Sie Stück Scheiße. Danach werden Sie feststellen, dass Sie rein gar nichts erreicht haben. Wissen Sie, das Schöne an der digitalen Welt ist doch, dass man meinen Platz sofort neu besetzen wird. Gut, vielleicht hört das RCSN auf, in seiner bisherigen Form zu existieren. Nichtsdestotrotz fließen gerade *Milliarden* auf Konten überall auf der Welt und Sie werden niemals alle finden. Ich habe meine Arbeit erledigt. Der Unterschied zwischen Ihnen beiden und mir ist, dass ich von Anfang an bereit war, für die Sache zu sterben. Sie beide sind das nicht. Ich bemitleide Sie. Sie und Ihre traurigen Regierungen, die versäumt haben zu lernen, mit den Anforderungen unserer neuen Welt klarzukommen.«

»Befehlen Sie dem Konvoi, umzukehren!«, rief Bugajew wutentbrannt.

»Ich werde nichts dergleichen tun.«

Fergusson sah, wie Bugajew tief Luft holte, dann den Atem anhielt und auf etwas zielte. Er schoss auf Orlovs Hand, der sofort laut aufschrie. Das Leder des Sofas zerriss und Schaumstoff quoll aus der Öffnung.

»Jetzt haben Sie nur noch zwei Kugeln Sie Vollidiot«, brüllte Orlov und krümmte sich.

»STOPPEN SIE DEN KONVOI!«

Plötzlich ging Orlov auf die Knie und robbte auf Bugajew zu, griff nach dem Lauf seiner Waffe und führte ihn gegen seine Stirn. Orlovs Stimme wurde brüchig und kalt und jagte Fergusson eine Gänsehaut über den Körper.

»Weder ich noch Sie sind im Stande, jetzt noch etwas zu unternehmen. Sie beide sind einfältige Kleingeister. Wissen Sie denn gar nichts über Sicherheitsarchitektur? Glauben Sie ich überlasse irgendetwas dem Zufall, hä? Selbst mein Befehl stoppt den Konvoi nicht mehr. Das war alles so geplant, lange bevor Sie mir die Größe Ihrer Eier beweisen wollten. Los, Bugajew, schießen Sie! DRÜCKEN SIE AB!«

Bugajew atmete laut und schwerfällig durch die Zähne.

»Daniil, nicht!«, brüllte Fergusson und zog an Bugajews Schulter. Dieser entriss Orlov den Waffenlauf aus den blutenden Händen und ging ein paar Schritte zurück. Orlov fuhr sich über das Gesicht. Das Blut sammelte sich in seinen Falten, der Anblick war furchterregend.

»Aufstehen!«, befahl Fergusson.

Orlov bewegte sich keinen Zentimeter. Die Szene erinnerte Fergusson an ein Schauspiel, dass er einmal in der Manege eines Zirkus beobachtet hatte. Orlov sah aus wie der weiße Clown, der vom dummen August mit roter Farbe überschüttet worden war.

Orlov die ganze Zeit über im Visier, ging Fergusson einige langsame Schritte um ihn herum, bis er hinter ihm stand. Neben dem Mischpult fand er ein paar dicke Kabelbinder. Aus jeweils zwei Ringen, die er ineinander schlang, bastelte er improvisierte Handschellen und zog sie um Orlovs Gelenke. Die übrigen Plastikschnüre steckte er sich in die Hosentaschen und reichte Fergusson ebenfalls ein paar.

»Stehen Sie auf, Orlov.«

Dieser lachte leise. Dann hievte er sich in den Stand. »Wenn Sie unbedingt wollen. Anstatt dass Sie einfach versuchen, sich selbst in Sicherheit zu bringen ... lächerlich. Ich bin ein alter Mann, meine Gelenke schmerzen. Ich bin nicht so gut zu Fuß, wissen Sie, vielleicht breche ich vor Ihnen zusammen ...«

»Halten Sie die Fresse«, fauchte Fergusson und drückte Orlov den Lauf seiner Waffe in die Krümmung der Lordose, genau auf Höhe seines Körperschwerpunkts. Fergusson erhöhte den Druck und langsam bewegten Sie sich vorwärts. Bugajew öffnete einhändig die Tür, die andere Hand am Abzug seiner Waffe. Dann ging auch er hinter Orlovs massiven Oberkörper in Deckung.

Der Gang vor ihnen war menschenleer. Meter für Meter arbeiteten sie sich vor.

»Wo sind die anderen Sicherheitsleute?«, flüsterte Fergusson.

»Spielen Canasta mit Ihrer Tante.«

Bugajew griff nach Orlovs verletzter Hand und drückte mit dem Daumen in die Wunde an der Hand. Orlov schnappte nach Luft.

»Wo. Sind. Sie?«

»U- unterwegs ... ah, verdammt! Unterwegs mit dem Konvoi. Nehmen Sie Ihre Pfoten da weg, Bugajew, das tut weh!«

Dann lachte er plötzlich wieder. Fergusson sah kleine, glänzende Schweißperlen in Orlovs Nacken.

Dieser Typ ist völlig wahnsinnig.

Sie erreichten ein Treppenhaus und Bugajew stieß die Tür auf. Auch hier war kein Mensch in Sicht und kein Geräusch zu hören.

»Ah, Sie wollen zur Tiefgarage«, stellte Orlov trocken fest.

»Sieht ganz danach aus. Haben Sie das auch in Ihrer Sicherheitsarchitektur bedacht, hm?«

Orlov zögerte einen Augenblick, bis er schließlich sagte: »An Ihrer Stelle würde ich einen anderen Weg nehmen.«

»Warum?«, fragte Bugajew und sie erreichten das Ende der Stufen, doch Orlov antwortete nicht mehr. Vor ihnen befand sich eine Tür, in deren Mitte eine Glasscheibe eingelassen war. Fergusson spähte an Orlovs Rumpf vorbei. Hinter der Tür erblickte er den Rücken eines Mannes im Parkhaus, der an eine Säule gelehnt rauchte. Er trug eine dunkelgrüne Uniform und schwarze Stiefel. Der Mann schien allein zu sein.

Fergusson wechselte einen kurzen Blick mit Bugajew. Nun musste es schnell gehen. Bugajew ging um Orlov herum und trat die Tür auf. Fergusson seinerseits ging einen Schritt zurück und rammte den Absatz seines rechten Schuhs in Orlovs Hohlkreuz, so stolperten sie in das Park-haus. Schnell setzte er einen weiteren Tritt in die rechte Kniebeuge und Orlov sackte auf den asphaltierten Boden.

Der Uniformierte fuhr erschrocken herum, als Orlov ›General Koko‹ schrie, und blickte ver-dutzt in den Lauf von Bugajews Waffe.

»Was geht hier vor sich?«, rief der Mann Ende sechzig, unter dessen Goldrandbrille eine Zornesfalte zwischen den Augen lag.

An seinem Bauchgürtel war ein Pistolenhalfter befestigt, eine Hand ruhte darauf.

»Denken Sie nicht mal dran«, rief Bugajew. »Die Hände so, dass ich sie sehen kann, hoch damit! Wird's bald?!«

Widerwillig folgte der General dem Befehl. »Das werden Sie bereuen«, rief er.

Mit den Kabelbindern fesselte ihm Bugajew die Arme auf den Rücken. Dann nahm er die Pistole aus dem Halfter des Generals und steckte sie sich zwischen Hosenbund und Rücken.

»Dimitri, was ist passiert?«

»Schnauze«, rief Bugajew und ließ seinen Ellbogen gegen Kokos Kiefer donnern.

Orlov lachte heiser vor sich hin. »Das ist der peinliche Auswuchs russisch-amerikanischer Freundschaft, General.«

Koko hingegen schien weniger amüsiert. Mit schmerzverzerrtem Gesicht sagte er: »Vor dem Gebäude warten zwanzig Mann! Sie haben keine Chance, geben Sie auf, legen Sie die Waffen nieder! Man wird Sie vergewaltigen, aufhängen, verbrennen, wissen Sie, wen Sie hier vor sich haben?!«

»Und Sie beschweren sich über meine filmreifen Sprüche, Mr. Orlov«, sagte Fergusson kopfschüttelnd. »Ihr General behauptet als nächstes, dass er uns seinen Löwen zum Fraß vorwirft.«

Orlov zuckte nur die Schultern. »Machen Sie keine Dummheiten, Fergusson. Der Mann da kann einen Krieg anzetteln. Wenn die Chinesen mitbekommen, dass die CIA einen der ranghöchsten Generäle Myanmars als Geisel genommen hat ...«

»Befehlen Sie Ihren Männern, dass Sie sich verziehen sollen, General!«, rief Bugajew.

Koko spuckte auf den Boden.

»Sehen Sie Orlovs Hand, General? Das mache ich auch mit Ihnen, wenn ... nein, wissen Sie was? Ich schieße Ihnen den Schwanz ab, wenn Sie nicht sofort tun, was wir verlangen!«

»Machen Sie sich nicht lächerlich, der Mann ist siebzig!«, fuhr Orlov dazwischen. »Haben Sie gefälligst etwas Respekt.«

Wieder das grässliche, rasselnde Kichern Orlovs, das Fergusson durch Mark und Bein fuhr.

»Ich kann meinen Männern nichts befehlen, meine Herren«, sagte der General, jetzt in ruhigerem Tonfall.

»Wieso nicht?!«

»Ich habe kein Funkgerät dabei und auch kein Handy. Außerdem sollte ich den Komplex mit Dimitri seit zwei Minuten verlassen haben. Meine Männer sind nervöse Menschen. Sie dürften jeden Moment hier sein.«

Fergusson sah sich angestrengt in der Tiefgarage um. Drei schwarze Limousinen parkten in etwas Entfernung. In diesen Wägen hatte man sie vor ein paar Stunden hergebracht. Fergussons einzige Idee schien ihm gleichermaßen vielversprechend, wie zum Scheitern verurteilt. Sein Blick traf sich mit Bugajews. Dieser nickte.

»Aufstehen!«, riefen Sie ihm Chor.

Fergusson versuchte sich den Größenunterschied zwischen ihm und Orlov krampfhaft wegzudenken. Mit Bugajew an seiner Seite war es etwas anderes gewesen, den Hünen vor sich herzuschieben. Jetzt reichte eine schnelle Bewegung ... andererseits würde Bugajew dann sofort schießen und Orlovs Hände waren hinter seinem Rücken gefesselt.

Sie erreichten eine der Limousinen, die zu seiner Überraschung geöffnet war. Fergusson konnte sein Glück kaum fassen, als er sah, dass der Schlüssel steckte. Der Herrgott meint es gut mit uns, dachte er, als sie Orlov und den General auf den Rücksitz verfrachteten.

»Man wird Sie augenblicklich erschießen«, drohte der General mit süffisantem Grinsen.

»Ich glaube kaum«, sagte Bugajew und öffnete das Schiebedach. Währenddessen nahm Fergusson ein weiteres Paar Kabelbinder und führte sie um Orlovs Hals, um sie an den Metallstangen der Kopfstütze zu befestigen. Er zog so fest zu, dass Orlov kaum noch atmen konnte.

»Gut, dass Sie Ihre Uniform tragen, General. So, und jetzt stellen Sie sich hin!«

Fergusson war beeindruckt, wie kräftig Bugajew war. Er zog am Bauchgürtel und den Schulterklappen von General Kokos Uniform und brachte ihn damit in den Stand zwischen Fahrer- und Beifahrersitz. Fast die vollständige obere Körperhälfte Kokos ragte nun aus dem Schiebedach.

»Wollen wir doch mal sehen, ob Ihre Männer bereit sind, auf Sie zu schießen, General«, sagte Bugajew und betätigte den Knopf, der das Schiebdach langsam wieder schloss, so lange, bis der Torso des Generals keinen Spielraum mehr hatte.

Bevor Fergusson hinter dem Steuer Platz nahm, sah er Koko genau ins Gesicht. Die abschätzende Miene war blanker Panik gewichen, die Zornesfalte noch tiefer als vorhin.

Dann drehte Fergusson den Schlüssel und der Motor lief an.

Sie schossen die Auffahrt der Tiefgarage hoch und durchbrachen die Schranke. Der General hatte die Wahrheit erzählt. Am geöffneten Ausgangstor des Komplexes warteten zwei Dutzend Männer, rauchend, an Militärjeeps gelehnt, der Kleidung nach zu urteilen einfache Soldaten.

Fergusson drückte das Gaspedal durch. Sie waren noch etwa achtzig Meter von den Soldaten entfernt, als General Koko anfing, laut zu schreien. Sie verstanden nicht, was er brüllte, doch das Sprachbild ähnelte dem der Sicherheitsleute, das Fergusson vergangene Nacht im Hotel gehört hatte: Birmanisch.

»Die werden schießen«, rief Orlov vom Rücksitz.

Fergusson umklammerte mit beiden Händen das Lenkrad und Bugajew checkte das Magazin seiner Waffe. Nur eine einzige Kugel steckte noch darin. Blieb noch die Pistole des Generals, ein 44er Magnum Revolver mit fünf Schuss. Genug, um sich für eine halbe Minute zu verteidigen, zu wenig, um sich den Soldaten ernsthaft in den Weg zu stellen. Diese trugen Maschinenpistolen vor der Brust.

Es blieben kaum noch zwanzig Meter. Die Soldaten brachten Ihre Waffen in Anschlag. Einer schob seine Sonnenbrille auf die Stirn. Fergusson spürte förmlich, wie dem Mann das Blut in den Adern gefror, als dieser den General erkannte. Er hielt die anderen Männer zurück und die Limousine rauschte an den Männern vorbei. Im Rückspiegel erkannte Fergusson, wie die Soldaten die Jeeps bestiegen und die Verfolgung aufnahmen.

Rasch wurden die Straßen breiter und sie erreichten den zweiundzwanzigspurigen Highway, über den sie vom Flughafen gekommen waren. Bei einhundertsechzig Kilometern pro Stunde riss die Beschleunigung ab.

Fergusson trat das Gaspedal mehrmals ganz durch, stellte die Automatik auf Sport, doch schneller wollte der Wagen nicht fahren. Ein weiterer Blick in den Rückspiegel verriet, dass Sie die Jeeps nicht abschüttelten.

»Die kommen näher!«, rief Bugajew.

»Wo wollen Sie eigentlich hin?«, fragte Orlov von hinten. »Holen Sie doch endlich den armen General da runter, der fängt sich noch eine Bindehautentzündung ein!«

Fergusson versuchte ihn auszublenden, doch die Frage blieb in seinem Kopf hängen. Bis zur amerikanischen oder russischen Botschaft in Yangon waren es über vier Stunden Fahrt. Außerdem würde außerhalb von Naypyidaw der Verkehr mit jedem Kilometer, den sie gut machten, dichter werden.

Bugajew durchsuchte unterdessen das Handschuhfach und den Stauraum in der Mittelkonsole. Dort fand er ein Satellitentelefon. Fergusson stieß einen kurzen Freudenschrei aus und diktierte Bugajew eine Telefonnummer. Bugajew hielt Fergusson daraufhin das Telefon ans Ohr.

»Amerikanische Botschaft in Yangon, wie kann ich Ihnen helfen?«, meldete sich eine freundliche Männerstimme.

»Cedric Fergusson«, brüllte er, »CIA-Identifikationscode Charly, Foxtrott, dreiundvierzig-sieben-yo-sieben-yo-zwölf, Tango, X-Ray! Verbinden Sie mich sofort mit dem Botschafter, schnell!«

Das ›yo‹ nach *seven* diente dazu, dass *seven* nicht mit *eleven* verwechselt wurde.

»Mein Gott, Sie benutzen ernsthaft dieses Nato-Alphabet? Ich dachte, das machen die nur in Filmen«, sagte Orlov erstaunt.

»Schnauze halten«, zischte Bugajew.

»Joseph Brest am Apparat?«

»Steht Ihr Helikopter noch am Flughafen in Naypyidaw, Sir?«, rief Fergusson.

Wenn das klappt haben wir tatsächlich eine Chance.

»Warum?«, kam die knappe Antwort.

»Bitte, Sir, ich kann es Ihnen jetzt nicht erklären. Können Sie dafür sorgen, dass sich ein Pilot bereit macht? Rufen Sie Harvey Preston in Washington an, der kann Ihnen alles erklären!«

»Sie arbeiten für Harvey? Jetzt sagen Sie bloß noch, Sie haben Orlov in Gewahr – «

»Doch, Sir, genauso ist es, und wir haben ein Geschwader wütender Tatmadaw am Arsch, es wird brenzlig. Sagen Sie Ihrem Piloten, dass er sich bewaffnen soll! Wir müssten in zehn Minuten dort sein!«

»Ist gut.«

»Danke Sir.«

»Moment, Moment, warten Sie, Fergusson!«

»Die Militärpolizei bewacht das Flughafengelände, da kommen Sie niemals rein. Östlich des Flughafens ist ein sehr breiter Highway, finden Sie ihn und bleiben Sie dort in der Nähe. Ich sage meinem Piloten, dass er dorthin kommen soll!«

»Okay.«

Bugajew beendete die Verbindung. Fergusson beobachtete Orlovs Gesicht im Rückspiegel. Der Highway, den der Botschafter gemeint hatte, war jener, auf dem sie sich bereits befanden und viel Strecke blieb ihnen nicht mehr. An einem riesigen Kreisverkehr nahmen sie die zweite Ausfahrt in Richtung Süden.

Die Jeeps kamen immer näher.

»Mir wird schlecht, fahren Sie langsamer«, rief Orlov. Dann verfiel er wieder in sein heiseres Lachen. »Sie sind schon zwei Spaßvögel. Sie wollen zum Flughafen, oder? Haben Sie das mit Ihrem Botschafter besprochen? Gute Idee, wenn ich ehrlich bin. Oder vielleicht doch nicht?

Selbst das Terminal für Privatflüge ist ziemlich stark gesichert, wissen Sie. Wenn ich darüber nachdenke, ist Ihre Idee doch ziemlich beschissen.«

»HALTEN SIE ENDLICH IHR HÄSSLICHES MAUL!«, schrie Fergusson und wischte sich den Schweiß von der Stirn. Jetzt begann Orlov *It's a long way to Tipperary*, ein altes englisches Kriegslied zu singen.

Bugajew band sich den rechten Schuh vom Fuß und zog seine Socke aus.

Orlovs Gesicht verzerrte sich vor Ekel und der Gesang verstummte. Mithilfe seines Kugelschreibers quetschte Bugajew den feuchten Stoff tief in Orlovs Rachen.

»DANKE!«, rief Fergusson.

Die Beine des Generals begannen zu zittern.

»Ich glaube, der macht das nicht mehr lang mit, Cedric«, bemerkte Bugajew und zog die Stirn in Falten. »Und es dauert nicht mehr lang, bis die uns eingeholt haben.«

Sie steuerten auf einen weiteren Kreisverkehr zu. Bewusst verlangsamte Fergusson das Tempo und ließ die Jeeps etwas herankommen.

»Was machst du denn da?!«, rief Bugajew aufgebracht. »Gib ihm die Sporen, Mann, die haben uns fast!«

»Wir müssen umdrehen«, gab Fergusson knapp zurück. Er betete, dass das Manöver funktionieren würde. Die Jeeps waren keine zwanzig Meter mehr entfernt, als Fergusson in den Kreisverkehr einbog und das Tempo ruckartig erhöhte. Das Heck der Limousine brach aus, zwischen ihnen verloren die Beine des Generals den Halt. Bugajew packte Koko an den Stiefeln und führte seine Füße wieder auf eine sichere Trittfläche auf der Mittelkonsole.

Der Kreisverkehr war groß genug, dass sich der gesamte Konvoi nun auf der Rotunde befand. Zu spät erkannten die Militärs, was Fergusson vorhatte, der die Polonaise anführte und die gleiche Ausfahrt nahm, über die sie gekommen waren.

Wieder drückte er das Gaspedal durch und vergrößerte den Abstand. Hinter der Kuppe des anderen Kreisverkehrs erblickten sie das weitläufige Flachland des Highways. Bei dieser Geschwindigkeit hatten sie höchstens drei Minuten bis zum nächsten Kreisverkehr. Ein zweites Mal würde ihnen der Trick mit der 360°-Wende nicht gelingen.

Es war wie ein himmlischer Segen, als Fergusson das Geräusch der Rotoren vernahm, kurze Zeit später überflog sie der Helikopter. Er sah, wie der Pilot die Kufen auf dem kleinen Hügel des nächsten Kreisverkehrs absetzte.

»Komm schon«, grummelte Fergusson und wippte in seinem Sitz vor und zurück, als würde die Bewegung ihr Fahrzeug irgendwie schneller machen.

Sie erreichten die kreisrunde Kuppe in der Mitte des Kreisverkehrs und Fergusson bremste scharf ab. Ihr Vorsprung würde höchstens zwanzig Sekunden währen. Der Pilot öffnete die Schiebtür und suchte entgeistert Blickkontakt mit Fergusson oder Bugajew, als er den General erkannte. Fergusson sprang aus dem Wagen, eilte um die Limousine zur hinteren Beifahrerseite und zog frenetisch an den Kabelbindern um Orlovs Hals. Bugajew kümmerte sich um den General. Der Siebzigjährige war ziemlich durch den Wind.

Die Kabelbinder gaben nicht nach. Ziehen und Rütteln half nichts.

Orlov brüllte irgendetwas, rot angelaufen, Bugajews Socken im Rachen.

»Hast du ein Messer, irgendwas spitzes«, rief Fergusson.

»Nein«, gab Bugajew angestrengt zurück, während er den General an den Beinen aus dem Wagen zog.

Scheiße verdammt!

Ohne weiter darüber nachzudenken, näherte Fergusson seinen Mund Orlovs Hals und biss auf das Plastik, riss und zog daran, bis er ihn endlich frei bekam.

Die Soldaten in den Jeeps hatten in ein paar Metern Entfernung angehalten, waren aus den Autos gesprungen und hatten Deckung hinter ihren Wagentüren bezogen, die Waffen allesamt auf sie gerichtet. Einzelne Schüsse schlugen in die Karosserie der Limousine ein, vereinzelte Patronen rikoschettierten gefährlich zu den Seiten weg.

Bugajew war der Stärkere von beiden. Ihre Blicke trafen sich und Fergusson übernahm die Kontrolle über den General. Bugajew versuchte Orlov aus dem Wagen zu ziehen.

Koko wurde zu Fergussons Schutzschild, während er sich Meter für Meter zum Helikopter vorarbeitete. Der Pilot gab ebenfalls ein paar Schüsse ab und einer der Soldaten fiel zu Boden.

Bugajew schaffte es kaum, Orlov aus dem Fond zu zerren und als er endlich rücklings auf dem Gras lag, war jeder Versuch Bugajews vergebens, ihn auf die Beine zu bringen. Eine Kugel traf General Koko in die Kniescheibe, sofort sackte er schreiend in sich zusammen und Fergusson wurde ins Visier genommen.

Er warf sich auf den Boden und wollte zu Bugajew robben, doch General Koko klammerte sich an sein Fußgelenk. Er kam nicht vorwärts, also holte er tief Luft, spannte die Muskeln in seinem Oberschenkel an und ließ die Kraft impulsartig von der Leine. Mit einem hässlichen Geräusch zertrümmerte der hölzerne Absatz seines Schuhs dem General die Nase.

»Macht schon!«, brüllte der Pilot. »Beeilung!«

Fergusson erreichte Bugajew und Orlov. Mit vereinten Kräften versuchten sie, ihn irgendwie zum Helikopter zu hieven. Fergusson griff nach Orlovs verletzter Hand und übte mit Daumen und Zeigefinger so viel Druck auf die Wunde aus, wie er konnte. Außer einem gedämpften Schrei, der sich aus Orlovs Kehle löste, passierte nichts.

Die Fahrer der Soldaten bewegten die Jeeps jetzt Stück für Stück nach vorn und der Kugelhagel um die Limousine wurde immer dichter und präziser.

In der Deckung des Hecks gab Fergusson zwei Schüsse ab, ohne zu zielen. Sie gingen ins Leere und die Mechanik klickte in die Verriegelung. Keine Munition mehr.

»Das schaffen wir nie zu zweit!«, rief Bugajew. »Ich habe noch fünf Schuss im Revolver. Sieh zu, dass du deinen Arsch zum Heli bringst, Cedric. Ich lenke die Soldaten ab!«

»Du kommst mit!«, schrie Fergusson entsetzt. »Was ist mit Orlov?!«

Doch Bugajew schüttelte den Kopf und lächelte milde. »Hau endlich ab«, sagte er gerade so laut, dass Fergusson es noch hören konnte. Es dauerte ein paar Moment, bis Fergusson vollends begriff, was als nächstes geschehen würde.

Ihnen blieb keine Wahl. Sie nickten sich zu. Bugajew setzte den Lauf des Revolvers auf Orlovs Stirn und drückte ab. Fergusson schloss die Augen und sah nicht hin. So hätte es nicht enden dürfen.

Dann, als Bugajew ›jetzt‹ schrie, hoben sie sich in den Stand. Während Fergusson die paar Meter zum Helikopter rannte, sprintete Bugajew den Soldaten entgegen und verschoss die restlichen vier Kugeln.

Er erwischte zwei von ihnen, die anderen Patronen zerbarsten die Frontscheiben eines Jeeps.

Der Pilot hob sofort ab, als Fergusson mit einem Bein im Innenraum stand und sich an der äußeren Reling der Schiebetür festhielt.

Sie gewannen an Höhe und Fergusson sah noch, wie Bugajew im Sturm der Kugeln blutüberströmt zu Boden ging.

Einige Soldaten eilten sofort zum General.

Schnaufend schloss Fergusson die Tür des Hubschraubers und sank in das Leder der Rückbank. Der Pilot drehte ab.

Zischend entwich die Luft zwischen seinen Zähnen, seine Atmung wurde zittrig und schließlich weinte Fergusson.

Daniil Bugajew war sein Freund gewesen.

NEUNZEHN

Internationaler Flughafen Franz-Joseph-Strauß
München, Deutschland

Um elf Uhr vormittags deutscher Zeit landete die 747-800 der Korean Air pünktlich auf deutschem Boden. Knapp eine halbe Stunde später verließen Stephen Falken, Yuri Gagarin, Satoshi Nakamoto und Jeffrey Lebowski das Flugzeug über eine spärlich beleuchtete Gangway, umgeben von Touristen und Geschäftsreisenden; Männer, Frauen und Kinder, allesamt mit ihren eigenen Gedanken beschäftigt.

Auch bei der Einreise funktionierten die digitalen Pässe, die Vadim aus dem Darknet besorgt hatte, obwohl Adam das Gefühl hatte, dass der Beamte hinter dem Schalter ihn eigenartig musterte. Im Grunde genommen waren ihre Papiere nichts weiter als ein einfacher QR-Code, der sich über eine App aufrufen und scannen ließ.

Anfänglich hatte man sich insbesondere in der EU Sorgen beim Thema digitaler Reisepass gemacht. Letztendlich beugte man sich jedoch dem internationalen Druck und glaubte den Use-Cases aus Ländern wie China, Japan oder Australien, die die vermeintliche Sicherheit der Codes bestätigten. Die neuen digitalen Pässe galten als nahezu fälschungssicher.

Es hatte Vadim nicht einmal zwanzig Minuten gekostet, neue Identitäten für sie einzurichten.

»Krass«, sagte Harold, als sie dem Ausgang entgegenstrebten. »Und wo wollen wir jetzt hin?«

Adam war angespannt. Unsichtbare Männchen hämmerten gegen das Innere seiner Schädeldecke. Die Euphorie der anderen konnte er nicht teilen. Er fühlte sich ganz und gar nicht sicher. Sein Magen krampfte, als hätte er verdorbene Lebensmittel zu sich genommen. Das Thai-Curry, das man ihnen im Flugzeug serviert hatte, lag wie Wackersteine in seinem Bauch.

Das Ankunftsterminal war von Menschenmassen überflutet. Adam kam es vor, als sei die Menge irgendwie aufgebracht. Viele blieben stehen, andere griffen zu ihren Handys, nur die wenigsten gingen zügig weiter, den Kopf gesenkt, mit ihren eigenen Sorgen und Ängsten beschäftigt.

Neben Adam war ein Mann stehen geblieben, der so aussah, als sei er unterwegs zu einem Geschäftstermin. Aktentasche, Popelinmantel, ein elegant gebundener, dunkler Schal. Er nahm die kabellosen Kopfhörer aus dem Ohr, steckte sie in das kleine weiße Etui und versenkte sie in der Innentasche seines Jacketts. Der Mann runzelte die Stirn. Irritiert sah er sich um, mit den flinken Augen eines Menschen, der das bestätigende Gesicht eines anderen Passanten sucht, um schweigend zu fragen: »Sehen Sie das, was ich sehe?«

Dann sah Adam es auch. Sie starrten entgeistert auf eine Wand von Flachbildschirmen, auf denen die Nachrichten der BBC und des deutschen Fernsehens liefen. Zusätzlich, quer durch die Halle verteilt, an Säulen, neben Rolltreppen und vor verglasten Fassaden: überall hingen Fernseher. Und fast alle zeigten das gleiche Bild. *Adams* Bild.

Die trüben Pupillen des Mannes blieben an Adam hängen, verweilten einen Augenblick auf seinem kantigen Gesicht. Der Mann sah zurück auf die Bildschirme. Zurück zu Adam. Und ihre Blicke trafen sich.

Adam starrte in erstaunte Augen.

Am Flughafen in Seoul hatten sie sich neue Kleidung gekauft - trotzdem - der Mann hatte ihn erkannt.

Adams Herz begann wie verrückt zu schlagen, jeder Impuls jagte wie ein niederschmetternder Stromschlag durch seinen ganzen Körper.

»Wir sollten schleunigst weg von hier«, sagte Junichiro und packte Adam am Arm. Wie ein elektrischer Schlag versetzte die Berührung Adam in Panik. Er hatte seine Atmung nicht mehr unter Kontrolle, ihm schien, alles um ihn herum begann sich zu drehen. Als würde es irgendetwas nützen, folgte er seinem ersten Instinkt und schlug den Kragen seiner Jeansjacke hoch. Sie eilten zum Ausgang.

Es vermochte Adam auch keine Entspannung zu verschaffen, als er den roten Corsa von Émelie auf dem Parkplatz erblickte. Unsicher wagte Adam einen Blick über die Schulter, bevor sie die Bus- und Taxispur überquerten. Der Mann von eben war ihnen gefolgt, jetzt hatte er ein Handy zwischen Ohr und Schulter geklemmt.

Émelie stieg aus und für den Bruchteil einer Sekunde machte sein Herz einen Satz und alles schien vergessen.

Sie hatte ihre blonden Haare zu einem Pferdeschwanz gebunden und trug einen weißen Pullover unter ihrer Collegejacke. Im milchigen Licht unter graubedecktem Himmel wirkte sie auf ihn wie ein feiner, wärmender Sonnenstrahl auf der Haut.

»Hey!«, sagte sie lächelnd und wollte Adam umarmen, doch sie hielt sich zurück. »Wow! Ihr könntet 'ne Dusche vertragen, Leute!«

»Sehr charmant«, sagte Harold und streckte seine Hand aus. Etwas irritiert erwiderte Émelie den Gruß. »Ich bin Harold, freut mich. Das mit dem Gestank tut mir leid.«

»Das ist unser Fluchtfahrzeug?«, scherzte Vadim, während er um den dreitürigen Opel herumging. Der Wagen hatte seine besten Tage lange hinter sich, rostete an fast jeder Kante, die Bezüge der Sitze hatten die Farbe alter Putzlumpen.

»Fluchtfahrzeug?«, wiederholte Émelie erstaunt. »Wie wär's mal mit einem Dankeschön? Ich hab' fast fünf Stunden Fahrt hinter mir!«

»Vielen Dank, dass du fast fünf Stunden Fahrt hinter dir hast, Émelie«, sagte Adam fahrig, seine Augen konstant über den Parkplatz tanzend. Niemand schien sie mehr zu beachten. Auch der Mann war verschwunden.

»Würdet ihr mir freundlicherweise erklären, was der ganze Stress zu bedeuten hat?«, fragte Émelie und verschränkte die Arme vor der Brust. »Sonst könnt ihr mit dem Zug heimfahren. Und wer ist dieser Typ?«

»Ich bin Investigativjournalist, junge Frau, und kein Typ! Schaust du keine Nachrichten?«

»Bisschen schwer beim Autofahren, oder? Außerdem ist mein Radio kaputt. Aber wir können uns ja was vorsingen.«

»In erster Linie sollten wir jetzt dringend abhauen!«, rief Adam und deutete auf die Drehtür am Ausgang. Der Mann von eben war mit zwei Flughafenpolizisten zurückgekehrt, die sehr ernst dreinblickten.

Harold, Junichiro und Vadim quetschten sich auf die Rückbank, Adam stieg auf den Beifahrersitz, die Tasche mit dem Laptop aus der Botschaft in Tokio fest umklammert. Während sie den Parkplatz verließen, sah Adam den Wachleuten hinterher. Sie riefen etwas in ihre Funkgeräte.

Nach dem dritten Versuch sprang der Motor des Wagens kreischend an und sie fädelten sich in den Verkehrsstrom ein.

Sie ließen den Flughafen hinter sich. Nach ein paar Kilometern auf der A92 brach Émelie als Erste das angespannte Schweigen.

»Ich will jetzt wissen was los ist, ich mache mir Sorgen! Was habt ihr angestellt?!«

»Dürfte ich vorher den Vorschlag äußern«, ging Harold dazwischen, bevor irgendjemand antworten konnte, »dass wir ein bisschen schneller fahren? Neunzig ist etwas übervorsi – «

»Seid froh, dass die Schüssel überhaupt noch fährt, Alter! Ihr geht mir auf den Keks. Adam, was zur Hölle ist los mit euch!?«

»Der japanische Geheimdienst fahndet nach uns«, erklärte er und versuchte sich auf die Straße zu konzentrieren, um etwas zur Ruhe zu kommen.

»Die CIA wahrscheinlich auch«, ergänzte Harold.

»Und der russische Geheimdienst«, fügte Vadim hinzu.

»Aha. Ihr habt sie doch nicht mehr alle. Hat euch der Smog in Tokio das Hirn vernebelt?«

»In Tokio ist Smog eher selten. Dieses Phänomen tritt vor allem in den Ballungsräumen chinesischer – «

»ADAM!«, rief Émelie und bremste scharf, sie bog auf einen Parkplatz ab. »Ich will sofort wissen, was hier gespielt wird, sonst fahre ich keinen Meter mehr weiter. Hat jemand vielleicht 'ne Zigarette?!«

Sie drehte den Schlüssel und der Motor verstummte.

»Ich dachte du rauchst nicht?«

»Jetzt könnte ich echt eine vertragen. Also. Mund auf, egal wer! Sonst stehen wir hier so lange, bis die CIA einen Hubschrauber schickt und euch mitnimmt.«

Wie aufs Stichwort hörten sie plötzlich das Geräusch eines sich nähernden Helikopters. Émelie öffnete die Tür und stieg aus.

»Also, was ist jetzt?«

»Bitte, lass uns weiterfahren!«, flehte Adam. »Die Wachleute haben sich bestimmt das Kennzeichen notiert!«

»Warum sollten sie? Und wo ist überhaupt euer Gepäck?!«

Adam spürte, dass Émelie stinksauer war. Das hatte er nicht gewollt.

»Wir mussten es bedauerlicherweise in Tokio zurücklassen ...«, sagte Harold, doch Émelie schien kaum zuzuhören.

»Steig ein, Émelie, oder ich fahre!«, rief Vadim aufgebracht und starrte aus der Heckscheibe in den Himmel. Auch Harold, Junichiro und Vadim hatten den Helikopter entdeckt, der über ihnen kreiste. Jetzt waren auch Polizeisirenen zu hören.

Adam lief es heiß und kalt den Rücken hinab. Émelie stand wie versteinert neben dem Wagen herum.

»Mir reicht's!«, bellte Vadim und wand sich akrobatisch vom Fond auf den Fahrersitz.

»Komm schon, Émelie! Bitte!«, rief Adam.

Was dann geschah, ließ alle mit offenen Mündern zurück. »Wag es nicht!«, brüllte Émelie und zerrte Vadim am T-Shirt aus dem Auto. Sie verpasste ihm eine heftige Backpfeife.

»Das ist mein Auto! Ich weiß nicht, in was für eine Scheiße ihr da reingeraten seid, aber mich zieht ihr da nicht mit rein! Vergesst es!«

Sie beugte sich in den Innenraum und sah Adam eindringlich an. Es tat fast weh, ihrem ernstem Blick standzuhalten, doch Adam wandte sich nicht ab.

»Adam, was immer du getan hast ... Ich weiß, dass du ein guter Mensch bist, hörst du?«

Drei Polizeiwägen kamen auf den Parkplatz geschossen und hielten in einigen Metern Entfernung.

»Wegzulaufen ist niemals eine Option, Adam, glaub mir. Ich verspreche dir, was immer passiert ist, ich werde für dich da sein. Aber du musst jetzt das Richtige tun!«

Unter dem Gebrüll einiger Beamter, die ihre Waffen gezogen hatten, zog Émelie Adam am Kragen seiner Jacke zu sich und drückte ihm einen Kuss auf den Mund.

Irgendetwas in Adam explodierte. Doch entgegen seiner Erwartung wurde seine Atmung nicht schneller, sondern langsamer. Er spürte plötzlich, wie sich Entspannung in seinen Gliedern breit machte. Ohne es auszusprechen, gab er Émelie recht. Welchen Nutzen hätte es, zu flüchten? Würde man ihnen ihre Geschichte glauben? Sie waren unbefugt in die Systeme der CIA eingebrochen, mithilfe der amerikanischen Botschafterin von Tokio. Früher oder später würde man sie ohnehin finden, und dann wäre die Kacke noch mehr am Dampfen, als sie es ohnehin schon war. Vielleicht gab es doch noch eine Chance, sich glaubhaft aus der Sache rauszureden. Ihre Motive waren klar, ihre Absichten gut. Sie hatten sich für diesen Weg entschieden, um eine Menge Menschen zu warnen. Offenbar war dieser Teil des Plans bereits aufgegangen. Doch was sollte aus dem Code werden? Sie hatten den Quellcode auf Github veröffentlicht, um anderen Entwicklern die Möglichkeit zu geben, die App fertigzustellen. Würde alles so aufgehen, wie sie es sich vorgestellt hatten? Plötzlich bekam Adam Angst. Was, wenn sie ihn in irgendein Gefängnis steckten? Er wollte Zeit mit Émelie verbringen, ihr stundenlang in die Augen sehen ...

Langsam löste sie sich von seinem Mund.

»Oh Scheiße«, murmelte Harold auf dem Rücksitz. »Hättet ihr damit nicht warten – «

»AUSSTEIGEN UND DIE HÄNDE NACH OBEN!«

Die Polizisten wiederholten den Befehl auf Englisch, Spanisch und Arabisch.

Adam fühlte sich, als hätte man eine dicke Watteschicht zwischen ihn und die Außenwelt gepackt.

»Es wird alles gut«, konnte er gerade noch in Émelies Richtung sagen, bevor sie die beiden aus dem Wagen zerrten.

Die nächsten Sekunden waren schrecklich für Adam. Wie Feuer brannten die Berührungen des Polizisten auf seiner Haut. Erneut begann sich alles um ihn zu drehen.

Dann wurde es schwarz.

ZWANZIG

Stillgelegter U-Bahnhof Französische Straße
Berlin-Mitte, Deutschland

Während der Teilung Berlins und noch einige Jahre nach der Wiedervereinigung existierten zahlreiche Geisterbahnhöfe in der Hauptstadt, wusste Gontscharow. Ein paar davon gibt es noch heute – die Eingänge zu finden ist keine schwierige Aufgabe – und nun kauerte Gontscharow, Schischkins Kopf auf dem Schoß, in einer Ecke auf dem spärlich beleuchteten Bahnsteig unter der Französischen Straße. Sein Partner atmete flach und röchelnd.

»Bleib bei mir«, sagte Gontscharow mit sanfter Stimme und tätschelte Schischkin die bleiche Wange.

»Wir haben unseren Auftrag erfüllt«, sprach er weiter, doch schenkte seinen eigenen Worten keinen Glauben mehr. »Fabrizio Visconti wird sterben.«

Visconti hatten sie vor dem BND-Komplex erwischt, ob er noch lebte, wussten sie nicht. Sie hatten nicht damit gerechnet, dass man innerhalb so kurzer Zeit das Feuer gegen sie eröffnen würde. Aus dem Nichts waren drei Polizisten aufgetaucht. Schischkin hatte drei Kugeln abbekommen, zwei davon hatten Fleischwunden in seinen linken Arm gerissen, die dritte sorgte für das Loch im Bauch, aus dem jetzt unaufhaltsam Blut strömte. Gontscharow hatten sie am Oberschenkel erwischt, doch die Wunde war nur ein Kratzer im Vergleich zu Schischkins Verletzungen.

Schwerfällig hatten sie es bis zum Geisterbahnhof geschafft, Passanten waren ihnen erschrocken ausgewichen, die Polizei hatten sie jedoch vorerst abgeschüttelt. Man schien sich vorm BND mehr für Visconti interessiert zu haben.

Gontscharow hatte noch gesehen, wie der Banker zu Boden gegangen war, bevor sie die Flucht ergriffen hatten. Die Frau war offenbar unverletzt geblieben.

Scheiße, dachte Gontscharow. Auftrag ganz und gar nicht erfüllt. Was, wenn der Italiener überlebte? Sowohl Schischkin als auch Gontscharow waren bereits aktenkundig. Jeder Polizist in Berlin kannte vermutlich inzwischen ihr Gesicht.

Gontscharow presste sein Sakko auf die Wunde in Schischkins Bauch.

Sie wussten, dass ihr Ende unmittelbar bevorstand. Nabokov würde ihr Versagen nicht tolerieren. Sobald sie nach St. Petersburg zurückkehrten, würde man sich ihrer entledigen. Falls sie es bis dahin schafften.

Gontscharow suchte fieberhaft nach einem Ausweg und strich Schischkin über die heiße, schweißnasse Stirn. Alle finanziellen Mittel stellte ihnen die Zentrale in Petersburg, eigene Kreditkarten oder Bargeld besaßen sie nicht, mit Ausnahme der wenigen deutschen Geldscheine, die Gontscharow noch in der Hosentasche übrighatte.

In Schischkins Zustand war an ein Untertauchen, wo auch immer, vorerst nicht zu denken. Den Erste-Hilfe-Kasten an der Bahnsteigwand hatten sie leer vorgefunden. Tatenlos musste Gontscharow dabei zusehen, wie sein Kollege ausblutete.

Eine Viertelstunde später war Schischkin tot.

Gontscharow fuhr ihm über die Augenlider und schloss sie.

Dann betete er und dachte zum ersten Mal seit Jahren an seine Mutter.

Schließlich griff Gontscharow nach seiner Waffe, schob sich den Lauf in den Mund und hielt kurz inne, um seinen Gedanken die Chance zu geben, noch ein letztes Mal abzuwägen. Die Lage blieb aussichtslos.

Gontscharow drückte ab und sackte leblos neben seinem Partner zusammen.

EINUNDZWANZIG

Zentrale des Bundesnachrichtendienstes
Chausseestraße, Berlin-Mitte, Deutschland

In Dieter Leisers Büro war der Fernseher die einzige Quelle der Ablenkung für Maria Passarelli, wenngleich von echter Ablenkung nicht die Rede sein konnte.

Sämtliche Nachrichtensender hatten die beunruhigende Story des jungen Amerikaners inzwischen übernommen, sogar die Privatsender hatten die vormittäglichen Sitcoms und Realityshows unterbrochen und zeigten jetzt schlagwortgeschwängerte Sonderberichte, die höchstens dazu gut waren, Panik zu schüren.

Man sendete Brennpunkte und lud ›die renommiertesten Experten auf dem Gebiet der Cybersecurity‹ ein, um fünfundvierzig Minuten lang zu spekulieren. In einer Liveschalte der Öffentlich-Rechtlichen trat NATO-Generalsekretär Jochen Strache vor die Kameras und stufte die Lage im Nord-Ost-Pazifik als ›kritisch‹ ein. Japanische Soldaten waren mit russischer Munition getötet worden, über eine etwaige Verwicklung des Kreml in das ›hinterlistige Blutbad‹ müsse diskutiert werden. Man beschuldige niemanden, man stelle lediglich Fragen – Japan ist einer der wichtigsten Nicht-NATO-Mitglied-Verbündeten.

Die Antwort aus Moskau kam knapp eine halbe Stunde später: Die NATO nutze diese ›schreckliche, humanitäre Katastrophe‹ als Hetze gegen das in dieser Sache völlig unschuldige Russland. Die NATO habe der Welt soeben ihr ›wahres Gesicht‹ gezeigt und sei, selbst im Angesicht einer weltweiten Krise, offenbar nicht an ›friedenserhaltenden Maßnahmen‹ interessiert. Man solle sich nicht täuschen – Russland sei in dieser Sache der Verbündete und nicht der Feind. Würde man diese Tatsache nicht akzeptieren, sähe man sich ›in die Enge gedrängt‹.

Keine zehn Minuten später berief der UN-Sicherheitsrat eine Krisensitzung in New York City ein. Im norwegischen Saal blieb der Platz des Russischen Botschafters am runden Tisch zunächst unbesetzt. Zur gleichen Zeit wurden die weltweiten Unruhen in Nordkorea dazu genutzt, um zwei ballistische Kurzstreckenraketen zu testen.

Vor dem Coffeeshop Douglas&Diane's in Downtown Washington D.C. postierten sich einige Reporter und berichteten von vermeintlichen ›Spannungen‹ innerhalb der Familie Volt, die zu Adam Volts Rolle in diesem Skandal geführt haben könnten. Ein Onlineportal griff die Story auf und schrieb Adam Volt aufgrund seiner Asperger-Erkrankung eine schwere geistige Behinderung und schizophrenes Verhalten zu, was seine Glaubwürdigkeit massiv in Frage stellte.

Gegen fünf Uhr morgens Washingtoner Zeit wurden Adam Volts Eltern von einem umfangreichen Security-Detail aus ihrem Wohnsitz, vorbei an einer Hundertschaft von Journalisten, in einer Kolonne aus schwarzen Chevy Suburbans an einen sicheren Ort verbracht.

Auf Twitter und den anderen sozialen Medien tummelten sich plötzlich tausende selbsternannte Datenschutzexperten, die allesamt die Katastrophe hatten kommen sehen.

Erste Stimmen aus der Politik zeichneten ein ähnliches Bild. Der britische Premier erklärte Facebook kurzerhand für ›tot‹, und die österreichische Bundeskanzlerin forderte ›geschlossene Reaktionen der EU‹, was immer das zu bedeuten hatte. In Moskau reagierte man im Anschluss an das NATO-Statement mit einem vorläufigen Nutzungsverbot sämtlicher Apps der Big5 und drohte mit ›weitreichenden Konsequenzen‹ für die Verantwortlichen dieses ›Angriffes‹ auf die demokratische Welt‹.

Die Märkte strauchelten im Sturzflug – von der Weltöffentlichkeit unbemerkt wurden bei einigen Investmentgesellschaften derweil satte Gewinne eingefahren. Korrespondenten an der Börse erhielten mehr Sendezeit als sonst, wirkten teilweise völlig konfus und blickten todesernst in die Kameras, während sie über die ›exorbitanten Kurseinbrüche‹ berichteten und den nächsten schwarzen Freitag ausriefen.

Gespannt erwarteten die Medien die Statements aus dem Weißen Haus und von den Konzernen der Big5, sowie jene aus Langley – welche Rechtfertigung würde der Geheimdienst ob des Einbruches in ihr Allerheiligstes verlautbaren lassen? Entsprechende Pressekonferenzen ließen jedoch bislang auf sich warten.

Auf Instagram schien es nur noch ein Thema zu geben. Einige der größten Influencerinnen und Influencer hatten nach ihren digitalen Mistgabeln und Fackeln gegriffen und die Kommentarbereiche des offiziellen Instagram-Accounts mit teilweise extremen Hassbotschaften und Erklärungsforderungen vollgeschrieben. Sie wurden begleitet von Millionen anderer Nutzer, die sich den Meinungen mit Likes und Unterkommentaren anschlossen. Binnen kürzester Zeit wurde #big5bigleak zum meistgeteilten Hashtag in der Geschichte der Plattform. Gegen elf Uhr vormittags deutscher Zeit funktionierte die App nicht mehr, weltweit wurde von Störungen berichtet. Nutzer konnten sich nicht mehr einloggen, andere beklagten, dass sich der Feed nicht mehr aktualisieren ließ. Gleiches geschah mit Facebook. Viele der Menschen, die noch auf ihre Accounts zugreifen konnten, löschten sie. Binnen acht Stunden schwand die Zahl der Benutzerkonten des Meta-Konzerns um über fünfzehn Prozent.

Die Twitter-Accounts der Big5 wurden deaktiviert, der Inhaber und CEO des Kurznachrichtendienstes postete ein Lachsmiley mit den Worten: ›well, what a surprise!‹ – was für eine Überraschung!

Alternative Messaging-Anbieter wie Telegram, ICQ oder Signal vermeldeten einen schnell wachsenden Anstieg der Nutzerzahlen.

Das Onlineportal eines großen deutschen Boulevardblatts hatte einen Liveticker eingerichtet und kommentierte derzeit mit der Schlagzeile ›Heftiger Shitstorm – Big5 spannen Schadensbegrenzungsschirme und deaktivieren ihre Services‹.

Am One Hacker Way in East Palo Alto, Kalifornien, versammelten sich gegen zwei Uhr morgens aufgebrachte Menschenmassen vor der Meta-Zentrale. Manche trugen selbst gebastelte Schilder bei sich, andere hielten Leuchtfeuer in der Hand oder warfen mit Steinen. Die örtliche Polizei erhielt inzwischen Unterstützung vom Militär, um den Aufstand in Grenzen zu halten. Im Fernsehen wirkte es jedoch so, als sei die vereinte Exekutive nur halbherzig bei der Sache. Es wurde lediglich darauf geachtet, dass das Gelände der Firmenzentrale nicht gestürmt wurde. Steineschmeißer und andere Aggressoren wurden vorerst nicht festgenommen, solange sie keine Polizisten oder Soldaten angriffen. Zumindest berichteten die Medien nicht darüber – diese griffen kurze Zeit später einen anderen Bericht auf: ein hochrangiges Mitglied des Apple-Vorstands war von örtlichen Behörden erhängt in seiner Villa aufgefunden worden.

Um elf Uhr zwanzig deutscher Zeit wurde von Unbekannten Tätern das Google-Rechenzentrum europe-west1 in St. Ghislain in Belgien in Brand gesetzt. Der Zwischenfall bescherte vielen Büroangestellten in Europa einen freien Tag, da die Cloud-Dienste lokal nicht mehr funktionierten. Von Stunde zu Stunde wurde die Sachlage unübersichtlicher.

Datenschutzbeauftragte verschiedener Nationen warnten vor kursierenden Falschmeldungen. So sei es höchst unwahrscheinlich, dass einzelne Handys oder Accounts gezielt angegriffen würden. Es meldeten sich mehrere, vermeintliche Insider der Big5 zu Wort, die wilde Verschwörungstheorien zu einem Netz aus undurchsichtigen Behauptungen spannten.

Es kursierten Gerüchte über den Präsidenten von CNN, Roger O'Donnell, der möglicherweise in die Krise verwickelt war. Kurze Zeit später tauchten Chatverläufe auf, die ihn als Rassisten bloßstellten. Der Aufsichtsrat gab daraufhin bekannt, sich mit sofortiger Wirkung von Roger O'Donnell getrennt zu haben, zumindest so lange, bis die Sache eindeutig geklärt sei.

Auf YouTube kursierten immer mehr Tutorials darüber, wie sich Algorithmen austricksen ließen, und wie man sein digitales Leben absichern könne. Die meisten der Clips entpuppten sich als inhaltlose Clickbaits. Content Creator, die sich sonst mit Beautyprodukten oder Fashion beschäftigten, posteten Videos, in denen sie ihre meist unfundierte Meinung zur Sachlage kundtaten. Auch dieser Google-Dienst war einige Stunden später nicht mehr erreichbar. Stattdessen nahm sich die Boulevardpresse ihrer gerne an und verbreitete die Statements der Influencer, die teilweise völlig am Thema vorbeischossen. So verglich ein kanadischer Auto-Influencer den CEO von Meta mit Adolf Hitler.

Abgeschriebene Schlagersänger krochen aus der Versenkung ihrer Bedeutungslosigkeit und eröffneten Telegram-Kanäle, die eine lang geplante Verschwörung der Weltmächte propagierte. Man solle nichts davon glauben, es sei alles Fake. Manche gingen sogar so weit zu behaupten, dass es ein Schiff wie die SLS Tokio niemals gegeben habe – wo solle denn der Strom für die Server auf dem offenen Meer hergekommen sein? Andere waren fest davon überzeugt, dass Steve Jobs gar nicht tot sei, sondern all die Jahre im Untergrund die Übernahme der Weltherrschaft geplant hatte.

In hunderten Versandzentren Amazons streikten Sortierer, Lageristen, Fahrer, Reinigungskräfte, Schichtleiter, und IT-Spezialisten. Vielerorts blieben die unbeladenen FedEx, UPS, DHL, und Prime Transportflieger deshalb am Boden. Die Deutsche Post ließ auf ihrer Website verlautbaren, kurzfristig hunderte neuer Mitarbeiter in den europäischen Verteilerzentren einstellen zu wollen – anders ließe sich die bevorstehende Paketflut (nach der Krise) nicht bewältigen.

Der chinesische Außenminister rief indes zum weltweiten Boykott der Google-Suchmaschine auf und erklärte, die Volksrepublik würde den hauseigenen Suchdienst mit Freuden auch für andere Länder zugänglich machen. Dieser sei ›sehr sicher‹ und ›deutlich performanter‹. Die Welt könne die Entscheidung der chinesischen Regierung, Plattformen wie Facebook, Twitter, Google und Co. schon seit Langem gesperrt zu haben, nun viel besser verstehen. Zum Abschluss seiner Erklärung stellte er die rhetorische Frage, ob nicht der Westen in Wirklichkeit der Überwachungsstaat sei, von dem alle immer sprächen. In China gäbe es jedenfalls ›keine vergleichbaren Probleme‹. Als Zeichen des guten Willens der Volksrepublik unterstütze man TikTok mit einer akuten Finanzspritze von umgerechnet zwei Milliarden Dollar, damit die Plattform ihre Infrastruktur verstärken könne – man rechne mit einem ›nie dagewesenem Zulauf‹ an Nutzern aus aller Welt, die sich nun auf ein ›manipulationssicheres Kommunikationsnetzwerk‹ verlassen können müssten.

Maria stellte den Fernseher ab, legte den Kopf in den Nacken und sehnte sich nach einer Zigarette. Dieter Leiser hatte ihr geraten, sein Büro nicht zu verlassen. Die vor der Glastür abgestellte Sicherheitsfrau ließ die Bitte eher wie ein unausgesprochenes Verbot wirken.

Es vergingen einige Minuten, dann betrat Leiser das Büro. Zu ihrer Überraschung strahlte er sie an.

»Das Krankenhaus hat gerade angerufen. Fabrizio scheint's geschafft zu haben!«

»Madonna, Gott sei Dank!«, rief Maria und fühlte sich augenblicklich etwas besser.

»Das ist Helga«, sagte Leiser und deutete auf die Frau des Sicherheitsdienstes. »Sie wird dich zum Krankenhaus begleiten, wenn du ihn besuchen willst.«

»Jetzt gleich?«

»Gerne jetzt gleich.«

»Kommst du nicht mit?«

»Würde ich gern«, antwortete Leiser und schnalzte nachdenklich mit der Zunge. Plötzlich blickte er wieder ernst drein. »Ich nehme an, du hast die Nachrichten gesehen?«

Maria nickte.

»Wir haben die Jungs aus dem Video in der Nähe von München festgenommen. Ein Passant hat sie erkannt und die Polizei verständigt. Ein Helikopter bringt sie her, deshalb muss ich hier bleiben. Außerdem müsste ich seit einer halben Stunde im Kanzleramt sein, aber das muss jetzt warten. Die Typen könnten unsere einzige Chance sein, den Schaden etwas zu begrenzen. Bestell Fabrizio liebe Grüße von mir.«

Damit machte Leiser auf dem Absatz kehrt und ging.

»Was ist mit den beiden Russen?«, rief Maria ihm hinterher. »Hat man sie gefunden?«

»Leider noch nicht, die Kollegen arbeiten dran.« Er kam noch einmal ein paar Schritte näher. »Du musst dir keine Sorgen machen, Maria. Vor dem Gebäude ist die Hölle los, die Straße ist abgesperrt und außerdem hast du Helga dabei. Sie wird auf dich aufpassen, versprochen.«

Helga lächelte sie aus verständnisvollen Augen an.

Wird schon schiefgehen, dachte Maria und folgte Helga durch die Gänge, raus aus dem Komplex und auf die Straße.

Es war ein grauer Vormittag in Berlin und die Stadt wirkte, als hielte sie den Atem an.

Eine Ärztin empfing sie vor einem Zimmer auf der Intensivstation. »Herr Visconti war vorhin kurz wach, aber er döst immer wieder weg. Die letzten Stunden haben ihn viel Kraft gekostet.«

Maria hatte Mühe, sich zusammenzunehmen. Sie schluckte. »Wird er wieder gesund?«

Die Ärztin steckte sich das Klemmbrett unter die Achsel und sah Maria in die Augen. Irgendetwas an ihrem Blick machte Maria Angst.

»Wird er wieder?«, wiederholte sie mit brüchiger Stimme.

Die Ärztin seufzte. »Sein Gehirn hat keine größeren Schäden erlitten, er wird zu vollem Verstand kommen, möglicherweise begleitet ihn ein paar Wochen eine lokale Amnesie, das wäre aber nichts Ungewöhnliches. Es wird ihm gut tun, ein bekanntes Gesicht zu sehen, wenn er aufwacht.«

»Wird er mich denn erkennen?«

»Ich denke doch. Er weiß, wo er sich befindet und welcher Tag heute ist. Allerdings erinnert er sich nicht mehr daran, wie er hierhergekommen ist.«

»Das heißt es wird alles wieder gut?«

»Naja ... Herr Visconti wurde von einer Kugel ins Rückenmark getroffen. Es ist noch zu früh, eine finale Diagnose abzugeben. So wie es aussieht, wird er nicht mehr laufen können.«

»Oh Scheiße«, entfuhr es Maria leise.

»Man wird sehen, was sich mithilfe von Krankengymnastik und speziellen Trainings machen lässt, Frau Passarelli. Die Medizin hat in den letzten Jahren große Fortschritte gemacht.«

Die Ärztin öffnete die Schiebetür und Maria sah einen Körper, der unter zahlreichen Kabeln und Schläuchen kaum zu erkennen war.

»Sieht schlimmer aus, als es ist. Er hängt nicht mehr an der Maschine, aber zur Sicherheit stehen alle Geräte bereit. Wenn Sie irgendetwas brauchen – vorn am Bett ist ein Knopf – den drücken Sie und jemand wird kommen, ja?«

»Ist gut ...«

Langsam betrat sie das Zimmer. Helga wartete draußen. Neben dem Bett stand ein schmuckloser Stuhl, sie zog ihn langsam an die Kante. Als Maria nach Fabrizios Hand griff, flatterten seine Augenlider. Kurze Zeit später starrte er sie an. Sein Blick war leer und irgendwie kalt, doch seine Mundwinkel zuckten, als wolle er ein Lächeln andeuten.

Das Erste, was Fabrizio Visconti wahrnahm, war das Geräusch der Überwachungsgeräte, die an seinen Körper angeschlossen waren und die in regelmäßigen Abständen piepsten. Er hatte das Gefühl, dass sich jemand im Raum befand und plötzlich spürte ein Kribbeln in seiner rechten Hand.

Angestrengt versuchte er sich daran zu erinnern, wie er seinen Augenlidern den Befehl gab, sich zu öffnen. Er fokussierte sich nur auf die Muskelpartien um seine Augen, bis ihn helles Licht blendete und er schemenhaft die Umrisse eines Menschen erkannte.

Nach und nach gewöhnte sich seine Netzhaut an die Helligkeit und es gelang ihm, den Blick einigermaßen scharf zu stellen. Als nähme er einen großen Schluck heiße Schokolade, strömte mit einem Mal Wärme durch seinen Körper. Seine Haut juckte eigenartig. Als er versuchte, den Brustkorb zu heben, um sich in eine aufrechte Position zu bringen, fuhr ein gellender Schmerz in seinen Oberkörper. Hätte man ihn gefragt, wo es weh tat, er hätte keine präzise Antwort geben können. Es fühlte sich an, als hätte man seine Arme und Beine fest an jenen Untergrund geschnürt, den er jetzt als Bett erkannte.

Visconti bewegte die Aufmerksamkeit in Richtung seiner Gliedmaßen. Die Arme konnte er minimal heben, doch von seinen Beinen erhielt er keinerlei motorische Rückmeldung, er spürte auch keinen Schmerz, kein Ziehen, kein Stechen, nichts.

Es kam ihm vor, als vergingen einige lange Minuten, bevor er das Gesicht des Menschen erkannte.

Maria!

Visconti spürte etwas in seinem Gesicht zucken. Er wollte ihr sagen, dass er sich freute sie zu sehen, aber er konnte sich nicht daran erinnern, wie genau das mit dem Sprechen funktionierte.

Er hörte sich röcheln, heiser, spürte seinen trockenen Mund, versuchte zu schlucken. Nach ein paar Versuchen brachte er brüchig ihren Namen hervor und Maria lächelte.

»... geht es dir ...«

Geräusch und Bedeutung ihrer Worte kamen zu unterschiedlichen Zeitpunkten bei ihm an, doch er verstand und nickte.

»... geht schon ...«

Seinen Mund so zu bewegen, dass die richtigen Laute herauskamen, fühlte sich für Visconti an, wie die Anstrengung beim Gewichtheben oder Armdrücken. Schon nach ein paar Worten lechzte sein Körper nach Entspannung.

Wo sind meine Beine ...?

Plötzlich geschah etwas Seltsames. Als er die Augen das nächste Mal öffnete, sah er Maria doppelt. Eine Maria mit braunen Haaren und eine mit blonden. Er vermutete, dass sein Hirn ihm einen Streich spielte und noch nicht ganz mit den vielen Eindrücken zurechtkam.

Erneut öffnete er die Augen, doch die zweite Maria stand immer noch da.

»Fabrizio ...«, sagte die blonde Maria, wandte sich zur anderen und fragte: »Kann er mich überhaupt hören?«

Natürlich kann ich dich hören, falsche Maria, aber wer bist du?

Wenngleich er keine Probleme hatte, den Gedanken in seinem Kopf auszuformulieren, verließ nur ein eigenartiger Laut seinen Mund.

Eine weitere Empfindung gesellte sich seiner Wahrnehmung hinzu. Als würde heiße Flüssigkeit in seinem Körper aufsteigen, wie Lava in einem Vulkan, fing er an, sich selbst zu beschimpfen.

Du klingst wie ein alter Mann! Reiß dich zusammen!

Wut, dachte er. Ich bin wütend. So fühlt sich Wut an.

Er überlegte einen Moment und erachtete das Gefühl als logisch. Er war wütend, weil er begriff, dass er schwach und hilflos war.

Beim nächsten Lidschlag erkannte er plötzlich die Frau und es war, als fände ein Stück seiner ursprünglichen Kraft in seinen Körper zurück, zumindest in den oberen Teil desselben.

»Ariana ...«, sagte er und es gelang ihm, die Hand nach ihr auszustrecken. Wann hatte er sie das letzte Mal gesehen? Es glaubte, dass es gestern gewesen sei, spürte aber, dass mehr Zeit dazwischen liegen musste.

Ariana hatte sich nicht verändert. Sie sah aus wie immer, die weichen Gesichtszüge nach wie vor fast jugendlich, schön, straffe Haut, vielleicht waren ihre Haare inzwischen etwas dünner geworden.

Visconti fiel auf, dass er immer mehr Details erkannte. Er sah die geröteten Wangen in Marias Gesicht und die feuchten Augen. Er erkannte die Sonnenbrille auf Arianas Stirn als das, was sie war, und nicht mehr als schwarzen Fleck.

Das Zimmer war in weißer Farbe gestrichen und es roch nach ... Krankenhaus? Der typische Dunst aus Desinfektionsmittel und Gummi oder ähnlichem lag in der Luft. Er nahm einen tiefen Atemzug, stellte aber fest, dass ihm die Dehnung im Brustkorb Schmerzen bereitete.

Angespannt blickte er an sich hinunter.

»Mach die Decke weg«, sagte er langsam und konzentriert, hoffte, dass Maria und Ariana ihn verstanden.

Vorsichtig zog Ariana die Decke beiseite.

Er sah seine Beine, die aus einem der typischen gestreiften Krankenhauspyjamas ragten, doch er spürte sie nicht. So sehr er sich auch anstrengte, er konnte nicht einmal mit dem großen Zeh wackeln. Die Haut an seinen Schenkeln sah aus, als hätte man sie mit weißer Kreide eingerieben oder dem Zeug, das Kletterer sich auf die Hände streuen, *wie heißt das nochmal?*

»Ich bin bei dir«, sagte Ariana sehr deutlich, so als spräche sie mit einem Kind. Ihr Tonfall machte Visconti noch wütender.

Ich bin ein erwachsener Mann von ... einigen Jahren, ich bin kein Kind! Mir geht's gu ... doch jemand griff mit glühenden Händen um seine Taille, als er versuchte, sich aufzurichten. Es ging nicht.

Als nächstes spürte er seinen trockenen Mund ganz deutlich.

»... Wasser?«

»Warte, ich hole was«, sagte Maria und ging.

Ariana näherte sich und griff nach seiner Hand. Wieder kribbelte es.

»Was machst du nur für Sachen, Fabrizio ...«, fragte sie in einem Tonfall, den er von ihr nicht kannte. Es klang besorgt, wütend und liebevoll zugleich.

»Hab gearbeitet ...«

Als das letzte Wort seine Lippen verließ, spürte er erneut Wut in sich aufsteigen, viel heftiger jedoch als vorhin. Er ballte die linke Hand zur Faust, es tat weh, mit der rechten umschloss er Arianas Hand so fest er konnte.

»Es wird alles wieder gut«, sagte sie sanft, streckte den Arm aus und fuhr ihm über die Stirn. Ihre Finger waren kalt und trotzdem fühlte sich die Berührung warm an.

»Du hast jetzt Feierabend, Fabrizio«, fügte sie noch hinzu. Es erschloss sich Visconti nicht ganz, was sie damit meinte.

Maria kehrte ins Zimmer zurück und führte ihm einen Becher mit einem eigenartigen Aufsatz zum Mund. Das Ding sah aus wie eine Nuckelflasche. Visconti spürte, dass er ungewollt das Gesicht verzog.

Aus so einer Flasche trinken Rentner, oder Babys, dachte er angewidert. Ich bin kein Rentner! Ich bin auch kein Baby!

Doch Visconti trank und mit jedem Schluck fühlte er sich etwas besser. Bis er sich wieder daran erinnerte, dass er seine Beine nicht spüren konnte.

Langsam kehrte seine Erinnerung zurück, in Fetzen, zerrissen wehten sie durch seinen Kopf wie die einzelne Seite einer Zeitung, die auf der Straße von einem vorbeifahrenden Auto herumgeschleudert wird.

»Ich hab' dich vermisst«, sagte er zu Ariana, sah dabei aber Maria an. Das Sprechen fiel ihm durch das Wasser deutlich leichter. Er korrigierte sich und sah jetzt zu seiner Schwester: »Ich habe euch beide vermisst.«

Was er sagte, meinte er genau so. Es war ein schönes Gefühl, ihre Gesichter zu sehen.

Er hatte nicht damit gerechnet, beide jemals wiederzusehen und doch standen sie genau vor ihm. Der Moment war wunderbar.

Fabrizio Visconti freute sich wie ein kleines Kind, dass er noch am Leben war.

ZWEIUNDZWANZIG

Internationaler Flughafen FRA
Frankfurt am Main, Deutschland

Christoph Hildebrandt tippelte nervös mit dem rechten Fuß, als sein Anwalt Thomas Virchow endlich den gefliesten Vernehmungsraum betrat. Der schmale Mann in Hildebrandts Alter, Anfang fünfzig, Designerbrille, eisgraue Haare, trug einen ultramarinblauen Anzug mit geblümter Krawatte und hochglanzpolierte, cognacbraune Schuhe. Einstecktuch und Gürtel passten farblich zum Outfit.

»Sodele, dann machet mir jetzt hier Feierobad, gell«, sagte Virchow an den Beamten gerichtet, der Hildebrandt gegenübersaß.

Hildebrandt musste beim Auftritt des Anwalts fast lachen. Den schwäbischen Dialekt Virchows auszublenden, war nicht die leichteste aller Aufgaben. Davon abgesehen war Virchow, dem Himmel sei Dank, einer der Besten seines Fachs. Er vertrat viele von Hildebrandts Kollegen in Rechtsfragen aller Art und hatte sich als loyaler und diskreter Mann bewiesen, der sich für kaum eine Methode zu schade war.

Hildebrandt hatte Virchows Ehemann einen Job in der Buchhaltung verschafft und inzwischen verband sie fast schon so etwas, wie eine distanzierte Freundschaft. Seit zwei Jahren war Virchow ebenfalls bei DarkStone beschäftigt und hatte die Leitung der Rechtsabteilung für Deutschland übernommen.

»Sie müssen der Anwalt von Herrn Hildebrandt sein?«, gab der Beamte zurück, stand auf und verschränkte die Arme vor der Brust.

»Ganz recht. Und sie haben nicht den Hauch einer Berechtigung meinen Mandanten hier festzuhalten, richtig?«

»Herr Hildebrandt ist dringend tatverdächtig und es besteht Fluchtgefahr.«

»Das verstehe ich nicht. Mein Mandant war auf dem Weg zu einem Geschäftstermin. Lassen Sie uns jetzt bitte allein.«

Der Beamte stieß einen Seufzer aus, schüttelte den Kopf und verließ den Raum.

»So Chrischtoff … Das Beste wird sein, die Klappe zu halten. Die Aktion war ziemlich unüberlegt, um es mal diplomatisch auszudrücken. Ich befürchte, du kommst um die U-Haft vorerst nicht rum. Der Typ hat leider Recht, es besteht Fluchtgefahr, die Story mit dem Geschäftstermin kauft kein Schwein, sorry. Beim Haftrichter werden wir sehen, was geht. Was muss ich wissen?«

Hildebrandt erzählte Virchow die ganze Geschichte. Nach einer halben Stunde lehnte sich der Anwalt im Stuhl zurück und fuhr sich über das Gesicht.

»Scheiße, Chrischtoff. Das bringen sie schon den ganzen Vormittag in den Nachrichten. Alter Schwede, das wird eine harte Nuss, ich sag's dir gleich.«

»Ja, und was soll das jetzt heißen?«

»Das es teuer wird, sehr teuer. So, wie das durch die Medien schwappt haben die Behörden in Null-Komma-Nichts einen Durchsuchungsbeschluss parat, und zwar einen, der auch für DarkStone gilt. Ich muss mich mit unserer Rechtsabteilung in New York abstimmen. Haben die davon gewusst?«

Hildebrandt nickte.

»Ihr seid doch nicht mehr ganz sauber, Chrischtoff ... Also nochmal ... Aussage verweigern, abwarten. Mann, Mann, Mann.«

Zu Hildebrandts Überraschung stand Virchow auf und wollte den Raum verlassen.

»Wo willst du hin, Thomas?«

»Telefonieren.«

Nach zwanzig Minuten kehrte er zurück. Aus seinem Gesichtsausdruck schloss Hildebrandt nichts Gutes.

»New York meint, die wissen von der Sache nichts«, sagte Virchow tonlos.

»WAS?!«

»Man wird sich fristlos von dir trennen. Ich muss dich bitten, das hier zu unterschreiben.«

Er schob ihm ein Dokument und einen Kugelschreiber entgegen.

»Was soll das sein?«

»Chrischtoff, ich bitte dich. Non-Disclosure und Non-Compete. Du weißt doch wie das läuft. Mach's nicht schwerer, als es eh schon ist. Muss ich dir wirklich erklären, was das heißt?«

»Zum Teufel, ich weiß, was der Dreck bedeutet. Aber was soll ich damit?!«

»Herrgott, du musst einwilligen, dass du keine Interna preisgibst und dich von unseren Mit- und Wettbewerbern fernhältst. Bitte, stell dich nicht so an.«

Hildebrandt traute seinen Ohren nicht. »Ihr könnt mich mal am Arsch lecken! Natürlich wissen die in New York von der Sache!«

»Die haben mir gesagt, dass du auf eigene Faust unterwegs warst. Hör zu, selbst, wenn ich dir glauben würde, kann ich nichts für dich tun. Ich mache hier nur meinen Job.«

»Dein Job ist, mich hier rauszuholen!«

»Nein, mein Job ist, mich nach den Anweisungen aus New York zu richten. Punkt. Chrischtoff, es tut mir leid!«

»Ach, halt's Maul und schieb' dir dein scheiß NDA in den Arsch, du Schwuchtel! Komm, verpiss dich. Ich mach das allein.«

»Jetzt mach bloß keinen Fehler, ja?«

»Hau endlich ab, du Zecke! HERR WACHTMEISTER!?«

Der Beamte betrat mit fragendem Gesichtsausdruck den Raum.

»Rufen sie diesen Kommissar Dietrich an!«, rief Hildebrandt. »Ich bin bereit einen Deal auszuhandeln!«

Virchow lief kreidebleich an.

Was sind das nur für Arschgeigen, fragte sich Hildebrandt. Seit über zwanzig Jahren arbeite ich für den Saftladen und das soll jetzt der Dank dafür sein? *Na wartet.*

»Du wirst das bereuen, Chrischtoff!«, fauchte Virchow, griff nach seiner Aktentasche und ging.

Nein, dachte Hildebrandt. Das werden wir alle gemeinsam bereuen.

DREIUNDZWANZIG

Zentrale des Bundesnachrichtendienstes
Chausseestraße, Berlin-Mitte, Deutschland

Die Menschen starrten ihn an, als käme er von einem anderen Planeten. Adam Volt konnte ihre neugierigen Blicke kaum ertragen, als man sie durch scheinbar endlose Gänge in den vierten Stock brachte. Mitarbeiter standen vor ihren Büros und schienen für einen Augenblick alle Arbeit niedergelegt zu haben. Manche flüsterten sich etwas zu. Adams Handgelenke schmerzten. Seine Hände waren auf dem Rücken mit Handschellen gefesselt worden. Vadim, Junichiro, Harold und Émelie erging es nicht anders.

Sie erreichten ein Großraumbüro in dem das blanke Chaos ausgebrochen zu sein schien. Unzählige Menschen eilten geschäftig von PC zu PC, bildeten kleine Grüppchen, schwärmten wieder aus, telefonierten, gestikulierten. Techniker in Blaumännern trugen Bildschirme durch die Gegend, Kabelknäuel über die Schultern gelegt. Fernseher an den Wänden zeigten die Nachrichten verschiedener Sender von BBC bis Al Jazeera. Immer wieder sah Adam sich selbst. Eines seiner Bilder trug die Unterschrift: *Adam Volt: BlackHat oder WhiteHat?*

Es roch nach Kaffee und abgestandener Luft, das Licht von der Decke war fahl und kalt. Man hatte sie mit einem Helikopter hergebracht, Adam war noch immer etwas schlecht vom Flug. Kurz zuvor war er in Ohnmacht gefallen. Immerhin hatten sie Émelie neben ihn gesetzt, sonst wäre er wahrscheinlich völlig durchgedreht. Schließlich hatte man sie zweimal durchsucht, bevor sie in den Komplex geführt wurden. Das Laptop aus der amerikanischen Botschaft in Tokio hatte man konfisziert, ebenso ihre Handys.

Man brachte sie in einen verglasten Raum, der wohl als Konferenzraum diente. An der Rückwand hingen Bildschirme, die die bekannten Bilder zeigten. Zwei Sicherheitsmänner waren vor der Tür positioniert.

»Was glaubt ihr haben die vor?«, fragte Junichiro.

Harold zuckte die Schultern. »Keine Ahnung.« Er deutete auf ein Emblem, das an einer der Scheiben des Raumes klebte. »Das ist der Bundesnachrichtendienst. Wenn man uns einsperren wollen würde, sind wir an der falschen Adresse. Vielleicht will man sich anhören, was wir zu sagen haben.«

Adam merkte, dass Émelie Tränen von den Wangen liefen. Mit seinem Knie wollte er ihres berühren, doch sie zog es weg und wendete ihr Gesicht ab. Er schämte sich.

Vor dem Konferenzraum waren zwei weitere Menschen aufgetaucht, eine schwarze Frau und ein glatzköpfiger Mann. Die Frau telefonierte, der Mann stand dicht neben ihr und hielt den Kopf schief, so als wollte er mithören, was am anderen Ende der Leitung gesprochen wurde. Dann nickte der Mann, klopfte der Frau auf die Schulter und betrat den Raum.

»Englisch okay für alle?«, fragte er mit starkem deutschen Akzent.

»Wenn's für Sie okay ist«, antworte Harold und lächelte schelmisch.

Adam fragte sich, warum Harold so vorlaut war und wie er so schlagfertig sein konnte. Hatte er keine Angst?

Schließlich nickten sie einstimmig und der Mann fuhr fort.

»Ich bin Dieter Leiser, Leiter der Abteilung Technische Aufklärung des Bundesnachrichtendienstes.« Er sah ernst in die Runde. »Ihr habt uns die letzten Stunden ganz schön eingeheizt.«

»Gern geschehen«, sagte Harold.

Adam war überrascht als Leiser ein kleines Lächeln über sein Gesicht huschte. Er fand, dass er freundliche Augen hatte.

»Wollt ihr was trinken? Kaffee, Tee? Wasser? Hat jemand Hunger?«

Wieder nickten sie.

»In Ordnung, ich lasse was bringen.«

Er tippte kurz auf seinem Handy herum und ließ es dann wieder in der Hosentasche verschwinden. Leiser setzte sich, stand gleich wieder auf und verließ für einen Moment den Raum. Er sprach mit einem der Sicherheitsleute.

»Könnt ihr euch benehmen?«, fragte er mit einem Bein im Raum.

»Kommt drauf an«, gab Harold patzig zurück. »Wir haben Rechte.«

»JA, KÖNNEN WIR!«, rief Émelie. »Wir benehmen uns.« Sie sah alle eindringlich an. Als sich ihre Augen mit Adams trafen, bemerkte er einen grauen Schleier über dem sonst so strahlenden blau.

»Vielleicht sollte ich vorwegschicken, dass wir euch nichts Böses wollen«, sagte Leiser und machte eine Handbewegung. Die Sicherheitsleute betraten den Raum und nahmen allen die Handschellen ab.

»Wartet draußen«, wies Leiser die Männer an und schloss die Tür hinter sich. Dann setzte er sich wieder. »So lässt es sich besser unterhalten, findet ihr nicht?«

Adam nickte, ebenso Émelie. Junichiro und Vadim zeigten keine Reaktion.

Ein paar Häppchen und Getränke wurden gebracht. Adam langte dankend zu. Die labbrigen Sandwiches waren ein Festmahl und halfen etwas gegen seinen flauen Magen.

»Ich will die Geschichte aus eurer Sicht hören«, bat Leiser, nachdem sich alle bedient hatten.

Adam zögerte einen Moment.

Wir haben nichts zu verlieren.

Dann begann er zu erzählen.

Émelie wurde von Minute zu Minute blasser.

Leiser unterbrach ihn kein einziges Mal und als Adam fertig war, bedankte sich Leiser und sah auf seine Armbanduhr.

»Ich werde mich kurz fassen, weil wir nicht mehr allzu viel Zeit haben.«

Leiser blickte zu Vadim.

»Du bist der Neffe von Dimitri Orlov, richtig?«

Langsam sah Vadim auf. »Ja, und?«, fragte er trotzig.

»Dein Onkel ist vor ein paar Stunden in Myanmar verstorben. Es hat eine Auseinandersetzung mit der CIA und dem birmanischen Militär gegeben.«

Adams Herz pumpte augenblicklich schneller. Er wusste nicht, ob das gute oder schlechte Nachrichten waren. Vadim hingegen wirkte eher apathisch als entsetzt oder traurig.

»Cedric Fergusson«, murmelte er kleinlaut.

»Ich habe mitbekommen, dass du ihn kennengelernt hast. Meine Kollegin hat vorhin mit ihm telefoniert. Ich weiß zwar nicht, wie genau eure Begegnung damals abgelaufen ist, ist auch nicht meine Angelegenheit, aber er bat mich, dir sein herzliches Bei - «

»Das kann er sich sparen!«, bellte Vadim.

»Ich kann deine Wut verstehen, Junge. Um das aus dem Weg zu schaffen: Auch mir tut es leid, dass es so weit kommen musste. Du kannst nichts für die Verbrechen deines Onkels.«

Adam bemerkte, dass Junichiro die Brauen hob.

»Bleibt es bei gegenseitigen Beileidsbekundungen und Kaffeekranz, oder sagen Sie uns endlich, was Sie von uns wollen?«, fragte Harold.

Leiser sah ihn stutzig an und zog die Stirn in Falten. »Wir brauchen eure Hilfe. Die versammelte Belegschaft der wichtigsten Geheimdienste ist nicht in der Lage, die Daten zurückzuholen. Ich sag's euch ganz ehrlich: wir sind ratlos.«

»Das ist ja ganz was Neues«, sagte Harold.

»Wie darf ich das verstehen?«, entgegnete Leiser.

»Ich sag mal so viel«, antwortete Harold und fuhr sich durch seinen zotteligen Bart, »So oder so ähnlich hab' ich das schon vom japanischen Geheimdienst gehört.«

Leiser nickte. »Man hat mich informiert. Wir stehen im engen Austausch mit Asuka Massako - «

»Richten Sie ihr den hier aus«, rief Harold und streckte Leiser den Mittelfinger entgegen.

Leiser lächelte milde. »Das sollten Sie sich vielleicht nochmal überlegen, Mr. Decker. Ich soll Ihnen eine Nachricht von ihr übermitteln.«

»Da bin ich aber mal gespannt.«

Leiser schob ihm sein Handy über den Tisch. Das Display zeigte einen Screenshot.

»Lies vor!«, forderte Junichiro.

»»Bitte richten Sie Mr. Decker meine Entschuldigung aus. Es sind Fehler gemacht worden, die sich nicht gegen ihn persönlich richten. Ich halte ihn für einen integren und wohlwollenden Zeitgenossen. Vielleicht kann er Ihnen behilflich sein. Danke.‹«

Ungläubig gab er das Handy wieder zurück. »Ist die Schachtel also doch noch zur Vernunft gekommen«, murmelte er.

Leiser schien den Spruch überhört zu haben. »Keine Ahnung, was zwischen Ihnen beiden vorgefallen ist, aber das ist jetzt ebenfalls nicht unser Thema. Also, könnt ihr uns helfen, die Daten zurückzugewinnen?«

Adam wechselte einen Blick mit Vadim, der die Schultern zuckte.

»Gibt es irgendwelche Anhaltspunkte?«, fragte Adam.

»Außer euch fünfen? Nein.«

»Was ist mit Myanmar? Da hat man meinen Onkel erschossen. Die Auktion hat dort stattgefunden, oder nicht?«, fragte Vadim.

Leiser fuhr sich über das Gesicht. »Ja, Vadim, das ist so eine Sache. Die Amerikaner versuchen mit diplomatischem Hochdruck eine militärische Eskalation zu verhindern. Bei der Operation ist einer der ranghöchsten Generäle Myanmars schwer verletzt worden. Die sind stinksauer. Vor Ort können wir im Augenblick nichts tun.«

»Zumindest nicht solange der internationale Druck nicht groß genug ist«, meinte Harold. »Und bis dahin sind alle Spuren beseitigt, nehme ich an.«

»So sieht's aus. Wie ihr seht, ist die Lage beschissen. Uns ist allerdings eine Festplatte zugespielt worden, die uns Aufschluss über die Auktion als Solches gegeben hat. Ein Vorstandsmitglied eines teilnehmenden Konzerns wurde in Frankfurt festgenommen. Nach einigem hin und her mit dem Anwalt der Firma hat er uns ein paar Informationen zum Ablauf geben können. Der Broker, der nach Myanmar gereist ist, ist unter bisher noch ungeklärten Umständen verschwunden. Von den anderen Teilnehmern weiß er nichts. Auch diese Spur ist also inzwischen eine Sackgasse. Immerhin hat uns das und die Festplatte dabei geholfen, die Dimensionen besser einschätzen zu können. Zusammen mit eurem Leak fügen sich die Puzzleteile nun fast komplett zusammen. Aber das Wichtigste fehlt nach wie vor. Die Daten.«

»Lässt sich irgendwie herausfinden, wer noch an der Auktion beteiligt war?«, fragte Émelie.

»Gib uns zehn Jahre Zeit, dann vielleicht. Für sowas müssen richterliche Beschlüsse eingeholt werden, Verträge zwischen Kommissionen geschlossen werden und, und, und. Die Bürokratie arbeitet sehr langsam. Nicht nur in Deutschland. Bis dahin ist es zu spät, da sind sich alle hier einig. Wir haben keine weiteren Anhaltspunkte. Keiner weiß wirklich, wie sich das RCSN organisiert hat, nicht einmal der Neffe des Drahtziehers.«

»Soll das ein Vorwurf sein?« verteidigte sich Vadim. Seine Stimme war zittrig und höher als sonst. »Ich habe einen furchtbaren Fehler gemacht, aber mein Onkel hat mir niemals alle Details verraten!« Er stützte den Kopf in die Hände. »Ohne mich Idioten wäre es niemals so weit gekommen, verdammte Scheiße. Es tut mir leid, Leute.«

Leiser seufzte. »Ich sag's nur ungern, aber für Selbstmitleid ist jetzt der falsche Zeitpunkt. Wir müssen handeln, und zwar sofort! Ich bitte euch inständig, wenn es irgendeine Möglichkeit gibt, wie ihr uns unterstützen könnt – «

Plötzlich betrat ein rundlicher Mann im Anzug den Raum.

»Dr. Moreau?«, sagte Leiser erstaunt und drehte sich um. Moreau beugte sich zu Leisers Ohr und flüsterte ihm etwas zu.

»Hier?!«, rief Leiser entsetzt. »Ich dachte, wir ...«

»Er wollte sich mit denen da persönlich unterhalten«, unterbrach Moreau und sah Adam und die anderen abschätzig an.

»Wann?«

»Ist grad in die Tiefgarage. Marschall kommt auch.«

»Der Innen- Was will der denn hier?«

»Keine Ahnung. Nicht meine Entscheidung.«

Unsicher sah Leiser in die Runde. Moreau nahm am Tischende Platz, in sicherer Entfernung zu Adam und den anderen.

»Hoher Besuch?«, fragte Harold beiläufig und nahm sich noch ein Sandwich.

»Höher geht's nicht. Das ist übrigens Dr. Moreau, der Präsident des BND«, gab Leiser trocken zurück und stand auf, als sich drei Männer und eine Frau in schwarzen Anzügen näherten. Sie trugen kaum sichtbare Headsets im linken Ohr, deren Kabel in den Krägen ihrer Hemden verschwanden. Stumm betraten sie den Raum und sahen sich um, dann stellten sie sich genau hinter Adam, Vadim und Junichiro. Die Frau ging hinter Émelie in Stellung.

»Reine Vorsichtsmaßnahme«, murmelte Moreau und goss sich einen Becher Kaffee ein. Etwa eine Minute später eilten zwei Männer in dunklen Anzügen durch das Büro, flankiert von vier Sicherheitsleuten des BND. Das Gesicht eines Mannes kam Adam bekannt vor. Die Mitarbeiter, die sich im Büro befanden, hielten für einen Moment ehrfürchtig inne.

Als sie den Konferenzraum betraten erhoben sich Moreau und Leiser kurz, man schüttelte Hände, dann ging der größere Mann um den Tisch und reichte Harold seine Hand.

»Mein Name ist Peter Naumann. Ich bin der Kanzler der Bundesrepublik Deutschland.«

»Ja ... ich ... weiß, wer Sie sind«, sagte Harold mit kraus gezogener Stirn.

Naumann ging reihum, schüttelte Hände. Adam bedachte er mit einem eindringlichen Blick. Der andere Mann wiederholte das Ritual; Marschall, Marschall, Marschall, freut mich, angenehm, freut mich.

»Das ist der Bundesinnenminister«, erklärte Leiser.

Marschall und Naumann nahmen neben Leiser Platz.

Ohne große Vorreden begann Naumann: »Ich hielt es für sinnvoll, das Briefing gleich hier abzuhalten. Die Bürger erwarten ein Statement. Severin Koch vom CERT-Bund hat mir bereits einen kurzen Überblick gegeben. Meine Herren, junge Dame, warten Sie ... wer sind Sie noch gleich?«

»Das ist meine Freundin Émelie«, antwortete Adam, etwas lauter als er es vorhatte. Der Bundeskanzler sah sie komisch an.

»Ah verstehe ... Nun gut, Herr Leiser, geben Sie uns bitte einen kurzen Überblick zur Sachlage. Ich habe um vierzehn Uhr einen Termin mit der Presse vereinbart.«

»Sie halten die Konferenz persönlich ab?«

»Keine Konferenz, Leiser, eine Ansprache. Nach allem was ich bisher mitbekommen habe, brauchen unsere Mitbürgerinnen und Mitbürger ein klares Signal der Sicherheit. Ich werde nicht meinen Sprecher vorschicken.«

Adam sah, wie sich Harold ein Kichern zu verkneifen versuchte.

Leiser unterrichtete Kanzler und Innenminister.

Naumann lockerte schließlich seine Krawatte und griff nach einem Glas Wasser. Er schien sich ziemlich unwohl zu fühlen.

»Das heißt auf Deutsch, dass wir versagt haben, richtig?«, fragte er, an Leiser und Moreau gewandt.

»Wie meinen?«

»Deutschland hat es versäumt, sich gegen einen derartigen Vorfall abzusichern!«

»Naja ...«, entgegnete Leiser, »es handelt sich nicht um einen konkreten Angriff auf die Bundes – «

»Aber um einen Angriff auf ihre Bürger, zum Kuckuck! Außerdem scheint nicht einmal mein Geheimdienst zu wissen, ob unsere kritischen Server wegen des Lecks in Gefahr sind!«

»Das können wir zum jetzigen Zeitpunkt weder bestreiten noch belegen«, versuchte Moreau den Kanzler zu besänftigen.

»Allein das ist ein Armutszeugnis!«

»Die Triple-A-Systeme sind sicher«, schaltete sich der Innenminister Marschall ein.

»Das beruhigt mich nur mäßig, Hans. Kein einziges Gerät unserer Bürger ist ein Triple-A System.« Der Bundeskanzler wandte sich an Adam. »Mr. Volt, lässt sich irgendwie ein Weg finden, die Daten wiederzubeschaffen?«

Adam war überrascht, dass Naumann ihm diese Frage stellte.

»Nein«, antwortete er bestimmt.

»Aber diese Daten können sich doch nicht einfach in Luft auflösen! Die schwirren doch irgendwo im Darknet rum oder nicht?«

»Mit Verlaub, Herr Naumann«, sagte Leiser mit mahlenden Kiefern. »Aus den Informationen, die uns über die Festplatte zugespielt wurden, geht hervor, dass sämtliche Daten nach der Auktion auf gesicherten Speichermedien transportiert werden sollten. Die sind nicht mit dem Internet verbunden.«

»Und wohin hat man das Zeug gebracht?«

»Das wissen wir nicht.«

Naumann rieb sich die Stirn, als hätte er Kopfschmerzen. »Okay ...«, sagte er schließlich. »Ich wüsste ganz gern, wie sich die Big5 aus der Sache rausreden wollen. Gibt's da schon was?«

Moreau schüttelte den Kopf. »Alle Dienste sind nach wie vor down. WhatsApp funktioniert noch einigermaßen und Google mehr schlecht als recht, aber immerhin. Die brüten wahrscheinlich gerade mit ihren Anwälten an irgendwelchen Erklärungsversuchen. Wenn Sie mich fragen, Herr Naumann; die sind erledigt, alle miteinander.«

»Das glaube ich kaum«, sagte der Innenminister resigniert. »Sie sehen doch, wie abhängig wir alle von deren Services sind. Für solch einen Vorfall gibt es in der EU nicht einmal passende Gesetze, um die Verantwortlichen zur Rechenschaft zu ziehen.«

»Sag ich doch«, meinte Naumann, »ein einziges Armutszeugnis ist das alles. Also gut, mehr können wir im Augenblick nicht tun?«

Plötzlich kam Adam eine Idee. So schnell wie möglich versuchte er die Gedanken in seinem Kopf zu sortieren. Was würde er jetzt für ein paar Tic Tac geben.

»Ähm ...«, begann er, »vielleicht gibt es eine Sache, die man probieren könnte ...«

Naumanns Augen blitzten. »Raus mit der Sprache, junger Mann!«

»Man hat uns gesagt, dass die Auktion in Myanmar stattgefunden hat. Das liegt doch irgendwo unterhalb von China, oder?«

Der Bundeskanzler sah fragend zu Marschall.

»... Ja, irgendwo da«, meinte der Innenminister.

»Egal«, sagte Adam.

Konzentrier dich!

»Was ich sagen will, ist ... also, vielleicht ist das Flugaufkommen dort nicht so hoch ... Irgendwie müssen die Gäste der Auktion ja rein und raus kommen ... mit entsprechenden Satellitendaten lässt sich möglicherweise herausfiltern, wohin jeder einzelne Flug gegangen ist und von welcher Gesellschaft er ausgeführt oder gechartert wurde. Für so etwas gibt es Protokolle. Eventuell kommt man so an Passagierlisten und – «

Leiser hob die Hand und unterbrach ihn. »Ich weiß, worauf du hinauswillst, Adam, an der Sache sind wir bereits dran. Tatsächlich gab es ein erhöhtes Flugaufkommen im Luftraum über Naypyidaw, allerdings lässt sich keine Fluggesellschaft feststellen und die Maschinen wechseln immer wieder das Rufzeichen. Wir sind uns inzwischen sicher, dass das die Maschinen sind, mit denen die Broker unterwegs waren – «

»Ja und?«, rief der Innenminister. »Dann wissen wir doch auch, wo sie hinwollen?«

Leiser seufzte und schüttelte den Kopf. »Bedauerlicherweise nicht. Das wurde von langer Hand geplant. Die Spur verliert sich außerhalb von Myanmar. Fragen Sie mich nicht, wie sowas geht, aber wir haben keine Ahnung, wohin die Flieger unterwegs waren.«

»Also wieder nichts«, stellte der Kanzler tonlos fest.

»Wir können nur an der Zukunft arbeiten, es ist so, wie ich es in unserem Video gesagt habe!«, rief Adam.

»Junger Mann. Du hast ganz offensichtlich keine Ahnung davon, wie Krisenmanagement funktioniert«, blaffte Marschall.

Harold lachte schallend. »Das müssen gerade Sie behaupten. Sie sind doch völlig überfordert mit der ganzen Situation!«

»Ruhig bleiben!«, zischte Leiser.

Der Innenminister schimpfte unbeeindruckt weiter, jetzt an Harold gerichtet. »Ihr Reporter seid schon eine ganz spezielle Spezies, echt. Schauen Sie sich mal um, was Sie mit Ihrem kleinen Video angerichtet haben! Die Menschen haben Angst, zum Donnerwetter!«

»Wollen Sie Ihnen die Wahrheit verschweigen? Das haben schon ganz andere versucht, das führt doch zu nichts!«

Der Sicherheitsmann hinter Harold näherte sich einen Schritt. Adam hatte die Typen schon fast vergessen.

»In einer Krise muss man strategisch clever handeln! Manchmal ist es für das Allgemeinwohl besser, die Wahrheit einen Augenblick zurückzuhalten!«

»Aha, und wer entscheidet das?«, bellte Harold. »Sie etwa? Der Bundeskanzler? Wie kann ein Einzelner das Recht haben, darüber zu bestimmen, wann der Rest der Welt die Wahrheit erfährt?«

»Verschonen Sie mich mit Ihren linksversifften Parolen!«

»Was hat das mit linker Gesinnung zu tun?!«

»Ich sag Ihnen mal was, Sie – «

»Hans, bitte«, rief Naumann und bedachte Marschall mit einem ernsten Blick. »Es hat keinen Zweck, sich gegenseitig die Schuld in die Schuhe zu schieben. Fakt ist, dass wir mitten in einer Krise stecken, die es jetzt zu bewältigen gilt. Mr. Volt und seine Freunde sind nicht der Auslöser für diesen Schlamassel.«

»Aber die sind der Brandbeschleuniger!«, eiferte Marschall.

Für einen kurzen Moment sagte keiner ein Wort. Dann beugte sich Naumann vor und sah Adam freundlich an.

»Du hast gesagt, dass wir an der Zukunft arbeiten können, Adam. Erklär mir das bitte.«

Adam trank einen Schluck Wasser und sortierte seine Gedanken. Er glaubte, soeben die einmalige Chance bekommen zu haben, dem deutschen Kanzler von seiner Vision zu erzählen. Émelie sah ihn aufmunternd an.

Und dann erzählte er. Fünf Minuten, zehn, eine Viertelstunde.

»... und deshalb lässt sich jeder Prozess auch dezentral abbilden. Egal, ob es Messenger sind, Datenspeicherung, Kaufabwicklungen, Spekulationen. Generiert mit der Rechenleistung aus den Geräten eines jeden Netzwerkteilnehmers«, sagte er abschließend und fühlte sich stolz. Der Innenminister hingegen sah aus, als hätte er etwas Falsches gegessen.

»Wer soll das denn kontrollieren?«, fragte er.

»Die DAO.«

»Was ist das?«

»Die Gemeinschaft aller Nutzer. Per Konsensmechanismus.«

»Entschuldigen Sie, wenn ich darüber lache, Mr. Volt«, sagte Marschall forsch und verzog seltsam zuckend den Mund. »Sie wollen uns arbeitslos machen.«

»Warum? Sie können mitmachen wie jeder andere auch.«

»Wir sind aber nicht wie jeder andere auch. Das deutsche Volk hat uns gewählt, um deren Interessen – «

»Lassen wir das«, schaltete sich der Bundeskanzler ein. »Vielen Dank für die Einblicke, Adam. Und diese App kann man sich einfach so runterladen?«

»Über Github, ja. Und jeder kann die Services in das System einbauen, die er braucht. Innerhalb des Netzwerks lassen sich Unternetzwerke bilden, die sich separat absichern lassen. So können Sie beispielsweise Ihre Triple-A-Systeme integrieren, ohne, dass Unberechtigte Zugriff darauf erhalten. Ärzte können Patientenakten auf der Blockchain ablegen und jeden Zugriff verifizieren. Unternehmen können auf einem digitalen Marktplatz Dienstleistungen anbieten, in welchem Sektor auch immer. Jeder Nutzer entscheidet selbst, welche Daten er von sich preisgibt.«

»Das klingt ja alles sehr spannend, aber – «

»Wir sind nicht die Ersten, denen das in den Sinn gekommen ist«, unterbrach Adam. »Die Blockchaintechnologie hat sich schon lange bewährt, bislang eben vor Allem für die Abwicklung von Transaktionen und zur Darstellung von Lieferketten. Die Anwendungsmöglichkeiten sind aber noch vielseitiger. Wir schaffen die Möglichkeit, viele Insellösungen miteinander zu verbinden. Das große Problem heute ist, dass die meisten Systeme untereinander nicht kompatibel und oft schwer zu implementieren sind. Wir machen das neue Internet massenmarktfähig. Und fair, für alle. Ich sage nicht, dass unser Code die Lösung für alle Probleme ist. Wir sind auch nicht diejenigen, die über alles Bescheid wissen. Aber gerade deshalb ist das Netzwerk offen gestaltet. Experten aus jeder Branche können ihr Wissen und ihre Ideen ganz einfach umsetzen und andocken.«

»Mag sein, dass einiges davon gegen ihre Wertevorstellungen geht«, ergänzte Harold. »Die Demokratisierung des Internets heißt in letzter Konsequenz auch die stückweise Entmachtung der Monolithen in diesem System.«

»So, jetzt reichts mir aber mit dem Blödsinn«, sagte der Innenminister und erhob sich. »Peter, ich sorge dafür, dass die beim CERT ein Update bekommen. Danke für den überaus *spannenden* Vortrag, Mr. Volt. Meine Herren. Ich muss noch ein paar Telefonate führen.«

»Wir sprechen uns später«, sagte Naumann kühl.

Damit verließ der Innenminister den Raum.

»Will er's nicht checken, oder ist der einfach nur blöd?«, feixte Harold.

»Mr. Decker, bitte!«, schimpfte Leiser.

»Was denn? Ist doch wahr. Klammert sich an seine heile alte Welt, wie ... wie ... ach, scheiß drauf, mir fällt kein passender Vergleich ein. Idiot.«

Naumann beachtete die Bemerkung nicht. »Kann ich mir die App schon jetzt herunterladen?«

»Klar«, gab Adam zurück. »Wir haben in Japan im Prinzip alles fertiggestellt. Noch kann das System allerdings nicht sonderlich viel. Der Nachrichtendienst und das Bezahlsystem sind schon fertig. Teile des Marktplatzes auch. Der Code ist Open-Source. Es wird nicht lange dauern, bis mehr Features entwickelt werden.«

»Und auf der Blockchain sind meine Daten sicher?«

»Je mehr Menschen mitmachen, desto sicherer wird das System.«

»Aber die verlorenen Daten bringt das auch nicht zurück.«

»Nein.«

»Ich verstehe. Nun gut. Ich danke Ihnen für Ihre Zeit, ich sollte mich jetzt auf den Weg machen. In einer halben Stunde beginnt die Aufzeichnung.«

»Erzählen Sie den Menschen von der App!«, rief Junichiro.

»Ich werde den Code von unseren Fachleuten prüfen lassen, dann sehen wir weiter. Wiedersehen.«

Naumann ging reihum und schüttelte erneut alle Hände. Dann verließen er und seine Sicherheitsleute den Raum.

Als die Gruppe außer Hörweite war, sagte Harold: »Das ist genauso ein Vollpfosten wie dieser Marschall. Er weiß, dass ihm so ein System in letzter Konsequenz die Karriere kostet.«

»Haltet ihr eure Vision wirklich für so disruptiv?«, fragte Leiser.

»Nein«, sagte Vadim. »Sie ist inklusiv. Aber sie beruht halt nicht auf dem Konzept, das den Mann da an die Spitze gebracht hat. Im Gegenteil. Das System ist basisdemokratisch. Echte Konsensfindung. Kein Einzelner entscheidet für viele.«

»Vorausgesetzt, das setzt sich durch«, gab Moreau zu bedenken. »Wie funktioniert das eigentlich rechtlich? Man kann doch nicht einfach eine App auf den Markt werfen und das ganze System umkrempeln.«

»Natürlich nicht«, stimmte Junichiro zu. »Die Zeit in Japan hatte aber einen Vorteil. Mein Vater hat den Code von Experten überprüfen lassen. Rein rechtlich sind wir damit auf der sicheren Seite, genauso wie Bitcoin oder Ethereum. Das Grundprinzip ist schließlich das gleiche.«

»Ich hab' keine Ahnung von der Technik«, mischte sich Émelie ein. »Aber es gibt wohl kaum eine größere Aufmerksamkeit für das Thema als jetzt.«

»Da ist was dran«, meinte Leiser. »Ich schlage vor, wir sehen uns die Ansprache gemeinsam an, was haltet ihr davon?«

Sie nickten einstimmig, alle, bis auf Harold.

»Wie lange halten Sie uns hier noch fest?«

Moreau lächelte, klopfte Leiser auf die Schulter und verließ den Raum.

»Ihr könnt jederzeit gehen«, sagte Leiser.

»Und das sagen Sie uns jetzt?!«, rief Vadim.

»Es liegt unsererseits kein Haftbefehl gegen euch vor. Stimmt nicht ganz, es gab einen aus Japan, aber Massako hat ihn inzwischen aufgehoben.«

»Steckt wohl doch ein Funken guten Gewissens in der laufenden Zigarette«, murmelte Harold.

»Wie dem auch sei«, setzte Leiser fort. »Wir können euch nicht zwingen, hierzubleiben. Aber täuscht euch nicht. Das hier ist ein sicherer Ort. Die CIA ist stinksauer wegen dem Angriff auf ihre FR-Systeme. Mein Gegenspieler in Washington wird es kaum erwarten können, euch in die Finger zu bekommen.«

In diesem Moment betrat die schwarze Frau den Raum, mit der sich Leiser vorhin unterhalten hatte.

»Hast du kurz Zeit?«

»Das ist Aminata M'Baye, meine Stellvertreterin«, erklärte Leiser beiläufig. »Ist gut, ich komme.«

Sie gingen nach draußen und unterhielten sich. Adam konnte nicht hören, was sie miteinander zu besprechen hatten.

»Ich hätte nicht anhalten dürfen«, sagte Émelie plötzlich und rückte ihren Stuhl näher an Adams. »Es tut mir leid.«

Adam senkte den Blick zu Boden. »Früher oder später hätten sie uns eh erwischt. Das hätte nichts gebracht. Wir hätten dich da nicht mit reinziehen dürfen, Émelie. Es ist unsere Schuld.«

»Sorry, dass ich dich vorhin so angemotzt habe«, murmelte Vadim.

»Was soll's. Jetzt, da ich die ganze Geschichte kenne, kann ich mir ungefähr vorstellen, wie es euch ergangen sein muss. Ich wünsche mir für euch, dass alles wieder gut wird ...«

»Das ist lieb von dir, Émelie«, meinte Harold, »aber so schnell wird das wohl nichts. Die Daten sind futsch und die Chance, alle wiederzubekommen gleich null. Die Folgen werden spürbar sein.«

»Und wie?«

»Naja«, schaltete sich Junichiro dazu, »ich kann mir gut vorstellen, dass einige der Daten zum Beispiel an Krankenkassen weiterverkauft werden. Die Lachen sich natürlich ins Fäustchen und passen die Beitragszahlungen ihrer Kunden an.«

»Wer weiß, wie viel von dem Zeug im Darknet landet«, gab Vadim zu bedenken. »Kreditkartendaten, Benutzerdaten von Bezahlapps, Adressen, Fotos ... alles teuer gehandelte Güter, mit denen sich eine Menge anstellen lässt.«

»Oh Mann«, flüsterte Émelie. »Was ist, wenn meine Daten auch davon betroffen sind?«

»Du solltest so schnell wie möglich alle deine Passwörter ändern und dir neue Accounts zulegen. Die alten würde ich löschen«, riet Adam und fügte hinzu: »Das schützt dich zwar nur bedingt, ist aber ein Anfang. Wie gesagt ... die Bombe ist geplatzt. Wir können nur noch ...«

»... nur noch an der Zukunft arbeiten«, beendete Émelie den Satz.

Leiser kam zurück. Er lächelte.

»Gute Nachrichten, Leute«, verkündete er. »Meine Kollegin hat soeben ein wichtiges Telefonat geführt. Scheinbar habt ihr euch nicht nur Feinde gemacht. Die CIA ist bereit, einen Deal mit euch auszuhandeln.«

»Wie das?!«, rief Junichiro.

»Fragt mich nicht warum, aber Cedric Fergusson behauptet, euer Video habe ihm das Leben gerettet. Außerdem steht die amerikanische Botschafterin in Tokio wohl auf eurer Seite. Mein Gegenspieler in Washington, Harvey Preston, wird keinen Haftbefehl gegen euch verhängen.«

»Was? Wow!«

»Unter einer Bedingung«, sagte Leiser. »Die wollen wissen, wie ihr an die FR-Systeme rangekommen seid. Sie erwarten volle Kooperation von euch. Die CIA muss die Lücke schnellstmöglich schließen, logischerweise.«

Harold lachte schallend. »Dafür müssen sie Preston rausschmeißen.«

»Wie darf ich das verstehen?«

»Der Zugriff war ziemlich einfach«, erklärte Vadim. »Er ist auf eine Phishing-Mail reingefallen.«

Leiser schüttelte ungläubig den Kopf. »Ernsthaft jetzt? Na gut, ich will nicht behaupten, dass mir das nicht auch passieren könnte. Aminata muss den Kollegen in Washington eine Ansage machen. Stimmt ihr dem Deal zu?«

In den letzten Wochen war Adam keine Entscheidung leichter gefallen. Er hatte das Gefühl, dass es den anderen auch so ging. Alle stimmten zu.

Erleichterung machte sich in Adams Körper breit. Überglücklich strahlte er Émelie an und sah, dass der Schleier von ihren Augen gewichen war.

VIERUNDZWANZIG

St. Petersburg, Russland

Das Gefühl war überwältigend. Tschechow war jetzt die Nummer eins. Er. Niemand sonst. Zu lang hatte er auf diesen Augenblick gewartet. Sie hatten das Geld. Besser hätte es nicht laufen können. Nabokovs Tod sicherte das Fortbestehen ihrer Organisation.

»Man versucht, über die Nummern an unsere Location ranzukommen!«, rief einer der Männer, der bis vor ein paar Stunden noch sein Kollege gewesen war. Jetzt war er Tschechows Untergebener.

»Von welchem Gerät?«, fragte er mit ruhiger Stimme.

»Das Handy von Christoph Hildebrandt«, sagte der Mitarbeiter. Eine Frau, die neben ihm saß tippte hastig auf dem Keyboard ihrer Computers herum.

»Von wo hatten wir nochmal die Nummer?«

»Datensatz vierundzwanzig, Tschechow.«

»Dann kommen sie irgendwo in Albanien raus. Kein Grund zur Sorge. Trommelt die anderen zusammen. Ich habe eine Ankündigung zu machen.«

Zehn Minuten später stellte sich Tschechow auf eine umgedrehte Bierkiste und sog die kalte Luft tief in seine Lungen.

Hier unten war es immer kalt, genau so hatten es die Hauptserver gern. Er vollführte eine Drehung und blickte in die Gesichter von einhundertzwanzig Männern und Frauen. Eine bleiche Schattenarmee, die jetzt unter seinem Kommando stand. Eine Gänsehaut bildete sich auf seinen Armen. Er genoss das Gefühl einen Moment, bevor er zu sprechen begann.

»Lang genug haben wir uns im Untergrund versteckt. Lang genug haben wir in der Kälte gefroren, gebangt und gehofft. Jetzt bin ich es, der euch verkünden darf, dass wir erfolgreich waren. Wir werden uns der Sonne zuwenden, Freunde. Die Nacht wird zum Tag werden und wir werden uns endlich aus dem Dunkel erheben. Auf dass wir diesen Tag niemals vergessen und den Namen des Mannes in Ehren halten, der uns all das ermöglicht hat.«

Man reichte ihm eine Flasche Vodka.

»Auf Nabokov!«

Alle schrien im Chor, frenetisch, ekstatisch, fast wie in Trance.

Tschechow glaubte zu spüren, wie der Boden unter ihren Füßen vibrierte.

»AUF NABOKOV! NASTROVJE!«

FÜNFUNDZWANZIG

Zentrale des Bundesnachrichtendienstes
Chausseestraße, Berlin-Mitte, Deutschland

Gespannt starrte die versammelte Belegschaft im vierten Stock des Komplexes auf die Bildschirme. Adam spürte Émelie ganz nah neben sich.

Dann trat der Bundeskanzler vor die Kameras. Er trug einen schwarzen Anzug, ein weißes Hemd und eine schwarze Krawatte. Hinter ihm waren die Flaggen Deutschlands und der EU aufgestellt. Er stand vor einem Fenster, im Hintergrund konnte man das Bundestagsgebäude erkennen. Sein Gesichtsausdruck war ernst. Adam kamen seine Augen dunkler vor, als er sie in Erinnerung hatte.

»Liebe Mitbürgerinnen und Mitbürger. Heute ist ein furchtbarer Tag für Deutschland, für Europa und für die Welt. Alle sorgen sich um die neue Gefahr, deren Ausmaß wir in den vergangenen Stunden Zeuge wurden. Wir alle fragen uns, wie es jetzt weitergeht. Gerade erleben wir den Beginn einer Krise, deren Ausmaß und Anforderungen wir bislang nicht kannten und nicht abschätzen konnten - dies macht die Lage sehr ernst.

Diese Krise hat unsere kritische digitale Infrastruktur in Bedrängnis gebracht und stellt eine unmittelbare Bedrohung für die Sicherheit unseres Landes dar.

Benutzerdaten von mehr als einer Milliarde Menschen sind entwendet worden. Die Bundesrepublik Deutschland wertet dies als einen unmissverständlichen Angriff auf ihre Mitbürgerinnen und Mitbürger und wird ein derartiges Verhalten nicht tolerieren. Uns alle erfüllt tiefe Betroffenheit angesichts dieses Verbrechens. Und wir verurteilen jene aufs Schärfste, die sich feige hinter ihren Taten verstecken.

Die Aufklärungsorgane der Bundesrepublik stehen geschlossen und in enger Zusammenarbeit mit anderen Behörden und Nachrichtendiensten auf der ganzen Welt - mit dem vereinten Ziel die verantwortliche Organisation zur Rechenschaft zu ziehen. Der Staat, die Gemeinschaft der EU sowie die Vereinten Nationen müssen und werden darauf mit aller notwendigen Härte antworten. Dafür haben die ausführenden Organe unsere vereinte Rückendeckung. Jeder weiß, dass es eine absolute Sicherheit nicht gibt. Wir werden mit allen verfügbaren Mitteln gegen den digitalen Terrorismus Front machen. Für Deutschland beschließen wir in den kommenden Tagen dazu eine massive Verstärkung, nicht nur beim Personal der Cybersecurity, doch vor Allem in der Sicherheitsarchitektur unserer kritischen Systeme. Die Situation zwingt uns alle, unser digitales Leben zu hinterfragen.

Ich möchte auch betonen, dass wir alle in dieser Krise eine Verantwortung tragen. Wir müssen uns bewusst sein, dass unser digitales Leben eng mit unserer physischen Sicherheit verbunden ist. Jeder von uns trägt die Verantwortung, seine persönlichen Daten zu schützen und sicherzustellen, dass wir uns in einer sicheren digitalen Umgebung bewegen.

In ersten Maßnahmen sollen vor allem kleine und mittelständische Unternehmen, aber auch die großen Konzerne unseres Landes, die allesamt abhängig vom Internet und seinen Anbietern sind, finanziell im Ausbau ihrer digitalen Sicherheitssysteme unterstützt werden. Für alle Mitbürgerinnen und Mitbürger wird es einen Leitfaden geben, der Sie dabei unterstützt, ihre eigenen Daten zu schützen. Diesen stellen wir in den kommenden Stunden für Sie bereit.

Wir sehen uns heute mit einer neuen Form des Terrorismus konfrontiert, der sein hässliches Gesicht nicht in Form von Blutvergießen und Bomben zeigt, sondern sich im Schatten des Internets und hinter Bildschirmen versteckt, um die Sicherheit eines jeden einzelnen von uns zu gefährden. Ich betone noch einmal, dass wir uns dem entschlossen und mit allen verfügbaren Mitteln entgegenstellen.

Einigen von Ihnen, liebe Mitbürgerinnen und Mitbürger, mag sich in diesen Stunden die Frage aufdrängen, ob wir uns als Bundesrepublik besser hätten schützen können. Für diese Frage wird sich in den kommenden Tagen eine Antwort finden. Schon jetzt ist mir als Bundeskanzler jedoch klar, dass wir vor Allem an der Zukunft arbeiten müssen. Es gilt, bestehende Gesetze zu überdenken und die Rechtslage im digitalen Raum neu zu beurteilen. Es gilt, sich künftig vor derartigen Gefahren noch besser abzusichern. Zum ersten Mal haben wir als Staat, aber auch als Weltbevölkerung erlebt, was es bedeutet, wenn ein strategisch orchestrierter Angriff auf die freie Welt über das Internet erfolgt. Diese neue Form des Terrorismus, das haben wir heute gelernt, macht vor nichts und niemandem halt. Ich kann Ihnen aus voller Überzeugung sagen, und damit teile ich die Ansichten unserer europäischen Freunde und all unserer Verbündeten: Ein Angriff auf einen Menschen über das Internet - in welcher Form auch immer - ist ein Angriff auf einen Menschen auch in der realen Welt. So wie der Mensch im Analogen eine unantastbare Würde besitzt - gleich seiner Hautfarbe, Herkunft und Religion - so besitzt er sie auch im digitalen Raum. Wir müssen lernen, vorausschauender zu denken und zu handeln. Ich verurteile jene Konzerne scharf, denen es nicht gelungen ist, unsere Daten ausreichend zu schützen. Sie haben unser Vertrauen missbraucht.

Liebe Mitbürgerinnen und Mitbürger, es gibt einen Weg aus dieser Krise. Ich möchte Sie in dieser schwierigen Zeit ermutigen und unterstützen. Ich bin zuversichtlich, dass wir sie gemeinsam bewältigen werden. Unsere Nation hat in der Vergangenheit bewiesen, dass wir in schwierigen Zeiten zusammenstehen und uns gegenseitig unterstützen können. Ich habe volles Vertrauen in unsere Fähigkeit, diese Herausforderung zu meistern und gestärkt daraus hervorzugehen. Der digitale Terrorismus wird nicht gewinnen. Unsere Zukunft wird eine Zukunft in Frieden und Freiheit sein, auch im Internet.«

Einige Augenblicke schien es, als hielten alle Anwesenden die Luft an. Harold durchbrach als erster das Schweigen: »War doch klar, dass er um den heißen Brei herumredet!«

»Er hat kein Wort zur App verloren«, stellte Adam resigniert fest.

Leiser zuckte die Schultern. »Das war zu erwarten, Leute. Er hat leider nicht viel Ahnung von dem Thema und eine App zu empfehlen, die die staatliche Kontrolle aus der Gleichung kürzt, wäre nichts anderes als politischer Selbstmord, vor Allem innerhalb seiner Partei, gerade jetzt. Ich fand die Rede ehrlicherweise nicht schlecht. Sie wird vielen Menschen Mut machen.«

»Die Menschen werden schon selbst auf den Trichter kommen«, war der schwache Versuch eines Trosts in Adams Richtung von Vadim. »Wir haben getan, was wir konnten.«

»Vadim hat recht«, pflichtete Émelie bei. »Eure Arbeit ist erledigt. Warten wir ab, wie sich alles in den nächsten Wochen entwickelt.«

»Außerdem«, sagte Leiser und trank einen Schluck Kaffee. »Ich verwette meinen Hund drauf, dass die Presse sich um euch reißen wird. Interviews, Stellungnahmen, Einschätzungen, Talkshows, you name it. Ist doch immer so. Ihr werdet genug Gelegenheit bekommen, euch der breiten Masse mitzuteilen. Ganz bestimmt.«

Je eher, desto besser, dachte Adam und sah zum Fenster hinaus.

Draußen hatten ein paar Sonnenstrahlen das graue Wolkendach durchbrochen. Wie das Wetter wohl in Montreux war? Er stellte sich das Wiedersehen mit Professor Sixt vor. Wie würde er reagieren? Adam hatte viel zu erzählen.

Er fühlte in sich hinein und freute sich, dass es ihm trotz der Umstände gut ging. Er griff nach Émelies Hand und umschloss sie fest. Die Berührung brannte nicht. Stattdessen breitete sich die Wärme in seinem ganzen Körper aus.

»Alles wird gut«, flüsterte sie ihm zu.

Ja, dachte Adam.

Alles wird gut. Zumindest für uns zwei.

SECHSUNDZWANZIG

London Stock Exchange, Großbritannien   Zwei Monate später

Von hier oben hatte man einen prächtigen Blick über die Stadt. Eine höhere Etage gab es in diesem Gebäude nicht. Obwohl der Himmel grau und wolkenverhangen war und Regentropfen gegen die Glasfronten prasselten; Florence King kam es so vor, als schiene die Sonne.

Als Dave Cullinan, Paul Pierce und die anderen sieben Vorstandsmitglieder den minimalistisch eingerichteten Konferenzraum betraten, löste sie ihren Blick von der Skyline.

»Danke für Ihre Geduld«, sagte eine grauhaarige Frau Mitte fünfzig in schwarzem Kostüm und reichte ihr die Hand. Reihum schüttelte Florence Hände, dann nahm man Platz.

Die Anwesenden trugen Lederetuis bei sich, deren Reißverschlüsse jetzt rasselnd geöffnet wurden, um jeweils den Blick auf ein Stück Papier freizugeben, auf dem ganz oben das Logo der Firma prangte.

»Ich stelle fest, dass alle Vorstandsmitglieder anwesend sind«, ergriff Dave Cullinan, der Vorstandsvorsitzende, das Wort und schob sich die Lesebrille auf die Stirn.

»Also Ms. King«, setzte er fort und sah lächelnd in die Runde, »ich darf hiermit verkünden, dass die Anwesenden inklusive meiner Wenigkeit Sie mit dem heutigen Tag in den Vorstand aufnehmen wollen. Diese Wahl macht sie zudem zu unserer neuen Investmentchefin. Ich frage Sie, meine Damen und Herren: All jene, die zustimmen?«

Sieben Hände gingen in die Höhe.

»All jene, die dagegen sind?«

Keine Meldungen.

»Enthaltungen?«

Wieder keine Meldungen. Cullinan machte eine bedeutungsschwere Pause, dann lächelte er.

»Nehmen Sie die Wahl an?«

Florence kam es vor, als ob ihr Blut zu kochen begann. Mit geschlossenen Lippen biss sie sich auf die Zunge, um keinen Freudenschrei auszustoßen.

»Sehr gerne. Ich nehme die Wahl an«, sagte sie kühl.

»Dann darf ich die Anwesenden um Ihre Signatur bitten.«

Im Uhrzeigersinn wurden die Portfolios gereicht. Als handelte es sich um eine einstudierte Choreografie, betraten exakt nach der letzten Unterschrift livrierte Kellner mit Silbertabletts und Champagnerflöten den Konferenzraum.

Man wurde bedient und als Florence sich erhob, taten es die anderen ihr gleich.

»Meine Damen und Herren, ich danke Ihnen allen für das Vertrauen, dass Sie in mich setzen. Ich möchte einen kleinen Ausblick in die Zukunft wagen. Wie Sie inzwischen alle wissen, hat besonders der Sektor Digitale Märkte – gerade für uns – enorm an Bedeutung gewonnen. Die Verluste der Big5 an der Börse haben uns perfekt in die Karten gespielt. Ich beabsichtige unser Geschäft in diesem Bereich künftig noch weiter auszubauen, ohne dabei unser konservatives Tagesgeschäft außer Acht zu lassen. Ich bin der Meinung, dass wir als Unternehmen das Potential haben, zu den Pionieren auf dem Markt zu werden. Meine Strategie ist dabei eine recht einfache: lassen Sie uns die Vorzüge der analogen mit den Vorzügen der digitalen Welt verbinden. Einfluss generiert man nicht per E-Mail, meine Damen und Herren. Einfluss generiert man durch Präsenz und wir haben einen intellektuellen Vorsprung, den ich beabsichtige, zu nutzen. Wir kennen unsere Kunden so gut, wie niemand sonst. Das Gleiche gilt für unsere Gegner. Das Gebot der Stunde lautet: Wissen ist Macht. Unsere Angebote und Pakete werden künftig noch präziser geschnürt, die Risiken auf unserer Seite werden um ein Vielfaches abschätzbarer. Diesen Weg sollten wir gemeinsam gehen. Ich freue mich auf loyale und partnerschaftliche Zusammenarbeit. Ich danke Ihnen.«

Florence hob ihr Glas, unterdrückte die Freudentränen, die schon einen dünnen Film über ihre Augen gelegt hatten, und sah in die Runde.

Fünf Männer und zwei Frauen sahen sie lächelnd an, nickend in Zustimmung, mit blitzenden Augen.

Gläser klirrten, man trank. Florence führte oberflächliche Gespräche, bedankte sich abermals, bis Dave Cullinan sie zur Seite nahm.

»Also, meinerseits auch nochmal Glückwunsch, Florence.«

Cullinans Tonfall klang nach einem *aber*. Sie musste nicht lange darauf warten. »Sie haben Ihre Sache gut gemacht, wirklich, Hut ab. Aber wir sollten nicht vergessen, wie viel Zeit und Kraft es unsere Spezialisten gekostet hat, alle Spuren zu beseitigen. Die Jungs aus dem Fernsehen haben eine kleine Revolution ausgelöst. Man tritt uns im Augenblick mit Misstrauen gegenüber.«

»War das denn jemals anders?«

»Fragen wurden schon immer gestellt Florence, besonders bei Menschen mit dicken Konten. Was ich sagen will, ist, dass wir vorsichtig sein müssen.«

»Ich bin mir meiner Verantwortung bewusst, Dave.«

»Über eine Million Menschen haben sich die App von denen schon heruntergeladen ... Letzte Woche haben sie den ersten Block geschürft.«

»Genesis hat letzte Woche schon stattgefunden?«

»In der Tat.«

Florence hob die Brauen. »Ich habe nicht damit gerechnet, dass es so schnell geht.«

»Ich auch nicht. Immer mehr Menschen verlieren das Vertrauen in zentral gesteuerte Systeme.«

»Hm.«

»Ich will, dass Sie die Sache im Auge behalten. Jede Revolution kann zu einer Goldgrube werden, solange man auf das richtige Pferd setzt.«

Florence nickte zustimmend. »Keine Sorge, Dave. Ich kenne mich mit dem Zeug aus. Ich treffe mich nächste Woche mit einigen Entwicklern in Moskau.«

»Wozu?«

Sie lächelte, denn sie war Cullinan einen Schritt voraus. »Die Typen sind Aussteiger. Haben an Ethereum mitentwickelt, dem zweitgrößten Blockchainnetwork. Kann mir gut vorstellen, dass die sich diese App auch angesehen haben. Mal sehen, was die mir so darüber erzählen können.«

Cullinan zwinkerte. »Finden Sie die Lücke, Florence. Es gibt immer eine.«

Langsam verlief sich die Veranstaltung. Florence erkannte es daran, dass die meisten der Anwesenden sich jetzt voneinander abgewandt hatten, kreuz und quer im Raum herumstanden und *important business* über ihre Handys abwickelten.

Sie schüttelte noch ein paar Hände, verabschiedete sich, sah irgendwann noch einmal zum Fenster hinaus. Das Wolkendach hatte sich etwas gelichtet.

Die Haie haben zugebissen, dachte Florence.

Als sie das Firmengelände an diesem Abend verließ, war sie bei bester Laune. Am Ende war doch noch alles glatt gelaufen. Nach einer kurzen Taxifahrt erklomm sie die Treppen ihres Hauses im Londoner Westend.

Florence kramte in ihrer Handtasche nach dem Wohnungsschlüssel, wurde jedoch nicht fündig.

»Herrgott, ich muss das Teil endlich ausmisten«, grummelte sie vor sich hin. Schließlich machte sie kurzen Prozess und entleerte den gesamten Inhalt der Tasche auf der Fußmatte. Endlich fand sie den Schlüsselbund, doch noch etwas anderes erregte ihre Aufmerksamkeit. Ein kleines silbernes Teil, kaum größer als ein Stecknadelkopf oder ein kleiner Ohrring blitzte im Licht auf.

Florence konnte nicht ahnen, dass Cedric Fergussons nächtlicher Ausflug im Kempinski in Naypyidaw doch nicht umsonst gewesen war.

◆

Der Rotwein hatte nach vier Stunden in Cedric Fergussons Glas seinen Geschmack verloren und hinterließ nur noch Bitterkeit auf seiner Zunge. Das Telefon hatte ihn hochschrecken lassen.

Es war vier Uhr morgens amerikanischer Zeit. Fergusson saß an seinem Schreibtisch und hatte die letzten Stunden vor sich hingestarrt, war immer wieder kurz eingenickt, hatte dann wieder an seinem Wein genippt und griff jetzt benommen zum Hörer.

»Florence King hat sich eben ein Flugticket nach Moskau via Dubai gebucht, Sir.« Eine Analystin aus Fergussons Abteilung war am Apparat.

»Sind Sie das, Alana?«

»Ja, Sir. Ist alles in Ordnung?«

Fergusson zögerte. »Doch ... doch, es geht schon, danke. Ohne Dan ... ohne Bugajew kommen wir in Moskau nicht an sie ran. Ich sehe zu, was ich ermöglichen kann. Ansonsten bleiben Sie an ihr dran, solang es geht.«

»Okay, Sir.«

Fergusson beendete die Verbindung, lehnte sich in seinem Bürostuhl zurück und fuhr sich über das Gesicht.

Nach Daniil Bugajews Tod hatten sich die Beziehungen zur GRU drastisch verschlechtert. Die Entwicklungen im Angriffskrieg gegen die Ukraine hatten dazu ebenfalls ihren Beitrag geleistet. Fergusson war depressiv, hatte nicht das Gefühl, das die Gespräche mit einer Therapeutin bei der CIA zu etwas Nutz waren. Er vermisste seinen Partner. Die tagtäglich schlechteren Nachrichten aus Europa, die schleppenden Ermittlungen zu den wenigen Erkenntnissen, die sie in Myanmar gewonnen hatten, machten ihm zu schaffen.

In Sachen Datenleck bei den Big5 hatte man Harvey Preston zum Special Advisor to the President of the United States of America gemacht.

Nachts träumte er manchmal noch von einer kleinen Farm irgendwo in den Südstaaten, fernab vom Trubel, ein kleines Idyll.

Der Traum schien ihm inzwischen ferner als je zuvor.

SIEBENUNDZWANZIG

Montreux am Genfersee, Schweiz

Das Polaroid, das Vadim vor ein paar Minuten in den Händen gehalten hatte, war nur noch ein Haufen stinkender Asche. Es war das einzige Foto von ihm und seinem Onkel Dimitri gewesen, aufgenommen auf der Yacht in Ibiza an Vadims sechzehntem Geburtstag. Auf seinem Schreibtisch stand jetzt ein gerahmtes Bild von seinem Vater Vladimir. Ein gemeinsames Foto hatte er nicht finden können. Seines Vaters wegen hatte sich Vadim dazu entschlossen, das Studium in Montreux fortzusetzen. Er hätte es so gewollt. Davon abgesehen waren Junichiro und vor allem Adam die einzigen Freunde, die ihm geblieben waren.

Die letzten Wochen und Monate waren derart stressig für ihn gewesen, dass er erst jetzt wirklich dazu kam, um seinen Vater zu trauen. Das dunkle Gefühl, dass sich schwer über seine Glieder legte, überwältigte ihn in dem Moment, als Vadim schon gar nicht mehr damit gerechnet hatte.

Im Schatten war es ihm inzwischen zu kalt. Vadim sehnte sich nach Wärme. Er hatte das Gefühl, sich nicht aus eigener Kraft aus der Dunkelheit und seiner Trauer lösen zu können. Und auf eine verquere Art fühlte er sich den Machenschaften seines Onkels noch immer verbunden. Vadim hatte ihn erst unterstützt, dann verraten.

Wenn er abends am Ufer entlang joggte, morgens ins Fitnessstudio ging, nachmittags irgendwo eine Tasse Tee trank; ihn ließ das Gefühl nicht los, als beobachteten ihn tausend unsichtbare Augen.

Vadim hatte Angst. Wenn er eines von seinem Onkel gelernt hatte, dann, dass der Tod eines einzelnen noch lange nichts änderte.

◆

Er tat es nicht für seinen Vater. Junichiro blieb wegen Adam und Vadim. Wo sollte er sonst auch hin?

Mit dem Erbe des Mannes, der sich vor einiger Zeit von einem Balkon in Tokio gestürzt hatte, hätte er sich irgendwo ein Haus bauen können. Er hätte sich dutzende Häuser bauen können, überall auf der Welt.

Doch Junichiro kam die Vorstellung genauso bedeutungslos vor, wie sein einstiges Streben nach Anerkennung und Respekt von Kazumasa Hisoka.

Bis auf einhunderttausend Dollar als Rücklagen investierte er alles in ihr gemeinsames Projekt, um Bounties für Entwickler auszuschreiben und dem F.T.S.-Coin seine erste große Wertsteigerung zu verschaffen.

Es war das mindeste, das er tun konnte.

Seit Wochen verfolgte ihn ein Gefühl der Taubheit, das ihn nicht loslassen wollte. Vor allem nachts, wenn er nicht einschlafen konnte, war es, als hätten unsichtbare, kräftige Hände seinen Körper in Watte gepackt und ihn von der Außenwelt isoliert.

»Kannst du mich hören?«, fragte der Psychologe.

Junichiro zuckte zusammen. »Ja, ja, ich bin hier …«, antwortete er konfus. Noch etwas, das ihn schwer beschäftigte. Immer wieder drifteten seine Gedanken ab und jedes Mal, wenn er zurück in die Realität geworfen wurde, kam ihm alles vor wie ein böser Traum.

Manchmal fiel es ihm sogar schwer, zwischen Traum und Realität zu unterscheiden.

»Wie geht es dir heute, Junichiro?«

»Passt schon.«

»Steht die Reise nach Japan noch?«

»Nächste Woche, ja.«

»Was erhoffst du dir?«

»Keine Ahnung.«

»Du hast mir erzählt, dass du das Grab deines Vater besuchen willst.«

»Echt? Ich weiß nicht, ob ich das noch will.«

»Hast du das Gefühl, es könnte dir helfen, mit der Vergangenheit abzuschließen?«

»Das weiß ich nicht.«

Der Psychologe machte sich ein paar Notizen. Junichiro sah sich im Arbeitszimmer um. In einer Glasvitrine an der Wand wurde ein japanisches Porzellanservice zur Schau gestellt.

»Ich fliege hin«, sagte Junichiro bestimmt.

◆

Ihre Augen waren so blau wie das Wasser. Und sie strahlten wie die Sonne. Wenn er Émelie ansah, schien die Welt um ihn eine wohlverdiente Pause einzulegen und Entspannung machte sich in seinen Gliedern breit. Auf der Oberfläche des Sees zählte er sieben Boote, fünf kleinere und zwei etwas Größere.

Die letzten Wochen waren an Anstrengung kaum zu überbieten gewesen. Adam war von Talkshow zu Talkshow, von Interview zu Interview, von Paneltalk zu Paneltalk geschoben worden, hatte sich den Mund fusselig geredet und die Arme wund gestikuliert. ›Dezentrales Prozessnetzwerk‹ war dank ihm kein ungreifbares Fremdwort mehr.

Die Boulevardpresse hatte ihn zum *hottest Nerd of the century* gekürt. Adam war zu Gast in über fünfzig Podcasts gewesen. Die Sozialen Medien hatten inzwischen den Normalbetrieb fast vollständig wiederaufgenommen. Inzwischen konnte jeder Nutzer über eine Reihe von Datenschutzeinstellungen selbst entscheiden.

Es war Sommer. Adam fand es eigenartig, auf den Genfersee zu blicken, dessen Wasseroberfläche ruhig und glatt da lag, glitzernde Sonnenstrahlen, die sich darauf brachen, und gleichzeitig zu wissen, dass nicht weit weg von ihm Menschen um ihr Überleben kämpften. Alles nur, weil ein zentrales System entschieden hatte, dass dem Sterben und der Gewalt irgendeine Rechtfertigung zu Grunde lag.

Kinder spielten am Kiesufer, stritten sich um eine gelbe Schwimmnudel. Vater und Mutter beobachteten den Konflikt, der jetzt die nächste Eskalationsstufe erreichte. Der kleine Bruder warf seiner vermeintlichen Schwester einen Stein an die Schulter - sie ließ von der Schwimmnudel ab. Halbherzig ging der Vater dazwischen. An einem Kiosk kaufte die Mutter eine grüne

Schwimmnudel und überreichte sie der Schwester. Der Geschrei wollte jedoch nicht verebben, denn der Bruder fand die grüne Schwimmnudel scheinbar schöner.

Über vier Millionen Menschen hatten sich inzwischen die App heruntergeladen. Kryptowährungen erlebten Hochkonjunktur. Immer mehr Onlinedienste akzeptierten Coins als Zahlungsmittel. In der digitalen Welt kündigte sich ein Wandel an, während in der analogen Welt alles beim Alten geblieben zu sein schien. Adam war sich sicher, dass die Rechnung der Krise längst nicht beglichen war. Früher oder später würde man die konzentrierte Macht auf den Festplatten der Auktion von der Leine lassen.

»Unfassbar, dass die einfach so weitermachen können, wie davor«, sagte Émelie.

»Wer?«

»Na, Google und Co. Glaubst du, dieser Prozess wird irgendetwas bringen?«

Adam zuckte die Schultern. Er hatte das Verfahren gegen einige Hardliner der Big5 in den USA die vergangenen Tage nicht großartig verfolgt. Schon am ersten Tag des Prozesses war klar geworden, dass Richter und Angeklagte eine völlig andere Sprache benutzten. Die Justiz war überfordert mit den Begrifflichkeiten der digitalen Welt, ein Umstand, den die hochbezahlten Verteidiger dazu nutzten, um schnelle Deals mit den Behörden auszuhandeln.

»Keine Ahnung«, antwortete Adam. »Die Hardliner haben sie ja fast alle erwischt. Ich erinnere mich an das, was der Innenminister damals in Berlin gesagt hat. Für solche Fälle gibt es keine passenden Gesetze. Die werden sich irgendwie aus der Affäre ziehen, denke ich.«

»Hm. Immerhin ist das Vertrauen in die Big5 mächtig angeknackst.«

»Mag sein. Aber von den Services sind immer noch ganze Branchen abhängig. Davon werden die Konzerne noch eine ganze Weile zehren können.«

»Zuversichtlich bleiben«, meinte Émelie sanft. »Man baut nicht von jetzt auf gleich ein neues Internet.«

»Das stimmt. Wir sind auf einem guten Weg.«

»Richtig, Adam. Dank dir sind wir auf einem guten Weg. Ich hoffe, ich klinge jetzt nicht wie deine Mutter oder so – «

»Aber?«

»Aber ... ich bin stolz auf dich.«

Émelie stand ganz dicht neben Adam. Sie summte ein Lied vor sich hin, er glaubte, die Melodie zu kennen.

»Tja«, sagte sie schließlich. »Ich muss dann wieder zur Arbeit. Sehen wir uns heute Abend?«

»Wir sehen uns.«

Sie sahen sich an und warfen sich einen Luftkuss zu. Dann blickte Adam wieder auf das Wasser.

Er sah einige Vögel dicht über die Oberfläche segeln.

Adam hatte keine Lust, sie zu zählen.

DANK

Markus Kuhnert, für dein Vertrauen, deine Vision und deinen Tatendrang.

Marc Steffens, für deine tatkräftige Unterstützung bei der Konzeption.

Frank Zachmann, für dein Vertrauen und deine Unterstützung
bei den vielen Fragen, die ich hatte.

Levi Bösker, für alles.

Nicole Amlacher, für deine unermüdliche Neugier und deinen scharfen Blick.

Dr. Christian Gross, für die Insights beim Thema Schiffstechnik und Security.

Dominik Kuhnert für deine Unterstützung in allen technischen Fragen, deine
Einblicke in die Welt des Programmierens **und** deine Freundschaft.

Olaf Gilles, für deine Kreativität, die wunderschöne Gestaltung der vier (!) Ausgaben
von Genesis und deine Geduld mit meinen ständigen Ideen und Wünschen.

Andrea Kuhnert, für dein immer ehrliches und direktes Feedback.

Danke auch an **all jene,** die nicht persönlich genannt werden dürfen,
für die immense Unterstützung bei der Recherche.

Nachwort des Autors

Genesis entstand in enger Zusammenarbeit mit 1io - einer non-profit-Initiative, die eine bessere digitale Zukunft für uns alle schaffen will. Eigentlich sollte ich diesen Satz noch etwas dramatisieren: Gäbe es 1io nicht, so hätte es dieses Buch niemals gegeben.

Genesis ist Fiktion. Immer wieder stellten wir während unserer Arbeit am Text jedoch fest, wie die Realität uns das ein ums andere Mal einholte - besonders krass empfanden wir im Team zuletzt die weltweiten Störungen, besonders gravierend beim Flugverkehr, die durch ein vermeintlich simples Update hervorgerufen wurden. Das CrowdStrike-Debakel von 2024 wurde durch ein fehlerhaftes Update der Falcon-Software ausgelöst, das weltweit Millionen von Windows-Systemen lahmlegte. Das Update enthielt eine fehlerhafte Konfigurationsdatei, die bei vielen Systemen zum berüchtigten „Blue Screen of Death" führte, da das System versuchte, auf nicht vorhandenen Speicher zuzugreifen. Die Ausmaße waren historisch und sind Zeugnis für die Gefahren zentralisierter Systeme.

Unser digitales Leben hat mit vielen Problemen zu kämpfen, die größte Ursache dafür lautet meiner Ansicht nach: Wir wissen es in den meisten Fällen noch nicht besser. Wir befinden uns immer noch in einer Trial-and-Error-Phase der Digitalisierung und das Internet, wie wir es heute kennen und gewohnt sind, ist im Vergleich zu anderen bahnbrechenden Innovationen, wie zum Beispiel dem Auto, noch recht jung.

Auf der einen Seite produzieren wir durch immer neue Geräte und Apps mehr und mehr Daten. Das fängt beim Smartphone und Laptop an und endet irgendwo zwischen intelligentem Soundsystem, Smartfridge (du hast keine Bananen mehr! Kauf sofort Bananen!) und Saugroboter (der wirklich jede Ecke Ihrer Wohnung kennt). Auf der anderen Seite wissen die wenigsten, was genau mit unseren Daten passiert, mich übrigens eingeschlossen. Oft habe ich schlichtweg keine Lust, mich durch seitenlanges Kleingedrucktes durchzuarbeiten, nur um zu erfahren, ob meine Daten an Dritte weiterverkauft werden oder ich beim Singen unter der Dusche belauscht werde. Bestimmt fünfmal am Tag klicke ich bei irgendwelchen Websites auf *alle Cookies akzeptieren*, ich hab' doch jetzt keine Zeit für den Mist, hmpf, ich will nur wissen, ob das Wetter gut oder schlecht wird, will doch nur eben dieses Buch bestellen, will nur kurz nachsehen, was im Kino läuft. Man kennt's.

Daten sind enorm wichtig. Ich gehe sogar so weit, zu behaupten, dass unsere Daten den Motor des Internets am Laufen halten, so als eine Art Benzin. Ein Service ist erst dann richtig gut, wenn ich ihn mit den *relevanten* Daten füttere. Der Knackpunkt ist die Intransparenz in der Speicherung und Verarbeitung unserer Daten - denn sie sind enorm wertvoll.

Fakt ist: Meta, Apple, Microsoft, Amazon und Alphabet Inc. (Google) sind zentral organisierte Megakonzerne, deren Einfluss bereits jetzt all unsere Vorstellungskraft sprengt. Die meisten digitalen Services, die wir heute in Europa und westlich geprägten Ländern nutzen, stammen direkt oder indirekt aus den Angeboten dieser Unternehmen.

Zentral organisierte Verwaltung und Datenhaltung ist nicht per se schlecht. Viele Arbeitsprozesse gestalten sich leichter, wenn eine Person (oder „Instanz", wie wir in der Software sagen) entscheidet, wo's lang geht. Alle Daten an einem Ort, und ich weiß genau, wo ich suchen muss. Letzteres wissen Cyberkriminelle aber auch. Zentrale Datenhaltung erhöht erwiesenermaßen das Risiko von („erfolgreichen") Cyberangriffen. Nun sind die genannten Konzerne sehr gut gegen derartige Vorfälle abgesichert, viele kleine und mittelständische Unternehmen können sich einen solchen Schutz jedoch nur selten leisten (oder erachten ihn, leider viel zu oft, als nicht notwendig). Kleine Unternehmen und Mittelständler sind dazu gezwungen, den großen Plattformen zu vertrauen, dass alles glatt läuft – das gilt darüber hinaus jedoch auch für die Bundesrepublik Deutschland, die die Services der großen Anbieter ebenso nutzt, wie Privatpersonen. Natürlich gelten auf Bundesebene noch einmal ganz andere Sicherheitsstandards. Vor Cyberangriffen ist die Bundesrepublik dennoch nicht gefeit.

Kurzum: Das Internet hat ein fettes Problem: Zu viel Macht verteilt sich auf zu wenige Entscheider, zu viele unserer Daten werden gegen unseren Willen gehandelt und analysiert – und im schlimmsten Fall gegen uns verwendet. Zu vielen Menschen wird innerhalb dieses Systems Unrecht getan.

Immerhin: Die EU schafft stetig neue Auflagen und Richtlinien, um das digitale Leben Endnutzerfreundlicher zu gestalten. Jüngste Bestrebungen in diese Richtung manifestieren sich im EU Data Act, der Anfang 2024 in Kraft trat und ab September 2025 EU-weit direkt anwendbares Recht wird. Er fördert die gerechte Verteilung von Datenwerten und stärkt den Wettbewerb, indem er sowohl persönliche als auch nicht-personelle Daten umfasst. Nutzer von vernetzten Geräten erhalten das Recht, die von ihren Geräten generierten Daten zu nutzen und diese auch mit Dritten zu teilen. Hersteller müssen ihre Produkte in Zukunft so gestalten, dass diese Daten leicht zugänglich sind. Zudem verpflichtet der Data Act Unternehmen, Daten in Notfällen an staatliche Stellen weiterzugeben. Notfälle sind zum Beispiel akute Gefahr einer Naturkatastrophe und Terrorprävention.

Das ist ein weiterer Schritt in die richtige Richtung – benötigt aber auch den technologischen „Unterbau", um ein solches Vorhaben durchzusetzen.

An eben einem solchen „Unterbau" arbeitet auch 1io. Heute stehen wir vor einer neuen technologischen Innovation, einer neuen Iterationsstufe des Internets, wenn man so will. Daher auch der Name: Web3.

Was 2009 mit Bitcoin begann, hat sich inzwischen zur vielversprechendsten Alternative zum aktuellen System entwickelt. Das Konzept, auf dem Kryptowährungen aufgebaut werden – der Blockchain – lässt sich nämlich nicht nur als dezentrales „Kassenbuch" für Finanzzwecke nutzen. Vielmehr noch bietet Blockchain-Technologie die Möglichkeit, ganze Systeme und verschiedenste digitale Prozesse dezentral abzubilden. Dabei geht es vor allem um die technische Herstellung eines digitalen Konsens zwischen allen Teilnehmern in einem solchen System. Dies wiederum führt zu einem Ausschluss sämtlicher Fälschungs- oder Manipulationsmöglichkeiten direkt von Beginn an.

Technisch fälschungssicherer Konsens legt den Grundstein für die Demokratisierung des Internets, von der in Fachkreisen oft die Rede ist, und zwar in doppeltem Sinne: Die Demokratisierung bezieht sich zum einen auf den fairen und transparenten Zugang zu Daten und deren Verwertungsrechten. Zum anderen ist damit die technische Möglichkeit gemeint, fälschungssichere Abstimmungsprozesse in einer digitalen Community abhalten zu können.

Blockchaintechnik ist dabei nur eine von vielen „Zutaten" in diesem neuen technologischen Unterbau des Web3. Vereinfacht gesagt geht es immer darum, Datenverkehr, Transaktionen, oder Besitzverhältnisse so darzustellen, dass niemand beschissen werden kann – aber auch, dass auf Zwischeninstanzen, wie zum Beispiel Banken (bei Transaktionen), und somit auf Gebühren und zusätzliche Fehlerquellen verzichtet werden kann.

Das Zusammenspiel aller Zutaten führt letztendlich zum Aufbruch zentraler Strukturen und somit zu echter Datensouveränität für alle Nutzer. Genau darauf zielen wir mit 1io ab. Jede und Jeder soll seine Daten besitzen, und dennoch mit jeder und jedem zusammenarbeiten können und eigene Netzwerke aufbauen. Im besten Fall ändert sich für Nutzer in der Benutzung kaum etwas, aber dieses neue Ecosystem ist eben von Grund auf Nutzer-zentriert und kann keine Monopole schüren. Statt auf zentralistische Anbieter zu vertrauen, schafft 1io technisch eine direkte Verbindung zwischen einzelnen Geräten zur Kommunikation und Zusammenarbeit – ganz ohne Server als Mittelsmann.

Sämtlicher digitaler Komfort, den wir heute gewohnt sind, bleibt erhalten, wird darüber hinaus sogar noch gesteigert. Die einzig gravierende Veränderung spielt sich im Hintergrund – eben im technischen Unterbau – ab. Und da wir nicht an jede einzelne Lösung alleine denken können, stellt 1io den Baukasten für diese Grundlage öffentlich – open-source – zur Verfügung. So können auch andere Unternehmen und Entwickler ihre Apps zukünftig nutzerfreudlicher und nach der Maxime „data-ownership für alle" aufbauen.

Das Web3 soll also Prozesse unterschiedlichster Natur durchlässiger, effizienter und gleichzeitig transparenter gestalten. Der Name übrigens kommt auch nicht von ungefähr und setzt logischerweise ein Web1 und ein Web2 voraus. Diese unterscheiden sich von dem neuen Konzept insofern, als das zu Zeiten des Web1 *read only* galt (nur lesen) und im Web2 bis heute *read and write* (lesen und schreiben). Wir können uns die verschiedensten Inhalte ansehen, aber auch eigene produzieren und relativ einfach veröffentlichen und diesen Content monetarisieren. Genau das machen Influencerinnen und Influencer. Der große Traum ist es, *viral* zu gehen. Über Nacht berühmt zu werden. Das ist keine Seltenheit. Dagegen der absolute Alptraum: ich hatte eine coole Idee, aber jemand mit größerer Reichweite kopiert die Idee und geht damit viral. Keine Anerkennung für mich. Niemand glaubt mir, dass ich die Idee zuerst hatte, so'n Mist. (TikTok versuchte dies mit einer „Original" Kennzeichnung zu lösen – dies lässt sich jedoch leicht umgehen). Auch das also keine Seltenheit – aber ein Problem, das das Web3 lösen kann.

Im Web3 gilt der Grundsatz *read, write, and own*. Hinzu kommt also „besitzen". Das heißt nicht nur, dass generierte Inhalte transparent und einfach ihrer Urheberin oder ihrem Urheber zugeordnet werden können, sondern auch, dass digitale Güter besitz- und handelbar werden. Das bezieht sich nicht ausschließlich auf digitale Kunst (oft unisono „NFT" genannt / Non Fungible

Token). Auch analoge Besitzgüter, wie zum Beispiel Immobilien, lassen sich so als digitaler Wert in einem System abbilden.

Wir sind mit 1io noch lange nicht am Ziel. Wenngleich viele der notwendigen „Zutaten" bereits heute zur Verfügung stehen und wir mit Hochdruck an der Vision einer besseren digitalen Welt arbeiten, dauert es sicherlich noch Jahre, bis eine breite Masse davon profitieren kann. So war es aber schließlich damals im Web1 auch, als das Internet wirklich noch „Neuland" für uns alle war. Sind wir heute schlauer? In vielerlei Hinsicht ja – aber nicht grundsätzlich. Fancy Technologie alleine reicht eben einfach nicht. Es gilt an der Kommunikation zu arbeiten. Schmeißen wir weiterhin mit coolen Begriffen wie NFT, p2p, Distributed Hash Table, Mining, Altcoin, Merkle-Tree, Shitcoin, Tokenization und so weiter um uns, werden die vielversprechenden Ideen und Konzepte der Web3-Community wohl kaum auf viel Zuspruch stoßen.

Genesis ist auch und besonders aus diesem Grund entstanden. Auf der einen Seite ist es immer die größte Freude des Autors, über die Themen schreiben zu dürfen, die ihn selbst interessieren. Andererseits ist es mir ein ebenso großes Anliegen, Ihnen, liebe Leserinnen und Leser, vor allem eines mit auf den Weg zu geben:
Wir haben alle etwas zu verbergen. Und das ist gut so.

Mein abschließender Dank gilt Ihnen, die Sie mir für *Genesis* Ihre Zeit und Aufmerksamkeit geschenkt haben. Ich hoffe, ich durfte Sie gut und kurzweilig unterhalten.

Herzlich,

Jonas Schönberger
August 2024

Über Markus Kuhnert und die Vision hinter „1io"

Mein Name ist Markus Kuhnert, und als Gründer von „1io" führe ich gemeinsam mit meinem Team ein Projekt, das die Grundlagen der digitalen Welt tiefgreifend verändern soll. Über die letzten Jahrzehnte hinweg haben wir an der Schnittstelle von Technologie und Kreativität gearbeitet und dabei immer wieder erlebt, wie digitale Innovationen unser Leben bereichern können. Doch ebenso wurde uns klar, wie gefährlich eine zunehmend zentralisierte digitale Welt sein kann – eine Welt, in der wenige Konzerne die Kontrolle über den Großteil unserer Daten und damit auch über unsere Freiheit besitzen.

Die Idee für „1io" entsprang nicht einem spontanen Einfall, sondern ist das Ergebnis langjähriger Überlegungen und Erfahrungen. Mit Projekten wie „one2edit" haben wir bereits gezeigt, dass Technologie kreative Prozesse revolutionieren kann. Doch je tiefer ich in die Strukturen der heutigen digitalen Welt eintauchte, desto klarer wurde mir, dass die Zentralisierung von Daten und Diensten uns in eine gefährliche Abhängigkeit geführt hat. Die Machtkonzentration bei wenigen Digitalkonzernen, die durch den Zugriff auf riesige Datenmengen entsteht, bedroht nicht nur unsere Privatsphäre, sondern auch unsere gesellschaftlichen Werte.

Was Bitcoin als „digitales Gold" und finanzielle Selbstbestimmung darstellt, schaffen wir für „digitale Daten". Dezentralisierung ist der Schlüssel, um diese Entwicklung umzukehren. In einer dezentralisierten Welt liegt die Kontrolle über Daten und Anwendungen wieder in den Händen der Menschen – dort, wo sie hingehört. „1io" basiert genau auf diesem Prinzip: Unser innovatives SDK ermöglicht es Entwicklern, Anwendungen zu schaffen, die ohne zentrale Infrastruktur auskommen. Diese Anwendungen funktionieren nach dem Konzept „local first" und „peer to peer", was bedeutet, dass jede Nutzergruppe ihre eigene, unabhängige Plattform bildet. Die Daten verbleiben bei den Nutzern und werden nicht von externen Cloud-Anbietern gespeichert oder verarbeitet.

Für die Endnutzer bringt dies eine nie da gewesene Datensicherheit und Souveränität mit sich. In einer Zeit, in der Daten als das „neue Gold" gehandelt werden, setzen wir uns dafür ein, dass dieses Gold nicht in den Tresoren weniger Konzerne gehortet wird, sondern dass jeder Einzelne die Kontrolle über seine eigenen Daten behält. Unser erstes Produkt, ein Messenger, der auf diesen Prinzipien basiert, bietet den Komfort bekannter Dienste, ohne auf zentrale Server zu setzen. So bleiben alle Daten auf den Geräten der Nutzer – sicher und unter ihrer Kontrolle.

Aber unser Projekt geht noch weiter: Wir arbeiten an einer Blockchain, die es Nutzern ermöglicht, digitale Identitäten zu verwalten und Daten sicher zu handeln. Zudem gründen wir eine gemeinnützige Stiftung sowie eine DAO, durch die die Nutzer direkt an der Weiterentwicklung unserer Technologie mitwirken können. Unser Ziel ist es, eine digitale Welt zu schaffen, in der die Macht über Daten dezentral verteilt ist und in den Händen der Menschen bleibt.

An dieser Stelle möchte ich mich herzlich bei meinem gesamten Team bedanken, das mit Leidenschaft und Engagement an der Umsetzung dieser Vision arbeitet. Mein besonderer Dank gilt meinem Bruder Dominik, der die Entwicklung unserer Technologie federführend vorantreibt. Ohne seine Expertise und seinen unermüdlichen Einsatz wäre „1io" nicht das, was es heute ist.

Dieses Buch, das von meinem Freund und Kollegen Jonas Schönberger verfasst wurde, dient nicht nur der Unterhaltung. Es ist ein Thriller, der auf fesselnde Weise die Gefahren der gegenwärtigen digitalen Zentralisierung aufzeigt. Doch darüber hinaus ist es ein Weckruf – eine Einladung, sich für eine dezentralisierte digitale Zukunft zu engagieren. Mit „1io" wollen wir die digitale Welt entflechten und den Menschen ihre Datenhoheit zurückgeben.

Ich lade Sie ein, Teil dieser Bewegung zu werden. Scannen Sie den QR-Code, um mehr über unser Projekt „1io" zu erfahren und gemeinsam mit uns eine neue, dezentralisierte digitale Ära einzuläuten.

Markus Kuhnert
Gründer von „1io"

Join our movement!

1io.com/genesis